NELSON DEMILLE urodził się w Nowym Jorku w 1943 roku. Były oficer wywiadu wojskowego, a następnie piechoty, brał udział w wojnie wietnamskiej i otrzymał szereg odznaczeń za męstwo. Początkowo pisywał pod pseudonimem. Sławę przyniosła mu pierwsza książka wydana pod własnym nazwiskiem – „Nad rzekami Babilonu" (1978). Od czasu wydanego w 1990 roku „Złotego Wybrzeża" wszystkie jego powieści, m.in. „Córka generała", „Plum Island", „Gra Lwa" i najnowsza *Up Country* („List z Wietnamu"), trafiły na pierwsze miejsca amerykańskich list bestsellerów. Po sfilmowanej w 1999 roku przez Simona Westa „Córce generała" (z Johnem Travoltą w roli głównej) wytwórnie Paramount i Columbia zapowiedziały ekranizację kolejnych trzech książek DeMille'a.

NELSON DeMILLE

GRA LWA

Z angielskiego przełożył
PIOTR JANKOWSKI

Seria LITERKA

Wydawnictwo
A. Kuryłowicz

WARSZAWA 2002

Tytuł oryginału:
THE LION'S GAME

Copyright © Nelson DeMille 2000
Copyright © for the Polish edition
by Wydawnictwo Albatros A. Kuryłowicz 2001
Copyright © for the Polish translation by Piotr Jankowski 2001

Redakcja: Barbara Nowak
Ilustracja na okładce: Jean Blauzen/BE & W
Projekt graficzny okładki i serii: Andrzej Kuryłowicz

ISBN 83-7359-075-7

Wyłączny dystrybutor:
Firma Księgarska Jacek Olesiejuk
Kolejowa 15/17, 01-217 Warszawa
tel./fax (22)-631-4832, (22)-632-9155
e-mail: hurt@olesiejuk.pl
www.olesiejuk.pl

WYDAWNICTWO ALBATROS
ANDRZEJ KURYŁOWICZ
fax: (22)-842-9867
adres dla korespondencji:
skr. poczt. 55, 02-792 Warszawa 78

Warszawa 2002
Wydanie II (I w tej edycji)
Druk: OpolGraf S.A., Opole

Dla mojej Mamy —
wybitnej przedstawicielki
Najwspanialszego Pokolenia

Od Autora

Pierwowzorem dla występujących w tej książce fikcyjnych Sił Antyterrorystycznych (ATTF — Anti-Terrorist Task Force) są istniejące Połączone Siły Antyterrorystyczne (JTTF — Joint Terrorist Task Force), choć tam, gdzie było to niezbędne, pozwoliłem sobie na dowolności i licencję autorską.

Połączone Siły Antyterrorystyczne to zespół ciężko pracujących, oddanych sprawie i kompetentnych mężczyzn i kobiet, ludzi, którzy tworzą pierwszą linię walki z terroryzmem w Ameryce.

Postacie w tej książce są całkowicie fikcyjne, natomiast opisy niektórych działań rządowych agend bezpieczeństwa publicznego oparte są na faktach, podobnie jak przedstawienie amerykańskiego nalotu na Libię w roku 1986.

KSIĘGA PIERWSZA

Ameryka, 15 kwietnia
Teraźniejszość

Nawet śmierć się go boi,
albowiem ma on serce lwa.
przysłowie arabskie

Rozdział 1

Można by sądzić, że ktoś, kogo trzykrotnie postrzelono i omal nie został dawcą organów do transplantacji, będzie w przyszłości raczej unikał niebezpieczeństw. A jednak stało się inaczej; być może podświadomie nie chciałem przekazać swoich genów kolejnym pokoleniom Coreyów.

Skoro już o tym mowa, to nazywam się John Corey i jestem byłym detektywem z Wydziału Zabójstw NYPD, policji nowojorskiej, a obecnie pracuję jako Specjalny Agent Kontraktowy dla rządowych Sił Antyterrorystycznych, ATTF.

Siedziałem właśnie na tylnym siedzeniu żółtej taksówki, wiozącej mnie z Federal Plaza 26 na dolnym Manhattanie na Międzynarodowe Lotnisko imienia Johna F. Kennedy'ego. Za kółkiem siedział kierowca-kamikadze z Pakistanu.

Była sobota, przyjemny wiosenny dzień, ruch na Shore Parkway umiarkowany. Shore Parkway znana jest również jako Belt Parkway, a ostatnio w celu uniknięcia nieporozumień przemianowano ją na POW/MIA Parkway. Było późne popołudnie i mewy z pobliskiego zakładu utylizacji, znanego dawniej jako wysypisko śmieci, srały na przednią szybę auta. Uwielbiam wiosnę.

Nie udawałem się bynajmniej na wczasy. Jechałem zgłosić się do pracy we wzmiankowanym już ATTF. Jest to organizacja znana niewielu ludziom, i bardzo dobrze. Siły Antyterrorystyczne podzielone są na sekcje, które zajmują się poszczególnymi bandami rozrabiaczy i dostawców bomb, w rodzaju Irlandzkiej Armii Republikańskiej, Ruchu Niepodległości Puerto Rico, czarnych radykałów oraz innych mniej znanych grup. Ja jestem w sekcji Bliskiego Wschodu, największej i chyba najważniejszej, choć szczerze powiedziawszy, pojęcie o bliskowschodnim terroryzmie mam niewielkie. No, ale miałem się wszystkiego nauczyć w trakcie roboty.

Dla poćwiczenia moich nowych umiejętności podjąłem więc konwersację z Pakistańczykiem, który miał na imię Fasid i który, na moje oko, był terrorystą, chociaż wyglądał i rozmawiał jak zwyczajny obywatel.

— Z jakiego miasta przyjechałeś? — zapytałem go na początek.

— Z Islamabadu. Ze stolicy.

— Naprawdę? Długo już mieszkasz w Nowym Jorku?

— Dziesięć lat.

— Podoba ci się?

— Jasne. Komu by się nie podobało.

— Na przykład mojemu szwagrowi Gary'emu. Ciągle pluje na Amerykę i chce się przeprowadzić do Nowej Zelandii.

— Mam w Nowej Zelandii wujka.

— Żartujesz! A w Islamabadzie ktoś ci został?

Roześmiał się i spytał z kolei mnie:

— Jedzie pan po kogoś na lotnisko?

— Skąd wiesz?

— No, bo bez bagażu.

— Oo, bystrzak z ciebie.

— To co, jedzie pan po kogoś? Mógłbym zaczekać i zabrać pana z powrotem do miasta.

Angielski Fasida był całkiem niezły; slang, idiomy, wszystko jak trzeba.

— Mam już transport — odparłem.

— Na pewno? Bo mogę zaczekać.

W rzeczy samej miałem się spotkać z domniemanym terrorystą, który oddał się w ręce ambasady amerykańskiej w Paryżu; nie uważałem jednak, by należało dzielić się tą informacją z Fasidem.

— Kibicujesz Jankesom? — zapytałem.

— Teraz już nie — odparł i wdał się natychmiast w tyradę przeciwko Steinbrennerowi, stadionowi Jankesów, cenom biletów, płacom zawodników i tak dalej. Ci terroryści to spryciarze, potrafią świetnie udawać zwyczajnych obywateli.

W każdym razie wyłączyłem Pakistańczyka i zacząłem rozmyślać o tym, jak się w to wszystko wdałem. Wspomniałem już, że byłem detektywem w wydziale zabójstw, i to odznaczonym, jeśli wolno nadmienić. Rok temu bawiłem się w chowanego z dwoma latynoskimi dżentelmenami, którzy usiłowali mnie zastrzelić na Sto Drugiej Zachodniej. Prawdopodobnie pomylili mnie z kimś innym albo strzelali dla sportu, bo żadnych powodów do zamachu na mnie nie mieli. Życie bywa zabawne. Sprawcy wciąż grasowali na wolności, więc miałem oczy szeroko otwarte.

Uniknąwszy cudem śmierci, po wyjściu ze szpitala przyjąłem zaproszenie mojego wujka Harry'ego, bym pomieszkał sobie w ramach rehabilitacji w jego nadmorskim domku na Long Island. Domek znajduje się jakieś sto pięćdziesiąt kilometrów od Sto Drugiej Zachodniej, no i bardzo dobrze. Ale podczas pobytu tamże zajmowałem się sprawą podwójnego morderstwa, dwukrotnie się zakochałem i prawie mnie znów zabili. Jedna z tych kobiet, w których się zakochałem, Beth Penrose, do pewnego stopnia jest wciąż obecna w moim życiu.

Podczas wydarzeń na Long Island mój rozwód stał się faktem. A na dokładkę do kiepskiego plażowania, podczas dochodzenia w sprawie zabójstwa poznałem pewnego gnojka z CIA, nazwiskiem Ted Nash, którego od razu znielubiłem i który znienawidził mnie jak psa, a teraz — uwaga, uwaga! — należy do mojej ekipy w ATTF. Świat jest mały, lecz nie aż tak, a ja nie wierzę w zbiegi okoliczności.

Przy sprawie pracował jeszcze jeden gość znany mi z Plum Island, George Foster z FBI. Ten był w porządku, ale też nie w moim guście.

W każdym razie okazało się, że to podwójne zabójstwo nie leży w gestii federalnych i Nash z Fosterem zniknęli — tylko po to, żeby się znów pojawić w moim życiu, gdy przed czterema tygodniami dostałem przydział do sekcji Bliskiego Wschodu. Ale nie ma sprawy, już złożyłem podanie o przeniesienie do sekcji IRA i pewnie załatwię to sobie. IRA też nie za bardzo kocham, ale przynajmniej na ich dziewczynach można zawiesić oko, faceci są zabawniejsi od przeciętnego arabskiego terrorysty, a irlandzkie puby to w ogóle pierwsza klasa. Czuję, że w sekcji anty-IRA zdziałam wiele dobrego, naprawdę.

Po całym tym bajzlu na Long Island dali mi do wyboru: albo mnie zaciągną przed komisję dyscyplinarną NYPD za pracę na zwolnieniu lekarskim lub pod innym pretekstem, albo dadzą mi rentę inwalidzką i odejdę z policji. Wybrałem rentę, ale jednocześnie załatwiłem sobie pracę w Szkole Kryminalistyki Johna Jaya na Manhattanie, gdzie mieszkam. Przed postrzeleniem uczyłem już tam jako adiunkt, więc nie było problemu.

Od stycznia miałem dwie grupy wieczorowe i jedną dzienną i umierałem z nudów. Wtedy mój były partner Dom Fanelli powiedział mi o programie Specjalnych Agentów Kontraktowych. W jego ramach rząd zatrudnia w Siłach Antyterrorystycznych różnych byłych funkcjonariuszy prawa i porządku. Złożyłem podanie, przyjęli mnie, najpewniej z niewłaściwych powodów, no i jestem. Płacą dobrze, są różne przywileje, a większość federalnych to gnojki. Z federalnymi mam zawsze problemy, podobnie jak inni gliniarze. Nie pomógł mi nawet kurs pozytywnego myślenia.

Sama praca natomiast jest ciekawa. ATTF to dość wyjątkowa firma, można rzec elitarna (pomimo gnojków), działająca tylko w Nowym Jorku i okolicach. Zatrudnia w większości detektywów z NYPD, którzy są świetnymi facetami, tych z FBI i trochę takich półcywili jak ja, dla wygładzenia kantów, że tak powiem. Do niektórych zespołów dobiera się w razie potrzeby jakieś primadonny z CIA albo ludzi z DEA, Agencji Zwalczania Narkotyków, którzy znają się na rzeczy i mają rozeznanie w powiązaniach pomiędzy handlem narkotykami i światem terrorystów.

Poza tym grają w zespole jeszcze ludzie z Biura do spraw Alkoholu, Tytoniu i Broni Palnej z Waco w Teksasie oraz gliniarze z okręgów podmiejskich i z nowojorskiej policji stanowej. Są także typki z różnych agend, których nie mogę tu wymienić, no i mamy — co nie jest bez znaczenia — detektywów z Port Authority*, Władz Portowych, przydzielonych do niektórych ekip. Ludzie z PA są bardzo przydatni na

---

* Port Authority — agenda rządowa, zajmująca się zarządzaniem i ochroną obiektów publicznych — mostów, tuneli, lotnisk, portów itp. Ma własne siły policyjne, strażackie, ratownicze itd. (przyp. do książki oprac. tłum.).

lotniskach, dworcach kolejowych i autobusowych, w porcie, przy mostach, tunelach i rogatkach pod ich zarządem oraz w innych miejscach należących do ich małego imperium, typu budynki World Trade Center. Tak więc wszystko mamy nieźle obstawione, a jeśli nawet nie, to i tak ta lista robi wrażenie.

Siły Antyterrorystyczne jako jedna z głównych agend rządowych prowadziły dochodzenie w sprawie zamachu bombowego w World Trade Center, a także eksplozji samolotu TWA 800 nad Long Island. Czasem dajemy występy objazdowe. Na przykład nasza ekipa pomagała przy sprawie wybuchu w ambasadzie USA w Afryce, chociaż w mediach o ATTF nie było mowy, bo tak sobie zażyczyło. To się działo jeszcze przede mną, a odkąd przyszedłem, na razie jest spokój, czego z kolei ja sobie życzę.

Powodem, dla którego wszechmocne FBI połączyło siły z nowojorską policją, by stworzyć Siły Antyterrorystyczne, jest to, że większość agentów pochodzi spoza Nowego Jorku i nie odróżnia kanapki z wołowiną od stacji metra na Lexington Avenue. Ci z CIA są trochę cwańsi, rozmawiają o kafejkach w Pradze, nocnych pociągach do Stambułu i podobnych pierdołach, ale i oni nie przepadają za Nowym Jorkiem. NYPD zaś ma ludzi, którzy znają ulicę jak własną kieszeń, a niczego więcej nie trzeba, żeby śledzić jakiegoś Abdula Salami-Salamiego, Paddy'ego O'Bandziora czy Pedra Puertorico. Przeciętny federalny to biały protestant z jakiegoś zadupia w stanie Iowa, po studiach w Wendell. Natomiast w policji Nowego Jorku jest *mucho* Latynosów, kupa czarnych, z milion Irlandczyków, a nawet paru muzułmanów, co nam zapewnia nie tylko kulturową różnorodność i polityczną poprawność, lecz także pełną skuteczność i operatywność. A jako że ATTF nie może zatrudniać aktywnych zawodowo policjantów, przyjmuje byłych, takich jak ja. Chociaż przebywam na tak zwanej rencie inwalidzkiej, wciąż jestem uzbrojony, niebezpieczny i wredny.

Dojeżdżaliśmy do lotniska.

— Jak tam święta wielkanocne? — zapytałem Fasida.

— Jakie święta? Ja nie obchodzę Wielkanocy, jestem muzułmaninem.

Widzicie, jakie to cwane? Federalni cisnęliby gościa przez godzinę, żeby się przyznał do islamu. A ja to z niego wydobyłem w dwie minuty. Żartuję. Ale faktycznie muszę się przenieść z sekcji Bliskiego Wschodu do IRA. Mam w żyłach krew irlandzką i angielską, więc mógłbym działać po obu stronach barykady.

Fasid zjechał z Shore/Belt/POW/MIA Parkway na Van Wyck Expressway, biegnącą na południe, do lotniska. Nad naszymi głowami przelatywały z wyciem silników wielkie maszyny.

— Gdzie na lotnisku? — zawołał taksiarz.
— Przyloty międzynarodowe.
— Która linia?
— To jest więcej niż jedna?
— Jasne. Dwadzieścia, trzydzieści, czterdzieści...
— Poważnie? No to po prostu jedź.

Fasid wzruszył ramionami, zupełnie jak taksówkarze w Izraelu. Zacząłem się zastanawiać, czy nie jest przypadkiem agentem Mossadu, udającym Pakistańczyka. Może zaczynało mi już odbijać w tej robocie.

Dojechał do przylotów międzynarodowych, wielkiego budynku z mnóstwem wiszących od frontu logo różnych linii lotniczych

— Która linia? — zapytał ponownie.
— Żadna z tych mi się nie podoba; jedź dalej.

Znów wzruszył ramionami.

Kazałem mu skręcić i jechaliśmy teraz ku przeciwległej stronie budynku. To dobra zawodowa sztuczka, żeby się przekonać, czy nikt człowieka nie śledzi. Czytałem o tym w jakiejś powieści szpiegowskiej, a może widziałem w „Bondzie". Zaczynałem na serio wchodzić w tę antyterrorystyczną robotę.

Wreszcie wskazałem kierowcy właściwy kierunek i kazałem stanąć przed dużym budynkiem biurowym w zachodniej części lotniska, wykorzystywanym do celów takich i owakich. Cały ten obszar pełny jest takich nieokreślonego przeznaczenia budynków i magazynów, nikt tu nie zwraca uwagi na przyjeżdżających i łatwo o parking. Zapłaciłem, dałem napiwek i poprosiłem o rachunek na dokładną kwotę. Uczciwość to jedna z moich nielicznych wad.

Fasid wręczył mi plik rachunków in blanco i jeszcze raz zapytał:

— To co, mam się kręcić w pobliżu?

— Na twoim miejscu bym tego nie robił.

Budynek był przykładem nowoczesnego dziadostwa architektonicznego z lat sześćdziesiątych. Wszedłem do holu, gdzie zamiast strażnika z uzi, jak normalnie na świecie, jest tylko napis „Nieupoważnionym wstęp wzbroniony". Więc jeśli ktoś zna angielski, od razu wie, czy może wejść, czy nie.

Wszedłem na piętro i długim korytarzem z rzędami stalowych drzwi, oznakowanych cyframi, literami lub niczym, dotarłem do ostatnich, z gustownym niebiesko-białym napisem: „Conquistador Club. Wstęp tylko dla członków".

Przy drzwiach był czytnik kart elektronicznych, ale, tak jak wszystko inne w Conquistador Club, był lipny. Należało przycisnąć kciuk do przejrzystej płytki na czytniku. Przycisnąłem i po dwóch minutach krasnoludek w środku powiedział do siebie: „Hej, to kciuk Coreya; trzeba mu otworzyć drzwi".

Otworzyły się, ale nienormalnie; oczywiście musiały się wsunąć w ścianę aż po fałszywą klamkę.

U góry jest jeszcze kamera, na wypadek gdyby ktoś miał na przykład kciuk umazany czekoladą — wtedy poznają go po twarzy i też otwierają drzwi, chociaż w moim wypadku może by nie otworzyli.

Wszedłem więc, a drzwi automatycznie się za mną zasunęły. Znalazłem się w czymś w rodzaju recepcji klubu podróżujących samolotami. Dlaczego taki klub miałby się mieścić w budynku położonym daleko od części pasażerskiej lotniska — to pytanie, wierzcie mi, zadawałem wielokrotnie i wciąż czekam na odpowiedź. Znam ją zresztą i tak: po prostu wszędzie, gdzie wchodzi ze swoją kulturą CIA, pojawia się ten sam rodzaj dymno-lustrzanej głupoty. Te pajace szastają pieniędzmi na scenografię zupełnie jak w dawnych czasach, kiedy starali się robić wrażenie na KGB.

Za biurkiem siedziała Nancy Tate, recepcjonistka z gatunku szparka-sekretarka, modelowy przykład kompetencji i stłumionego seksualizmu. Z jakiegoś powodu lubiła mnie, więc ucieszyła się na mój widok.

— Dzień dobry, panie Corey.

— Dzień dobry, panno Tate.

— Wszyscy już są.

— Były korki po drodze.

— I tak jest pan dziesięć minut przed czasem.

— Oo...

— Ma pan ładny krawat.

— Zwędziłem go zabitemu Bułgarowi w nocnym pociągu do Stambułu.

Parsknęła śmiechem.

Recepcja była cała w skórze, fornirach i niebieskiej pluszowej wykładzinie, a na ścianie za Nancy wisiało logo fikcyjnego Conquistador Club. Na mój gust ona sama była hologramem.

Po lewej ręce panny Tate znajdowały się drzwi z napisem „Sale konferencyjne. Pokoje służbowe". Prowadziły do pokojów przesłuchań i małego aresztu, więc oznaczenie było jak najbardziej na miejscu. Na drzwiach po prawej widniał napis: „Sale klubowe. Bar". Powinno mnie to cieszyć, lecz tak naprawdę było to wejście do centrum operacyjno-łącznościowego.

— Do centrum, panie Corey — poinformowała mnie panna Tate. — Razem z panem będzie pięć osób.

— Dzięki.

Po przejściu krótkim korytarzykiem znalazłem się w półmroku przepaścistej sali bez okien, zastawionej biurkami, komputerami, konsolami i przeszklonymi boksami. Tylną ścianę zajmowała ogromna, sterowana komputerowo, kolorowa mapa świata, na której można było wyświetlić dowolny obszar, na przykład plan śródmieścia Stambułu. Jak we wszystkich tego typu ośrodkach rządowych, było tu mnóstwo przeróżnych wodotrysków i bajerów. W Fedlandzie pieniądze nie są problemem.

Pracowałem zresztą na stałe nie tutaj, lecz przy wspomnianym już Federal Plaza 26 na dolnym Manhattanie. Tego sobotniego popołudnia miałem się jednak spotkać z pewnym Arabem, który przeszedł na naszą stronę i którego należało bezpiecznie dostarczyć do miasta, gdzie przez najbliższe kilka lat miał składać nam relację.

Zamiast przywitać się z kolegami z zespołu, najpierw skierowałem się do baru kawowego, który, w przeciwieństwie do bufetu w moim dawnym komisariacie, jest czysty, schludny i świetnie zaopatrzony, z pozdrowieniami od podatników.

Przy nalewaniu kawy guzdrałem się jak mogłem, żeby

jeszcze przez kilka minut odwlec powitanie. Potem spostrzegłem tacę z pączkami i logo NYPD, tacę z rogalikami i logo CIA i tacę z ciasteczkami owsianymi i logo FBI. Ktoś tu był bardzo dowcipny.

Bar znajdował się w części operacyjnej tej wielkiej sali; łączność była po drugiej stronie, na niskim podeście. Siedziała tam agentka na służbie, nadzorująca wszystkie gadżety i wichajstry.

Moja ekipa ulokowała się wokół czyjegoś pustego biurka, pogrążona w konwersacji. Składała się ze wspomnianych już: Teda Nasha z CIA i George'a Fostera z FBI oraz Nicka Montiego z policji nowojorskiej i Kate Mayfield z FBI. Trzech WASP-ów*, jeden makaroniarz.

Kate Mayfield podeszła do baru zrobić sobie herbaty. Podobno ma pełnić funkcję mojego mentora, cokolwiek to oznacza. Byle nie partnera.

— Ładny krawat — powiedziała.

— To mój ulubiony. Udusiłem nim kiedyś pewnego ninję w Tokio.

— Naprawdę? I co, jak panu u nas idzie?

— Niech pani mi to powie.

— Na to jeszcze za wcześnie. Proszę powiedzieć, dlaczego chce się pan przenieść do sekcji IRA?

— Muzułmanie nie piją, nie wiem, jak się pisze te ich pieprzone nazwiska i nie wolno podrywać ich kobiet.

— Już dawno nie słyszałam czegoś równie rasistowskiego i poniżającego, panie Corey.

— Widocznie nigdzie pani nie bywa.

— Nie jesteśmy w pańskim komisariacie, proszę się do tego przyzwyczaić.

— Ale ja jestem z komisariatu, proszę się do tego przyzwyczaić.

— Czyżbym miała właśnie do czynienia z próbą zastraszenia?

* White Anglo-Saxon Protestant, biały protestant pochodzenia angielskiego — określenie o zabarwieniu często pejoratywnym, używane przez inne grupy etniczne wobec anglosaskich mieszkańców Ameryki, uważających się za śmietankę społeczeństwa.

— Oczywiście. Posłuchaj, Kate. Dzięki wielkie za wściubianie... za twoją pomoc, lecz za tydzień i tak będę już w sekcji IRA albo się zwalniam.

Nie odpowiedziała.

Przyglądałem się jej, gdy mieszała herbatę. Około trzydziestki, blondynka, niebieskie oczy, jasna cera, mocno zbudowana, doskonale białe ząbki, bez biżuterii, tylko lekki makijaż i tak dalej. Absolutnie nieskazitelna lalunia z pipidówki, bez jednego syfka na buzi czy płatka łupieżu na błękitnym blezerze. Jak z obrazka. W liceum pewnie uprawiała ze trzy różne sporty, brała zimne prysznice, należała do harcerstwa, a na studiach organizowała grupy samopomocowe. Nienawidziłem jej. No, może nie aż tak, ale tym, co nas ze sobą łączyło, były jedynie niektóre organy wewnętrzne.

Trudno było rozpoznać jej akcent i przypomniało mi się, co mówił Nick Monti: jej ojciec też był w FBI i często się przeprowadzali.

Odwróciła się i wbiła we mnie spojrzenie, a ja je odwzajemniłem. Jej oczy, koloru niebieskiej farbki do tkanin, przewiercały człowieka na wylot.

— Trafił pan do naszego zespołu, bo ktoś nam pana naprawdę bardzo polecał — oznajmiła.

— Kto taki?

— Jeden z pana starych znajomych z wydziału zabójstw.

Nie pytałem dalej.

— A także — dodała — Ted i George. — Skinęła ku Palantowi i Matołkowi.

Prawie zakrztusiłem się kawą. Było dla mnie kompletną tajemnicą, czemu któryś z tych gości miałby powiedzieć o mnie cokolwiek dobrego.

— Nie przepadają za panem, ale zaimponował im pan w sprawie Plum Island.

— Mhm. Nawet sobie zaimponowałem.

— Czemu nie chce pan chociaż spróbować w sekcji Bliskiego Wschodu? Jeśli chodzi o Teda i George'a, to przeniesiemy pana do innego zespołu.

— Uwielbiam Teda i George'a, ale serce mi podpowiada, że chcę być w sekcji anty-IRA.

— To fatalnie. Tylko u nas coś się naprawdę dzieje. To jest

odskocznia do kariery zawodowej. IRA w tej chwili siedzi cicho i zachowuje się przyzwoicie, przynajmniej w Stanach.

— To świetnie. Kariery i tak już nie zamierzam robić.

— Natomiast Palestyńczycy i inne ugrupowania islamistów stanowią poważne potencjalne zagrożenie dla bezpieczeństwa narodowego.

— Nie żadne „potencjalne" — odparłem. — A World Trade Center?

Zbyła to milczeniem.

Przekonałem się już, że te trzy słowa odbierane są w ATTF jak coś w rodzaju „Pamiętajcie o Pearl Harbor". Świat wywiadu dał się w tej sprawie zaskoczyć z opuszczonymi spodniami, ale później jednak rozwiązał sprawę, więc powiedziałem to wyłącznie prowokacyjnie.

— Cały kraj dostaje paranoi na punkcie ewentualności przeprowadzenia przez islamistów ataku chemicznego, biologicznego albo nawet nuklearnego — ciągnęła Kate. — Przecież pan też się z tym spotkał przy sprawie Plum Island, mam rację?

— Tak.

— No, więc jak będzie? Reszta ATTF to nudy i zastój, a pan mi wygląda na człowieka czynu. Sekcja Bliskowschodnia to coś w sam raz dla pana — uśmiechnęła się.

Odwzajemniłem jej uśmiech.

— Czemu pani to robi? — zapytałem.

— Bo pana lubię. — Uniosłem brwi. — Kibicuję Neandertalczykom — dodała panna Mayfield.

— Brak mi słów.

— Proszę się jeszcze zastanowić.

— Postaram się. — Zerknąłem na monitor z rozkładem lotów. Lot, na który czekaliśmy, linii Trans-Continental numer 175 z Paryża nie miał opóźnienia. — Ile czasu nam to może zająć? — zapytałem.

— Jakieś dwie do trzech godzin. Z godzinę papierkowej roboty tutaj, potem wracamy z naszym domniemanym islamskim dezerterem na Federal Plaza i zobaczymy.

— Co zobaczymy?

— A panu się gdzieś spieszy?

— Tak jakby.

— Strasznie mi przykro, że bezpieczeństwo narodowe rujnuje pańskie życie towarzyskie.

Nie znalazłem na to dobrej riposty, odparłem więc tylko:

— Jako zagorzały fan bezpieczeństwa narodowego jestem do pani dyspozycji aż do osiemnastej.

— Może pan sobie wyjść, kiedy chce. — Wzięła herbatę i dołączyła do kolegów.

A ja zostałem z kawą i rozmyślaniami nad jej propozycją.

Rozdział 2

Sam Walters pochylił się na krześle, poprawił na głowie słuchawki z mikrofonem i spojrzał na zielony ekran radaru o niemal metrowej przekątnej. Na dworze było przyjemne kwietniowe popołudnie, ale trudno by się było tego domyślić w tej pogrążonej w półmroku, pozbawionej okien sali Centrum Kontroli Lotów w Nowym Jorku. Znajdowało się ono w Islip na Long Island, niemal osiemdziesiąt kilometrów na wschód od Lotniska Kennedy'ego.

— Jakieś problemy? — zapytał, stając przy Waltersie, Bob Esching, jego kierownik zmiany.

— Mamy RTF*, utratę łączności, Bob. Trans-Continental jeden-siedem-pięć z Paryża.

Esching skinął głową.

— Od jak dawna?

— Nikt nie może go złapać, od kiedy wyszedł z korytarza północnoatlantyckiego nad Gander. — Walters spojrzał na zegarek. — Od dwóch godzin.

— Czy cokolwiek na to wskazywało?

— Nic. — Walters popatrzył na ekran. — Nad punktem Sardi skręcił na południowy zachód, potem poleciał górną drogą Jet Trzydzieści Siedem. Zgodnie z planem lotu.

---

* RTF — Radio Telephone Failure, utrata łączności radiowej samolotu z ziemią.

— To pewnie się za parę minut odezwie i zapyta, czemu tak długo milczeliśmy — odparł Esching.

Walters skinął głową. Utrata łączności radiowej między samolotem i centrum kontroli lotów nie była znów taką rzadkością. Bywały dni, kiedy zdarzało się to dwu- albo i trzykrotnie. A potem zazwyczaj pilot się zgłaszał, mówił „Oj, przepraszam..." i okazywało się, że zmniejszył głośność do zera, nastawił złą częstotliwość lub działo się coś mniej niewinnego, do czego by się nie przyznał. Na przykład cała załoga zasnęła.

— A może piloci mają akurat stewardesy na kolanach — próbował żartować Esching.

Walters się uśmiechnął.

— Najlepsze wytłumaczenie, jakie słyszałem na temat RTF — powiedział — było takie, że pilot postawił tacę z obiadem między fotelami, taca się zsunęła, nacisnęła selektor i zmieniła im częstotliwość.

— Skomplikowany problem, proste wyjaśnienie — zaśmiał się Esching

— Zgadza się — Walters znów spojrzał na ekran. — Namiar w porządku.

— Mhm.

Jak zniknie echo, to dopiero można mówić o problemie, pomyślał Walters. Był akurat na służbie marcową nocą 1989 roku, kiedy samolot Air Force One z prezydentem na pokładzie zniknął z ekranu radaru na dwadzieścia cztery długie sekundy. Cała sala kontroli nagle skamieniała, a potem samolot wyłonił się z otchłani zawieszonego na chwilę komputera i wszyscy zaczęli znów oddychać. Później jednak był 17 lipca 1996 roku, kiedy to lot TWA 800 został przerwany i echo maszyny zniknęło z ekranu na zawsze... Walters wiedział, że nie zapomni tej nocy do końca życia. Ale teraz, pomyślał, to tylko zwyczajny RTF. A jednak coś go niepokoiło. Przede wszystkim, jak na brak łączności, trwało to zbyt długo.

Nacisnął kilka klawiszy i powiedział do mikrofonu na linii wewnętrznej:

— Sektor dziewiętnaście, tu dwadzieścia trzy. Ten RTF, Trans-Continental jeden-siedem-pięć, leci do was. Przekażę go wam za cztery minuty. Chciałem was tylko uczulić na wypadek, gdyby trzeba było coś poprzestawiać.

24

Wysłuchał odpowiedzi.

— No, macie rację, ten gość to jakiś idiota — odparł. — Całe wybrzeże Atlantyku usiłuje go od dwóch godzin wywołać na VHF, HF, a może nawet przez CB albo i sygnałami dymnymi. — Zachichotał i mówił dalej: — Jak facet wyląduje, będzie miał tyle pisania, że mógłby robić za Szekspira. Jasne. Pogadamy później. — Odwrócił się i pochwycił wzrok Eschinga. — W porządku?

— Mhm... Wiesz co, wywołaj wszystkich na linii i powiedz, że pierwszy sektor, który nawiąże z nim łączność, ma przekazać kapitanowi, żeby po wylądowaniu zadzwonił do mnie do centrum. Chcę sam porozmawiać z tym pajacem, żeby mu uświadomić, jakiego dymu narobił na całym wybrzeżu.

— I w Kanadzie.

— Właśnie. — Esching słuchał, jak Walters przekazuje wiadomość do wszystkich kontrolerów, którym podlegał lot Trans-Continental 175.

Do konsoli sekcji 23. zaczęli podchodzić inni kontrolerzy i praktykanci, którzy zakończyli już służbę lub mieli przerwę. Walters wiedział, że każdy chce zobaczyć, dlaczego kierownik Bob Esching opuścił swoje biurko i zszedł na dół. Esching — jak niezbyt uprzejmie określali to jego podwładni — znalazł się niebezpiecznie blisko procedury roboczej w toku.

Samowi Waltersowi wcale się nie podobał ten tłumek wokół, skoro jednak Esching ich nie odpędzał, nic nie mógł na to poradzić. Nie sądził zaś, żeby szef kazał się wszystkim wynosić. Brak łączności z lotem 175 stał się już głównym wydarzeniem wieczoru; poza tym ten minidramat stanowił dobrą lekcję dla młodych kontrolerów, którym trafiła się służba w sobotę.

Nikt się prawie nie odzywał, lecz Walters wyczuwał wśród nich mieszaninę ciekawości, zakłopotania i może nawet niepokoju.

Włączył radio i spróbował kolejny raz:

— Lot Trans-Continental jeden-siedem-pięć, tu centrum kontroli Nowy Jork. Czy mnie słyszysz?

Brak odpowiedzi.

Nadał jeszcze raz.

Znów milczenie.

W sali zapanowała cisza, przerywana jedynie poszumem

elektroniki. Nikt się nie wyrywał z komentarzami. Mówienie czegokolwiek w takiej sytuacji nie byłoby mądre; nieopatrznie rzucona uwaga mogła potem prześladować człowieka przez wiele lat.

W końcu jeden z kontrolerów nie wytrzymał.

— Napisz na faceta ostry raport, szefie — powiedział do Eschinga. — Przez niego przepadła mi przerwa.

Kilka osób się roześmiało, lecz śmiech zaraz ucichł. Esching odchrząknął.

— No, dobra, zajmijcie się wreszcie jakąś robotą. Zmywać mi się stąd.

Jego ludzie rozeszli się powoli, zostawiając Waltersa z Eschingiem samych.

— Nie podoba mi się to — rzekł cicho ten ostatni.

— Mnie też.

Esching wziął krzesło na kółkach i podjechał do kolegi. Przyjrzał się uważnie namiarom pechowego samolotu na ekranie. Okienko informacyjne głosiło, że jest to boeing 747, z nowej serii największych i najnowocześniejszych samolotów tego typu. Leciał dokładnie według planu, w kierunku Międzynarodowego Lotniska Kennedy'ego.

— Jak to, cholera, możliwe, żeby mu nie działały wszystkie radia? — zachodził w głowę.

— Niemożliwe — odparł Walters po namyśle — dlatego moim zdaniem albo głośność ma na zerze, albo wysiadł selektor częstotliwości, albo anteny się urwały.

— Ale... gdyby to była głośność lub selektor, załoga już by się dawno zorientowała.

— W takim razie albo awaria anten, albo, no, wiesz, to nowy model, mogło coś nawalić w elektronice, przez co wysiadło radio. To jest możliwe.

— Możliwe — zgodził się Esching. Lecz mało prawdopodobne, pomyślał. Kontakt głosowy z lotem 175 urwał się od momentu wyjścia maszyny z korytarzy atlantyckich i dotarcia nad kontynent amerykański. Książka Procedur Awaryjnych wspominała o tej rzadkiej możliwości, ale, jak pamiętał, nie zawierała jasnych wytycznych postępowania. Właściwie nie mogli więc zrobić niczego.

— Jeżeli radio ma w porządku — powiedział Walters — to

jak zacznie podchodzić do lądowania, musi się zorientować, że coś jest nie tak z głosem czy częstotliwością.

— Zgadza się. Słuchaj, jak myślisz, czy oni mogli się wszyscy pospać?

— No, wiesz — rzekł Walters po krótkim wahaniu — to się zdarza. Ale już dawno powinna się pojawić w kokpicie jakaś stewardesa.

— Mhm. Trochę to już za długo jak na RTF, co?

— Zaczyna być za długo... lecz, tak jak mówię, kiedy zacznie schodzić... Poza tym... jeśli nawet ma totalną awarię radia, mógłby nadać informację do swojej firmy, a oni by do nas zadzwonili.

— Dlatego właśnie uważam, że to raczej antena, tak jak powiedziałeś. Ile anten ma ten boeing?

— Nie jestem pewien. Ale sporo.

— Mogły się zepsuć wszystkie naraz?

— Być może.

— No, dobra, powiedzmy, że wie o awarii całego systemu radiowego. Mógłby jeszcze spróbować przez telefon powietrze--ziemia i połączyć się z kimś, kto by zadzwonił do nas. Już bywały takie sytuacje.

Walters potwierdził skinieniem głowy. Obaj mężczyźni wpatrzyli się w biały świetlny punkcik na ekranie radaru, który wędrował powoli od prawej do lewej, ciągnąc za sobą alfanumeryczną tabliczkę znamionową. Wreszcie Bob Esching powiedział coś, czego wcale nie miał ochoty mówić.

— To może być uprowadzenie. — Sam Walters milczał. — Sam?

— Słuchaj, Bob, samolot leci według planu, kurs i wysokość prawidłowe i wciąż nadaje kod transpondera dla przejścia transatlantyckiego. Gdyby to było uprowadzenie, to nadałby już kod alarmowy siedem-pięć-zero-zero, żeby nas ostrzec.

— No, tak... — Esching doszedł do wniosku, że sytuacja nie pasuje do żadnego ze znanych mu schematów porwań samolotów. Było tylko to dziwne milczenie, poza tym wszystko jak najbardziej w normie. Ale możliwe, że jakiś przebiegły porywacz wiedział o transponderze i zakazał pilotowi dotykać selektora kodów.

Esching zdawał sobie sprawę, że odpowiedzialność spoczywa teraz na nim. Przeklinał się w duchu za wzięcie na ochotnika sobotniej zmiany. Żona wyjechała do rodziców, dzieci były na studiach i wolał przyjść do pracy, niż siedzieć sam w domu.

— Co w ogóle możemy zrobić? — zapytał Walters.

— Ty rób to, co do tej pory. Ja zadzwonię do szefa wieży na Kennedym, a potem do dyspozytora Trans-Continentalu.

— Dobry pomysł.

Esching wstał i powiedział głośno, na użytek oficjalny:

— Słuchaj, Sam, nie sądzę, żebyśmy mieli do czynienia z czymś poważnym, ale byłoby nieodpowiedzialnością nie zameldować o tym tu i ówdzie.

— Masz rację — odparł Walters, tłumacząc sobie w myśli jego słowa: „Nie chcemy wyjść na niedoświadczonych i niekompetentnych panikarzy, lecz w tej sytuacji musimy chronić również własne tyłki".

— Połącz się z sektorem dziewiętnastym i przekaż im go.

— Dobra.

— I wezwij mnie, jeżeli cokolwiek się zmieni.

— Jasne.

Esching skierował się do swojego przeszklonego boksu na podwyższeniu z tyłu sali. Przez kilka minut siedział nieruchomo przy biurku, w nadziei, że Walters zawiadomi go zaraz o odzyskaniu łączności. Namyślał się, co powiedzieć szefowi wieży kontrolnej na Kennedym. Uznał, że rozmowa z wieżą będzie miała charakter czysto formalny, bez cienia niepokoju czy zatroskania w głosie, bez własnych opinii, same fakty. Natomiast rozmawiając z Trans-Continentalem, będzie musiał umiejętnie zrównoważyć lekkie zaniepokojenie i troskę.

Podniósł słuchawkę i wcisnął klawisz szybkiego połączenia z wieżą. Słuchając sygnału, zastanawiał się, czy nie powinien im jednak ujawnić, co czuje głęboko w trzewiach — że sytuacja jest naprawdę niewesoła.

Rozdział 3

Siedziałem na obrotowym krześle na kółkach, z kubkiem kawy w ręce. Obok czwórka moich kolegów z zespołu: Ted Nash, superszpion z CIA; George Foster, harcerzyk z FBI; Nick Monti, dobry człowiek z policji nowojorskiej, oraz Kate Mayfield, złote dziewczę z Federalnego Biura Sledczego. Każde z nas wzięło sobie krzesło na kółkach spośród stojących przy innych biurkach i trzymało w ręce kubek z kawą. Miałem ochotę na pączka, ale ludzie, nie wiedzieć czemu, zawsze sobie pokpiwają z gliniarzy z pączkiem w ręce, więc zrezygnowałem.

Pozdejmowaliśmy marynarki i widzieliśmy nawzajem swoje kabury z bronią. Po dwudziestu latach w policji wciąż jeszcze stwierdzam, że na ten widok wszyscy, nawet kobiety, ściszają głos o kilka dobrych tonów. Przeglądaliśmy teczki z aktami domniemanego skruszonego terrorysty nazwiskiem Asad Khalil. Tak na marginesie — to, co glina nazywa teczką, moi nowi przyjaciele zwą *dossier*. Policjant siedzi na tyłku i czyta teczkę, federalniak siedzi na swoim *derriere* i zapoznaje się z *dossier*.

W mojej teczce, a ich *dossier*, było niewiele. Kolorowe zdjęcie przesłane z ambasady w Paryżu, bardzo skąpy życiorys i coś w rodzaju krótkiego raportu w stylu co-ten-kutas-naszym--zdaniem-knuje, sporządzonego połączonymi siłami CIA, Interpolu, brytyjskiego MI-6, francuskiej Sûreté i paru innych tego typu firm rozsianych po Europie. Życiorys informował, że rzekomy zdrajca islamu jest Libijczykiem, mniej więcej trzydziestoletnim, rodzina nieznana. Poza tym niewiele więcej, tyle że mówi po angielsku, francusku, trochę po włosku i niemiecku. I oczywiście po arabsku.

Zerknąłem na zegarek, przeciągnąłem się, ziewnąłem i rozejrzałem po pokoju. Conquistador Club, oprócz tego, że był bazą ATTF, służył także jako biuro FBI i melina CIA, i Bóg wie co jeszcze. Lecz tego sobotniego popołudnia była tam tylko nasza piątka, pani oficer dyżurna imieniem Meg oraz Nancy Tate w recepcji. Tak się składa, że ściany są tam wykładane ołowiem, więc nie mógł nas podsłuchać ani podejrzeć nikt z zewnątrz, nawet sam Superman.

— Rozumiem, że zamierza nas pan opuścić — rzekł pytająco Ted Nash.

Nie odpowiedziałem, ale rzuciłem na niego okiem. Lubił się dobrze ubierać i widać było, że wszystko ma szyte na zamówienie, łącznie z butami i kaburą. Był dość przystojny, ładnie opalony, o włosach skropionych siwizną i przypomniało mi się bardzo wyraźnie, że Beth Penrose czuła do niego lekką miętę. Wmawiałem sobie oczywiście, że to nie z tego powodu go nie cierpię, podsycało to jednak bez wątpienia moją niechęć do tego faceta, tlącą się już od dość dawna.

— Jeżeli zgodzi się pan popracować przy tej sprawie przez dziewięćdziesiąt dni, wówczas pańska decyzja, jakakolwiek by była, zostanie naprawdę poważnie rozpatrzona — zwrócił się do mnie George Foster.

— Naprawdę? Poważnie?

Foster, jako wyższy funkcjonariusz FBI, był jakby szefem naszego zespołu, co pasowało Nashowi, który właściwie nie był u nas zatrudniony, lecz tylko się przyłączał, gdy sytuacja wymagała obecności CIA.

— Ted ma zadanie za granicą i za kilka tygodni nas opuści, więc zostanie nas tylko czwórka — dodał otwarcie Foster. Ubrany był w okropny błękitny garnitur z serży, w stylu „agent to ja".

— A nie mógłby nas opuścić od razu? — zasugerowałem subtelnie.

— Nash parsknął śmiechem. Tak przy okazji, to pan Nash, poza tym że startował do Beth Penrose, miał jeszcze na sumieniu grożenie mi podczas dochodzenia na Plum Island... a takich rzeczy łatwo nie wybaczam.

— Pracujemy nad naprawdę ciekawą i ważną sprawą, związaną z zamordowaniem umiarkowanego Palestyńczyka przez ekstremistów, tu, w Nowym Jorku — powiedział Foster. — Bardzo by się nam pan przydał.

— Naprawdę? — Mój uliczny instynkt podpowiadał mi, że ktoś mnie tu wpuszcza w maliny. Foster i Nash potrzebują gościa, który w razie czego beknie zamiast nich, i właśnie próbują mnie w to wrobić.

Przede wszystkim, cóż to za niezwykły zbieg okoliczności, że się znalazłem akurat w tym zespole. ATTF to nieduża firma, ale i tak ten układ wyglądał nieco podejrzanie. Poszlaka numer dwa polegała na tym, że Dupek i Głupek zażyczyli sobie mojej obecności ze względu na doświadczenie z wydziału zabójstw. Zamierzałem zapytać Doma Fanellego, skąd się właściwie dowiedział o tych kontraktowych agentach specjalnych. Domowi powierzyłbym własne życie, na pewno był w porządku; Nicka Montiego też wypadało uznać za czystego. Gliniarze nie wkopują innych gliniarzy, a już na pewno nie na życzenie rządu.

Spojrzałem na Kate Mayfield. Gdyby się okazało, że też jest w zmowie z Nashem i Fosterem, żeby mnie wkopać, naprawdę złamałoby to moje zimne, stwardniałe serce. Pani Mayfield się uśmiechnęła. Odwzajemniłem jej uśmiech. Gdybym był Nashem lub Fosterem i chciał złapać na haczyk Johna Coreya, użyłbym Kate Mayfield jako przynęty.

— Do tego wszystkiego trzeba się trochę przyzwyczaić — zwrócił się do mnie Nick Monti. — Czy wiesz, że prawie połowa gliniarzy i byłych gliniarzy, którzy się tu zatrudniają, szybko odchodzi? Niby jesteśmy jedną wielką rodziną, te sprawy, lecz w ich oczach każdy, kto przyszedł z policji, to dziecko, które nie zdało na studia, nie ma stałej pracy i zawsze chce pożyczyć samochód albo pieniądze.

— To nieprawda, Nick — zaprotestowała Kate.

— Jasne, jasne — zaśmiał się Monti i dodał, patrząc na mnie: — Pogadamy o tym kiedyś przy piwku.

— Postaram się podejść do tego w otwarty sposób — powiedziałem do zebranych. Co znaczyło: „pieprzcie się". Ale człowiek nie mówi głośno takich rzeczy, bo nie chce, żeby zabrali przynętę. To nawet ciekawe. Przyczyną moich kiepskich manier było też to, że brakowało mi NYPD. Roboty, jak się to u nas mówiło. Tęskniłem za dawnymi czasami i trochę się nad sobą użalałem.

Pochwyciłem spojrzenie Nicka. Nie znałem go w Robocie, ale wiedziałem, że pracował jako detektyw w Intelligence Unit, Zespole Wywiadu, czyli jak najbardziej nadawał się tutaj. Mnie zaś potrzebowali rzekomo do tej sprawy zabójstwa Palestyńczyka i pewnie do innych morderstw związanych z terrorystami, dlatego dali mi ten kontrakt. Tak naprawdę uważam, że to nie jest kontrakt dla mnie, tylko *na mnie*.

— Wiesz, dlaczego Włosi nie lubią świadków Jehowy? — zapytałem Nicka.

— Nie, dlaczego?

— Bo Włosi w ogóle nie lubią świadków.

Nick wybuchnął śmiechem, lecz pozostała trójka wyglądała, jakbym właśnie puścił głośnego bąka. Federalni, musicie to wiedzieć, są strasznie politycznie poprawni i mają tak mocno zaciśnięty odbyt, bo skurwysyńsko się boją Waszyngtońskiej Policji Myśli. Są po prostu totalnie zastraszeni bzdurnymi dyrektywami, które płyną do nich ze stolicy jak niekończąca się biegunka. Oczywiście wszyscy w ostatnich latach staliśmy się nieco wrażliwsi i bardziej powściągliwi w wypowiedziach, co nie jest takie złe. Ale federalniacy mają istną paranoję na punkcie obrażania uczuć i dyskryminacji i puszczają na przykład takie teksty: „Dzień dobry, panie terrorysto, nazywam się George Foster i jestem oficerem FBI. Informuję pana uprzejmie, że mam pana dzisiaj przymknąć".

— Trzy punkty ujemne, detektywie Corey — powiedział Nick Monti. — Obraza grupy etnicznej i uczuć religijnych.

Nash, Foster i Mayfield najwyraźniej czuli coś między podenerwowaniem a zakłopotaniem, dlatego że choć nie wprost, ale jednak drzemy z nich łacha.

Co do Montiego, to był około pięćdziesiątki, żonaty i dzieciaty, lekko łysiejący i z brzuszkiem. Wyglądał tatusiowato i niewinnie, zupełnie nie jak gość mający cokolwiek wspólnego z wywiadem. Musiał faktycznie być dobry, skoro go federalni wyciągnęli z policji.

Zapoznałem się z dossier pana Asada Khalila. Wyglądało, że ten arabski dżentelmen podróżował sporo po Europie Zachodniej, a tam, gdzie się pojawiał, osoby lub rzeczy pochodzące z Ameryki lub Wielkiej Brytanii doznawały zwykle uszczerbku. Bomba w ambasadzie brytyjskiej w Rzymie, bomba w amerykańskiej katedrze w Paryżu, bomba w amerykańskim kościele luterańskim we Frankfurcie, zamordowanie siekierą oficera amerykańskiego lotnictwa przed bazą Lakenheath w Anglii, zastrzelenie w Brukseli trojga amerykańskich uczniów, dzieci oficerów NATO. To ostatnie wydało mi się szczególnie ohydne; zastanawiałem się, co jest z tym gościem nie tak.

Żadnego z wymienionych zdarzeń nie dało się jednak powiązać z panem Khalilem wprost. Zaczęto go więc obserwować, żeby ustalić jego kontakty albo spróbować złapać na gorącym uczynku. Domniemany bandzior zdawał się jednak nie mieć wspólników, kontaktów z kimkolwiek ani powiązań z terrorystami, z wyjątkiem członków Klubu Rotariańskiego i wolnomularzy. Żartowałem.

Przeczytałem notkę sporządzoną przez podpisanego kryptonimem agenta z nieznanej mi agencji wywiadowczej. „Asad Khalil wjeżdża do danego kraju otwarcie i legalnie, jako turysta na libijskim paszporcie. Zawiadamiane są władze, a on poddawany jest obserwacji w celu ustalenia kontaktów. Za każdym razem udaje mu się zniknąć i opuścić kraj potajemnie — ponieważ jego wyjazd nigdy nie został odnotowany na granicy. Następnym razem zalecałbym zdecydowanie aresztować go i przesłuchać w momencie wjazdu".

Dobry pomysł, Sherlocku. To właśnie zamierzamy zaraz uczynić.

Martwiła mnie w tym wszystkim jedna rzecz. Bandzior nie wyglądał mi na takiego, który byłby skłonny oddać się w nasze ręce, skoro wyprzedzał nas o kilka długości.

Przeczytałem ostatnią stronę dossier. Na razie gość robił wrażenie samotnika o nieprzychylnym nastawieniu do cywilizacji zachodniej. Lecz już niedługo mieliśmy się dowiedzieć, w co on naprawdę gra.

Przyjrzałem się kolorowej fotografii pana Khalila, przysłanej z Paryża. Wyglądał na kanalię, ale nie był odpychający. Typ śniadego przystojniaka; gładko zaczesany do tyłu, orli nos, głębokie, ciemne oczy. Na pewno zaliczył niejedną dziewczynę... albo chłopaka.

Moi koledzy gwarzyli właśnie o sprawie. Wyglądało na to, że nasze zadanie tego dnia polega tylko na zastosowaniu wobec pana Khalila aresztu ochronnego, przeprowadzeniu na miejscu krótkiego przesłuchania, zdjęciu odcisków, porobieniu zdjęć i tak dalej. Oprócz tego miał go przepytać oficer imigracyjny w kwestii azylu. W system federalny wbudowano tyle zupełnie zbędnych i dublujących się działań, że w sytuacjach podbramkowych spychologię zaczyna uprawiać mniej więcej pięćset osób naraz.

Po godzinie czy dwóch mieliśmy przewieźć typa na Federal Plaza, gdzie, jak sądziłem, spotka odpowiednie osoby, które wraz z moim zespołem ocenią szczerość jego przejścia na stronę świata chrześcijańskiego. Następnie — jutro, za tydzień, a może za miesiąc — pan Khalil znajdzie się w jakimś przybytku CIA poza Waszyngtonem, gdzie przez rok wyśpiewa im wszystko, co wie, po czym otrzyma kilka dolców i nową tożsamość, dzięki której, jak znam CIA, będzie mógł biedaczyna robić za potomka pionierów Dzikiego Zachodu.

— Kto ma blond włosy, niebieskie oczy, duże cycki i mieszka w południowej Francji? — zapytałem tymczasem kolegów. Nie wiedzieli, więc im powiedziałem: — Salman Rushdie.

Nicka tak to ubawiło, że aż klepnął się w kolano.

— Jeszcze dwa punkty ujemne, detektywie Corey.

Dwaj pozostali uśmiechnęli się półgębkiem, a Kate przewróciła tylko oczami.

No, dobra, może trochę przesadzałem, ale nie zabiegałem o tę fuchę. Poza tym i tak zostały mi w zapasie już tylko dwa kąśliwe komentarze i jeden kiepski kawał.

— Jak pan może czytał w notatce operacyjnej od Zacha Webera — rzekła pani Mayfield — Asada Khalila eskortują Phil Hundry z FBI i Peter Gorman z CIA. Przejęli go w Paryżu i lecą klasą biznesową. Dopóki nie zostanie postanowione, czy Khalil będzie świadkiem rządowym, musi być w kajdankach.

— A komu zaliczą mile do ulgowych przelotów? — chciałem wiedzieć.

— Obaj agenci z panem Khalilem wysiądą jako pierwsi — ciągnęła, ignorując mnie. — My będziemy na nich czekać w rękawie, przy drzwiach samolotu. Przylot ma w dalszym ciągu o czasie — dodała, zerkając na zegarek. — Za dziesięć minut idziemy do wyjścia.

— Nie spodziewamy się oczywiście żadnych problemów, ale bądźmy czujni — rzekł Ted Nash. — Jeśliby ktoś zamierzał go zabić, ma tylko kilka okazji... przy wyjściu z samolotu, w furgonetce po drodze tutaj i podczas jazdy na Manhattan. Potem pan Khalil znika w trzewiach systemu i nikt go już więcej nie zobaczy ani nie usłyszy.

— Kazałem obstawić furgonetkę policjantami z Władz Portowych i mundurowymi z NYPD — oznajmił Nick. — Mamy też policyjną eskortę do Federal Plaza. Każda próba załatwienia gościa to będzie samobójcza akcja.

— Której mimo wszystko — wtrącił pan Foster — nie możemy wykluczyć.

— W Paryżu nałożyli mu kamizelkę kuloodporną — poinformowała Kate. — Zadbaliśmy o wszystko, nie powinno być problemów.

Nie powinno. Nie tu, na ziemi amerykańskiej. W rzeczy samej zupełnie nie mogłem sobie przypomnieć, żeby FBI czy NYPD kiedykolwiek zdarzyło się stracić więźnia albo świadka podczas transportu, więc cała ta akcja zapowiadała się na bułkę z masłem.

Przećwiczyliśmy słownie przejście przez terminal do wyjścia, a potem do rękawa i na płytę lotniska. Wsadziliśmy Khalila z Gormanem i Hundrym do nieoznakowanej furgonetki, a potem przejechaliśmy do siedziby naszego klubu z jednym samochodem policji lotniskowej z przodu i drugim z tyłu. Auta Władz Portowych były wyposażone w radia, których zgodnie z przepisami mieliśmy używać na zewnątrz budynków i w okolicy samolotu. Po powrocie do Conquistador Club należało wezwać człowieka z urzędu imigracyjnego, który załatwi formalności przyjazdowe. Brakowało nam do kompletu tylko drogówki z mandatami za nieprawidłowe parkowanie.

W pewnym momencie mieliśmy znów wsiąść do furgonetki i w towarzystwie eskorty przejechać okrężną drogą na Manhattan, sprytnie omijając muzułmańskie dzielnice Brooklynu. Tamtędy miała pojechać dla zmyłki okratowana policyjna suka i wóz patrolowy na sygnale. Przy odrobinie szczęścia miałem szansę na znalezienie się o szóstej we własnym samochodzie, w drodze na Long Island, na randkę z Beth Penrose.

Na razie w drzwiach sali pojawiła się Nancy Tate.

— Furgonetka przyjechała — oznajmiła.

— Czas ruszać — ogłosił Foster, wstając z miejsca. A potem dodał, patrząc na Nicka i na mnie: — A może jeden z was został by tutaj, na wypadek gdyby był jakiś ważny telefon?

— Ja zostanę — rzekł Nick.

Foster nabazgrał mu na kartce numer swojej komórki.

— Zadzwoń, jeśli ktoś się odezwie.

— Dobra.

Wychodząc, spojrzałem na monitor. Dwadzieścia minut do planowego lądowania.

Zastanawiałem się potem często, jak by się to wszystko potoczyło, gdybym to ja został zamiast Nicka.

Rozdział 4

Ed Stavros, kierownik wieży kontrolnej Międzynarodowego Portu Lotniczego imienia Kennedy'ego trzymał przy uchu telefon i słuchał Boba Eschinga, kierownika zmiany Nowojorskiego Centrum Kontroli Lotów. Stavros nie był pewien, czy Esching mówi z troską w głosie, czy nie, lecz nietypowe było już samo to, że w ogóle dzwoni.

Wzrok Stavrosa odruchowo powędrował ku wielkim, przyciemnianym oknom wieży, przez które widać było lądującą maszynę Lufthansy, A-340. Uzmysłowił sobie, że Esching już zamilkł, zaczął się więc namyślać, co on sam ma powiedzieć, żeby zabrzmiało to kompetentnie, kiedy przesłucha taśmę cała sala posępnych mądrali, debatujących nad rozlanym mlekiem. Odchrząknął i zapytał:

— Rozmawiał pan z Trans-Continentalem?

— Będę za chwilę.

— Dobrze... w takim razie ja się połączę z PA i uruchomię Policyjną Służbę Ratowniczą. Boeing z serii siedemset, tak?

— Tak jest.

Stavros pokiwał głową. Ludzie ze służby ratowniczej znali na pamięć wszystkie będące w użyciu typy samolotów, jeśli chodzi o wyjścia, klapy bezpieczeństwa, rozkład foteli i tak dalej.

— Ale ja nie ogłaszam alarmu — powiedział Esching. — Zawiadamiam tylko...

— Jasne, rozumiem. Będziemy się stosować do przepisów,

ogłoszę to jako stan trzy-dwa. Potencjalne zagrożenie. W porządku?

— Tak, tak... ale to może być...

— Co?

— Nie, nic. Nie chciałbym spekulować, panie Stavros.

— Nie proszę pana o spekulowanie, panie Esching. Czy mam ogłosić trzy-trzy?

— To już pańska decyzja, nie moja. Mamy utratę łączności od ponad dwóch godzin, lecz poza tym żadnych oznak zagrożenia. Za minutę czy dwie będziecie go już mieli na radarze. Po prostu obserwujcie go uważnie.

— Dobra. Coś jeszcze?

— Nic więcej.

— Dzięki — rzekł Ed Stavros i się rozłączył.

Podniósł słuchawkę czarnego telefonu, łączącego go bezpośrednio z Władzami Portowymi. Po trzech sygnałach usłyszał:

— Guns and Hoses*, do usług.

Stavros wiedział, że ta odzywka jest aluzją do roli Władz Portowych, które poza policyjnymi pełniły też funkcje straży pożarnej i służby ratowniczej. Nie przepadał jednak za poczuciem humoru tych ludzi.

— Mam przylot z RTF. Boeing siedemset czterdzieści siedem Trans-Continentalu, lot sto siedemdziesiąt pięć.

— Przyjąłem, wieża. Który pas?

— Wyznaczony jest zero-cztery prawy, ale skąd mam wiedzieć, gdzie wyląduje, skoro nie mamy łączności?

— Słuszna uwaga. Oczekiwany czas przylotu?

— Według rozkładu szesnasta dwadzieścia trzy.

— Rozumiem. Zgłaszacie trzy-dwa czy trzy-trzy?

— Zaczniemy standardowo od trzy-dwa, a potem możemy podnieść albo zmniejszyć, zależnie od sytuacji.

— Albo zostawić jak jest.

Stavros zdecydowanie nie lubił cwaniacko-aroganckiego stylu tych facetów — a mężczyznami byli w tej firmie wszyscy, nawet kobiety. Ktoś, kto wymyślił, żeby połączyć trzy profesje

---

* Guns and Hoses (karabiny i węże strażackie) — parafraza nazwy zespołu rockowego Guns'n Roses (karabiny i róże).

38

typowych *macho* — policjanta, strażaka i ratownika — w jedną, musiał chyba postradać rozum.

— Z kim rozmawiam? — zapytał. — Z Bruce'em Willisem?

— Sierżant Tintle, do usług. A z tamtej strony?

— Stavros.

— A więc, panie Stavros, zapraszamy do remizy. Dostanie pan ładne ubranko ognioodporne i toporek i jeśli maszyna się rozbije, ma pan szansę na to, by być jednym z pierwszych w środku.

— Samolot, o którym mówimy, sierżancie, ma tylko utratę łączności, a nie awarię instrumentów. Proszę się zanadto nie ekscytować.

— Uwielbiam, jak się pan tak złości.

— Dobra, w takim razie gadamy oficjalnie — powiedział Stavros. — Przechodzę do czerwonego.

Rozłączył się i wcisnął klawisz czerwonego telefonu, który połączył go ponownie z Tintle'em.

— Władze Portowe, Służba Ratownicza, słucham — powiedział tym razem sierżant.

Każde ich słowo było teraz nagrywane i Stavros trzymał się ściśle procedury.

— Tu wieża kontrolna — zameldował. — Zgłaszam trzy-dwa, lot jeden-siedem-pięć Trans-Continentalu, boeing siedemset czterdzieści siedem, lądowanie na pasie zero-cztery prawym, przylot według rozkładu za mniej więcej dwadzieścia minut. Wiatr zero-trzy-zero, dziesięć węzłów. Trzysta dziesięć dusz na pokładzie. — Stavros zawsze się zastanawiał, czemu pasażerów i załogę nazywa się „duszami". Brzmiało to tak, jakby już byli martwi.

Sierżant powtórzył treść zgłoszenia i oznajmił:

— Wysyłam jednostki ratownicze.

— Dziękuję, sierżancie.

— Dziękujemy za zgłoszenie, sir. Doceniamy powagę sytuacji.

Stavros odłożył słuchawkę i potarł palcami skronie.

— Co za idioci — mruknął.

Wstał i rozejrzał się po wielkim pomieszczeniu wieży kontrolnej. Kilkoro obecnych tu ludzi wpatrywało się z uwagą w ekrany radarów, rozmawiało przez radio i od czasu do czasu spoglądało za okno. Praca w wieży była trochę mniej stresująca niż w centrum kontroli lotów, gdzie siedziało się w pokoju bez okien — ale tylko trochę. Dobrze pamiętał dzień, w którym dwóch jego pracowników spowodowało zderzenie samolotów na pasie. Miał wtedy wolne i tylko dzięki temu wciąż tu pracował.

Podszedł do wielkiego okna. Z wysokości stu metrów, czyli jakby z dachu trzydziestopiętrowego wieżowca, miał fantastyczny widok na całe lotnisko, zatokę i ocean, szczególnie teraz, po południu, gdy słońce świeciło z tyłu. Spojrzał na zegarek, była prawie czwarta. Zaraz miałby koniec zmiany, lecz nie w tej sytuacji.

Obiecał żonie być o siódmej w domu, zaprosili na obiad znajomych. Był przekonany, że jeszcze może zdążyć albo spóźnić się w granicach przyzwoitości. Jeśli nawet je przekroczy, to i tak będzie mu wybaczone, kiedy uraczy wszystkich ciekawą historią z lotniska. Ludzie uważali, że ma wspaniałą pracę i po paru głębszych lubił podtrzymywać w nich to wrażenie.

Zakarbował sobie w pamięci, żeby zadzwonić do domu, kiedy Trans-Continental wyląduje. Potem będzie musiał porozmawiać przez telefon z kapitanem samolotu i napisać wstępny raport na temat zdarzenia. Zakładając, że była to rzeczywiście tylko awaria łączności, powinien wyjechać około szóstej, z dwiema nadgodzinami w kieszeni.

Przepowiedział sobie w myśli rozmowę z Eschingiem. Najchętniej przesłuchałby taśmę, na której zapisano każde ich słowo, ale FAA* nie była taka głupia, żeby pozwalać na coś podobnego.

W rozmowie z Eschingiem coś zwróciło jego uwagę. Nie tyle słowa, co ton rozmówcy. Esching był najwyraźniej zaniepokojony i nie bardzo umiał to ukryć. A przecież dwie godziny utraty łączności nie oznaczały jeszcze niebezpieczeństwa, najwyżej nietypową sytuację. Stavros zastanawiał się przez chwilę, co by było, gdyby na pokładzie boeinga wybuchł pożar. Wystarczyłoby to do zmiany stopnia alarmu ze standar-

* FAA — Federal Aviation Agency, Federalna Agencja Lotnictwa; wydział Departamentu Transportu, nadzorujący lotnictwo cywilne.

dowego trzy-dwa na trzy-trzy. Trzy-cztery oznaczało nie-
uchronną lub zaistniałą katastrofę i łatwą decyzję. Ale w nieznanej sytuacji decyzja była trudna.

Istniała oczywiście nikła możliwość, że to porwanie, chociaż
Esching powiedział, że nie dostali takiego kodu transpondera.

Stavros zastanawiał się nad tymi dwiema opcjami. Trzy-dwa
czy trzy-trzy? Trzy-trzy z pewnością wymagałoby bardzo
obfitej twórczości w raporcie, jeżeli alarm okazałby się na
wyrost. Postanowił na razie zostawić trzy-dwa i ruszył do
bufetu zrobić sobie kawy.

— Szefie?

Wołał go jeden z kontrolerów, Roberto Hernandez.

— Co tam?

— Miałem właśnie telefon z kontroli lotów o tym Trans-
-Continentalu — oznajmił Hernandez, zdejmując słuchawki.

— I co? — Stavros odstawił kawę.

— Samolot zaczął schodzić wcześniej, niż powinien, i prawie się zderzył z US Airways do Filadelfii.

— Jezu. — Stavros spojrzał za okno. Nie rozumiał, jak
pilot Trans-Continentalu mógł nie zauważyć innego samolotu
w jasny, słoneczny dzień. A nawet gdyby, to przecież system
ostrzegania przed kolizją powinien włączyć alarm dźwiękowy
jeszcze przed znalezieniem się obu maszyn w zasięgu wzroku
ich pilotów. To była pierwsza wskazówka, że coś naprawdę
może być nie w porządku. Tylko co, u diabła ciężkiego?

— Mam go, szefie — powiedział nagle Hernandez, wpat-
rujący się w ekran radaru.

Stavros podszedł do jego konsoli i spojrzał na punkt świetlny. Samolot bez wątpienia schodził do lądowania na instrumen-
tach, kierując się ku jednemu z północno-wschodnich pasów
lotniska.

Pamiętał jeszcze czasy, kiedy praca w wieży na Kennedym
polegała po większej części na wyglądaniu przez okno. Teraz
kontrolerzy siedzieli przed takimi samymi urządzeniami elek-
tronicznymi, jak ich koledzy w ciemnym pomieszczeniu na-
ziemnego centrum kontroli, lecz z wieży można było jednak
w razie potrzeby wyjrzeć na zewnątrz.

Stavros wziął silną lornetkę Hernandeza i przeszedł do
południowego okna z pancernego szkła. Przy każdym oknie

znajdowała się konsola komunikacyjna, z której można było korzystać, mając jednocześnie bezpośredni widok na nadlatujące samoloty i to, co się działo na pasach startowych, drogach dojazdowych i wokół terminali. Zazwyczaj nie było to potrzebne, lecz dzisiaj Stavros, by tak rzec, chciał być na mostku kapitańskim, kiedy w zasięgu wzroku pojawi się lądująca maszyna.

— Prędkość? — zapytał Hernandeza.

— Trzysta dwadzieścia kilometrów na godzinę. Schodzi na tysiąc siedemset pięćdziesięciu metrach.

— Okay.

Stavros podniósł znów czerwony telefon, nacisnął też klawisz głośnika alarmowego wieży i powiedział:

— Służba ratownicza, tu wieża kontrolna, odbiór.

W ciszy rozległa się odpowiedź:

— Wieża, tu służba ratownicza. Co się dzieje? — Poznał głos Tintle'a.

— To się dzieje, że zmieniam status na trzy-trzy.

— Na jakiej podstawie? — zapytał tamten po chwili milczenia. Arogancja gdzieś zeń wyparowała.

— Na takiej podstawie, że o włos uniknął zderzenia z innym samolotem.

— O cholera. Co z nim jest, pana zdaniem?

— Nie mam pojęcia.

— Porwanie?

— Porwanie nie sprawia, że pilot leci, jakby miał oczy w dupie.

— Mhm... No, to może...

— Nie ma czasu na spekulacje. Maszyna już jest na ostatnich dwudziestu pięciu kilometrach podejścia na pas zero--cztery prawy. Zrozumiałeś?

— Podejście na pas zero-cztery prawy.

— Zgadza się.

— Ogłoszę w jednostce, że mamy trzy-trzy.

— Dobrze.

— Proszę o potwierdzenie typu — powiedział Tintle.

— Bez zmian, boeing siedemset czterdzieści siedem. Dam znać, jak wleci w zasięg wzrokowy.

— Zrozumiałem.

Stavros rozłączył się i podniósł do oczu lornetkę. Zaczął przepatrywać metodycznie horyzont, zaczynając od końca pasa, myślami jednak był przy odbytej właśnie rozmowie. Przypomniał sobie, że spotkał Tintle'a parę razy podczas wspólnych narad Komisji Ratownictwa. Nie przepadał za jego stylem, ale miał wrażenie, że facet jest kompetentny. Jak przystało na kowboi, nazywających siebie „Guns and Hoses", ratownicy najczęściej spędzali czas w remizie przy kartach, telewizji i pogawędkach o kobietach. Często też pucowali do połysku swoje wozy, uwielbiali bowiem lśniące karoserie. Widywał ich jednak także w akcji i był przekonany, że poradzą sobie z każdą sytuacją, czy będzie to rozbity samolot, pożar na pokładzie, czy nawet porwanie. Tak czy inaczej, kiedy samolot się zatrzyma, nie będzie już w jego gestii. Świadomość, że cały ten bajzel ze statusem trzy-trzy zostanie pokryty z budżetu Władz Portowych, a nie Federalnej Agencji Lotnictwa, sprawiała mu niejaką przyjemność.

Stavros opuścił lornetkę, przetarł oczy, po czym znów spojrzał przez nią w kierunku pasa.

Obie jednostki ratownicze ruszyły już do akcji. Na skraju pasa dostrzegł imponujący zestaw pojazdów z mrugającymi czerwonymi kogutami na dachach. Stały daleko jeden od drugiego, żeby w razie rozbicia się samolotu tak ogromnego jak 747 nie zostały zmiażdżone wszystkie naraz.

Zauważył dwa pojazdy szybkiego przechwytywania — RIV — oraz cztery wielkie wozy strażackie typu T2900. Był też ciężki wóz ratowniczy ESU, dwie karetki pogotowia i sześć aut Władz Portowych, plus ruchome stanowisko dowodzenia, wyposażone w centralę telefoniczną i mające połączenie radiowe ze wszystkimi niezbędnymi agendami w Nowym Jorku. Stał tam także wóz ratownictwa chemicznego z załogą przeszkoloną w wojsku. W pewnym oddaleniu widział ciężarówkę ze schodkami i przenośny szpital. Brakowało jedynie przewoźnej kostnicy, lecz podjeżdżano nią tylko w razie potrzeby, a i to niespiesznie.

Ed Stavros przyjrzał się scenie, którą właściwie sam wyreżyserował, biorąc do ręki czerwony telefon. Jedna część jego ja wcale nie pragnęła problemów z nadlatującym samolotem. Druga... cóż, ogłosił alarm trzy-trzy po raz pierwszy od dwóch lat i trochę się niepokoił, czy nie zareagował przesadnie. A jednak przesada była w tym wypadku lepsza niż reakcja zbyt słaba.

— Jedenaście kilometrów — zameldował Hernandez.

Stavros zaczął znów metodycznie przepatrywać obszar na horyzoncie, gdzie Atlantyk stykał się z nowojorskim smogiem.

— Dziewięć i pół kilometra.

— Mam go. — Nawet przez silną lornetkę 747 był na razie zaledwie kreską na błękicie nieba. Z każdą sekundą jednak maszyna rosła w oczach.

— Osiem kilometrów.

Stavros nie odrywał wzroku od nadlatującego samolotu. Widział już w życiu tysiące podchodzących do lądowania maszyn i w tym, co teraz oglądał, nie było absolutnie niczego niepokojącego. Tyle że radio wciąż milczało.

— Sześć i pół.

Postanowił skontaktować się bezpośrednio z dowódcą grupy ratowniczej.

— Jednostka Pierwsza, tu wieża — rzucił do radiotelefonu nastawionego na częstotliwość naziemną.

— Wieża, tu Pierwsza. Czym dziś możemy panu służyć?

O Boże, pomyślał Stavros, następny cwaniaczek. To chyba u nich warunek przyjęcia do pracy.

— Mówi Stavros, kierownik zmiany. Z kim rozmawiam?

— Sierżant Andy McGill, „Guns and Hoses", gitara prowadząca. Co gramy?

Stavros uznał, że z pewnością nie ma ochoty grać w grę tego kretyna.

— Chciałbym ustanowić z wami bezpośredni kontakt — rzekł sucho.

— Ustanowiony.

— Okay. Nasz samolot jest w polu widzenia, panie McGill.

— My też go widzimy.

— Schodzi swoim torem — dodał Stavros.

— Świetnie. Nienawidzę, jak nam lądują na głowach.

— W dalszym ciągu RTF?

— Zgadza się.

— Trzy i pół kilometra — oznajmił Hernandez. — Wciąż na kursie, wysokość tysiąc pięćset.

44

Stavros widział już wielki odrzutowiec bardzo wyraźnie.

— Potwierdzam siedemset czterdzieści siedem. Podwozie i klapy w porządku — nadał do McGilla.

— Zrozumiałem. Mamy go.

— Dobrze, jest wasz. — Stavros odłożył radiotelefon.

Hernandez odszedł od konsoli i stanął obok szefa. Inni kontrolerzy niemający akurat zajęcia też zgromadzili się przy oknie.

Stavros wpatrywał się w boeinga, jakby był zahipnotyzowany przez tę wielką maszynę, która przekroczyła właśnie próg pasa startowego i opadała ku betonowej nawierzchni. Samolot nie różnił się niczym od wszystkich innych lądujących 747, które w życiu oglądał. Nagle jednak dotarło do niego, że dziś na pewno nie zdąży do domu na kolację.

Rozdział 5

Furgonetka dowiozła nas pod terminal przylotów międzynarodowych. Weszliśmy do strefy Trans-Continentalu. Ted Nash i George Foster szli przodem, a Kate Mayfield i ja za nimi. Chodziło o to, żebyśmy nie wyglądali jak czterech federalnych w akcji, gdyby nas ktoś obserwował. Można lekceważyć przeciwnika, ale nie wolno lekceważyć zasad rzemiosła.

Sprawdziłem na tablicy przylotów, że lot 175 Trans-Continentalu jest o czasie, co znaczyło, że powinien wylądować za dziesięć minut i podkołować do wyjścia 23.

Idąc tam, przyglądaliśmy się bacznie mijanym ludziom. Zazwyczaj nie widuje się w takich sytuacjach bandytów ładujących pistolety, ale niesamowite jest to, jak po dwudziestu latach w policji człowiek potrafi dostrzec zagrożenie.

Tego niedzielnego kwietniowego popołudnia w terminalu nie było tłumów i wszyscy wyglądali mniej więcej normalnie, poza nowojorczykami, którzy wyglądają zawsze, jakby byli na krawędzi świra.

— Zachowuj się wobec Teda po ludzku, dobrze? — odezwała się nagle Kate.

— Dobrze.

— Mówię poważnie.

— Tak jest, psze pani.

— Im bardziej go drażnisz, tym bardziej mu się to podoba — rzekła, nie bez pewnej przenikliwości.

Właściwie miała całkowitą rację. Ale nic na to nie poradzę, że Ted Nash ma pewne cechy, których nie lubię — między innymi kołtuństwo i kompleks wyższości. Przede wszystkim jednak nie ufam mu.

Ludzie oczekujący na przylot samolotu z zagranicy gromadzą się zwykle w pobliżu odprawy celnej, więc wmieszaliśmy się tam w tłum, wypatrując dyskretnie osób zachowujących się podejrzanie, cokolwiek by to znaczyło.

Zakładam, że przeciętny zamachowiec orientuje się, że jeśli jego cel jest chroniony, to z pewnością nie będzie przechodził przez odprawę celną. Z drugiej strony, nasi terroryści nie są jednak zbyt lotni, a niektóre głupstwa, jakie zdarzało im się popełniać, przeszły już do legendy. Nick Monti na przykład twierdzi, że goście z ATTF tylko mediom wciskają, jacy to terroryści są groźni, a prywatnie przy piwku opowiadają historie o ich bezbrzeżnej głupocie. O tym, że niebezpieczni są głównie dla samych siebie. Pewnie to prawda, lecz warto jednak pamiętać o World Trade Center, nie wspominając o dwóch zamachach bombowych na nasze ambasady w Afryce.

— Pobędziemy tu ze dwie minuty, a potem przejdziemy do wyjścia dwadzieścia trzy — powiedziała Kate.

— Czy mam już rozwinąć transparent „Witamy Asada Khalila"? — zapytałem.

— Później, przy samym wyjściu. Coś w tym sezonie dezercja jest w modzie.

— To znaczy?

— W lutym był poprzedni.

— Opowiedz.

— Podobna historia. Libijczyk, prośba o azyl.

— A gdzie się zgłosił?

— W Paryżu, tak jak ten.

— I co dalej?

— Potrzymaliśmy go parę dni, a potem przekazaliśmy do stolicy.

— A teraz gdzie jest?

— Czemu pytasz?

— Bo to śmierdzi.

— No, właśnie. Jak to oceniasz?

— Wygląda na fikcyjne dezercje, żeby sprawdzić, co się stanie, jeśli się zgłoszą do ambasady w Paryżu z prośbą o azyl.

— Oo, jesteś bystrzejszy, niż się wydaje. Przechodziłeś jakieś szkolenie antyterrorystyczne?

— W pewnym sensie tak. Byłem żonaty. I sporo czytałem na temat zimnej wojny — dodałem.

— Od początku wiedziałam, że zatrudnienie ciebie bardzo nam pomoże.

— Jasne. A ten drugi dezerter jest pod kluczem, czy może sobie swobodnie wydzwaniać do kumpli w Libii?

— Był pod luźnym nadzorem i zniknął — odparła cicho Kate.

— Dlaczego pod luźnym?

— No, wiesz, przyjazny świadek...

— Już nie przyjazny — stwierdziłem.

Nie odpowiedziała, a ja nie pytałem o nic więcej. W moim przekonaniu federalni traktują tak zwanych przewerbowanych szpiegów i terrorystów, którzy przeszli na naszą stronę, o wiele łagodniej, niż policja traktuje współpracujących z nią przestępców. No, ale to tylko moje przekonanie.

Przeszliśmy do ustalonego wcześniej miejsca w pobliżu wyjścia z odprawy celnej i spotkaliśmy tam detektywa z Port Authority imieniem Frank.

— Znacie drogę, czy wam pokazać? — zapytał Frank.

— Ja znam — odparł Foster.

— No to tylko was podprowadzę. — Weszliśmy do pomieszczenia odprawy celnej i Frank poinformował celników: — To agenci federalni. Przechodzą.

Kate, Foster, Nash i ja minęliśmy obszar odpraw i karuzelę bagażową, a potem dotarliśmy korytarzem do stanowisk kontroli paszportowej, gdzie nie zwrócił na nas uwagi pies z kulawą nogą. Niektórym z tych idiotów można by pokazać plastikową gwiazdę szeryfa i przejść obok z wyrzutnią rakiet na ramieniu.

Lotnisko Kennedy'ego to zły sen ochroniarza, przez który przelewa się co roku trzydzieści milionów podróżnych. Szliśmy teraz jednym z tych korytarzy, które ciągną się surrealistycznie długo pomiędzy odprawą paszportową i imigracyjną a wyjściem z rękawa. Robiliśmy coś przeciwnego niż wszyscy, więc zasugerowałem, żebyśmy może dla niepoznaki szli tyłem. Nikt jednak nie uznał tego za konieczne, a nawet za zabawne.

Kate Mayfield i ja wyprzedziliśmy Nasha i Fostera.

— Czy przestudiowałeś profil psychologiczny Khalila? — zapytała.

Nie natrafiłem na nic takiego w dossier i powiedziałem jej to.

— Był tam — odparła. — Napisano w nim między innymi, że człowiek taki jak Asad Khalil... nota bene, Asad znaczy po arabsku „lew"... że ktoś taki ma nadwątlone poczucie własnej wartości i „nieprzepracowane blokady", związane z sytuacją niedostosowania w dzieciństwie.

— Co proszę?

— Taki mężczyzna potrzebuje nieustannego potwierdzania własnej wartości.

— To znaczy, że nie mogę mu złamać nosa?

— Nie możesz. Powinieneś podbudowywać jego „ja".

Zerknąłem na nią spod oka i zobaczyłem, że się uśmiecha. Ponieważ jestem bystrzakiem, zrozumiałem, że mnie podpuszcza. Roześmiałem się, a ona kuksnęła mnie żartobliwie w ramię, co mi się nawet podobało.

Przy wyjściu stała kobieta w błękitnym jak niebo mundurze, z radiotelefonem w jednej ręce i plikiem kartek na podkładce w drugiej. Chyba wydaliśmy się jej niebezpieczni albo co, bo na nasz widok zaczęła coś trajkotać do radia.

Kate wyprzedziła nas, pokazała odznakę FBI i powiedziała coś do kobiety, która od razu się uspokoiła. Dziś ochroniarze lubią popadać w lekką paranoję, szczególnie na wielkich lotniskach. Kiedy byłem dzieckiem, można było podejść do samego wyjścia, żeby się przywitać, wykrywacz metalu zabierało się na plażę, żeby szukać monet w piasku, a porywano co najwyżej ciężarówki. Niestety paranoja niekoniecznie się przekłada na wysoki poziom bezpieczeństwa.

Nash, Foster i ja zaczęliśmy pogawędkę z panią w mundurku, która okazała się agentem ochrony z Trans-Continentalu. Nazywała się Debra Del Vecchio, co brzmiało przyjemnie dla ucha. Powiedziała nam, że przylot nastąpi o czasie i dlatego już tu stoi. Czyli na razie nieźle.

Przewożenie więźniów pod eskortą samolotem odbywa się według ustalonej procedury: wchodzą na pokład ostatni i wysiadają jako pierwsi. Nawet VIP-y, na przykład politycy, muszą przepuścić więźnia, choć zdarza się, że taki polityk też ląduje w kajdankach i wtedy oczywiście wysiada jako pierwszy.

— Kiedy rękaw podjedzie do samolotu — zwróciła się Kate do pani Del Vecchio — my podejdziemy do samych drzwi i tam będziemy czekać. Ludzie, dla których się tu pojawiliśmy, wysiadają jako pierwsi; sprowadzimy ich schodkami służbowymi prosto na płytę, gdzie czeka na nas samochód. Już tu nie wrócimy. Pasażerom w ogóle nie będziemy przeszkadzać.

— A po kogo przyszliście? — pytała Del Vecchio.

— Po Elvisa Presleya — odparłem.

— Po pewnego VIP-a — sprostowała Kate.

— Czy ktoś jeszcze pytał panią o ten lot? — zapytał Foster. Pokręciła głową.

Pomyślałem, że powinienem może zrobić albo powiedzieć coś mądrego, żeby zasłużyć na tę taksówkę za pięćdziesiąt dolców z Manhattanu, ale przychodziło mi do głowy tylko zapytanie Debry Del Vecchio, czy jej chłopak nie jest przypadkiem Arabem.

Fosterowi przypomniało się nagle, że ma komórkę, i szybko ją wyciągnął, zadowolony, że wreszcie znalazł sobie coś do roboty. Wybrał numer.

— Nick, tu George. Jesteśmy przy wyjściu. Jak tam u ciebie? — Posłuchał odpowiedzi Nicka Montiego, po czym rzekł: — Dobra... tak, tak... jasne... dobra, mhm...

Dłużej już nie mógł się tak zabawiać tą rutynową rozmową, więc się rozłączył i oznajmił:

— Furgonetka stoi już na płycie w pobliżu tego wyjścia. Są też ludzie z policji lotniskowej i nowojorskiej — pięć samochodów, dziesięć osób, plus ta zmyłkowa suka policyjna.

— Czy Nick coś mówił jak tam Jankesi? — zapytałem.

— Nie.

— Grają dzisiaj z Detroit, chyba już leci piąta część.

— Pod koniec czwartej było trzy do jednego — poinformowała mnie Debra Del Vecchio.

— Chyba będzie ciężki sezon — stwierdziłem.

Przez chwilę gadaliśmy o głupotach.

— Policzyłaś już sobie podatek? — spytałem Kate.

— Jasne. Jestem z zawodu księgową.

— Tak myślałem. Ty też jesteś księgowym, George? — zwróciłem się do Fostera.

— Nie, prawnikiem.

— Czemu mnie to nie zaskoczyło?

— Myślałam, że jesteście z FBI — zdziwiła się Debra.

— Większość agentów to prawnicy albo księgowi — wyjaśniła Kate.

— Dziwne — orzekła pani Del Vecchio.

Ted Nash stał pod ścianą z rękami wciśniętymi w kieszenie i rozmyślał najpewniej o starych dobrych czasach, gdy CIA grało z KGB o mistrzostwo świata. Chyba się nie spodziewał, że jego zwycięska drużyna będzie zmuszona grać z jakimiś trampkarzami.

— Myślałem, że ty też jesteś prawnikiem — powiedziałem do Kate.

— Prawnikiem i księgową.

— Imponujące. A umiesz gotować?

— I to całkiem nieźle. Mam też czarny pas w karate.

— Maszynopisanie?

— Siedemdziesiąt słów na minutę. I jestem kwalifikowanym strzelcem wyborowym, z pięciu różnych pistoletów i trzech karabinów.

— Browning dziewięć milimetrów?

— Żaden problem.

— Co powiesz na zawody strzeleckie?

— Jasne, kiedy zechcesz.

— Pięć dolców za punkt.

— Dziesięć i układ stoi.

Podaliśmy sobie dłonie.

Nie zakochiwałem się w niej ani nic takiego, ale przyznaję, że byłem zaintrygowany.

Minuty płynęły powoli.

— Przychodzi facet do baru — zacząłem — i mówi do barmana: „Wiesz pan co? Wszyscy prawnicy to dupki". A jakiś gość przy końcu baru mówi: „Hej, słyszałem to. Nie podoba

mi się ta gadka". Ten pierwszy pyta: „A co, jest pan prawnikiem?". A tamten: „Nie, jestem dupkiem".

Del Vecchio parsknęła śmiechem. Następnie spojrzała na
zegarek i na swój radiotelefon.

Czekaliśmy.

Czasami człowiek czuje, że coś jest nie tak. Właśnie to
czułem.

Rozdział 6

Sierżant Andy McGill ze Służby Ratowniczej, alias Guns and Hoses, stał na schodku jadącego skrajem pasa wozu strażacko-ratowniczego RIV. Był już w srebrzystym kombinezonie ochronnym i pocił się pod ognioodpornym materiałem. Dostroił lornetkę i przyjrzał się nadlatującemu boeingowi 747. Z tego, co widział, samolotowi nic nie dolegało i lądował po prawidłowym torze.

McGill nachylił się do okienka szoferki i powiedział do strażaka Tony'ego Sorentina:

— Brak wizualnych oznak problemu. Nadaj.

Sorentino, także w kombinezonie, wziął do ręki mikrofon i przekazał informację pozostałym ekipom. Wszystkie odpowiedziały „zrozumiałem", podając swój kod identyfikacyjny.

— Niech się trzymają standardowego rozstawienia i towarzyszą samolotowi, dopóki nie opuści pasa — polecił McGill.

Sorentino znów przekazał polecenie i wszyscy ponownie potwierdzili.

— Potrzebujesz nas w ogóle, Andy? — zapytał przez radio inny z dowódców, Ron Ramos.

— Właściwie nie, ale zostańcie w pogotowiu. Wciąż mamy trzy-trzy.

— Chyba raczej trzy-nic — stwierdził Ramos.

— Wiem, ale nie ma łączności z pilotem, więc zostańcie.

McGill skierował lornetkę na wieżę kontrolną lotniska.

Pomimo refleksów szkła widział, że za wielką szybą tłoczy się spora gromada ludzi. Kontrolerzy robili wrażenie dość podekscytowanych sytuacją.

McGill otworzył prawe drzwiczki i wśliznął się na fotel obok Sorentina, który siedział za kierownicą pośrodku wielkiej szoferki.

— I co o tym myślisz? — zapytał.

— Nie płacą mi za myślenie.

— Ale gdyby ci płacili?

— Wolę myśleć, że nic się nie stało poza brakiem łączności. Nie mam coś dzisiaj nastroju do gaszenia pożaru ani do strzelaniny z porywaczami.

McGill nie odpowiedział.

Sorentino przyjrzał się wskaźnikom na desce rozdzielczej. Każdy wóz RIV miał w zbiornikach czterysta pięćdziesiąt kilogramów proszku do gaszenia instalacji elektrycznych i trzy tysiące litrów wody.

— Wszystkie systemy działają — zakomunikował.

McGill uświadomił sobie, że to ich szósty wyjazd w tym tygodniu, a tylko jeden okazał się potrzebny — kiedy zapalił się hamulec w delcie 737. Z prawdziwym pożarem samolotu walczył tak naprawdę ostatnio przed pięciu laty — w airbusie 300 paliły się silniki i ledwie udało się ugasić. Z porwaniem jeszcze nigdy nie miał do czynienia.

— Jak zjedzie z pasa, odprowadzamy go aż pod wyjście — powiedział do Sorentina.

— W porządku. Czy ktoś ma jechać z nami?

— Weźmiemy ze dwa wozy patrolowe na wypadek, gdyby coś tam się jednak wydarzyło na pokładzie.

— Dobra.

McGill wiedział, że ludzi ma dobrych. Wszyscy w Guns and Hoses lubili tę robotę i każdy przeszedł przedtem przez niejedno. Strzegli bezpieczeństwa w tak gównianych miejscach, jak dworce autobusowe, mosty i tunele, chodzili w patrolach lotniskowych, marnotrawili czas na wyłapywaniu prostytutek, handlarzy narkotyków i narkomanów, na przepędzaniu meneli z najróżniejszych zakamarków rozległego imperium Władz Portowych, na przepychankach z pijaczkami pod mostami i w tunelach oraz na doprowadzaniu na policję dzieciaków, które uciekły z domu.

Praca policyjna w Port Authority stanowiła dziwną miksturę, lecz w Guns and Hoses było inaczej. Ta robota nobilitowała. Każdy z ludzi McGilla był świetnie wyszkolonym ochotnikiem i teoretycznie potrafił wszystko — ugasić pożar paliwa lotniczego, wpakować kulkę jakiemuś oszalałemu terroryście czy reanimować topielca. Każdy był potencjalnym bohaterem, lecz przez ostatnią dekadę mieli raczej spokój i McGill zastanawiał się, czy zanadto nie zmiękli.

Sorentino studiował rozłożony na kolanach plan pokładów 747.

— Duży z niego sukinsyn — stwierdził.

— Fakt. — McGill miał nadzieję, że jeśli problem jest natury technicznej, pilot wykazał się inteligencją i zrzucił nadmiar paliwa. W jego przekonaniu wielkie pasażerskie odrzutowce niewiele się różniły od latających bomb — chlupoczące w zbiornikach tony paliwa, rozgrzane silniki, mnóstwo przewodów i kto wie czego jeszcze w ładowniach; to wszystko żeglujące w powietrzu i zdolne teoretycznie zmieść z powierzchni ziemi kilka przecznic w mieście. Andy McGill nikomu się do tego nie przyznawał, ale bał się latania i nigdy jeszcze nie leciał samolotem. Co innego spotkanie z bestią na ziemi, a co innego siedzenie w jej trzewiach gdzieś tam w górze.

Obaj ratownicy wpatrywali się przez przednią szybę w czyste kwietniowe niebo. Boeing rósł w oczach, nabrał już głębi i barwy.

— Wygląda w porządku — zauważył Sorentino.

— Mhm. — McGill przyjrzał się nadlatującej maszynie przez swoją polową lornetkę. Wielki ptak wysunął cztery osobne podwozia — dwa spod skrzydeł i dwa ze środka kadłuba, plus koło pod dziobem. W sumie dwadzieścia cztery koła. — Koła ma całe — stwierdził.

— To dobrze.

McGill obserwował samolot, który zdawał się teraz wisieć kilkaset metrów ponad końcem trzykilometrowego północno-wschodniego pasa startowego. Mimo lęku przed lataniem, widok tych wspaniałych wielkich maszyn zawsze go hipnotyzował. Sam akt startu i lądowania tym monstrum wydawał mu się czymś bliskim magii. Lecz kilkakrotnie w swej karierze ratownika miał okazję podejść do takiego mistycznego stwora, gdy cała jego magia zniknęła w dymie i ogniu. Samolot był jedynie ofiarą pożogi, taką samą jak ciężarówka bądź budynek pożerany przez płomienie. A zadaniem McGilla było wówczas powstrzymanie zniszczenia. Tak czy inaczej, latający gigant robił na nim zawsze wrażenie przybysza z innego wymiaru, wydającego nieziemskie odgłosy i zaprzeczającego samym swym istnieniem wszelkim zasadom grawitacji.

— Zaraz siądzie — mruknął Sorentino.

McGill ledwie go słyszał, zajęty obserwacją. Podwozia wysunęły się do końca, niemal wyzywającym ruchem, jakby nakazywały pasowi, żeby to on się ku nim podniósł. Maszyna zadarła nos wysoko, podwójne koło dziobowe znalazło się powyżej głównego podwozia. Klapy były opuszczone, prędkość, wysokość, kąt nachylenia — wszystko w najlepszym porządku. Cztery ogromne silniki zostawiały za sobą drżące fale gorącego powietrza. Cały i zdrowy, pełen energii i poczucia celu, pomyślał ratownik.

— Widzisz coś podejrzanego? — zapytał kolegę.

— Nie.

747 przekroczył próg pasa i opadał ku ustalonemu punktowi przyziemienia, kilkaset metrów dalej. Na moment przed zetknięciem z ziemią pierwszego zestawu głównych kół dziób samolotu uniósł się lekko, a koła z pozycji skośnej przylgnęły płasko do pasa. W miarę jak kolejne koła stykały się z betonem i w ułamku sekundy zaczynały się obracać z prędkością trzystu kilometrów na godzinę, unosił się spod nich obłoczek srebrzystego dymu. Od chwili dotknięcia pasa przez główne koła do momentu opadnięcia na beton kół podpory dziobowej minęło cztery czy pięć sekund, lecz wdzięk, z jakim kolos to robił, sprawił, że działo się to jakby w zwolnionym tempie, trochę tak jak wtedy, gdy piłka szerokim łukiem wlatuje majestatycznie wprost pod poprzeczkę. Gol.

W szoferce rozległ się głos z radia:

— Wóz numer cztery rusza.

— Wóz numer trzy. Jestem po twojej lewej.

Cały zespół czternastu pojazdów był już w ruchu i wszystkie przekazywały komunikaty przez radio. Kiedy wielki liniowiec je mijał, wjeżdżały za nim kolejno na pas.

747 znalazł się na wysokości wozu McGilla, który natychmiast zauważył, że maszyna toczy się stanowczo zbyt szybko.

Sorentino wcisnął pedał gazu, dieslowski silnik zaryczał i RIV potoczył się po betonie w pogoni za hamującym samolotem.

— Hej, Andy, on nie ma wstecznego — zauważył Sorentino.

— Co ty gadasz?

Wóz zbliżał się do samolotu i McGill ujrzał, że klapy rewersu za każdym z czterech silników są wciąż ustawione w pozycji do lotu. Te metalowe panele na zawiasach powinny być podczas lądowania nachylone tak, by skierować odrzut silników w przód, wspomagając hamowanie. Nie były i dlatego boeing toczył się zbyt szybko.

Sorentino spojrzał na szybkościomierz.

— Sto siedemdziesiąt pięć — oznajmił.

— Za szybko. Stanowczo za szybko. — McGill wiedział, że boeing 747 został zaprojektowany tak, żeby mógł się zatrzymać za pomocą samych hamulców, poza tym pas był dość długi, więc niczym to nie groziło. Lecz sam fakt stanowił symptom problemów na pokładzie. Maszyna toczyła się dalej, wytracając prędkość wolniej niż zwykle, ale dostrzegalnie. Wóz McGilla jechał na czele kolumny, za nim pięć kolejnych, potem sześć aut patrolowych i na końcu dwie karetki.

Wydał pojazdom rozkazy przez radio. Zajęły pozycje wokół wielkiej, niezdarnej teraz maszyny — jeden wóz szybkiego reagowania za ogonem, po dwa wozy strażackie T2900 po bokach, reszta wachlarzem w pewnym oddaleniu. Sorentino z McGillem przemknęli pod gigantycznym skrzydłem, ustawiając się naprzeciwko dzioba. Samolot wyraźnie zwalniał. McGill przyglądał mu się przez boczną szybę.

— Niczego podejrzanego nie widzę! — zawołał do kolegi, przekrzykując ryk silników.

Sorentino koncentrował się na utrzymaniu właściwego dystansu do maszyny, lecz odpowiedział:

— To czemu nie włączył wstecznego?

— Nie wiem. Zapytaj go.

Boeing zatrzymał się wreszcie, niecałe pół kilometra od końca pasa, podrzucając dwukrotnie nosem do góry, nim całkiem znieruchomiał.

Wozy T2900 stanęły czterdzieści metrów od samolotu, dwa

po każdej stronie. Pojazdy szybkiego reagowania przed dziobem i za ogonem. Karetki dalej z tyłu, a auta patrolowe połączyły się w pary z ratowniczymi, choć nie tak blisko maszyny jak tamte. Z patrolowych wysiadło sześciu ludzi, zgodnie ze standardową procedurą. Zajęli miejsca za osłoną samochodów, trzymając gotowe do strzału karabiny bądź automaty AR-15.

Ludzie z ciężkich wozów zostali w środku. McGill nadał do pozostałych pięciu RIV:

— Czy ktoś coś widzi?

Nie odpowiedziały i dobrze, gdyż procedura wymagała zachowywania ciszy radiowej, jeśli nie miało się do przekazania niczego istotnego.

McGill zastanawiał się nad swoim kolejnym posunięciem. Ponieważ pilot nie włączył ciągu wstecznego, musiał zapewne mocno naciskać hamulce.

— Podjedź bliżej kół — rzucił do Sorentina.

Kierowca podprowadził wóz w pobliże głównych kół z prawej burty. Gaszenie pożarów hamulców było w ich pracy chlebem powszednim i nie wymagało wielkiego bohaterstwa, lecz jeśli przegrzanym hamulcom nie zaaplikowało się w porę dość wody, całe podwozie stawało w płomieniach. Nie tylko szkodziło to oponom, ale także, zważywszy na to, że wielkie baki z paliwem są tuż nad kołami, mogło porządnie uszkodzić wszystko w promieniu stu metrów od samolotu.

Wóz stanął czterdzieści metrów od kół.

McGill przyjrzał się przez lornetkę odsłoniętym tarczom hamulcowym. Jeśli rozgrzały się do czerwoności, należało je polać; tym razem jednak były całkiem czarne.

Wydał rozkaz wozom T2900, żeby sprawdziły pozostałe zestawy kół.

Zameldowały, że nie ma oznak przegrzania.

Choć wiedział, że 747 wylądował bez łączności radiowej, czego rezultatem była ich akcja, postanowił jednak spróbować nawiązać kontakt z pilotem.

— Trans-Continental jeden-siedem-pięć, tu wóz ratowniczy numer jeden. Słyszysz mnie? Odbiór. — Nadał na częstotliwości naziemnej.

Brak odzewu.

Odczekał chwilę i powtórzył wezwanie. Spojrzał na Sorentina; ten wzruszył tylko ramionami.

Wozy strażackie, policyjne, obie karetki i wielki samolot — wszystko zamarło w bezruchu. Silniki boeinga jeszcze pracowały, lecz on sam stał nieruchomo.

— Podjedź, ale tak, żeby pilot nas widział — polecił McGill.

Sorentino podjechał do przodu, przed górujący nad nimi dziób maszyny. McGill wysiadł z auta i pomachał ku szybie kokpitu, a potem za pomocą ręcznych sygnałów kontroli naziemnej nakazał pilotowi ruszyć ku drodze dojazdowej.

Boeing ani drgnął.

Ratownik usiłował dojrzeć coś w kokpicie, lecz nie pozwoliły mu na to odblaski na szybie, poza tym było za wysoko. Uzmysłowił sobie dwie rzeczy naraz. Po pierwsze, nie wiedział, co teraz zrobić. Po drugie, coś było nie w porządku. Nie powiedziałby, że jawnie źle, ale podejrzanie nie w porządku. Czyli gorzej niż źle.

Rozdział 7

Czekaliśmy wciąż przy wyjściu numer dwadzieścia trzy. Jako człowiek czynu nie lubię czekania, ale każdy policjant musi się tego nauczyć. Spędziłem kiedyś trzy dni na obserwacji, przebrany za sprzedawcę hot dogów i tak się nimi obżarłem, że musiałem potem zjeść całe opakowanie raphacholinu, żeby dojść do normy.

— Coś się dzieje? — zapytałem Debrę Del Vecchio.

Spojrzała na swój radiotelefon, który ma też wyświetlacz tekstu, i podetknęła mi go pod oczy. Tekst brzmiał: „Na ziemi".

— Proszę się z kimś połączyć — poleciła jej Kate.

Debra wzruszyła ramionami i powiedziała do mikrofonu:

— Tu Debbie, wyjście dwadzieścia trzy. Podajcie status lotu jeden-siedem-pięć. Sprawdzają — oznajmiła, wysłuchawszy odpowiedzi.

— A czemu jeszcze nie wiedzą? — spytałem.

— Samolot jest teraz w gestii wieży kontrolnej, czyli FAA — wyjaśniła cierpliwie — a nie w naszej. Przewoźnika zawiadamia się tylko w wypadku jakichś problemów. Cisza oznacza, że problemów nie ma.

— Ale samolot już się spóźnił z podjechaniem do wyjścia — zauważyłem.

— To się nie liczy — odparła. — Wylądował o czasie. Trans-Continental jest znany z punktualności.

— A jeśliby stał tak przez tydzień, to co? Też by się liczyło, że wylądował o czasie?

— Oczywiście.

Spojrzałem na Teda Nasha, który wciąż stał oparty o ścianę z nieodgadnionym wyrazem twarzy. Jak większość ludzi z CIA, lubił sprawiać wrażenie wiedzącego więcej, niż mówi. Ta milcząca pewność i mądrość okazywała się najczęściej bezradnością i głupotą. Dlaczego tak nie znosiłem tego człowieka?

Żeby oddać diabłu, co jego, Nash wyciągnął swoją komórkę i wystukując numer, oznajmił:

— Mam bezpośrednie połączenie z wieżą.

Okazało się, że pan Ted Nash faktycznie wie więcej, niż mówi, a także, że spodziewał się kłopotów na długo przed lądowaniem.

Ed Stavros obserwował z wieży przez lornetkę scenę rozgrywającą się na pasie czwartym prawym, relacjonując ją kolegom.

— Nie leją piany. Wozy zawracają. Jeden z ratowników nadaje ręczne sygnały do pilota...

— Szefie, ci z radaru chcą wiedzieć, kiedy będzie można używać zero-cztery lewego i kiedy zero-cztery prawy się zwolni — zwrócił się do niego kontroler Roberto Hernandez, który rozmawiał przez telefon. — Mają kilka przylotów, a maszynom kończy się paliwo.

Stavros poczuł skurcz w żołądku i odetchnął głęboko.

— Nie wiem. Powiedz im... Zaraz sam z nimi pogadam.

Hernandez umilkł i nie przekazał odpowiedzi szefa, a raczej jej braku. Stavros wziął wreszcie od niego słuchawkę.

— Mamy... utratę łączności — powiedział. — Wiem, że wy wiecie, ale nic więcej nie da się na razie stwierdzić. Słuchaj, gdyby to był pożar, to i tak byście musieli ich zawracać, zamiast zawracać mi tyłek... — Słuchał przez chwilę i dokończył ostrym tonem: — To im powiedzcie, że na zero-cztery prawym właśnie pan prezydent się goli i niech lecą do Filadelfii! — Rozłączył się i natychmiast pożałował swoich słów, choć pracownicy wieży zareagowali na nie salwą śmiechu. Na sekundę poczuł się lepiej, po czym skurcz w brzuchu powrócił. — Próbuj się łączyć z samolotem, na częstotliwości wieży i na naziemnej — polecił Hernandezowi. — Jeśli się nie odezwą, to chyba jest coś więcej niż utrata łączności.

Dostroił lornetkę i ponownie przyjrzał się scenie na płycie lotniska. Nic się tam nie zmieniło. Ogromny boeing stał spokojnie, z dysz silników wydobywał się obłok spalin. Pojazdy służb ratowniczych i policyjnych tkwiły na posterunku. W oddali czekał bezczynnie zespół dublujący. Mężczyzna, który usiłował zwrócić uwagę pilota — chyba McGill — zrezygnował i stał podparty pod boki. Wygląda idiotycznie, pomyślał Stavros. Jakby się złościł na samolot.

Najbardziej niezrozumiały był dlań brak działania ze strony pilota. Niezależnie od sytuacji, pierwszym jego odruchem powinna być chęć zwolnienia pasa. Lecz 747 po prostu sobie tam stał.

— Zadzwonić do kogoś, Ed? — zapytał bezradnie Hernandez, odkładając radio.

— Już nie ma do kogo, Roberto. Masz jakiś pomysł? Faceci, którzy powinni ściągnąć ten pieprzony samolot z pasa, stoją sobie i dłubią w nosie. To do kogo jeszcze mam zadzwonić? Do mojej matki? Ona chciała, żebym został prawnikiem... — Stavros uświadomił sobie, że podnosi głos i postanowił zachować spokój. — Zadzwoń do tych błaznów — wskazał na koniec pasa czwartego prawego. — Do Guns and Hoses. Do McGilla.

— Tak jest. — Hernandez wywołał przez radiotelefon jednostkę ratowniczą numer jeden. — Raport sytuacyjny proszę — rzucił ostro, gdy zgłosił się Sorentino. Przełączył na głośne mówienie i w pomieszczeniu rozległ się głos ratownika:

— Nie wiemy, co się dzieje.

Stavros przejął nadajnik, usiłując powściągnąć niepokój i złość.

— Skoro wy nie wiecie, to skąd ja mam wiedzieć? Przecież jesteście tam na miejscu, do diabła! Niczego zupełnie nie widać? No, mówże, człowieku!

Na parę sekund zaległa cisza.

— Nie widać oznak awarii mechanicznych, poza tym że... — Sorentino zawiesił głos.

— Że co?

— Wylądował bez ciągu wstecznego. Rozumie pan?

— Jasne, że rozumiem, do diabła ciężkiego. Wiem, co to ciąg wsteczny.

— No więc... McGill próbuje jakoś przyciągnąć uwagę załogi...

— Cholera, przecież wszyscy się na nich gapią. Dlaczego oni nie gapią się na nas?

— Naprawdę nie wiem. Mamy tam wejść? — zapytał Sorentino.

Stavros rozważył pytanie; nie sądził, by odpowiedź leżała w jego gestii. Służba Ratownicza zazwyczaj sama dokonywała oceny sytuacji, lecz gdy nie było wizualnych oznak problemu, te kozaki nagle nie wiedziały, czy wejść na pokład. Wejście do samolotu stojącego na pasie z silnikami na chodzie groziło niebezpieczeństwem zarówno samej maszynie, jak i ratownikom, szczególnie że nie znali zamiarów pilota. A jeśli boeing nagle ruszy? Z drugiej strony, w środku mogło się faktycznie coś wydarzyć. Nie zamierzał brać odpowiedzialności na siebie.

— To wasza działka — rzekł do Sorentina.

— Dzięki za radę.

— Posłuchaj pan — zaczął Stavros, ignorując jego sarkazm — to nie leży w mojej... momencik — spostrzegł, że Hernandez wyciąga doń telefon. — Co jest?

— Jakiś facet osobiście do pana. Mówi, że jest z Departamentu Sprawiedliwości. Podobno na pokładzie jeden-siedem-pięć przyleciał jakiś azylant z obstawą. Gość chce wiedzieć, co się dzieje.

— Diabli nadali — Stavros wziął telefon i przedstawił się. Słuchał, otwierając coraz szerzej oczy. — Rozumiem — odparł w końcu. — Tak jest. Samolot wylądował przy braku łączności radiowej i w dalszym ciągu stoi na pasie. Jest otoczony przez pojazdy ratownicze i policję lotniskową. Sytuacja się nie zmienia... Nie, nie ma oznak niczego poważnego. Nie nadał sygnału o porwaniu łączem transmisji danych, ale w powietrzu był bliski kolizji... — Zastanawiał się, czy powinien był wspomnieć o braku ciągu wstecznego człowiekowi, który drobny problem techniczny mógł rozdmuchać ponad miarę lub nawet zarzucić pilotowi błąd. Nie do końca rozumiał, z kim ma do czynienia, lecz czuł, że to ktoś u władzy. —

Dobrze, rozumiem. Zajmę się tym — rzekł, gdy tamten skończył. Decyzję podjął za niego ktoś inny i od razu mu ulżyło.

— Okay, Sorentino — powiedział przez radio — macie wejść na pokład. Jest tam azylant, w pierwszej klasie. Jest skuty i pod eskortą, więc nie wyciągajcie od razu gnatów i nie straszcie pasażerów. Zabierzcie go razem z obstawą z samolotu i podrzućcie wozem patrolowym do wyjścia dwadzieścia trzy. Tam już na nich czekają. Zrozumiałeś?

— Potwierdzam. Ale wpierw muszę zawiadomić kierownika wycieczki...

— Gówno mnie obchodzi, co musisz. Rób, co powiedziałem. A jak już będziecie w środku, zorientuj się, w czym problem i jeśli w niczym, to powiedz cholernemu pilotowi, żeby spieprzał z pasa i jechał do wyjścia dwadzieścia trzy. Zaprowadź go po prostu.

— Potwierdzam.

— Zgłoś się, jak wejdziecie.

— Dobrze.

Stavros zwrócił się teraz do Hernandeza.

— Na dokładkę ten gość z Departamentu Sprawiedliwości kazał nam wyłączyć z ruchu wyjście dwadzieścia trzy, aż do odwołania. Kurczę, to nie ja rządzę wyjściami, lecz PA. Roberto, zadzwoń do nich, żeby nie dawali tego wyjścia żadnemu innemu samolotowi. Teraz mamy jedno mniej.

— Skoro oba pasy zero-cztery i tak nie przyjmują, to po co nam wyjścia — zauważył Hernandez.

Stavros zmełł pod nosem przekleństwo i ruszył do swego biura po aspirynę.

Ted Nash wsunął komórkę do kieszeni.

— Samolot wylądował bez łączności radiowej i stoi na końcu pasa — oznajmił. — Nie było sygnału alarmowego, a wieża kontrolna nie wie, w czym problem. Na miejscu jest ekipa z ratownictwa. Jak słyszeliście, poleciłem im za pośrednictwem wieży, żeby weszli na pokład, wyciągnęli naszych i zablokowali na razie to wyjście.

— Chodźmy do tego samolotu — zwróciłem się do wszystkich.

— Samolot jest otoczony przez służby ratownicze — zaoponował George Foster, nieustraszony szef naszej ekipy. — Do tego mamy dwóch naszych w środku. Naprawdę nie jesteśmy tam do niczego potrzebni. Im mniej kombinacji, tym lepiej.

Ted Nash jak zwykle zachowywał rezerwę, zwalczając pokusę zanegowania moich słów.

Kate przyłączyła się do George'a, więc zostałem na placu boju sam, jak zwykle. Chcę tylko powiedzieć, że skoro sytuacja rozgrywa się w punkcie B, to po kiego grzyba tkwić w A?

Foster zadzwonił z komórki do jednego z agentów FBI na płycie.

— Jim, tu George. Mała zmiana planów. Samolot ma problem ze zjechaniem z pasa, więc wóz patrolowy Władz Portowych przywiezie Phila i Petera z obiektem tu do wyjścia. Zadzwoń do mnie, jak dotrą, wtedy do was zejdziemy. Dobra, w porządku.

— Zadzwoń do Nancy — zasugerowałem — i zapytaj, czy miała jakieś wieści od Phila i Petera.

— Właśnie miałem to zrobić, dzięki — odrzekł Foster i wybrał numer Conquistador Club. — Phil z Peterem się nie odzywali? — zapytał. — Nie, samolot wciąż stoi na pasie. Podaj mi numery ich komórek. — Słuchał chwilę, po czym rozłączył się i wystukał numer. Wyciągnął telefon w naszą stronę, dzięki czemu mogliśmy wysłuchać informacji, że wybrany abonent jest poza zasięgiem albo ma wyłączony aparat. Z drugim numerem było to samo. — Chyba mają wyłączone aparaty — wydedukował George. — Wiwatów to nie wywołało, więc dodał jeszcze: — Podczas lotu nie wolno mieć włączonej komórki, nawet na ziemi. Ale jest szansa na to, że któryś złamie przepisy i zadzwoni do klubu. Nancy da nam znać.

O święci pańscy. Gdybym się miał przejmować za każdym razem, jak się nie mogę dodzwonić do kogoś na komórkę, to chybabym dostał wrzodów żołądka. Komórki i pagery to dziadostwo i tyle.

Zacząłem rozważać sytuację jak ćwiczenie zadane przez instruktora w Akademii Policyjnej. Uczą tam, że należy się trzymać planu i wyznaczonego stanowiska, dopóki nie ma innych rozkazów od zwierzchnika. Z drugiej strony powiadają jednak, że w razie nagłych zwrotów sytuacji należy się wykazać inicjatywą i zdolnością oceny. Sztuka polega na rozróżnieniu, kiedy jak się zachować — czekać czy ruszać do boju. Według kryteriów obiektywnych powinniśmy zostać na miejscu. Ale instynkt podpowiadał mi, żeby ruszyć. Zazwyczaj polegałem bardziej na instynkcie, lecz znalazłem się w nowym środowisku, poza Robotą, a ci ludzie — jak sądziłem — wiedzieli, co należy robić, czyli w tym wypadku nic. Czasem nierobienie niczego jest zresztą najlepsze.

Pisnął walkie-talkie Debry Del Vecchio.

— Okazuje się, że kontrola ruchu powietrznego zawiadomiła niedawno dział operacyjny Trans-Continentalu, że lot jeden-siedem-pięć miał RTF — oznajmiła, wysłuchawszy informacji.

— Erte co?

— RTF, utratę łączności radiowej.

— Przecież już to wiemy — stwierdziłem. — Czy to się często zdarza?

— Nie wiem.

— A czemu samolot wciąż stoi na pasie?

Wzruszyła ramionami.

— Może pilot czeka na instrukcje, na przykład którą drogą kołowania ma jechać? Mówiliście, że czekacie na jakiegoś VIP-a, a okazuje się, że to azylant — dodała pytająco.

— Azylant VIP.

Czekaliśmy więc, aż gliny z PA wyprowadzą Khalila, Hundry'ego i Gormana z samolotu i przetransportują ich pod wyjście, po czym zadzwoni do nas agent Jim Jakiśtam, zejdziemy na płytę, wsiądziemy do aut i pojedziemy do Conquistador Club. Spojrzałem na zegarek. Postanowiłem dać im jeszcze kwadrans; może dziesięć minut.

Rozdział 8

Andy McGill usłyszał klakson swojego wozu i wróciwszy do niego biegiem, wskoczył na stopień.

— Dzwonił Stavros — poinformował go Sorentino. — Mamy wejść do środka. Federalni mu powiedzieli, że na pokładzie jest azylant, w pierwszej klasie. Skuty i pod eskortą. Mamy ich wyprowadzić i wsadzić do wozu patrolowego, który ich zawiezie pod wyjście dwadzieścia trzy. Tam już czekają gliny z miasta. Czy ten facet może nam rozkazywać? — zapytał na koniec.

McGill rozważył szybko możliwy związek między konwojowanym dezerterem a problemami samolotu i uznał, że takowy nie istnieje, nawet przypadkiem. Samoloty często przewoziły przestępców, świadków koronnych, VIP-ów i innych podobnych osobników wraz z eskortą — częściej, niż się ludziom wydawało. Coś jednak nurtowało go w głębi ducha, chociaż nie mógł skojarzyć, co to mogło być. W każdym razie coś związanego z tą sprawą.

— Nie, Stavros nie może nam rozkazywać... ani nawet federalni — zwrócił się do kierowcy. — Ale to prawda, że chyba powinniśmy tam wejść. Zawiadom komendanta zmiany.

Sorentino sięgnął po radio.

— Pod prawe przednie drzwi — rzucił do niego McGill.

Kierowca podprowadził wielki wóz ratowniczy pod prawą burtę samolotu. Zatrzeszczało radio.

— Hej, Andy — usłyszeli głos komendanta — pamiętaj o scenariuszu saudyjskim. Uważajcie.

— A niech to szlag — mruknął Sorentino.

Andy McGill stał nieruchomo na schodku szoferki. Teraz już wiedział, co go tak nękało: film instruktażowy sprzed dwudziestu lat. Saudyjski samolot Lockheed L-1011 Tristar wystartował z lotniska w Rijadzie, po czym zgłosił pożar w kokpicie i kabinie pasażerskiej, zawrócił i bezpiecznie wylądował. Rzeczywiście w środku się paliło. Wokół samolotu stały wozy strażackie, a ludzie z saudyjskich służb ratowniczych czekali po prostu, aż otworzą się drzwi i opuszczone zostaną trapy ewakuacyjne. Jednakże głupota i pech spowodowały, że piloci nie zdekompresowali samolotu. Drzwi, zamknięte działaniem wewnętrznego ciśnienia, nie dały się otworzyć. Nikomu też nie przyszło do głowy, żeby rozbić okno toporkiem strażackim. W rezultacie w stojącym na lotnisku samolocie zaczadziło się i udusiło trzystu ludzi.

Niesławnej pamięci scenariusz saudyjski. Tamci ratownicy byli odpowiednio przeszkoleni, żeby umieć rozpoznać problem, a kiedy wystąpiły wszystkie jego oznaki, spieprzyli sprawę na całego...

Sorentino prowadził jedną ręką, a drugą podał McGillowi jego toporek strażacki oraz zestaw Scotta, składający się z podręcznej butli ze sprężonym powietrzem i maski tlenowej.

Zatrzymali się dokładnie pod drzwiami samolotu i McGill wspiął się na dach wozu, gdzie zamontowana była armatka pianowa, a także dwumetrowa składana drabinka. Podstawił drabinkę pod kadłub. Starczyło jej akurat na tyle, by mógł dosięgnąć klamki przednich prawych drzwi boeinga. Nałożył maskę, wziął głęboki oddech i zaczął się wspinać.

Do ich wozu podjechał wóz numer cztery, ze strażakiem stojącym już na dachu przy armatce. Jeden z policjantów też włożył kombinezon ochronny i rozwijał wąż do podawania wody. Pozostałe wozy i karetki odsunęły się na bezpieczny dystans na wypadek eksplozji.

Ed Stavros patrzył przez lornetkę i zastanawiał się, dlaczego służby ratownicze ustawiły się w szyku do gaszenia pożaru. Połączył się z wozem McGilla.

— Tu Stavros, co się dzieje?

Sorentino nie odpowiedział. Nie miał ochoty tłumaczyć, że odkryli być może przyczynę kłopotów samolotu. Było pięćdziesiąt procent szans na to, że jednak nie jest to scenariusz saudyjski, i mieli się o tym upewnić za kilka minut.

Stavros powtórzył pytanie, bardziej natarczywie. Sorentino rozumiał, że musi jednak coś odpowiedzieć.

— Podejmujemy niezbędne środki ostrożności — nadał.

— Nie ma oznak ognia na pokładzie? — zapytał Stavros.

— Nie... nie widać... dymu.

— Dobra, informujcie mnie. I na drugi raz odpowiadajcie na wezwania.

— Mamy tu prawdopodobieństwo akcji ratunkowej — warknął gniewnie Sorentino. — Nie zajmuj pan częstotliwości. Proszę się rozłączyć!

Stavros spojrzał na Hernandeza, sprawdzając, czy podwładny słyszał, jak nieprzyjemnie wydarł się na niego ten kretyn z Guns and Hoses. Hernandez udawał, że nie słyszał, i Stavros zakarbował sobie w pamięci, żeby dać mu pochwałę na piśmie za sprawną służbę.

Spojrzał przez lornetkę. Nie mógł widzieć McGilla pod drzwiami z prawej burty, bo były po drugiej stronie kadłuba; widział jednak rozstawienie pojazdów. Gdyby samolot eksplodował z tą ilością paliwa, którą wciąż miał w bakach, wozy stojące sto metrów od niego wymagałyby lakierowania w całości. Te przy maszynie zmieniłyby się w kupę szmelcu.

Musiał przyznać w duchu, że ci faceci z ratownictwa zasługiwali czasem na swoje pensje. Z drugiej strony, taki stres trafiał im się raz na miesiąc, a on przeżywał go przez bite siedem godzin podczas każdej zmiany.

Stavros przypomniał sobie słowa opryskliwego ratownika: „prawdopodobieństwo akcji ratunkowej". To z kolei przypomniało mu, że jego własna rola w tym dramacie skończyła się oficjalnie, gdy 747 się zatrzymał. Pozostawało mu tylko powiadamiać centrum kontroli lotów o statusie pasów, a potem sporządzić pisemny raport.

Odwrócił się od okna i ruszył do bufetu. Wiedział, że jeśli maszyna wybuchnie, usłyszy to i poczuje nawet tutaj, wysoko na wieży. A oglądać tego nie chciał.

Andy McGill przyłożył dłoń w ognioodpornej rękawiczce do ściany kadłuba. Grzbiet rękawiczki był dość cienki, by poczuć przezeń ciepło. Odczekał dłuższą chwilę, lecz nie poczuł niczego. Chwycił za klamkę drzwi bezpieczeństwa i szarpnął mocno. Wysunęła się nieco i pchnął ją do góry, żeby wyłączyć automatyczne wysuwanie trapu ewakuacyjnego.

Obejrzał się za siebie. Po prawej stał Sorentino w ognioodpornym kombinezonie, celując końcówką węża wprost w zamknięte drzwi. Wóz numer cztery stał pięćdziesiąt metrów za pierwszym; strażak na dachu też wycelował w samolot armatkę. Każdy z ratowników miał na sobie ochronne ubranie i maskę, nie mógł więc ich rozpoznać, lecz ufał wszystkim, zatem było to bez znaczenia. Ten z wozu czwartego podniósł kciuk. McGill odwzajemnił gest.

Następnie chwycił mocno klamkę i pchnął. Jeśli w samolocie wciąż panowało podciśnienie, drzwi nie powinny ustąpić i wówczas musiałby rozbić toporkiem iluminator. Pchał mocno i w końcu zaczęły się jednak uchylać do wewnątrz. Puścił klamkę i dalej drzwi cofały się już same, aż w końcu wsunęły się pod sufit.

McGill przykucnął, żeby uniknąć pierwszej ewentualnej fali dymu, gorąca czy innych wyziewów. Nic takiego nie poczuł.

Nie zwlekając już ani sekundy, podciągnął się do środka. Rozejrzał się szybko i stwierdził, że jest w przedsionku kuchni dziobowej, gdzie według planu był przydzielony. Dymu nie widział, lecz co do innych wyziewów nie miał pewności. Wychylił się przez drzwi na zewnątrz i dał strażakom znak, że z nim w porządku. Potem wszedł głębiej do wnętrza maszyny. Po prawej miał teraz dziobową kabinę pierwszej klasy, po lewej wielką sekcję turystyczną. Przed sobą widział kręcone schodki, prowadzące do tak zwanego garbu, kopuły mieszczącej kokpit i klasę biznesową.

Stał przez chwilę, czując poprzez kadłub wibrację silników. Wszystko wyglądało całkowicie normalnie, z wyjątkiem jednej rzeczy — zasuniętych kotar, odgradzających pierwszą klasę od turystycznej. Zgodnie z przepisami powinny być podczas startu i lądowania rozsunięte. Po namyśle wydało mu się również dziwne, że nie pojawiła się żadna ze stewardes, ale uznał to na razie za mniej istotne.

Instynkt podpowiadał mu, żeby sprawdzić wpierw obie kabiny, lecz wyszkolenie nakazywało zacząć od kokpitu. Ruszył więc ku spiralnym schodkom, słysząc przez maskę tlenową własny oddech.

Wchodził po dwa stopnie naraz, ale powoli. Wysunąwszy głowę ponad podłogę wyższego pokładu, zatrzymał się i spojrzał w głąb przepastnego wnętrza. Fotele stały po dwa z każdej strony, w czterech rzędach, razem trzydzieści dwa miejsca. Ponad wysokimi oparciami nie było widać głów, ale na poręczach zewnętrznych foteli widział ręce pasażerów. Wszystkie leżały nieruchomo.

Co jest, cholera...?

Wszedł wyżej i stanął przy tylnej przegrodzie garbu. Na środku kabiny znajdowała się konsola z prasą i przekąskami. Przez iluminatory wpadały smugi popołudniowego słońca, wirował w nich kurz. Miły widok, przemknęło mu przez głowę, w tym momencie jednak instynktownie wyczuł obecność śmierci.

Przeszedł na środek kabiny i spojrzał wzdłuż rzędów foteli. Zajęta była ledwie połowa miejsc, głównie przez mężczyzn i kobiety w średnim wieku. Niektórzy odchylili się na oparcie, trzymając coś do czytania na kolanach, przed innymi stały na tackach drinki, choć zauważył, że niektóre się przewróciły i wylały podczas lądowania.

Kilka osób miało na uszach słuchawki i zdawało się oglądać telewizję na małych ekranach, zamocowanych przy poręczach foteli. Odbiorniki były włączone, leciały jakieś reklamy.

McGill podszedł jeszcze kilka kroków i odwrócił się, by spojrzeć na ich twarze. Nie miał najmniejszych wątpliwości, że wszyscy są martwi. Nabrał głęboko powietrza, usiłując utrzymać do tego chłodny, profesjonalny stosunek. Ściągnął rękawiczkę i dotknął twarzy starszej kobiety na najbliższym fotelu. Była spokojna; żadnej śliny, wymiocin, łez... ani śladu cierpienia w rysach. Nigdy jeszcze czegoś takiego nie widział. Trujące gazy lub dym wywoływały panikę i okrutnie dusiły; straszną mękę takiej śmierci można było wyczytać z twarzy i powykręcanych ciał ofiar. Tutaj zaś widział spokojną, podobną do snu utratę przytomności, po której nastąpił zgon.

Poszukał skutego dezertera i jego konwojentów. Mężczyzna siedział w przedostatnim rzędzie po prawej, przy oknie. Był w ciemnoszarym garniturze i chociaż twarz częściowo zasłaniała mu maseczka nocna, przypominał Latynosa, Araba lub Hindusa. McGill nigdy nie potrafił rozróżnić tych ras. Miejsce obok zajmował człowiek wyglądający na policjanta. McGill obszukał go i na lewym biodrze wyczuł kaburę. W ostatnim rzędzie siedział samotnie drugi z konwojentów. Jedno było pewne: nie wybierali się już do wyjścia dwadzieścia trzy i nie musiał ich donikąd eskortować. Najwyżej do kostnicy na kółkach.

Zastanowił się nad sytuacją. Tutaj wszyscy byli nieżywi, a ponieważ powietrze i ciśnienie w całym samolocie było takie samo, mógł spokojnie uznać, że pasażerowie w klasie pierwszej i turystycznej też są martwi. Zawahał się, czy nie wezwać pomocy lekarskiej, był jednak całkowicie pewien, że nikt tu już jej nie potrzebuje. Zdjął mimo wszystko z pasa radiotelefon, żeby nadać jakąś informację — tyle że nie wiedział, co powiedzieć i czy jego słowa, stłumione przez maskę, zostaną zrozumiane. Nacisnął więc tylko guzik nadawania, posyłając w eter serię długich i krótkich pisków, żeby dać znać, że z nim w porządku.

— Odebrałem, Andy — usłyszał głos Sorentina.

McGill przeszedł do tylnej toalety za schodami. Na drzwiach był znak „wolne". Zajrzał do środka. Nikogo.

Za to w kuchni naprzeciwko ktoś leżał na podłodze. Ratownik podszedł bliżej i klęknął przy ciele. Była to stewardesa; leżała na boku, jakby ucięła sobie drzemkę. Dotknął jej kostki i nie poczuł pulsu.

Mając już pewność, że żaden z pasażerów nie potrzebuje pomocy, ruszył szybko pod drzwi kabiny pilotów. Były zamknięte, zgodnie z przepisami. Uderzył w nie kilka razy pięścią.

— Otworzyć! Służba Ratownicza! Proszę otworzyć! — zawołał. Odpowiedzi nie było, zresztą nie oczekiwał jej.

Zamachnął się toporkiem i uderzył z całej siły w zamek. Drzwi odskoczyły, uchylając się do połowy. McGill po chwili wahania wszedł do kokpitu.

Obaj piloci siedzieli na swoich miejscach. Głowy pochylili do przodu, jakby coś potwierdzali skinieniem.

— Hej, słyszycie mnie? — Czuł się trochę głupio, przemawiając do trupów.

Zaczął się pocić, trzęsły mu się kolana. Nie był zanadto wrażliwy i przez lata zdążył już wynieść z różnych miejsc swoją działkę spalonych zwłok, lecz nigdy jeszcze nie stał samotnie w obliczu cichej śmierci takiej liczby ofiar.

Dotknął gołą dłonią twarzy pilota. Martwy od kilku godzin. Kto w takim razie wylądował?

Jego wzrok powędrował ku tablicy przyrządów. Przeszedł godzinne szkolenie na temat kokpitu boeinga, toteż spojrzał od razu na mały wyświetlacz, na którym widniał napis: AUTO-LĄDOWANIE 3. Mówiono mu, że zaprogramowany komputerowo autopilot potrafi wylądować tym samolotem nowej generacji bez udziału ludzkiej ręki i umysłu. Nie chciał w to wtedy uwierzyć, ale teraz już musiał.

Nie dało się inaczej wytłumaczyć, jak ten powietrzny statek śmierci dotarł na lotnisko. Lądowanie na autopilocie wyjaśniało także brak ciągu wstecznego oraz fakt, że omal nie doszło do zderzenia z innym samolotem. A już z pewnością tłumaczyło wielogodzinną utratę łączności radiowej, nie wspominając o tym, że samolot stanął na końcu pasa z silnikami na chodzie i dwoma od dawna nieżyjącymi pilotami w kokpicie. *Święta Mario, Matko Boża, módl się...* McGill poczuł, że chce mu się krzyczeć, wymiotować lub uciekać, gdzie pieprz rośnie, pozbierał się jednak i kilka razy głęboko odetchnął. *Spokojnie, stary.*

Co dalej?

Wywietrzyć.

Sięgnął nad głowę do klapy ewakuacyjnej, przesunął dźwignię i klapa odskoczyła, ukazując prostokąt błękitnego nieba.

Przez chwilę słuchał silników. Wiedział, że powinien je wyłączyć, lecz skoro nie stwierdził ryzyka eksplozji, pozwolił im pracować, dzięki czemu pokładowy system wentylacyjny mógł oczyścić wnętrze z niewidzialnych toksycznych oparów, domniemanej przyczyny tego koszmaru. Ulgę w tym wszystkim sprawiła mu jedynie myśl, że gdyby nawet służby ratownicze zadziałały szybciej, w niczym by to nie pomogło. Przypominało to nieco scenariusz saudyjski, który jednakże w tym wypadku rozegrał się daleko stąd, kiedy maszyna znajdowała się jeszcze w powietrzu. Nie było pożaru, więc 747 się nie rozbił, jak niegdyś odrzutowiec Swissair u wybrzeży Nowej

Szkocji. Tutaj cała tragedia dotyczyła wyłącznie życia ludzi i nie miała związku z funkcjonowaniem samolotu. Autopilot zrobił, co do niego należało, chociaż McGill wolałby chyba, żeby tym razem zawiódł.

Wyjrzał przez okno kokpitu. Pragnął się znaleźć wśród żywych, nie tutaj. Zaczekał jednak, aż system wymiany powietrza zakończy pracę, choć nie bardzo mógł sobie przypomnieć, jak długo to może trwać. Nie mógł się skupić.

Po dwóch minutach, które wydawały mu się godziną, McGill sięgnął do konsoli między fotelami pilotów i wyłączył dopływ paliwa do wszystkich czterech silników. Pogasły niemal wszystkie lampki na desce rozdzielczej, poza zasilanymi przez baterie, a wycie silników urwało się, jak nożem uciął. Zapadła niesamowita cisza.

McGill niemal poczuł, jak wszyscy na płycie lotniska odetchnęli z ulgą. Niestety nie wiedzieli jednej rzeczy, że to nie piloci zatrzymali silniki, lecz on sam.

Nagle usłyszał jakiś dźwięk z wnętrza kopuły. Nachylił się ku wyjściu z kokpitu i nasłuchiwał.

— Jest tam kto?

Cisza. Upiorna cisza. Martwa cisza. Ale przecież coś słyszał. Może odgłos stygnących silników albo przesunął się gdzieś bagaż podręczny na półce.

Odetchnął głęboko, uspokajając nerwy. Przypomniało mu się stwierdzenie pewnego lekarza sądowego: „Martwi ludzie są niegroźni. Jeszcze nikt nigdy nie został zabity przez nieboszczyka".

Spojrzał w głąb kabiny, na kilkudziesięciu nieboszczyków. Wpatrywali się weń pustym wzrokiem. Tamten lekarz się mylił; martwi ludzie byli groźni. Mogli zabić w człowieku duszę. Andy McGill przeżegnał się i zaczął odmawiać Ojcze Nasz.

Rozdział 9

Czekanie zaczynało mnie powoli wnerwiać. Wreszcie George'owi Fosterowi udało się ustanowić kanał łączności przez agenta Jima Lindleya, który znajdował się na płycie lotniska i z kolei miał bezpośredni kontakt z jednym z funkcjonariuszy Port Authority, który utrzymywał łączność radiową ze swoim centrum dowodzenia, mającym kontakt z wieżą kontrolną i jednostkami ratowniczymi przy samolocie.

— I co mówi Lindley? — zapytałem Fostera.

— Powiedział, że człowiek ze służb ratowniczych wszedł na pokład i że silniki zostały wyłączone.

— Czy ten ratownik przekazał już raport sytuacyjny?

— Jeszcze nie, ale zapiszczał kilka razy na znak, że wszystko w porządku.

— I oni tam na zewnątrz usłyszeli to jego piszczenie?

Ted i Debbie się roześmiali. Kate nie. George westchnął z irytacją.

— Zapiszczał radiem — wyjaśnił. — Facet ma na twarzy maskę tlenową, więc jest mu łatwiej nadawać piski, niż mówić...

— Wiem — wszedłem mu w słowo. — Ja żartowałem, George. — Naprawdę rzadko się spotyka ludzi tak pozbawionych poczucia humoru jak George Foster. Na pewno nie ma ich w policji nowojorskiej, gdzie każdy stara się być większym jajcarzem od innych. Tak czy inaczej, stojąc bezczynnie pod stalowymi drzwiami wyjścia numer dwadzieścia trzy, nie miałem zbyt wielkiego pola do popisu, zaproponowałem więc George'owi: — Pozwól mi wyjść na płytę i nawiązać bezpośredni kontakt z Lindleyem.

— Dlaczego?

— A dlaczego nie?

Fosterem targały sprzeczne uczucia. Z jednej strony wolałby mieć mnie na oku, z drugiej marzył, bym zniknął mu z horyzontu i z życia raz na zawsze. Tak działam na zwierzchników, niestety.

— Lindley da mi znać — zwrócił się do wszystkich — jak tylko ten gość z ratownictwa wsadzi naszych podopiecznych do wozu patrolowego. Wtedy wszyscy zejdziemy na płytę, co zajmie nam jakieś trzydzieści sekund. A na razie cierpliwie czekajmy, dobrze?

— Jasne, ty tu dowodzisz — powiedziałem tylko dla formalności, nie miałem bowiem zamiaru się z nim spierać.

Odezwało się radio Debry Del Vecchio.

— Jankesi wyrównali w piątej — poinformowała nas po chwili.

Czekaliśmy więc dalej przy wyjściu, podczas gdy okoliczności obiektywne powodowały małe opóźnienie w naszych planach. Na ścianie wisiał plakat przedstawiający podświetloną Statuę Wolności nocą. Pod spodem umieszczono słowa Emmy Lazarus w kilkunastu językach: „Przyprowadź do mnie swych znużonych i ubogich, ową stłoczoną ciżbę pragnących oddychać swobodnie, żałosnych wyrzutków kłębiących się u wybrzeży. Przyślij bezdomnych i miotanych sztormami, a ja zapalę dla nich lampę u złotych wrót!". Uczyłem się tego na pamięć w szkole i wciąż przyprawiało mnie o gęsią skórkę.

Spojrzałem na Kate, nasze oczy się spotkały. Uśmiechnęła się, a ja do niej. Ogólnie biorąc, było to dużo lepsze od leżenia w szpitalu wśród aparatury podtrzymującej życie. Jeden z lekarzy powiedział mi, że gdyby nie świetna robota kierowcy karetki i lekarza pogotowia, zamiast bransoletki z nazwiskiem na ręce miałbym karteczkę z nazwiskiem na dużym palcu u nogi. Tak mało brakowało.

Coś takiego zmienia człowieka; nie tyle na zewnątrz, co głęboko w środku. Podobnie jak moi przyjaciele, którzy przeżyli Wietnam, czułem się tak, jakby wygasła moja umowa o życie na czas nieograniczony i jakbym podpisywał ją z Panem Bogiem co miesiąc od nowa.

Andy McGill wiedział, że wszystko, co teraz zrobi albo czego nie dopatrzy, zostanie potem wielokrotnie i skrupulatnie zanalizowane. Przez najbliższy miesiąc będzie zapewne zeznawał przed różnymi agendami rządowymi, nie wspominając o własnym szefostwie. Tragiczne wydarzenie przejdzie do legendy służb ratowniczych; chciał więc mieć pewność, że w tej legendzie wystąpi jako bohater.

A więc... co dalej?

Silniki można było powtórnie uruchomić tylko za pomocą pokładowego generatora mocy, czego nie potrafił, albo używając zewnętrznego generatora, który musiano by dostarczyć w pobliże maszyny. Skoro jednak piloci i tak nie mogli odkołować samolotu, należało się posłużyć pojazdem holującym Trans-Continentalu i odciągnąć boeinga w bezpieczny obszar, poza zasięg wzroku gapiów i mediów. Wywołał Sorentina.

— Wóz numer jeden, tu ratownik osiem-jeden. — Przez maskę ledwie usłyszał „Odbiór” kolegi. — Niech przewoźnik podeśle tu natychmiast swój holownik. Zrozumiałeś?

— Holownik przewoźnika, potwierdzam. A co jest, Andy?

— Zrób to. Bez odbioru.

McGill opuścił kokpit, zszedł kręconymi schodkami na niższy pokład i otworzył drzwi samolotu naprzeciwko tych, którymi wszedł.

Potem odsunął kotarę sekcji turystycznej i spojrzał w głąb długiego cielska boeinga. Ujrzał przed sobą setki osób, siedzących prosto lub opartych wygodnie, lecz zupełnie nieruchomych, jak na fotografii. Wpatrywał się w ten widok, jakby oczekując, że ktoś się w końcu poruszy lub coś powie. Nikt jednak nie zareagował na pojawienie się dziwnego kosmity w srebrzystym kombinezonie i masce tlenowej.

Zawrócił i odsłonił teraz pierwszą klasę, a następnie przeszedł szybko między fotelami, dotykając niektórych twarzy, a nawet klepiąc je po policzkach. Ani znaku życia. Raptem przyszła mu do głowy myśl zupełnie nie na miejscu, że bilet pierwszej klasy w obie strony na ten samolot kosztował dziesięć tysięcy dolarów. Jakie to miało teraz znaczenie? Wszyscy wdychali to samo powietrze i byli równie martwi tutaj jak w klasie turystycznej. Zawrócił szybko do otwartego przedsionka, gdzie znajdowały się: oba wyjścia, blok kuchenny i kręcone schody. Podszedł do drzwi w prawej burcie i ściągnął z głowy maskę.

Sorentino stał na schodku wozu.

— Jak tam wygląda? — zawołał na jego widok.

— Fatalnie. Naprawdę niedobrze! — odkrzyknął McGill.

Sorentino jeszcze nie widział swego szefa w takim stanie i zrozumiał, że „niedobrze" musi oznaczać najgorsze.

— Połącz się z centrum dowodzenia... powiedz im, że na pokładzie jeden-siedem-pięć wszyscy nie żyją. Prawdopodobnie trujący gaz...

— Jezu Chryste.

— Niech komendant zmiany potwierdzi twój meldunek. I niech przedstawiciel linii zjawi się w strefie bezpieczeństwa. Zresztą — dodał — niech się wszyscy tam zjawią. Celnicy, bagażowi, cały majdan.

— Robi się — Sorentino zniknął w szoferce.

McGill odwrócił się ku klasie turystycznej. Był raczej pewien, że nie potrzebuje już maski i tlenu, ale wziął je ze sobą, natomiast toporek zostawił pod ścianą. Nie wyczuwał żadnego żrącego czy podejrzanego zapachu, czuł jednak jakąś znajomą woń... bardzo nikły aromat migdałów. Starając się nie patrzeć na ludzi, przeszedł szybko na tył samolotu i otworzył drzwi po obu stronach. Poczuł powiew na wilgotnej od potu twarzy.

Zatrzeszczało radio.

— Jednostka numer jeden, tu porucznik Pierce. Raport sytuacyjny proszę — usłyszał dowódcę zmiany.

— Tu McGill — odpowiedział. — Jestem na pokładzie boeinga siedemset czterdzieści siedem, lot jeden-siedem-pięć. Wszyscy pasażerowie i załoga nie żyją.

— Jesteś pewien? — odezwał się Pierce po długim milczeniu.

— Tak jest.

— Jaka przyczyna? Zaczadzenie?

— Nie zaczadzenie. Trujące wyziewy. Źródła nie znam. Samolot przewietrzyłem, nie używam już tlenu.

— Przyjąłem.

McGill czuł mdłości, ale przypuszczał, że to z powodu szoku, a nie pozostałości trujących gazów. Nie miał zamiaru wykazywać inicjatywy i tylko czekał. Oczyma wyobraźni widział ludzi w centrum dowodzenia, rozmawiających przyciszonymi głosami.

Porucznik Pierce zgłosił się ponownie.

— Podobno wezwałeś holownik Trans-Continentalu?

— Tak jest.

— Czy przysłać... szpital polowy?

— Nie ma potrzeby. A polowa kostnica nie da rady z tym wszystkim.

— Rozumiem. Dobra, przenosimy całą operację do strefy bezpieczeństwa. Zabierzmy wreszcie ten samolot z widoku i zwolnijmy pas.

— Przyjąłem; czekam na holownik.

— Tak jest. I tego... zostań tam, McGill.

— Nigdzie się nie wybieram.

— Potrzebujesz jeszcze kogoś? Lekarza?

McGill westchnął z irytacją. Czy tym idiotom w centrum naprawdę tak trudno było zrozumieć, że tu są same trupy?

— Nie potrzebuję — odrzekł.

— W porządku. Wylądował na autopilocie, tak?

— Na to wygląda. Autopilot albo sam Pan Bóg. Na pewno nie ja ani nikt z załogi.

— Rozumiem. W takim razie autopilot musiał zostać zaprogramowany.

— Bez wątpienia, poruczniku. Piloci są sztywni.

— Rozumiem. Nie ma śladów pożaru?

— Nie.

— Dekompresji?

— Też nie. Nie wyjęli masek tlenowych. To gaz, poruczniku. Jakiś trujący, kurwa, gaz!

— Dobra, wyluzuj się.

— Mhm.

— Spotkamy się w strefie bezpieczeństwa.

— Przyjąłem. — McGill odwiesił radiotelefon na pas.

W wypełnionej martwymi pasażerami kabinie klasy turystycznej czuł się klaustrofobicznie i nieco strasznie. Pomyślał, że lepiej będzie przejść na górę, gdzie było jaśniej i skąd miałby lepszy widok na to, co się dzieje wokół samolotu.

Wrócił do kręconych schodków i wspiął się do garbu. Zobaczył przez iluminator, że pod lewą burtę podjeżdża wóz holowniczy. Z prawej zaś pojazdy ratownicze opuszczały sąsiedztwo samolotu, udając się z powrotem do remizy albo do strefy bezpieczeństwa.

Usiłował nie zwracać uwagi na trupy wokół. Tu na górze było ich mniej i przynajmniej żadnych dzieci. Tak czy owak był świadom, że w całym samolocie jest jedyną żywą istotą.

Nie było to do końca ścisłe, lecz Andy McGill nie wiedział jeszcze, że ma towarzystwo.

Tony Sorentino patrzył, jak wóz holowniczy podjeżdża pod dziób boeinga. Był to rodzaj platformy z szoferką z każdego końca, dzięki czemu kierowca nie musiał cofać i ryzykować uszkodzenia kadłuba. Po założeniu sztywnego holu po prostu przechodził do drugiej kabiny i ruszał.

Sorentino uważał, że to bardzo sprytne rozwiązanie. Pojazd fascynował go i zastanawiał się, czemu w Guns and Hoses też nie mają takiego. Przypomniał sobie, że chodziło o ubezpieczenie. Każda linia lotnicza miała własny holownik i w razie uszkodzenia podczas holowania samolotu o wartości stu pięćdziesięciu milionów dolarów sama za to odpowiadała. Też mądre.

Przyglądał się kierowcy holownika, który zakładał rozwidlone drągi z każdej strony zespołu przednich kół. Podszedł bliżej i zapytał:

— Pomóc w czymś?

— Nie, nie. Proszę niczego nie dotykać.

— Spokojnie, jestem ubezpieczony.

— Ale nie na coś takiego. Gdzie go zawieźć? — zapytał kierowca, zamocowawszy hol.

— Strefa uprowadzeń — odrzekł Sorentino, posługując się bardziej dramatycznym, niemniej też prawidłowym określeniem strefy bezpieczeństwa. Tamten, jak się spodziewał, rzucił mu zaskoczone spojrzenie, po czym popatrzył w górę na olbrzymi kadłub boeinga.

— Co się dzieje? — zapytał.

— To się dzieje, że twojej firmie jak nic podniosą składki na ubezpieczenie.

— Nie jarzę, o co ci chodzi.

— Będziesz holował największy i najdroższy karawan na świecie, kolego. Tam wszyscy nie żyją. Trujący gaz.

— Jezusie przenajświętszy...

— A jakże. Dawaj, toczymy się. Ja z przodu, ty za mną. Z tyłu też masz jednego z naszych. I nie zatrzymuj się po drodze.

Kierowca przeszedł do przedniej szoferki jak pogrążony w transie. Odpalił wielkiego diesla i ruszył powoli. Sorentino wsiadł do kabiny swojego RIV i poprowadził kawalkadę do drogi dojazdowej, prowadzącej z kolei do strefy bezpieczeństwa, położonej niezbyt daleko od czwartego prawego pasa.

— Tu wóz numer jeden, jadę — nadał przez radio. — Za mną holownik z samolotem, na końcu wóz czwarty.

Utrzymywał stałą prędkość trzydziestu kilometrów na godzinę, maksimum tego, na co mógł sobie pozwolić holownik ciągnący prawie czterystutonową maszynę. Gdy sprawdzał w bocznym lusterku dystans między nimi, stwierdził, że widok jest zaiste niesamowity: dziwaczny pojazd, który nie wiedział, gdzie ma tył, a gdzie przód, a za nim, niczym zabawka na sznurku, monstrualnie ogromny, srebrzysty samolot.

— Ponownie proszę o pozwolenie zejścia na płytę lotniska — zwróciłem się znów do Fostera, ponieważ John Corey nie ma na drugie „Bierny". Nasz szef wahał się jak zwykle, więc odezwała się Kate.

— Dobra, John, możesz zejść, ale tylko tu na dół. Nigdzie dalej.

— Obiecuję.

Debra Del Vecchio wstukała kod na klawiaturze przy drzwiach i otworzyły się. Przeszedłem długim rękawem i służbowymi schodkami z rękawa na płytę.

Konwój mający nas zawieźć na Federal Plaza stał przy

budynku terminalu. Podszedłem do jednego z wozów policyjnych PA i błysnąłem odznaką.

— Nasz samolot utknął na końcu pasa. Proszę mnie tam zawieźć.

Wśliznąłem się na miejsce obok kierowcy, głęboko żałując, że okłamałem Kate.

— Myślałem, że ratownictwo ma przywieźć tych waszych pasażerów tutaj — zdziwił się młody mundurowy.

— Zmiana planów.

— Aha, rozumiem. — Ruszył powoli, łącząc się jednocześnie z wieżą kontrolną, żeby poprosić o zezwolenie przejazdu przez pasy startowe.

Ktoś biegł obok naszego auta. Sądząc po wyglądzie, musiał to być agent FBI Jim Lindley.

— Stać! — zawołał.

Funkcjonariusz zatrzymał samochód.

Lindley pokazał legitymację.

— Kim pan jest? — zapytał

— Corey.

— Aha. I dokąd to?

— Do samolotu.

— Dlaczego?

— A dlaczego nie?

— Kto wydał...

Nagle zjawiła się koło nas Kate.

— W porządku, Jim — powiedziała. — Chcemy się tylko rozejrzeć. — Wskoczyła na tylne siedzenie.

— Jedź — rzuciłem do kierowcy.

— Czekam na zezwolenie przejazdu z wieży — odparł.

Z radia popłynął męski głos.

— Kto prosi o pozwolenie przejazdu przez pasy i w jakim celu?

Chwyciłem mikrofon.

— Tu... — zacząłem. Jak właściwie miałem się przedstawić? — ...Tu FBI. Musimy się dostać do tego boeinga. Kto z tamtej strony?

— Mówi Stavros, szef zmiany. Słuchaj pan, nie możecie teraz...

— To nagły wypadek.

— Wiem, że to nagły wypadek. Ale nie widzę powodu, żebyście...

— Dziękuję — powiedziałem. A potem do kierowcy: — Mamy zezwolenie, ruszaj.

— Ale on wcale...

— Kogut i syrena, dawaj. Naprawdę, musisz to dla nas zrobić.

Policjant wzruszył ramionami i wóz popędził ku drodze dojazdowej, wyjąc i błyskając kogutem. Przez radio znów odezwał się gość z wieży, Stavros, ale ściszyłem je.

— Okłamałeś mnie — rzuciła Kate.

— Przepraszam.

Kierowca wskazał kciukiem za siebie.

— Kto to?

— To Kate — odparłem. — Ja jestem John. A ty?

— Al. Al Simpson. — Zjechał na trawę, prowadząc wóz równolegle do drogi dojazdowej, biegnącej na wschód. Samochód podskakiwał na wybojach. — Lepiej nie wjeżdżać na pasy i dojazdówki — tłumaczył przepraszająco.

— Ty tu rządzisz.

— Co to za nagły wypadek? — zapytał.

— Nie mogę powiedzieć. — Nie miałem pojęcia, co wymyślić.

Po niecałej minucie ujrzeliśmy na horyzoncie sylwetkę 747. Simpson skręcił, przejechał przez drogę, potem znów po trawie, omijając najróżniejsze znaki i światła, i kierując się w stronę pasa startowego.

— Naprawdę muszę się porozumieć z wieżą — stwierdził.

— Nie musisz.

— Przepisy FAA. Nie wolno przejeżdżać...

— Nie martw się, będę uważał na samoloty.

Simpson dodał gazu i przejechał na drugą stronę szerokiego pasa startowego.

— Jeśli próbujesz zasłużyć na wywalenie z roboty, to świetnie ci idzie — stwierdziła Kate.

747 wydawał się niezbyt odległy, lecz było to złudzenie optyczne. Jego sylwetka prawie w ogóle się nie powiększała.

— Dociśnijże do dechy — rzuciłem do kierowcy.

Autem znów zatrzęsło na nierównym podłożu.

— Może masz chociaż jakąś teorię i zechcesz się nią ze mną podzielić? — zapytała Kate.

— Nie.

— Nie masz, czy nie chcesz?

— Jedno i drugie.

— Więc po co to robisz?

— Miałem już dość Fostera i Nasha.

— Chyba się po prostu popisujesz.

— Przekonamy się w samolocie.

— Lubisz ryzykować, co?

— Nie, nie lubię. Ale czasem muszę.

Simpson wysłuchał naszej wymiany zdań, lecz nie opowiedział się po żadnej ze stron.

Boeing wciąż zdawał się nie przybliżać, niczym pustynny miraż.

— Może się zdecyduję udzielić ci wsparcia — oświadczyła Kate. To chyba oznacza u agentów federalnych bezwarunkową deklarację lojalności.

— Dzięki, partnerze — odparłem.

Spojrzałem znowu w stronę samolotu. Zdecydowanie w ogóle się nie powiększał.

— On chyba jedzie — stwierdziłem.

Simpson przyjrzał się maszynie.

— To prawda — rzekł — ale... na holu.

— Dlaczego mieliby go holować?

— Jak silniki są wyłączone, to czasem jest wygodniej odholować samolot, niż uruchamiać je na nowo.

— To nie wystarczy po prostu przekręcić kluczyka?

Parsknął śmiechem.

Jechaliśmy jednak szybciej od samolotu i w końcu dystans zaczął się zmniejszać.

— A czemu go ciągną w kierunku terminalu? — zapytałem Simpsona.

— Wygląda na to, że go odholowują do strefy uprowadzeń.

— Co?

— Do strefy bezpieczeństwa. To jedno i to samo.

Obejrzałem się na Kate; widać było, że jest przejęta.

Simpson pogłośnił radio. Usłyszeliśmy ogólny szum w eterze, krzyżujące się komunikaty i polecenia, całą paplaninę jednostek PA, z której nie mogłem nic wyłowić. Nic na temat sytuacji samolotu. Pewnie wszyscy poza nami już ją znali.

— Łapiesz, co się tam dzieje? — zapytałem Simpsona.

— Nie całkiem... ale to nie porwanie. Ani nie awaria, bo dużo wozów ratowniczych wraca do bazy.

— A pomoc lekarska?

— Raczej nie, z sygnałów nie wynika, żeby wzywali karetki... Ojej.

— Ojej, co? — zapytałem.

Kate wsunęła głowę między nas.

— Ojej, co, Simpson? — zapytała.

— Wzywają KP i MS.

Czyli kostnicę polową i medyka sądowego. Czyli są trupy.

— Gazu — rzuciłem do Simpsona.

Rozdział 10

Andy McGill wydostał się z grzejącego niemiłosiernie kombinezonu i rzucił go na fotel obok martwej kobiety. Otarł pot z karku i odlepił ciemnoniebieską koszulę policyjną od mokrego ciała.

Usłyszał w radiu swój kod wywoławczy.

— Tu jeden-osiem, odbiór.

Był to znów Pierce i McGill się skrzywił.

— Nie chcę marudzić, Andy — rzekł porucznik protekcjonalnym tonem — ale jednak dla formalności powinniśmy mieć pewność, że nie zlekceważyliśmy żadnej sposobności udzielenia pasażerom pomocy lekarskiej.

McGill spojrzał przed siebie. Do otwartej bramy wydzielonej strefy bezpieczeństwa mieli około pięćdziesięciu metrów. Wóz Sorentina już tam wjeżdżał.

— Andy?

— Poruczniku, ja osobiście sprawdziłem stan chyba z setki pasażerów we wszystkich kabinach, można powiedzieć, że ich przebadałem. Są zimni. Teraz jestem w kopule i właściwie zaczyna tu już cuchnąć.

— W porządku, ja tylko tak dla pewności — odparł Pierce. — Jestem już w strefie, widzę, że też dojeżdżacie.

— Zgadza się. Jeszcze coś?

— Nie. Bez odbioru.

McGill przypatrzył się trzem mężczyznom, których miał wyprowadzić z samolotu. Podszedł do dwóch siedzących razem — agenta FBI i jego skutego kajdankami podopiecznego.

Jako że był przede wszystkim policjantem, a dopiero potem strażakiem, uznał, iż powinien zabrać broń agentom, żeby później przypadkiem gdzieś nie zaginęła. Odchylił marynarkę pierwszego z nich i ujrzał kaburę. Była pusta.

— Co, u diabła? — mruknął.

Przeszukał drugiego mężczyznę. To samo — pusta kabura. Dziwne. Kolejny motyw do zastanowienia.

Poczuł pragnienie i przeszedł do kuchni. Wiedział, że nie powinien niczego ruszać, ale naprawdę zaschło mu w gardle. Rozejrzał się, usiłując ignorować zwłoki stewardesy na podłodze. Znalazł puszkę toniku, przez sekundę walczył z wyrzutami sumienia, po czym otworzył ją i pociągnął spory łyk. Uznawszy, że potrzebuje jednak czegoś mocniejszego, otworzył z kolei miniaturkę szkockiej i wychylił ją jednym haustem. Popił tonikiem, beknął i poczuł się lepiej.

Samolot zwalniał. McGill wiedział, że gdy się zatrzyma, na pokładzie zaroi się od ludzi. Zanim się to stanie i przed rozmową z szefostwem chciał się jeszcze wysikać.

Stanął pod drzwiami toalety i nacisnął klamkę, lecz nie ustąpiły. Zobaczył czerwony znak „zajęte".

To bez sensu, pomyślał. Przecież gdy sprawdzał toalety, były puste. Naparł na drzwi ponownie i tym razem ustąpiły.

Stał przed nim wysoki, smagły mężczyzna w niebieskiej kamizelce z logo Trans-Continentalu na piersi.

McGill przez moment nie mógł wykrztusić słowa.

— Skąd... pan się... — wymamrotał w końcu. Głęboko osadzone czarne oczy tamtego przewiercały go na wylot. Mężczyzna uniósł prawą rękę. Była owinięta kocem, co wydało mu się dziwne. — Kto ty jesteś, do ciężkiej cholery? — zapytał w końcu.

— Jestem Asad Khalil. — McGill prawie nie słyszał stłumionego odgłosu wystrzału i ledwie poczuł, jak kula kalibru .40 przewierca mu czoło. — A ty jesteś trupem — dodał Asad Khalil.

Tony Sorentino wszedł przez bramę strefy uprowadzeń, zwanej popularnie strefą bezpieczeństwa.

Był to wydzielony obszar o kształcie podkowy, oświetlony

lampami sodowymi na wysokich słupach. Gdyby nie betonowa nawierzchnia, mógłby się kojarzyć ze stadionem baseballowym. Sorentino nie był tu od kilku lat i rozglądał się z ciekawością. Ogrodzenie przeciwwybuchowe miało ponad trzy i pół metra wysokości. Co dziesięć metrów umieszczono na nim platformy z pancernymi osłonami, w których widniały otwory strzelnicze. W tej chwili stanowiska były nieobsadzone.

Przy wjeździe płot był niższy, dzięki czemu mogły się nad nim prześliznąć skrzydła niemal każdego samolotu pasażerskiego. Holownik przeciągał właśnie tamtędy boeinga.

Sorentino przyjrzał się scenie rozgrywającej się wewnątrz strefy. Niemal wszyscy dotarli tu przed nim. Spostrzegł ruchome centrum dowodzenia — dużą furgonetkę wyposażoną w radionadajniki, centralę telefoniczną i grono dowódców. Mieli stąd bezpośrednie połączenie z połową świata i pewnie zdążyli się już skontaktować z policją nowojorską, FBI, FAA, a może i Strażą Przybrzeżną, której helikoptery czasami pomagały w takich akcjach. Z pewnością wezwali też celników i urzędników kontroli paszportowej. Nawet martwi nie mogli się dostać do USA z pominięciem tych ważnych procedur. Dzisiejsza miała się różnić od rutynowej tylko tym, że się odbędzie tutaj zamiast w terminalu, no i pasażerowie nie będą musieli odpowiadać na żadne pytania.

Sorentino zwolnił i sprawdził pozycję samolotu. Za moment powinien się znaleźć na środku placu. Zauważył też polową kostnicę na kółkach i wielki samochód-chłodnię, otoczone przez ludzi w bieli, którzy będą oznaczać zwłoki i umieszczać je w workach.

Na obu krańcach strefy stały ruchome schodki lotnicze, w sumie sześć sztuk. Czekali przy nich ratownicy, policjanci i sanitariusze, gotowi wejść na pokład boeinga i rozpocząć parszywą robotę przy wyładunku trupów.

Było tu również mnóstwo pojazdów Trans-Continentalu — ciężarówki, pasy transmisyjne na kółkach, wózki bagażowe i wóz z wysięgnikiem do wyciągania bagaży z ładowni. Obok stali w pogotowiu tragarze linii w niebieskich kombinezonach i skórzanych rękawicach. Zwykle musieli się bardzo spieszyć z rozładunkiem, tym razem jednak brygadzista z pewnością nie będzie ich poganiał.

Sorentino spostrzegł także samochód z urządzeniem do prześwietlania bagaży oraz cztery auta kateringowe. Te ostatnie z pewnością nie zjawiły się po to, żeby dostarczyć na pokład posiłki. Ich kontenery, podnoszone hydraulicznie na wysokość drzwi samolotu, stanowiły najwygodniejszy środek transportu zwłok.

Sorentino pomyślał o pracy, jaka czeka ludzi z Trans-Continentalu. Będą musieli zawiadamiać rodziny, pamiętać, kto jest w której kostnicy, pilnować, żeby bagaże zostały zwrócone komu trzeba. Rany boskie.

Przed jego wozem stał policjant lotniskowy i dawał mu gestem znak, żeby jeszcze trochę podjechał i zatrzymał się. Sorentino sprawdził w lusterku, czy idiota z holownika też stanął. Na szczęście tak. Ratownik sięgnął do sufitu i wyłączył obrotowego koguta na dachu. Odetchnął głęboko, schował twarz w dłoniach i poczuł, że coś mu cieknie po policzkach. Zdziwiło go to, bo nie wiedział, że właśnie płacze.

Rozdział 11

Kate, Simpson i ja nasłuchiwaliśmy głosów z radia. Kierowca zmienił częstotliwość i połączył się bezpośrednio z którymś z wozów służb ratowniczych.

— Co się dzieje z tym siedemset czterdzieści siedem, lot jeden-siedem-pięć? — zapytał, przedstawiwszy się.

— Wygląda na trujący gaz — usłyszeli głos. — Pożaru nie było. Wszyscy nie żyją.

W naszym aucie zapadła martwa cisza.

— Zrozumiałeś?

Simpson odchrząknął.

— Zrozumiałem, wszyscy nie żyją. Bez odbioru.

— Mój Boże... — szepnęła Kate. — Czy to możliwe?

Cóż jeszcze można było powiedzieć? Nic. Więc nic nie powiedziałem.

Nasz kierowca odnalazł drogę wiodącą do strefy bezpieczeństwa. Teraz nie było już alarmu, dlatego zwolnił do trzydziestu na godzinę zgodnie z przepisami. Nie ofuknąłem go.

Widok przed nami był zaiste surrealistyczny — gigantyczny srebrzysty samolot, toczący się w kierunku dziwnej stalowej ściany z szerokim wjazdem na środku. 747 przejechał przez bramę, jego skrzydła prześliznęły się ponad szczytem ściany.

Po chwili my także znaleźliśmy się przy wjeździe do zamkniętego obszaru, lecz stały tam już w kolejce wszelakie dziwadła na kółkach, czekając, aż przejedzie boeing. Potem przy bramie utworzył się mały korek.

— Znajdź nas w środku — rzuciłem do policjanta, wyskoczyłem z auta i puściłem się biegiem. Za mną trzasnęły tylne drzwiczki i usłyszałem kroki doganiającej mnie Kate. Nie wiedziałem, dlaczego biegnę. Po prostu coś w mojej głowie mówiło: „Biegnij". Biegłem więc, a blizna o kształcie ołówka w moim płucu dawała mi się we znaki.

Kluczyliśmy z Kate pomiędzy samochodami, aż w końcu znaleźliśmy się w centrum całego układu, pełnym różnych pojazdów i ludzi, z boeingiem 747 w samym środku. Wyglądało to wszystko niczym w „Bliskich spotkaniach trzeciego stopnia" albo raczej „Z Archiwum X".

Biegnący ludzie przyciągają uwagę, toteż zatrzymał nas policjant z Władz Portowych, do którego zaraz dołączył sierżant.

— Gdzie się to państwu tak spieszy? — zapytał ten ostatni.

Usiłowałem uspokoić oddech, żeby powiedzieć „FBI", lecz moje marne płuco wydało z siebie tylko świst. Kate pokazała im swoją legitymację.

— FBI. Na pokładzie jest nasz azylant z konwojentami — wyjaśniła, zupełnie bez zadyszki.

— Teraz już nie ma pośpiechu — stwierdził sierżant. — I tak wszyscy nie żyją.

— Musimy wejść do środka i zabrać... ciała — tłumaczyła Kate.

— Proszę pani, przecież my mamy do tego ludzi — policjant był niewzruszony.

— Sierżancie, nasi funkcjonariusze mają przy sobie broń i ważne dokumenty. To sprawa bezpieczeństwa narodowego.

— Zaczekajcie. — Wystawił dłoń, a jego towarzysz wsunął do niej radiotelefon. Sierżant nadał coś i czekał. — Straszny tłok w eterze — oznajmił.

Chciałem już zacząć odgrywać ważniaka, lecz jeszcze się powstrzymywałem.

— Ptaszek przyleciał na totalnym RTF — poinformował nas sierżant.

— Wiemy — odparłem zadowolony, że znam już ich slang.

Pod drzwi samolotu podstawiano schodki i wkrótce na pokładzie miało się zaroić od ludzi. Sierżant wciąż nie dostawał odpowiedzi. W końcu powiedział:

— Widzicie ten samochód? Ruchome centrum dowodzenia? Idźcie tam pogadać. Mają bezpośrednie łącze do FBI i mojego szefostwa.

Ruszyliśmy w kierunku centrum dowodzenia, nim zdążył się rozmyślić. Wciąż ciężko dyszałem

— Jak się czujesz? — spytała Kate.

— W porządku.

Obejrzeliśmy się oboje przez ramię. Sierżant zajął się już czymś innym. Natychmiast zmieniliśmy kurs, kierując się wprost do samolotu.

Przy tylnym wyjściu stały już schodki. Wchodziło po nich kilku ratowników, za nimi ludzie w bieli, paru w niebieskich kombinezonach, a na końcu gość w garniturze.

Prawdziwy dżentelmen nigdy nie wchodzi po schodach za damą w krótkiej spódniczce, lecz zaryzykowałem, dając Kate znak, żeby szła pierwsza.

— Nie, nie, ja za tobą — odparła.

Wspięliśmy się po schodkach do przepastnego wnętrza maszyny. Paliły się tylko lampki ewakuacyjne przy podłodze, zasilane z baterii. Trochę światła wpadało też przez iluminatory z lewej burty. Więcej zresztą nie było potrzeba, żeby zobaczyć, że kabina jest w trzech czwartych wypełniona ludźmi i że nikt z nich się nie rusza. Wszyscy, którzy weszli z nami, też stali bez ruchu i w milczeniu; dźwięki dobiegały tylko zza otwartych drzwi.

Mężczyzna w garniturze spojrzał na Kate i na mnie. Miał identyfikator Trans-Continentalu na piersi i wyglądał strasznie.

— Jakie to okropne... o Boże... — wykrztusił. Myślałem, że się rozpłacze, ale pozbierał się i przedstawił: — Jestem Joe Hurley, kierownik bagażowni.

— FBI — odpowiedziałem. — Słuchaj, Joe, wyprowadź ludzi z samolotu, dobrze? Być może to jest miejsce przestępstwa.

Otworzył szeroko oczy.

Tak naprawdę nie wiedziałem jeszcze, czy faktycznie jest to miejsce przestępstwa, ale nie kupowałem też do końca tej historii z wyciekiem toksycznego gazu. A jak się powie „miejsce przestępstwa", wszyscy człowieka słuchają i można kontrolować sytuację.

— Popełniono przestępstwo? — zwrócił się do nas jeden z ratowników.

— Tak — odparłem. — Może byście panowie przypilnowali, żeby tu na razie nikt już nie wchodził, dobrze? Musimy się rozejrzeć. Tym tutaj i tak się już nigdzie nie spieszy, ich bagaż też może poczekać.

Skinął głową, a ja z Kate ruszyliśmy szybko lewym przejściem. Pozostałymi drzwiami też zaczynali wchodzić ludzie. Wyjęliśmy legitymacje.

— FBI! Proszę nie wchodzić do samolotu! Proszę zostać na miejscu! Proszę wrócić na schodki! — I tak w kółko. Policjant z PA pomógł nam zatamować ruch i udaliśmy się na przód maszyny.

Co parę kroków oglądałem się za siebie, na twarze wpatrzone martwo w przestrzeń. Niektóre miały oczy zamknięte, inne otwarte. Toksyczny gaz... Ale jaki i skąd?

Dotarliśmy do otwartego przedsionka, gdzie znajdowały się dwa wyjścia, blok kuchenny, toalety i kręcone schodki na górę. Weszliśmy po nich; ja pierwszy. Zatrzymałem się, gdy tylko mogłem zajrzeć do kabiny. Nie przewidywałem konieczności użycia broni, ale na wszelki wypadek wyciągnąłem glocka z kabury i wsunąłem go za pasek.

Było tu jaśniej, niż na dole. Zastanawiałem się, czy facet ze służby ratowniczej, który to wszystko odkrył, jest jeszcze na pokładzie.

— Jest tu kto? — zawołałem.

Odsunąłem się, żeby przepuścić Kate. Spostrzegłem, że nie wyjęła broni. Właściwie nie było powodu podejrzewać niebezpieczeństwa; ratownik meldował, że wszyscy są martwi. Ale gdzie był on sam?

Najpierw należało się przekonać, czy rzeczywiście nic nam nie grozi. Niejednemu sprytnemu detektywowi wybito z głowy — i to dosłownie — jego sprytne koncepcje, kiedy węszył na miejscu zbrodni, myśląc o niebieskich migdałach.

Na lewo była toaleta, na prawo kuchnia. Skinąłem na Kate, żeby też wyciągnęła broń, i podszedłem do drzwi toalety. Pchnąłem harmonijkowe drzwi i odsunąłem się na bok.

— Czysto — powiedziała Kate.

W kuchni leżała na podłodze stewardesa. Z zawodowego

przyzwyczajenia dotknąłem jej kostki. Nie tylko nie było pulsu, lecz kobieta już całkiem ostygła.

Zajrzeliśmy do szafy między łazienką a kuchnią. Wisiały tam płaszcze i marynarki pasażerów, worki z garniturami, a na ziemi leżały różne inne rzeczy. Fajnie się podróżuje klasą biznesową. Kate buszowała w niej przez chwilę, a jednak mało brakowało i przegapilibyśmy sprawę. Za jednym z długich płaszczy stał na podłodze mały wózek z dwiema zielonymi butlami tlenowymi. Sprawdziłem wentyle, były otwarte. Po niecałych trzech sekundach powziąłem podejrzenie, że w jednej butli mógł być tlen, a w drugiej niekoniecznie. Kawałeczki zaczynały do siebie pasować.

— To są szpitalne butle tlenowe — stwierdziła Kate.

— Zgadza się. — Widziałem, że ona też dodaje dwa do dwóch.

Nie rozmawiając więcej, przeszliśmy szybko pod drzwi kokpitu. Miały rozbity zamek. Pchnąłem je i wszedłem do środka. Obydwaj piloci siedzieli pochyleni bezwładnie do przodu. Ująłem ich za przeguby, ale poczułem tylko zimną, lepką skórę.

Klapa w suficie był otwarta i domyśliłem się, że to facet z ratownictwa chciał wywietrzyć kabinę. Cofnąłem się do garbu i podszedłem do Kate, stojącej przy fotelach na końcu kabiny.

— To Phil Hundry... — szepnęła.

Spojrzałem na mężczyznę obok Hundry'ego. Miał na sobie czarny garnitur, ręce w kajdankach, na twarzy nocną maseczkę. Ściągnąłem ją. Przez chwilę przyglądaliśmy się twarzy więźnia.

— Czy to... To chyba nie jest Khalil — powiedziała Kate.

Też tak sądziłem, ale nie pamiętałem go za dobrze ze zdjęcia. Poza tym po śmierci twarze potrafią się naprawdę dziwnie zmieniać.

— Nie jestem pewien — odparłem. — Wygląda w każdym razie na Araba.

Kate rozpięła mu koszulę.

— Nie ma kamizelki kuloodpornej. A to jest Peter Gorman — dodała, pochylając się nad mężczyzną w ostatnim fotelu.

Dwóch prawdziwych na trzech to już nie tak źle. Ale gdzie był Asad Khalil? I kim był ten nieboszczyk, który go udawał?

— Kto to może być? Wspólnik? Ofiara? — zastanawiała się Kate, patrząc na Araba.

— Może jedno i drugie.

Mój umysł usiłował jakoś to wszystko uporządkować, lecz mogłem mieć pewność jedynie co do tego, że wszyscy są martwi, z wyjątkiem być może jednego gościa, który udawał martwego. Rozejrzałem się po kabinie.

— Miej oko na tych ludzi — poleciłem Kate. — Może się okazać, że jednego z nich śmierć oszczędziła. — Skinęła głową i wzięła do ręki pistolet. — I daj mi swoją komórkę. Jaki jest numer do George'a?

Podała mi telefon i podyktowała numer.

— George, tu Corey — powiedziałem, gdy się zgłosił. — Posłuchaj. Jesteśmy w samolocie, w kopule. Wszyscy nie żyją. Hundry i Gorman też... dobrze, to świetnie, że Lindley informuje cię na bieżąco. Tak, w kopule, w klasie biznesowej, w samolocie, który stoi w strefie bezpieczeństwa, na lotnisku. Posłuchaj tylko; Arab, który jest z Peterem i Philem, nie wygląda na Khalila... Tak, właśnie powiedziałem, że nie wygląda. Jest skuty, ale nie ma kamizelki kuloodpornej. Nie, nie powiedziałem, że jestem pewien. Nie mamy przy sobie zdjęcia. Kate też nie jest pewna, a zdjęcie i tak było do dupy. Słuchaj... — usiłowałem wymyślić jakiś plan działania, ale nie wiedziałem właściwie, jaką mamy sytuację. — Słuchaj, jeżeli ten gość to nie jest Khalil, to Khalil być może wciąż jest w samolocie. Tak. Równie dobrze mógł się już stąd zmyć. Niech Lindley pogada z ludźmi z Władz Portowych... chodzi o to, żeby zamknięto strefę bezpieczeństwa. Niech nikogo nie wypuszczają. — Foster nie przerywał mi, lecz słyszałem, jak mruczy pod nosem: „O Boże... o rany boskie... jak to się mogło stać... to straszne..." i inne pretensjonalne bzdury. — Khalil prawdopodobnie zabił naszych ludzi, George — ciągnąłem — i wynik brzmi: federalni zero, Lew kilka setek. Trzeba postawić na nogi kogo się da, zrób, co w twojej mocy... Co ci mam powiedzieć? Arab i tyle. Może udałoby się zablokować całe lotnisko? Jeżeli facet się stąd wydostanie, to mamy problem. Jasne. Zadzwoń na Federal Plaza. Zróbmy stanowisko dowodzenia w Conquistador Club. Im szybciej to wszystko pójdzie, tym lepiej.

Rozłączyłem się.

— Zejdź na dół — powiedziałem do Kate — i powiedz glinom z PA, żeby zablokowali strefę bezpieczeństwa. Mogą wpuszczać każdego, ale nikogo nie wypuszczać.

Zbiegła po schodkach. Popatrzyłem na twarze wokół. Skoro ten Arab na fotelu to nie był Khalil, istniała szansa na to, że ten ostatni jest jeszcze w samolocie. Ale jeżeli się uwinął, mógł już być na dole, wśród dwóch setek ludzi poubieranych w najróżniejsze stroje. A jeśli uwinął się naprawdę szybko, mógł się wydostać poza strefę w którymś z pojazdów. Niedaleko było ogrodzenie lotniska, a budynki terminalu stały ze trzy kilometry od nas. Niech to szlag!

— Zrobione, zrozumieli, o co chodzi — oznajmiła Kate po powrocie.

— Świetnie. Chodź, pooglądamy ich teraz trochę.

Przyjrzeliśmy się kolejno zwłokom kilkunastu mężczyzn. Jeden miał na kolanach powieść Stephena Kinga, bardzo adekwatną do sytuacji. Podszedłem do kolejnego, zawiniętego w dwa koce. Na twarzy miał maseczkę nocną. Ściągnąłem ją i ujrzałem, że na czole wyskoczyło mu trzecie oko.

— Kate, tutaj!

Podeszła i odwinęliśmy koce. Mężczyzna miał na sobie niebieską koszulę policyjną z emblematem PA.

— To musi by ten ratownik, który pierwszy wszedł na pokład — doszedłem do wniosku.

— Co tu się stało? — szepnęła.

— Nic dobrego, to pewne.

Sprawdziliśmy pozostałe ciała, lecz żadne z nich nie należało do Asada Khalila. Nie znaleźliśmy też łuski, za to w jednej z szafek pod sufitem Kate trafiła na srebrny kombinezon ognioodporny, toporek i butlę tlenową z maską, najwidoczniej własność zabitego ratownika.

Wróciliśmy do agentów. Kate odchyliła marynarkę Phila Hundry'ego, odsłaniając pustą kaburę. Potem wypięła odznakę FBI, zamocowaną do wewnętrznej kieszeni, i wzięła paszport i portfel Hundry'ego.

Sprawdziłem Gormana.

— Jego broń też zniknęła — powiedziałem. Zabrałem odznakę, paszport i portfel, a w bocznej kieszeni znalazłem kluczyki od kajdanek. Nie było natomiast zapasowych magazynków do glocka.

Na półce nad fotelami leżała dyplomatka, otwarta. Zajrzałem do środka; należała do Gormana. Kate znalazła teczkę Hundry'ego i zaczęliśmy przetrząsać zawartość. Były tam telefony komórkowe, jakieś papiery i rzeczy osobiste — grzebień, szczoteczka do zębów, chusteczki i tak dalej — lecz ani śladu magazynków. Innego bagażu nie mieli, ponieważ agenci muszą podróżować z wolnymi rękami. Co do prawdziwego Khalila, to miał prawo jedynie do ubrania, toteż jego dubler także miał puste kieszenie.

— Niczego im nie zabrał — stwierdziła Kate.

Zajrzałem do portfela Gormana. Było tam ze dwieście dolarów i trochę franków.

— Nie wziął też pieniędzy. Chce nam pokazać, że ma w Ameryce dokąd się udać po pomoc, a te parę groszy możemy sobie zatrzymać. Na pewno ma w kieszeni fałszywe papiery i dość gotówki, a w dodatku jest teraz kobietą o blond włosach.

— Ale można by przypuszczać, że weźmie te rzeczy, żeby nam zagrać na nosie — zauważyła Kate. — Zwykle tak robią, żeby się pochwalić kumplom albo przypodobać szefom.

— Kate, ten gość to zawodowiec. Nie chce dać się złapać z dowodami rzeczowymi w rękach.

— Broń jednak wziął.

— Bo musiał.

Kate spakowała wszystko do dyplomatek.

— To byli porządni ludzie — szepnęła. Drżała jej górna warga, dziewczyna była naprawdę poruszona.

Zadzwoniłem znów do Fostera.

— Zniknęły pistolety i magazynki Petera i Phila. Lecz dokumenty i portfele są na miejscu. Ratownik z EMS nie żyje, strzał w głowę. Tak. Narzędziem zbrodni był prawdopodobnie jeden ze skradzionych glocków. — Opisałem mu pokrótce sytuację. — Uważam, że sprawca jest uzbrojony i wyjątkowo niebezpieczny — dodałem.

Kabina powoli się nagrzewała i zaczął ją wypełniać nikły na razie, ale nieprzyjemny odór. Słyszałem, jak z niektórych ciał uchodzą gazy.

Kate obmacała twarz i szyję skutego Araba.

— Jest zdecydowanie cieplejszy — powiedziała. — Zmarł co najwyżej przed godziną.

Wciąż próbowałem poskładać jakoś tę łamigłówkę, lecz w rękach miałem tylko kilka kawałków. Inne były porozrzucane po całym samolocie, a reszta pewnie gdzieś w Libii.

— Skoro nie zginął razem ze wszystkimi, to jak? — zastanawiała się Kate. Zajrzała pod jego marynarkę; śladów krwi nie było. Pochyliła mu głowę i ramiona, szukając ran. Głowa mężczyzny, spoczywająca dotąd wygodnie na zagłówku, przetoczyła się bardzo nienaturalnie na bok. — Złamany kark — orzekła Kate.

Kręconymi schodkami weszło do środka dwóch policjantów z PA.

— Kim państwo jesteście? — zapytał jeden.

— FBI — odparła Kate.

— Ten człowiek i ten z tyłu to agenci federalni, a ten w kajdankach to więzień, którego konwojowali — wyjaśniłem mu. — Rozumie pan? — Skinął głową. — Technicy z FBI będą tu chcieli porobić zdjęcia, zdjąć odciski i tak dalej, więc zostawimy to wszystko tak jak jest — dodałem.

Drugi z gliniarzy zaglądał mi przez ramię.

— A gdzie jest McGill? — zapytał. — Straciliśmy z nim łączność. Widzieliście tu kogoś z grupy ratowniczej?

— Nie — skłamałem. — Tylko trupy. Może jest na dole. Dobra, wychodzimy stąd. — Wzięliśmy z Kate dyplomatki i ruszyliśmy do schodków. — Czy ten samolot może lądować sam? — zapytałem jeszcze policjantów. — Na autopilocie?

— Teoretycznie tak, ale... Jezu, myślicie, że wszyscy już nie żyli? No tak, ta utrata łączności...

Mężczyźni rozmawiali chwilę przyciszonymi głosami. Dobiegały mnie takie słowa, jak: ciąg wsteczny, trujący gaz, RTF, coś, co nazywali scenariuszem saudyjskim i imię Andy, chyba McGilla.

Zeszliśmy do przedsionka na dole.

— Niech pan tu zostanie — poprosiłem jednego z nich — i nie wpuszcza nikogo na górę, dopóki nie przyjadą technicy z FBI.

— Znam procedurę — odparł.

Kotary klas turystycznej i pierwszej były odsunięte. Nikt

już się tam nie kręcił, lecz ludzie gromadzili się wciąż na schodkach. Słyszałem też tupot i ruch poziom niżej, gdzie bagażowi opróżniali ładownię.

— Proszę zatrzymać rozładunek bagaży i niech wszyscy odsuną się od samolotu — zwróciłem się do drugiego z policjantów.

Weszliśmy do kabiny pierwszej klasy, mieszczącej tylko dwadzieścia foteli, z których połowa była pusta. Przeszukaliśmy ją szybko. Chociaż najchętniej wyniósłbym się z samolotu natychmiast, byliśmy jedynymi agentami federalnymi na miejscu zbrodni — nie licząc tych martwych — i było naszym obowiązkiem zebrać możliwie jak najwięcej informacji. Rozglądaliśmy się więc uważnie.

— Moim zdaniem to Khalil zagazował cały samolot — stwierdziła w pewnym momencie Kate.

— Na to wygląda.

— Musiał mieć wspólnika, który dostarczył te butle z tlenem.

— Jedną z tlenem, drugą z czymś innym.

— Masz rację. — Spojrzała na mnie. — Nie mogę uwierzyć, że Phil i Peter nie żyją i... straciliśmy więźnia.

— Azylanta — poprawiłem ją.

Zerknęła na mnie spode łba. Przyszło mi do głowy, że przecież taki złoczyńca mógł się dostać do kraju na tysiąc różnych sposobów. Ale Asad Khalil postanowił wybrać najohydniejszy z możliwych. Bardzo niedobry był z niego typek. A teraz mógł szaleć po całej Ameryce. Lew na wolności. Wolałem nawet nie myśleć, co jeszcze mógłby uczynić, żeby przelicytować to, czego już dokonał.

— Dosłownie pod naszym nosem. — Kate chyba nurtowały podobne rozmyślania. — Zabił trzy setki ludzi, zanim jeszcze zdążył wylądować.

Wyszliśmy z pierwszej klasy do przedsionka.

— Co to jest scenariusz saudyjski? — zapytałem policjanta przy kręconych schodach.

Wytłumaczył nam, o co chodziło, i na koniec powiedział:

— Tutaj jednak stało się coś innego. Czegoś takiego jeszcze nie było.

Odeszliśmy z Kate na bok.

— Może nazwiemy to scenariuszem Draculi? — zaproponowałem.

— Dlaczego?

— No, wiesz, hrabia Dracula jest w trumnie, która płynie statkiem z Transylwanii do Anglii. Jego wspólnik otwiera trumnę, Dracula wyłazi i wysysa krew ze wszystkich na pokładzie. Statek dopływa do portu sam, jak za sprawą czarów, a Dracula wymyka się, żeby grasować po tym spokojnym kraju i popełniać dalsze okropieństwa.

Gdybym był dobrym katolikiem, chybabym się w tym momencie przeżegnał.

Kate wpatrywała się we mnie, milcząc i pewnie rozważając, czy zwariowałem, czy tylko jestem w szoku. Wariat to ja byłem zawsze, a lekki szok też przeżyłem, więc miała rację. Myślałem, że widziałem już w życiu wszystko, ale coś takiego miało okazję oglądać naprawdę niewielu ludzi na świecie, chyba że na wojnie. Zresztą, to przecież była wojna.

Zajrzałem do kabiny turystycznej, gdzie pojawiły się właśnie ekipy medyczne. Lekarze i sanitariusze szli między fotelami, orzekając zgon za zgonem i zgrabnie oznaczając kolejne zwłoki metkami z numerem miejsca. Potem mieli je wszystkie zapakować do plastikowych worków. Ometkowane i zapakowane. Paranoja. Podszedłem do drzwi w prawej burcie, żeby zaczerpnąć świeżego powietrza. Nękało mnie poczucie, że przegapiliśmy coś istotnego.

— Może przeszukamy jeszcze raz garb? — spytałem Kate.

— Chyba wystarczy — odrzekła po namyśle. — Kuchnia, toalety, kokpit, garderoba, kabina, półki... wszystko sprawdziliśmy. Technicy będą szczęśliwi, że nie narobiliśmy wielkiego bałaganu.

A jednak o czymś musiałem zapomnieć albo coś przegapić. Zastanawiałem się, czemu Khalil nic zabrał dokumentów i portfeli obu agentów. Nie rozumiałem dlaczego, skoro działał tak metodycznie, zrobił nagle coś, co było przeciwne temu, czego byśmy się po nim spodziewali. Łamałem sobie nad tym głowę, ale bez rezultatu.

Kate przejrzała ponownie zawartość jednej z dyplomatek.

— Wszystko jest — stwierdziła — nawet dossier Khalila i szyfrogramy. Instrukcja od Zacha Webera i...

— Czekaj, czekaj.

— Co?

Klocki zaczynały pasować do siebie.

— On chce, żebyśmy myśleli, że sprawę z nami uważa za zakończoną. Misja wykonana, zwiał do terminalu międzynarodowego i jest czysty. Mamy uwierzyć, że zamierza polecieć gdzieś dalej i że nie chce mieć tych rzeczy przy sobie na wypadek przypadkowej kontroli.

— Nie nadążam. Chce gdzieś polecieć, czy nie?

— Chce, żebyśmy myśleli, że chce, ale naprawdę nie chce.

— No, dobra, więc zostaje. Pewnie już go nie ma na lotnisku.

Myślałem dalej głośno.

— Skoro nie wziął dokumentów, bo chciał być czysty, to czemu zabrał broń? Do terminalu i tak by jej nie wniósł, a poza lotniskiem na pewno czeka jakiś wspólnik z nową bronią. Więc po co mu dwa pistolety na lotnisku?

— Może ma zamiar w razie czego się przebijać — odparła Kate. — Ma kamizelkę kuloodporną. Co ty kombinujesz?

— Co ja kombinuję...? — Nagle przypomniał mi się dezerter z lutego i wpadła mi do głowy zupełnie niewiarygodna myśl. — O jasna dupa! — krzyknąłem i popędziłem schodkami na górę, przeskakując po trzy stopnie. Pobiegłem do Phila Hundry'ego i chwyciłem jego prawą rękę, której dłoń, co dopiero teraz spostrzegłem, była wciśnięta między udo i poręcz fotela. Wyciągnąłem ją stamtąd. W dłoni brakowało kciuka, zgrabnie odciętego ostrym narzędziem. — A niech to diabli!

Sprawdziłem rękę Petera Gormana. Była tak samo okaleczona.

Kate już zdążyła znaleźć się przy mnie, więc uniosłem ku niej bezwładną dłoń agenta.

Przez jakieś pół sekundy zszokowana milczała.

— Och, nie! — krzyknęła nagle.

Popędziliśmy na dół, zbiegliśmy schodkami na płytę, potrącając ludzi, i odnaleźliśmy wóz patrolowy PA z Simpsonem za kierownicą.

— Kogut i syrena! Jedziemy! — wrzasnęła, otwierając drzwiczki.

Wskoczyliśmy do środka. Wyjąłem z kieszeni komórkę Kate i wybrałem numer Conquistador Club. Nikt się nie zgłaszał.

— Conquistador nie odpowiada — rzuciłem do Kate przez ramię.

— O Boże...

Simpson dojechał slalomem między pojazdami do bramy w stalowej ścianie, lecz tam policjanci z Władz Portowych poinformowali nas, że teren jest objęty blokadą.

— Wiem — odpowiedziałem. — To ja jestem tym facetem, który kazał go zablokować.

Policjanci jednak mieli to gdzieś.

Kate zaczęła ich przekonywać prośbą i groźbą, pokazując odznakę FBI. Simpson jej sekundował. Ja siedziałem cicho i w końcu nas przepuścili.

— Posłuchaj — rzuciłem do Simpsona — musimy się dostać na zachodni skraj lotniska, do tych budynków służbowych. Najszybciej jak się da.

— Drogą objazdową to będzie jakieś...

— Zapomnij o drogach — przerwałem mu. — Najszybciej to najszybciej. Na przełaj, rozumiesz? Jedź!

— Nie mogę jechać przez pasy bez porozumienia z wieżą. Stavros i tak już dostaje szału.

— To jest dziesięć-trzynaście, człowieku!

Dziesięć-trzynaście oznacza „policjant w niebezpieczeństwie".

Simpson już o nic nie pytał, tylko wcisnął gaz, tak jakby to zrobił każdy glina na jego miejscu.

— Co to jest dziesięć-trzynaście? — zapytała Kate.

— Przerwa śniadaniowa — odparłem. — A teraz wyobraź sobie, że jesteś samolotem i rozpędzasz się do startu — zwróciłem się do Simpsona, kiedy wjechaliśmy na pas startowy i wyprzedziliśmy kilka innych pojazdów.

Docisnął gaz do dechy i wielki chevrolet caprice przyspieszył na betonowej nawierzchni, jakby miał dopalacze. Policjant wywołał przez radio wieżę kontrolną i poinformował, co robi. Facet z wieży sprawiał wrażenie człowieka, który dostał zawału. Ja natomiast znów spróbowałem się połączyć z Conquistadorem. W dalszym ciągu nikt nie odbierał. Zadzwoniłem do Fostera.

— George, próbuję się dodzwonić do Nicka Montiego... Aha, no właśnie. My już tam jedziemy. Dobra, jak przyjedziesz pierwszy, radzę bardzo uważać. Moim zdaniem Khalil może tam już być. Mówię przecież. Odciął kciuki Peterowi i Philowi. Tak, dobrze słyszałeś.

Schowałem komórkę do kieszeni.

— Boże, mam nadzieję, że jednak zdążymy — szepnęła Kate.

Samochód jechał sto sześćdziesiąt na godzinę. Widziałem już stary budynek, w którym się mieścił Conquistador Club. Miałem chęć powiedzieć Simpsonowi, że nie musi się już spieszyć, ale nie potrafiłem się na to zdobyć. Pędziliśmy sto osiemdziesiąt i auto zaczęło drżeć, lecz on nie zwracał na to uwagi.

— Widzisz ten długi przeszklony budynek? — zwróciłem się do niego. — Zacznij zwalniać, znajdź jakąś drogę serwisową i podjedź tam.

— Dobra.

Kiedy się zbliżyliśmy, ujrzałem namalowane na pasie do góry nogami „31R", a dalej koniec pasa. Zobaczyłem też, że od budynku oddziela nas ogrodzenie z siatki.

Simpson nagle zjechał z pasa i auto przez moment stało na dwóch kołach, po czym opadło z łoskotem, podskakując. Simpson zdjął nogę z gazu, ale nie hamował. Dosłownie frunęliśmy, muskając kołami murawę i kierując się wprost na budynek za płotem. Chevrolet wbił się w siatkę niczym nóż w masło i przejechał na drugą stronę. Wjechał na asfalt. Kierowca wcisnął hamulec i poczuliśmy pulsowanie ABS-u, gdy walczył o zapanowanie nad kierownicą. Autem zarzucało niesamowicie, aż wreszcie stanęło z piskiem opon trzy metry przed wejściem do budynku.

— Zatrzymaj każdego, kto będzie wychodził. Uważaj, bandzior jest uzbrojony — rzuciłem do Simpsona, wysiadając.

Wyciągnąłem gnata i biegnąc do drzwi, spostrzegłem, że jadą w naszą stronę samochody spod wyjścia dwadzieścia trzy. Zauważyłem też wózek bagażowy Trans-Continentalu, stojący pod murem. Nie miał prawa tu być, lecz chyba wiedziałem, skąd się wziął.

Kate wyprzedziła mnie i wbiegła do środka, z pistoletem gotowym do strzału.

— Obstaw windy! — zawołałem do niej i popędziłem schodami.

Gdy znalazłem się na ich szczycie, wyjrzałem na korytarz. Czysto. Pobiegłem korytarzem pod drzwi Conquistador Club. Zatrzymałem się przy nich, stając plecami do ściany, poza zasięgiem kamery nad wejściem, przekazującej obraz na liczne monitory.

Sięgnąłem dłonią do czujnika i przystawiłem do niego kciuk. Drzwi się otworzyły. Wiedziałem, że się zamkną po trzech sekundach i nie otworzą ze względów bezpieczeństwa przez najbliższe trzy długie minuty, chyba że je otworzy ktoś od wewnątrz.

Wskoczyłem do środka, gdy już się zamykały, i przykucnąłem z pistoletem gotowym do strzału, obrzucając szybkim spojrzeniem pomieszczenie recepcji.

Nancy Tate nie było w recepcji. Jej krzesło stało pod samą ścianą, a telefon dzwonił natarczywie. Okrążyłem długie niczym kontuar biurko, nie odrywając pleców od ściany i ujrzałem Nancy na podłodze. Na środku czoła miała dziurę od kuli, a wokół jej głowy rozlała się po gładkim linoleum lśniąca kałuża krwi. Nie zaskoczyło mnie to, lecz rozwścieczyło. Modliłem się, żeby Asad Khalil jeszcze tu był.

Wiedziałem, że muszę poczekać na posiłki, żeby móc mieć na oku obie pary drzwi prowadzących dalej z recepcji. Po paru sekundach na monitorze stojącym na biurku Nancy ujrzałem Kate, a za nią Geroge'a Fostera i Teda Nasha. Nacisnąłem guzik otwierający drzwi i zawołałem:

— Czysto!

Cała trójka wpadła do recepcji z bronią w ręku.

— Nancy leży tutaj — wyjaśniłem im szybko — z dziurą w czole. Kate i ja wejdziemy do pokoju operacyjnego, wy dwaj sprawdźcie drugą stronę.

Zniknęli za drzwiami prowadzącymi do cel i pokojów przesłuchań. My weszliśmy do centrum operacyjno-łącznościowego, nie bardzo dbając o ostrożność. Chyba już się pogodziliśmy z myślą, że Khalila dawno tu nie ma.

Podszedłem do biurka, wokół którego nie tak dawno wszyscy siedzieliśmy. Krzesła były puste, kubki po kawie też, a na podłodze, w wielkiej kałuży krwi, leżał twarzą do góry Nick Monti. Na jego białej koszuli widniały dwa otwory wlotowe, a pistolet, którego nie zdążył wyciągnąć, tkwił w kaburze.

Pochyliłem się, żeby sprawdzić mu puls, choć wiedziałem, że go nie będzie.

Kate weszła po trzech schodkach na podest łącznościowy, a ja za nią. Pracująca tu kobieta — oficer dyżurny — miała najwyraźniej kilka sekund na reakcję, zdążyła bowiem wstać z krzesła i leżała teraz skulona pod ścianą, obok wielkiej elektronicznej mapy świata. Mapa i bluzka kobiety były zbryzgane krwią. Sprawdziłem puls, ona też była martwa.

Pomieszczenie wypełniał poszum i trzask urządzeń elektronicznych, klekotał teleks, coś wychodziło z faksu. Spojrzałem na martwą kobietę. To, że może dziś zginąć w jednym z najtajniejszych i najbezpieczniejszych miejsc w kraju, było chyba ostatnią rzeczą, jakiej się mogła spodziewać.

Foster i Nash dołączyli do nas i wpatrywali się w Nicka Montiego. Zjawiło się dwóch policjantów z PA. Oni również przyglądali się Nickowi i rozglądali niepewnie po pomieszczeniu.

— Wezwijcie karetkę! — zawołałem. Właściwie była niepotrzebna, ale tak się w takich sytuacjach mówi.

Zeszliśmy z Kate z podestu i całą czwórką zebraliśmy się w kącie pokoju. George Foster był blady, jakbym właśnie przeczytał swoją opinię służbową. Ted Nash jak zwykle pozostawał nieprzenikniony, widziałem jednak cień troski na jego twarzy. Nikt nic nie mówił, no bo co można było powiedzieć? Zrobiono z nas wszystkich idiotów i tyle. Pomijając nasze problemy zawodowe, kilkuset ludzi nie żyło, a sprawca tej masakry miał za moment zniknąć w szesnastomilionowej metropolii, której ludność mogła się nazajutrz zmniejszyć o połowę, jeżeli facet miał dostęp do czegoś nuklearnego, chemicznego lub biologicznego.

Powstał naprawdę poważny problem, lecz, co ciekawe, Kate Mayfield, Ted Nash, George Foster i John Corey nie musieli się wcale tym martwić. Gdyby Siły Antyterrorystyczne działały tak jak nowojorska policja, od jutra moglibyśmy co najwyżej przeprowadzać staruszki przez jezdnię. Nicka Montiego czekał z pewnością pogrzeb z honorami i pośmiertny medal za odwagę. Zastanawiałem się, co by było, gdybym to ja został zamiast niego. Pewnie też leżałbym tutaj do chwili, aż obrysują mnie kredą. Wgapiałem się w biurko, przy którym nie tak dawno siedzieliśmy, i próbowałem wyobrazić sobie, jak to się stało. Khalil wbiega do pokoju, rozglądając się na lewo i prawo, widzi Montiego, Monti widzi jego... Atakujący zawsze ma przewagę. A Nick nie wiedział nawet, że już wszedł do gry. Myślał, że wciąż siedzi na ławce rezerwowych.

Wszyscy widzieli, że się wgapiam w biurko i w Nicka, a że nie byli tak głupi i niewrażliwi, na jakich wyglądali, George wziął mnie pod ramię i odwrócił do tyłu.

— Chodźmy stąd — rzuciła Kate.

Nikt się nie sprzeciwił. Nash pozbierał teczki z dossier z biurka; zamiast pięciu były teraz cztery. Pan Khalil zaopatrzył się w jedną i wiedział teraz, co o nim wiemy. Paranoja.

Wróciliśmy do recepcji, gdzie pojawili się już policjanci z PA i z NYPD. Ktoś znalazł przełącznik drzwi i były teraz otwarte na stałe. Wyjąłem z dossier zdjęcie Khalila i podszedłem do umundurowanego porucznika policji z Władz Portowych.

— To jest podejrzany — powiedziałem. — Proszę rozdać to zdjęcie wszystkim funkcjonariuszom na służbie. Niech zatrzymują i sprawdzają każdy pojazd opuszczający lotnisko. Przeszukajcie parkingi, taksówki, ciężarówki, nawet wozy służbowe.

— Już to robimy — odparł. — Zaalarmowałem też miasto.

— I sprawdźcie na odlotach, czy się tam nie pojawił — dorzuciła Kate.

— Zrobi się.

— Sprawca prawdopodobnie przyjechał tu wózkiem bagażowym Trans-Continentalu, który stoi przed budynkiem; niech go odwiozą do zbadania. I może znajdziecie gdzieś mundur albo kombinezon firmowy.

Porucznik połączył się przez radio z centrum dowodzenia. Mechanizm zaczynał działać, lecz Asad Khalil działał szybciej i szansę zapuszkowania go jeszcze na lotnisku straciliśmy prawdopodobnie jakieś dziesięć, piętnaście minut wcześniej.

Fostera zaczęli raptem irytować kręcący się wszędzie policjanci.

— Uwaga! — zawołał. — Proszę wszystkich o opuszczenie biura. To jest miejsce zbrodni i trzeba je zabezpieczyć. Postawcie kogoś przed drzwiami. Dziękuję.

Wyszli wszyscy, z wyjątkiem jednego sierżanta, który przywołał nas do biurka Nancy. Pokazał bez słowa na kubek po herbacie. Tkwiły w nim, wystając z płynu na dnie, dwa kciuki.

— Co to ma być, u ciężkiej cholery? — zapytał policjant.

— Nie mam pojęcia — odparł Foster, choć oczywiście wiedział, czyje to kciuki i czemu już ich nie ma przy dłoniach właścicieli. W tej pracy dobrze jest w miarę szybko przyjąć zasadę ukrywania wszystkiego, co się da, i trzymać się jej aż do momentu składania zeznań pod przysięgą. A i nawet wówczas dobrze jest czasem cierpieć na zanik pamięci. Bezpieczeństwo narodowe i te sprawy.

I takim to sposobem nasze rutynowe zadanie zamieniło się w zbrodnię stulecia. Nawet w piękny wiosenny dzień można wdepnąć w gówno.

Rozdział 12

Wyszliśmy z Conquistador Club na światło dnia.

— Zadzwonię do centrali, żeby zaalarmowali i wzmocnili punkty obserwacyjne — oznajmił szef naszego zespołu.

ATTF, tak na marginesie, prowadzi stałą obserwację domów znanych i domniemanych terrorystów, zamachowców, ich rodzin, przyjaciół i sympatyków. Policjanci z NYPD, współpracujący z ATTF, zdzierają sobie zelówki przy tej robocie, a federalni płacą za to miastu więcej, niż ta praca jest warta. Wszyscy są zadowoleni.

— Musimy założyć więcej podsłuchów — ciągnął Foster — uruchomić więcej informatorów i rozesłać zdjęcie Khalila do wszystkich agend bezpieczeństwa w kraju...

Perorował tak jeszcze przez jakiś czas, żeby utwierdzić nas w przekonaniu, że nad wszystkim panuje, i odbudować naszą pewność siebie i morale, nie wspominając już o budowaniu własnej wiarygodności na tę chwilę, kiedy będzie musiał całować w tyłek szefa. A skoro już o tym mowa, to w końcu musiał się pojawić na miejscu wydarzeń ktoś, kogo nie będziemy mogli tak totalnie olać, dlatego zaproponowałem:

— Słuchajcie, może pojedziemy teraz na Federal Plaza, a po drodze uzgodnimy wspólną wersję wypadków, co wy na to?

Wszyscy uznali, że to świetny pomysł. Ludzie w opałach myślą podobnie. Jakiegoś kozła ofiarnego musieliśmy jednak zostawić na miejscu i Foster wiedział, że to musi być on.

— Jedźcie we trójkę — powiedział. — Ja zostanę, będę...
zaznajamiał z sytuacją tych z góry, jeżeli się pokażą. Poza
tym muszę dopilnować akcji na lotnisku i zorganizować laboratorium. A w ogóle — dodał, przekonując samego siebie —
to jest tajny obiekt FBI i...

— I nie miałby go kto zabezpieczyć — pospieszyłem mu
z pomocą. Po raz pierwszy odkąd się poznaliśmy, wyglądał na
poirytowanego.

— To zamknięty teren, jest tu mnóstwo ściśle tajnych
materiałów i... — otarł pot spod nosa i wbił wzrok w ziemię.
George Foster rozumiał oczywiście, że Asad Khalil wiedział
o jego supertajnym sanktuarium, że dostał się bez trudu do
środka i zrobił kupę na podłodze. Pamiętał też, że stało się to
po sprawie z fałszywym zdrajcą islamu... historia z lutego.
Nad głową Fostera gromadziły się tony gówna i on to czuł. Na
plus można mu zapisać to, co dodał po chwili. — Ja za to
wszystko odpowiadam — rzekł, odwrócił się i odszedł.

Pan Ted Nash reprezentował natomiast firmę, która specjalizowała się w omijaniu spadającego gówna z daleka i wiedziałem doskonale, że nic nie obryzga jego szytego na miarę
garnituru. Okręcił się na pięcie i ruszył do wozu Simpsona.

Co do mnie, to dołączyłem do tej niezawodnej ekipy niedawno, byłem w sumie czysty i miałem zamiar taki pozostać,
chyba że Nash wymyśli coś, żeby i mnie ubabrać. Może
dlatego chciał mnie mieć w zespole. Kate Mayfield, podobnie
jak Foster, nie miała żadnego parasola, ale trochę ją ratowało
to, że przyłączyła się do mnie przy tej akcji z samolotem.

— Ja nie mam w tej sprawie nic do stracenia — zwróciłem
się do niej — i będę cię w razie czego krył.

— Dzięki — odparła, zmuszając się do uśmiechu — ale
my po prostu opowiemy wszystko i Waszyngton zdecyduje,
czy ktoś tu zawinił. — Wywróciłem oczami, a ona udała, że
tego nie widzi. — Mam zamiar zostać przy tej sprawie —
dodała.

— Będziesz miała szczęście, jeżeli ci pozwolą wrócić do
księgowości — odparłem.

— My nie działamy w ten sposób — poinformowała mnie
chłodno. — Mamy zasadę, że agenta zostawia się przy sprawie,
którą zawalił, jeżeli tylko szczerze o wszystkim opowie.

— Oo, naprawdę? Podobnie chyba jest w harcerstwie.

Zbyła to milczeniem. Podeszliśmy do samochodu. Nash siedział już w środku.

— Patrolowy Simpson otrzymał pozwolenie zawiezienia nas na Manhattan — oznajmił.

— I tak już siedzę przez was po uszy w gównie, więc nie ma to większego znaczenia — poinformował nas Simpson.

— Ja się tym zajmę, proszę się nie martwić — pocieszyła go Kate. — Wykonał pan świetną robotę.

— Ulala — ucieszył się patrolowy Simpson.

Przez dłuższą chwilę jechaliśmy w milczeniu ku jednej z bram wyjazdowych w okolicy magazynów.

— Pan też wykonał świetną robotę, detektywie — odezwał się w końcu Nash, kierując te słowa do mnie.

Do pewnego stopnia poczułem się zaskoczony tym stwierdzeniem, a także nazwaniem mnie detektywem. Odebrało mi mowę i pomyślałem sobie, że może jednak źle oceniam starego Teda. Może powinniśmy się zaprzyjaźnić. Może powinienem zmierzwić mu żartobliwie włosy i powiedzieć: „Kocham cię, stary pierdoło!".

Dojechaliśmy do bramy, gdzie policjant z PA przepuścił nas, prawie nie patrząc. Chyba nie do wszystkich dotarło, co należy. Kazałem Simpsonowi stanąć, wysiadłem i machnąłem gościowi przed nosem odznaką.

— Nie dotarła do was wiadomość, żeby zatrzymywać i przeszukiwać wszystkie pojazdy? — zapytałem.

— Dotarła. Ale to nie dotyczy policyjnych.

To mnie naprawdę wkurzyło. Wziąłem z auta dossier i pokazałem mu zdjęcie.

— Widziałeś tego faceta?

— Nie.

— Ile pojazdów przejechało przez tę bramę od chwili ogłoszenia alarmu?

— Niewiele, jest sobota. Kilka, może kilkanaście.

— Czy zatrzymywaliście je i przeszukiwaliście?

— Tak... to były ciężarówki wyładowane skrzyniami i pudłami. Nie mogę otwierać każdej skrzynki, chyba że byłyby naruszone pieczęcie odprawy celnej. A wszyscy mieli pieczęcie i papiery w porządku.

— Więc nie zaglądaliście do skrzynek?

Policjant zapewne miał już dość rozmowy ze mną.

— Musiałby mi ktoś pomagać — odparł z irytacją. — Cały dzień by tu stali.

— A ile samochodów przejechało tędy przed ogłoszeniem alarmu?

— Dwa... może trzy.

— Jakie?

— Ciężarówki. I taksówka.

— Z pasażerem?

— Nie zwróciłem uwagi. To było przed alarmem — dodał.

— Dobra. — Dałem mu zdjęcie i powiedziałem: — Facet jest uzbrojony i niebezpieczny. Zabił już dzisiaj aż nadto gliniarzy.

— Jezu.

Wsiadłem do samochodu i ruszyliśmy z powrotem na Manhattan. Przez pewien czas jechaliśmy w milczeniu. Na Belt Parkway panował ruch, który idiota z helikoptera służby ruchu nazwałby umiarkowanym do wzmożonego. Był wzmożony do straszliwego, ale co tam. Za oknem przesuwał się Brooklyn, a ja zwróciłem się do mych federalnych przyjaciół.

— W obszarze metropolii mieszka szesnaście milionów ludzi, osiem w samym Nowym Jorku. Wśród nich jest dwieście tysięcy nowo przybyłych imigrantów z krajów muzułmańskich, z czego połowa tu, na Brooklynie.

Kate i Nash nie skomentowali tego.

Czy jeśli Khalil zdążył się wtopić w ten milionowy tłum, ATTF mogło go jednak wytropić? Być może. Społeczność bliskowschodnia była bardzo zintegrowana, ale i wśród niej znajdowali się informatorzy, a nawet lojalni Amerykanie. Dlatego właśnie Khalil nie mógł się skontaktować z osobami namierzonymi od dawna. Ktoś, kto był zdolny wykonać taki numer, nie mógł być tak głupi, żeby współpracować z mniej inteligentnymi od siebie.

— Do tego kraju — odezwał się wreszcie Nash, mówiąc do wszystkich i do nikogo — przedostaje się co roku nielegalnie około miliona ludzi. Nie jest to takie trudne. Dlatego uważam, że misja naszego gościa nie polegała na przeniknięciu do USA w celu dokonania zamachu terrorystycznego. Polegała na tym, co zrobił w samolocie i w Conquistador Club, a następnie powrocie do swoich. Nie opuścił w ogóle lotniska i jeśli nie złapali go ludzie z PA, odleciał już jakimś samolotem za granicę. Misja ukończona.

— Już odrzuciłem tę teorię — powiedziałem. — Nie nadążasz, Ted.

— A ja odrzuciłem inne możliwości — odparł cierpko. — Twierdzę, że facet jest w powietrzu.

Przypomniała mi się sprawa Plum Island, kiedy to pan Ted Nash wykazał się brakiem logiki w rozumowaniu i rozwijaniem spiskowych teorii. Chłopina najwyraźniej przeszedł trening przekraczający jego możliwości intelektualne i zapomniał już nawet, jak się wymawia słowo rozsądek.

— Dziesięć dolców za to, że pan Asad Khalil odezwie się niedługo, i to gdzieś niedaleko — oświadczyłem.

— Przyjęte — odrzekł Nash. Odwrócił się do mnie i dodał: — Nie masz doświadczenia w tych sprawach, Corey. Szkolony terrorysta to nie jakiś głupi bandzior. Uderza i znika, potem znowu uderza i znika, często dopiero po wielu latach. Taki nie wraca nigdy na miejsce zbrodni i nie ukrywa się w mieszkaniu swojej dziewczyny z dymiącą spluwą i workiem łupów. I nie łazi po barach, żeby się chwalić kolesiom swoimi wyczynami. Khalil odleciał.

— Dziękuję, panie Nash. — Zastanawiałem się, czy go udusić, czy rozwalić łeb rękojeścią pistoletu.

— To bardzo ciekawa teoria, Ted — wtrąciła Kate. — A jednak dopóki nie wiemy na pewno, musimy postawić na nogi całą sekcję bliskowschodnią i obstawić domy wszystkich znanych nam i podejrzewanych o to sympatyków terroryzmu.

— Nie mam nic przeciwko zastosowaniu standardowej procedury operacyjnej — oznajmił Nash. — Ale powiem wam jedno: jeżeli nawet facet jest w dalszym ciągu w kraju, na pewno nie pojawi się tam, gdzie tego najbardziej oczekujecie. Ten z lutego w ogóle się nie pokazał, odkąd zwiał. I już się nie pokaże. Jeśliby się okazało, że ci dwaj są ze sobą powiązani, to byłaby zupełnie nowa i nieznana nam jakość... grupa, o której nie mamy zielonego pojęcia.

O tym też już myślałem i w pewnym sensie miałem wręcz nadzieję, że Khalil faktycznie odleciał w siną dal. Gotów byłem przegrać te dziesięć dolców, nawet do takiego dupka jak Nash, ponieważ równie mocno jak pragnąłem dorwać Khalila i dołożyć mu tak, żeby go rodzona matka nie poznała, marzyłem o tym, żeby zniknął gdzieś, skąd nie będzie mógł już dalej szkodzić naszym kochanym Stanom Zjednoczonym. Facet, który potrafił zabić samolot pełen niewinnych ludzi, na pewno miał bombę atomową w rękawie, wrzody pod kapeluszem albo trujący gaz w dupie.

— Czy państwo może rozmawiają o arabskich terorystach? — zapytał Simpson.

— O ojcu i matce wszystkich terrorystów — odpowiedziałem mu bez ogródek.

— Zapomnij o wszystkim, co tu usłyszałeś — napomniał go Nash.

— Niczego nie słyszałem — odparł policjant.

Dojeżdżaliśmy do mostu Brooklyńskiego.

— Chyba się jednak spóźnisz na tę swoją randkę na Long Island — rzekła do mnie Kate.

— Jak bardzo?

— O jakiś miesiąc. — Nie odpowiedziałem. — Jutro z rana pewnie polecimy do Waszyngtonu — dodała.

Przejechaliśmy most i zagłębiliśmy się w wąwozy dolnego Manhattanu. Nikt nic nie mówił, ale czuło się swąd skwierczących szarych komórek. W autach policyjnych nie ma normalnego radia, Simpson jednak miał małe radio na baterie i włączył wiadomości na WINS 1010. Reporter donosił: „Samolot znajduje się w dalszym ciągu w zamkniętej strefie bezpieczeństwa i nie widzimy, co się tam dzieje. Lecz przed kilkoma minutami wyjechał stamtąd samochód-chłodnia i krążą pogłski, że mógł on przewozić zwłoki". — Przerwał na chwilę dla wzmocnienia efektu. „Władze nie wydały jeszcze oficjalnego komunikatu, ale rzecznik Krajowej Komisji Bezpieczeństwa Transportu powiedział dziennikarzom, że pasażerowie i załoga znajdowali się pod działaniem trującego gazu i że są ofiary w ludziach. Samolot jednak wylądował bezpiecznie, miejmy więc nadzieję i módlmy się, żeby ofiar było jak najmniej".

Lektorka ze studia zapytała: „Larry, pojawiły się informacje, że z samolotem nie było łączności radiowej przez kilka godzin przed lądowaniem. Czy wiesz coś na ten temat?".

Larry, który był na miejscu wydarzeń, odpowiedział: „FAA jeszcze tego nie potwierdziła, ale ich rzecznik oświadczył, że pilot informował przez radio o jakimś dymie czy wyziewach na pokładzie; jego zdaniem było to coś chemicznego albo zwarcie w instalacji".

Dla mnie była to nowość, lecz nie dla Nasha.

— Dobrze, że trzymają się faktów — skomentował zagadkowo.

Faktów? Zacząłem rozumieć, że z braku dymu w samolocie, ktoś go po prostu wyprodukował i dmuchnął nim wszystkim w nos. Nash wyłączył radio.

Poczułem, że Kate mi się przygląda.

— Nie wiemy, co tam się stało, John — powiedziała miękko — więc unikamy spekulowania. Unikamy w ogóle kontaktów z mediami.

— Jasne. Tak właśnie myślałem. — Uświadomiłem sobie, że muszę uważać na swoje słowa. Uświadomiłem sobie także, że federalne instytucje prawa i porządku oraz wywiadu są czymś w rodzaju skrzyżowania gestapo z harcerstwem; „żelazna pięść w aksamitnej rękawiczce"... Unikamy spekulowania znaczyło: zamknij się. Nie mając zamiaru znaleźć się na rok w areszcie prewencyjnym, odrzekłem, całkowicie szczerze: — Zrobię wszystko, co w mojej mocy, żeby doprowadzić tego faceta przed oblicze sprawiedliwości. Tylko pozostawcie mnie przy tej sprawie.

Nikt mi nie odpowiedział, choć moi koledzy z zespołu mogli mi wypomnieć, że jeszcze nie tak dawno chciałem się przenieść do sekcji IRA.

Ten Nash, superszpieg, podał Simpsonowi adres przecznicę przed Federal Plaza. Jezu, przecież tamten był gliniarzem i nawet gdyby okazał się idiotą, musiał wiedzieć, że udajemy się na Federal Plaza 26 albo do nowego budynku na Broadwayu, naprzeciwko starego. Simpson zresztą natychmiast zapytał:

— Idziecie do Federal Plaza na piechotę?

Parsknąłem śmiechem.

— Proszę tu zatrzymać — rzucił Nash.

Simpson zaparkował przy Chambers Street koło sławetnego Tweed Courthouse. Kiedy wysiedliśmy, podziękowałem mu za jazdę.

— Mam uszkodzony przód wozu — przypomniał mi.

— Wystaw rachunek federalnym — odparłem. — Zgarniają dzisiaj trylion dolarów.

Poszliśmy Broadwayem.

— Mam dziwne wrażenie, że wyście wiedzieli, że możemy mieć dzisiaj kłopoty — zwróciłem się do pana Teda Nasha.

— Dziś jest piętnasty kwietnia — odpowiedział po chwili milczenia i nie wprost.

— Zgadza się. Otrzymałem wczoraj zwrot nadpłaty podatku. Jestem czysty.

— Ekstremiści muzułmańscy przywiązują wielką wagę do rocznic — dodał Nash. — Mamy sporo takich dat w kalendarzu.

— Aha... A dzisiaj co przypada?

— Rocznica naszego bombardowania Libii w osiemdziesiątym szóstym.

— Poważnie? — zdziwiłem się. — Wiedziałaś o tym? — zapytałem Kate.

— Wiedziałam, ale szczerze mówiąc, nie przywiązywałam do tego wielkiej wagi.

— Z okazji tej rocznicy jeszcze nigdy nic się nie działo — ciągnął Nash — poza tym że Mu'ammar Kaddafi wygłasza co roku tego dnia antyamerykańskie przemówienie. Dziś rano też wygłosił.

Podumałem nad tym przez chwilę, próbując ustalić, czy zadziałałbym inaczej, wiedząc o rocznicy. Nie miałem tej informacji w moim zestawie wskazówek i podpowiedzi, a gdybym ją miał, mógłbym chociażby wsadzić ją do przegródki z paranoją.

— Zapomnieliście mi powiedzieć, prawda? — zapytałem ich, ponieważ uwielbiam być pieczarką, trzymaną w ciemności i karmioną gównem.

— Nie wydawało nam się to tak bardzo ważne. To znaczy, poinformowanie ciebie — odparł Nash.

— Rozumiem — odrzekłem, co oznaczało oczywiście „pieprz się", ale uczyłem się powoli jego języka. — A skąd Khalil wiedział, że będzie przewożony akurat dzisiaj? — zapytałem.

— Nie mógł mieć takiej pewności. Lecz nasza ambasada

w Paryżu nie może czy też nie chce trzymać takich gości dłużej niż przez dwadzieścia cztery godziny i tego pewnie był świadomy. Zresztą nawet gdyby go przetrzymali w Paryżu, nic poza tą symboliczną datą by się nie zmieniło.

— Jasne. Ale chcieliście zagrać według jego zasad i przewieźć go właśnie piętnastego.

— Zgadza się — odrzekł Nash. — Zagraliśmy w jego grę; chcieliśmy aresztować go u nas dokładnie piętnastego.

— Chyba już nieaktualna ta data, co?

— Przedsięwzięliśmy szczególne środki ostrożności — poinformował mnie, ignorując przytyk — zarówno w Paryżu, jak i na lotnisku, i w samolocie. Na pokładzie było jeszcze dwóch agentów federalnej ochrony lotnictwa po cywilnemu.

— To dobrze. Dzięki temu nie mogło się wydarzyć nic złego.

— Na pewno znasz to przysłowie: człowiek strzela, Pan Bóg kule nosi?

— Oczywiście.

— No to przestań ironizować.

— Tak jest.

Podeszliśmy pod dwudziestoośmiopiętrowy wieżowiec zwany Federal Plaza 26.

— Gadam ja i Kate — oznajmił Nash. — Ty odpowiadaj tylko na pytania.

— Czy mogę zaprzeczać twoim wypowiedziom?

— Nie będzie takiej potrzeby. W tym miejscu mówi się tylko prawdę.

Postanowiłem zapamiętać tę orwellowską informację i wkroczyliśmy w progi Ministerstwa Prawdy i Uczciwości.

KSIĘGA DRUGA

Libia,
15 kwietnia 1986 roku

Uderzenie z powietrza nie tylko osłabi zdolność pułkow-
nika Kaddafiego do eksportowania terroru, ale dostarczy
mu także pobudek i uzasadnienia dla zmiany jego prze-
stępczych zachowań.
Prezydent Ronald Reagan

Nadszedł czas konfrontacji. Czas wojny.
Pułkownik Mu'ammar Kaddafi

Rozdział 13

Porucznik Chip Wiggins, strzelec pokładowy Sił Powietrznych Stanów Zjednoczonych, siedział w milczeniu i bezruchu w prawym fotelu myśliwca bombardującego F-111F o kryptonimie Karma 57. Samolot krążył z ekonomiczną prędkością trzystu pięćdziesięciu węzłów. Wiggins spojrzał na pilota, porucznika Billa Satherwaite'a. Od chwili startu z bazy angielskiego RAF w Lakenheath, w hrabstwie Suffolk, nie rozmawiali wiele. Wiggins wiedział, że Satherwaite jest milczkiem nieskorym do miałkiej paplaniny. Pragnął jednak usłyszeć jakiś ludzki głos, więc powiedział:

— Portugalia na trawersie.

— Wiem — padła odpowiedź.

Ich głosy pobrzmiewały nieco metalicznie, przefiltrowane przez otwarty interfon kokpitowy, za pomocą którego utrzymywali kontakt. Wiggins odetchnął głęboko, jakby ziewnął; pod hełmem i w interfonie rozległo się echo. Zrobił to ponownie.

— Mógłbyś nie oddychać? — zapytał Satherwaite.

— Jak pan sobie życzy, panie szyper.

Wiggins wiercił się przez chwilę na swoim miejscu. Po wielu godzinach spędzonych w znanym z niewygody fotelu F-111 po prostu zesztywniał. Czerń nieba działała nań przygnębiająco, lecz na odległym portugalskim brzegu widział światła.

Byli w drodze nad Libię. Mieli siać śmierć i zniszczenie, przypomniał sobie, w tym zakichanym kraiku Mu'ammara

Kaddafiego, w odwecie za libijski atak terrorystyczny sprzed kilku tygodni na dyskotekę w Berlinie Zachodnim. Chodzili do niej żołnierze amerykańscy; jeden żołnierz zginął, a kilkunastu zostało rannych. Oficer prowadzący odprawę przed lotem bardzo się starał im uświadomić, dlaczego mają ryzykować życie w tej trudnej misji. Wyjaśnił, że atak na dyskotekę La Belle był tylko jednym z serii aktów agresji i należało nań odpowiedzieć demonstracją stanowczości i siły.

— Dlatego — oświadczył — musicie nakopać do dupy tym Libijczykom.

Brzmiało to może dobrze w pokoju odpraw, a jednak nie wszyscy sojusznicy Ameryki uznali pomysł za dobry. Startujące z Anglii samoloty musiały lecieć do Libii dłuższą drogą, ponieważ Francuzi i Hiszpanie nie zgodzili się na korzystanie z ich przestrzeni powietrznej. Wigginsa bardzo to rozeźliło, lecz Satherwaite chyba miał to w nosie. Wiggins wiedział, że jego kolega dysponuje zerową wiedzą na temat geopolityki. Życiem Satherwaite'a było latanie, a latanie było jego życiem. Gdyby mu kazali zbombardować Paryż, pomyślał, zrobiłby to, nie zastanawiając się nawet, dlaczego atakuje sojusznika NATO. Najgorsze zaś było to, że tak samo bez namysłu zbombardowałby Waszyngton.

— Bill, podobno jeden z naszych ma zrzucić bombę na dziedziniec ambasady francuskiej w Trypolisie? — zapytał go, podążając za tą myślą. Satherwaite nie odpowiedział. — Słyszałem też — naciskał Wiggins — że ma być zbombardowana rezydencja Kaddafiego w Al Azziziyah. On ma tam dzisiaj nocować. — Satherwaite w dalszym ciągu milczał. Wreszcie, sfrustrowany i zły, Wiggins zapytał: — Hej, Bill, czy ty śpisz?

— Im mniej ty wiesz i im mniej ja wiem, tym dla nas lepiej, Chip — odpowiedział Satherwaite.

Wiggins pomyślał sobie, że może pilot jest zdenerwowany, co byłoby zrozumiałe. Odbywali w końcu, jak oznajmiono im na odprawie, najdłuższą misję w historii lotnictwa wojskowego. Operacja Kanion El Dorado miała przejść do historii. Wraz z nimi leciało sześćdziesiąt samolotów, a ich jednostka, 48. Taktyczna Eskadra Myśliwców, uczestniczyła w misji z dwudziestoma czterema F-111F o zmiennej geometrii skrzydeł. Flota tankowców, która leciała poniżej nich, nieco z tyłu, składała się z wielkich KC-10 i mniejszych KC-135. Dziesiątki do tankowania myśliwców, a stotrzydziestkipiątki dla dziesiątek. Podczas liczącej ponad cztery i pół tysiąca kilometrów trasy miały się odbyć cztery tankowania w powietrzu. Czas przelotu z Anglii do wybrzeży Libii wynosił sześć godzin, przelot nad Trypolis w fazie przed atakiem pół godziny, a czas nad samym celem dziesięć długich minut.

— Lecimy do historii — rzekł Wiggins. Satherwaite nie odpowiedział. — Dzisiaj ostatni dzień składania zeznań podatkowych — poinformował go teraz strzelec. — Zdążyłeś złożyć?

— Nie. Poprosiłem o przedłużenie.

— Skarbówka ma oko na spóźnialskich.

Satherwaite mruknął coś pod nosem.

— Jak będą chcieli cię sprawdzić, zrzuć napalm na urząd skarbowy. Dwa razy się zastanowią, nim znów ośmielą się skontrolować Billa Satherwaite'a — zachichotał Wiggins.

Pilot wpatrywał się w instrumenty.

Nie mogąc wciągnąć go do rozmowy, Wiggins wrócił do swoich rozmyślań. Ten lot był kulminacją całego ich treningu. Satherwaite nie walczył w Wietnamie, a teraz lecieli nad nieznane, wrogie terytorium. Siła jednostek przeciwlotniczych wroga była również nieznana. Na odprawie powiedziano im, że Libijczycy rutynowo zawieszają obronę przeciwlotniczą po północy, Wigginsowi jednak trudno było uwierzyć, by byli aż tak głupi. Był przekonany, że libijskie radary wychwycą ich maszynę, libijskie siły powietrzne wyślą przeciwko nim myśliwce, a libijskie rakiety ziemia-powietrze pomkną rozmieść ich na strzępy.

— Tam jest Łuk Aureliusza — oznajmił nagle.

— Co takiego?

— Jedyny zachowany w Trypolisie zabytek z czasów rzymskich. Łuk Marka Aureliusza z drugiego wieku. — Satherwaite stłumił ziewnięcie. — Jeżeli ktoś go przez pomyłkę trafi, będzie miał problemy. Jest wpisany na listę dziedzictwa światowego ONZ. Nie uważałeś na odprawie?

— A może byś sobie pożuł gumę, Chip?

— Zaczynamy atak dokładnie na zachód od łuku. Mam

nadzieję że uda mi się go zobaczyć. Ciekawią mnie takie rzeczy.

Satherwaite zamknął oczy i wypuścił powietrze, z wyrazem przesadnego zniecierpliwienia na twarzy.

Chip Wiggins powrócił do swoich myśli na temat misji. Wiedział, że uczestniczą w niej także weterani z Wietnamu, ale większość chłopaków nie sprawdziła się jeszcze w walce. W dodatku wszyscy, od prezydenta począwszy, obserwowali całą akcję i czekali na jej rezultat z zapartym tchem. Po Wietnamie, po fiasku *Puebla*, po nieudanej misji ratowniczej w Iranie za kadencji Cartera, po ponad dekadzie różnych porażek militarnych, drużyna gospodarzy pragnęła wielkiej wygranej.

W Pentagonie i Białym Domu nie gasły światła. Przechadzano się tam nerwowo i modlono. *Wygrajmy ten mecz dla Gippera, chłopcy...* *. Wiggins nie zamierzał sprawić im zawodu. I miał nadzieję, że oni też mu nie sprawią. Powiedziano, że w każdej chwili misja może zostać odwołana, i obawiał się każdego trzasku w radiu, po którym mogły paść słowa „zielona trawa", oznaczające koniec. Jak w tej piosence, „Zielona trawa przed rodzinnym domem".

Jednakże część jego ja ucieszyłaby się, słysząc to hasło. Zastanawiał się, co by z nim zrobili Libijczycy, gdyby musiał wyskoczyć. Zerknął na Satherwaite'a, który wpisywał coś do dziennika pokładowego. Pilot ziewnął.

— Zmęczony? — zapytał Wiggins.

— Nie.

— Boisz się?

— Jeszcze nie.

— Głodny?

— Chip, zamknij się, dobrze?

— Spragniony?

— Wiesz co, najlepiej się prześpij — powiedział Satherwaite. — Albo może ja się prześpię, a ty popilotujesz? —

---

* Gipper — jeden z przydomków Ronalda Reagana. Tak nazywał się czołowy futbolista ze słynnej w latach 20. drużyny Notre Dame. Kiedy uległ poważnej kontuzji, drużyna wygrała mecz „dla Gippera". Reagan grał rolę tego zawodnika w filmie z lat 40, stąd przydomek.

Wiggins zrozumiał, że to subtelne przypomnienie, że jednak strzelec nie jest pilotem.

Po półgodzinie spojrzał na mapę i instrumenty, gdyż poza obsługą broni jego zadaniem była także nawigacja.

— Na godzinie dziewiątej mamy Cabo de São Vicente, Przylądek Świętego Wincentego.

— I dobrze. Tam właśnie ma być.

Z powodu zarządzonej ciszy radiowej samoloty utrzymywały pozycję w szyku za pomocą radarów. Nie zawsze widzieli za oknem pozostałe maszyny z ich klucza — o nazwach kodowych Elton 38, Remit 22 i Remit 61 — obserwowali je jednak stale na ekranie. Prowadzącym był Terry Waycliff w Remit 22. Wiggins musiał jednak pamiętać rozkład lotu, żeby w porę spoglądać na radar i sprawdzać, co robi pierwszy samolot.

— To trudna misja, Bill, ale ja lubię takie wyzwania. A ty?

— Dzięki tobie jest jeszcze trudniejsza, Chip.

Strzelec zachichotał.

Cały klucz wykonał unisono zwrot w lewo, okrążył przylądek i skierował się na południowy wschód, wprost ku Gibraltarowi. Godzinę później mieli już po lewej burcie Skałę Gibraltarską, a po prawej górę Hacho na wybrzeżu Afryki.

— Gibraltar był jednym z antycznych Filarów Herkulesa — poinformował pilota Wiggins. — Góra Hacho to drugi z nich. Te miejsca wyznaczały zachodnią granicę nawigacji dla cywilizacji śródziemnomorskich. Wiedziałeś o tym?

— Podaj mi stan paliwa.

— Już. — Wiggins odczytał stan z liczników. — Wystarczy na dwie godziny lotu.

— Za czterdzieści pięć minut powinien się zjawić KC-dziesięć — powiedział Satherwaite, spojrzawszy na zegar.

— Mam nadzieję. — Jeżeli przegapimy tankowanie, pomyślał Wiggins, to starczy nam paliwa ledwie na wylądowanie na Sycylii i wypadamy z akcji. Cały czas mieli ląd w swoim zasięgu i w razie konieczności mogli zrzucić bomby do morza i wylądować na jakimś lotnisku w Hiszpanii albo Francji, gdzie wyjaśniliby, że zabrakło im paliwa podczas lotu szkoleniowego. „Tylko nie wymieniajcie podczas rozmowy słowa Libia", powiedziano im na odprawie, co wywołało gromki śmiech.

Trzydzieści minut później tankowce wciąż jeszcze się nie pokazały.

— Gdzież to się podziewa ta nasza latająca stacja benzynowa? — zastanawiał się Wiggins.

Satherwaite studiował w milczeniu rozkazy. Wreszcie seria trzasków w radiu powiadomiła ich o zbliżaniu się KC-10. Po dziesięciu minutach Wiggins zobaczył go na ekranie radaru i poinformował o tym Satherwaite'a, który potwierdził. Pilot zredukował moc i zaczął wysuwać się z klucza. To za takie rzeczy właśnie mu płacą, pomyślał Wiggins. Po kilku dalszych minutach olbrzymi tankowiec przesłonił niebo nad nimi. Operator przewodu paliwowego ostrożnie wprowadził końcówkę do wlewu myśliwca, tuż za kabiną pilotów. Z tankowca popłynęło paliwo. Po pewnym czasie zgasło zielone światło pod brzuchem KC-10 i zapaliło się pomarańczowe, oznaczające automatyczne odłączenie przewodu. Satherwaite wrócił na miejsce w kluczu, a do tankowania podszedł kolejny samolot. Minęło wiele minut, gdy pilot niespodziewanie się odezwał.

— Będzie w porządku — powiedział. — Zrzucisz je dokładnie na cel, a jak się dobrze spiszesz, przelecę specjalnie dla ciebie nad tym Łukiem Augusta.

— Aureliusza.

— Niech będzie.

Odnotowawszy w myśli z satysfakcją ten drobny triumf, Wiggins odchylił się na oparcie fotela. Jeżeli nawet miał jakieś obiekcje co do bombardowania, pamiętał jednak, że mają zniszczyć wyłącznie cele wojskowe. Na odprawie określono nawet obiekt w Al Azziziyah mianem „uniwersytetu Dżihadu", co znaczyło, że jest to baza szkoleniowa terrorystów. Oficer prowadzący dodał jednak, iż „nie jest wykluczone, że mogą się tam znajdować również osoby cywilne". Wiggins dumał nad tym chwilę, a potem wyrzucił te myśli z głowy.

Rozdział 14

Asad Khalil zmagał się z dwoma prymitywnymi instynktami — seksualnym i samozachowawczym. Przechadzał się niecierpliwie po płaskim dachu. Ojciec dał mu na imię Asad — lew — i chłopak, świadomie bądź nie, naśladował czasem nawyki wielkiego zwierzęcia... również ten zwyczaj chodzenia w kółko.

Poprzez północną Libię ku Morzu Śródziemnemu wiał *ghabli*, gorący, silny wiatr od bezkresnej Sahary. Nocne niebo wyglądało na zamglone, lecz obraz księżyca i gwiazd zniekształcały w istocie niesione wiatrem drobiny piasku.

Była za piętnaście druga w nocy. Bahira, córka kapitana Habiba Nadira, miała przyjść dokładnie o drugiej. Nie był pewien, czy przyjdzie, czy jej nie złapali. A jeśli ją złapali, czy wygada, z kim się szła spotkać. Ta ostatnia ewentualność wielce niepokoiła Asada. W wieku szesnastu lat czekało go za jakieś pół godziny pierwsze w życiu doświadczenie seksualne... lub za kilka godzin ścięcie.

Podszedł do niewielkiej blaszanej budki bez drzwi, stojącej na płaskim dachu. Spojrzał w dół schodów, spodziewając się ujrzeć albo Bahirę, albo jej ojca z uzbrojonymi strażnikami, idących go pojmać. To szaleństwo, pomyślał, istny obłęd. Przeszedł do północnej krawędzi dachu. Betonową płaszczyznę otaczał wysoki do ramion mur z blankami. Budynek zbudowali Włosi w czasach swego panowania w Libii. Ówcześnie i teraz także, służył jako magazyn amunicji, dlatego stał w bezpiecznym miejscu na uboczu, poza centrum bazy wojskowej, znanej jako Al Azziziyah. Obecnie baza stanowiła kwaterę główną, a czasem i rezydencję Wielkiego Przywódcy, pułkownika Mu'ammara Kaddafiego. Tej nocy również tu zawitał. Wszyscy Libijczycy wiedzieli, że Wielki Przywódca ma w zwyczaju często zmieniać miejsce pobytu, co miało go uchronić przed ewentualnym zamachem lub jakąś bliżej nieokreśloną amerykańską akcją wojskową. Niespodziewany przyjazd Kaddafiego postawił jego elitarną gwardię w stan wzmożonej czujności. Khalil niepokoił się, że to być może sam Allah uczynił jego przedsięwzięcie trudnym i niebezpiecznym. Wiedział ponad wszelką wątpliwość, że to szatan napełnił go tym grzesznym pożądaniem Bahiry i kazał śnić o niej, stąpającej nago po piasku w świetle księżyca. Nigdy jeszcze nie widział nagiej kobiety, lecz oglądał niemieckie czasopisma i wiedział, jak Bahira może wyglądać bez czarczafu i ubrania. Odmalowywał w myśli obraz jej kształtów, widział długie do ramion włosy, łuki bioder, kępkę włosów łonowych, nagie uda... Serce tłukło mu się w piersi jak oszalałe, w ustach czuł suchość.

Na północy mrugały światła odległego o dwadzieścia kilometrów Trypolisu, widoczne pomimo kurzawy. Dalej rozciągała się czerń Morza Śródziemnego. Asad Khalil wyjrzał przez parapet na zabudowania bazy. Panował tam spokój; nie zauważył ruchu pojazdów ani wartowników. O tej porze mogło się coś dziać jedynie przy rezydencji Kaddafiego i na terenie kwatery głównej, w budynkach dowództwa i łączności. Nie ogłoszono wprawdzie żadnego szczególnego pogotowia, lecz Asad miał przeczucie, że coś jest nie w porządku.

Spojrzał na zegarek, była punkt 2.00. Bahira nie przyszła. Ukłęknął w narożniku muru, niewidoczny z dołu. Rozpostarł tu *sajjāda*, swój dywanik modlitewny, i położył na nim Koran. Jeśli po niego przyjdą, znajdą go pogrążonego w modlitwie i może to go uratuje. Choć bardziej prawdopodobne było, że się domyślą, iż Koran to tylko wybieg, a jego miejsce na dywaniku miało zająć nagie ciało Bahiry. Jeśli się tego domyślą, świętokradczy uczynek zostanie ukarany tak okrutnie, że będzie się modlił o topór kata. A Bahira...? Najpewniej zostanie ukamienowana na śmierć.

A jednak nie zdecydował się jeszcze uciekać do domu.

Przypomniał sobie, jak pierwszy raz ujrzał Bahirę w domu jej ojca. Kapitan Habib Nadir tak jak ojciec Asada był ulubieńcem pułkownika Kaddafiego i wszystkie trzy rodziny żyły w przyjaźni. Obaj ojcowie aktywnie działali w ruchu oporu podczas okupacji włoskiej. A w czasie dugiej wojny światowej ojciec Khalila pracował dla Brytyjczyków, a ojciec Bahiry dla Niemców. Ale jakie to miało znaczenie? Włosi, Niemcy, Anglicy — wszyscy to niewierni, niezasługujący na lojalność. Ojcowie nieraz żartowali między sobą, jak to obydwaj pomagali chrześcijanom zabijać się nawzajem.

Asad pomyślał o ojcu. Kapitan Karim Khalil nie żył od pięciu lat, zamordowany na ulicy w Paryżu. Zachodnie media informowały, że za zabójstwem stała opozycyjna frakcja islamska i miało ono charakter polityczny. Nikogo jednak nie aresztowano, a pułkownik Kaddafi, który był daleko mądrzejszy od swoich wrogów, wyjaśnił narodowi, że kapitana Khalila zabili agenci Mossadu, a wszystko inne jest kłamstwem. Asad w to wierzył. Musiał wierzyć. Brakowało mu ojca, lecz znajdował pociechę w tym, że zginął on śmiercią męczennika z rąk syjonistów. Oczywiście wątpliwości usiłowały zagnieździć się w jego głowie, ale skoro sam Wielki Przywódca tak powiedział, to przesądzało sprawę. Pułkownik Kaddafi bez wątpienia darzył jego rodzinę wielką sympatią. Pozwolił im po śmierci ojca pozostać w Al Azziziyah z wszystkimi przywilejami, przyznał matce rentę i zadbał o wykształcenie Asada i jego rodzeństwa. A sześć miesięcy temu powiedział do chłopaka:

— Asadzie, zostałeś naznaczony, by pomścić śmierć ojca. Za rok lub dwa zaczniemy cię szkolić. Będziesz bojownikiem o wolność.

— Jestem gotowy służyć Allahowi i tobie, Wielki Przywódco — odparł Asad, przepełniony dumą i radością.

A teraz ryzykował wszystko — życie, honor, rodzinę — i to dlaczego? Z powodu kobiety. Bez sensu, a jednak... Była jeszcze tamta sprawa... ta historia między pułkownikiem Kaddafim i jego matką. Wiedział o niej, choć nie odważył się nawet o tym myśleć. Tłumaczył sobie wszakże, że skoro związek jego matki z Wielkim Przywódcą nie był grzechem, to znaczy, że seks poza małżeństwem nie zawsze jest grzeszny.

Pułkownik nie mógł przecież popełnić grzechu, nie mógł złamać prawa szariatu, „właściwej drogi". Wobec tego, jeśliby go złapali, Khalil zamierzał przedstawić swoją sprawę bezpośrednio przywódcy. Zamierzał mu wytłumaczyć, że to ojciec Bahiry przywiózł do domu z Niemiec czasopisma ze zdjęciami nagich kobiet i mężczyzn, i że to właśnie te plugastwa zepsuły go i wprawiły w takie pomieszanie. Bahira znalazła pisma za workami z ryżem w swoim domu i pokazała je Khalilowi. Oglądali zakazane fotografie razem, choć za ten grzech groziła kara chłosty. Nie przejęły ich wcale wstydem i niesmakiem, lecz stały się impulsem do rozmowy o niewypowiedzianym.

— Chcę ci się tak pokazać, jak robią to te kobiety. — Bahira odezwała się pierwsza. — Chcę ci pokazać wszystko i chcę zobaczyć ciebie, Asadzie. Chcę poczuć twoje ciało.

I tak oto szatan opętał ją, a poprzez nią wszedł i w niego. Asad znał z hebrajskiej Księgi Rodzaju historię Adama i Ewy i wiedział od *mousyeda*, swego nauczyciela duchowego, że kobiety są słabe i występne. Popełniły grzech pierworodny i teraz kuszą do grzechu mężczyzn, którzy okażą im słabość. A jednak, pomyślał, nawet tak wielki człowiek jak Kaddafi może się dostać pod ich wpływ. Postanowił, że jeśli zostanie złapany, wyjaśni to wszystko pułkownikowi i może nie ukamienują Bahiry, lecz skończy się tylko na chłoście obojga.

Noc była chłodna i Asada przeszedł dreszcz. Klęczał tak z Koranem w dłoniach, aż dziesięć po drugiej dobiegł go szmer od schodów i po chwili ujrzał w prześwicie blaszanej nadbudówki ciemną sylwetkę.

— Allahu, okaż miłosierdzie — wyszeptał.

Rozdział 15

— Trafiliśmy na silny wiatr przeciwny — powiedział porucznik Chip Wiggins do porucznika Billa Satherwaite'a. — Południowy, wieje od pustyni. Wiesz jak się nazywa?

— Południowy wiatr od pustyni.

— Jasne. W każym razie będzie nam wiało w tyłek, jak będziemy stąd wypieprzać. No i będziemy o cztery bomby lżejsi.

Satherwaite coś wymamrotał w odpowiedzi. Lecieli dalej na wschód ponad Morzem Śródziemnym.

— Ile czasu do zwrotu? — zapytał w pewnej chwili pilot.

— Dwanaście minut.

— Pilnuj tego.

— Przyjąłem.

Po dwunastu minutach cała formacja rozpoczęła dziewięćdziesięciostopniowy zwrot ku południowi. Powietrzna armada, już bez tankowców, obrała kurs na wybrzeże Libii.

Satherwaite otworzył przepustnice i F-111 przyspieszył. Pilot spojrzał na instrumenty. Zbliżali się do wrót powietrznych, w których miały się rozpocząć ostateczne przygotowania do ataku. Odnotował w myśli prędkość — siedemset siedemdziesiąt kilometrów na godzinę i wysokość — siedem i pół tysiąca metrów. Znajdowali się trzysta pięćdziesiąt kilometrów od wybrzeża, lecąc wprost na Trypolis. Eskadra zaczęła schodzić w dół.

Po kwadransie Wiggins odchrząknął. W słuchawkach interfonu zabrzmiało to jak ryk i obaj aż się wzdrygnęli.

— Sto pięćdziesiąt kilometrów do suchej stopy — powiedział, używając żargonowego określenia lądu.

— Przyjąłem.

Spojrzeli obaj na radar, lecz od strony Libii nic nie leciało im na spotkanie. Wyrównali na niecałym tysiącu metrów ponad powierzchnią morza.

— Sto dwadzieścia pięć kilometrów — zameldował nawigator.

— Dobra, sprawdzamy listę operacyjną.

— Gotów.

Rozpoczęli procedurę odczytywania kontrolnej listy czynności i kolejności działań. Ledwie skończyli, Wiggins podniósł wzrok i ujrzał na wprost przed nimi światła Trypolisu.

— Bingo!

Satherwaite też spojrzał i skinął głową. Przesunął dźwignię hyraulicznej zmiany geometrii i rozpostarte szeroko skrzydła F-111 złożyły się bardziej ku ogonowi, niczym u jastrzębia, który dojrzał na ziemi zdobycz. Utrzymywali wysokość tysiąca metrów przy prędkości ośmiuset kilometrów na godzinę. Była pierwsza pięćdziesiąt, za kilka minut mieli złamać szyk i polecieć nad swoje indywidualne cele w Trypolisie i okolicach.

W słuchawkach Wigginsa rozległ się świergoczący dźwięk, sygnalizujący wychwycenie przez radar jakiegoś obiektu. Spojrzał na ekran.

— Alarm SAM na godzinie pierwszej — poinformował pilota najspokojniejszym tonem, na jaki potrafił się zdobyć.

— Chyba się jednak obudzili.

— Kopnąłbym w jaja tego oficera z odprawy.

— Mnie tam on nie przeszkadza... ani te pociski.

— Niby racja... — zgodził się z wahaniem Wiggins. F-111 leciał zbyt nisko, by mogły go dosięgnąć rakiety ziemia-powietrze, lecz znaleźli się już w strefie rażenia dział przeciwlotniczych.

Wiggins obserwował na radarze dwa wzlatujące ku nim pociski i miał nadzieję, że przy tej prędkości i wysokości ten złom produkcji sowieckiej faktycznie nie może ich trafić. Po kilku sekundach spostrzegł za oknem po prawej burcie czerwonopomarańczowe ogniste smugi, znaczące lot rakiet wspinających się w nocne niebo.

— Marnotrawstwo drogiego paliwa — skomentował sucho Satherwaite.

Teraz na Wigginsa przyszła kolej nieodpowiadania; w rzeczy samej odebrało mu mowę. Satherwaite natomiast nagle się rozgadał i paplał coś na temat ukształtowania wybrzeża, widoku Trypolisu i innych bzdur. Wiggins miał ochotę mu powiedzieć, żeby się zamknął i skupił na pilotowaniu. Przekroczyli linię brzegu i znaleźli się nad miastem. Satherwaite zauważył, że na ulicach pomimo nalotu nie widać zaciemnienia.

— Co za idioci. — Po lewej mignął mu Łuk Marka Aureliusza i rzekł do nawigatora: — Masz swój zabytek. Na dziewiątej.

Wiggins jednak stracił na razie zainteresowanie historią i koncentrował się na akcji.

— Zwrot — rzucił.

Satherwaite wyłamał się z szyku, kierując maszynę nad Al Azziziyah.

— Jak to się nazywało? — zapytał.

— Co?

— To dokąd lecimy.

Wiggins czuł, jak pot spływa mu po karku, i usiłował dzielić uwagę między obserwację instrumentów, radaru i tego, co się dzieje bezpośrednio za oknem.

— Niech to szlag! Potrójne A! * — zawołał nagle.

— Jesteś pewien? Zdawało mi się, że Al-coś tam.

Wigginsowi wcale się nie spodobała ta nagła eksplozja kokpitowego humoru w wykonaniu Satherwaite'a.

— Al Azziziyah — warknął. — A co to, kurwa, za różnica?

— Racja — przytaknął pilot. — Jutro i tak nazwą to zgliszczami — zaśmiał się.

Wiggins też się roześmiał, choć serce miał ściśnięte strachem. Swietlne smugi pocisków przeciwlotniczych przecinały czerń nieba stanowczo zbyt blisko samolotu. Wprost nie chcia-

* W żargonie pilotów: anti-aircraft-artillery — artyleria przeciwlotnicza.

ło się wierzyć, że to naprawdę do nich strzelają. Ohydne to było... ale i ekscytujące.

— Al Azziziyah na wprost — oznajmił Satherwaite. — Gotów?

— Zgliszcza — mruknął Wiggins. — Zgliszcza, zgliszcza, poznajcie mistrza. Gotów do odpalenia. Pieprz się, Mu'ammar.

Rozdział 16

— Asad...

Serce Khalila niemal zamarło w piersi.

— Tak, tak, tutaj — wyszeptał. — Sama jesteś?

— No pewnie — Bahira dojrzała klęczącą na dywaniku postać.

— Schyl się — szepnął chrapliwie.

Podeszła do niego, pochylona poniżej parapetu i uklękła na modlitewnym dywaniku.

— Czy wszystko dobrze? — zapytała z niepokojem.

— Tak. Ale spóźniłaś się.

— Musiałam się kryć przed strażą. Wielki Przywódca...

— Wiem. — Khalil przyjrzał się Bahirze w świetle księżyca.

Miała na sobie fałdzistą białą szatę, zwyczajowy strój młodych dziewcząt na wieczór, czarczaf na twarzy i szal. Była od niego trzy lata starsza. W tym wieku większość libijskich kobiet była już zamężna lub zaręczona, lecz ojciec Bahiry odsyłał z kwitkiem zalotników, a najwytrwalszych z nich kazał wygnać z Trypolisu. Asad wiedział, że gdyby jego ojciec żył, obie rodziny zapewne zgodziłyby się na małżeństwo z Bahirą. Teraz jednak, pomimo uznania zmarłego za bohatera i męczennika, rodzina Khalilów miała o wiele niższy status.

Klęczeli naprzeciw siebie, nic nie mówiąc. Wzrok dziewczyny spoczął na tomie Koranu, a potem dopiero spostrzegła sam dywanik. Spojrzała pytająco na Asada. Jego wzrok zdawał się mówić: „Skoro popełniamy grzech cudzołóstwa, to co za różnica, że dołożymy do tego jeszcze bluźnierstwo?". Bahira skinęła głową. Przejmując inicjatywę, zsunęła z twarzy czarczaf i ściągnęła szal, rozpuszczając włosy. Asad odetchnął głęboko i patrząc jej w oczy, wyszeptał:

— Jesteś bardzo piękna.

Uśmiechnęła się i wzięła jego dłonie w swoje. Zaskoczyło go, jakie są małe i miękkie. Jej skóra była ciepła, cieplejsza niż jego własna. Spostrzegł też, że dłonie dziewczyny są suche, podczas gdy on ma wilgotne. Przysunął się do niej na klęczkach i poczuł powiew kwiatowej woni. Odkrył przy tym ruchu, że jest w pełni pobudzony. Oboje jakby nie wiedzieli, co robić dalej. Wreszcie Bahira puściła jego dłonie i zaczęła głaskać go po twarzy. Zrobił to samo. Objęli się, a gdy ich ciała się dotknęły, poczuł pod suknią jej piersi. Ogarniało go dzikie pożądanie, lecz inny prymitywny instynkt podpowiadał mu także, żeby zachować czujność. Nagle Bahira się odsunęła i zanim zdążył zrozumieć, co robi, zaczęła ściągać suknię. Khalil przyglądał się jej, nasłuchując jednocześnie oznak niebezpieczeństwa. Gdyby ich teraz nakryto, oboje czekała śmierć.

— Asad — usłyszał jej szept — na co czekasz?

Była już całkiem naga. Patrzył na jej piersi, łono, uda i znów na twarz.

— Asad...

Ściągnął przez głowę tunikę, zsunął spodnie i majtki, i odsunął je nogą. Nie miał pojęcia, co robić dalej. Wiedział, w jakiej pozycji powinni się znaleźć, lecz nie był pewien, jak do tego doprowadzić. Bahira znów go wyręczyła, kładąc się na plecach, ze zwiniętym ubraniem pod głową. Prawie rzucił się na nią i poczuł pod sobą jej twarde piersi i gibkie ciało. Rozsunęła nogi. Czuł, jak czubek jego penisa dotyka czegoś wilgotnego i ciepłego. Za moment był już do połowy w niej. Krzyknęła cicho z bólu. Pchnął mocniej, pokonując opór, i wszedł do końca. Nim zdążył zrobić coś więcej, jej biodra zaczęły rytmicznie unosić się i opadać. Pomiędzy dwoma uderzeniami serca wytrysnął w jej wnętrzu.

Legł bez ruchu, łapiąc oddech. Ona jednak wciąż poruszała

biodrami, choć nie rozumiał, czemu to robi, skoro już się zaspokoił. Zaczęła jęczeć i dyszeć ciężko, powtarzając jego imię.

— Asad, Asad, Asad...

Zsunął się z niej na plecy i leżał wpatrzony w nocne niebo. Bahira się przysunęła. Ich ramiona i biodra się zetknęły, ale pożądanie już z niego wyciekło.

— Jesteś zły? — zapytała.

— Nie — odparł, siadając. — Musimy się ubrać.

Ona także usiadła, kładąc mu dłoń na ramieniu. Miał chęć się odsunąć, lecz nie zrobił tego. Głowę wypełniły mu nieprzyjemne myśli. Co będzie, jeśli dziewczyna zaszła w ciążę? Jeśli zapragnie, by znów to zrobili? Następnym razem na pewno ich złapią albo skończy się to ciążą. Prawo było w pewnych kwestiach niejednoznaczne i zazwyczaj to rodziny same decydowały, jak zmazać takie pohańbienie. Znając ojca Bahiry, wiedział, że oboje nie będą mogli liczyć na litość. I nagle, nie rozumiejąc sam dlaczego, wygadał się:

— Moja matka była z Wielkim Przywódcą.

Bahira nie odpowiedziała.

Asad był zły na siebie za ujawnienie tajemnicy. Nie wiedział, czemu to zrobił; nie wiedział też, co czuje do tej kobiety.

Objęła go ramieniem, głaszcząc drugą ręką po udzie.

— Sądzisz, że nam pozwolą na małżeństwo? — zapytała.

— Być może — odparł, sam w to jednak nie wierząc. Zerknął na jej dłoń na swoim udzie i spostrzegł nagle krew na penisie. Powinien był przynieść tu wodę do mycia.

— Porozmawiasz z moim ojcem?

— Tak — odpowiedział bez wielkiego przekonania. Małżeństwo z córką kapitana Habiba Nadira byłoby dobrą rzeczą, ale samo zapytanie o to mogło się okazać niebezpieczne. Stare kobiety, które będą ją sprawdzać, odkryją, że straciła dziewictwo.

Chciała coś jeszcze powiedzieć, lecz uciszył ją gestem. Niepokoiło go poczucie, że dzieje się coś, czego powinien być bardziej świadomy. Matka powiedziała mu kiedyś, że wzorem swego imiennika, lwa, ma błogosławiony instynkt, szósty zmysł, pozwalający wyczuć niebezpieczeństwo na odległość. I teraz uzmysłowił sobie, że to, co go przez całą noc nękało,

nie miało wcale związku z Bahirą i ewentualną karą za cudzołóstwo. Było to coś innego, choć jeszcze nie wiedział co.

Chip Wiggins usiłował nie zwracać uwagi na świetliste
smugi wokół kadłuba smolotu. Cała scena wydawała mu się tak
surrealistyczna, że nie potrafił jej odbierać jako śmiertelnego
zagrożenia. Wpatrywał się w ekrany i wskaźniki przed sobą.
— Jesteśmy na miejscu — poinformował Satherwaite'a.
Pilot potwierdził obojętnym tonem. — Dwie minuty do celu.
— Przyjąłem.
— Dopalacze, Bill — rzucił Wiggins po chwili.
Satherwaite się zawahał. Plan ataku przewidywał włączenie
dopalaczy, w przeciwnym bowiem wypadku ryzykowali, że
ich kolega z szyku, lecący ledwie trzydzieści sekund w tyle,
wjedzie im w ogon. Z drugiej strony, długa, biała smuga
gazów z dopalaczy stanowiła znakomity namiar dla artylerii
przeciwlotniczej.
— Bill — ponaglił go Wiggins.
— W porządku. — Pilot uruchomił dopalacze i F-111
skoczył do przodu. — Te dupki i tak nie umieją strzelać.
— Na celu — oznajmił Wiggins. — Zrzut za trzydzieści
sekund.

— Co się dzieje, Asad? — dopytywała się Bahira, ściskając
kochanka za rękę.
— Cicho.
Gdzieś w oddali usłyszał krzyki i odgłos zapuszczanego
silnika. Złapał swoje rzeczy i wciągnąwszy tunikę, wyjrzał
ponad parapet. Spojrzał na zabudowania bazy, a potem na
północ i wschód, ku Trypolisowi.
Bahira stała przy nim, przyciskając do piersi ubranie.
— Co to? — niepokoiła się.
— Nie wiem. Bądź cicho. — Działo się coś naprawdę
złego. Niczego jeszcze nie widział i nie słyszał, lecz czuł to
każdym nerwem.
— Wartownicy? — Bahira także wyjrzała za parapet.
— Nie, nie. Coś... tam... — I wreszcie zobaczył: żarzące

się ogniście smugi, wzlatujące sponad łuny miasta w ciemne niebo.

Bahira też je spostrzegła.

— Co to jest, Asad?

— Rakiety. — *Allahu miej litość nad nami...* — Rakiety i ogień przeciwlotniczy. Wróg nas atakuje!

— Och, nie! Błagam... — Zaczęła się gorączkowo ubierać. — Musimy zejść do schronu!

— Tak. — Włożył spodnie i buty, zapominając o majtkach. Bahira puściła się biegiem ku zejściu na schody, lecz Khalil ją dogonił i pociągnął na ziemię.

— Zaczekaj! Nie mogą zobaczyć, że stąd wybiegasz! Niech najpierw inni się schowają.

Podbiegł do muru. Ponad Trypolisem strzelały w niebo płomienie. Słyszał teraz odległe wybuchy, niczym grzmoty pustynnej burzy. Wtem jego wzrok przykuło coś jeszcze, pędząca ku nim ciemna smuga, obramowana blaskiem ognia nad miastem. Ciągnął się za nią gigantyczny pióropusz czerwieni i bieli. Asad Khalil zrozumiał, że patrzy na gorące gazy wylotowe odrzutowego myśliwca. Stał skamieniały z przerażenia.

Bill Satherwaite oderwał wzrok od instrumentów i rzucił szybkie spojrzenie przez okno. W ciemnościach w dole rozpoznał kompleks Al Azziziyah, widok tak dobrze mu znany ze zdjęć satelitarnych.

— Gotów — rzucił Wiggins.

Pilot skoncentrował się na schemacie zrzutu bomb.

— Trzy, dwa, jeden, zrzut — powiedział nawigator.

Samolot natychmiast stał się lżejszy i Satherwaite musiał nad nim zapanować, by wykonać manewr odskoku przy tak dużej szybkości. Wiggins naprowadzał bomby laserowo na właściwy tor ku wyznaczonym celom.

— Widzę... leci... leci... dobrze... trafiony! Raz, dwa, trzy, cztery. Pięknie!

Nie słyszeli detonacji, lecz potrafili sobie doskonale wyobrazić huk i rozbłysk czterech bomb spadających na bazę Al Azziziyah.

— Zmywamy się stąd — mruknął Satherwaite.

— Żegnaj, panie Arab — dodał Wiggins.

Asad Khalil mógł już tylko patrzeć w niemym przerażeniu na niesamowity obiekt, który sunął ku niemu, zionąc spod ogona ogniem. Nagle atakujący samolot wzbił się prosto w nocne niebo, a ryk odrzutowych silników zagłuszył wszystko oprócz wrzasku Bahiry.

— Zamknij się! — krzyknął Asad. Zobaczył, że z dołu patrzy ku niemu dwóch żołnierzy i przykucnął pod parapetem. Bahira już tylko szlochała.

Nagle dach pod nim podskoczył i rzucił go twarzą do ziemi. Po chwili dobiegło go echo niedalekiej eksplozji, a potem kolejnej i jeszcze jednej, i jeszcze... Zakrył uszy dłońmi, jego usta rozwarły się w bezgłośnym krzyku. Przetoczyła się nad nim fala gorąca, niebo pokryło się krwawą czerwienią. Z góry spadł deszcz kamieni, odłamków gruzu i ziemi. Potem nagle wszystko ucichło i Khalil zrozumiał, że ogłuchł. Uzmysłowił też sobie, że się zmoczył ze strachu. A później słuch powoli zaczął mu wracać i znowu ponad wszystkim poniósł się krzyk Bahiry, zew niepohamowanego przerażenia. Dziewczyna dowlokła się do muru i wychylona przez parapet wrzeszczała na całe gardło.

— Zamknij się! — Skoczył ku niej i chwycił za ramię, ale wyrwała się i biegała w kółko po usłanym gruzem dachu, nie przestając krzyczeć.

Asad spostrzegł, że na sąsiednim dachu kilku żołnierzy ustawia działko przeciwlotnicze. Bahira też ich zobaczyła.

— Ratunku! Pomocy! — wrzasnęła co sił w płucach, wymachując dziko rękami.

Złapał ją i przewrócił na betonową posadzkę dachu. Zaczęła z nim walczyć i zaskoczyła go jej siła. Nie przestając krzyczeć, wyrwała z jego uścisku rękę i rozorała mu twarz paznokciami. Pomimo bólu zatkał jej usta dłonią, lecz ugryzła go w palec, a potem kopnęła kolanem w krocze, aż się zatoczył do tyłu. Nie puścił jej, ale dziewczyna wpadła w niepohamowaną histerię i już nie wiedział, jak ją uspokoić.

Znalazł jednak sposób.

Asad Khalil objął dłońmi szyję Bahiry i mocno ścisnął.

F-111 pomknął ponad pustynią na południe, a potem Satherwaite wykonał ostry zwrot o sto pięćdziesiąt stopni na prawo i obrał kurs ku wybrzeżu, sto kilometrów na zachód od Trypolisu.

— Ładny lot, panie szyper — powiedział Wiggins.

— Miej oko na libijskie myśliwce, Chip — odparł Satherwaite.

Wiggins dostroił obraz na radarze.

— Niebo czyste jak łza — oznajmił. — Piloci Kaddafiego na pewno już piorą gacie. Mam nadzieję.

F-111 nie był wyposażony w rakiety powietrze-powietrze, a jego głupi jak but konstruktorzy nie przewidzieli zainstalowania na pokładzie choćby dwururki na kaczki, toteż jedyną ich obronę przed atakiem myśliwców stanowiła szybkość i zwrotność.

— Mam nadzieję — powtórzył nawigator.

Satherwaite nadał przez radio sygnał informujący, że Karma 57 znajduje się wśród żywych. Czekali w milczeniu na sygnały od pozostałych. W końcu zaczęli się kolejno zgłaszać: Remit 22, z Terrym Waycliffem jako pilotem i Billem Hambrechtem jako specem od bomb; Remit 61 — Bob Callum za sterami, Steve Cox, spec; Elton 38 — Paul Grey, Jim McCoy. Cały klucz wyszedł z akcji bez szwanku. Satherwaite wpisał do dziennika: „Bułka z masłem" i pokazał wpis koledze.

— Z palcem w tyłku — przytaknął Wiggins.

Asad Khalil policzył do sześćdziesięciu i puścił szyję Bahiry. Szeroko otwarte oczy dziewczyny wpatrywały się bez mrugnięcia w przestrzeń. Jednym stosunkowo prostym działaniem rozwiązał problem... teraz i na zawsze. Wstał, zwinął dywanik, zarzucił go sobie na ramię i z Koranem w dłoni zszedł po schodach na ulicę.

Budynek naprzeciwko płonął i w świetle płomieni Asad ujrzał na ziemi ciała zabitych żołnierzy. Twarz jednego z nich spoglądała wprost na niego. Oczy mężczyzny wyskoczyły z oczodołów, z których ciekła krew; usta, nos i uszy także krwawiły. Asad zwalczył pierwszą falę nudności podnoszącą się z żołądka, lecz dobiegł go odór palącego się ciała i musiał zwymiotować.

Odpoczywał przez kilka minut, a potem ruszył dalej. Ujrzał, że tam, dokąd idzie, szaleją pożary, i puścił się biegiem. Szesnastoletni Asad Khalil biegł przez ruiny Al Azziziyah z Koranem w dłoni i dywanikiem modlitewnym na ramieniu, wiedząc już, że oto został poddany próbie i przez Allaha, i przez szatana. Że ta noc grzechu, śmierci i pożogi uczyniła go ostatecznie mężczyzną.

Rozdział 17

Asad Khalil biegł do swojego domu. W tej części kompleksu spotykał więcej ludzi — żołnierzy, kobiet, dzieci — a wszyscy albo biegli, albo szli powoli jak w transie. Po chwili spostrzegł, że tu i ówdzie ktoś modli się na klęczkach. Skręcił za róg i stanął jak skamieniały. Ciąg połączonych ze sobą budynków, w którym znajdował się i jego dom, dziwnie zmienił swój wygląd. Wreszcie uświadomił sobie, że wszystkie okna straciły okiennice, a placyk przed domami pokrywa rumowisko. Był bliski omdlenia, lecz wziął głęboki oddech i pobiegł ku domowi. Potykając się o gruz i gubiąc po drodze dywanik, dopadł wejścia i wszedł do pomieszczenia, które było kiedyś frontowym pokojem.

Cały dach zapadł się do środka, zasypując terakotową podłogę, dywany i meble odłamkami betonowych płyt, drewnianymi belkami i gipsem. Asad podniósł wzrok ku otwartemu niebu. *W imię miłosiernego...*

Pod ścianą stał zbudowany przez ojca kredens. Chłopak przebrnął do niego przez gruzowisko i znalazłszy w szufladzie latarkę, zaświecił ją. Teraz jego oczom ukazał się cały ogrom zniszczenia. Na jednej ze ścian wciąż wisiał portret Wielkiego Przywódcy i to dodało Asadowi otuchy przed obejrzeniem reszty domu. Przeszedł na niewielki wewnętrzny dziedziniec, skąd prowadziły drzwi do trzech sypialni. Pchnął drzwi pokoju, który dzielił z dwoma braćmi, pięcioletnim Esamem i czternastoletnim Qadirem. Esam, pogrobowiec ojca, był chorowity i rozpieszczony przez siostry i matkę. Qadir, dwa lata młodszy od Asada, był wyrośnięty jak na swój wiek i często brano ich za bliźniaków.

Coś blokowało drzwi i Asad odepchnął je na tyle, żeby się przecisnąć do środka. W pokoju stały trzy łóżka — jego własne, przyciśnięte teraz betonową płytą, Qadira — również pogrzebane pod odłamkami i Esama — wzdłuż którego legła belka stropowa. Khalil ukłęknął przy łóżku młodszego z braci. Pod belką wyczuł przykryte kocem, zmiażdżone ciało Esama. Schował twarz w dłoniach i zapłakał.

Otrząsnął się i podszedł do łóżka Qadira. Zakrywał je całe potężny płat sufitu i gipsowego gruzu. Poświecił latarką i ujrzał rękę wystającą spomiędzy kawałków betonu. Z piersi Asada wyrwało się długie, płaczliwe wycie. Rzucił się na rumowisko, pod którym pogrzebany został starszy brat. Po kilku minutach dotarła doń jednak świadomość, że musi odnaleźć pozostałych.

Wstał chwiejnie i przeszedł przez dziedziniec pod drzwi sypialni sióstr. Były pęknięte i kiedy je pchnął, po prostu przewróciły się do środka. Dziewczynki, dziewięcioletnia Adara i jedenastoletnia Lina, spały razem. Adara była radosnym dzieckiem i ulubienicą Asada, który zastępował jej właściwie ojca. Linę, poważną i pilną w nauce, lubili wszyscy nauczyciele. Asad modlił się przez chwilę z zamkniętymi oczami i dopiero potem odważył się oświetlić podwójne łóżko. Wydał z siebie stłumiony okrzyk. Łóżko leżało na boku, tylna ściana pokoju wpadła do środka, w powietrzu snuł się gryzący odór materiałów wybuchowych. Domyślił się, że bomba spadła gdzieś bardzo blisko. Wnętrze pokoju wypełniała bezforemna masa szczątków i gruzu. Postąpił kilka kroków przez rumowisko i nagle zamarł w bezruchu. Światło latarki wydobyło z mroku głowę o poczerniałej, zwęglonej twarzy, pozbawioną włosów. Nie mógł poznać, czy to Lina, czy Adara. Rzucił się do wyjścia, lecz potknął się i padł na ziemię. Zaczął pełznąć na czworakach i nagle jego ręka natrafiła na kość i mięso.

Ocknął się na małym dziedzińcu. Leżał zwinięty w kłębek, niezdolny się poruszyć. W oddali słychać było syreny, krzyki ludzi i warkot silników, a gdzieś bliżej płacz kobiety. Spróbował wstać, ale nie mógł, zesztywniały z przerażenia i rozpaczy po stracie sióstr i braci. Doczołgał się do drzwi pokoju matki, lecz drzwi nie było. Zdołał dźwignąć się na nogi i wejść do pokoju. Sufit tu ocalał, choć podmuch eksplozji wyrwał okna i poprzesuwał sprzęty, łącznie z łóżkiem. Matka leżała bez przykrycia i w pierwszej chwili pomyślał, że jest nieprzytomna. Z kącików jej ust i z uszu sączyła się krew.

— Matko! Matko! — krzyknął rozpaczliwie, potrząsając nią.

Farida Khalil otworzyła oczy i próbowała skupić spojrzenie na synu. Chciała coś powiedzieć, z jej ust jednak wypłynęła tylko krwawa piana.

— Mamo! To ja, Asad!

Skinęła nieznacznie głową.

— Sprowadzę pomoc...

Chwyciła go z zadziwiającą siłą za ramię i pokręciła głową. Pociągnęła go ku sobie i zrozumiał, że ma się przysunąć bliżej. Znów próbowała coś powiedzieć, lecz wykaszlała tylko krew.

— Mamo, wszystko będzie dobrze — zapewnił ją gorączkowo. — Sprowadzę lekarza.

— Nie! — udało jej się wykrztusić. Zduszonym głosem wyszeptała mu do ucha: — Qadir... Esam... Lina... Adara...?

— Nic im nie jest; są tylko... będą... — wybuchnął płaczem i nie mógł już dalej mówić.

— Moje biedne dzieci... — wychrypiała Farida. — Moja nieszczęsna rodzina...

Asad zawył w niebogłosy.

— Allahu, czemuś nas opuścił?! — zakrzyknął rozpaczliwie.

Przylgnął z płaczem do piersi matki. Czuł pod policzkiem bicie jej serca i słyszał szept: „Moja nieszczęsna rodzina...". A potem serce ucichło i Asad znieruchomiał, wyczekując następnego uderzenia. Nie nastąpiło. Leżał przytulony do ciała matki jeszcze długo, a w końcu wstał i wyszedł z domu.

Na ulicy panował chaos; mężczyźni klęli, kobiety łkały, dzieci wrzeszczały. Jeździły karetki, niesiono ludzi na noszach, przejechała ciężarówka pełna owiniętych w biel ciał. Usłyszał, jak ktoś mówi, że w dom Wielkiego Przywódcy trafiła bomba. Jemu samemu udało się uciec wcześniej, lecz zginęli członkowie rodziny. Asad Khalil wlókł się ulicą bez celu, na wpół przytomny. Omal nie został potrącony przez pędzący wóz strażacki. W końcu znalazł się w pobliżu magazynu amunicji, na którego dachu leżała martwa Bahira. Odszedł stamtąd szybko, nie chcąc mieć już nic wspólnego z tym miejscem. Krążył, rozmyślając, zupełnie sam na świecie. Cała moja rodzina została męczennikami świętej sprawy islamu, myślał. Ja uległem pokusie, złamałem szariat i tylko dzięki temu nie spałem w swoim łóżku i uniknąłem śmierci. Bahira jednak też naruszyła święte prawo, a mimo to doświadczyła zupełnie innego losu.

Nie potrafił sam tego pojąć i modlił się do Allaha, żeby rozjaśnił mu w głowie. Nie miał natomiast wątpliwości, kto zesłał na nich tak straszliwe zniszczenie. Od miesięcy powtarzano pogłoski, że ten szaleniec Ronald Reagan zaatakuje Libię. Teraz stały się rzeczywistością. W nagłym rozbłysku myśli zrozumiał, że został wybrany nie tylko po to, by pomścić ojca i rodzinę, lecz także cały naród, jego religię i Wielkiego Przywódcę. Asad Khalil nie miał już niczego do stracenia i nie miał po co żyć, jak tylko dla dżihadu. Miał się stać narzędziem zemsty w rękach Allaha, zanieść świętą wojnę do kraju wroga.

— Wszystkie w dziesiątkę? — zapytał Bill Satherwaite swojego strzelca-nawigatora.

— Taa — odparł Chip Wiggins. — No, może jedną przestrzeliłem. Ale w coś trafiła, jakby w rząd domków...

— Jeżeli tylko nie trafiłeś w Łuk Augusta, to w porządku.

— Aureliusza. Obiecałeś, że nad nim przelecisz.

— Przeleciałem, Chip, w tamtą stronę. Chyba spałeś. Przyjedziesz sobie na wycieczkę, to obejrzysz.

Nagle pod nimi wyskoczyła linia wybrzeża i znaleźli się nad Morzem Śródziemnym. Nie musieli już zachowywać ciszy i Satherwaite nadał przez radio:

— Stopy mokre.

Pomknęli ku punktowi zbornemu eskadry.

— Chyba przez jakiś czas Mu'ammar się nie odezwie — mruknął sentencjonalnie Wiggins. — A może już nigdy?

Satherwaite wzruszył ramionami. Rozmyślał chwilę o czterech ważących tonę, naprowadzanych laserowo bombach, które zrzucili. Miał nadzieję, że wszyscy tam na dole zostali w porę ostrzeżeni i zołali się ukryć w schronach. Naprawdę nie chciał nikomu zrobić krzywdy.

Wiggins jakby czytał w jego myślach.

— Rano libijskie media będą trąbić, że zniszczyliśmy sześć szpitali, siedem domów dziecka i dziesięć meczetów — powiedział. — Satherwaite milczał. — I zabiliśmy dwa tysiące niewinnych cywili, wyłącznie kobiet i dzieci.

— Jak z paliwem?

— Na dwie godziny.

— To dobrze. Podobało ci się?

— Mhm. Aż do potrójnego „A".

— I nie chciałeś bombardować celów cywilnych, prawda? — zapytał pilot.

Wiggins odpowiedział śmiechem.

— Hej, teraz jesteśmy weteranami wojennymi — stwierdził.

— A jakże.

— Ciekawe, czy będą się mścić... — dorzucił strzelec retorycznie po chwili milczenia.

KSIĘGA TRZECIA

Ameryka, 15 kwietnia Teraźniejszość

Straszliwy, sam ruszył w drogę;
Z jemeńskiej stali miecz dzierżył,
Co za jedyną ozdobę
Miał tylko na klindze szczerby.
„Śmiertelna wendeta"
— arabska pieśń wojenna

Rozdział 18

Asad Khalil, jedyny żywy człowiek, który przybył z Paryża do Nowego Jorku lotem 175 linii Trans-Continental, siedział rozparty wygodnie na tylnym siedzeniu żółtej taksówki. Pogoda była ładna, chociaż dla kogoś przywykłego do suchego klimatu północnej Afryki było tu zbyt wilgotno, podobnie jak w Europie.

Koran obiecywał wiernym raj, pełen zielonej roślinności, strumieni, zbawczego chłodu, owoców, wina i kobiet. Jakie to dziwne, rozmyślał Khalil, że kraje niewiernych tak bardzo wydają się przypominać ową rajską krainę. A może po prostu jest tak, doszedł do wniosku, że Europa i Ameryka są właśnie rajem przyrzeczonym przez Koran, oczekującym tylko na przybycie islamu?

Spojrzał na kierowcę, swego rodaka Gamala Jabbara, którego zdjęcie i nazwisko widniały na plakietce z koncesją, przyklejonej do deski rozdzielczej.

Ludzie z wywiadu libijskiego powiedzieli mu w Trypolisie, że taksówkarz będzie jednym z jego pięciu kontaktów. Muzułmanów prowadzących taksówki było w Nowym Jorku wielu i choć nie każdy został wybrany jako bojownik o wolność, chętnie się zgadzali wyświadczać drobne przysługi.

— Niejeden przecież zostawił w Libii rodzinę — wyjaśnił Khalilowi z uśmiechem oficer prowadzący, którego znał pod imieniem Malik — „król" bądź też „mistrz".

— Jak się nazywa ta droga? — zapytał kierowcę.

— To Belt Parkway. O, widzi pan, tam jest Atlantyk. A ta część miasta nazywa się Brooklyn. Mieszka tam wielu naszych braci.

— Wiem. A ty dlaczego tutaj mieszkasz?

Jabbarowi nie bardzo się podobał ton i podtekst tego pytania, lecz odpowiedź miał przygotowaną od dawna.

— Tylko po to, żeby zarobić pieniądze w tym przeklętym kraju — odparł. — Za sześć miesięcy wracam do Libii, do mojej rodziny.

Asad Khalil wiedział, że to nieprawda. Nie dlatego, że Jabbar kłamał, ale dlatego, że za godzinę miał już nie żyć.

— Czy trwasz przy swojej wierze, Jabbar? — zapytał.

— Oczywiście. Nawet mieszkam niedaleko meczetu.

— To dobrze. Za to, co dzisiaj robisz, masz zapewnione miejsce w raju.

Kierowca nie odpowiedział. Khalil powrócił do rozmyślań o minionych godzinach tego, jakże ważnego, dnia. Wydostać się z lotniska i wsiąść do taksówki udało mu się bez najmniejszych problemów, choć kwadrans później nie poszłoby mu już tak łatwo. Zaskoczyło go, kiedy ten człowiek w garniturze zaraz po wejściu na pokład wypowiedział słowa: „miejsce przestępstwa". Skąd policja tak szybko się zorientowała, że to przestępstwo? Może ten strażak powiedział im coś przez radio? Khalil nie zamierzał go zabijać, lecz nie miał wyjścia, gdy tamten stanął w drzwiach toalety. Żałował tego czynu tylko dlatego, że nie chciał pozostawiać więcej śladów, niż to było konieczne. Tak czy inaczej, sytuacja faktycznie nabrała tempa, gdy w samolocie zjawił się ten w garniturze. Trzeba było działać bardzo szybko. Khalil przypomniał sobie z uśmiechem, jak ów mężczyzna kazał mu zejść z kręconych schodków, co zresztą właśnie w tym momencie robił. Jeszcze łatwiejsze okazało się wydostanie z zamkniętej strefy bezpieczeństwa. Wsiadł do małej ciężarówki bagażowej, której silnik był na chodzie, i zwyczajnie wyjechał. Do wyboru miał nawet więcej stojących bez opieki pojazdów, co zgadzało się z informacjami Malika, którego przyjaciel pracował jako bagażowy w Trans-Continentalu. Plan lotniska wzięli z Internetu, a położenie budynku, w którym mieścił się Conquistador Club, opisał im dokładnie Boutros, poprzednik Khalila; był tutaj w lutym.

Drogę ze strefy bezpieczeństwa do budynku przećwiczył dziesiątki razy na specjalnej makiecie, zbudowanej przez wywiad na poligonie pod Trypolisem.

— Wiesz oczywiście, jak ważny jest dzisiejszy dzień? — zwrócił się do Jabbara.

— Oczywiście. Mieszkam w Trypolisie. Kiedy Amerykanie, niech będą przeklęci, nas zbombardowali, byłem jeszcze chłopcem.

— Czy ucierpiałeś podczas ataku?

— Straciłem wujka w Bengazi. Jego śmierć opłakuję po dziś dzień.

Khalila zadziwiało zawsze, jak wielu Libijczyków potraciło rzekomo bliskich podczas bombardowania, w którym zginęła niecała setka ludzi. Dawno już uznał, że wszyscy kłamią. O własnej tragedii rozmawiał nieczęsto, i nigdy poza Libią. Ponieważ jednak Jabbar miał wkrótce przestać stanowić dlań zagrożenie, ujawnił mu tajemnicę.

— Moja cała rodzina zginęła w Al Azziziyah.

— Mój przyjacielu, płaczę razem z tobą — odrzekł kierowca po chwili milczenia.

— Matka, dwie siostry i dwóch braci.

— Tak, tak, pamiętam — odparł Jabbar. — Rodzina...

— Khalil.

— O, właśnie! Męczennicy z Al Azziziyah... — Taksówkarz odwrócił się, by spojrzeć na swego niepłacącego za kurs pasażera. — Oby Allah pomścił twe cierpienie — rzekł. — Oby obdarzał cię spokojem i siłą, póki nie spotkasz znowu swoich bliskich w raju.

Khalil wrócił myślami do wcześniejszych wydarzeń, do mężczyzny w garniturze i jego towarzyszki w niebieskim żakiecie. Gdy weszli na pokład, sprawy potoczyły się tak szybko, że rozważał nawet rezygnację z odwiedzenia miejsca zwanego Conquistador Club, tajnej kwatery FBI. Był to jednak cel, któremu trudno się oprzeć, deser, którym delektował się w myśli od lutego, kiedy to Boutros doniósł o jego istnieniu Malikowi.

— To łakomy kąsek — stwierdził wtedy oficer prowadzący — oferowany ci zaraz na powitanie. Ale nie zaspokoi twego głodu tak, jak dania serwowane na zimno. Decyduj rozważnie i poluj tylko na to, co zdołasz potem przełknąć.

Khalil pamiętał o tej przestrodze, lecz postanowił zaryzykować i zabić tych, którym się zdawało, że są tylko jego zakładnikami. Zabicie oficera amerykańskiego lotnictwa w Anglii dało mu jednak większą satysfakcję. Wiekszą nawet niż bomby, które zdetonował w kilku miastach Europy. Dobrze pamiętał, jak tamten odwrócił się ku niemu na ciemnym parkingu i zapytał:

— Słucham pana?

— Al Azziziyah, pułkowniku Hambrecht — odparł Khalil.

Nigdy miał nie zapomnieć wyrazu jego twarzy tuż przed uderzeniem wyciągniętej spod płaszcza siekiery, którą niemal odrąbał mu ramię. Potem, nie spiesząc się, ciął go po kończynach, żebrach, genitaliach, odwlekając ostateczny cios w serce i zadając mu tyle bólu, by cierpiał maksymalnie, ale nie umarł. Na koniec przerąbał mostek, który pękł na pół, otwierając ostrzu drogę do serca.

Przypomniał sobie z kolei amerykańskie dzieci w Brukseli. Czekały na autobus. Miało być czworo — po jednym za każde z rodzeństwa — lecz przyszła tylko trójka, za to pod opieką kobiety. Khalil wysiadł z auta, strzelił każdemu w pierś i w głowę, uśmiechnął się do kobiety i odjechał. Malik był zły na niego, że zostawił świadka, Khalil wiedział jednak, że kobieta do końca życia będzie pamiętać tylko ten moment, gdy trójka dzieci konała w jej ramionach. Tak właśnie chciał pomścić śmierć matki.

Myślał przez chwilę o Maliku, swoim mentorze i mistrzu, niemal drugim ojcu. Ojciec Malika był bohaterem walk o niepodległość z Włochami. Został złapany i powieszony, gdy ten był jeszcze chłopcem. Obaj synowie czuli więc wspólnotę losów i obaj poprzysięgli zemstę niewiernym. Po stracie ojca Malik zaoferował swe usługi szpiega Brytyjczykom, walczącym w Libii z Włochami i Niemcami. Szpiegował również Anglików na rzecz Niemców, żeby niewierni wyrzynali się nawzajem. Kiedy przybyli Amerykanie, Malik znalazł w nich kolejnego mocodawcę, który obdarzył go zaufaniem. Opowiedział kiedyś, jak poprowadził amerykański patrol prosto w niemiecką zasadzkę, a potem wrócił do Amerykanów i zdradził im położenie Niemców.

— Masz siłę i odwagę lwa — powiedział Khalilowi, wyprawiając go do Paryża. — Nauczono cię zabijać szybko i okrutnie niczym lew. A ja cię jeszcze nauczę lwiej przebiegłości. Bez przebiegłości bowiem, Asadzie, w krótkim czasie zostaniesz męczennikiem. — Malik dobiegał już siedemdziesiątki i w ciągu swego długiego życia oglądał wiele zwycięstw islamu nad Zachodem. — Z pomocą Boga dotrzesz do Ameryki — mówił — upokorzysz wrogów islamu i Wielkiego Przywódcy, a potem z pomocą Boga powrócisz bezpiecznie do domu. Niechaj kieruje tobą zemsta, nie daj się jednak zaślepić nienawiści. Lew nie nienawidzi; po prostu zabija tych, którzy mu zagrażają lub go dręczą. Jedź, mój synu, i wracaj w chwale.

Pojechał więc, by dotrzeć do końca drogi, która zaczęła się w tym samym dniu, przed wieloma laty, na dachu magazynu amunicji w Al Azziziyah. Myśl o dachu przywołała nieprzyjemne wspomnienie — wspomnienie Bahiry. Usiłował wyrzucić je z pamięci, lecz twarz dziewczyny wciąż stawała mu przed oczami. Jej ciało znaleziono po dwóch tygodniach, w stanie takiego rozkładu, że przyczyny śmierci nie dało się już ustalić. Asad Khalil sądził w swej naiwności, że władze powiążą jego osobę ze śmiercią Bahiry, i żył w śmiertelnym lęku przed oskarżeniem o cudzołóstwo, bluźnierstwo i zabójstwo. Wszyscy jednakże brali jego niespokojne zachowanie za rozpacz po utracie rodziny. Nie przyszli go zabić, lecz wyrazić współczucie i podziw. Na pogrzebie rodziny Khalilów zjawił się sam Wielki Przywódca, Asad zaś uczestniczył w pogrzebie Hany, osiemnastomiesięcznej adoptowanej córki Kaddafiego, która zginęła podczas nalotu. Odwiedził także w szpitalu żonę przywódcy, Safię, i jego dwóch synów. Wszyscy wrócili do zdrowia.

W dwa tygodnie później poszedł na pogrzeb Bahiry, lecz czuł jedynie otępienie, wyprane z żalu czy poczucia winy. Po wspólnie przeżytej tragedii rodzina Nadirów okazała mu wiele dobroci i przez pewien okres nawet u nich mieszkał. Ten czas, gdy dzielił z nimi mieszkanie i posiłki, pozwolił mu do końca zwalczyć w sobie wyrzuty sumienia z powodu zamordowania i pohańbienia ich córki. To, co wydarzyło się na dachu magazynu amunicji, było wyłącznie winą Bahiry i miała szczęście, że pomimo jej bezwstydnego postępku pochowano ją z honorami, jak męczennika.

— Pan pierwszy raz w Ameryce? — wyrwał go z zamyślenia kierowca.

— Pierwszy. I ostatni — odparł Khalil.

Wjechali na kolejny most.

— To Verazzano Bridge — powiedział Jabbar. — Dojedziemy nim do Staten Island, a potem jeszcze jednym mostem do New Jersey. Po prawej ma pan dolny Manhattan, zwany Dystryktem Finansowym. Proszę zwrócić uwagę na dwa wysokie, bliźniacze wieżowce.

Asad Khalil spojrzał na charakterystyczne budynki World Trade Center. Był zadowolony, że kierowca mu je pokazał.

— Może następnym razem... — powiedział.

— Wola Boga — zaśmiał się z żartu Jabbar. Tak naprawdę uważał, że podłożenie bomby pod wieżowce było rzeczą straszną, wiedział jednak doskonale, co można mówić i do kogo. A mężczyzna na tylnym siedzeniu napawał go niepokojem, chociaż nie wiedział dlaczego. Może to przez te jego oczy, strzelające wciąż na boki. Poza tym źle się z nim rozmawiało. Chrześcijanie i żydzi mówili w taksówce więcej niż ten jego rodak.

Jabbar zwolnił i podjechał do rogatek na końcu mostu.

— To nie policja ani celnicy — wyjaśnił szybko pasażerowi. — Tutaj się płaci za przejazd mostem.

— Wiem, wiem — odparł ze śmiechem Khalil. — Byłem w Europie. Co ty myślisz, że jestem jakimś analfabetą z pustyni?

— Nie, panie Khalil. Ale niektórzy nasi się denerwują, wolę dmuchać na zimne.

— Mnie denerwuje tylko twoja kiepska jazda.

Roześmiali się obaj.

— Mam kartę elektroniczną — powiedział taksówkarz — i mogę przejechać bez zatrzymywania się. Ale jeżeli pan woli, żeby ten przejazd nie był zarejestrowany, to muszę zapłacić gotówką.

— Zapłać gotówką.

Podjechali do najkrótszej kolejki. Khalil zasłonił twarz amerykańską gazetą, Jabbar zapłacił bez słowa i szybko ruszył dalej. Khalil opuścił gazetę. Jeszcze go widać nie szukają, pomyślał. Mówiono mu na szkoleniu, że policja amerykańska jest liczna i świetnie wyposażona i że w pół godziny po opuszczeniu lotniska będą już mieli jego zdjęcie i rysopis. Poinstruowano go jednak także, że najlepiej będzie uciekać samochodem. Miał unikać, jak to nazywali, wąskich gardeł — lotnisk, dworców kolejowych i autobusowych, hoteli, mieszkań Libijczyków, niektórych dróg oraz mostów i tuneli, gdzie inkasenci rogatkowego lub policjanci mogli dysponować jego fotografią. Ten most też należał do „wąskich gardeł", lecz najwyraźniej dzięki tempu ucieczki oczka sieci nie były jeszcze dość szczelne. „Dwadzieścia lat temu w amerykańskim mieście ludzie zwróciliby uwagę na Araba — powiedział mu Malik — ale dzisiaj już nie, nawet w małym miasteczku. Jedyną rzeczą, jaką zauważają Amerykanie, są atrakcyjne kobiety, a Amerykanki zwracają uwagę tylko na ubiór innych kobiet i na stroje na wystawach sklepów".

Zjechali z autostrady i wjechali na inną, w kierunku New Jersey. Khalil wrócił do swoich rozmyślań. „Szybkość jest najważniejsza" — instruowali go ludzie z wywiadu w Trypolisie. „Uciekinierzy zwykle poruszają się ostrożnie i powoli, i to ich gubi. Tempo, prostota, śmiałość — to podstawa. Wsiądź do taksówki i po prostu jedź. Nikt cię nie zatrzyma, niech tylko kierowca nie jedzie zbyt szybko albo za wolno. I dopilnuj, żeby miał wszystkie światła w porządku. Za to mogą was zatrzymać".

— Jeżeli taksówkę zatrzyma policja — pouczał go Malik — zachowuj się tak, jakby ciebie to nie dotyczyło. Niech kierowca z nimi rozmawia. Jeżeli policjant zwróci się wprost do ciebie, odpowiedz po angielsku, z szacunkiem, ale bez lęku. Nie wolno mu przeszukiwać kierowcy ani ciebie bez specjalnego nakazu. Jeśli nawet przeszuka taksówkę, nie ruszy cię, chyba że będzie pewien, że jesteś poszukiwany. Jeżeli każe ci wysiąść, to znaczy, że ma zamiar cię zrewidować. Wysiądź, wyciągnij broń i zastrzel go. Pamiętaj, żeby mieć na sobie kamizelkę kuloodporną. Dostaniesz ją na pewno od FBI w Paryżu, dla ochrony przez zamachowcami.

Khalil pokiwał głową. Wywiad Wielkiego Przywódcy był organizacją niewielką, lecz zasobną finansowo i dobrze wyszkoloną przez specjalistów z dawnego KGB. Bezbożni Rosjanie znali się na rzeczy, wiarę jednak mieli za nic i dlatego ich państwo spotkał tak nagły i całkowity upadek. Wielki Przywódca korzystał dla dobra sprawy islamu z usług byłych kagebistów, tak jak się korzysta z usług prostytutki. Khalila szkolili Rosjanie, a także Bułgarzy i pewien Afgańczyk, wyszkolony przedtem przez CIA przeciwko Rosji.

Jabbar zjechał z autostrady i znaleźli się na ulicy zabudowanej ubogo wyglądającymi domami.

— Jak się nazywa to miejsce? — zapytał Asad Khalil.

— Perth Amboy.

— Daleko jeszcze?

— Dziesięć minut.

Khalil wyjął paszport z kieszeni marynarki, którą otrzymał od Jabbara. Przyjrzał się zdjęciu, na którym był w okularach i z wąsami. Było dobre, ale wąsy trochę go niepokoiły. Chwycił je w palce i pociągnął. Trzymały się, lecz i tak ktoś mógł odkryć, że nie są prawdziwe. Nazywał się teraz Hefni Badr i pochodził z Egiptu, co było korzystne w wypadku przesłuchania przez policjanta pochodzenia arabskiego. Libijczyk mógł bez trudu uchodzić za Egipcjanina. W paszporcie była adnotacja, że jest wyznania muzułmańskiego i pracuje jako nauczyciel, co mógł udawać bez trudu. Mieszkał w El Minya nad Nilem, mieście niezbyt znanym na Zachodzie, a nawet w samym Egipcie, w którym spędził miesiąc tylko w celu podbudowania swego fałszywego życiorysu.

W portfelu miał pięćset dolarów; dosyć na podstawowe wydatki, lecz nie tyle, by wzbudzić podejrzenia. Były tam także banknoty egipskie, egipski dowód tożsamości, karta bankomatowa i karta American Express, która — jak zapewnili go ludzie z wywiadu — powinna działać w każdym amerykańskim czytniku. Miał też międzynarodowe prawo jazdy na nazwisko Hefniego Badra, ze zdjęciem podobnym do tego w paszporcie.

— Czy wszystko w porządku, panie Khalil? — zapytał Jabbar, który zerkał nań w lusterku wstecznym.

— Mam nadzieję, że nie będę musiał sprawdzać tego w praktyce.

Roześmiali się obaj.

Asad Khalil otworzył czarną torbę podróżną, którą Jabbar umieścił na tylnym siedzeniu. Przejrzał jej zawartość, znajdując przybory toaletowe, kilka krawatów i sportowych koszul, notatnik i długopis, amerykański bilon, tani turystyczny aparat fotograficzny, dwie plastikowe butelki wody mineralnej i mały egzemplarz Koranu, wydany w Kairze. Nie było tam niczego, co mogłoby go zdradzić, żadnych tajnych zapisków ani mikrofilmów. Wszystkie niezbędne informacje miał w głowie. Jedyną rzeczą, która mogła powiązać Hefniego Badra z Asadem Khalilem, były dwa pistolety typu glock, zabrane agentom federalnym. W Trypolisie kazali mu się ich jak najszybciej pozbyć; uważał jednak, że jeśli zostanie złapany, nie będzie już miało znaczenia, jaką broń ma przy sobie.

Jeszcze dwa przedmioty w torbie mogły się wydać komuś podejrzane. Pierwszym była tubka pasty do zębów, zawierająca klej do sztucznych wąsów. Drugim — pudełko talku do stóp produkcji egipskiej, zmieszanego jednak z siwą farbą do włosów. Khalil otworzył je i oprószywszy farbą włosy, przeczesał je, sprawdzając efekt w lusterku. Rezultat był zadziwiający — kruczoczarna, zaczesana do tyłu czupryna zmieniła się w szpakowatą. Zmienił ją na fryzurę z przedziałkiem, nałożył okulary i zapytał Jabbara:

— No i jak?

— Ojej, a co się stało z pasażerem, którego wiozłem z lotniska, panie Badr? — zapytał kierowca, spojrzawszy w lusterko.

Wybuchnęli śmiechem, lecz Jabbar szybko zamilkł, uświadomiwszy sobie, że nie powinien może ujawniać, iż zna fałszywe nazwisko swego pasażera.

— Wiesz, co się stało dzisiaj na lotnisku? — spytał go Khalil.

— Na którym lotnisku, proszę pana?

— Tym, z którego jedziemy.

— Nie, nie wiem.

— No to usłyszysz o tym w radiu.

Taksówkarz nie odpowiedział. Asad Khalil wypił połowę wody z plastikowej butelki, a resztę wylał na podłogę. Zjechali na duży parking z tablicą: „Parkuj i jedź".

— Ludzie zostawiają tutaj samochody i jadą autobusem do miasta, na Manhattan. Dziś jest sobota, dlatego tak mało aut — wyjaśnił kierowca. Khalil już zauważył, że w zasięgu wzroku nie ma żywej duszy. — Widzi pan ten czarny samochód? — pokazał szofer, zatrzymawszy taksówkę.

Khalil podążył za jego spojrzeniem. Kilka rzędów dalej stało duże czarne auto.

— Widzę.

— Tu są kluczyki. Jest wynajęty na pańskie nazwisko, na tydzień. Po tym czasie wypożyczalnia może się zacząć niepokoić. Wyprowadzić pana na autostradę?

— Nie trzeba.

— Niech Allah błogosławi pańską podróż. Oby pan wrócił bezpiecznie do ojczyzny.

Khalil trzymał już w dłoni glocka kaliber .40. Wsunął lufę pistoletu do pustej plastikowej butelki i przycisnął ją dnem do oparcia fotela kierowcy. Strzelił przez fotel w górny odcinek kręgosłupa Jabbara, żeby w razie chybienia kula przeszła przez serce. Butelka spełniła funkcję tłumika.

Ciało Jabbara szarpnęło się do przodu, pas bezpieczeństwa jednak utrzymał go w pozycji siedzącej. Khalil namyślał się nad drugim strzałem, lecz ujrzał, że kierowca zaczyna się skręcać w sposób, którego żywy nie umiałby upozorować.

Czekając, aż nastąpi zgon, odszukał łuskę i schował ją do kieszeni, a butelkę włożył z powrotem do torby. Gamal Jabbar przestał wreszcie się wić, charczeć i odychać i znieruchomiał. Khalil rozejrzał się, wyciągnął z kieszeni kierowcy jego portfel, odpiął mu pas i zepchnął zwłoki na podłogę. Zabrał kluczyki i swoją czarną torbę, wysiadł, zamknął taksówkę kluczykiem i podszedł do czarnego samochodu o nazwie mercury marquis. Wsiadł i włączył zapłon, nie zapominając o pasie. Przypomniał mu się werset z hebrajskich pism: *Lew wyszedł na ulice.*

Rozdział 19

W holu budynku przy Federal Plaza 26 powitał nas pracownik FBI nazwiskiem Hal Roberts. Jeżeli ktoś wychodzi ci na spotkanie w twoim własnym miejscu pracy, oznacza to albo zaszczyty, albo kłopoty. Pan Roberts się nie uśmiechał i to było dla mnie pierwszą wskazówką, bym nie spodziewał się listu pochwalnego. Wsiedliśmy do windy i Roberts posłużył się specjalnym kluczem, żeby nas wwieźć na dwudzieste ósme piętro.

Biurowiec przy Federal Plaza 26 mieści najróżniejsze agendy rządowe, których większość to zupełnie nieszkodliwi konsumenci pieniędzy podatników. Jednakże piętra od dwudziestego drugiego do dwudziestego szóstego nie są już tak niewinne i dostęp do nich jest ograniczony. Trzeba mieć kluczyk. Ja też dostałem taki, kiedy podjąłem tę pracę. Gość, który mi go wręczał, powiedział: „Wolałbym system z odciskami palców. Kluczyk zawsze można gdzieś zapodziać, a własnego kciuka na pewno nie". Okazało się dzisiaj, że można zapodziać nawet własny kciuk.

Ja pracowałem na dwudziestym szóstym piętrze, gdzie miałem swój kojec, podobnie jak inni byli i obecni funkcjonariusze nowojorskiej policji. Na naszym piętrze pracowało też kilku krawaciarzy, jak policjanci nazywają agentów FBI. Jest to nazwa cokolwiek niewłaściwa, jako że wielu ludzi z NYPD chodzi w krawatach, a jakaś jedna trzecia tych z FBI to kobiety, które krawatów nie noszą. Przekonałem się jednak już dawno, że nie należy się czepiać żargonu używanego w danej profesji. Zawsze oddaje on sposób myślenia i charakter ludzi z nią związanych.

Wjechaliśmy więc na najwyższe piętro, gdzie zamieszkują istoty niebiańskie. Wprowadzono nas do gabinetu w narożniku południowo-wschodnim. Na drzwiach widniało nazwisko Jack Koenig, co przekręcano powszechnie na Król Jack. Funkcja pana Koeniga nazywała się oficjalnie Special Agent in Charge, w skrócie SAC — specjalny agent dowodzący. Był szefem całości Oddziałów Antyterrorystycznych, a jego królestwo obejmowało pięć dzielnic Nowego Jorku, graniczące z miastem okręgi stanów New Jersey i Connecticut, sam stan Nowy Jork i dwa okręgi na Long Island — Nassau i Suffolk. To właśnie w tym ostatnim zetknąłem się po raz pierwszy z sir George'em i sir Tedem, by ciągnąć tę metaforę — błędnymi rycerzami, którzy okazali się idiotami.

Jego Wysokość miał ogromny gabinet z ogromnym biurkiem. Stał tu też stolik do kawy, otoczony kanapą i trzema klubowymi fotelami, były półki na książki i okrągły arturiański stół z krzesłami. Brakowało tronu.

Monarcha też był nieobecny.

— Czujcie się jak u siebie — rzekł pan Roberts — nogi na stół albo rozłóżcie się na kanapie, jeśli macie chęć.

No, dobra, tak naprawdę to pan Roberts powiedział tylko „Proszę zaczekać" i wyszedł.

Powinienem w tym miejscu wspomnieć, że ponieważ nazywamy się Połączone Oddziały Antyterrorystyczne, wraz z Jackiem Koenigiem dowodzi nimi kapitan z nowojorskiej policji. Nazywa się David Stein i jest żydowskim dżentelmenem z dyplomem prawnika, a w oczach Komisarza Policji człowiekiem, który ma dość w głowie, żeby nie dać się zbić z tropu wykształconym mądralom z FBI. Kapitan Stein ma trudne zadanie, ale jest zręczny, bystry i na tyle dyplomatyczny, że dbając o interes ludzi z NYPD, potrafi jednocześnie zadowolić federalnych. Stein był przedtem w wydziale wywiadowczym policji i pracował przy wielu sprawach związanych z islamskimi ekstremistami, łącznie z zabójstwem rabina Meira Kahane'a. Nadaje się więc do tej roboty. Abstrahując od jego żydowskich korzeni, trzeba powiedzieć, że bez wątpienia ma do muzułmańskich terrorystów stosunek osobisty. W każdym razie miałem nadzieję, że się pojawi tego wieczoru, bo przydałby się drugi glina w tym towarzystwie.

Kate i Ted bez słowa położyli teczki martwych agentów na stole. Przypomniały mi się momenty, kiedy sam zabierałem odznakę, dokumenty i broń zabitych kolegów i oddawałem je na komendzie. Nie tak bardzo się to różni od dawnych czasów, gdy wojownicy po bitwie zbierali miecze i tarcze padłych w polu towarzyszy, by je zawieźć do domu. W tym wypadku jednak brakowało broni. Zajrzałem do teczek i sprawdziłem, czy obie komórki są wyłączone. To głupie uczucie, gdy dzwoni telefon kogoś nieżyjącego.

Co do Jacka Koeniga, to spotkałem go tylko raz, kiedy mnie przyjmowali. Okazał się całkiem inteligentny, niehałaśliwy i rozważny. Uważano go za niezłą kosę i bywał sarkastyczny, co mi się bardzo podobało.

Staliśmy na niebieskiej pluszowej wykładzinie. Kate Mayfield wyglądała na lekko podenerwowaną. Spojrzałem na Teda Nasha, który oczywiście nie nazywał Koeniga swoim szefem. Nasz kumpel z CIA miał własnych dowodzących w budynku przy Broadway 290 i chętnie oddałbym miesięczną pensję, żeby zobaczyć go tam na dywaniku. Ale szanse na to były niewielkie.

Część ATTF, tak na marginesie, mieści się właśnie pod numerem 290 na Broadwayu, w nowszym i ładniejszym budynku. Powiadają, że nie jest tak z powodu braku miejsca przy Federal Plaza, lecz celowo, na wypadek gdyby komuś przyszło do głowy okazać nam swoje zamiłowanie do chemii. Ja tam myślę, że to zwykła głupota, którą w takich instytucjach zawsze tłumaczy się względami bezpieczeństwa.

Jeśli zastanawiacie się, czemu nasza trójka nie rozmawiała ze sobą, to wyjaśnię, że z powodu przekonania, iż biuro jest na podsłuchu. Kiedy w takim gabinecie zostawia się dwie lub więcej osób same, można spokojnie założyć, że są na fonii. Próba mikrofonu, raz, dwa, trzy.

— Jaki ładny gabinet — powiedziałem więc, specjalnie dla celów nagrania. — Pan Koenig ma naprawdę świetny gust.

Kate i Ted w dalszym ciągu milczeli. Dochodziła dziewiętnasta i przypuszczałem, że pana Koeniga nie uszczęśliwiła zbytnio konieczność powrotu do biura w sobotni wieczór. Mnie też ten pomysł nie zachwycił, ale antyterroryzm to praca na trzy zmiany. Jak mawialiśmy w wydziale zabójstw: „Morderca na wczasy, a my do roboty".

Podszedłem do okna wychodzącego na wschód. Lotniska Kennedy'ego nie dało się stąd dojrzeć, ale widziałem łunę jego świateł, a po niebie nad oceanem przesuwała się grupka jasno świecących gwiazd, która była tak naprawdę nadlatującym samolotem. To znaczyło, że pasy otwarto już dla ruchu. Na południu leżała Ellis Island, przez którą przybyły do tego kraju miliony imigrantów, włącznie z moimi irlandzkimi przodkami. A na południe od wyspy stała na środku zatoki Statua Wolności, rzęsiście oświetlona i pozdrawiająca świat wysoko uniesioną pochodnią. Wszyscy terroryści tego świata mieli ją na liście swych celów. Ale jak dotąd stała.

Wyjrzałem teraz przez okno od południowego zachodu. Dominującym akcentem panoramy były tu bliźniacze wieże World Trade Center, strzelające czterysta metrów w niebo; dziesięć pięter betonu, stali i szkła. Nazwano je Północna i Południowa, lecz w piątek 26 lutego 1993 roku o godzinie 12.17 i 36 sekund mało brakowało, żeby Południowa zmieniła się w Zburzoną. Biurko pana Koeniga stało tak, że widział wieże, gdy tylko podniósł głowę. Mógł zatem przypominać sobie wciąż na nowo, o co modlili się pewni arabscy dżentelmeni, którzy zostawili na podziemnym parkingu furgonetkę pełną materiałów wybuchowych. Modlili się o zburzenie wieży i śmierć około pięćdziesięciu tysięcy ludzi w budynku i wokół niego. A gdyby Południowa przewróciła się we właściwą stronę i uderzyła w Północną, byłyby kolejne tysiące zabitych. Budowla jednak wytrzymała eksplozję, ofiar śmiertelnych było sześć, a rannych ponad tysiąc. Podziemna detonacja zniszczyła posterunek policji i zostawiła wielką jamę w miejscu kilkupoziomowego parkingu. Zamach, który mógł przynieść najwięcej ofiar wśród Amerykanów od czasu drugiej wojny światowej, stał się donośnym i wyraźnym dzwonkiem alarmowym. Ameryka znowu znalazła się na froncie. Nie wiem, czy Jack Koenig przeklinał zaniedbania w ochronie budynku, które doprowadziły do tragedii, czy raczej dziękował co dzień rano Bogu, że ocalił kilkadziesiąt tysięcy ludzi. Najpewniej jedno i drugie. Najpewniej też obie wieże wraz ze Statuą Wolności, Wall Street i całą resztą miasta, którą stąd widział, nawiedzały go we śnie co noc. Król Jack nie stał jeszcze na czele ATTF, kiedy wybuchła bomba w 1993, lecz rządził firmą obecnie i pomyślałem sobie, że w poniedziałek może wpaść na pomysł przestawienia biurka, żeby mieć widok na lotnisko Kennedy'ego.

Obiekt mych rozmyślań wkroczył w tym momencie do gabinetu i przyłapał mnie na wgapianiu się w wieże World Trade Center.

— Stoją jeszcze? — zapytał.

— Stoją, panie Koenig — odparłem.

— To chociaż tyle dobrego. — Spojrzał na Kate i Nasha i gestem kazał nam usiąść. Sam wolał stać.

Jack Koenig był wysokim mężczyzną, koło pięćdziesiątki. Miał krótkie, stalowoszare włosy, stalowoszare oczy, stalowoszary sobotni zarost, stalowy podbródek i stał, jakby mu kto wepchnął w tyłek stalowy drąg. Nie był to typ dobrotliwego wujaszka, a nastrój miał, co zrozumiałe, raczej ponury.

Do gabinetu wszedł Hal Roberts, który usiadł naprzeciwko mnie. W ręce trzymał żółty blok kartkowy i długopis. Myślałem, że będzie zbierał zamówienia na drinki, lecz były to przewidywania zbyt optymistyczne.

Koenig zaczął bez przedmowy.

— Czy któreś z was może mi wytłumaczyć — zapytał — w jaki sposób domniemany terrorysta, skuty i pod strażą, zdołał uśmiercić trzysta osób na pokładzie amerykańskiego samolotu, włączając w to własnych konwojentów i dwóch agentów ochrony lotów oraz ratownika z Port Authority, a następnie przedostać się do tajnego i strzeżonego obiektu federalnego, gdzie zamordował sekretarkę, oficera FBI na służbie i policjanta z waszego zespołu? — Spojrzał po naszych twarzach. — Czy ktoś miałby ochotę spróbować to wyjaśnić?

Gdyby to było przy Police Plaza, a nie przy Federal Plaza, pewnie bym odpowiedział na takie sarkastyczne pytanie coś w tym stylu: „Niech pan sobie tylko wyobrazi, co by to się działo, gdyby facet nie był skuty". Ale to nie był czas ani miejsce na takie wygłupy. Zginęło mnóstwo niewinnych ludzi, a naszą rzeczą było wyjaśnić, jak do tego doszło.

Oczywiście na pytanie Koeniga nikt nie odpowiedział, jak gdyby było czysto retoryczne. To dobra metoda, pozwolić, żeby szef się trochę odpowietrzył. Trzeba mu jednak przyznać, że odpowietrzał się dość krótko, a potem usiadł, wpatrując się w okno. Spoglądał w stronę dzielnicy finansowej, z którą na razie nie miał złych skojarzeń. Chyba że był właścicielem akcji Trans-Continentalu. Król Jack był z FBI, toteż Tedowi Nashowi z pewnością nie podobał się ton, jakim się doń zwracał. Mnie, jako półcywilowi, też nie za bardzo się to podobało, ale Koenig był tu szefem, a my częścią jego oddziałów. Najbardziej zagrożona była Kate, jako pracownica FBI. Podobnie George Foster, ale ten wybrał łatwiejszą sytuację, zostając na lotnisku z martwymi.

Król Jack pozbierał się do kupy i spojrzał na Teda Nasha.

— Przykro mi z powodu Petera Gormana — rzekł. — Znał go pan osobiście?

Nash skinął głową.

— Przyjaźniłaś się z Philem Hundrym, prawda? — Szef zwrócił się z kolei do Kate.

— Tak.

Teraz spojrzał na mnie.

— Pan na pewno stracił w robocie niejednego kolegę. Wie pan, co się wtedy czuje — stwierdził.

— Wiem. Nick Monti był moim przyjacielem — odparłem. — Czy kapitan Stein też do nas dołączy? — spytałem, niezbyt może dyplomatycznie.

— Kapitan Stein objął bezpośrednie dowództwo nad zespołami inwigilacji i obserwacji podejrzanych i nie ma czasu na przesiadywanie na zebraniach — odparł Koenig.

Człowiek nigdy nie wie, co tam kombinują szefowie i jakie pałacowe rozgrywki się między nimi toczą, więc najlepiej mieć to gdzieś. Ziewnąłem, żeby pokazać, że już straciłem zainteresowanie tak pytaniem, jak i odpowiedzią.

Koenig zwrócił się wprost do Kate.

— Opowiedz mi wszystko po kolei, od samego początku.

Najwyraźniej była na to przygotowana, zrelacjonowała bowiem wszystko chronologicznie, obiektywnie i wartko, acz bez pośpiechu. Koenig słuchał, nie przerywając, Roberts robił notatki. Gdzieś tam kręcił się magnetofon. Kate wspomniała o tym, że to ja nalegałem na pójście do samolotu, a ona z Fosterem uważali to za niepotrzebne. W twarzy Koeniga przez całą opowieść nie drgnął ani jeden mięsień. Kate doszła do momentu, kiedy postanowiłem wrócić do kopuły samolotu i odkryłem, że Hundry i Gorman stracili kciuki. Przerwała na moment, żeby trochę ochłonąć, a Koenig spojrzał na mnie i chociaż nie dał mi tego do zrozumienia nawet gestem, wiedziałem już, że zostaję przy sprawie.

Kate mówiła dalej. Miała niesamowitą pamięć do szczegółów i zadziwiającą umiejętność powstrzymywania się od koloryzowania i naginania faktów. Ja wprawdzie w podobnych sytuacjach, na dywaniku u szefa, też starałem się nie koloryzować — no, chyba że trzeba było kryć kolegę — lecz byłem znany z nagłych zaników pamięci.

— George postanowił zostać i kierować akcją na miejscu — zakończyła. — Myśmy się z tym zgodzili i poprosiliśmy Simpsona, żeby nas przywiózł tutaj.

Spojrzałem na zegarek. Opowieść trwała czterdzieści minut. Była 20.00, czas kiedy mój mózg domaga się zwykle alkoholu.

Jack Koenig opadł na oparcie fotela; widać było, że przetrawia fakty.

— Czyli Khalil wyprzedzał nas tylko o krok czy dwa? — pytanie znów zabrzmiało retorycznie.

— W wyścigach więcej nie trzeba — zdecydowałem się odpowiedzieć. — Drugi na mecie to pierwszy przegrany.

Pan Koenig przyglądał mi się przez chwilę w milczeniu.

— Drugi na mecie to pierwszy przegrany — powtórzył. — Skąd pan to wytrzasnął?

— Chyba z Biblii.

— Zrób sobie przerwę — rzekł Koenig do Robertsa. Ten odłożył długopis.

— O ile wiem, złożył pan podanie o przeniesienie do sekcji IRA — rzekł do mnie szef ATTF.

— To prawda, ale... — zacząłem.

— John przedyskutował tę sprawę ze mną — wtrąciła się Kate — i postanowił wycofać podanie.

Nie było to do końca prawdą, lecz brzmiało dużo korzystniej od moich rasistowsko-seksistowskich uwag na temat muzułmanów. Zerknąłem na Kate i nasze spojrzenia się spotkały.

— Przejrzałem sobie akta sprawy Plum Island — oznajmił Koenig. Ja milczałem. — Przeczytałem raport, sporządzony przez Teda Nasha i George'a Fostera, a także ten, który napisała detektyw Beth Penrose z wydziału zabójstw policji okręgu Suffolk — ciągnął. — Zauważyłem pewne różnice między raportami ATTF i policji, szczególnie w kwestii pańskiej roli w sprawie.

— Nie byłem do niej oficjalnie zaangażowany — stwierdziłem.

— Ale to pan ją rozwiązał.

— Nie wiedziałem, co robić z wolnym czasem. To było coś w rodzaju terapii zajęciowej.

Koenig się nie uśmiechnął.

— Na treść raportu detektyw Penrose mogła mieć wpływ wasza wzajemna relacja — powiedział.

— W tym czasie taka relacja nie istniała — odparłem.

— Ale istniała wtedy, kiedy był sporządzany raport.

— Bardzo przepraszam, panie Koenig, ale przerabiałem już ten temat z wydziałem spraw wewnętrznych NYPD.

— To oni się zajmują romansami? — To był żart, więc zachichotałem, chociaż może kilka sekund za późno. — Z drugiej jednak strony — ciągnął Koenig — na treść raportu Teda i George'a mógł mieć wpływ fakt, że ich pan wkurzył. — Zerknąłem na Nasha, który zachowywał doskonałą obojętność, jakby to była mowa o jakimś innym Tedzie Nashu, a nie o nim. — Zafascynowała mnie pańska umiejętność dotarcia od razu do sedna bardzo skomplikowanej sprawy, podczas gdy wszyscy inni błądzili po manowcach — rzekł Król Jack.

— To była rutynowa robota detektywistyczna — odparłem skromnie, w nadziei, że odpowie: „Nie, nie, mój chłopcze, byłeś rewelacyjny".

— Właśnie dlatego zatrudniamy ludzi z policji — stwierdził zamiast tego. — Urozmaicają nasz jadłospis.

— Nowe surówki? — próbowałem zgadnąć.

Pana Koeniga ani to nie rozbawiło, ani nie rozzłościło.

— Urozmaicają go o pewną dozę zdrowego rozsądku, miejskiego sprytu i cokolwiek odmiennego rozumienia mentalności przestępcy... odmiennego od sposobu widzenia agentów CIA czy FBI — odpowiedział. — Zgadza się pan z tym?

— Jak najbardziej.

— W ATTF kanonem wiary jest przeświadczenie, że całość jest czymś więcej niż sumą jej części. Synergia. Tak czy nie?

— Tak.

— Jest to możliwe wyłącznie dzięki wzajemnemu szacunkowi i współpracy.

— Z ust mi pan to wyjął.

Przypatrywał mi się przez chwilę, po czym zapytał:

— Chce pan dalej pracować przy tej sprawie?

— Tak, chcę.

Koenig nachylił się do mnie i spojrzał mi prosto w oczy.

— Nie życzę sobie żadnych popisów i wyskoków — oznajmił. — Nie życzę sobie pogrywania w bambuko i żądam od pana bezwarunkowej lojalności albo jak mi Bóg miły, panie Corey, ukręcę panu łeb i postawię sobie na biurku. Rozumiemy się?

Przetrawiałem przez chwilę ten aneks do umowy o pracę. Czy nadawałem się do lojalnej i zgodnej pracy w zespole? Nie. Ale zależało mi na tej robocie. Uzmysłowiłem sobie, że Koenig nie zażądał ode mnie stępienia ostrza mego dowcipu ani rezygnacji z sarkastycznych uwag, i uznałem, że albo zapomniał to zrobić, albo nie chciał. Tak czy inaczej, skrzyżowawszy palce, odrzekłem:

— Rozumiemy.

— To dobrze — wyciągnął rękę i wymieniliśmy uścisk dłoni. — Jest pan w grze.

Zamierzałem odpowiedzieć: „Nie pożałuje pan tego, panie Koenig", ale pomyślałem sobie, że może pożałuje.

— Będę się starał — odparłem.

Myślałem przez chwilę o Jacku Koenigu i doszedłem do wniosku, że nie powinienem go nie doceniać. Nie dali mu tego gabinetu na najwyższym piętrze za to, że Wujek Sam był bratem jego mamusi. Trafił tu zapewne dzięki ciężkiej pracy, siedzeniu po godzinach, inteligencji, kompetencji, wierze w cel swojej misji, zdolnościom przywódczym i prawdopodobnie również patriotyzmowi. W FBI nie brakowało ludzi o podobnych talentach, lecz Jacka Koeniga wyróżniała spośród innych wola przyjęcia na siebie odpowiedzialności za katastrofy, którym miał z racji swego stanowiska zapobiegać. Tego popoludnia wydarzyło się coś niedobrego i gdzieś tam grasował bardzo zły człowiek nazwiskiem Asad Khalil i jemu podobni, którzy marzyli o wysadzeniu w powietrze Manhattanu, zatruciu wodociągów albo wywołaniu epidemii śmiertelnej choroby. Jack Koenig wiedział o tym, jak my wszyscy, był gotów ponieść to brzemię i oberwać na końcu po głowie, jeśli do tego dojdzie.

Koenig skinął na Robertsa, który wziął do ręki długopis. Rozmowa kwalifikacyjna z Johnem Coreyem i prostowanie jego nastawienia do pracy dobiegły końca. Rozpoczynała się druga odsłona katastrofy na lotnisku Kennedy'ego.

— To wprost nie do wiary — zwrócił się Król Jack do Kate — że z lotem jeden-siedem-pięć nie było kontaktu radiowego przez ponad dwie godziny, a wyście o tym nie wiedzieli.

— Jedynym naszym kontaktem z Trans-Continentalem była ich agentka przy wyjściu dwadzieścia trzy, zupełnie niezorientowana — odparła Kate. — Trzeba będzie zrewidować tę całą procedurę.

— Dobry pomysł. Powinniście przecież mieć bezpośrednie połączenie z kontrolą lotów i z centrum dowodzenia PA.

— No właśnie.

— Gdyby to było porwanie, samolot dawno by wylądował na Kubie albo w Libii, a wy nie mielibyście o niczym pojęcia.

— No właśnie — powtórzyła Kate i dodała: — Ted był na tyle przewidujący, że postarał się o nazwisko i telefon szefa wieży kontrolnej.

— Dobre posunięcie — rzekł Koenig do Nasha. — Ale powinien pan był zadzwonić dużo wcześniej. — Nash nie odpowiedział. Odniosłem wrażenie, że nie zamierza powiedzieć niczego, co Roberts mógłby zapisać w swoim notatniku. — Wychodzi na to — kontynuował Koenig — że pan Boutros, nasz lutowy dezerter, został wysłany tylko na przeszpiegi. Zresztą domyśliliśmy się tego, kiedy zwiał, stąd dodatkowe środki ostrożności tym razem. Ale gdybyśmy zawiązali mu oczy, nie wiedziałby, jak wygląda Conquistador Club, gdzie się znajduje i... jak się otwiera drzwi. Kto wie, czy nie zaczniemy tego robić ze wszystkimi osobami spoza personelu, a szczególnie z tak zwanymi dezerterami i informatorami. Jak pamiętacie — dodał — w lutym przywieźliśmy faceta w sobotę, miał więc okazję przekonać się, jak pusto jest tam podczas weekendu.

Wyglądało na to, że odsłona druga polegać będzie na przeglądzie procedur i polityki ATTF, zwanym również Zamykaniem Klatki po Ucieczce Lwa. Koenig dął przez jakiś czas w tę trąbę, przemawiając głównie do Kate, która wysłuchiwała jego wywodów w zastępstwie naszego nieustraszonego dowódcy George'a Fostera.

Nagle Król Jack zwrócił się do Teda Nasha, zadając mu wprost dość interesujące pytanie:

— Czy spodziewał się pan jakichś problemów z tym zadaniem?

— Nie — padła odpowiedź.

Ja uważałem inaczej, chociaż nasz Teddy sprzedawał mi przedtem kit, że tu się mówi prawdę i tylko prawdę. Kolesie z CIA tak bardzo przywykli do kłamstw, podstępów, podwójnych i potrójnych zmyłek, paranoi i wciskania ciemnoty, że człowiek nigdy nie był pewien, co naprawdę wiedzą i myślą, a co zmyślają na poczekaniu. To jeszcze nie robi z nich złych ludzi; ich talent do bajerowania budzi wręcz podziw, tylko że po prostu trudno się z nimi współpracuje. Jack Koenig w każdym razie, zadając to pytanie, postawił kwestię na porządku dnia. Nie naciskał jednak Nasha, lecz zwrócił się z kolei do mnie.

— A tak przy okazji, to mimo uznania dla pańskiej inicjatywy na lotnisku, okłamał pan jednak swoich przełożonych, jeździł po pasach startowych bez pozwolenia i złamał wszystkie możliwe przepisy. Puszczam to w niepamięć, ale niech się to więcej nie powtórzy.

Tym to już mnie trochę wkurzył.

— Gdybyśmy — powiedziałem — zadziałali dziesięć minut wcześniej, być może Khalil siedziałby już pod kluczem oskarżony o morderstwo. Gdyby Hundry i Gorman dostali polecenie komunikowania się co pewien czas z nami, wiedzielibyśmy, że coś jest nie w porządku w momencie zerwania łączności. Gdybyśmy mieli bezpośrednie połączenie z kontrolą lotów, poinformowaliby nas o braku kontaktu radiowego z samolotem. Gdyby ATTF nie przyjęło w lutym tego arabskiego bęcwała z otwartymi ramionami, dzisiaj nie stałoby się to, co się stało. — Wstałem i oznajmiłem: — Jeżeli nie jestem w tej chwili potrzebny do czegoś ważnego, to idę do domu.

Po takim tekście wygłoszonym wobec moich szefów na pewno bym usłyszał: „Uważaj, żebyś nie dostał drzwiami w dupę, jak będziesz wychodził". Ale Król Jack zareagował całkiem spokojnie.

— Jest pan potrzebny do czegoś ważnego. Proszę usiąść.

Więc usiadłem. W wydziale zabójstw w takich chwilach szef wyciągał zwykle z szuflady wódkę w butelce po mineralnej i puszczał w koło, żeby się wszyscy wyluzowali. Tu jednak uspokajaliśmy nerwy bez wspomagania się wstrętnym alkoholem, siedząc w bezruchu i milcząc. Może to nawet była medytacja zen?

Koenig podjął w końcu wątek na nowo.

— Zadzwonił pan z komórki Kate do Fostera i kazał mu postawić na nogi całe miasto, tak? — zapytał mnie.

— Zgadza się.

— Więc wrócił pan do pierwszej klasy i zobaczył, że Phila i Petera pozbawiono kciuków. Domyślił się pan, co to oznacza.

— A co innego mogło to oznaczać?

— Słusznie. Pogratulować niesamowitej umiejętności dedukcji... to znaczy... chodzi mi o to, że pan wrócił... no i sprawdził te kciuki. — Spojrzał mi w oczy. — Jak pan na to wpadł, panie Corey?

— Naprawdę nie wiem. Czasami takie rzeczy same przychodzą mi do głowy.

— Naprawdę? I kieruje się pan po prostu tym, co panu przyjdzie do głowy?

— Jeżeli to jest coś tak niesamowitego, jak na przykład odcięte kciuki, to tak. Czegoś takiego się po prostu nie lekceważy.

— Rozumiem. A potem zadzwonił pan do Conquistador Club i Nancy Tate nie odbierała.

— To już omawialiśmy — zauważyłem.

— Już wówczas nie żyła, prawda? — rzekł Koenig, ignorując moją uwagę.

— Tak jest. Dlatego nie odbierała.

— Nick Monti też już nie żył, zgadza się?

— Prawdopodobnie był w trakcie umierania. Przy ranach klatki piersiowej to trochę trwa.

— W którym miejscu pan został ranny, panie Corey? — zapytał ni stąd, ni zowąd Król Jack.

— Na rogu Zachodniej Setnej i Drugiej Ulicy.

— Pytałem, gdzie na ciele.

Wiedziałem, o co pyta, ale nie lubię gadać o anatomii w mieszanym towarzystwie.

— Mój mózg nie doznał wielkich uszkodzeń — odparłem.

Koenig nie wyglądał na przekonanego, ale zostawił temat w spokoju.

— Ma pan coś do dodania? — zapytał znów Teda.

— Nie, nie mam.

— Czy sądzi pan, że John i Kate mogli zdziałać więcej?

Nash zastanowił się chwilę nad tym brzemiennym w podteksty pytaniem.

— Sądzę, że wszyscy niesłusznie zlekceważyliśmy przeciwnika — odpowiedział dyplomatycznie.

— Też tak sądzę — skinął głową Koenig. — To się już więcej nie powtórzy.

— Musimy przestać traktować tych ludzi jak idiotów, bo nas to wpędzi w niezłe kłopoty — dodał Nash. Gdy Koenig nie odpowiedział, mówił dalej: — Pozwolę sobie na stwierdzenie, że zarówno FBI, jak i oddział wywiadu policji nowojorskiej mają problem związany z nastawieniem swoich funkcjonariuszy do ekstremistów islamskich. Częściowo u jego podłoża leżą uprzedzenia rasowe. Tymczasem Arabowie nie są ani głupi, ani tchórzliwi. Ich wojsko czy lotnictwo może nie prezentuje się imponująco, ale organizacje terrorystyczne z Bliskiego Wschodu zaliczyły jednak parę ładnych trafień, również w Izraelu i Ameryce. Współpracowałem z Mossadem; oni czują respekt wobec islamistów i jest to o wiele zdrowsze podejście od naszego. Może nie wszyscy terroryści to superspece, ale nawet partaczom trafiają się udane akcje. A nam trafiają się tacy jak Asad Khalil.

Nie muszę chyba mówić, że Król Jack nie był zachwycony tym wykładem, niemniej, jako człowiek bystrzejszy od przeciętnego szefa, przyswoił sobie dobrze jego treść. Kate Mayfield i ja też słuchaliśmy Nasha z uwagą. CIA, choć nie przepadam za jej przedstawicielem w naszym zespole, ma wiele mocnych stron. Za jedną z nich uważa się umiejętność oceny siły nieprzyjaciela, chociaż agencja ma skłonność do jej przeceniania, co jest korzystne dla budżetu firmy. Inaczej mówiąc, o tym, że Związek Sowiecki chwieje się w posadach, dowiedzili się najpierw z gazet.

— Sądzę, że postawy się zmieniają — rzekł Jack Koenig do Nasha — ale zgadzam się z panem, że mamy w tej kwestii to i owo do zrobienia. Zresztą po dzisiejszym dniu nasza zdolność oceny sił przeciwnika z pewnością się poprawi.

Pan Nash, wygłosiwszy swoje filozoficzne kredo, przeszedł do konkretów.

— W moim przekonaniu, jak już wspomniała o tym Kate, Asad Khalil opuścił kraj — oświadczył. — Jest w drodze do któregoś z krajów bliskowschodnich, a potem wypłynie znów w Libii. Złoży raport z akcji i zostanie odpowiednio nagrodzony. Dlatego najlepiej by było rozpracowywać teraz sprawę kanałami dyplomatycznymi i poprzez agencje wywiadowcze.

Koenig przyglądał mu się przez chwilę. Odniosłem niejakie wrażenie, że ci dwaj nie za bardzo się lubią.

— Ale nie będzie ci przeszkadzało, Ted, że i my spróbujemy jednak pójść za pewnymi tropami? — zapytał.

— Ależ nie, oczywiście.

Patrzcie ludzie. Przez moment błysnęły obnażone kły. A ja myślałem, że jesteśmy Zespołem.

— A może byś wystąpił o przeniesienie z powrotem do twojej macierzystej agencji? — zasugerował pan Koenig panu Nashowi. — Znasz sprawę z pierwszej ręki, byłbyś dla nich w tej chwili nieocenioną pomocą. Może będą potrzebowali wysłać kogoś takiego za granicę?

Nash podchwycił wątek:

— Jeśli uważasz, że poradzicie sobie beze mnie, Jack, to jeszcze dzisiaj albo jutro rano porozmawiam z Langley. Myślę, że to dobry pomysł.

— I ja tak sądzę.

Uprzejma, acz najeżona szpileczkami wymiana zdań między oboma dżentelmenami dobiegła chyba końca. Zapaliłem w myśli cygaro, łyknąłem szkockiej i opowiedziałem sobie świński kawał. Kate gawędziła z Jackiem. Jakże ci ludzie funkcjonują bez alkoholu? Jak mogą rozmawiać, nie przeklinając? Chociaż nie, Jack Koenig chyba rzucił raz czy drugi mięsem. Może jeszcze będą z niego ludzie.

Rozległo się pukanie do drzwi i stanął w nich młody mężczyzna.

— Telefon do pana, szefie. Może będzie pan chciał odebrać tutaj.

Koenig przeprosił i wyszedł.

— A może pan w tym czasie załatwiłby nam jakąś kawę? — zwróciłem się do Hala Robertsa.

Oczywiście nie miał ochoty być chłopcem na posyłki, lecz Kate i Ted poparli mój pomysł, więc wstał i wyszedł.

Przyglądałem się przez chwilę Kate Mayfield. Pomimo ciężkiego dnia wyglądała tak świeżo, jakby to była dziewiąta rano, a nie wieczorem. Ja czułem się wypluty. Jestem z dziesięć lat starszy od panny Mayfield i jeszcze nie całkiem doszedłem do sił po otarciu się o śmierć, co mogło tłumaczyć różnicę w poziomie energii, ale nie tłumaczyło, dlaczego jej włosy i ubranie wyglądają tak schludnie i czemu tak ładnie pachnie. Ja czułem się i pewnie wyglądałem jak wymięty. Marzyłem o prysznicu.

Nash wyglądał elegancko i wydawał się wypoczęty, ale manekiny zawsze tak wyglądają.

Wracając do Kate. Założyła nogę na nogę i po raz pierwszy spostrzegłem, jakie świetne są to nogi. Mogłem to oczywiście zauważyć już przed miesiącem, w pierwszej nanosekundzie po jej poznaniu, ale ostatnio staram się powściągnąć świntuchowatość rodem z NYPD. W nowej pracy nie próbowałem startować do ani jednej kobiety i zacząłem już zyskiwać opinię faceta całkowicie oddanego obowiązkom służbowym albo zakochanego w jakiejś dziewczynie spoza firmy, albo pedała, albo uszkodzonego poniżej pasa w tamtej strzelaninie. Otworzył się przede mną zupełnie nieznany świat. Koleżanki z biura zwierzają mi się z problemów z chłopakami i mężami, pytają, czy fryzjer dobrze je podstrzygł i w ogóle traktują jako seksualnie neutralnego. Jeszcze nie proszą, żebym szedł z nimi na zakupy i nie proponują przepisów na ciasto, ale i do tego dojdzie. Dawny John Corey z wydziału zabójstw NYPD umarł, pogrzebany pod tonami politycznie poprawnych okólników z Waszyngtonu. Narodził się Specjalny Agent Kontraktowy John Corey z ATTF.

Wracając jednak do Kate. Spódniczka podsunęła się jej powyżej kolan i uraczony zostałem niesamowitym lewym udem. Spostrzegłem, że ona też na mnie patrzy i szybko przeniosłem wzrok z jej nóg na twarz. Wargi miała pełniejsze, niż mi się zdawało, lekko wydęte i wyraziste. Lodowato błękitne oczy zaglądały w głąb mojej duszy.

— Chyba faktycznie przydałaby ci się kawa, John — stwierdziła.

— Bardziej by mi się przydał jeden głębszy.

— Postawię ci później.

— Zwykle o dziesiątej już jestem w łóżku — odparłem, zerkając na zegarek.

Uśmiechnęła się. Serce waliło mi jak młotem.

Pan Nash tymczasem był panem Nashem. Kompletnie wyłączonym i nieodgadnionym. Przyszło mi do głowy, że może to wcale nie jest rezerwa. Może gość był po prostu idiotą, miał IQ na poziomie opiekacza do grzanek i tylko dobrze się maskował.

Roberts wrócił z kawą. Wzięliśmy po filiżance i podeszliśmy wszyscy do okien. Każde patrzyło w swoją stronę, zatopione w myślach. Ja spoglądałem na wschód, ku Long Island. Jakieś sto trzydzieści kilometrów stąd stał tam przyjemny domek, a w domku, przy kominku, popijając herbatę, a może brandy, siedziała Beth Penrose. Rozpamiętywanie tego nie było zapewne dobrym pomysłem, lecz pamiętałem słowa mojej byłej żony: „Taki człowiek jak ty, John, zawsze robi tylko to, co chce. Chcesz być gliną, więc nie narzekaj na tę robotę. Jak będziesz chciał, to się zwolnisz. Ale na to jeszcze nie jesteś gotowy". Faktycznie nie byłem. Lecz w takich chwilach nawet moi głupawi studenci wydawali mi się sympatyczni. Zauważyłem, że Kate na mnie patrzy. Uśmiechnąłem się do niej. Ona do mnie. I wróciliśmy do swoich widoków.

Przez większość mojego życia zawodowego wykonywałem pracę, która wydawała mi się ważna. Wszyscy obecni w pokoju też znali to szczególne uczucie. Trzeba było jednak za nie zapłacić — umysłem, duszą, a czasem, jak ja, również ciałem. Coś jednak wciąż pchało mnie do tej pracy. Jak to ujęła moja była: „Ty nigdy nie umrzesz z nudów, John. Ale na pewno umrzesz w tej robocie. W połowie już jesteś martwy".

Nieprawda. Po prostu nieprawda. Prawda bowiem jest taka, że uzależniłem się od adrenaliny. Poza tym, tak naprawdę, to cieszy mnie, że chronię społeczeństwo. Czegoś takiego nie mówi się kumplom z komendy, ale to racja i motywacja. Być może, kiedy ta sprawa się zakończy, przemyślę wszystko jeszcze raz. Może istotnie już czas oddać broń i odznakę i usunąć się z drogi niebezpieczeństwu. Wyjść i nie wrócić.

Rozdział 20

Asad Khalil jechał przez dzielnice podmiejskich domków. Jego wynajęty samochód, tak jak zażyczył sobie w Trypolisie, posiadał GPS, system nawigacji satelitarnej, jakiego używał już w Europie. Tutaj urządzenie nazywało się Nawigator Satelitarny i działało nieco odmiennie, ale miało w bazie danych całą sieć dróg w Ameryce. Khalil zażądał odnalezienia drogi do autostrady i po kilku minutach już mknął nią na południe.

Po przejechaniu kilku kilometrów wyrzucił przez okno kluczyki od taksówki. Potem zabrał z portfela Jabbara pieniądze, osiemdziesiąt siedem dolarów, a resztę zawartości, łącznie z plastikowymi kartami płatniczymi, połamał, podarł i też po trochu wyrzucał za okno. Zostało mu tylko kolorowe zdjęcie Gammala Jabbara z rodziną. Podarł je na czworo i także puścił z wiatrem, a potem w pewnych odstępach wyrzucił jeszcze sam portfel, butelkę po mineralnej i łuskę z glocka.

Pozbywszy się dowodów rzeczowych, skoncentrował się znów na drodze. Wielu kierowców jeździło tu bardzo kiepsko. W Europie byli dużo lepsi, z wyjątkiem Włoch. Gorzej od Włochów jeździli tylko w Trypolisie. Khalil uznał, że zła jazda wcale nie przyciągnie niczyjej uwagi. W bocznym lusterku spostrzegł samochód policyjny, który przez pewien czas jechał za nim. Khalil utrzymywał stałą prędkość i nie zmienił pasa. Oparł się również pokusie zerkania zbyt często w lusterka; nałożył tylko na nos swoje długoogniskowe okulary. Po całych pięciu minutach wóz patrolowy zmienił pas i zrównał się z nim. Policjanci nie zaszczycili go nawet spojrzeniem i wkrótce ich auto znalazło się daleko w przodzie.

W Trypolisie ostrzegali go również, że na terenach niezabudowanych policja zwraca uwagę na samochody, które mogą należeć do handlarzy narkotyków. To może być pewien problem, powiedziano mu, ponieważ często poszukiwani są ludzie o ciemnej karnacji. W nocy jednak tego nie widać, a słońce już zachodziło. Słońce zachodziło, lecz zatrzymywanie się na modlitwę nie było w tych okolicznościach zbyt praktyczne. Dlatego na czas swego uczestnictwa w dżihadzie Asad Khalil otrzymał dyspensę od mułły. Nie zamierzał jednak całkiem rezygnować z modłów. Zwrócił się w myśli w kierunku Mekki i wykonał pokłon. Zaczął recytować: „Bóg jest wielki! Zaświadczam, że nie ma Boga poza Allahem, zaś Mahomet jest jego prorokiem". Przywołał na pamięć kilka wersetów z Koranu: „Zabijajcie agresorów, gdziekolwiek ich napotkacie. Wypędzajcie ich z miejsc, z których oni was wypędzili... Zwalczajcie ich, dopóki nie zapanuje religia Allaha...". Zadowolony ze spełnionego obowiązku, ze spokojem w sercu jechał dalej przez obcy kraj, zamieszkany przez wrogów i niewiernych.

Rozdział 21

Jack Koenig wrócił, niosąc w ręce jakieś papiery, wyglądające na faksy. Usiedliśmy.

— Rozmawiałem z szefem laboratorium kryminologicznego na Kennedym — rzekł Koenig. — Mają już wstępne wyniki — poklepał papiery na stoliku — z samolotu i z Conquistador Club. Rozmawiałem też z George'em, który zgłosił mi gotowość odejścia z ATTF i przeniesienia poza Nowy Jork. — Pozwolił tej ostatniej wieści zawisnąć przez chwilę w powietrzu, po czym zapytał Kate: — Tak czy nie?

— Nie.

Teraz zwrócił się do nas obojga.

— Czy moglibyście przedstawić mi swoje przypuszczenia na temat tego, co się wydarzyło w samolocie, zanim wylądował?

— To John jest detektywem — rzekła Kate.

— Do dzieła więc, detektywie — powiedział Król Jack.

Wiedziałem doskonale, że ma już odpowiedzi na niektóre z pytań. Zamiast więc robić z siebie idiotę, sam zadałem mu pytanie.

— Domyślam się, że znaleźli te dwie butle tlenowe w garderobie na górnym pokładzie?

— Tak, oczywiście. Ale, jak sam pan odkrył, miały otwarte zawory, więc nie wiemy, co w nich było. Przypuszczamy jednak, że w jednej był tlen, a w drugiej nie. Proszę kontynuować, detektywie.

— Dobrze. Około dwóch godzin przed lądowaniem w Nowym Jorku kontrola lotów straciła kontakt z lotem Trans-
-Continentalu numer jeden-siedem-pięć. A więc to wtedy właśnie ten facet z butlami, siedzący prawdopodobnie w klasie biznesowej...

— Zgadza się — przerwał mi Koenig. — Nazywał się Yusef Haddad. Miejsce Dwa A.

— No, więc ten gość... jak on się nazywał?

— Yusef Haddad. To taki ichni John Smith. Na liście pasażerów figuruje jako Jordańczyk z rozedmą płuc, stąd te butle. Paszport oczywiście fałszywy, jak ta rozedma i jedna z butli.

— Tak jest. No więc ten Haddad oddycha sobie tlenem z butli, otwiera drugą butlę, z trucizną, i gaz dostaje się do zamkniętego systemu klimatyzacji samolotu.

— Zgadza się. Co to za gaz?

— Nie wiem; coś bardzo brzydkiego, może cyjanek.

— Doskonale. Najprawdopodobniej była to jakaś wojskowa pochodna cyjanku. Ofiary w zasadzie się zadusiły. Powietrze obiega całe wnętrze samolotu w ciągu dziesięciu minut, więc odpowiednia dawka cyjanku dotarła do każdego, z wyjątkiem Yusufa Haddada, który oddychał czystym tlenem z butli. Niech mi pan powie, w jaki sposób Khalil uchronił się przed działaniem gazu — zwrócił się do mnie Koenig.

— Nie mam jeszcze pewności co do kolejności zdarzeń — odparłem — ale przypuszczam, że skrył się w toalecie. Być może stężenie gazu było tam mniejsze.

— Właściwie nie — odrzekł Koenig. — Ale powietrze z toalet jest wydmuchiwane bezpośrednio na zewnątrz samolotu, dzięki czemu do pasażerów nie docierają nieprzyjemne zapachy. Ciekawostka. Kiedyś leciałem do Cancun samolotem Aero-
-Mexico i na lunch podali dwadzieścia dwa różne dania z fasoli. Naprawdę się zdziwiłem, że samolot nie eksplodował w powietrzu.

— No, dobrze, więc w toalecie też jest trucizna, ale Khalil stara się oddychać jak najmniej, może zakrywa twarz wilgotnym ręcznikiem. Haddad musi działać bardzo szybko, żeby dotrzeć do niego w porę ze swoim tlenem albo z małą butlą, jakie znajdują się zwykle w zestawach pierwszej pomocy na pokładzie dużych samolotów.

Koenig pokiwał głową.

— Jednego nie rozumiem — wtrąciła się Kate. — Skąd Khalil i Haddad wiedzieli, że autopilot boeinga jest zaprogramowany na lądowanie?

— Jeszcze tego nie wiemy — przyznał Koenig — ale pracujemy nad tym. Proszę mówić dalej — zwrócił się do mnie.

— No, więc po dziesięciu minutach na pokładzie jest już tylko dwóch żywych ludzi, Asad Khalil i jego wspólnik. Haddad zabiera martwemu Gormanowi kluczyk od kajdanek i rozkuwa Khalila. Trujący gaz po jakichś piętnastu minutach zostaje wywietrzony i mogą oddychać bez butli. Nie natknęliśmy się z Kate na butlę nigdzie na pokładzie, więc musieli ją odłożyć tam, gdzie zwykle jest przewożona. A butlę Haddada schowali w garderobie w kopule, gdzie ją znaleźliśmy.

— Zgadza się. Chcieli, żeby po wylądowaniu wszystko wyglądało jak najbardziej normalnie. Jeżeli Peter albo Phil istotnie zginęli koło toalety, sprawcy musieli także zaciągnąć ciało z powrotem na fotel. Proszę dalej, panie Corey.

— Khalil najpewniej nie od razu zabił Haddada — kontynuowałem — ponieważ ciało tego ostatniego było cieplejsze niż pozostałych ofiar. Wspólnie posprzątali, przeszukali Phila i Petera, zabrali ich pistolety, może zeszli do kabin na dole, upewnić się, że wszyscy rzeczywiście są tam martwi. W pewnym momencie Khalil uznaje, że nie potrzebuje już towarzystwa i skręca kark Haddadowi, co odkryła Kate. Sadza zwłoki obok martwego Hundry'ego, skuwa ich razem kajdankami i zakłada wspólnikowi maseczkę nocną. I w którymś momencie — dodałem — odcina naszym ludziom kciuki.

— Wszystko się zgadza — stwierdził Koenig. — Technicy znaleźli w górnej kuchni nóż ze śladami startej krwi, a w koszu na śmieci serwetkę, która posłużyła do wytarcia noża. Potem — ciągnął — podczas holowania boeinga do strefy uprowadzeń, sierżant Andy McGill ze służby ratowniczej PA nadaje ostatni komunikat do swoich kolegów.

Wszyscy pokiwaliśmy głowami.

— Jest możliwe — wtrąciłem — że Khalil i McGill wpadli na siebie przypadkiem.

— Według wstępnych ustaleń — Koenig zajrzał do swoich faksów — ślady krwi, tkanki mózgowej i odłamków kości wskazują na to, że McGilla zamordowano między kuchnią i toaletą, twarzą do drzwi toalety. Część tkanki brysznęła do kuchni i chlapnęła na martwą stewardesę, zresztą ktoś starał się to powycierać, dlatego pewnie nie zauważyliście tego. Może było tak, że McGill otworzył drzwi toalety, zobaczył Khalila i ten strzelił. Technicy znaleźli koc z opaloną dziurą, pewnie użył go jako tłumika.

Skinąłem głową. Zawsze mnie zadziwia, jak wiele i jak szybko potrafi odkryć ekipa śledcza, i jak błyskawicznie detektyw potrafi odtworzyć przebieg zbrodni. Nie miało znaczenia, że był to zamach terrorystyczny. Miejsce przestępstwa to miejsce przestępstwa. I tylko przestępcy nam jeszcze brakowało.

— Co do ucieczki Khalila z samolotu — ciągnął Koenig — to zakładamy, że znał procedurę obowiązującą na Kennedym... wygaszenie silników przez ekipę ratowniczą po śmierci pilotów, odholowanie maszyny do strefy bezpieczeństwa... Resztę wiecie.

Ano wiedzieliśmy.

— Znaleziono także torbę na garnitur, jak sądzimy własność Haddada. Pod garniturem był tam niebieski kombinezon bagażowego. Musiał być jeszcze drugi dla Khalila, który zapewne w jakimś momencie go włożył, wiedząc, że przyjdą po bagaż podręczny. Czy żadne z was nie zauważyło nikogo podejrzanego? — zapytał, patrząc na Kate i na mnie. — Wiedzieliście już przecież, że coś nie gra, a jednak Khalil zwiał.

— Moim zdaniem on zwiał, zanim tam dotarliśmy — odparłem.

— Może tak, a może nie. Może nawet wpadliście na niego.

— Chybabyśmy go jednak rozpoznali — rzekła Kate.

— Tak sądzisz? Jeżeli był w kombinezonie, inaczej się uczesał, nałożył okulary i fałszywe wąsy, to chyba raczej nie. Ale możliwe, że on was widział. Mógł się w jakimś momencie domyślić, że jesteście agentami albo detektywami. Zastanówcie się nad tym. Spróbujcie sobie odtworzyć dokładnie przebieg wypadków i przypomnieć, kogoście widzieli na pokładzie i potem w strefie bezpieczeństwa.

No, dobra, Jack, pomyślimy. Dzięki za wskazówkę.

— A więc Khalil dostaje się do furgonu bagażowego i odjeżdża. W tym momencie każdy, kto właśnie odpieprzył... wybaczcie mój język... kto właśnie dokonał jednego z najbezczelniejszych aktów terroryzmu w historii, popędziłby do sali odlotów międzynarodowych, pozbył się przebrania i odleciał pierwszym samolotem do swojej krainy wydm — wybaczcie moje określenie Bliskiego Wschodu. Ale Asad Khalil nie wybiera się do domu. Jeszcze nie. Najpierw musi jeszcze wpaść na chwilę do Conquistador Club. Reszta, jak to powiadają, jest historią.

Przez długą chwilę nikt nic nie mówił, a potem znów odezwał się Koenig.

— Mamy do czynienia z osobnikiem wyjątkowo operatywnym, sprytnym i śmiałym. Wykorzystuje sytuacje bez najmniejszego wahania ani lęku, że zostanie schwytany. Bazuje na tym, że ludzie są albo czymś zajęci, albo nieświadomi obecności wśród nich psychopatycznego mordercy. Szybkość, zawziętość, szok. Zdecydowanie, przebiegłość, brawura. Rozumiecie to? — Rozumieliśmy. Gdybym chciał, mógłbym opowiedzieć Jackowi Koenigowi o dziesięciu albo piętnastu takich mordercach, z którymi miałem do czynienia przez lata służby. — Są jeszcze inne scenariusze — ciagnął swój wywód Król Jack — według których mogła się potoczyć akcja Khalila. Najgorszy to oczywiście taki, w którym samolot się rozbija i wszyscy giną, łącznie z nim. Myślę, że nawet taki rezultat uważałby za zwycięstwo. Inna możliwość... zostaje złapany i rozpoznany jako zamachowiec. To także by mu pasowało. Rodacy i tak by go uznali za bohatera. — Pokiwaliśmy wszyscy głowami, na znak admiracji nie tylko dla naszego szefa, lecz także dla naszego przestępcy. — Kolejna ewentualność — kontynuował Koenig. — Khalil ucieka z samolotu, ale nie udaje mu się przeprowadzić akcji w Conquistadorze. Jakkolwiek było, wygrał już w momencie, gdy na pokładzie znalazł się Yusuf Haddad z tlenem i trucizną. Zresztą gdyby nawet Haddada zatrzymano w Paryżu, Khalil i tak by się znalazł w naszej siedzibie, tyle że w kajdankach i pod strażą. Ale kto to wie, co by z tego mogło jeszcze wyniknąć. W każdym razie — zakończył — Asad Khalil przedarł się przez naszą obronę, strzelił nam gola i teraz wraca na pozycję. Czy to jest jakaś melina w Ameryce, czy Libia, jeszcze nie wiemy. Ale będziemy to rozgrywać tak, jakby czaił się w pobliżu i planował kolejny atak.

Skończyły się fakty, zaczęły spekulacje. Zaspekulowałem więc.

— Moim zdaniem facet jest samotnikiem i nie ma sensu go szukać w domach ekstremistów islamskich ani w pobliżu meczetów, wśród znanych nam osobników.

— Prawdopodobnie — wsparła mnie Kate — ma jakiś konkretny kontakt, na przykład z tym uciekinierem, który prysnął w lutym. Ponieważ pomocy potrzebował tylko na początku, może się okazać, że niedługo znajdziemy gdzieś trupa kolejnego wspólnika. Trzeba uczulić na to policjantów.

Koenig pokiwał głową.

— Czemu pan sądzi, że Khalil wyjechał? — zapytał Nasha.

Ten nie odpowiedział od razu, jakby chciał stworzyć wrażenie, że nuży go już rzucanie pereł przed wieprze. W końcu rzekł:

— Opisaliśmy tu wjazd Khalila do naszego kraju jako wysoce efektowny i dramatyczny. Pan Koenig ma też rację, mówiąc, że zamachowiec czuł się wygrany niezależnie od scenariusza, był bowiem gotów złożyć ofiarę z życia w służbie Allahowi i dołączyć do swych braci w raju.

— To już wiemy — zauważył Koenig.

— Proszę dać mi skończyć. Chcę powiedzieć coś istotnego i właściwie optymistycznego. A więc dobrze, przyjmijmy, że Asad Khalil wybierał się do Ameryki, żeby wysadzić w powietrze ten budynek, cały Nowy Jork albo jeszcze coś więcej. Powiedzmy, że gdzieś tam czeka na niego ukryty ładunek nuklearny albo, co jeszcze prawdopodobniejsze, tona toksycznego gazu czy tysiące litrów roztworu z wąglikiem. Gdyby ten człowiek miał za zadanie uruchomienie którejś z tych broni masowego rażenia, to przyjechałby zapewne na fałszywym paszporcie do Kanady albo Meksyku i bez problemu przeniknął przez granicę, żeby wypełnić swoją ważną misję. Nie ryzykowałby tak jak dziś, że może zostać złapany albo zabity. Mamy tu do czynienia z klasyczną „misją mewy"... — rozejrzał się po naszych twarzach i wyjaśnił: — Rozumiecie, ktoś wlatuje, robi mnóstwo hałasu, zasrywa wszystko i odlatuje. Pan Khalil przeprowadził misję mewy. I już go tu nie ma.

A więc nasz przyjaciel Ted przemówił wreszcie i udowodnił, że ma IQ co najmniej na poziomie magnetowidu. Jego logika była nie do odparcia. Panująca w pokoju cisza uświadomiła mi, że wszystkich po prostu poraziła świetlista doskonałość mózgu pana Nasha w działaniu.

— Dla mnie to brzmi sensownie — pokiwał głową Koenig.

— Ja też sądzę, że Ted ma rację — pokiwała głową Kate. — Khalil zrobił swoje i odleciał. Nie będzie następnej akcji.

— Panie Corey? — spojrzał na mnie nasz szef.

— I dla mnie to brzmi sensownie — pokiwałem głową. — Ted potrafił doskonale uzasadnić swoją teorię.

— Mimo wszystko jednak będziemy postępować tak — rzekł Król Jack po chwili namysłu — jakby przestępca w dalszym ciągu był w kraju. Wszystkie organa prawa i porządku w Ameryce i w Kanadzie zostały postawione w stan pogotowia. W miarę upływu czasu obszar poszukiwań będzie się poszerzał. Jeżeli Khalil gdzieś się przyczaił, czekając na sposobność ucieczki, wciąż mamy szansę na przymknięcie go. Nie pozwolić mu się wydostać, to nasze najważniejsze zadanie.

— Rozmawiałem z Langley jeszcze z lotniska — poinformował nas Nash. — Zarządziliśmy najwyższy stopień obserwacji i zatrzymywania podejrzanych na wszystkich lotniskach międzynarodowych, gdzie mamy aktywa. — Spojrzał na mnie. — To znaczy ludzi, którzy pracują dla nas, współpracują z nami lub są od nas.

— Dziękuję — odparłem.

Czytałem kiedyś książkę szpiegowską. Parę spraw jednak wciąż mnie niepokoiło, jeden czy drugi detal nie pasował do całości. Pierwsze i najbardziej oczywiste pytanie brzmiało: dlaczego Asad Khalil oddał się w ręce rezydenta CIA w ambasadzie w Paryżu? O wiele prościej byłoby zwyczajnie wsiąść do samolotu z fałszywym paszportem, tak jak jego wspólnik. Cała ta akcja z trującym gazem byłaby łatwiejsza do przeprowadzenia, gdyby nie był skuty i pod eskortą.

Nash w swojej teorii nie brał pod uwagę czynnika ludzkiego, czego zresztą należało się po nim spodziewać. Żeby zrozumieć, do czego zmierza Khalil, należało zrozumieć jego samego. Ten człowiek nie chciał być kolejnym anonimowym terrorystą. Chciał wkroczyć do ambasady w Paryżu, znaleźć się pod strażą, a potem uwolnić się niczym Houdini. Chciał sobie przeczytać, co o nim wiemy, chciał odciąć kciuki agentom, chciał się dostać do Conquistador Club i wszystkich tam wymordować. Bez wątpienia była to akcja ryzykowna, jednak jej szczególną cechą był jej osobisty charakter. Tak jakby chciał nam napluć w twarz, upokorzyć, niczym dawny wojownik, który samotnie wyprawia się do obozu wroga i gwałci żonę wodza.

Interesowała mnie odpowiedź na jedno tylko pytanie: czy Asad Khalil, „Lew", skończył już gwałcić Amerykę? Gdzieś głęboko w trzewiach czułem, że ciśnie nam w twarz jeszcze więcej gówna, i to z bliska. I wcale tak bardzo bym się nie zdziwił, gdyby się zjawił na dwudziestym ósmym piętrze, poderżnął kilka gardeł i skręcił kilka karków.

Moi koledzy gwarzyli już jednak o czym innym i oczekując sposobności podzielenia się z nimi moimi przemyśleniami, zacząłem mieć wątpliwości co do nękających mnie kwestii i co do przeczucia, że Khalil dopasowuje już może na dole klucz do windy. Dałem więc sobie z tym spokój. Na razie.

— Więc nasze dossier na temat Asada Khalila jest teraz w rękach Asada Khalila — mówiła właśnie do Koeniga Kate.

— Tak dużo tego znowu nie było — odrzekł. — Niewiele więcej ponad to, co sam o sobie wiedział.

— Ale teraz wie, jak mało o nim wiemy — nie ustępowała.

— Dobrze, przyjmuję to. Coś jeszcze?

— Tak... w tych papierach była notatka od Zacha Webera. Zwykła notatka operacyjna, ale zaadresowana do George'a Fostera, Kate Mayfield, Teda Nasha, Nicka Montiego i Johna Coreya.

Niech to szlag! W ogóle o tym nie pomyślałem.

— No to musicie teraz uważać — stwierdził Król Jack z właściwą sobie powściągliwością.

Dzięki za radę, Jack.

— Ja jednak wątpię, żeby Khalil... — podjął Koenig, lecz przerwał i po chwili namysłu ujął to tak: — Wiemy, do czego ten człowiek jest zdolny. Ale nie wiemy, co planuje. Nie sądzę jednak, żeby jego plany obejmowały was.

— Przecież sami uznaliśmy, że nie należy go lekceważyć — zaoponowała Kate.

— Ani przeceniać — uciął Koenig.

— A jednak rzadko mamy do czynienia z aktami terorryzmu o takim charakterze — drążyła temat. — Zwykle jest to działanie na oślep i na odległość, najczęściej podkładanie bomb. Teraz mamy człowieka podejrzanego o zabijanie osobiście ludzi w Europie, a co zrobił u nas, sami widzieliście. Pomijając oczywistości, jest w tym facecie coś, co mnie niepokoi.

— I co to może być, jak sądzisz?

— Nie wiem. Ale, w przeciwieństwie do większości terorystów, Khalil wykazał się inteligencją i odwagą.

— Jak lew — skomentował Koenig.

— Właśnie, jak lew. Lecz nie wdawajmy się za bardzo w metafory. To bezwzględny morderca. Jest o wiele groźniejszy od lwa.

Przez jakiś czas rozmawialiśmy o typach osobowości morderców. W konstruowaniu takich sylwetek psychologicznych FBI jest naprawdę dobre. Sporo z tego to, jak na mój gust, psychobełkot, ale część jest bardzo trafna.

— Mam wrażenie, że Khalilowi staje na widok Amerykanów — podzieliłem się z kolegami moją opinią.

— Że co proszę? — zapytał Jack Koenig.

Pożałowałem swego komisariatowego slangu i poprawiłem się.

— Jego motywacja to coś więcej niż tylko pobudki światopoglądowe czy polityczne. Zżera go nienawiść do Amerykanów jako ludzi — wyjaśniłem. — W świetle dzisiejszych wypadków możemy chyba uznać, że większość albo wszystkie z podejrzeń wobec Khalila, opisanych w jego dossier, jest słuszna. Skoro tak, to zabił on siekierą oficera amerykańskiego lotnictwa i zastrzelił troje niewinnych amerykańskich dzieci w Brukseli. Gdybyśmy wiedzieli dlaczego, może zrozumielibyśmy, co tego faceta tak gniecie, i odgadlibyśmy, kto jest następny na jego liście.

— Przecież zwracał się też przeciwko Anglikom — wtrącił się Nash. — Uważamy, że to on podłożył bombę pod ambasadę brytyjską w Rzymie. Tak więc pańska teoria, że mu... że ma obsesję na temat Amerykanów, nie trzyma się kupy.

— Jeżeli podłożył bombę Anglikom — odparłem — można to połączyć. Nienawidzi i ich, i nas. Takie związki to często wskazówki.

— Pan się nie zgadza z panem Coreyem? — zapytał Nasha Koenig.

— Pan Corey miesza robotę policyjną z pracą wywiadowczą — odrzekł Ted. — Metody tej pierwszej niekoniecznie nadają się do zastosowania w tej drugiej.

— Niekoniecznie — powiedział Koenig. — Czasami jednak się nadają.

— Nawet gdyby Asad Khalil atakował wyłącznie Amerykanów, nie byłby wcale wyjątkiem — ciągnął Nash. — Właściwie wręcz przeciwnie. Większość terrorystów obiera sobie za cel Amerykę i Amerykanów. To nasza nagroda za bycie Numerem Pierwszym, za proizraelskość, za wojnę w Zatoce. I za nasze akcje przeciwko terrorystom na całym świecie.

— Wciąż jednak — Koenig skinął głową, lecz oponował — pozostaje kwestia szczególnego stylu Khalila. Atakowania z bliska i bardzo osobistego, obelżywego, wręcz upokarzającego wobec przeciwnika *modus operandi*.

— A cóż to ma za znaczenie — wzruszył ramionami Nash. — Ma taki styl i już. Nawet gdyby to była wskazówka co do jego dalszych zamiarów, to i tak nie zdołamy go ubiec. Nie przyłapiemy go na gorącym uczynku. On może mieć milion celów w zanadrzu i sam decyduje gdzie, kiedy i jak. Same misje mewy. — Nikt się nie sprzeciwił. — Tak czy inaczej — zakończył Ted Nash — moje zdanie jest takie, że dzisiejsza akcja był jednorazowa, a Khalil zniknął z kraju. Być może uderzy teraz znowu w Europie, gdzie atakował już wcześniej, gdzie zna teren i gdzie nie wszędzie tak ściśle strzegą bezpieczeństwa. Może któregoś dnia tutaj wróci, czemu nie. Ale na razie, kontynuując metaforę, lew się nasycił. Wraca do swego matecznika w Libii i wyjdzie stamtąd dopiero, gdy znów go głód przyciśnie.

Myślałem, czy nie opowiedzieć im mojej historii z Draculą, jak to przypływa statek z martwą załogą i pasażerami, a on wymyka się do zupełnie nieświadomego kraju, pełnego spasionych ludzi z wyraźnymi żyłami i tak dalej. Ale Jack Koenig zaczął mnie chyba uważać za logicznego faceta z dobrym czuję i bez skłonności do poetyzowania. Odpuściłem więc sobie Drakulę.

— Nie dla samego sprzeciwu — powiedziałem tylko — lecz na podstawie dzisiejszych wypadków jestem wciąż przekonany, że Khalil znajduje się w promieniu kilkudziesięciu kilometrów od nas. Założyliśmy się z Tedem o dziesięć dolarów, że niedługo da o sobie znać.

— Naprawdę? — Koenig zdobył się na uśmiech. — To lepiej zdeponujcie u mnie te pieniądze, bo Ted wyjeżdża za granicę. — Wcale nie żartował. Wyciągnął dłoń, my z Nashem włożyliśmy w nią po banknocie, a on schował je do kieszeni.

Kate przewróciła oczami. Duzi chłopcy.

— A więc Khalil gdzieś tam się czai, panie Corey — spojrzał na mnie Koenig — i zna pańskie nazwisko. Czy sądzi pan, że ma już pana w jadłospisie?

Powróciliśmy chyba do metafory z lwem. Zrozumiałem aluzję i wcale mi się nie spodobała.

— Czasem myśliwy staje się zwierzyną — poinformował mnie Koenig, spoglądając znacząco na Nasha. — Na przykład kiedyś terrorysta z Bliskiego Wschodu zabił dwóch ludzi na parkingu przy głównej kwaterze CIA.

Nash miał taką minę, jakby wolał o tym nie pamiętać.

— Obie ofiary były pracownikami CIA — odparł — ale zostały wybrane przypadkowo, zabójca ich nie znał. Celem była instytucja, nie osoby.

Koenig nie odpowiedział mu bezpośrednio, lecz zwrócił się do nas wszystkich.

— Jeżeli Asad Khalil rzeczywiście jest jeszcze w kraju, to oczywiście nie przybył tu z waszego powodu, lecz mógł dopisać was na swoją listę celów. Szczerze mówiąc, upatrywałbym w tym pewnej szansy dla nas.

— Co takiego? — wyprostowałem się w fotelu. — O jakiej szansie pan mówi?

— Cóż, wolałbym nie używać słowa „przynęta", ale...

— To niech pan nie używa. Zapomnijmy o tym.

Koenig jednak nie chciał zapomnieć i wrócił znowu do lwiej metafory.

— Mamy więc lwa rozbójnika, który pożera mieszkańców wioski, i mamy myśliwych, którzy już prawie go upolowali.

Lwa tak to rozwścieczyło, że popełnia fatalny błąd: usiłuje dopaść myśliwych. Zgadza się?

Nasha to chyba bawiło. Kate pogrążyła się w głębokiej zadumie.

— Puścimy do gazet historię o Kate i Johnie — rozwijał wątek Koenig — może nawet ze zdjęciami, chociaż zazwyczaj tego nie robimy. Khalil będzie sądził, że w Ameryce to normalna praktyka, więc nie domyśli się pułapki. Zgadza się?

— Tego chyba nie ma w moim kontrakcie — stwierdziłem.

— Nazwiska i zdjęcia Teda nie możemy użyć — ciągnął nasz szef niezrażony — bo jego firma by się na to nie zgodziła. George ma żonę i dzieci, to za duże ryzyko. Ale ty, Kate, i ty, John, jesteście sami, zgadza się?

Kate skinęła głową.

— A może byśmy na razie odłożyli ten pomysł na półkę? — zasugerowałem.

— Nie, panie Corey, bo jeżeli pan ma rację i Khalil jest w dalszym ciągu w kraju, gdzieś w pobliżu, to może go skusić dodatkowa okazja, zanim się weźmie za swój kolejny cel... kto wie, czy nie większy od tego, co zrobił dotąd. Próbuję zapobiec ponownej masowej zbrodni. Czasami jednostka musi się wystawić na niebezpieczeństwo dla uchronienia narodu. Zgodzicie się z tym?

— Ja się zgadzam — rzekła Kate. — Warto spróbować.

Znalazłem się na straconej pozycji.

— Świetny pomysł — powiedziałem. — Czemu sam na to nie wpadłem?

— Jeżeli John się myli — skomentował Nash — i Khalil jednak wybył z kraju, John traci tylko dziesięć dolców. Jeżeli Khalil wciąż tu jest, John wygrywa dziesięć dolarów, tyle że może... no, lepiej o tym nie myślmy.

Ted Nash naprawdę dobrze się bawił, po raz pierwszy, odkąd go poznałem. Jego kamienne oblicze nagle rozjaśniło się uśmiechem na myśl o tym, że Johnowi Coreyowi mógłby poderżnąć gardło psychopatyczny wielbłądnik. Nawet pan Roberts z trudem skrywał grymas uśmiechu. To niesamowite, co potrafi kręcić niektórych ludzi.

Spotkanie trwało jeszcze jakiś czas. Na koniec zajęliśmy się kwestią relacji z mediami.

— Najbliższe dni mogą się okazać bardzo trudne — podsumował Jack Koenig. — Dziennikarze generalnie są nam przychylni, jak pokazały to sprawy World Trade Center oraz samolotu TWA. Mimo to przekazywane im informacje musimy trochę kontrolować. Poza tym jutro jedziemy wszyscy do Waszyngtonu, by przekonać ich tam, że w pełni panujemy nad sytuacją. Idźcie teraz do domu, prześpijcie się, lecimy z La Guardii pierwszym wahadłem o siódmej rano. George zostaje w Conquistadorze, żeby mieć oko na miejsce przestępstwa. — Koenig wstał i my wszyscy także. — Pomimo niekorzystnego obrotu wypadków uważam, że wykonaliście dobrą robotę — stwierdził, a na koniec zadziwił mnie słowami: — Pomódlcie się za ofiary.

Kate, Ted i ja uścisnęliśmy dłoń Koenigowi, a nawet panu Robertsowi, i opuściliśmy biuro.

Rozdział 22

Asad Khalil wiedział, gdzie może przekroczyć Delaware River mostem bez rogatek. Dalej miał pojechać przez miasto Trenton, gdzie czekały go jeszcze dwa takie mosty. Zaprogramował GPS i zjechał z Highway 1 na Interstate 95, która poprowadziła go wokół Trenton. W pobliżu zjazdu spostrzegł tablicę „Washington Crossing State Park". Pamiętał informację podaną mu przez rosyjskiego instruktora Borisa, byłego kagebistę, który jakiś czas spędził w Ameryce. „Przejedziesz przez rzekę Delaware w miejscu, w którym przebył ją dwieście lat temu łodzią George Washington. On też nie musiał płacić rogatkowego". Nie zawsze rozumiał dowcipy Borisa, lecz był to jedyny człowiek w Trypolisie, który dysponował wiarygodną wiedzą na temat Ameryki i jej mieszkańców.

Przejechał rzekę i znalazł się w stanie Pensylwania. Słońce zaszło i zapadł zmrok. Autostrada biegła przez Filadelfię, gdzie musiał zwolnić ze względu na wzmożony ruch. W oddali widział oświetlone wieżowce, jakiś czas jechał równolegle do rzeki, potem minął port lotniczy. Nie była to najkrótsza czy najszybsza trasa, prowadząca go do celu podróży, ponieważ jednak była bardzo uczęszczana i pozbawiona rogatek, mógł czuć się na niej stosunkowo bezpiecznie. Wrócił myślami do innych kwestii. Ten dzień, piętnasty kwietnia, dobrze się rozpoczął, a teraz w Trypolisie Wielki Przywódca otrzymał już zapewne informację, że Asad Khalil przybył do Ameryki i że w odwecie za nalot sprzed piętnastu lat zginęły już setki ludzi, a następnych czekała śmierć w najbliższych dniach. Malika na pewno także obudzono pomimo wczesnej godziny w Libii. Wiedział już, co się wydarzyło, i bez wątpienia błogosławił swego ucznia i modlił się za niego.

Zastanawiał się, czy Amerykanie tym razem znów się zemszczą na jego kraju. Trudno było odgadnąć, co zrobi amerykański prezydent. Decyzje Reagana, tego Wielkiego Szatana, można było przynajmniej przewidzieć. Ten obecny czasami okazywał siłę, a kiedy indziej słabość. Nawet ich zemsta będzie dobrodziejstwem, uznał. Przebudzi Libię i cały świat islamu.

Zegar na desce rozdzielczej wskazywał 20.10. Ruch wciąż był dość duży i czarny mercury na pewno nie rzucał się w oczy. Bak był pełny, a Khalil nie czuł jeszcze głodu, toteż nie zamierzał się zatrzymywać na mijanych stacjach benzynowych. Wyjął z torby drugą butelkę z wodą, dopił ją i oddał mocz do butelki. Zakręcił ją i wcisnął pod siedzenie pasażera. W Trypolisie powiedzieli mu, żeby jechał nocą. Im większa odległość między nim a jego dziełem, tym większa szansa na to, że nie zostanie wykryty. Niedługo miał wjechać do innego stanu — Delaware — a inny stan to inna jurysdykcja. Im więcej zmian jurysdykcji — instruowali go — tym mniej prawdopodobne, że postawiono w pogotowie lokalną policję. A gdyby nawet, to i tak nie miała ona pojęcia, kogo i czego szukać, i mogła go zatrzymać co najwyżej do wyrywkowej kontroli. W takim wypadku dłuższy kontakt Khalila z policjantami był mniej prawdopodobny od ich nagłej śmierci. W dodatku, jak wiedział, amerykańscy policjanci często patrolowali w pojedynkę, co wydało mu się niesłychaną głupotą. Wiedział też jednak, że w razie zabicia funkcjonariusza będzie musiał jak najszybciej zmienić środek transportu, gdyż przed podejściem do zatrzymanego wozu zwykle przekazywali jego markę i numer rejestracyjny do centrali.

O 20.20 Asad Khalil wjechał do stanu Delaware. Po piętnastu minutach jazdy droga Interstate 95 przechodziła w płatną John F. Kennedy Memorial Highway, zjechał więc na drogę numer 40 i pół godziny później znalazł się w Marylandzie. Po dalszej godzinie objechał Baltimore i wrócił na międzystanową 95, jadąc dalej na południe. Na wielkiej zielonej tablicy podającej odległości odczytał tę, o którą mu chodziło: Waszyngton DC — 55 kilometrów. Uśmiechnął się; to już blisko. Dochodziła północ, ale na szosie łączącej dwa wielkie miasta wciąż panował spory ruch. O 24.30 Khalil wjechał na drogę nazwaną Capital Beltway i na liczniku odczytał, że przejechał czterysta pięćdziesiąt kilometrów w sześć godzin.

Wybrał zjazd na Suitland Parkway w pobliżu Bazy Lotniczej Andrews i pojechał drogą prowadzącą wśród centrów handlowych i supermarketów. Ekran nawigatora podawał mu także nazwy mijanych hoteli, lecz nie chciał się zatrzymywać w żadnym ze znanych. Wreszcie zobaczył motel, który wydał mu się wystarczająco obskurny. Neon na dachu obwieszczał: „Wolne pokoje". Parking motelu był niemal pusty. Khalil zdjął krawat, nałożył okulary i wysiadł. Przeciągnął się i wszedł do niewielkiej recepcji.

Za ladą siedział młody człowiek, oglądał telewizję. Na jego widok wstał.

— Tak? — zapytał krótko.

— Chciałbym pokój na dwa dni.

— Osiemdziesiąt plus podatek — oznajmił młodzieniec.

Khalil położył na ladzie dwie pięćdziesiątki.

— Pobieramy jeszcze kaucję, sto dolarów. Zwrot przy wymeldowaniu — oznajmił recepcjonista, przyzwyczajony do klientów płacących gotówką.

Khalil dołożył dwa banknoty.

Tamten podał mu kartę meldunkową. Khalil wpisał nazwisko: Ramon Vasquez. Markę i numer rejestracyjny samochodu podał prawdziwe, jak mu przykazano, na wypadek kontroli policyjnej w motelu jeszcze za jego pobytu.

Recepcjonista dał mu klucz z plastikową przywieszką, resztę i kwit na kaucję.

— Domek numer piętnaście — oświadczył. — Od wyjścia na prawo i do końca. Doba hotelowa do jedenastej.

— Dziękuję.

Khalil wyszedł i podjechał pod domek numer 15. Zabrał torbę z samochodu i wszedł do środka. Kiedy już wziął prysznic, przykleił na nowo wąsy, zmienił bieliznę i włożył z powrotem pod koszulę kuloodporną kamizelkę, usiadł na łóżku i włączył telewizor. Znalazł jakiś kanał informacyjny. Spostrzegł, że nadawana jest powtórka wcześniejszych wiadomości, lecz uznał, że może się czegoś dowie. Po kwadransie spiker powiedział wreszcie: „A oto dalsze informacje na temat dzisiejszych tragicznych wydarzeń na lotnisku Kennedy'ego".

Na ekranie ukazała się panorama lotniska, ze stalowym ogrodzeniem strefy bezpieczeństwa w oddali i wystającym ponad nie ogonem boeinga 747.

Spiker mówił: „Liczba stwierdzonych ofiar śmiertelnych podczas lotu jeden-siedem-pięć rośnie. Przedstawiciele linii Trans-Continental i zarządu portu lotniczego potwierdzili, że toksyczne opary, wydobywające się prawdopodobnie z nielegalnie przewożonego ładunku, spowodowały zgon co najmniej dwustu osób".

Kamery pokazały teraz salę przylotów, pełną rozpaczających krewnych i przyjaciół ofiar. Kręciło się wśród nich mnóstwo reporterów z mikrofonami, usiłując zdobyć jakieś wypowiedzi zapłakanych ludzi. Khalilowi wydało się to dziwaczne. Skoro uważali, że to był wypadek, to jakie miało znaczenie, co ci ludzie powiedzą? Cóż oni mogli wiedzieć? Gdyby Amerykanie przyznali, że był to zamach terrorystyczny, to co innego. Warto by wtedy wykorzystać takie ujęcia do celów propagandowych.

Wpatrywał się w ekran, zafascynowany głupotą amerykańskich dziennikarzy.

Chciał sprawdzić, czy ktokolwiek wspomni o zamordowanym przez niego strażaku, ale nie było o tym słowa. Jak również, czego się spodziewał, o wypadkach w Conquistador Club. Obraz znów ukazywał studio i prowadzący powiedział: „Powtarza się pogłoska, że samolot wylądował bez udziału pilotów. Jest z nami w studio były pilot boeingów siedemset czterdzieści siedem z American Airlines, kapitan Fred Eames. Witamy, kapitanie".

Lotnik się skłonił.

— Czy to możliwe, żeby taki samolot wylądował sam, bez człowieka za sterami?

— Tak, to możliwe — odparł Eames. — W rzeczy samej to rutynowa operacja. Niemal wszystkie samoloty pasażerskie mają dziś możliwość zaprogramowania lotu po określonej trasie, ale najnowsza generacja wielkich liniowców ma autopilota, który potrafi także kontrolować podwozie, klapy i hamulce, dzięki czemu w pełni automatyczne lądowanie staje się czymś zwyczajnym. Takie sytuacje zdarzają się codziennie. Komputer jednakże nie potrafi zawiadywać odrzutem wstecznym i maszyna potrzebuje wówczas dłuższego pasa. Ale na lotnisku Kennedy'ego to nie problem.

Lotnik mówił coś jeszcze, lecz Khalila już to nie interesowało. Zaciekawił go natomiast fakt, że w telewizji ani nie pokazano agentów federalnych, ani nie wspomniano o nim samym. Domyślił się, że władze zamierzają ukrywać prawdę. Przynajmniej na razie. A kiedy zdecydują się ją ujawnić, on będzie już daleko, wypełniając kolejną misję. Po upłynięciu krytycznych dwudziestu czterech godzin szansa pochwycenia go będzie maleć z każdym dniem.

Asad Khalil wyłączył telewizor i wstał. Na kompasie nawigatora sprawdził przedtem, gdzie jest wschód. Mógł więc teraz pokłonić się dokładnie w kierunku Mekki i odmówić wieczorną modlitwę. Potem położył się z powrotem w ubraniu na łóżku i zapadł w płytki sen.

Rozdział 23

Kate Mayfield, Ted Nash i ja staliśmy na Broadwayu. Przechodniów było niewielu, a z nadejściem wieczoru ochłodziło się. Milczeliśmy, lecz nie dlatego, że nie mieliśmy nic do powiedzenia. Po prostu po raz pierwszy od rana znaleźliśmy się sami, tylko we troje i nie mieliśmy już ochoty rozmawiać o sprawie. Pomimo uprzejmych słów Koeniga przy pożegnaniu czuliśmy, że to jednak była porażka.

Kiedy się człowiek rozgląda za taksówką albo policjantem, zazwyczaj nie ma ich w pobliżu, toteż po chwili zrobiło się nam zimno.

— Może wstąpimy gdzieś na drinka, panowie? — zaproponowała w końcu Kate.

— Ja dziękuję — odrzekł Nash. — Przez pół nocy będę gadał przez telefon z Langley.

— John? — spojrzała na mnie.

Chciałem się napić, ale wolałem zostać sam.

— Dzięki, Kate, muszę się trochę wyspać — odparłem. Taksówek wciąż nie było. — Jadę metrem. Pokazać komuś drogę do metra?

— Ja zaczekam na taksówkę — oświadczył Nash. Najpewniej nie wiedział nawet, że w Nowym Jorku jest metro.

— To ja się zabiorę z Tedem — zdecydowała się Kate.

— Dobra. Widzimy się na La Guardii.

Doszedłem do rogu i zanim skręciłem w Duane Street, zerknąłem na Bliźniacze Wieże.

Przede mną wyrósł czternastopiętrowy budynek komendy nowojorskiej policji, zwany One Police Plaza. Przeniknęła mnie fala nostalgii i przed oczami przemknęły mi migawki z całej kariery zawodowej. Akademia policyjna, krawężnik, patrolowy, wreszcie praca detektywa, uwieńczona złotą odznaką. Nagłe przerwanie pracy przez okoliczności zewnętrzne, tuż przed promocją na sierżanta. Akt drugi: nauczanie w John Jay College. I teraz ATTF, akt trzeci i ostatni czasami świetnej, a czasami mniej świetnej kariery.

Skręciłem w Centre Street i szedłem dalej przez Chinatown.

Jedna z niewypowiedzianych myśli, kiedy staliśmy przed chwilą, milcząc, na chodniku, dotyczyła zapewne możliwości, że Asad Khalil zacznie na nas polować. W rzeczy samej, poza niewieloma wyjątkami nikt nigdy w Ameryce nie usiłował załatwić agenta federalnego. Ani mafia, ani różne grupy paramilitarne, ani nawet handlarze narkotyków. Lecz wyglądało na to, że z islamskimi ekstremistami sprawa ma się inaczej. Incydenty, takie jak morderstwo na parkingu CIA, zapowiadały, co może nas czekać w przyszłości. A przyszłość przyleciała właśnie dzisiaj samolotem Trans-Continentalu.

Dotarłem do Little Italy i stopy poniosły mnie same do knajpy Giulia przy Mott Street.

W środku, jak to w sobotni wieczór, było pełno. Modnisie z Manhattanu, paru typków z przedmieść, kilka miejscowych włoskich rodzin i trochę turystów z tych regionów, gdzie ludzie mają blond włosy. Nie zauważyłem natomiast mafiosów, którzy w weekendy unikają miejsc, gdzie ludzie przychodzą oglądać mafiosów. Barman był nowy i nie dostrzegłem żadnego ze starych kumpli, których zdarzało mi się tu spotykać w tygodniu. I bardzo dobrze. Zamówiłem podwójną dewar's i budweisera jako utrwalacz. Po co marnować czas.

Wychyliłem whisky i popiłem piwem.

Nad barem grał telewizor z wyłączoną fonią. U dołu ekranu, gdzie zwykle przesuwają się notowania giełdowe, pokazywano wyniki sportowe. Leciał „The Sopranos", serial komediowy, który oglądali wszyscy przy barze. Moi znajomi mafiosi uwielbiają ten film.

Po kilku kolejkach poczułem się lepiej, wyszedłem i złapałem taksówkę do domu. Mam mieszkanie własnościowe w nowoczesnym wieżowcu przy Wschodniej Siedemdziesiątej Drugiej· Ulicy, ze znakomitym widokiem na East River. Mieszkanie jest schludne, nie ma w sobie nic z zatęchłej nory, kojarzącej się zwykle z nieżonatym nowojorskim detektywem. Życie mam w proszku, ale chatę czystą. Częściowo jest to efekt mojego pierwszego małżeństwa, które trwało dwa lata. Ona miała na imię Robin i była zastępcą prokuratora okręgowego na Manhattanie. Poznaliśmy się w pracy. Większość kobiet w tym zawodzie wychodzi za mąż za prawników. Robin wyszła za gliniarza. Ślub dał nam sędzia, ale może lepiej byłoby go wziąć przed ławą przysięgłych.

Jak się to zwykle przydarza zdolnym prawnikom, Robin zaproponowano pracę w kancelarii adwokackiej, specjalizującej się w bronieniu szumowin, któreśmy oboje usiłowali przedtem zamykać. Przyjęła tę robotę. Służyło to jej poborom, lecz nie służyło małżeństwu. Rozwód na skutek niedających się pogodzić różnic światopoglądowych. Mnie się dostało mieszkanie.

W skrzynce na listy znalazłem tylko reklamówki. Spodziewałem się listu z bombą od Teda Nasha, lecz jak na razie mój kolega wykazywał podziwu godną powściągliwość. Wjechałem windą i wszedłem do mieszkania, nie rozglądając się specjalnie na boki. Alfred, nasz portier, nawet mnie samego ledwie wpuszczał przez pierwszy miesiąc mojego małżeństwa z Robin. Miał słabość do mojej żony i nie podobało mu się, że z nią sypiam. Poinstruowaliśmy zresztą Alfreda i jego zmienników, że jako przedstawiciele prawa możemy mieć wrogów. Przyjęli to ze zrozumieniem, a ich lojalność, dyskrecja i czujność bywały odpowiednio gratyfikowane na każde Boże Narodzenie i Wielkanoc. Z drugiej strony po naszym rozwodzie Alfred za parę dolców wręczyłby pewnie klucz samemu Kubie Rozpruwaczowi.

Włączyłem telwizor na CNN. Odbiornik nieco szwankował i wymagał ręcznego nastawiania, co wykonałem, waląc go kilka razy z góry pięścią. Pojawił się zaśnieżony obraz, lecz nadawali wiadomości biznesowe.

Wcisnąłem klawisz odsłuchu w telefonie. O 19.16 nagrała się Beth Penrose: „Cześć, John. Czuję, że byłeś dzisiaj na Kennedym, co? Pamiętam, że coś mi o tym wspominałeś. Straszne to było... tragedia. Mój Boże... no, jeśli dali cię do tej sprawy, to powodzenia. Szkoda, że nie mogliśmy się dziś zobaczyć. Zadzwoń, jak będziesz mógł".

To jest właśnie plus sytuacji, kiedy chodzi ze sobą dwoje gliniarzy. Obie strony się rozumieją. Ale to chyba jedyny plus.

Było jeszcze parę wiadomości, nagranych przez rodzinę i znajomych; wszyscy pytali o sprawę lotniska i czy coś przy niej robię. Raptem zacząłem znów wzbudzać zainteresowanie, choć ledwie przed rokiem uważano mnie za człowieka skończonego. Ostatnią wiadomość, dziesięć minut przed moim powrotem do domu, zostawiła Kate Mayfield: „Tu Kate. Myślałam, że już wróciłeś. Jakbyś chciał pogadać, to zadzwoń. Siedzę w domu... Raczej nie będę mogła zasnąć. Możesz dzwonić do późna".

Nie sądziłem, bym miał trudności z zaśnięciem, ale chciałem najpierw obejrzeć dziennik, zdjąłem więc marynarkę i buty i zapadłem w ulubionym fotelu. Jeszcze leciał biznes. Przysypiałem odrobinę, więc gdy zadzwonił telefon, zignorowałem go. Kiedy otworzyłem znowu oczy, zegar na wideo pokazywał 5.17. Ledwie zdążyłem wziąć prysznic i przebrać się przed jazdą na La Guardię.

Rozbierając się, włączyłem 1010 WINS, radio nadające tylko wiadomości. Spiker mówił akurat o tragedii samolotu Trans-Continentalu. Podgłośniłem i wskoczyłem pod prysznic. Poprzez szum wody słyszałem fragmenty relacji. Facet mówił coś o Kaddafim i nalocie na Trypolis w 1986 roku.

Media zaczynały dodawać dwa do dwóch.

Pamiętałem ten nalot z 1986 roku. Policję i PA postawiono wtedy w stan pogotowia na wypadek, gdyby całe to gówno zrykoszetowało. Ale poza tym, że zostawaliśmy po godzinach, niewiele więcej się działo.

Za to działo się dzisiaj. To byli bardzo pamiętliwi ludzie.

Mój partner, Dom Fanelli, opowiedział mi kiedyś dowcip: „Po czym poznać, że Sycylijczyk ma Alzheimera? Po tym, że nie pamięta, na kim miał się zemścić". Okazało się, że z Arabami jest tak samo. Albo jeszcze gorzej.

KSIĘGA CZWARTA

Ameryka
Teraźniejszość

*...i wznieciliśmy pomiędzy chrześcijanami wrogość i nie-
nawiść aż do Dnia Zmartwychwstania... O wy, którzy
wierzycie! Nie bierzcie sobie za przyjaciół żydów i chrześcijan.*

Koran, Sura V — „Stół zastawiony"

Rozdział 24

Piętnasty kwietnia był denny, a szesnasty wcale nie zapowiadał się lepiej.

— Dzień dobry, panie Corey — powiedział Alfred, który zamówił mi taksówkę.

— Dzień dobry, Alfredzie.

— Zapowiadali dobrą pogodę. Na La Guardię, tak? — Otworzył przede mną tylne drzwiczki taksówki i rzucił do kierowcy: — Na La Guardię.

Usadowiwszy się, zapytałem kierowcę:

— Ma pan może gazetę?

Wziął gazetę z siedzenia pasażera i podał mi. Była po rosyjsku czy po grecku. Kierowca się roześmiał.

Piękny dzionek się zapowiadał.

— Spieszy mi się — powiedziałem do taksówkarza. — Przyciśnij pan trochę. *Capisce?* Gaz do dechy.

Nie okazywał chęci złamania przepisów, więc pomachałem mu przed nosem odznaką.

— Ruszaj się, facet!

Taksówka przyspieszyła. Gdybym miał przy sobie gnata, przystawiłbym mu lufę do głowy. Nie należę do rannych ptaszków. Kiedy podjechaliśmy pod terminal US Airways, zapłaciłem i oddałem kierowcy gazetę, mówiąc:

— To pański napiwek.

Miałem jeszcze kwadrans do odlotu. Bez bagażu i broni do zadeklarowania powinienem zdążyć na styk.

Przed terminalem zauważyłem dwóch mundurowych policjantów z Władz Portowych. Patrzyli na każdego, jakby przyjechał samochodem-pułapką. Miałem nadzieję, że dostali zdjęcie Khalila.

W kasie biletowej zapytałem kasjera, czy jest dla mnie bilet albo rezerwacja. Faktycznie podchodziłem teraz do latania z wielką rezerwą, ale nie czas był na słowne gierki.

— Corey, John — poinformowałem.

Znalazł mnie w komputerze i wydrukował bilet. Poprosił o dowód tożsamości i pokazałem mu prawo jazdy. Nie chciałem pokazywać legitymacji FBI, bo to wywoływało zawsze pytanie o broń. Nie wziąłem jej między innymi dlatego, żeby nie tracić czasu na wypełnianie deklaracji. Moi koledzy na pewno wzięli broń i w razie czego mogli mnie chronić. Tak sądziłem. Z drugiej strony, ile razy człowiek nie weźmie pistoletu, to zawsze okazuje się potrzebny. Ale był jeszcze inny powód, dla którego go nie zabrałem. Kasjer życzył mi miłego lotu. Gdybym miał więcej czasu, odpowiedziałbym: „Niechaj nam Allah ześle pomyślny wiatr".

Przy bramce wykrywacza metalu także stał policjant. Kolejka przesuwała się powoli. Moje metalowe jaja nie wywołały alarmu i ruszyłem szybkim krokiem do wyjścia na płytę. Taka wzmożona ochrona lotniska z jednej strony sprawiała, że gliniarze dobrze zarobią za nadgodziny, a burmistrz będzie mógł wycisnąć rządowy szmal z Waszyngtonu, twierdząc, że to ich wina. Z drugiej strony jednak obstawianie linii krajowych rzadko kiedy przynosiło rezultat, choć niewątpliwie utrudniało życie ściganym przestępcom. Jeżeli Asad Khalil miał olej w głowie, to oczywiście zrobił to, co większość poszukiwanych przez policję — zagrzebał się w jakiejś norze, żeby przeczekać, albo wykombinował czysty samochód i zniknął w sieci dróg. Lecz niewykluczone, że już wczoraj odleciał Liniami Wielbłądzimi do Krainy Piachu.

— Ledwie pan zdążył — powitała mnie stewardesa.

— To mój szczęśliwy dzień.

— Miłego lotu. Może pan usiąść na dowolnym miejscu.

— Mogę tam, gdzie ten facet?

— Na dowolnym wolnym miejscu, drogi panie. Proszę siadać.

Zajęta była tylko połowa miejsc. Usiadłem sam, z dala od Kate, siedzącej z Tedem, i od Koeniga, który siedział naprzeciw nich. Po drodze mruknąłem im jednak:

— ...dobry.

Ktoś świsnął darmowe czasopisma z kieszeni przed moim fotelem, więc nim samolot ruszył, poczytałem sobie instrukcję ewakuacyjną. W połowie lotu Koenig, wracając z toalety, rzucił mi na kolana „New York Timesa". Nagłówek na pierwszej stronie głosił „Trzystu zabitych na lotnisku Kennedy'ego". Piękna lektura na niedzielny poranek.

Artykuł był pobieżny i nieco niedokładny, zapewne rezultat działań naszych speców od wciskania kitu. Podano, że władze i przedstawiciele transportu lotniczego nie ujawnili szczegółów poza tym, że nieznany jeszcze toksyczny gaz zabił wszystkich pasażerów i załogę. Ani słowa o lądowaniu na autopilocie, o morderstwie czy terrorystach i oczywiście o Conquistador Club. I, dzięki Bogu, ani słowa o Johnie Coreyu.

Lot przebiegł bez przygód, poza niesmaczną kawą. Schodząc do lądowania na Krajowym Lotnisku Ronalda Reagana, przelecieliśmy nad Potomakiem i roztoczył się pode mną piękny widok na rotundę Jeffersona i drzewa wiśniowe w rozkwicie, na Mall, Kapitol i resztę tych budynków z białego kamienia, emanujących władzą, władzą, władzą. I po raz pierwszy do mnie dotarło, że jestem teraz pracownikiem tych tam na dole.

Wylądowaliśmy o czasie. Zauważyłem, że Koenig jest w niebieskim garniturze, jakie zwykle noszą federalni, i ma teczkę. Nash był ubrany w jeden ze swoich europejskiego kroju garniturów i też miał teczkę, zapewne ręcznie wykonaną ze skóry jaka przez tybetańskich partyzantów z Himalajów. Kate też włożyła niebieski federalniacki kostium, lecz wyglądała w nim lepiej od Jacka. Ona również niosła teczkę i pomyślałem sobie, że i ja powinienem mieć teczkę. Sam byłem ubrany w szary garnitur od Barneya, który dostałem od mojej byłej. Z podatkiem i napiwkiem... jak nic dwa tysiące dolców. Robin dysponowała taką kasą. Zarabiała ją na bronieniu handlarzy narkotyków, płatnych zabójców, kryminalistów w białych kołnierzykach i innych forsiastych kanalii. Czemu więc noszę to ubranie? Być może jako wyraz swoistego cynizmu. Poza tym dobrze leży i widać, że jest drogie.

Samochód z kierowcą zabrał nas do centrali FBI, zwanej budynkiem Edgara J. Hoovera.

— Wybaczcie, jeśli dzisiejszy wyjazd pozbawił was możliwości pójścia na mszę. — Z tymi słowami odwrócił się do nas Jack Koenig, siedzący na przednim siedzeniu.

Oczywiście FBI na pokaz wspiera uczestnictwo pracowników w praktykach religijnych. A może nie tylko na pokaz. W każdym razie moje poprzednie szefostwo nigdy by z czymś takim nie wyskoczyło, toteż zabrakło mi odpowiedzi.

— W porządku — odparła Kate, cokolwiek to miało oznaczać.

Nash mruknął coś, co zabrzmiało, jakby nam wszystkim dawał rozgrzeszenie.

Ja w kościele bywam raczej rzadko, lecz w końcu coś wymyśliłem.

— Edgar H. tam w górze na pewno się za nas pomodli.

Koenig spojrzał na mnie koso i odwrócił się bez słowa.

Rozdział 25

Asad Khalil wstał o 5.30. Wziął z łazienki wilgotny ręcznik i powycierał wszystko, co mógł dotykać. Pokłonił się w kierunku Mekki na podłodze i odmówił poranne modlitwy, a potem wyszedł z pokoju. Wrzucił torbę do auta i poszedł do recepcji, z ręcznikiem w ręce.

Młody recepcjonista spał na krześle, telewizor grał. Khalil wszedł za kontuar z glockiem w dłoni i strzelił chłopakowi przez ręcznik z bliska w tył głowy. Następnie zepchnął ciało pod kontuar, zabrał portfel ofiary i pieniądze z kasy, a także stos kart meldunkowych i kopii pokwitowań kaucji. Wytarł swój klucz ręcznikiem i odwiesił go. Spojrzał na kamerę pod sufitem, którą zauważył już wczoraj. Nagrała oczywiście nie tylko jego przybycie, ale i dzisiejsze morderstwo. Po kablu dotarł do magnetowidu, stojącego w pokoiku za recepcją, wyjął kasetę i schował ją do kieszeni. Następnie przyciskiem przy kontuarze wyłączył neon na dachu, pogasił wszystkie światła w biurze i wrócił do samochodu.

W powietrzu wisiała wilgotna mgła, widoczność sięgała zaledwie kilku metrów. Mimo to Khalil włączył reflektory dopiero, gdy odjechał na sto metrów od motelu. Dojeżdżając do Capital Beltway, skręcił na duży parking przydrożnego sklepu, znalazł studzienkę kanalizacyjną i przez metalową kratę wrzucił tam dokumenty hotelowe oraz kasetę. Z portfela recepcjonisty wyjął pieniądze i także się go pozbył.

Jadąc Beltway na południe, a potem na zachód, okrążył Waszyngton. Niczym lew, pomyślał, podchodzący ofiarę. Zaprogramował GPS, podając adres w Waszyngtonie, i zjechał z autostrady na Pennsylvania Avenue, podążając nią wprost do serca stolicy wroga. O 7.00 znalazł się pod wzgórzem Kapitolu. Mgła się podniosła i wielka biała kopuła skąpana była w porannym słońcu. Khalil zaparkował od strony południowo-wschodniej, wyjął z torby kamerę i zrobił kilka zdjęć budynku, żeby pokazać je kolegom w Trypolisie.

O 7.25 wrócił do auta i przejechał kilka przecznic do Constitution Avenue. Ta jej część zabudowana była luksusowymi domkami jednorodzinnymi. Znalazł numer 415. Przed domkiem stał na podjeździe samochód, na drugim piętrze paliło się światło. Khalil zaparkował pół przecznicy dalej.

Wsunął oba glocki do bocznych kieszeni marynarki i czekał, obserwując budynek.

Punktualnie o 7.45 wyszła z niego para w średnim wieku; elegancko ubrana kobieta i mężczyzna w granatowym mundurze generała Sił Powietrznych Stanów Zjednoczonych. Khalil uśmiechnął się pod wąsem. W Trypolisie powiedzieli mu, że generał Terrance Waycliff ściśle przestrzega pewnych zwyczajów, a jednym z nich jest coniedzielne wyjście na mszę w katedrze. Na 8.15 albo na 9.30. Dziś była to ósma i Khalil ucieszył się, że nie straci kolejnej godziny.

Mężczyzna był wysoki i szczupły. Pomimo siwizny miał krok młodzieńca. W 1986 roku generał Waycliff, wówczas kapitan, pilotował jeden z czterech F-111, które zbombardowały Al Azziziyah. Jego nawigatorem i strzelcem pokładowym był kapitan — dziś pułkownik — William Hambrecht, którego los dopełnił się w styczniu w Londynie. A teraz w Waszyngtonie podobny los miał spotkać generała.

Waycliff otworzył drzwiczki żonie, usiadł za kierownicą i wycofał z podjazdu. Khalil mógł zabić oboje na miejscu, lecz postanowił przeprowadzić to inaczej.

Poprawił krawat, wysiadł z samochodu i podszedł do drzwi domku. Zadzwonił. Usłyszał kroki i cofnął się, żeby go było widać przez wizjer. Rozległ się metaliczny chrobot łańcucha i drzwi uchyliły się odrobinę. W szparze zobaczył twarz młodej kobiety i fragment łańcucha. Kobieta zaczęła coś mówić, lecz

Khalil błyskawicznie staranował drzwi ramieniem. Łańcuch odskoczył, a uderzona drzwiami kobieta upadła na podłogę. Przyskoczył do niej, zatrzaskując jednocześnie drzwi i wyciągając pistolet.

— Cicho — nakazał jej szeptem.

Dziewczyna leżała bez ruchu na marmurowej posadzce; w jej oczach malowało się przerażenie. Gestem kazał jej wstać. Była niewysoka, o ciemnej karnacji, tylko w sukience i boso. Według jego informacji musiała to być pomoc domowa, a poza nią nikt więcej już tu nie mieszkał.

— Kto jest w domu? — zapytał dla pewności.

— Generał w domu — odpowiedziała koślawą angielszczyzną.

— Nie kłam — uśmiechnął się Khalil. — Generała nie ma. A dzieci są?

Pokręciła głową, drżąc ze strachu.

— Do piwnicy — polecił jej, wskazując pistoletem podłogę. Pokazała palcem drewniane drzwi. — Idź pierwsza.

Dziewczyna otworzyła drzwi, zapaliła wewnątrz światło i zaczęła schodzić w dół. Khalil za nią. Na dole szybko odnalazł wejście do małego pomieszczenia, w którym znajdował się piec olejowy i bojler. Pchnął kobietę do środka, a kiedy go minęła, strzelił jej raz w tył głowy. Nim padła na podłogę, już nie żyła.

Wrócił na górę, do kuchni. W lodówce znalazł karton mleka i wypił je, a pudełko wrzucił do kosza. Potem zjadł jeszcze dwa jogurty. Nie zdawał sobie sprawy, jaki jest głodny, póki nie poczuł woni jedzenia. Podszedł do drzwi wejściowych. Podniósł z podłogi metalowy zaczep łańcucha, wyrwany z framugi razem ze śrubami, i przytwierdził go z powrotem na miejscu. Zamknął drzwi na zamek, lecz nie zakładał łańcucha, żeby generał mógł sam sobie otworzyć.

Na parterze znajdowała się oprócz kuchni tylko jadalnia i łazienka. Poszedł schodami na górę. Minął pierwsze piętro, zajęte w całości przez duży salon, i wszedł na drugie. Były tu cztery sypialnie. Dwie należały najwyraźniej do dzieci generała, chłopca i dziewczynki. Żałował, że nie leżą teraz w łóżkach. Trzeci pokój przeznaczony był dla gości, a czwartym była sypialnia generała i jego żony. Wszedł na trzecie piętro, gdzie znajdował się wyłożony boazerią gabinet i nieduża sypialnia, zapewne służącej.

Gabinet zastawiony był i obwieszony wojskowymi pamiątkami. Pod sufitem wisiał na nylonowych żyłkach model samolotu F-111. Pod skrzydłami miał cztery srebrzyste bomby i nurkował w dół, do ataku. Khalil zerwał model i połamał go na drobne kawałki, które wdeptał w dywan.

— Niech was wszystkich piekło pochłonie — wycedził z wściekłością.

Opanował się i kontynuował oględziny. Na ścianie wisiało czarno-białe zdjęcie przedstawiające ośmiu mężczyzn przed samolotem F-111. Drukowany podpis głosił: LAKENHEATH, 13 kwietnia 1987. Nie była to data bombardowania, lecz Khalil domyślił się, że ponieważ misja i tożsamość jej uczestników były tajne, generał specjalnie dał fałszywy podpis, nawet we własnym mieszkaniu. Tchórzliwy czyn tych ludzi, pomyślał, w rzeczy samej nie przyniósł im żadnych zaszczytów.

Podszedł do wielkiego mahoniowego biurka. Leżał tu terminarz generała. Pod datą 16 kwietnia był tylko jeden wpis: „Msza o 8.15. Katedra". Khalil spojrzał na poniedziałek 17 kwietnia. Generał miał jakieś spotkanie o dziesiątej rano. Do tego czasu kolejny z jego kolegów z klucza już będzie martwy. Pod datą 15 kwietnia widniała notatka: „9.00, telekonferencja".

Khalil pokiwał głową. A więc ci ludzie utrzymywali ze sobą kontakt. Mogło to stanowić pewien problem, szczególnie że będą kolejno umierali. Lecz spodziewał się tego i jeśli będzie działał szybko, to zanim się zorientują, że giną jeden po drugim, wszyscy już będą nieżywi.

Obok telefonu leżał notatnik. Khalil przekartkował go szybko i znalazł nazwiska pozostałych mężczyzn z fotografii. Z satysfakcją odnotował w myśli, że przy nazwisku Hambrechta zaznaczono „zmarł". Adres Chipa Wigginsa natomiast został przekreślony na czerwono i opatrzony znakiem zapytania.

W szufladzie biurka znalazł posrebrzany pistolet kalibru .45. Sprawdził, czy magazynek jest pełny, wprowadził nabój do komory, odbezpieczył i wsunął broń za pas.

Ruszył do drzwi, lecz zawrócił, starannie pozbierał z dywanu szczątki modelu samolotu i wrzucił je do kosza. Potem zszedł piętro niżej i buszując po sypialniach, pozabierał pieniądze, biżuterię, zegarki i nawet kilka militariów generała. Wrzucił to wszystko do poszewki na poduszkę i zszedł do kuchni.

Ścienny zegar pokazywał 8.55. Generał z żoną, jeśli istotnie prowadzili tak uregulowane życie, powinni wrócić o 9.30. O 9.45 oboje będą martwi.

Rozdział 26

Przejechaliśmy jakimś mostem na drugą stronę Potomacu. Wkrótce wyrósł przed nami budynek Kapitolu. Ciekaw byłem, czy poinformowano już o sprawie wszystkich członków Kongresu. Kiedy się mleko wyleje, władza wykonawcza, gdy już przedsięweźmie coś konkretnego, lubi powiadamiać o tym Kongres i czekać na jego błogosławieństwo. Jak ich znałem, pewnie już wysłali samoloty nad Libię.

Zatrzymaliśmy się przed budynkiem Hoovera, wyjątkowo brzydką budowlą z cementowych bloków, o wymykającej się opisowi formie. Byłem tu kiedyś na seminarium i urządzili nam zwiedzanie. Jak ktoś nie chciał zwiedzać, a już szczególnie hołubionego przez FBI muzeum, nie dostawał lunchu.

Przód budynku jest siedmiopiętrowy, ponieważ przy Pennsylvania Avenue nie wolno budować wyższych, ale tył ma jedenaście pięter. Ogólna powierzchnia wynosi jakieś dwieście pięćdziesiąt tysięcy metrów kwadratowych, więcej niż w starej centrali KGB w Moskwie. To chyba największy budynek policyjny na świecie. Pracuje tu około ośmiu tysięcy osób, z których większość to obsługa i technicy. Samych agentów jest około tysiąca.

Weszliśmy do niewielkiego holu, połączonego z wewnętrznym dziedzińcem. Wyszedłem tam sobie w oczekiwaniu na kogoś z gospodarzy. Na patio stoi fontanna i ławeczki, a na jednej ze ścian wisi brązowa tablica z cytatem z Hoovera:

„Najskuteczniejszą bronią w walce przeciwko przestępczości

jest współpraca (...) połączone wysiłki wszystkich instytucji prawa i porządku oraz poparcie i zrozumienie ze strony narodu amerykańskiego". Dobrze powiedziane. Lepiej niż nieoficjalne motto FBI, brzmiące: „Nigdy nie popełniamy błędów".

Przy wyjściu na dziedziniec wiszą zwyczajowe portrety — prezydent, prokurator generalny, dyrektor FBI i tak dalej. Wszyscy mają przyjazne miny i są odpowiednio uszeregowani, żeby nikt nie pomyślał, że to listy gończe. W rzeczy samej jest jeszcze drugie wyjście, z którego wyruszają wycieczki z przewodnikiem, i tam istotnie wiszą zdjęcia dziesięciu najbardziej poszukiwanych przestępców. To niesamowite, ale wielu z tych bandziorów aresztowano w efekcie rozpoznania ich przez zwiedzających. Nie wątpiłem, że na pierwszym miejscu wisi tam teraz zdjęcie Asada Khalila. Może i tym razem któryś z turystów powie: „Przecież ten gość wynajmował u mnie pokój".

Jack, Kate i Ted zadeklarowali pistolety strażnikowi, a ja musiałem się przyznać, że jestem nieuzbrojony. Poinformowałem jednak ochroniarza:

— Moje ręce są oficjalnie zarejestrowane jako śmiercionośna broń.

Strażnik spojrzał dziwnie na Koeniga, który usiłował udawać, że mnie nie zna.

Tuż przed 9.00 zaprowadzono nas do przytulnej salki konferencyjnej, gdzie zostaliśmy przedstawieni sześciu panom i dwóm paniom. Panowie mieli wszyscy na imię Bob, Bill albo Jim, a panie Jane i Jean.

Dzień, który zapowiadał się na długi i męczący, okazał się jeszcze gorszy. Nikt nas nie ochrzaniał ani nie okazywał wrogości, wszyscy byli bardzo mili, ale miałem chwilami wrażenie, że znalazłem się w podstawówce i zostałem wezwany do dyrektora. „Johnny, czy jak następnym razem przyjedzie do Ameryki terrorysta, będziesz już pamiętał, co trzeba robić?". Dobrze, że nie zabrałem pistoletu, bobym ich chyba powystrzelał. Nie siedzieliśmy w tej salce przez cały czas, lecz prowadzali nas po różnych biurach i w każdym odbywała się taka sama ceremonia. Wnętrze budynku, tak na marginesie, jest równie ponure jak fasada. Wszędzie białe ściany i szare drzwi. Ktoś mi kiedyś powiedział, że Edgar J. zabraniał wieszać obrazki na ścianach, i rzeczywiście, żadnych nie zauważyłem. Podobno każdy, kto wieszał obrazek, ginął tajemniczą śmiercią. Co jakiś czas przechodziliśmy obok szklanej ściany i można było zajrzeć do jakiegoś laboratorium albo pokoju, gdzie mimo niedzieli ludzie tkwili nad komputerami lub mikroskopami, lub krzątali się z probówkami i tygielkami. Wiele z tych szyb to fałszywe lustra, tak że ci z wewnątrz cię nie widzą. Z kolei wiele luster to jednostronne szyby i ci ze środka mogą się przyglądać, jak dłubiesz wykałaczką w zębach.

Przez połowę tego czasu w ogóle nie wiedziałem, z kim rozmawiamy. Parę razy miałem wrażenie, że pomyliliśmy pokoje, bo ludzie w nich wyglądali na zaskoczonych i zmieszanych — jakby przyszli sobie do pracy w niedzielę nadrobić zaległości, a tu jacyś osobnicy z Nowego Jorku wparowują do środka i zaczynają im coś opowiadać o trującym gazie i facecie zwanym Lwem. Raz czy dwa ktoś zadał nam jakieś pytanie albo nawet poprosił o opinię. Lecz żadna z tych osób nie ujawniła nam, co sama wie. To miało nastąpić po lunchu, powiedziano nam, i to pod warunkiem, że ładnie zjemy surówkę.

Rozdział 27

Asad Khalil usłyszał, że otwierają się drzwi.

— Rosa, wróciliśmy! — zawołała kobieta.

Otworzyły się i zamknęły drzwi garderoby. Głosy przybrały na sile, zbliżając się do kuchni.

Khalil schował się za otwartymi drzwiami, trzymając w ręce kolta generała. Nasłuchiwał. Dwie pary nóg kroczyły ku niemu po marmurowej podłodze.

Generał z żoną weszli do przestronnej kuchni. On skierował się do lodówki, ona do ekspresu do kawy, stojącego na szafce. Byli odwróceni do niego plecami. Schował broń do kieszeni i czekał, aż go zauważą.

Kobieta wyjęła dwie filiżanki i nalała do nich kawy. Generał wciąż szperał w lodówce.

— Gdzie mleko? — zapytał.

— Powinno tam być — odparła pani Waycliff.

Odwróciła się, by podejść do stołu, ujrzała Khalila i z okrzykiem przerażenia upuściła filiżanki na podłogę.

Generał odwrócił się i podążywszy za wzrokiem żony, zobaczył przed sobą wysokiego mężczyznę w garniturze.

— Kim pan jest? — zapytał, wziąwszy głęboki oddech.

— Jestem posłańcem.

— Kto pana tu wpuścił?

— Wasza służąca.

— Gdzie ona jest?

— Poszła kupić mleko.

— Dobra, dość tego — uciął generał — wynoś się pan stąd albo wezwę policję.

— Jak było na mszy? — zapytał Khalil.

— Proszę wyjść — rzekła Gail Waycliff. — Jeśli pan wyjdzie natychmiast, nie zawołamy policji.

Khalil zignorował ją.

— Ja także jestem człowiekiem religijnym — powiedział. — Studiowałem pisma hebrajskie, mam chrześcijańską Biblię, no i oczywiście Koran.

Po tym ostatnim słowie do generała Waycliffa dotarło nagle, kim może być ten człowiek.

— Zna pan Koran, generale? — ciągnął Khalil. — Nie? Ale Stary Testament na pewno pan czytał. Dlaczego chrześcijanie nie czytają słów bożych, objawionych prorokowi Mahometowi? Niechaj będzie mu chwała...

— Proszę posłuchać. Nie wiem, kim pan jest...

— Ależ wie pan.

— No, dobrze. Wiem...

— Taak. Jestem pańskim najgorszym koszmarem. A pan kiedyś był moim.

— O czym ty mówisz, człowieku?

— Pan to generał Terrance Waycliff i pracuje pan w Pentagonie, zgadza się?

— Nie pański interes. Proszę się natychmiast stąd wynosić. Ale to już!

Khalil wpatrywał się milcząco w niebieski mundur generała.

— Widzę, że otrzymał pan wysokie odznaczenia, generale — stwierdził.

— Gail, dzwoń na policję — rzucił Waycliff do żony.

Kobieta stała przez chwilę jak skamieniała, po czym ruszyła ku wiszącemu na ścianie telefonowi.

— Nie dotykaj tego — rzucił Khalil.

Spojrzała na męża.

— Dzwoń na policję — powtórzył, robiąc krok w stronę intruza.

Khalil wyciągnął z kieszeni pistolet.

Gail Waycliff głośno westchnęła.

Generał zatrzymał się w pół kroku.

— W rzeczy samej to pański pistolet, generale — oznajmił Khalil.

Waycliff nie odpowiedział.

— Domyślam się, że za nalot na Libię nie dawali odznaczeń, prawda, generale? — zapytał Arab, patrząc mu w oczy. Po raz pierwszy dostrzegł w nich cień lęku. — Mówię oczywiście o piętnastym kwietnia osiemdziesiątego szóstego roku. Czy może osiemdziesiątego siódmego?

Generał spojrzał na żonę, ona na niego. Zaczynali rozumieć, do czego to wszystko zmierza. Gail Waycliff przeszła przez kuchnię i stanęła u boku męża. Khalil docenił jej odważny gest w obliczu śmierci. Nie chciał jeszcze kończyć sprawy, lecz delektował się tym momentem. Widok dwojga Amerykanów czekających na śmierć sprawiał mu przyjemność.

— Proszę mnie poprawić, jeśli się mylę — rzekł do Waycliffa. — Pan to Remit dwadzieścia dwa, prawda? — Generał nie odpowiedział. — Pański klucz czterech samolotów F-sto jedenaście zaatakował Al Azziziyah, zgadza się? — Generał w dalszym ciągu milczał. — I zastanawia się pan teraz, w jaki sposób odkryłem tę tajemnicę.

Generał odchrząknął.

— To prawda — potwierdził.

— Jeżeli panu powiem, będę musiał was zabić — uśmiechnął się Khalil.

— I tak zamierzasz to zrobić — wycedził Waycliff.

— Może tak. Może nie.

— Gdzie jest Rosa? — spytała Gail Waycliff.

— Jaka dobra z pani chlebodawczyni, jaka troskliwa...

— Gdzie ona jest? — ucięła generałowa.

— Wie pani gdzie.

— Ty sukinsynu!

Asad Khalil nie przywykł, by ktoś się doń tak zwracał, a już szczególnie kobieta. Miał chęć zastrzelić ją już teraz, lecz powściągnął emocje.

— Nie jestem synem suki — odparł. — Miałem matkę i ojca, byli dobrym małżeństwem. Ojca zabili wasi sprzymierzeńcy, Izraelczycy. Matka zginęła podczas bombardowania Al Azziziyah. Tak samo dwaj moi bracia i dwie siostry. Całkiem możliwe, pani generałowo — dodał — że zabiła ich jedna z bomb zrzuconych przez pani męża. I co mi pani na to odpowie?

Kobieta wzięła głęboki oddech.

— Mogę tylko powiedzieć, że jest mi przykro. Obojgu nam jest przykro z tego powodu.

— Naprawdę? Dziękuję za ten wyraz współczucia.

— Mnie wcale nie jest przykro — powiedział nagle gniewnym tonem generał, patrząc Arabowi twardo w oczy. — Wasz wódz Kaddafi jest międzynarodowym terrorystą. Zamordował wielu niewinnych ludzi. W bazie Al Azziziyah znajdowało się dowództwo operacji terrorystycznych i to sam Kaddafi naraził cywili na niebezpieczeństwo, umieszczając ich w obiekcie wojskowym. Skoro tyle wiesz, to musisz także wiedzieć, że bombardowaliśmy wyłącznie cele militarne; nieliczne ofiary cywilne były przypadkowe. Więc nie opowiadaj nam tutaj, że masz prawo mordować kogokolwiek z zimną krwią.

Khalil przyglądał się generałowi i zdawał się rozważać jego słowa.

— A bomba zrzucona na dom pułkownika Kaddafiego w Al Azziziyah? — zapytał. — Ta, która zabiła jego córeczkę i raniła żonę i synów? To też był przypadek? Czy wasze sprytne bomby same zmieniają tor lotu? Niech pan odpowie, generale.

— Nie mam ci nic więcej do powiedzenia.

— Ano, nie ma pan — odrzekł Khalil, kierując lufę broni w stronę Waycliffa. — Nie ma pan też pojęcia, jak długo czekałem na tę chwilę.

Generał zasłonił sobą żonę.

— Wypuść ją — poprosił.

— Kpi pan sobie ze mnie? Żałuję tylko, że waszych dzieci nie ma w domu.

— Ty gnoju! — Waycliff rzucił się ku Arabowi.

Khalil oddał jeden strzał, celując między wstęgi orderów na jego lewej piersi. Impet uderzenia tępo zakończonego pocisku kaliber .45 zatrzymał Waycliffa i rzucił nim do tyłu. Mężczyzna padł ciężko na podłogę.

Gail Waycliff krzyknęła i przypadła do męża. Khalil pozwolił jej ukłęknąć przy umierającym generale. Głaskała go po czole, szlochając. Z otworu po kuli płynęła krwawa piana;

zabójca domyślił się, że zamiast w serce, trafił w płuco. To jeszcze lepiej, pomyślał. Generał utopi się powoli we własnej krwi. Podszedł do leżącego. Ich oczy się spotkały.

— Mógłbym pana zabić siekierą, jak pułkownika Hambrechta — rzekł Arab. — Doceniam jednak pańską odwagę, toteż nie będzie pan długo cierpiał. Obiecuję, że tak samo postąpię z pańskimi kolegami z klucza.

Generał Waycliff chciał coś powiedzieć, lecz z jego ust trysnęła tylko spieniona krew. W końcu udało mu się wykrztusić:

— Gail...

Khalil przystawił lufę pistoletu do głowy Gail Waycliff tuż nad uchem i przestrzelił jej mózg. Padła na ciało męża.

Generał uniósł głowę i spojrzał na martwą żonę.

— Cierpiała daleko mniej niż moja matka — rzekł Khalil cicho.

Waycliff patrzył na niego szeroko otwartymi oczyma, z krwawą pianą na wargach.

— Dość... — zaniósł się kaszlem — dość zabijania... wracaj... do domu...

— Jeszcze z wami nie skończyłem. Wrócę, kiedy zabiję wszystkich pańskich kolegów.

Generał opadł na podłogę. Niczego już nie próbował mówić. Jego dłoń znalazła dłoń żony i ścisnęła ją.

Khalil czekał cierpliwie, lecz leżący przed nim mężczyzna umierał powoli. W końcu zabójca kucnął przy ofiarach, zdjął generałowi zegarek i sygnet akademii lotniczej, a z kieszeni wyciągnął portfel. Zabrał też zegarek i pierścionki pani Waycliff i zdarł jej z szyi perły. Potem przyłożył palce do piersi konającego, w miejscu gdzie orderowe wstęgi nasiąkły krwią. Podniósł palce do ust i oblizał je, delektując się smakiem krwi i tą chwilą. Nie spuszczał przy tym wzroku z oczu generała, wpatrującego się weń ze zgrozą. Wreszcie oddech Terrance'a Waycliffa przeszedł w krótkie, świszczące spazmy, a w końcu ustał. Khalil sprawdził puls na tętnicy szyjnej ofiary. Zadowolony, wstał i spojrzał na martwe ciała.

— Obyście się smażyli w piekle — mruknął.

Rozdział 28

Koło południa nawet Kate, Ted i Jack wyglądali na wyraportowanych do cna. Nasi gospodarze wiedzieli, jak wycisnąć z człowieka każdy strzęp informacji, nie uciekając się przy tym do elektrowstrząsów. W Hooverlandzie nadeszła pora lunchu. Na szczęście pozwolili nam zjeść samym, chociaż doradzili, żeby skorzystać z firmowego bufetu. Nie dali za to kuponów na posiłek i musieliśmy zapłacić z własnej kieszeni, a przecież to żarcie jest dotowane z budżetu. Wybrałem sobie ze skąpego niedzielnego menu sałatkę z tuńczykiem i kawę, która smakowała jak płyn do balsamowania zwłok.

Ludzie w kantynie wyglądali jak statyści z filmu szkoleniowego w reżyserii Edgara J. Hoovera: „Jak schludny wygląd pomaga zwiększyć wykrywalność". Zauważyłem tylko kilku czarnych; wyglądali niczym okruchy czekolady w misce płatków owsianych. Waszyngton może i jest stolicą wielokulturowości, ale niektóre instytucje poddają się zmianom bardzo opornie. Ciekawy byłem, co tutejsi szefowie myślą o ATTF w Nowym Jorku, a szczególnie o chłopakach z nowojorskiej policji, którzy zgromadzeni w tej sali przypominaliby towarzystwo z knajpy w „Gwiezdnych wojnach".

Może zresztą krzywdziłem naszych gospodarzy. FBI to w sumie całkiem niezła instytucja, strzegąca prawa w tym kraju, tyle że ma problem z własnym wizerunkiem. Politycznie poprawna część opinii publicznej jej nie lubi, media są zmienne, ale większość społeczeństwa wciąż darzy federalnych podziwem. Inne agendy policyjne cenią ich robotę, zazdroszczą im władzy i budżetu i wkurzają się na ich arogancję. Niełatwo jest być na szczycie.

— Nie jestem w stanie powiedzieć — rzekł Koenig, przeżuwając sałatkę — czy ATTF zostanie przy tej sprawie, czy przejmie ją od nas tutejsza sekcja antyterrorystyczna.

— Przecież naszą firmę stworzono właśnie do takich spraw — zauważyła Kate.

Racja. Ale instytucje macierzyste nigdy nie przepadały za swymi latoroślami. Armia na przykład nie lubi własnych oddziałów specjalnych z ich zielonymi jak liście beretami. W NYPD nie lubi się oddziałów do zwalczania przestępczości, których członkowie ubierają się i wyglądają jak kompletni menele i zakapiory.

— W Nowym Jorku mamy całkiem niezłą wykrywalność — dodała Kate.

— To chyba będzie zależało od tego, gdzie jest teraz Khalil — rzekł Koenig po namyśle — albo gdzie uznają, że jest. W obszarze miasta prawdopodobnie nie będą nam się wtrącać. Zagranicę weźmie CIA, a reszta kraju i Kanada przypadnie pewnie Waszyngtonowi.

Nie miałem zielonego pojęcia, jak oni dzielą między siebie ten tort. Wiedziałem jednak, że ludzie z ATTF działający na terenie Nowego Jorku bywali delegowani w różne zakątki kraju czy nawet świata, jeżeli sprawa brała początek w mieście. Dom Fanelli przekonywał mnie nawet, że funkcjonariusze sił antyterrorystycznych sporo jeżdżą do Paryża, kosztować wina, serów i francuskich kobiet, które oczywiście werbują na szpiegów przeciwko Arabom. Nie całkiem w to wierzyłem, ale na pewno można było ostro naciągnąć budżet federalny na podróż do Europy. To tyle na temat patriotyzmu. Z postawy Koeniga widać było, że nie jest pewien, jak silna jest pozycja ATTF w kwestii utrzymania sprawy i doprowadzenia jej do końca.

— Jeśli Khalila złapią w Europie — powiedział — dwa albo trzy kraje będą chciały go przymknąć przed nami, chyba że nasz rząd przekona zaprzyjaźnione państwa o konieczności ekstradycji za popełnienie u nas masowej zbrodni.

Większość z tej prawniczej gadaniny doskonale znałem. Przez prawie dwadzieścia lat byłem gliną, przez pięć uczyłem w college'u, a przez dwa miałem żonę prawniczkę. I był to chyba jedyny przypadek w moim życiu, że miałem pod sobą prawnika, a nie on mnie.

W każdym razie Koeniga martwił fakt, że straciliśmy piłkę tuż przed bramką i pójdziemy teraz na ławkę rezerwowych. Mnie zresztą też to martwiło. Co gorsza, jeden z naszych zawodników, niejaki Ted Nash, miał zostać sprzedany z powrotem do macierzystej drużyny, która i tak już miała mocniejszy skład do tej rozgrywki.

— Jutro lecę do Paryża — oznajmił właśnie Ted. — Muszę pogadać w naszej ambasadzie. Myślę, że to dobry pomysł wrócić tam, gdzie się to wszystko zaczęło, i potem wracać po nitce do kłębka.

Zastanawiałem się, czy nie dałoby się przebić mu tchawicy widelcem. Kate i Jack gawędzili sobie dalej o jurysdykcjach, ekstradycjach, prerogatywach federalnych i podobnych prawniczych bzdetach.

— Jestem przekonana — zwróciła się do mnie Kate — że tak samo jest w policji. Ten, kto rozpoczął sprawę, prowadzi ją do końca, dzięki czemu łańcuch dowodowy pozostaje nieprzerwany, a potem w sądzie trudniej jest obronie podważać świadectwo policjantów.

Jezu. Nie mamy nawet pojęcia, gdzie szukać tego śmiecia, a oni cyzelują aspekty prawne. Tak to się dzieje, kiedy prawnicy zostają glinami. Ten kraj tonie w prawniczych zawiłościach i zresztą niech tam, jeżeli chodzi o przeciętnego amerykańskiego przestępcę. Ale dla kogoś takiego jak Asad Khalil powinno się ustanowić inne prawa i inne sądy. Przecież ten facet nawet nie płaci podatków.

Lunch dobiegł końca i pan Koenig przemówił do nas tak:
— Świetnie się dzisiaj spisaliście, naprawdę. Wiem, że to nie jest zbyt przyjemne, ale skoro już tu jesteśmy, starajmy się być pomocni. Naprawdę jestem dumny z waszej trójki.

Tuńczyk przekręcił mi się w żołądku, lecz Kate wyglądała na zadowoloną. Ted miał to wszystko oczywiście głęboko w dupie, co oznaczało, że mamy wreszcie ze sobą coś wspólnego.

Rozdział 29

Asad Khalil dojechał znów do Beltway, a o 10.15 znalazł się na Interstate 95, oddalając się od Waszyngtonu na południe. Podczas jazdy przeliczył gotówkę ukradzioną z domu generała Waycliffa. Razem z tym, co zdobył wcześniej, miał tysiąc sto dolarów. Powinno starczyć na kilka dni, uznał. Minąwszy most nad niewielką rzeką, zjechał na pobocze i włączył światła awaryjne. Wysiadł z auta, zabierając ze sobą powłoczkę z pistoletem generała i kosztownościami z jego domu. Stanął przy barierce mostu, rozejrzał się i wrzucił to wszystko do rzeki. Chętnie zatrzymałby sobie kilka pamiątek, na przykład pierścień Waycliffa i zdjęcia jego dzieci. Wiedział jednak z wcześniejszych doświadczeń w Europie, że lepiej nie mieć takich rzeczy przy sobie na wypadek rutynowej kontroli policyjnej. W zasadzie nie zamierzał dopuścić do przeszukania, lecz wolał dmuchać na zimne.

Wsiadł do samochodu i zjechał na najbliższą stację benzynową, właściwie kompleks trzech stacji. Wybrał Exxon i podjechał do samoobsługowych dystrybutorów. Chociaż miał kartę kredytową, postanowił zapłacić gotówką. Wolał nie pozostawiać śladów.

Podszedł do okienka i położył na ladzie dwadzieścia dolarów. Kasjer zerknął na niego z ukosa; nie było to przyjazne spojrzenie. Potem położył resztę na kontuarze i się odwrócił. Khalil wziął ją i udał się do samochodu.

Jechał tak jak wszyscy, jakieś sto dwadzieścia na godzinę,

dużo szybciej niż przedtem na północ od Waszyngtonu, i piętnaście kilometrów powyżej dopuszczalnej prędkości. W Trypolisie tłumaczył mu te sprawy Boris z KGB.

— Policja na południu lubi zatrzymywać auta z rejestracją z północy. Szczególnie z Nowego Jorku. — Widząc pytające spojrzenie Asada, Boris wyjaśnił: — Kiedyś toczyła się wielka wojna pomiędzy Południem i Północą. Południe przegrało i chowa urazę do dziś dnia.

— Kiedy była ta wojna?

— Ponad sto lat temu. — Rosjanin opowiedział mu pokrótce o wojnie secesyjnej. — Amerykanom wystarczy dziesięć lat, żeby wybaczyć wrogom — dodał — lecz sobie nawzajem tak chętnie nie wybaczają.

Malik także opowiadał mu o Amerykanach.

— Przypominają Europejczyków, ale ich sposób myślenia jest o wiele prostszy — podsumował swą charakterystykę. — Bądź bezpośredni, ale nie obcesowy; przyjaźnie usposobiony, lecz nie poufały. Amerykanie mają bardzo znikomą wiedzę na temat geografii i innych kultur, bardzo mizerną w porównaniu z Europejczykami. Jeżeli chcesz, możesz tam nawet udawać Greka. Znasz nieźle włoski, więc możesz też być Włochem z Sardynii. Oni i tak nie wiedzą, gdzie to jest.

Ruch na szosie na przemian słabł i się wzmagał. Ciężarówek jechało niewiele — chrześcijanie święcili dzień święty.

Podobnie jak niemieckie autobahny, Interstate 95 biegła z dala od miast i obszarów gęsto zaludnionych. Jadąc nią, trudno było sobie wyobrazić, że w Ameryce mieszka dwieście pięćdziesiąt milionów ludzi. Ojczyzna Khalila liczyła ledwie pięć milionów, lecz odkąd Wielki Przywódca zastąpił głupiego króla Idrysa, nieźle się dała we znaki Amerykanom. Khalil wrócił myślami do mieszkania Waycliffów. Zachował sobie te myśli na ten bezczynny czas, jako deser i rozrywkę. Odtworzył w pamięci całe zdarzenie, zastanawiając się, czy mogło mu dać jeszcze więcej przyjemności. Może, pomyślał, trzeba było zmusić generała, żeby błagał o życie albo kazać jego żonie paść na kolana i całować go po nogach. Czuł jednak podskórnie, że żadne z nich by tego nie zrobiło. Mógł oczywiście zadać im przed śmiercią więcej bólu, powstrzymywała go jednak konieczność upozorowania napadu rabunkowego. Musiał zyskać na czasie, żeby doprowadzić misję do końca, zanim amerykańskie instytucje wywiadowcze zrozumieją, co się dzieje. Asad Khalil wiedział, że każde kolejne odwiedziny u lotników z klucza mogą się skończyć wpadnięciem w policyjną pułapkę. Godził się z tym i znajdował ukojenie w swoich dotychczasowych dokonaniach. Oczywiście dobrze by było doprowadzić rzecz do końca, ale jeżeli nie on, dokona tego kto inny. Dobrze by było wrócić do Libii, lecz nawet to nie było takie istotne. Umrzeć podczas dżihadu na ziemi niewiernych to zwycięstwo i honor. Miejsce w raju miał już zapewnione. Jeszcze nigdy, od feralnej nocy z Bahirą, Asad Khalil nie czuł się tak dobrze jak w tej chwili.

O 13.05 zobaczył tablicę „Witamy w Karolinie Północnej".

Okolica nie różniła się od tej, jaką widział w Wirginii. Rosjanin ostrzegał go jednak, że tutejsza policja może być bardziej podejrzliwa, a w Karolinie Południowej i Georgii szansa na to, że go zatrzymają bez powodu, jeszcze wzrośnie. Boris napomniał go, żeby nie proponował policjantom łapówki, jeśli przekroczy przepisy, bo to już prosta droga do aresztowania. Podobnie, pomyślał, było w Europie, w przeciwieństwie do Libii, gdzie policja zostawiała człowieka w spokoju za kilka dinarów.

Zaczął rozmyślać o człowieku, którego miał odwiedzić jako następnego z listy. Był to porucznik Paul Grey, pilot F-111 o kodzie Elton 38.

Skompletowanie listy tych ośmiu mężczyzn zajęło libijskiemu wywiadowi ponad dziesięć lat i pochłonęło miliony dolarów. Kilka kolejnych lat trwało ustalanie ich adresów. Jeden z lotników, porucznik Stephen Cox, strzelec-nawigator z samolotu Remit 61, był już poza zasięgiem zemsty. Zginął, wykonując misję podczas wojny w Zatoce. Khalil nie czuł się jednak oszukany; cieszyło go, że Coxa zabili islamscy bojownicy.

Zostało więc pięciu.

Dziś wieczór porucznik Grey dołączy do swoich kumpli w piekle.

Zostanie czterech.

Libijski wywiad zdobył również dane niektórych pilotów z innych eskadr, bombardujących Bengazi i Trypolis, lecz na nich miała przyjść kolej później. Khalilowi przypadł zaszczyt zadania pierwszego ciosu, pomszczenia osobiście śmierci własnej rodziny, śmierci córki Wielkiego Przywódcy oraz cierpień jego żony i synów. Nie miał wątpliwości, że Amerykanie zdążyli już zapomnieć piętnasty kwietnia roku 1986. Od tego czasu bombardowali już tyle miejsc, że ranga tamtych wydarzeń zmalała. Podczas Wojny w Zatoce z rąk Amerykanów i ich aliantów straciło życie tysiące Irakijczyków, lecz Saddam Husajn niewiele zrobił dla ich pomszczenia. Libia to nie Irak. Wielki Przywódca nigdy nie zapominał obrazy, zdrady i śmierci męczenników.

Khalil zastanawiał się, czy śmierć Waycliffów zostanie uznana za morderstwo na tle rabunkowym. Przypuszczał, że policja amerykańska, jak każda inna, potraktuje to jako pospolite przestępstwo. Jeżeli jednak w sprawę wdadzą się agendy wywiadowcze, mogą ją dostrzec w zupełnie innym świetle. Nawet jednak w takim wypadku nie było powodu, żeby podejrzewano akurat Libijczyków. Na korzyść Khalila działało przede wszystkim to, że niemal nikt nie wiedział o udziale tych ośmiu ludzi w nalocie. W ich aktach służbowych nie było o tym wzmianki. Wywiady libijski i sowiecki odkryły istnienie osobnej, ściśle tajnej listy uczestników misji. Tajność operacji chroniła tych ludzi przez długie lata; teraz jednak, właśnie z powodu tej tajności, prowadzącym dochodzenie trudno będzie skojarzyć wypadki z Lakenheath w Anglii, z tym co się stało w Waszyngtonie i już niedługo powtórzy się w Daytona Beach na Florydzie.

— Asad — zapytał go kiedyś Malik — podobno masz szósty zmysł, potrafisz wyczuć niebezpieczeństwo, zanim je zobaczysz lub usłyszysz. Czy to prawda?

— Chyba istotnie mam taki dar — odparł i opowiedział swemu mentorowi o dniu nalotu. — Modliłem się na dachu i czułem obecność zagrożenia, zanim pojawił się w ogóle jakiś samolot. Miałem wizję strasznych drapieżnych ptaków, nadlatujących ponad pustynią nad nasz kraj. Pobiegłem do domu ostrzec rodzinę... ale było za późno.

— Nasz Wielki Przywódca — pokiwał głową Malik — jak pewnie wiesz, także miewa wizje, kiedy się modli na pustyni.

Khalil wiedział, że Mu'ammar Kaddafi pochodzi z rodziny

pustynnych nomadów. Wielu z tych ludzi posiadało moce, nieznane mieszkańcom miast wybrzeża. Zdawał sobie niejasno sprawę z tego, że mistycyzm pustynnych plemion sięgał czasów przed Koranem i przez niektórych uważany był za herezję. Dlatego wolał nie rozpowiadać o swoim szóstym zmyśle.

Malik jednak dowiedział się także i o tym.

— Jeśli wyczujesz niebezpieczeństwo, ucieczka nie będzie tchórzostwem — tłumaczył mu. — Nawet lew umyka przed zagrożeniem, dlatego Bóg obdarzył go szybkością większą, niż jest potrzebna do dopędzenia ofiary. — Khalilowi zdawało się, że rozumie, co tamten ma na myśli, lecz Malik nagle oznajmił mu bez ogródek: — Wolno ci uciec z Ameryki i wolno ci tam zginąć. Ale nie wolno ci dać się w Ameryce złapać. — Khalil milczał, zaskoczony. — Wiem, jaki jesteś odważny — ciągnął prowadzący — i wiem, że nigdy byś nie zdradził ojczyzny, Boga ani Wielkiego Przywódcy, nawet na torturach. Lecz gdybyś wpadł w ich ręce żywy, to by im wystarczyło za cały dowód i pretekst do odwetu na naszym kraju. Przekazuję ci słowa samego Wielkiego Przywódcy: jeżeli cię osaczą, musisz odebrać sobie życie.

Khalil dopuszczał taką możliwość, że zostanie pochwycony; uważałby to nawet za dobrodziejstwo dla sprawy. Mógłby wówczas opowiedzieć całemu światu, kim jest, jak bardzo cierpiał i co uczynił dla pomszczenia owej nocy w piekle Al Azziziyah. Poruszyłoby to cały świat islamski, zmyło plamę na honorze kraju i upokorzyło Amerykę. Malik odrzucił jednak tę wersję wydarzeń, gdyż sam Wielki Przywódca zabronił kończyć w ten sposób świętą wojnę. Starał się więc zapomnieć o tym pomyśle. Rozumiał, że strategię Wielkiego Przywódcy potrafią pojąć tylko nieliczni wybrańcy z jego najbliższego otoczenia. Miał nadzieję, że kiedyś i on zostanie przyjęty do wewnętrznego kręgu; na razie jednak musiał służyć sprawie jako jeden z wielu mudżahedinów, islamskich bojowników o wolność.

Asad Khalil uśmiechnął się, chwaląc w myśli Boga.

Rozdział 30

Po lunchu przeszliśmy do małego pokoju bez okien na
czwartym piętrze, gdzie uraczono nas krótkim wykładem na
temat terroryzmu, w szczególności bliskowschodniego. Musieliśmy obejrzeć przezrocza z mapami, zdjęciami i wykresami,
po czym wręczono nam spis zalecanych lektur.

Najpierw myślałem, że to żart, ale okazało się, że nie.
Niemniej postanowiłem się upewnić.

— Czy pan nas tak zabawia w oczekiwaniu na coś istotnego? — spytałem naszego instruktora Billa.

Chyba się trochę obraził.

— Ta prezentacja — wyjaśnił — ma na celu wzmocnienie
waszego zaangażowania w sprawę i wyrobienie ogólnej orien-
tacji na temat światowego terroryzmu.

Następnie wytłumaczył nam, przed jakimi wyzwaniami
stanęliśmy po zakończeniu Zimnej Wojny, i poinformował, że
terroryzm zakorzenił się w świecie na dobre. Nie było to dla
mnie wielką nowością, ale zapisałem to sobie w notesie na
wypadek klasówki. Na marginesie, FBI podzielone zostało na
siedem sekcji, co wiedziałem bez tego wykładu: praw obywatelskich, narkotyków, wspierania dochodzeń, przestępczości
zorganizowanej, przestępczości z użyciem przemocy, przestępczości gospodarczej i antyterroryzmu. Ta ostatnia sekcja
wykazuje tendencję wzrostową, chociaż dwadzieścia pięć lat
temu, gdy przychodziłem do policji, w ogóle jeszcze nie
istniała.

Bill gadał i gadał. Kate słuchała. Ted Nash przysypiał. Jack Koenig mógł być Królem Jackiem w obszarze miasta Nowy Jork, ale nie tutaj. To było widać. Tu był zaledwie jednym z lojalnych książątek Stolicy Cesarstwa. Zauważyłem, że mówią tutaj o Nowym Jorku jako o „terenie".

W końcu Bill nas opuścił, a jego miejsce zajęli Jim i Jane, oboje na niebiesko.

— Dzięki za przybycie — rzekła Jane na powitanie.

— A mieliśmy wybór? — Nie wytrzymałem wreszcie.

— Nie mieliście — uśmiechnęła się.

— Pan musi być detektyw Corey — domyślił się Jim.

Ano muszę.

Jane z Jimem odśpiewali nam w duecie piosenkę pod tytułem „Libia". Ten występ był nieco ciekawszy od poprzedniego, więc słuchaliśmy z uwagą. Opowiedzieli nam o Kaddafim i jego stosunkach z USA, o wspieranym przez państwo terroryzmie i o naszym nalocie na Libię w kwietniu 1986 roku.

— Domniemany sprawca wczorajszego incydentu, Asad Khalil, jest Libijczykiem, chociaż podróżując, posługuje się także paszportami innych krajów Bliskiego Wschodu — powiedziała Jane. Na ekranie pojawiło się zdjęcie Khalila. — To jest fotografia przekazana wam z Paryża. Mam dla was inną, lepszą technicznie. Następne zdjęcia są również z Paryża. — Pokazała nam całą serię zdjęć ukazujących Khalila siedzącego w różnych pozach w pokoju biurowym. Chyba nie wiedział, że jest w „Ukrytej kamerze". — Nasi ludzie z wywiadu zrobili mu te zdjęcia podczas rozmowy w ambasadzie. W sensie prawnym został potraktowany jako uciekinier, ponieważ w tym charakterze zgłosił się do ambasady.

— Czy go przeszukano? — zapytałem.

— Tylko pobieżnie. Przeszedł przez wykrywacz metalu i został obmacany.

— Bez osobistej?

— Bez. Staramy się nie zrażać ludzi, którzy przechodzą na naszą stronę.

— Ale niektórzy nawet lubią, jak im się zagląda do tyłka. Zawsze warto zapytać.

Nawet stary Ted się roześmiał.

— Arabowie — odparła chłodno Jane — są bardzo wstydliwi w kwestiach nagości, pokazywania ciała i tak dalej. Rewizja osobista wywołuje u nich wściekłość i poczucie upokorzenia.

— Przecież facet mógł mieć w odbycie kapsułki z cyjankiem czy innym świństwem — nie ustępowałem. — Mógł się otruć albo załatwić przesłuchującego.

— Ludzie wywiadu nie są aż tak głupi, jak się panu wydaje — oznajmiła Jane, posyłając mi lodowate spojrzenie. Na ekranie pojawił się kolejny zestaw zdjęć, ukazujący Khalila w łazience. Jak się rozbiera, bierze prysznic, siada na kiblu i tak dalej. — Z ukrytej kamery oczywiście — wyjaśniła Jane. — Mamy to także na wideo, jeśli to pana interesuje, panie Corey.

— Wystarczą mi te fotki.

Fotografia na ekranie ukazywała akurat Asada Khalila frontalnie, w całej postaci; wychodził spod prysznica. Był to mężczyzna silnej budowy, prawie metr osiemdziesiąt wzrostu, mocno owłosiony, bez widocznych blizn i tatuaży, z pytą jak u konia.

— Dam to oprawić w ramkę dla ciebie — zwróciłem się do Kate.

Tego już tak gładko nie przełknęli. Atmosfera w pokoju wyraźnie się ochłodziła i oczekiwałem, że zaraz mi każą wyjść za drzwi. Jane jednak mówiła dalej, niezrażona.

— Kiedy pan Khalil był pogrążony w głębokim śnie... wywołanym środkiem usypiającym pochodzenia naturalnego, podanym w mleku — mrugnęła do nas konspiracyjnie — pracownik ambasady przeszukał jego ubranie i pobrał próbki kurzu i włókien. Zdjęto mu także odciski palców z dłoni i stóp, pobrano komórki nabłonka z ust dla oznaczenia kodu DNA, próbki włosów, a nawet wycisk uzębienia. Czy coś pominęliśmy, panie Corey? — spojrzała na mnie, unosząc brwi.

— Chyba nie. Nie wiedziałem, że mleko może być takie zdradliwe.

— Wszystkie dane laboratoryjne zostaną wam udostępnione. Wstępnie ustalono, że jego ubranie, łącznie z butami i bielizną, jest produkcji amerykańskiej. To dość ciekawe, jako że w Europie i na Bliskim Wschodzie odzieży amerykańskiej nie ma w handlu zbyt wiele. Sądzimy, że Khalil chciał jak najszybciej po przybyciu wtopić się w populację wielkich miast. — Też tak uważałem. — Jest również alternatywna teoria — ciągnęła Jane — że na Khalila czekał już bilet w odlotach międzynarodowych lub ewentualnie Yusef Haddad wręczył mu podczas lotu. Jak rozumiem, rozważaliście obie wersje — spojrzała po naszych twarzach — Khalil został; Khalil odleciał. Obie są do przyjęcia. Na pewno wiemy, że został Yusef Haddad. Staramy się ustalić jego prawdziwe personalia i powiązania. Pomyślcie tylko, ten człowiek... mam na myśli Khalila... jest tak bezwzględny, że z zimną krwią zamordował swojego wspólnika, który ryzykował dla niego życie. Skręcił mu kark, a potem siedział sobie spokojnie w samolocie pełnym trupów, licząc, że autopilot sprowadzi go na ziemię. I zamiast natychmiast uciekać, wstępuje jeszcze do Conquistador Club i zabija trzech naszych ludzi. Nazwać go bezwzględnym i okrutnym, to zdefiniować ledwie część jego osobowości. Khalil jest także niesamowicie odważny i cyniczny. Napędza go jakaś potężna siła. — Jane zmieniła zdjęcie na ekranie. Pojawił się powiększony profil Asada Khalila. — Na tym powiększeniu widać na lewym policzku trzy nikłe, równoległe blizny. Na prawym policzku ma podobne. Nasz patolog twierdzi, że nie są to oparzenia ani rany od noża czy szrapnela. To typowe ślady pozostawione przez paznokcie człowieka albo zwierzęce pazury... równoległe i lekko poszarpne skaleczenia. To jedyne blizny na jego ciele.

— Czy możemy założyć — zapytałem — że są to skaleczenia zadane ręką kobiety?

— Może pan zakładać, co pan chce, panie Corey. Wymieniam te blizny jako znaki rozpoznawcze na wypadek, gdyby poszukiwany zmienił wygląd zewnętrzny.

— Dziękuję.

— Poza bliznami są jeszcze trzy małe kropki wytatuowane na ciele Khalila przez naszych ludzi w Paryżu — poinformowała Jane. — Jedna w głębi prawej małżowiny usznej — pokazała nam fotografię. — Jedna między dużym i drugim palcem prawej stopy... — znów dziwne zdjęcie — ...i ostatnia tuż nad odbytem. Po prawej. Te kropki pomogą wam go szybko zidentyfikować, zanim się zdejmie odciski palców lub zębów — zakończyła.

Przyszła kolej na wykład Jima.

— Plan całej operacji — zaczął — gdy mu się przyjrzeć z bliska, był niezwykle prosty. Yusef Haddad leci pierwszą klasą, co bardzo ułatwia takie sprawy, jak przewożenie torby z garniturem czy choćby butli tlenowych...

Podniosłem rękę.

— Czy mogę zadać pytanie?

— Oczywiście.

— Skąd Yusef Haddad wiedział, którym lotem poleci Khalil?

— Ciekawe pytanie, panie Corey.

— Noo. Chodzi mi po głowie od pewnego czasu.

— Odpowiedź jest na nieszczęście dość prosta. Zawsze korzystamy z usług Trans-Continentalu, naszego flagowego przewoźnika. Nie tylko ze względu na zniżkę w klasie biznesowej, lecz, co ważniejsze, dlatego że współpracują z nami w kwestiach bezpieczeństwa; mamy u nich człowieka na etacie. To nam ułatwia przewożenie konwojowanych przy minimum zamieszania. Ten układ nie jest szczególnie utajniony i ktoś się musiał o nim dowiedzieć.

— Ale skąd Haddad znał konkretny numer lotu?

— Oczywisty przeciek na lotnisku de Gaulle'a. Innymi słowy, któryś pracownik Trans-Continentalu w Paryżu, najpewniej arabskiego pochodzenia, dał Haddadowi cynk. Amerykańskie linie lotnicze — dodał Jim — nie zezwalają na samodzielne wnoszenie do samolotu tlenu. Trzeba go zamówić i za małą opłatą linia dostarcza butle na pokład. W tym wypadku ktoś musiał jedną podmienić.

— Obie wyglądały tak samo. Przypuszczam, że jedna była oznakowana.

— Rzeczywiście, ta z tlenem miała wydrapany mały zygzak na lakierze.

Wyobraziłem sobie Haddada, jak zachodzi w głowę: „Zaraz, zaraz... znak miał być chyba na tej z tlenem... cholera, a może na tej drugiej...?".

— Coś pana rozśmieszyło, panie Corey? — zapytał Jim.

Wyjawiłem mu co, lecz tylko Nasha to rozbawiło.

— Jeżeli chodzi o gaz — rzekł Jim, spoglądając w notatki — mamy już wstępny raport. Trucizna użyta na pokładzie siedemset czterdzieści siedem działała za pośrednictwem krwi; prawdopodobnie była to pochodna chlorku cyjanku. Gaz tego typu jest bardzo lotny i szybko się rozchodzi w powietrzu. Zdaniem naszych ekspertów, pasażerowie mogli nawet poczuć lekką woń migdałów, ale dla osób nieobeznanych z cyjankiem to nie powód do alarmu. — Jim rozejrzał się po naszych twarzach i stwierdził, że tym razem słuchamy go z uwagą. Znałem to z moich wykładów w John Jay; jak tylko studenci zaczynali przysypiać, zmieniałem temat na seks lub morderstwa. To każdego ożywi. — Moim zdaniem — kontynuował Jim — przebiegało to wszystko tak: Asad Khalil prosi o wyjście do toalety. Jeden z agentów idzie z nim i sprawdza wnętrze, żeby się upewnić, że nikt nie wykonał numeru Michaela Corleone... — popatrzył na nas i wyjaśnił, zupełnie niepotrzebnie: — No, wiecie, ktoś podrzuca pistolet do kibla... Phil albo Peter sprawdza kosz na śmieci i być może zagląda nawet za osłonę umywalki. I faktycznie coś tam jest, ale to coś wygląda całkiem niewinnie... bo to jest mała butla tlenowa, a takie butle znajdują się na pokładzie każdego samolotu pasażerskiego. Tlen podaje się pasażerom, którzy mają duszności, na przykład na tle nerwowym i tak dalej. Butli nie trzyma się pod umywalką w toalecie, raczej w kuchni, lecz to szczegół techniczny i agenci mogli o tym nie wiedzieć. — Jim zrobił pauzę, by wzmocnić napięcie, a potem mówił dalej: — Ktoś z obsługi lotniska, może sprzątaczka, podłożył tę butlę do toalety przed startem. Agent wpuścił skutego Khalila do toalety i kazał mu nie zamykać się na klucz. Standardowa procedura. Wejście Khalila do kibla było sygnałem dla Haddada, żeby wypuścić gaz z drugiej butli. Po pewnym, dość krótkim, czasie ludzie zaczynają słabnąć i dusić się, zanim jednak ktokolwiek zdąży się zorientować, że coś nie gra, jest już za późno. Autopilot podczas lotu jest zawsze włączony, więc samolot po prostu leci dalej. Khalil oddycha tlenem z butli w kiblu i wychodzi dopiero wtedy, kiedy jest raczej pewne, że wszyscy na pokładzie są martwi albo przynajmniej nieprzytomni. Mają teraz z Haddadem dwie godziny na zrobienie porządków, rozkucie Khalila, zaciągnięcie agenta na fotel i tak dalej. Khalil wiedział, że po wylądowaniu będzie potrzebował kilku minut, krytycznych dla całego planu, żeby

...ię przebrać w kombinezon bagażowego i wmieszać ...dzy personel lotniska. Dlatego wszystko na pokładzie miało ...yglądać jak najnormalniej, żeby ratownik, który wejdzie pierwszy, nie podniósł zbyt wcześnie alarmu i żeby samolot został odholowany do strefy bezpieczeństwa, gdzie zaroi się w nim od ludzi.

Jim skończył, zaczęła Jane. Potem znów Jim, potem znów Jane.

A później były pytania i odpowiedzi.

— Skąd oni wiedzieli, że boeing jest zaprogramowany na lądowanie na autopilocie? — zapytała Kate.

— Taka jest polityka linii — odparł Jim. — Pilot ma obowiązek zaprogramowania autopilota przed startem na całą trasę, łącznie z lądowaniem. To nie żadna tajemnica. Można o tym przeczytać w czasopismach lotniczych. No i jest ten przeciek w Trans-Continentalu na lotnisku de Gaulle'a. Nie programuje się włączenia ciągu wstecznego silników, bo gdyby komputer zawiódł i włączył odrzut wsteczny w powietrzu, mogłoby dojść do katastrofy. To jedyna rzecz, którą po wylądowaniu musi zrobić pilot, oczywiście poza mówieniem „Życzymy miłego pobytu w Nowym Jorku" i odkołowaniem do wyjścia. Chociaż i to pewnie komputer potrafi — dorzucił Jim krotochwilnie. — W każdym razie, kiedy boeing nie włączył po wylądowaniu wstecznego ciągu, był to znak, że coś jest nie w porządku.

— A co z pasem? — zapytał Koenig. — Myślałem, że pas się wyznacza krótko przed lądowaniem.

— Zgadza się, ale piloci ogólnie się orientują, które pasy są w użyciu. Zaprogramowanie automatycznego lądowania nie ma na celu zastąpienia żywego pilota, który może odbierać instrukcje przez radio. To raczej proceduralne wsparcie. Jak mi powiedział jeden z pilotów, dzięki temu ich wyliczenia dokonywane w trakcie lotu też są precyzyjniejsze. No i okazało się, że pas czwarty prawy był rzeczywiście wczoraj czynny, kiedy kończył się lot jeden-siedem-pięć. — Po chwili namysłu Jim mówił dalej: — Powiem wam, o czym jeszcze wiedzieli przestępcy. Znali procedury służby ratowniczej na Kennedym. Na tym lotnisku są one akurat bardziej skomplikowane niż na innych, ale też nie są objęte ścisłą tajemnicą. O Guns and

Hoses pisano w prasie, można zdobyć ich instrukcje działania i tak dalej. Wydzielona strefa bezpieczeństwa jest słabiej znana, ale i ona nie jest tajna.

Jim i Jane musieli chyba odpocząć ode mnie, bo gdy Jim skończył, Jane już nie zaczęła.

— Piętnaście minut przerwy — oznajmiła. — Toalety i kafeteria są na końcu korytarza.

Wstaliśmy i szybko wyszliśmy, żeby się nie zdążyli rozmyślić.

W kafeterii Kate, Ted, Jack i ja pogawędziliśmy sobie chwilę swobodnie. Odkryłem, że Jim i Jane mają naprawdę na imię Scott i Lisa. Ale dla mnie już mieli pozostać Jimem i Jane. W tym budynku wszyscy mieli na imię Jim albo Jane, z wyjątkiem Billów, Bobów i Jean. Wszyscy nosili się na niebiesko, grali w squasha w salce w piwnicy, rano biegali nad Potomakiem, mieli domki na przedmieściu, a w niedzielę szli całą rodziną do kościoła. Żonaci i mężaci mieli dzieci, najlepiej dwójkę, a dzieciaki były świetne i sprzedawały makulaturę, żeby zarobić na gry komputerowe. Człowiek nie mógł nie szanować tych ludzi. Reprezentowali ideał Amerykanina, w każdym razie taki, jak go sobie wyobrażali. Agenci byli dobrzy w swoim fachu, cieszyli się na całym świecie reputacją ludzi uczciwych, trzeźwych, lojalnych i inteligentnych. Co z tego, że większość z nich była prawnikami? Na przykład Jack Koenig — przyzwoity gość, który akurat miał nieszczęście zostać prawnikiem. Kate też była w porządku jak na prawniczkę. Podobał mi się kolor jej szminki. Może gdzieś w głębi duszy zazdrościłem tym ludziom ich domków, kościołów, rodzin, trawników i psów. I ośmiogodzinnego dnia pracy, podczas którego nikt nie usiłował ich zabić.

Pomyślałem o Beth Penrose, samej na Long Island. O jej weekendowym domku na North Fork, blisko morza i winnic. Nie czułem się dzisiaj zbyt dobrze. A powody tego były zbyt okropne, żeby o nich dywagować.

Rozdział 31

Asad Khalil spojrzał na wskaźnik paliwa. Zostało ćwierć baku. Była 14.13, przejechał już ponad czterysta kilometrów od Waszyngtonu.

Nie czuł głodu ani pragnienia. Zresztą był wyćwiczony w wytrzymywaniu bez jedzenia i picia przez długi czas. Kiedyś na pustyni nie pił przez sześć dni i nawet nie miał halucynacji. Na lewym pasie zrównał się z nim biały kabriolet; siedziały w nim cztery młode kobiety. Rozmawiały i śmiały się, wszystkie jasnowłose. Trzy miały na sobie koszulki, lecz czwarta była ubrana tylko w różowy kostium kąpielowy. Na plaży w południowej Francji widział kiedyś kobiety w ogóle bez biustonoszy, paradujące z nagimi piersiami. W Libii kosztowałoby je to chłostę, a może i kilka lat w więzieniu. Nie wiedział dokładnie, bo coś takiego nigdy się w jego kraju nie zdarzało. Dziewczyna w kostiumie popatrzyła na niego i pomachała z uśmiechem ręką. Pozostałe roześmiały się i też mu pomachały. Khalil przyspieszył. One też przyspieszyły i dotrzymywały mu tempa. Zwolnił do osiemdziesiątki. Dziewczyny zrobiły to samo, nie przestając machać i śmiać się. Jedna coś zawołała.

Po raz pierwszy od przybycia do Ameryki Asad Khalil nie panował nad sytuacją. Znów przyspieszył, a one znów go dogoniły. Wiedział, że wkrótce przyciągnie to czyjąś uwagę. Nad brwiami zaczął mu się zbierać pot. Nagle w bocznym lusterku zobaczył samochód policyjny z dwoma mundurowymi. Uświadomił sobie, że jedzie już ponad sto dwadzieścia.

— Plugawe kurwy! — syknął wściekły.

Wóz patrolowy zjechał na zewnętrzny pas, za kabriolet, który wyrwał do przodu. Policjanci jechali teraz obok niego i Khalil wsunął prawą dłoń do kieszeni, zaciskając palce na kolbie glocka. Zwolnił, starając się nie odwracać głowy i patrzeć prosto na szosę.

Policyjny samochód wyprzedził go i nie dając kierunkowskazu, zajechał mu drogę, lecz po chwili przyspieszył, by dogonić kabriolet. Khalil ujrzał, że kierowca mówi coś do dziewczyn. Te pomachały mu w odpowiedzi. Policjanci pomknęli naprzód i zniknęli za wzniesieniem szosy.

Kabriolet wyprzedzał go już o sto metrów, a jego pasażerki chyba przestały się nim interesować. Khalil wziął głęboki oddech. Nie całkiem rozumiał, co się wydarzyło. Pomyślał o czterech dziewczynach w kabriolecie i o ich skąpym odzieniu. Poza tym, że nie potrafił kontrolować całej sytuacji, czuł jeszcze coś. Czuł pożądanie, pragnienie, by spać z nagą kobietą.

W Trypolisie było to niemal niemożliwe bez narażenia się na niebezpieczeństwo. W Niemczech widział wiele prostytutek z Turcji, nie potrafił się jednak zmusić do kupowania ciała muzułmanki. Zaspokoił się we Francji z Afrykankami, lecz musiały go najpierw przekonać, że nie wyznają islamu. We Włoszech spotykał kobiety z byłej Jugosławii i Albanii, ale w większości były to także muzułmanki. Kiedyś przespał się z Albanką, gdy jednak odkrył, że wyznaje islam, pobił ją tak, że nie miał pewności, czy przeżyła.

— Kiedy wrócisz — powiedział mu Malik — nadejdzie czas na ożenek. Będziesz mógł wybierać spomiędzy córek najznamienitszych rodów Libii. — Jedną z nich Malik wymienił z imienia: Alimę Nadir, młodszą siostrę Bahiry.

Na desce rozdzielczej mercury'ego zamrugała lampka i rozległ się sygnał dźwiękowy. Kończyło się paliwo. Na najbliższym zjeździe Khalil skręcił na lokalną drogę i znalazł stację Shella. Tym razem, żeby zapłacić, musiał wejść do kantorka i zły był na siebie, że tego nie zauważył. Kasjer wydał mu resztę i zapytał:

— Skąd jedziemy, kolego?

— Z... Nowego Jorku.

— Oo. Kawał drogi. I dokąd to?

— Do Atlanty.

— Uważaj, żeby nie przegapić zjazdu na dwudziestkę za Florence.

— Dziękuję panu — odparł Khalil, zbierając monety. Spostrzegł, że w telewizji nadają mecz baseballowy.

Mężczyzna zauważył jego spojrzenie.

— Bravesi dokładają nowojorczykom, dwa do koła — oznajmił. — Oj, skopiemy dziś Jankesom tyłek!

Khalil skinął głową, choć nie miał pojęcia, o czym tamten mówi. Poczuł, że się poci.

— Miłego dnia — powiedział i wrócił do auta.

Wracając na I-95, uzmysłowił sobie, że największe zagrożenie może dla niego stanowić telewizja. Jeżeli zaczną pokazywać jego zdjęcie — może już pokazywali — nie będzie bezpieczny nigdzie w Ameryce. Policji mógł unikać, lecz musiał przecież kontaktować się z niektórymi Amerykanami.

Opuścił osłonę przeciwsłoneczną i przejrzał się w lusterku. Pomimo okularów, wąsów i zmiany uczesania ktoś mógł go jednak rozpoznać, szczególnie w miejscach tłumniej odwiedzanych przez ludzi. Przyszło mu nagle do głowy, że na żadnej fotografii się nie uśmiechał. Musi się uśmiechać, zresztą mówili mu o tym w Trypolisie. Wyszczerzył się do lustra i zadziwiło go, jak bardzo zmienia to twarz człowieka. Uśmiechnął się powtórnie.

Jechał dalej na południe, rozmyślając o swoim zdjęciu w telewizji. Może nie będzie tak źle.

Rozdział 32

Przerwa się skończyła i wróciliśmy do pokoju odpraw. Jim z Jane zniknęli, a na ich miejsce pojawił się dżentelmen wyglądający z arabska. W pierwszej chwili myślałem, że gość zabłądził w drodze do meczetu albo porwał Jane i Jima jako zakładników. Nim zdążyłem mu założyć nelsona, Arab się uśmiechnął i przedstawił. Nazywał się Abbah Ibn Abdellah. Przynajmniej ten nie miał na imię Bob, Bill ani Jim. Za to powiedział, że możemy mu mówić Ben.

Pan Abdellah, Ben, był ubrany w za ciężki tweedowy garnitur — nie niebieski — a na głowie miał kraciastą flagę z wyścigów samochodowych. To mi podpowiedziało, że chyba jest spoza firmy.

Ben usiadł i znów się uśmiechnął. Około pięćdziesiątki, okrąglawy, miał brodę, okulary, rzednące włosy, zdrowe zęby i pachniał w porządku. Potrójna nagana, detektywie Corey.

Atmosfera w pokoju zrobiła się jakby lekko niezręczna. Oczywiście Kate, Jack, Ted i ja byliśmy wszyscy kulturalnymi, światowymi ludźmi i tak dalej, pracowaliśmy i kolegowaliśmy się z wieloma Arabami; jednak nie wiedzieć czemu w powietrzu wisiało tego popołudnia jakieś napięcie.

— Cóż za straszna tragedia — zaczął Ben. Nikt się nie odezwał, a on dodał: — Jestem specjalnym agentem kontraktowym na usługach FBI. — Oznaczało to, że podobnie jak mnie, wynajęto go ze względu na jakąś specjalność i z pewnością nie była to moda męska. — Wicedyrektor biura uznał, że moja wiedza może się państwu na coś przydać — dodał Ben.

— Jakiego rodzaju wiedza? — zapytał Koenig.

— Jestem wykładowcą katedry studiów politycznych Bliskiego Wschodu na Uniwersytecie Waszyngtona. Specjalizuję się w badaniu grup o skłonnościach ekstremistycznych.

— Grup terrorystycznych — podsunął Koenig.

— Tak, z braku lepszego słowa.

— Są lepsze słowa — pospieszyłem z pomocą. — Na przykład mordercy. Albo psychopaci.

Profesor Abdellah nie zdenerwował się; pewnie przerabiał to już nieraz. Był inteligentny, elokwentny, o spokojnym, miłym obejściu. Wczorajsze wydarzenia nie były oczywiście jego winą.

— Jestem Egipcjaninem — kontynuował — lecz dobrze znam Libijczyków. To bardzo ciekawy naród, pochodzący po części od starożytnych Kartagińczyków. Po nich przyszli Rzymianie, którzy też dołożyli swoją krew, a Egipcjanie byli w Libii od zawsze. Po Rzymianach zjawili się Wandalowie z Hiszpanii, których z kolei podbili Bizantyjczycy, podbici znów przez Arabów z Półwyspu Arabskiego. Ci ostatni przynieśli ze sobą religię muzułmańską. Mieszkańcy Libii uważają się wprawdzie za Arabów, lecz w tak niewielkim liczebnie narodzie każdy najeźdźca zostawił trochę swoich genów.

Profesor Abdellah zaprezentował nam libijską kulturę, zwyczaje i tak dalej. Wręczył nam mnóstwo materiałów; wśród nich słowniczek wyrażeń specyficznie libijskich, na wypadek gdyby nas to interesowało, oraz małą książkę kucharską, której nie zamierzałem stawiać na półce w kuchni.

— Libijczycy uwielbiają makarony — oznajmił. — To efekt okupacji włoskiej.

Ja też lubiłem spaghetti, może więc natknę się kiedyś w restauracji Giulia na Asada Khalila.

Otrzymaliśmy także od profesora krótką biografię Kaddafiego i wydrukowane z Internetu hasło „Libia" z Encyclopaedia Britannica.

— Muzułmanie, chrześcijanie i żydzi — powiedział Abdellah — wszyscy wywodzą pochodzenie swych religii od proroka i patriarchy Abrahama. Prorok Mahomet pochodzi od najstarszego syna Abrahama, Ismaela, a Mojżesz i Jezus od Izaaka. — Ben opowiadał nam dalej o Jezusie, Mojżeszu, Marii, archaniele Gabrielu, Mahomecie, Allahu i całej reszcie. Ci wszyscy osobnicy się znali i lubili. Niesamowite. — W przeciwieństwie do tego, co głosi rozpowszechniony mit — Abdellah zwrócił się teraz specjalnie do Kate — islam w rzeczywistości podnosi znaczenie kobiety. Muzułmanie nie oskarżają kobiet o sprowadzenie na ludzkość grzechu pierworodnego, jak to robią chrześcijanie i żydzi. A cierpień związanych z ciążą i porodem nie traktują jako kary za ten uczynek.

— Bardzo postępowe — odparła chłodno Kate.

— Zawierając małżeństwo — ciągnął Ben, niezrażony reakcją Królowej Śniegu — islamskie kobiety mogą według prawa zachować własne nazwisko. Zachowują prawo do własności i mogą dowolnie nią dysponować. — Zupełnie jak moja była. Może potajemnie wyznawała islam? — Co do noszenia czarczafu — rzekł Ben — zwyczaj ten nie wynika bezpośrednio z Koranu, lecz z naleciałości kulturowych w niektórych krajach.

— A co z kamienowaniem kobiet na śmierć za cudzołóstwo? — naciskała Kate.

— To także efekt kultury niektórych krajów islamskich, ale nawet nie większości z nich.

Cała ta lekcja islamu najpewniej miała jakiś sens, choć przypuszczałem, że moglibyśmy prowadzić naszą akcję, nie wykazując aż takiej wrażliwości na specyfikę drugiej strony. Wyobraziłem sobie, jak przed inwazją aliantów na Normandię w 1944 roku jakiś generał przemawia do wojska: „Słuchajcie, żołnierze. Jutro odbędzie się głośne czytanie Goethego i Schillera. I nie zapomnijcie o wieczornym koncercie wagnerowskim w hangarze dwunastym. Obecność obowiązkowa. Dziś kuchnia wydaje parówki i piwo. Guten apetit". Niezłe.

— Jeżeli chcecie pochwycić tego człowieka — kontynuował profesor Abdellah — musicie go lepiej poznać. Zacznijmy od imienia. Asad, czyli Lew. Imię dla muzułmanina nie jest czymś konwencjonalnym, ono wręcz definiuje osobę je noszącą, choć czasem tylko częściowo. Wielu stara się gorliwie naśladować swoich imienników.

— No to — wtrąciłem — powinniśmy chyba poszukać w zoo.

Ben o dziwo uznał to za śmieszne i zachichotał.

— Szukajcie człowieka, który z upodobaniem zabija zebry — rzekł, podejmując dowcip. — Człowieka, który po prostu lubi zabijać — dodał, patrząc mi w oczy. Nikt tego nie skomentował i Ben mówił dalej. — Libijczycy są narodem izolowanym, nawet od swoich islamskich pobratymców. Wielu z nich jest przekonanych, że Mu'ammar Kaddafi dysponuje niemal mistyczną mocą. Jeżeli Khalil pracuje dla wywiadu libijskiego, to znaczy, że działa pod bezpośrednim nadzorem Kaddafiego. Powierzono mu misję religijną i będzie ją wykonywał z religijną żarliwością. Palestyńczycy są natomiast o wiele subtelniejsi, bardziej światowi. Są bystrzy, przyświeca im cel polityczny, a głównym ich wrogiem jest Izrael. Z kolei w Iraku, a także w Iranie, ludzie nie wierzą już swoim przywódcom. Natomiast dla Libijczyków Kaddafi jest idolem, choć dosyć często zmienia opcję i wynajduje nowych nieprzyjaciół. Jeżeli ta akcja jest dziełem Libijczyków, to w rzeczy samej nie bardzo widzę ku niej powodu. Od czasów amerykańskiego bombardowania Trypolisu w osiemdziesiątym szóstym i późniejszej libijskiej zemsty... wysadzenia w powietrze samolotu Pan Am nad Lockerbie w osiemdziesiątym ósmym... Kaddafi nie był zbyt aktywny na froncie ekstremistycznym; ograniczał się do antyamerykańskiej retoryki. W moim przekonaniu uznał wendetę na Amerykanach za spełnioną i nie znajduję powodów, dla których miałby wszczynać nową wojnę. — Nikt z nas też nie znajdował, lecz Ben dodał po namyśle: — Warto jednak pamiętać libijskie powiedzenie: „Zemsta smakuje lepiej, podana na zimno". Rozumiecie? — Chyba rozumieliśmy. — Możliwe więc, że Kaddafi uważa porachunki za niedokończone. Spróbujcie dojść, dlaczego posłał Khalila do Ameryki, a odkryjecie, dlaczego Khalil robi to, co robi, i kiedy skończy. Krwawa wendeta kończy się dopiero, gdy na placu boju zostaje ostatni jej uczestnik.

To chyba oznaczało, że mogę się czuć bezpieczny w mojej pracy, dopóki nie zostanę załatwiony.

— A może to wendeta samego Khalila, a nie Kaddafiego? — zapytałem Bena.

— Kto wie? Znajdźcie go, a sam chętnie wam to wyjaśni. Zresztą zrobi to, jeżeli nawet go nie złapiecie. Dla niego jest bardzo ważne, żeby wszyscy się dowiedzieli, co robi i z jakiego powodu. — Profesor Abdellah wstał i wręczył nam po wizytówce. — Jeżeli mógłbym w czymś jeszcze pomóc, dzwońcie bez wahania.

— W Nowym Jorku również mamy ekspertów w pańskiej dziedzinie — rzekł Jack Koenig, wstając — ale jesteśmy wdzięczni za poświęcenie nam czasu i za informacje.

Abdellah skłonił się i wyszedł. Siedzieliśmy w milczeniu, aż pojawili się z powrotem Jane i Jim. Ucieszyłem się, że nie zostali porwani przez Bena. Towarzyszyli im chłopak i dziewczyna; Bob i Jean czy jakoś tak.

Ten odcinek nosił tytuł: „Co dalej?".

Tym razem wszyscy mogliśmy swobodnie prezentować swoje opinie. Rozważaliśmy następny ruch Khalila i z satysfakcją odnotowałem, że moja teoria zaczyna zyskiwać pewne poparcie.

Dyskusję podsumował Bob.

— Sądzimy, że akcje terrorystyczne Khalila w Europie były preludium do jego misji w Ameryce. Zauważcie, że w Europie wybierał wyłącznie cele amerykańskie i brytyjskie. Nigdy nie stawiał żadnych żądań, nie było telefonów do prasy przed atakiem czy po nim, nikt... ani Khalil, ani żadna organizacja... nie przyznał się do zamachów. Wydaje się to pasować do sylwetki człowieka kierującego się osobistą urazą, nie zaś motywem politycznym czy religijnym. Mamy jednak zdjęcia z Paryża, na których Khalil modli się w kierunku Mekki, a więc jest to osobnik religijny, któremu wygodnie było zapomnieć o wskazaniach własnej wiary, zakazujących zabijania niewinnych ludzi. Wygląda na to, że Asad Khalil uznał, iż prowadzi dżihad, świętą wojnę, a wobec tego cel uświęca środki.

Na koniec Bob nawiązał do rocznicy piętnastego kwietnia.

— Choćby tylko z tego powodu — powiedział — należy uznać, że Khalil jest Libijczykiem albo działa na ich polecenie. Pamiętajmy jednak, że do wybuchu w World Trade Center doszło w drugą rocznicę wyparcia wojsk irackich z Kuwejtu przez naszą armię, chociaż wśród zamachowców prawie nie było Irakijczyków. Należy więc w takich wypadkach pamiętać o panarabizmie. Kraje arabskie mogą się różnić między sobą, lecz ekstremistów jednoczy nienawiść do Ameryki i Izraela. Tak więc piętnasty kwietnia podpowiada nam, kto stoi za wczorajszym atakiem, ale nie dowodzi tego ponad wszelką wątpliwość.

Może to prawda. Jeżeli coś chodzi jak kaczka i kwacze jak kaczka, to raczej jest to kaczka, a nie, dajmy na to, mewa. Z drugiej strony, trzeba być otwartym na różne możliwości.

— Przepraszam pana bardzo, mam pytanie — zwróciłem się do Boba. — Czy ofiary Khalila miały ze sobą coś wspólnego?

— Raczej nie, z tego, co wiemy. Pasażerów lotu sto siedemdziesiąt pięć na pewno łączyło niewiele poza celem podróży. Ale sprytny zabójca może dla zmyłki atakować również osoby niezwiązane z jego właściwym celem. Rozesłaliśmy zdjęcia, odciski i dane Khalila do wszystkich zgranicznych instytucji politycznych i wywiadowczych, niestety jak na razie nikt nie ma o nim niczego ponad to, co czytaliście w dossier. Facet chyba nie utrzymuje kontaktów z organizacjami terrorystycznymi, to raczej typ wilka samotnika. Oczywiście nie mógłby tego wszystkiego zorganizować sam, dlatego podejrzewamy bezpośredni nadzór wywiadu libijskiego, który działa przy wydatnej pomocy dawnego KGB. Jak wiecie, w lutym do naszej ambasady w Paryżu zgłosił się podobny dezerter, który potem zwiał. Uważamy, że to była próbna akcja.

— Nowojorski ATTF przekazał tego faceta Waszyngtonowi — przypomniał Bobowi Koenig — a FBI i CIA pozwoliły mu uciec.

— To prawda — przyznał Bob — ale nie znam tej sprawy z pierwszej ręki, więc trudno mi się wypowiadać.

— Gdyby ten lutowy gość nie zwiał — naciskał Koenig — temu kwietniowemu, Khalilowi, nie udałoby się takie lądowanie u nas, jak to było wczoraj.

— To również prawda. Lecz zapewniam pana, że wylądowałby tak czy inaczej.

— Czy wpadliście może na jakikolwiek trop tego lutowego uciekiniera? — zapytał Koenig. — Gdybyśmy go znaleźli...

— On nie żyje — oznajmił Bob. — Policja stanowa z Marylandu znalazła spalone ciało w stanie rozkładu w lasach koło Silver Spring. Twarz zwęglona, palce też. Poprzez biuro osób zaginionych FBI dotarli do sekcji antyterrorystycznej, która akurat poszukiwała zbiegłego azylanta. Naszych tatuaży nie udało się znaleźć, ale zidentyfikowano go po uzębieniu. To był gość z Paryża.

Przez dłuższą chwilę nikt się nie odzywał. Wreszcie przemówił Jack.

— To skandal, że mnie nikt nie poinformował.

— Tę kwestię może pan omówić tylko z wicedyrektorem, szefem sekcji antyterrorystycznej.

— Dziękuję.

— Mamy innych dezerterów i imigrantów z Libii — kontynuował Bob — których przepytujemy na temat Khalila. Jak dotąd nie dowiedzieliśmy się niczego. Wiemy jednak o kapitanie armii libijskiej Karimie Khalilu, zamordowanym w Paryżu w tysiąc dziewięćset osiemdziesiątym pierwszym roku. Libia oskarżyła o to Mossad, a jednak francuska Sûreté uważa, że zabili go jego ziomkowie. Zdaniem Francuzów żona kapitana Khalila, Farida, była kochanką Kaddafiego, który po prostu kazał się go pozbyć. No, ale to Francuzi — dodał ze znaczącym uśmiechem. Wszyscy się roześmiali. Ach, ci Francuzi. Wszystko im się kojarzy z jednym... — Staramy się ustalić czy Asad Khalil może być krewnym Karima. Jest akurat w takim wieku, że mógłby być jego synem albo siostrzeńcem.

Wpadłem na pewien pomysł.

— A może byśmy zaproponowali mediom nagłośnienie tej historii o Kaddafim i pani Khalil, i o tym, że Wielki Przywódca kazał usunąć męża kochanki? Jeżeli Asad jest synem Karima, powinien natychmiast wrócić do domu i zabić Kaddafiego, zabójcę swego ojca. Dobry Arab tak by postąpił. Krwawa wendeta, no nie?

Bob przetrawił to w myśli.

— Udam, że tego nie słyszałem — odparł w końcu.

— Dlaczego, to całkiem niezły pomysł — podjął piłkę, jak na to liczyłem, Ted Nash.

Dla Boba było to już najwyraźniej nie do przyjęcia.

— Najpierw dowiedzmy się, czy w ogóle coś łączy obu Khalilów — powiedział. — Taka... psychologiczna zagrywka może obrócić się przeciwko nam. Ale przedstawię tę propozycję na najbliższej naradzie wydziału.

Teraz przemówiła Jean, która przedstawiła się jakimś innym imieniem.

— Moim zadaniem w tej sprawie jest przyjrzeć się wszystkim akcjom przypisywanym Khalilowi w Europie — oznajmiła. — Nie zamierzamy oczywiście dublować CIA — skłoniła się superagentowi Nashowi — skoro jednak Khalil znalazł się na naszym terenie, FBI musi się zapoznać z całokształtem jego działalności.

Jean mówiła dalej, padały słowa „współpraca między służbami", „koordynacja" i tym podobne.

Asad Khalil, do tej pory ledwie podejrzewany o terroryzm, stawał się najbardziej poszukiwanym terrorystą na świecie od czasów Carlosa. Mieliśmy Szakala, teraz mamy Lwa. A Lwu, byłem tego pewien, całe to zainteresowanie wielce pochlebiało i dostarczało ekscytacji. Niedługo, kiedy cała historia wyjdzie na jaw, media zapełnią się jego fotografiami. Będzie mu trudniej uciekać, lecz nie wróci do Libii, bo nade wszystko pragnął pokonać nas na naszym terenie.

— Będziemy w stałym kontakcie z ATTF w Nowym Jorku — zakończyła swój wywód Jean. — Będziemy udostępniać sobie nawzajem każdą zdobytą informację. W naszej profesji informacja jest niczym złoto, wszyscy się za nią uganiają, ale nikt nie chce się dzielić. Więc nie nazywajmy może tego udostępnianiem, lecz pożyczaniem, a rozliczymy się na końcu.

Nie mogłem nie dać jej prztyczka w nos.

— Miła pani — rzekłem — zapewniam panią, że jak znajdziemy trupa Asada Khalila w Central Parku, będziecie wiedzieli pierwsi.

Ted Nash parsknął śmiechem. Zaczynałem lubić faceta. W tym budynku mieliśmy więcej wspólnego ze sobą niż z miłymi i schludnymi ludźmi, którzy nas otaczali. Przygnębiające.

— Czy są jakieś pytania? — chciał wiedzieć Bob.

— Na którym piętrze jest Archiwum X? — zapytałem.

— Zbastuj, Corey — rzucił Koenig.

— Tak jest.

Zbliżała się 18.00, a skoro nie kazali nam zabrać szczoteczek do zębów, pomyślałem, że to już koniec. Ale nie, zaprowadzili nas teraz do sali konferencyjnej i zasiedliśmy przy stole wielkości boiska, wraz z trzydziestoma innymi osobami, które w większości spotkaliśmy już tego dnia na różnych stacjach drogi krzyżowej.

Pojawił się wicedyrektor do spraw antyterroryzmu, wygłosił pięciominutowe kazanie i z powrotem wstąpił do niebios.

Konferencja trwała prawie dwie godziny. Składała się z podsumowania dnia, wymiany bryłek złota, konstruowania planu działania i tak dalej. Każde z nas otrzymało grube dossier, zawierające zdjęcia, nazwiska, telefony kontaktowe, a nawet streszczenie tego, o czym rozmawialiśmy od rana, choć wymagało to przecież nagrania, spisania z taśmy, zredagowania i wydrukowania kilka razy w ciągu tego dnia. Naprawdę, organizacja światowej klasy!

Kate była tak uprzejma, że spakowała moje szpargały do swojej dyplomatki; ledwie się zmieściły.

— Musisz nosić teczkę, bo zawsze coś dają — poradziła mi. — Zakup teczki można zresztą odliczyć od podatku — dodała.

Konferencja się skończyła i wszyscy wylegli na korytarz. Jeszcze coś tam gwarzyliśmy, ale w zasadzie to był koniec. Czułem już zapach powietrza na Pennsylvania Avenue. Potem samochód, lotnisko, samolot o 21.00, o 22.00 będę w Nowym Jorku i przed 23.00 w domu. Miałem w lodówce resztkę chińszczyzny i próbowałem sobie przypomnieć, jak długo już tam leży.

I właśnie w tym momencie podszedł do nas kolejny Bob czy Bill w niebieskim garniturze i zapytał, czy bylibyśmy tak uprzejmi pójść za nim do gabinetu wicedyrektora.

To była przysłowiowa kropla, która przepełniła czarę.

— Nie — oświadczyłem.

Lecz tutaj „nie" nie wchodziło w grę.

Dobre w tym było tylko to, że Ted Nash nie został zaproszony do tajemnej świątyni, choć wcale go to nie zmartwiło.

— Muszę jeszcze dziś zdążyć do Langley — oznajmił.

Uściskaliśmy się, obiecaliśmy sobie być w kontakcie i często pisać, a na odchodnym posłaliśmy pocałunki. Przy odrobinie szczęścia miałem już nigdy Teda nie zobaczyć.

Naszą trójkę natomiast zaprowadzono do ciemnego, wyłożonego boazerią pokoju na siódmym piętrze, gdzie za wielkim biurkiem siedział zastępca dyrektora FBI do spraw walki z terroryzmem. Światło płynęło tylko z osłoniętej zielonym kloszem lampki na biurku wicedyrektora. Ledwie mogliśmy dostrzec nasze twarze. Przypominało to scenę z filmu o mafii, gdy ojciec chrzestny decyduje, kogo trzeba załatwić.

Zastępca dyrektora mówił krótko.

— ATTF w Nowym Jorku — zaczął — ma wyjątkową sposobność popracowania nad tą sprawą. Nie będziemy się wtrącać, przynajmniej na razie, ani podsyłać wam nikogo, kogo byście sobie nie życzyli. Nasz wydział odpowiada oczywiście za wszystko, co się wydarzy poza waszym terenem. Będziemy was informować na bieżąco, również o tym, co ustalimy we wpółpracy z CIA. Proponuję, żebyście działali tak, jakby Khalil nie opuścił Nowego Jorku. Przewróćcie miasto do góry nogami i na lewą stronę. Odwołajcie się do wszelkich możliwych źródeł i płaćcie za informację, gdy tylko będzie trzeba. Mam upoważnienie do zatwierdzenia budżetu do stu tysięcy dolarów na kupowanie informacji. Departament Sprawiedliwości przeznaczył milion na nagrodę za doprowadzenie do aresztowania Asada Khalila. To mu powinno trochę dać do wiwatu w kontaktach z jego ziomkami w Stanach. Jakieś pytania?

— Nie, panie dyrektorze — odparł Jack.

— Dobrze. Aha, jeszcze jedno. — Dyrektor spojrzał na mnie i na Kate. — Zastanówcie się, czyby się nie dało zwabić Khalila w pułapkę.

— To znaczy — zapytałem — czyby się nie dało użyć jednego z nas jako przynęty?

— Tego nie powiedziałem. Sugerowałem tylko, żebyście się zastanowili, jak to zrobić. Sami oceńcie, jaki sposób będzie najlepszy.

— John i ja omówimy to później — obiecała Kate.

— Dobrze. — Dyrektor wstał. — Dziękuję, że poświęciliście nam niedzielę. Jack, z tobą chcę jeszcze pogadać w cztery oczy.

Bob w niebieskim ubraniu odprowadził Kate i mnie do windy. Zjechaliśmy do holu, a tam strażnik poprosił, żebyśmy sobie usiedli. Usiedliśmy. Spojrzeliśmy z Kate po sobie. Tu, w Ministerstwie Miłości, zauważano nawet przestępcze spojrzenia, dlatego na naszych twarzach nie malowało się nic poza zaprzysięgłym optymizmem. Nie patrzyłem nawet na jej nogi.

Po dziesięciu minutach zjawił się Jack.

— Zostaję na noc — oznajmił. — Wy jedźcie, spotkamy się jutro. I wprowadźcie we wszystko George'a. Jak wrócę, pozbieram zespoły do pracy nad sprawą i zastanowimy się, co dalej.

— Razem z Johnem wpadniemy jeszcze dzisiaj na Federal Plaza — oświadczyła Kate — zorientować się, co tam słychać.

Coś podobnego!

— Doskonale — rzekł Jack. — Ale nie zarzynajcie się. To będzie długi dystans, a jak powiada pan Corey, „drugi na mecie to pierwszy przegrany". — Popatrzył na nas i oznajmił: — Bardzo dobrze się dzisiaj spisaliście oboje. I mam nadzieję, że jest pan teraz lepszego mniemania o FBI — zwrócił się do mnie.

— Jak najbardziej. Świetna paczka chłopaków. I dziewczyn. Znaczy się, kobiet. Nie mam tylko pewności co do Bena.

— Ben jest w porządku — odrzekł Koenig. — To raczej na Teda trzeba uważać.

O rany,

Pożegnaliśmy się i strażnik zaprowadził nas do podziemnego garażu.

— No i jak się spisałem? — zapytałem Kate po drodze na lotnisko.

— Tak sobie.

— A ja myślałem, że znakomicie.

— I to, że tak myślałeś, jest właśnie przerażające.

— Staram się, naprawdę.

— Oj, starasz się.

Rozdział 33

Asad Khalil zobaczył tablicę z napisem „Witamy w Karolinie Południowej — Palmowym Stanie"*. Nie wiedział, co oznacza to ostatnie określenie, ale zrozumiał następny napis: „Jedź ostrożnie i ściśle przestrzegaj przepisów".

Była 16.10.

Czterdzieści minut później, pod Florence, minął zjazd na autostradę I-20 do Columbii i Atlanty. Teraz, jak zapamiętał z mapy, mógł kłamać, że jedzie do Savannah albo Charlestonu. Dziwna rzecz, ale jak dotąd nie spotkał w ogóle policji, poza wozem patrolowym, który pojawił się w najgorszym możliwym momencie, kiedy go zaczepiały te cztery kurewki. Wiedział jednak, że policjanci poruszali się również w cywilu, nieoznakowanymi autami.

Odkąd opuścił New Jersey, czuł się na drodze coraz pewniej, potrafił bowiem naśladować styl jazdy innych kierowców. Starsi ludzie prowadzili bardzo kiepsko; młodsi nie lepiej, choć inaczej. Zauważył, że jeździ tu mnóstwo kobiet. W Europie też widywał kobiety za kierownicą, lecz nie tak wiele jak w Ameryce. Niesamowite było to, że czasem kobiety wiozły mężczyzn. W Europie widziało się to nieczęsto, a w Libii wcale. Asad Khalil doszedł do wniosku, że amerykańscy mężczyźni utracili kontrolę nad swoimi kobietami. Przypomniał sobie wersety z Koranu: „Mężczyźni stoją nad kobietami

---

* Liść palmy jest symbolem Karoliny Południowej.

ze względu na to, że Bóg dał wyższość jednym nad drugimi, i ze względu na to, że oni rozdają ze swego majątku. Przeto cnotliwe kobiety są pokorne i zachowują w skrytości to, co zachował Bóg. I napominajcie te, których nieposłuszeństwa się boicie, pozostawiajcie je w łożach i bijcie je! A jeśli są wam posłuszne, to starajcie się nie stosować do nich przymusu".

Z jakiegoś powodu wrócił myślą do tego momentu w samolocie, kiedy odholowano go już do strefy bezpieczeństwa. Przypomniał sobie mężczyznę i kobietę, których wtedy zobaczył. Oboje mieli odznaki, oboje wydawali polecenia, jak równi sobie. Było dla niego nie do pojęcia, by dwoje ludzi przeciwnej płci współpracowało w ten sposób, rozmawiając ze sobą, dotykając się, być może nawet jedząc razem. Jeszcze bardziej niesłychane było to, że kobieta była najwyraźniej oficerem policji, i to uzbrojonym. Kobiety na Zachodzie chodziły same, gdzie chciały, rozmawiały z obcymi, pracowały w biurach i sklepach, obnażały ciała, a nawet sprzeczały się z mężczyznami. Khalil pamiętał opowieści o Sodomie i Gomorze, a także o Babilonie przed nastaniem islamu. Te starożytne miasta upadły z powodu bezeceństwa i seksualnej rozwiązłości swych kobiet. Był przekonany, że Europę i Amerykę czeka ten sam los.

Włączył radio i przeszukiwał skalę, aż trafił na wiadomości. Przez ponad dziesięć minut wysłuchiwał informacji o gwałtach, morderstwach i napadach, a potem o polityce. Wreszcie spiker powiedział:

„Państwowa Komisja Bezpieczeństwa Transportu oraz FAA wydały wspólny komunikat na temat tragicznych wypadków na lotnisku Kennedy'ego w Nowym Jorku. Poinformowano, że nikt nie przeżył tragedii. Władze uważają, że piloci albo zdołali sami wylądować, zanim obezwładniły ich trujące wyziewy, albo też zaprogramowali komputer pokładowy na lądowanie automatyczne, kiedy zorientowali się, że słabną. Nie ujawniono, czy samolot informował ziemię o sytuacji przez radio. Przedstawiciele władz lotniczych określili incydent jako wypadek, mimo to dochodzenie w tej sprawie będzie kontynuowane. Jak już wspomnieliśmy, potwierdzono oficjalnie śmierć wszystkich pasażerów i załogi, łącznie trzystu czternastu

251

osób. O rozwoju wypadków będziemy państwa informować na bieżąco".

Khalil wyłączył radio. Doszedł do wniosku, że Amerykanie dzięki swojej technice zdążyli się już zorientować, co się naprawdę wydarzyło podczas lotu 175. Zastanawiał się, dlaczego odwlekają ujawnienie prawdy, i uznał, że jest to wynik narodowej dumy, a także właściwej agendom policyjnym niechęci do przyznawania się do błędów. Przejechał przez most nad jeziorem Marion. Wiedział, że osiemdziesiąt kilometrów stąd mieszka William Satherwaite, były porucznik amerykańskich sił powietrznych i morderca. Spotkanie z nim wyznaczył sobie nazajutrz, a na razie Satherwaite był nieświadomy, jak blisko niego przejeżdża śmierć.

O 19.05 Khalil minął tablicę z napisem „Witamy w Georgii — Stanie Brzoskwini". Wiedział, co to jest brzoskwinia, ale dlaczego stan Georgia chciał być kojarzony z tym owocem, pozostawało dla niego tajemnicą. Spostrzegł, że wskaźnik paliwa pokazuje mniej niż jedną czwartą baku. Nie był pewien, czy zatankować od razu, czy zaczekać do zmroku. Po chwili jednak zorientował się, że dojeżdża do Savannah i ruch na szosie gęstnieje. To oznaczało, że na stacji benzynowej będzie więcej ludzi.

Była 19.30, kiedy zaczął się rozglądać za zjazdem, lecz na tym odcinku drogi było ich jak na lekarstwo. Wreszcie, gdy wskazówka opadła już bardzo nisko, udało mu się zjechać z autostrady. Najbliższa stacja benzynowa — co go zdumiało, tylko jedna — okazała się nieczynna. Pojechał więc dalej wąską drogą, aż dotarł do miasteczka o nazwie Cox. Tak samo nazywał się pilot, który zginął podczas wojny w Zatoce. Khalil uznał to za znak z nieba.

Miasteczko wyglądało na niemal wyludnione, lecz na jego obrzeżach znalazł małą oświetloną stację. Podjechał do dystrybutora, nałożył okulary i wysiadł. Wszystko tu wyglądało na starsze i mniej nowoczesne od tego, co spotykał przy autostradzie. Zorientował się, że musi zatankować sam; nie widział też nigdzie automatu do płacenia kartą kredytową. Zawahał się, a po chwili zobaczył, że z budyneczku biura wychodzi wysoki, szczupły mężczyzna w dżinsach i koszuli khaki.

— Pomóc coś, szefie? — zapytał Amerykanin.

— Chciałbym zatankować — odparł, nie zapominając o uśmiechu.

Mężczyzna spojrzał na niego, a potem na tablicę rejestracyjną auta i znów na swego klienta.

— Naprawdę? — zapytał. — A co wlać?

— Benzynę?

— Benzynę, tak? A jaką?

— Bezołowiową proszę.

Tamten wsunął pistolet dystrybutora do wlotu baku i zaczął nalewać paliwo. Khalil uzmysłowił sobie, że będą tak stali razem przez dłuższą chwilę.

— I dokąd to jedziemy? — zapytał Amerykanin.

— Jadę do uzdrowiska na Jekyll Island.

— Co pan powie.

— Słucham?

— Dziwnie coś pan ubrany jak na wczasy.

— To prawda. Miałem spotkanie w Atlancie.

— A w czym pan robisz, jeśli można wiedzieć?

— Jestem bankierem.

— A skąd?

— Z Nowego Jorku.

— Poważnie? — zaśmiał się Amerykanin. — Nie wyglądasz pan na Jankesa.

Khalil nie do końca za nim nadążał.

— Nie gram w baseball — odpowiedział.

— To dobre! — tamten znów się roześmiał. — Jakbyś pan miał garnitur w paski, pomyślałbym, że jesteś pan bankier, co gra w Jankesach!

Khalil się uśmiechnął.

— A skąd przed Nowym Jorkiem? — dopytywał się mężczyzna.

— Z Sardynii.

— O cię cholera! A gdzie to?

— To wyspa na Morzu Śródziemnym.

— Pewnie tak, skoro pan tak mówisz. Zjechał pan z dziewięćdziesiątej piątej?

— Tak.

— U Phillipsa oczywiście zamknięte?

— Właśnie.

— Tak myślałem. Pójdzie głupek z torbami, jak będzie tak wcześnie zamykał. Duży ruch na międzystanowej?

— Nie za duży.

Mężczyzna skończył nalewać benzynę.

— Chyba już było na rezerwie, co?

— Tak.

— Gotówką czy kartą? Wolę gotówkę.

— Proszę bardzo. — Khalil wyciągnął portfel.

Mężczyzna zerknął na licznik dystrybutora.

— To będzie dwadzieścia osiem pięćdziesiąt — rzekł.

Khalil wręczył mu dwie dwudziestki.

— Przyniosę resztę — powiedział Amerykanin. — Zaraz wracam, zaczekaj pan. — Skierował się do swego kantorka.

Gdy się odwrócił, Khalil spostrzegł, że z tyłu na pasie ma pistolet w kaburze. Poszedł za nim do biura.

— Czy można tu kupić jakieś jedzenie i picie? — zapytał.

— Mam maszynę z napojami — odrzekł tamten, otwierając szufladkę kasy. — Stoi na dworze. A tu jest druga, z przekąskami. Dać kilka monet?

— Proszę.

Mężczyzna wydał mu resztę z kilkoma ćwierćdolarówkami. Khalil włożył pieniądze do bocznej kieszeni marynarki.

— Znasz pan drogę do Jekyll Island? — zapytał Amerykanin.

— Wiem, jak jechać i mam mapę.

— Aha. I gdzie to się zatrzymamy?

— W Holiday Inn.

— Z tego, co wiem, na Jekyll chyba nie mają Holidaya.

Obaj zamilkli. Khalil podszedł do maszyny z przekąskami. Wrzucił dwie monety, wcisnął guzik i z otworu wypadła paczuszka orzeszków. Sięgnął do kieszeni po następne ćwierćdolarówki. Maszyna miała na wysokości wzroku zamontowane małe lusterko. Khalil zobaczył w nim, że mężczyzna sięga prawą ręką za plecy. Wyszarpnął z kieszeni marynarki glocka, obrócił się na pięcie i strzelił raz pomiędzy oczy tamtego, rozbijając szybę za jego plecami. Pod mężczyzną ugięły się kolana i padł twarzą na podłogę. Khalil wyciągnął mu z kieszeni portfel. Po jego otwarciu ujrzał przyczepioną wewnątrz

254

odznakę z napisem „Policja w Cox — zastępca szeryfa". Przeklął swoje pieskie szczęście i opróżnił z gotówki portfel i kasę, razem zaledwie koło stu dolarów.

Podniósł z podłogi zużytą łuskę. Pamiętał ze szkolenia, że kaliber .40 jest w Ameryce dość rzadki, natomiast używają go często agenci FBI i nie powinien pozostawiać tak interesującego tropu. Zauważył drzwi do małej toalety. Otworzył je i zaciągnął tam Amerykanina za nogi. Przed wyjściem oddał mocz, nie spłukując wody, a potem zamknął drzwi i powiedział:

— Miłego dnia.

Wziął z kontuaru gazetę i przykrył nią małą kałużę krwi na podłodze. Następnie odnalazł wyłączniki prądu i po chwili cała stacja pogrążyła się w ciemności. Wyszedł z kantorka i stanął przed maszyną z napojami. Wrzucił trzy ćwiartki i wybrał fantę, a potem szybko wrócił do mercury'ego.

Po kwadransie jechał już znowu na południe autostradą I-95. Zjadł orzeszki i popił fantą, a godzinę później zobaczył tablicę „Witamy na Florydzie — w Słonecznym Stanie". Przed Jacksonville zjechał na lotnisko międzynarodowe i podążył za znakami do portu lotniczego.

Zegar na desce rozdzielczej wskazywał prawie 22.00.

Przez minutę pozwolił sobie pozastanawiać się nad zdarzeniem na stacji benzynowej w miasteczku Cox. Ten mężczyzna był policjantem, lecz pracował na stacji. Mogło to oznaczać, że jest tajniakiem. Khalil pamiętał jednak, że słyszał gdzieś lub czytał, że policjanci w małych miejscowościach w Ameryce bywają ochotnikami. Nazywa się ich wówczas zastępcami szeryfa. Przypominał sobie coraz więcej szczegółów — ci ludzie zwykle mieli przy sobie broń, pracowali bez wynagrodzenia i byli bardziej dociekliwi od zawodowych policjantów. Czarę dopełniło to, że tamten miał pistolet. A kroplą, która ją przepełniła, stało się pytanie o Holiday Inn. To, czy mężczyzna wyciągnie broń, czy nie, było już w tym momencie bez znaczenia. Zadał o jedno pytanie za dużo, a Khalilowi zabrakło prawidłowych odpowiedzi.

Rozdział 34

Nie zdążyliśmy na samolot US Airways o 21.00, więc poszliśmy do Delty i polecieliśmy o 21.30. Samolot był w połowie pełny, jeżeli ktoś jest optymistą, albo w połowie pusty, jeśli posiada akcje Delty. Usiedliśmy w ostatnim rzędzie. Boeing 727 wystartował i zająłem się podziwianiem panoramy Waszyngtonu. Widziałem oświetloną Kolumnę Waszyngtona, Kapitol, Biały Dom, mauzolea Lincolna i Jeffersona, i całą resztę. Nie zobaczyłem budynku Hoovera, ale tkwił cały czas w mojej głowie.

— Do czegoś takiego trzeba się trochę przyzwyczaić — powiedziałem.

— Chodzi ci o to, że FBI musi się trochę przyzwyczaić do ciebie? — spytała Kate.

Zachichotałem.

Pojawiła się stewardesa, przepraszam, asystentka pokładowa. Wiedziała z listy pasażerów, że jesteśmy agentami federalnymi, nie zaproponowała nam więc drinków tylko jakieś lekkie napoje.

— Mineralną proszę — rzekła Kate.

— A dla pana?

— Podwójną szkocką. Nie umiem latać na jednym skrzydle.

— Przykro mi, panie Corey, ale nie wolno nam podawać alkoholu osobom uzbrojonym.

To był moment, na który czekałem cały dzień.

— Nie mam broni — oznajmiłem. — Proszę sprawdzić na liście albo obszukać mnie w toalecie.

Nie miała zbytniej ochoty iść ze mną do toalety, ale zajrzała do listy pasażerów.

— Ach... rzeczywiście...

— Wolę się napić, niż mieć broń.

Uśmiechnęła się i postawiła na mojej tacce dwie miniaturki szkockiej i plastikowy kubeczek z lodem.

— Na koszt firmy — powiedziała.

Kiedy odeszła, zaproponowałem Kate drinka.

— Nie mogę — odparła.

— Ojej, nie bądźże taka świętoszka. Napij się ze mną.

— Panie Corey, proszę mnie nie sprowadzać na złą drogę.

— Nie lubię łazić po złej drodze sam. Potrzymam ci pistolet.

— Dosyć już. — Kate łyknęła wody.

Wlałem obie szkockie do kubka, siorbnąłem i zamlaskałem.

— Mm, mniam.

— Odwal się.

Przez pewien czas siedzieliśmy w milczeniu. W końcu Kate spytała:

— Dogadałeś się ze swoją przyjaciółką z Long Island?

Było to pytanie bardzo znaczące i rozważałem przez chwilę odpowiedź. John Corey jest lojalny wobec przyjaciół i kochanek, a istotą lojalności jest wzajemność. Beth Penrose zaś, przy całym jej zainteresowaniu waszym sługą, nie okazała mi zbyt wiele lojalności. Zdaje się, że oczekiwała ode mnie czegoś, co kobiety zwą zaangażowaniem. Wówczas mogłaby być lojalna. Mężczyźni jednak najpierw żądają lojalności i dopiero potem mogą się zastanowić nad zaangażowaniem. Sa to podejścia zupełnie przeciwstawne i nie do pogodzenia, chyba że jedną ze stron przeszłaby operację zmiany płci. Tak czy inaczej zastanawiałem się, dlaczego Kate w ogóle o to zapytała. Chociaż właściwie, to wcale się nie zastanawiałem.

— Zostawiłem jej wiadomość na sekretarce — odpowiedziałem w końcu.

— Jest wyrozumiała?

— Niekoniecznie. Ale jest gliną i takie sytuacje rozumie.

— To dobrze. Może się okazać, że nieprędko będziesz miał wolne.

— Poślę jej e-maila z ostrzeżeniem.

— Kiedy ATTF rozpracowywało wybuch w samolocie TWA, pracowali na okrągło przez siedem dni w tygodniu.

— A przecież to nawet nie był zamach terrorystyczny — podkreśliłem.

Kate nie odpowiedziała. Nikt z branży nie odpowiadał na pytania na temat TWA; wiele kwestii w tej sprawie pozostawało wciąż niewyjaśnionych. W naszej przynajmniej wiedzieliśmy kto, co, gdzie, kiedy i jak. Nie mieliśmy pewności w kwestii „dlaczego i co dalej", ale niedługo mieliśmy się tego dowiedzieć.

— Co się stało z twoim małżeństwem? — zapytała Kate.

Wyczuwałem w tych jej pytaniach pewną tendencję, lecz jeśli ktoś sądzi, że zawód detektywa pomaga mężczyźnie rozwikłać zawiłości kobiecego myślenia, to jest w błędzie. Podejrzewałem jednak motyw, jakim kierowała się panna Mayfield. Nie była to zwykła ciekawość.

— Ona była prawniczką — odparłem.

— I to dlatego wam nie wyszło?

— Tak.

— To nie wiedziałeś przed ślubem, czym ona się zajmuje?

— Wiedziałem, ale myślałem, że jest reformowalna.

Kate parsknęła śmiechem. Teraz nadeszła moja kolejka.

— A ty byłaś mężatką?

— Nie.

— Dlaczego?

— To pytanie osobiste.

Sądziłem, że właśnie zadajemy osobiste pytania. I tak było, jeżeli dotyczyły mnie. Nie chciałem dłużej bawić się w tę grę i zagłębiłem się w czasopiśmie linii lotniczych Delta.

— Sporo podróżowałam — oznajmiła Kate.

Przyjrzałem się mapie świata z zaznaczonymi trasami Delty. Może, jak to się wszystko skończy, powinienem polecieć do Rzymu? Zobaczyć papieża? Delta nie latała do Libii. Pomyślałem o tych gościach, którzy robili nalot w osiemdziesiątym szóstym. Na małych myśliwcach musieli przelecieć z Anglii naokoło Francji i Hiszpanii, potem nad Morzem Śródziemnym do Trypolisu. Kawał lotu, sądząc z mapy. I nikt tam nie podawał szkockiej. A jak oni sikali?

— Słyszałeś, co mówiłam?

— Nie, przepraszam.

— Pytałam, czy masz dzieci.

— Dzieci? Nie, nie. Nasz związek nie został skonsumowany. Ona nie uznawała seksu poślubnego.

— Naprawdę? Ee, dla faceta w twoim wieku to chyba nie był duży problem?

Mój Boże.

— Czy możemy zmienić temat? — zapytałem.

— A o czym byś chciał porozmawiać?

Właściwie nie chciałem o niczym. Z wyjątkiem może Kate Mayfield, ale ten temat był kłopotliwy.

— Możemy przedyskutować, czego się dzisiaj dowiedzieliśmy — zaproponowałem.

— Dobrze.

No i omówiliśmy, czegośmy się dowiedzieli, co wydarzyło się wczoraj i co będziemy robić jutro. Pod nami był już Nowy Jork. Ucieszyłem się, że jeszcze jest na swoim miejscu i że świecą się światła.

— Jedziesz ze mną na Federal Plaza? — spytała Kate nad La Guardią.

— Jeśli chcesz.

— Chcę. Potem moglibyśmy pójść na kolację.

Spojrzałem na zegarek. Była 22.30, a zanimbyśmy wyszli z biura, mogła się zrobić północ.

— Trochę za późno na jedzenie — stwierdziłem.

— To na drinka.

— A, to w porządku.

Samolot siadł na pasie i kiedy zwalniał, zadałem sobie pytanie, jakie w takich sytuacjach zadaje sobie każdy mężczyzna: „Czy odczytuję prawidłowo te sygnały?". Jeżeli nie, to mogłem się znaleźć w zawodowych opałach, a jeśli tak, to w osobistych. Uznałem, że poczekamy, zobaczymy. Innymi słowy, z kobietami jestem raczej ostrożny.

Pojechaliśmy na Federal Plaza taksówką.

— Lubisz Nowy Jork? — zapytałem Kate na moście Brooklyńskim.

— Nie. A ty?

— Oczywiście.

— Czemu? Przecież to zwariowane miejsce.

— Zwariowany to jest Waszyngton. Nowy Jork jest ekscentryczny i intrygujący.

— Nowy Jork jest zwariowany. Żałuję, że przyjęłam tę sprawę. Nikt z FBI nie lubi Nowego Jorku. Jest zbyt drogi, diety nie pokrywają nawet kosztów.

— No to dlaczego ją przyjęłaś?

— Z tego samego powodu, dla którego wojskowi podejmują się trudnych misji i zgłaszają się na ochotnika do walki. To odskocznia do kariery. Jeśli chcesz iść do góry, musisz mieć na koncie Nowy Jork i Waszyngton. No i jest to także wyzwanie — dodała. — Poza tym tutaj dzieją się rzeczy odlotowe i niesamowite. Możesz pojechać do dowolnego z naszych pięćdziesięciu pięciu biur terenowych w kraju i starczy ci opowieści z Nowego Jorku do końca życia.

— Wiesz co? Ja myślę, że na Nowym Jorku po prostu wiesza się psy złośliwie. Popatrz, ja stąd jestem. Czy jest we mnie coś dziwacznego?

Nie usłyszałem jej odpowiedzi, może dlatego, że taksiarz wrzeszczał coś na przechodnia, a ten na niego. Dobrze, że wrzeszczeli w różnych językach, bo trwałoby to znacznie dłużej.

Weszliśmy do budynku bocznym wejściem od południowej strony. Kate miała swój klucz od windy. Na dwudziestym siódmym piętrze pracowało jeszcze kilkanaście osób, wyglądających na zmęczone, zatroskane i nieszczęśliwe. Dzwoniły telefony, terkotały faksy, a kretyński głos z komputera informował co chwila: „Masz wiadomość". Kate pogadała z każdym po kolei, następnie odsłuchała automatyczną sekretarkę, przeczytała e-maile, sprawdziła plan dnia na jutro i tak dalej. Miała wiadomość od George'a Fostera: „Narada — polecenie Jacka — pokój konferencyjny na 28 piętrze, jutro o 8.00". Niesamowite, Koenig siedział jeszcze w Waszyngtonie, a już zwoływał naradę na ósmą rano w Nowym Jorku. Ci ludzie byli albo nie do zdarcia, albo robili w gacie ze strachu. Pewnie to drugie, co zresztą oznaczało, że i tak za wiele się nie pośpi.

— Może chcesz sprawdzić, co tam u ciebie? — zapytała Kate.

Mój boks w tej hodowli znajdował się piętro niżej i nie sądziłem, bym zastał tam cokolwiek więcej niż na jej biurku.

— Sprawdzę jutro o piątej rano, zaraz po przyjściu do pracy — obiecałem.

Krzątała się jeszcze jakiś czas, a ja stałem, czując się coraz bardziej bezużyteczny.

— Idę do domu — powiedziałem w końcu.

— Nie, nie — odparła Kate, odkładając jakieś pismo — stawiasz mi drinka. Chcesz zabrać swoje papiery z mojej teczki?

— Jutro zabiorę.

— Możemy to później poprzeglądać razem, jeśli chcesz.

Zabrzmiało to jak zaproszenie do spędzenia wspólnie nocy.

— Jasne — odparłem po chwili wahania.

Kate postawiła teczkę pod biurkiem.

Wyszliśmy z budynku i znaleźliśmy się na ciemnej, cichej ulicy. Bez taksówek, a ja bez broni. Naprawdę nie muszę mieć przy sobie pistoletu, żeby się czuć bezpiecznie, poza tym Nowy Jork stał się ostatnio całkiem spokojnym miastem. Z drugiej strony dobrze jest mieć przy sobie jakąś pukawkę, kiedy być może poluje na człowieka islamski terrorysta. Lecz Kate miała pistolet.

— Chodźmy na piechotę — zaproponowałem.

Poszliśmy. O tej porze w niedzielę mało co jest otwarte, chociaż to miasto podobno nigdy nie śpi. Ale w Chinatown zawsze są czynne lokale, więc sterowałem w tamtym kierunku.

Szliśmy nie całkiem ramię przy ramieniu, ale Kate trzymała się blisko mnie, więc ciągle ocieraliśmy się o siebie, a ona raz po raz w trakcie rozmowy kładła mi rękę na łokciu albo na łopatce. Najwyraźniej podobałem się jej, a może tylko była napalona. Nie lubię być wykorzystywany przez napalone kobiety, ale zdarza mi się.

Zaprowadziłem ją do knajpki o nazwie New Dragon, nowy smok. Kiedyś podczas kolacji z kumplami z NYPD zapytałem właściciela, pana Chunga, co się stało ze starym smokiem. Nachylił się i wyznał konfidencjonalnym szeptem: „Właśnie go jecie!", po czym ryknął śmiechem i zwiał do kuchni.

Lokal był pełen ludzi i dymu. Znaleźliśmy dwa wolne miejsca w części koktajlowej. Klientela wyglądała tu jak osiłki z filmu z Bruce'em Lee, bez napisów.

— Byłeś tu już? — spytała Kate, rozejrzawszy się po sali.

— Kiedyś bywałem.

— Wszyscy mówią po chińsku.

— Ja nie. Ty też.

— Ale oprócz nas.

— Widocznie to Chińczycy.

— Ale z ciebie mądrala.

— Dzięki.

Podeszła kelnerka; nie znałem jej. Była miła i uśmiechnięta i oznajmiła, że kuchnia jest czynna. Zamówiłem dim sum i szkocką.

— Co to jest dim sum? — zapytała Kate. — Tylko poważnie.

— Coś... jak przystawki. Kluseczki i różne takie. Dobrze wchodzi ze szkocką.

— To bardzo egzotyczne miejsce — stwierdziła Kate, znów się rozglądając.

— Ci tutaj tak nie uważają.

— Czasami czuję się w tym mieście jak wieśniara.

— Ile tu jesteś?

— Osiem miesięcy.

Przyszły drinki, pogawędziliśmy, zamówiłem kolejne, ziewnąłem. Przyszło dim sum i chyba smakowało Kate. Wypiliśmy trzecią kolejkę i powieki zaczęły mi ciążyć. Kate była przytomna i ożywiona.

Poprosiłem kelnerkę o zawołanie taksówki i zapłaciłem. Wyszliśmy na Peel Street, chłodne powietrze dobrze mi zrobiło.

— Gdzie mieszkasz? — zapytałem.

— Na Wschodniej Osiemdziesiątej Szóstej. Podobno niezła dzielnica.

— Świetna dzielnica.

— Wzięłam mieszkanie po koledze, który się przeniósł do Dallas. Odzywa się czasami. Mówi, że trochę mu brakuje Nowego Jorku, ale jest w Dallas szczęśliwy.

— A Nowy Jork jest szczęśliwy, że on jest w Dallas.

— Jesteś naprawdę zabawny — roześmiała się. — George mi mówił, że masz nowojorską gadkę.

— Właściwie to mam gadkę mojej mamy.

Przyjechała taksówka i Kate podała swój adres.

Po dwudziestu minutach znaleźliśmy się pod jej domem. Był to nowoczesny wieżowiec z portierem. Jeśli nawet miała tylko kawalerkę, musiało to słono kosztować, nie wspominając już o dietach. Ale wiedziałem z doświadczenia, że taka Szparka Sekretarka woli mieszkać w porządnym domu w dobrej dzielnicy, a za to oszczędzać na takich luksusach jak jedzenie i ubranie.

Kate stała przez chwilę na chodniku.

— Chciałbyś wejść do środka? — zapytała w końcu.

Nowojorczycy mówią „wejść na górę", a ludzie z głębi kraju „do środka". Moje serce w każdym razie przyjęło informację i zaczęło bić mocniej. Znałem to.

— Mogę odłożyć to zaproszenie na później? — zapytałem.

— Jasne — uśmiechnęła się. — Do zobaczenia o piątej w pracy.

— Może trochę po piątej. Na przykład o ósmej.

Znów się uśmiechnęła.

— Dobranoc.

— Dobranoc.

Patrzyłem, jak znika w holu, a potem rzuciłem do kierowcy:

— Wschodnia Siedemdziesiąta Druga.

Taksiarz, facet gdzieś z daleka, w turbanie na głowie, zwrócił się do mnie dobrą angielszczyzną.

— Może to nie mój biznes, ale chyba ta dama chciała, żeby pan do niej poszedł.

— Mhm?

— Mhm.

Popatrzyłem przez okno. To był dziwny dzień. A jutrzejszy zapowiadał się niemiły i pełen napięcia. A zresztą, może jutra wcale nie będzie. Namyślałem się chwilę, czy nie kazać kierowcy zawrócić. W końcu spytałem go, nawiązując do turbanu:

— Jest pan dżinnem?

— Jasne — roześmiał się. — A to jest latający dywan. Ma pan trzy życzenia.

Pomyślałem sobie trzy życzenia.

— Musi pan powiedzieć na głos, inaczej ich nie spełnię — stwierdził dżinn.

— Pokój na świecie, spokój wewnętrzny i rozumienie, czego pragną kobiety.

— Dwa pierwsze to drobnostka — odrzekł. — Jak się panu spełni trzecie, proszę do mnie zadzwonić.

Dojechaliśmy na miejsce, dałem mu wysoki napiwek, a dżinn udzielił mi rady.

— Niech pan ją znowu zaprosi.

I odjechał.

Wszedłem do mieszkania, bez żadnych środków ostrożności, mając chyba podświadomie nadzieję, że ktoś mi da w głowę, jak na filmie, i obudzę się za miesiąc.

Nie odsłuchałem sekretarki, lecz rozebrałem się i padłem na łóżko. Myślałem, że jestem zmęczony, okazało się jednak, że raczej nakręcony jak sprężyna w zegarku.

Gapiłem się w sufit, kontemplując życie i śmierć, miłość i nienawiść, strach i odwagę, i takie tam. Myślałem o Kate i Tedzie, o Jacku i George'u, o ludziach w niebieskich garniturach, o dżinnie, a na koniec o Nicku Montim i Nancy Tate. Wiedziałem, że będzie mi ich brakować. Potem pomyślałem o Asadzie Khalilu i o tym, czy dane mi będzie posłać go prosto do piekła.

W końcu zasnąłem, lecz dręczył mnie jeden koszmar za drugim. Dnie i noce zaczęły się upodabniać do siebie.

Rozdział 35

Asad Khalil znalazł się na ruchliwej szosie, z mnóstwem moteli, biur wynajmu samochodów i barów szybkiej obsługi. Na pobliskim lotnisku lądował duży samolot. W Trypolisie kazali mu zanocować w motelu w okolicy lotniska, gdzie jego wygląd ani rejestracja auta nie zwrócą niczyjej uwagi.

Zjechał na parking motelu Sheraton, ponieważ znał tę nazwę z Europy. Poprawił krawat, przyczesał palcami włosy, nałożył okulary i wszedł do recepcji.

Młoda kobieta za kontuarem uśmiechnęła się do niego.

— Dobry wieczór.

Odwzajemnił jej uśmiech i powitanie. Spostrzegł, że z holu prowadzi kilka korytarzy. Nad jednym z wyjść był napis: „Bar — Sala telewizyjna — Restauracja". Słyszał dobiegającą zza drzwi muzykę i śmiechy.

— Chciałbym pokój na jedną noc — zwrócił się do recepcjonistki.

— Proszę bardzo. Standard czy apartament?

— Apartament.

— Jak chciałby pan zapłacić? — zapytała, podsuwając mu formularz rejestracyjny i długopis.

— American Express. — Podał jej kartę kredytową.

Boris powiedział mu, że im lepsze wybierze miejsce, tym mniej będzie miał problemów, szczególnie płacąc kartą. Wolał nie pozostawiać papierowych śladów, lecz Rosjanin zapewnił go, iż sporadyczne posługiwanie się kartą jest bezpieczne.

Khalil wypełnił formularz, nie wpisując danych samochodu, gdyż powiedziano mu w Trypolisie, że w lepszych hotelach może tak zrobić. Wiedział także, że, w przeciwieństwie do Europy, nie będzie tu rubryki na numer paszportu, a w recepcji nawet nie każą mu go pokazać. Najwyraźniej, nawet gdy ktoś wyglądał bardzo z cudzoziemska, uznanie go za cudzoziemca uchodziło tu za obrazę.

Dziewczyna zerknęła.

— Witamy w Sheratonie, panie...

— Badr — podpowiedział jej.

— Panie Badr. Oto pański elektroniczny klucz do pokoju sto dziewiętnaście, parter na prawo od wyjścia z holu — recytowała monotonnym głosem. — To pański folder gościa, jest na nim numer pokoju. Bar i restauracja są za tamtymi drzwiami, mamy też siłownię i basen. Doba hotelowa trwa do jedenastej rano, śniadania podajemy od szóstej do jedenastej w głównej jadalni, bar i sala telewizyjna są otwarte do pierwszej w nocy. Może pan zamówić lekką przekąskę, a w pokoju jest minibufet. Czy życzy pan sobie budzenie?

Khalil rozumiał słowa, lecz nie rozumiał tego zalewu bezużytecznych informacji. Wiedział jednak, o co chodzi z budzeniem.

— Poproszę budzenie na szóstą — rzekł. — Mam lot o dziewiątej, to chyba wystarczy.

Patrzyła na niego całkiem otwarcie, inaczej niż kobiety w Libii, które unikały kontaktu wzrokowego z mężczyznami. Wytrzymał jej spojrzenie, tak jak mu kazano — żeby nie wzbudzać podejrzeń, lecz także po to, by się przekonać, czy go nie rozpoznała.

— Proszę bardzo, budzenie na szóstą. Wymeldowanie ekspresowe? — spytała.

Pouczono go, że na to pytanie ma odpowiedzieć „tak", dzięki czemu uniknie ponownego kontaktu z recepcją.

— O siódmej znajdzie pan pod drzwiami kopię rachunku — oznajmiła recepcjonistka. — Życzę miłego pobytu.

— Dziękuję. — Uśmiechnął się, wziął folder i wyszedł z holu.

Uznał, że poszło nieźle. W każdym razie dużo lepiej niż w Waszyngtonie, kiedy to musiał zabić recepcjonistę. Znów się uśmiechnął. Kiedy wsunął do szpary w drzwiach elektroniczny klucz, mechanizm zamruczał i zapaliło się zielone światełko. Przypomniał mu się Conquistador Club. Wszedł i zamknął drzwi na zamek.

Zlustrował pomieszczenia i szafy. Wszystko bardzo czyste i nowoczesne, trochę zanadto wygodne jak na jego gust. Prowadząc świętą wojnę, wolał surowsze warunki życia.

Poczuł głód. Zajrzał do menu posiłków dostarczanych do pokoju, lecz zdecydował, że już nie chce pokazywać nikomu swojej twarzy. Z bliska widziało go w ogóle niewielu ludzi i większość z nich już nie żyła. W minibufecie znalazł puszkę soku pomarańczowego, butelkę wody mineralnej, orzeszki i batonik Toblerone, który mu zawsze smakował w Europie.

Usiadł w fotelu twarzą do drzwi, w pełni ubrany, z glockami w obu kieszeniach marynarki.

Jadł i pił niespiesznie, przypominając sobie pobyt w ambasadzie amerykańskiej w Paryżu. Zachowywali się wobec niego podejrzliwie, ale nie wrogo. Najpierw przesłuchiwał go wojskowy z cywilem, a nazajutrz przyleciało z Ameryki dwóch innych agentów, którzy przedstawili się jako Peter i Philip. Oznajmili, że dowiozą go bezpiecznie do Waszyngtonu. Khalil wiedział jednak, że to podwójna nieprawda. Po pierwsze, mieli polecieć do Nowego Jorku; po drugie, ani Peter, ani Philip nie mieli tam dotrzeć żywi.

Ostatniej nocy przed wyjazdem nafaszerowali go narkotykami, co zapowiedział Boutros. Khalil pozwolił na to, żeby nie wzbudzać podejrzeń. Nie wiedział, co z nim będą robić w tym stanie, lecz nie miało to większego znaczenia. Wywiad libijski przesłuchiwał go w Trypolisie po podaniu narkotyków, dla sprawdzenia, czy potrafi oprzeć się działaniu tak zwanych tabletek prawdy. Przeszedł ten sprawdzian bez problemów.

Zgodnie z przewidywaniami Malika, Amerykanie chcieli go jak najszybciej zabrać z ambasady i przewieźć za ocean.

— Francuzi, Włosi, Niemcy i Anglicy też chcieliby cię przesłuchać — mówił Malik. — Amerykanie o tym wiedzą, ale chcą cię mieć tylko dla siebie i dlatego wywiozą cię z Europy najszybciej jak się da. Najważniejszych dezerterów z obozu wroga zabierają zwykle do Nowego Jorku, żeby móc zaprzeczać, iż trzymają takiego człowieka w stolicy. Później z pewnością zamierzają cię zabrać do Waszyngtonu, ale wtedy prawdopodobnie dotrzesz tam już bez ich pomocy. — Wszyscy obecni przy rozmowie śmiali się z tego żartu Malika. — Jeżeli jednak — dodał mentor Khalila — nasz informator w Trans--Continentalu powiadomi nas, że mimo wszystko lecisz od razu do Waszyngtonu, to Haddad, twój rzekomo chory na płuca towarzysz podróży, także będzie na pokładzie. Procedura na lotnisku Dullesa jest podobna jak na Kennedym — samolot zostanie odholowany do strefy bezpieczeństwa i tak dalej. Przygotowaliśmy ci tam drogę ucieczki, tak samo jak w Nowym Jorku. Uciszysz taksówkarza, weźmiesz wynajęty samochód i przeczekasz w motelu do niedzieli rano, kiedy to złożysz wizytę generałowi Waycliffowi.

Asad Khalil był pod wrażeniem skrupulatności i operatywności libijskich służb wywiadowczych. Poza przygotowaniem awaryjnego planu oficer operacyjny podkreślił jednak kilkakrotnie, że nawet najlepszy plan się nie powiedzie, jeśli nie przeprowadzi go bojownik oddany sprawie islamu. Bez pomocy Allaha nie mógł liczyć na sukces. Boris oczywiście upierał się, że plan jest głównie jego autorstwa, a powodzenie operacji nie ma nic wspólnego z Allahem. Przyznał jednak, że Asad Khalil jest wyjątkowym agentem.

— Gdybyście mieli więcej takich, nie ponosilibyście tylu klęsk — oświadczył.

Boris sam kopał sobie grób swoją niewyparzoną gębą. Z drugiej strony chyba i tak wyczuwał, że nie powróci z Libii żywy; dlatego tak dużo pił. Potrzebował stałego dopływu wódki i kobiet, co mu zapewniono, oraz pieniędzy, które przesyłano na konto jego rodziny w szwajcarskim banku. Boris był bardzo kompetentny i przemyślny nawet po alkoholu i doskonale zdawał sobie sprawę, jaki los go czeka.

— Jeżeli przydarzy mi się tutaj jakiś wypadek, obiecaj, że odeślesz moje ciało do domu — powiedział kiedyś do Malika.

— Nie będzie żadnego wypadku, przyjacielu — odparł Malik. — Pilnujemy cię dniem i nocą.

— *Jebat' was* — odpowiedział Boris. Znaczyło to „pierdolcie się" i stanowczo nadużywał tego zwrotu.

Dochodziła 23.00. Czekając na wiadomości, Khalil przerzucał kanały w telewizorze. Na jednym z nich dwie nagie kobiety kąpały się w basenie z pienistą, parującą wodą, wykonując intymne gesty. Przełączył na następny kanał, zaraz jednak wrócił do tamtego.

Niczym zahipnotyzowany patrzył, jak blondynka z brunetką pieszczą się nawzajem w wodzie. Na brzegu basenu pojawiła się trzecia, Murzynka. Była całkiem naga, choć jej przyrodzenie zakrywały na ekranie elektroniczne kwadraciki. Weszła do wody. Kobiety niewiele mówiły, lecz śmiały się zbyt często, ochlapując się. Khalil pomyślał, że zachowują się jak niespełna rozumu, a jednak nie odrywał wzroku od ekranu. Po schodkach schodziła do basenu czwarta kobieta, ruda. Schodziła tyłem, prezentując nagie pośladki. Wszystkie cztery zaczęły się pieścić, tulić i całować. Khalil siedział jak skamieniały, ale uzmysłowił sobie, że jest już bardzo podniecony, i poruszył się niespokojnie w fotelu.

Wiedział, że nie powinien na to patrzeć, że to najgorszy rodzaj zachodniej dekadencji, potępiany przez święte księgi muzułmanów, żydów i chrześcijan jako działanie przeciwne naturze i grzeszne. Jednakże te nieczyste kobiety podnieciły go i skierowały jego myśli ku rozpuście i bezeceństwom.

Wyobraził sobie siebie w basenie razem z nimi.

Kiedy otrząsnął się z transu, było pięć po jedenastej. Przeklinając się w myśli za tę chwilę słabości, przerzucił szybko kanały na dziennik.

„Oto mężczyzna, którego władze podejrzewają o dokonanie zamachu terrorystycznego na terenie Stanów Zjednoczonych", mówiła akurat prezenterka. „Miejsca ani charakteru zamachu jak dotąd nie ujawniono".

Ekran wypełniła kolorowa fotografia, podpisana „Asad Khalil". Ukląkł tuż przed telewizorem, wpatrując się we własny wizerunek. Nigdy nie widział tego zdjęcia i podejrzewał, że wykonano je potajemnie w Paryżu podczas przesłuchania. Miał wprawdzie na sobie ten sam garnitur, co teraz, lecz taki krawat nosił tylko tam.

„Prosimy telewidzów o dokładne przyjrzenie się temu zdjęciu i natychmiastowe powiadomienie władz, jeśli ktoś z państwa widział tego człowieka", mówiła spikerka. „Jest uzbrojony i niebezpieczny, dlatego nie należy podejmować prób zatrzymania go na własną rękę. Oto numery telefonów policyjnych". Pod zdjęciem pojawiły się dwa szeregi cyfr. „Pod pierwszym z tych numerów można nagrać na taśmę anonimowe zgłoszenie, drugi to gorąca linia bezpośrednio do centrum operacyjnego FBI. Przypominamy również, że Departament Sprawiedliwości wyznaczył nagrodę w wysokości miliona dolarów za pomoc w ujęciu sprawcy zamachu".

Prezenterka dodała na koniec:

„Asad Khalil mówi po angielsku i arabsku, zna także trochę niemiecki, francuski i włoski. Jest poszukiwanym międzynarodowym terrorystą i może się obecnie znajdować w Stanach Zjednoczonych. W miarę napływu dalszych szczegółów, będziemy państwa informować na bieżąco".

Przez cały ten czas z telewizora patrzyła na Asada Khalila twarz Asada Khalila. Wyłączył fonię, podszedł do lustra, nałożył dwuogniskowe okulary i spojrzał na swoje odbicie. Asad Khalil, Libijczyk na ekranie telewizyjnym, miał czarne, gładko zaczesane do tyłu włosy. Hefni Badr, Egipcjanin w motelu w Jacksonville, miał włosy szpakowate, z przedziałkiem. Asad Khalil miał czarne oczy. Hefni Badr nosił okulary i jego oczy za szkłami były niewyraźne dla obserwatora. Khalil patrzący z ekranu był gładko ogolony. Badr miał szpakowate wąsy. Asad Khalil miał poważną minę. Hefni Badr w lustrze uśmiechał się, ponieważ nie był podobny do Khalila.

Odmówił wieczorne modlitwy i poszedł spać.

Rozdział 36

Zdążyłem na naradę o 8.00, czując się w dodatku wielce cnotliwym z powodu niespędzenia nocy z Kate Mayfield. Mogłem spojrzeć jej prosto w oczy i powiedzieć śmiało „Dzień dobry".

Odwzajemniła moje powitanie, chociaż nie jestem pewien, czy nie mruknęła „dupku". A może to ja sam czułem się jak dupek.

Ściany pokoju konferencyjnego udekorowano powiększonymi fotografiami Asada Khalila z Paryża. Były też dwa zdjęcia Yusefa Haddada, jedno z kostnicy, drugie paszportowe. Właściwie na tym z kostnicy wyszedł lepiej. Z boku wisiało kilka zdjęć naszego lutowego dezertera, który nazywał się Boutros Dharr i też był martwy. Miałem taką swoją prywatną teorię, że wszyscy ci goście byli złymi ludźmi, ponieważ mieli głupie nazwiska; całkiem jak chłopiec imieniem Zuzia z piosenki.

Na stole naliczyłem dziesięć kubków i dziesięć notatników, z czego wywnioskowałem, że będzie nas dziesięcioro. Na każdym notatniku było nazwisko, z czego z kolei wydedukowałem, że powinienem usiąść przed notatnikiem z napisem Corey. Usiadłem więc. Nalałem sobie kawy z dzbanka, po czym podsunąłem go Kate, siedzącej dokładnie naprzeciwko.

Ubrana była w niebieski prążkowany kostium i wyglądała nieco bardziej surowo niż przedtem w niebieskim żakiecie i spódniczce do kolan. Szminkę miała koraloworóżową. Uśmiechnęła się do mnie, a ja odwzajemniłem jej uśmiech.

Wszyscy już zajmowali miejsca. Na jednym końcu stołu siedział Jack Koenig, dopiero co przybyły z Waszyngtonu, w tym samym garniturze co wczoraj. Przy drugim końcu usadowił się kapitan David Stein z NYPD, współdowodzący połączonymi siłami antyterrorystycznymi. Obaj mieli prawo uważać, że siedzą u szczytu stołu.

Po mojej lewej znalazł się Mike O'Leary z zespołu wywiadowczego nowojorskiej policji. Zauważyłem, że usiadł przed notatnikiem ze swoim nazwiskiem; natchnęło mnie to optymizmem co do inteligencji policyjnych wywiadowców. Na prawo miałem agenta specjalnego Alana Parkera z FBI i ATTF. Alan to nasz człowiek od kontaktów z mediami. Jest przed trzydziestką, ale wygląda na trzynastolatka. Jako mistrz świata we wciskaniu kitu znakomicie się nadawał do pracy przy tej sprawie. Za nim siedział kapitan Henry Wydrzynski, zastępca szefa detektywów z Port Authority. Spotkałem go parę razy, kiedy pracowałem w policji. Chyba był w porządku, jeśli pominąć nazwisko, które przypominało trzecią linijkę tablicy do badania wzroku. Ktoś powinien zafundować gościowi kilka samogłosek. Naprzeciw mnie oprócz Kate siedziało jeszcze trzech ludzi. Miejsce obok kapitana Steina zajął Robert Moody, szef detektywów w NYPD. Moody był pierwszym w historii czarnym szefem detektywów i moim byłym przełożonym. Nie muszę wam chyba tłumaczyć, jaka to trudna praca, kierować kilkoma tysiącami ludzi mego pokroju. Z szefem Moodym miałem do czynienia kilkakrotnie i, jak sądziłem, nie czuł do mnie antypatii. A to już dużo, przy moich relacjach z przełożonymi. Na lewo od Kate siedział sierżant Gabriel Haytham, NYPD/ATTF, dżentelmen o arabskim rodowodzie. Obok niego, po prawej Koeniga, zajmował miejsce mężczyzna nieznany nam z nazwiska. Nie miałem jednak wątpliwości, że ten szykownie ubrany pan jest z CIA. Zabawne, jak łatwo potrafię ich rozpoznawać. Zachowują się z pewną dozą znudzonej nonszalancji, wydają zbyt dużo na ciuchy i zawsze wyglądają tak, jakby mieli do roboty coś o wiele ważniejszego niż to, co właśnie robią. Od kiedy zniknął Ted Nash, nie miałem z kogo drzeć łacha i czułem pewną wewnętrzną pustkę, toteż ucieszyłem się z obecności jego następcy. Brakowało George'a Fostera, który pilnował sklepiku. Siedział w Conquistador Club i miał tam najpewniej siedzieć jeszcze długo. Jego zadaniem, w języku dochodzeniowców, było pełnienie roli „gospodarza", czyli koordynatora na miejscu przestępstwa, jako świadka i właściwie także uczestnika wydarzeń. Lepiej on niż ja, uznałem.

Poza tymi dwoma nie było już oczywiście w naszej grupie Nicka Montiego. Dlatego Jack Koenig rozpoczął naradę od zarządzenia minuty ciszy dla uczczenia pamięci Nicka i pozostałych ofiar tragedii.

Po tej minucie była dokładnie 8.00 i zebranie się rozpoczęło.

Na początek Jack przedstawił nam dżentelmena po swojej lewej.

— Dzisiejszego ranka mamy wśród nas Edwarda Harrisa z Centralnej Agencji Wywiadowczej. — Nie bujam, tak powiedział. A wystarczyłoby: „To jest Edward Harris z CIA". — Pan Harris jest z sekcji antyterrorystycznej.

Harris przyjął to powitanie, kiwając na boki ołówkiem, niczym wycieraczką samochodową. *Très* fajnie. Ci goście, inaczej od tych z FBI, posługują się niemal zawsze pełnym imieniem i nazwiskiem. Ted Nash był chyba wyjątkiem potwierdzającym regułę. Postanowiłem, że jak się znów spotkamy, będę na niego mówił Teddy.

Muszę napomknąć, że normalnie ani ja, ani Kate nie bylibyśmy dopuszczeni na naradę takiego szczebla. Zostaliśmy jednak tym razem dokooptowani jako świadkowie i uczestnicy wydarzeń.

— Jak już niektórzy z was wiedzą — zaczął Koenig — Waszyngton postanowił wczoraj wydać krótki komunikat dla dziennikarzy i udostępnić mediom zdjęcie Asada Khalila. Komunikat informuje tylko, że jest on poszukiwany przez władze federalne jako podejrzany o akty międzynarodowego terroryzmu. O locie sto siedemdziesiąt pięć w ogóle nie wspomniano. Cały tekst razem ze zdjęciami ukazał się we wszystkich wiadomościach wczoraj o dwudziestej trzeciej. Większość dzisiejszych gazet też je najpewniej opublikuje.

Nikt tego głośno nie skomentował, lecz twarze wszystkich mówiły: „Najwyższy czas, do kurwy nędzy".

Kapitan David Stein, pragnąc zaznaczyć, że i on tu dowodzi, wstał i przemówił, nie prosząc Koeniga o głos.

— Ustanawiamy od dzisiaj Incident Command Center, ICC — centrum dowodzenia sprawą. Będzie się mieściło na dwudziestym szóstym piętrze. Wszyscy, którzy pracują przy tej sprawie, przeniosą się tam razem z odnośnymi aktami. Przez ICC będzie od teraz przechodzić całość informacji związanych z dochodzeniem — akta, fotografie, mapy, wykresy, ślady, dowody, protokoły przesłuchań — cały majdan. Personel ATTF aż do odwołania może się znajdować tylko w trzech miejscach: w ICC, w łóżku albo w terenie. I w łóżku nie za długo. — Stein rozejrzał się po twarzach obecnych i dodał: — Jeżeli ktoś chce uczestniczyć w pogrzebach, może iść. Jakieś pytania? — Nikt nie miał pytań i Stein kontynuował: — Sekcja bliskowschodnia przydziela bezpośrednio do tej sprawy pięćdziesięciu agentów, ze wszystkich agend policyjnych tworzących nasz zespół. Następna setka dojdzie z policji nowojorskiej. Poza tym pracują nad sprawą setki agentów w całym kraju i za granicą.

I tak dalej w tym stylu.

Następny na estradzie pojawił się porucznik Mike O'Leary z Zespołu Wywiadowczego NYPD. Powiedział parę słów o Nicku Montim, który pracował w zespole, a potem, zgodnie z autentyczną irlandzką tradycją, opowiedział anegdotkę o Nicku, którą ten najpewniej sam wymyślił.

Mało która policja miejska ma własną organizację wywiadowczą, lecz w Nowym Jorku, macierzystym porcie wszystkich politycznych świrów tej planety, jest ona niezbędna. Zespół Wywiadowczy NYPD utworzono w czasach Czerwonej Paniki i służył wówczas do polowań i nękania miejscowych komuchów, którzy tak naprawdę lubili być szykanowani przez policję, ponieważ nikt poza nią, z wyjątkiem jeszcze FBI, nie zwracał na nich uwagi. Czerwona Eskadra przekształciła się z biegiem lat w to, czym jest dziś; ci ludzie są nie najgorsi w swojej profesji, choć podlegają pewnym ograniczeniom. No i nie przepadają za ATTF, które traktują jako konkurencję. Mike O'Leary zapewnił nas jednak, że przy tej sprawie można liczyć na ich pełną współpracę. Wiedziałem doskonale, że jeśli jego chłopcy wpadną na trop, nigdy się o tym nie dowiemy, ale uczciwie powiedziawszy, kiedy FBI złapie jakiś ślad, O'Leary też się o tym dowie ostatni.

Porucznik O'Leary pobłogosławił nas i usiadł. Irandczycy wspaniale wciskają kit. To jest tak: ty wiesz, że on kłamie, a on wie, że ty wiesz, lecz robi to z takim wdziękiem, przekonaniem i energią, że słucha się tego z przyjemnością.

Następny w kolejce był Robert Moody, szef detektywów z policji nowojorskiej.

— Moi detektywi — oświadczył — będą mieli oczy i uszy otwarte na tę sprawę podczas pracy nad innymi sprawami i mogę państwa zapewnić, że każdy z czterech tysięcy moich podwładnych będzie miał cały czas przy sobie fotografię podejrzanego, a każdy odkryty przez nich trop zostanie natychmiast przekazany do centrum dowodzenia ATTF.

Pierdoły.

— Jeżeli sprawca znajduje się gdziekolwiek na terenie pięciu dzielnic Nowego Jorku, istnieją spore szanse na to, że się dowiemy i zdołamy go pochwycić — zakończył Moody.

Należało to tłumaczyć tak, że pan Moody chciałby przyskrzynić Khalila, zanim federalni zdążą cokolwiek zwęszyć. A dowiedzieliby się o tym nazajutrz z gazet.

Kapitan Stein podziękował Moody'emu i zabrał głos.

— Mam zapewnienie komisarza policji nowojorskiej, że wszyscy mundurowi, zarówno z miasta, jak i z przyległych okręgów i miejscowości, będą przed wyjściem na patrol uczulani na tę sprawę. To oznacza, że w poszukiwaniach weźmie udział siedem tysięcy ludzi. Można powiedzieć, że mamy do czynienia z największym polowaniem na przestępcę w historii NYPD.

Zauważyłem, że Alan Parker bardzo pilnie sporządza notatki; może przygotowywał coś dla mediów, a może pisał scenariusz miniserialu dla telewizji. Nie bardzo ufam ludziom pióra.

— Ośrodkiem naszego zainteresowania jest oczywiście przede wszystkim społeczność bliskowschodnia Nowego Jorku — stwierdził tymczasem Stein, przekazując głos Gabrielowi Haythamowi.

Ten ostatni wstał i rozejrzał się po obecnych. Jako jedyny Arab i muzułmanin w tym towarzystwie, miał prawo czuć się nieco paranoicznie, ale po latach pracy w policji, a obecnie w ATTF, sierżant Haytham był całkiem wyluzowany.

— Naprawdę mam na imię Jibril — wyznał mi kiedyś. —

To jest Gabriel po arabsku. Ale nikomu nie mów, staram się uchodzić za WASP-a.

Lubię ludzi z poczuciem humoru, a Gabe bardzo go potrzebował, żeby robić to, co robił. Funkcjonowanie jako arabski Amerykanin w Nowym Jorku nie jest szczególnie trudne, ale trzeba było mieć niezłe jaja, żeby jako arabski Amerykanin i muzułmanin pracować w sekcji bliskowschodniej sił antyterrorystycznych. Ciekaw byłem, co Gabriel mówi swoim kumplom z meczetu. „Wiesz, Abdul, przymknąłem wczoraj dwóch brązowych"...? Chyba raczej nie.

Sierżant Haytham był komendantem zespołów inwigilacji, składających się z przydzielonych do ATTF detektywów, których zadanie polegało na śledzeniu i obserwacji osób podejrzanych o kontakty z organizacjami ekstremistów. Ci goście sterczeli godzinami pod mieszkaniami podejrzanych, robili im zdjęcia, namierzali sprzętem radiowym, nagrywali ich rozmowy i śledzili we wszystkich możliwych środkach lokomocji oraz pieszo. Robili to, czego nie chcieli albo nie mogli robić ludzie z FBI. Taka robota to syf, ale to ona właśnie była podstawą pracy ATTF i szło na nią mnóstwo czasu i pieniędzy.

— Poczynając od siedemnastej w sobotę — poinformował nas Gabriel — nasi ludzie wyszli z ukrycia i zaczęli przewracać miasto do góry nogami. Dysponowaliśmy pozwoleniami na przeszukanie wszystkiego, z wyjątkiem sypialni burmistrza. Przepytaliśmy osiemset osób w ich mieszkaniach, biurach, na ulicy i tu w biurze. Byli wśród nich przywódcy lokalnych społeczności, podejrzani, zwyczajni szarzy Abdulowie, a nawet muzułmańscy duchowni.

— Jeżeli do południa prawnicy z Ligi Arabskiej nie zasypią nas pozwami o pogwałcenie praw obywatelskich, to słabo się spisaliście, Gabe — skomentowałem.

Wszyscy się roześmiali, nawet Kate.

— Prawników też przetrzepaliśmy — odparł Haytham. — Musieli wynająć żydowskich do złożenia skarg.

Znów parsknęliśmy śmiechem, chociaż już nieco powstrzymywanym. Humor zawsze się przydaje, lecz stąpaliśmy po cienkim lodzie. Nasza grupa była dość zróżnicowana kulturowo, a przecież nie przemawiał jeszcze Polak, kapitan Wydrzynski. Miałem w zanadrzu polski dowcip, ale opowiem go może następnym razem.

Gabriel, co mu się pisze na plus, mówił bez żadnego zadęcia.

— Powiem wprost — przyznał na koniec — nie natrafiliśmy na najmniejszy ślad. Ani tyci. Żadnego gówna w rodzaju, że ktoś chce załatwić szwagra, niczego. Wszyscy omijają sprawę z daleka. Ale mamy jeszcze do przepytania z tysiąc osób i do przeszukania setki miejsc. Może czasami zdarzy się nam naruszyć co nieco prawa obywatelskie, ale tym się będziemy martwić później. Przecież nikogo nie torturujemy — podsumował.

— Waszyngton zapewne doceni waszą umiarkowaną postawę — rzekł oschłym tonem Koenig.

— Większość z tych ludzi — odpowiedział mu Gabriel — pochodzi z krajów, w których policja najpierw bije, a potem zadaje pytania. Oni zupełnie tracą orientację, jak się ich trochę nie potarmosi.

Koenig odchrząknął.

— Nie sądzę, żebyśmy musieli tego słuchać, sierżancie. Jeżeli nie będziemy...

— Mamy w kostnicach ponad trzysta trupów — wszedł mu w słowo Haytham — i nie wiemy, ile ich jeszcze będzie. A ja podczas mojej służby nie życzę sobie ani jednego więcej.

W pokoju zaległa cisza.

Wreszcie wstał kapitan Wydrzynski z Władz Portowych.

— Nasi policjanci — powiedział — kasjerzy na rogatkach i cały personel we wszystkich środkach komunikacji otrzymali zdjęcie Asada Khalila wraz z wyjaśnieniem, że jest to najbardziej poszukiwany człowiek w Ameryce. Staraliśmy się nie ujawniać jego związku z lotem sto siedemdziesiąt pięć, ale wieść i tak się już rozeszła.

W sprawach tego rodzaju policja Port Authority odgrywa ważną rolę. Każdy uciekinier musi prędzej czy później mieć do czynienia z ludźmi na dworcach i lotniskach czy z kasjerami na rogatkach.

Nie znałem osobiście Henry'ego Wydrzynskiego, ale... no dobra, opowiem ten dowcip. Przychodzi Polak do okulisty. Ten pyta: potrafi pan przeczytać po kolei linijki na tej tablicy? A facet odpowiada: oczywiście, przecież ja ich wszystkich znam.

Ludzie z PA mają pewien szczególny rys charakteru. Lubią, żeby im okazywać uznanie i szacunek. I większość cwanych glin z NYPD, takich jak ja, im to okazuje. Są pożyteczni, pomocni i dobrzy w swojej robocie. Lepiej z nimi nie zadzierać, bo mogą człowieka załatwić na cacy, na przykład wlepić mandat za złe parkowanie na tysiąc dolców.

Wydrzynski był wielkim facetem w przykusym garniturze, jak dziesięć kilo polskiej kiełbasy w pięciokilowym opakowaniu. Nie popisywał się także wdziękiem i dyplomacją, co mi się podobało.

— Kiedy zdjęcie Khalila dotarło do pańskich ludzi? — zapytał człowieka z tablicy okulistycznej Jack Koenig.

— Do większości koło dziewiątej — odparł Wydrzynski. — Wysyłaliśmy patrole partiami, w miarę jak kopiowano fotografie. Poza tym przesłaliśmy je wszędzie, gdzie się dało, faksem albo e-mailem. Ale od razu powiem, że jakość tych obrazków była beznadziejna.

— Można więc założyć — rzekł kapitan Stein — że jeśli Asad Khalil wsiadł do samolotu albo autobusu, albo przejeżdżał przez most lub tunel przed dziewiątą rano, nikt go nie mógł rozpoznać.

— Zgadza się — potwierdził Wydrzynski. — Stu moich detektywów usiłuje ustalić, czy facet mógł opuścić obszar metropolii przez któreś z miejsc podlegających jurysdykcji Władz Portowych. Ale to jest teren zamieszkany przez szesnaście milionów ludzi i jeśli gość był szybki i miał fałszywe papiery albo wspólnika, albo jedno i drugie, mógł się nam wyśliznąć. To nie jest państwo policyjne.

— A co z drogą wodną? — dopytywał się Koenig.

— Właśnie — rzekł Wydrzynski. — Na wypadek gdyby facetowi zachciało się wsiąść na parostatek do mistycznej Arabii, moja centrala powiadomiła posterunki celne i straż graniczną we wszystkich portach i przystaniach, łącznie z towarowymi i prywatnymi. Rozdaliśmy im także zdjęcia. Na razie ani śladu gościa, ale nabrzeża mamy pod kontrolą.

Zmęczyło go już bycie na widelcu i postanowił odbić piłeczkę w inną stronę.

— Moim zdaniem — powiedział — zdjęcie tego Khalila powinno się było znaleźć we wszystkich stacjach telewizyjnych najdalej w pół godziny po przestępstwie. Wiem, że w grę wchodziły inne czynniki, ale jeżeli nie nagłośnimy sprawy opinii publicznej, facet nam zwieje tak czy inaczej.

— Istnieje wysokie prawdopodobieństwo, że już uciekł — odrzekł Koenig. — Prawdopodobnie wsiadł do najbliższego samolotu na Bliski Wschód, nim jeszcze ciała wystygły. Waszyngton w każdym razie tak uważa, dlatego na razie mamy ograniczyć pełną informację o naturze tej tragedii do instytucji prawa i porządku.

— Ja się zgadzam z kapitanem Wydrzynskim — przemówiła Kate. — Nie było żadnego powodu, żebyśmy ukrywali fakty, poza chęcią ratowania własnych... wiadomo.

Kapitan Stein też tak uważał.

— Moim zdaniem — powiedział — Waszyngton spanikował i podjął błędną decyzję. Zgodziliśmy się na to, a teraz usiłujemy złapać faceta, który ma nad nami dwa dni przewagi.

— Przepraszam, ale fotografia Khalila już się ukazała w mediach — próbował zmienić ton dyskusji Koenig. — Przedmiotem naszych rozważań jest jednak pytanie, czy Khalil mógł uciec od razu. — Popatrzył w papiery przed sobą. — Zanim ktokolwiek zdążył podnieść alarm, miał do wyboru cztery loty z Kennedy'ego na Bliski Wschód. Nie licząc lotów krajowych i karaibskich, gdzie nawet nie trzeba okazywać paszportu, wystarczy dowolny dokument ze zdjęciem. Oczywiście nasi ludzie na drugim końcu trasy zostali postawieni w stan pogotowia — w Los Angeles, na Karaibach i tak dalej. Nikt pasujący rysopisem do Khalila nie pojawił się tam.

Przetrawialiśmy to wszystko w myśli. W końcu spostrzegłem, że Kate patrzy na mnie, co chyba znaczyło, że teraz ja powinienem się wychylić. Jestem u nich tylko na kontrakcie, więc się nie przejmowałem.

— Moim zdaniem Khalil jest w Nowym Jorku — oświadczyłem. — A jeśli nie w Nowym Jorku, to w każdym razie gdzieś w kraju.

— A czemu pan tak uważa? — zapytał Stein.

— Ponieważ on jeszcze nie skończył.

— Aha. A co niby miałby skończyć?

— Nie mam pojęcia.

— No, w każdym razie zaczął z kopyta — rzekł Stein.

— I właśnie o to chodzi — odparłem. — Będzie ciąg dalszy.

Kapitan Stein, tak jak ja, przerzuca się czasem odruchowo na żargon komisariatowy.

— Mam, kurwa, nadzieję, że jednak nie — skomentował moją opinię.

Już miałem mu odpowiedzieć, gdy po raz pierwszy tego dnia odezwał się Pan CIA.

— Skąd ta pewność, że Asad Khalil jest wciąż w kraju? — zapytał mnie.

Rozważyłem w myśli kilka odpowiedzi, z których każda zaczynała się i kończyła na „pierdol się pan"; postanowiłem jednak dać panu Harrisowi szansę na to, by mógł mieć wątpliwości i potraktowałem go łagodnie.

— Mam, proszę pana, takie wewnętrzne przeczucie — odrzekłem. — Opieram je na wiedzy o osobowości Khalila. Nie jest to typ człowieka, który rezygnuje, gdy ma przewagę. Odpuści, kiedy skończy, a jeszcze nie skończył. Skąd to wiem, pyta pan? Po prostu pomyślałem sobie, że facet mógł dalej szkodzić Ameryce, siedząc za granicą, i uchodziłoby mu to na sucho latami. A jednak postanowił przyjechać tutaj i narobić jeszcze więcej zniszczenia. I co, wpadł tylko na godzinkę i wyjechał? Misja mewy? — Dla niezorientowanych wyjaśniłem: — Misja mewy jest wtedy, kiedy ktoś przylatuje, obsrywa wszystko, co się da i odlatuje. — Kilka osób zachichotało, a ja ciągnąłem: — Nie, proszę państwa, to nie jest misja mewy. To jest... misja Draculi. — Teraz naprawdę zaczęli słuchać. Rozkręciłem się na dobre. — Hrabia Dracula mógł wysysać ludziom krew w Transylwanii przez trzysta lat i nikt by go nie złapał. Ale on nie, koniecznie chce do Anglii, prawda? Dlaczego? Żeby po drodze wyssać krew z marynarzy? Nie, to w Anglii znajdowało się coś, czego nasz hrabia tak bardzo zapragnął. A co to było? Dziewczyna, cizia, którą zobaczył na zdjęciu Jonathana Harkera. Zgadza się? Zapomniałem, jak miała na imię. W każdym razie był na nią nakręcony, a ona mieszkała w Anglii. I tak samo Khalil. Nie wybrał się w podróż, żeby pozabijać tych w samolocie czy nawet przeprowadzić akcję w Conquistadorze. To były zaledwie przystawki przed głównym daniem. Musimy się tylko dowiedzieć, co w jego wypadku jest tą cizią, na którą jest tak nakręcony... i mamy gościa. Rozumiecie wreszcie?

W pokoju zapadła głucha cisza. Niektórzy odwrócili ode mnie wzrok. Pomyślałem sobie, że teraz Koenig albo Stein poślą mnie na chorobowe do końca sprawy. Kate wgapiała się w swój notatnik.

Wreszcie, jak przystało na prawdziwego dżentelmena, przemówił Edward Harris.

— Dziękujemy bardzo, panie Corey. Bardzo ciekawa analiza. Analogia... no, jak zwał, tak zwał.

Niektórzy zachichotali.

— Założyłem się z Tedem Nashem o dziesięć dolarów — powiedziałem — że mam rację. Chce pan też się założyć?

Harris wyglądał, jakby raczej chciał wstać i wyjść, ale miał jednak pewną klasę.

— Jasne — odparł. — O dwadzieścia.

— Wchodzę. Proszę dać dwudziestkę panu Koenigowi.

Wyciągnął z portfela dwie dziesiątki i wręczył je Jackowi. Ja też podałem swoje. Koenig schował pieniądze do kieszeni.

Narady koordynacyjne bywają nudne, lecz nie wtedy, kiedy ja w nich uczestniczę. Poza tym naprawdę chciałem, żeby wszyscy obecni zakonotowali sobie, że zebraliśmy się właśnie z powodu hipotezy, iż Khalil może wciąż być w kraju. Gdyby uwierzyli do końca w jego ucieczkę, popadliby w rozleniwienie, licząc, że sprawa rozwiąże się za granicą.

Koenig zresztą nie był głupi i też to rozumiał.

— Dziękuję, panie Corey — powiedział — za ten sugestywny wywód. Sądzę, że w pięćdziesięciu procentach jest szansa na to, iż może być tak, jak pan mówi.

Kate podniosła głowę znad notatnika.

— Ja właściwie uważam, że pan Corey ma sto procent racji. — Spojrzała w moją stronę i nasze oczy spotkały się na pół sekundy.

Gdybyśmy ze sobą spali, zrobiłbym się w tym momencie czerwony. A tak, nikt z obecnych — a były to osoby biegłe w czytaniu z twarzy — nie miał możliwości wyczuć między nami ani grama współpracy pokopulacyjnej. Ludzie, ależ ja mądre posunięcie wykonałem ostatniej nocy. Naprawdę. Czy jednak nie?

— Czy ma pan jeszcze jakieś uwagi? — przerwał ciszę kapitan Stein, zwracając się do Harrisa.

— Dopiero co mnie przydzielono do tej sprawy i nie zostałem jeszcze wprowadzony — pokręcił głową Pan CIA. — Każde z was wie więcej od mnie. — Każde z nas pomyślało w tym momencie dokładnie to samo słowo: „Pieprzysz". Ale nikt się nie odezwał, za to Harris powiedział do mnie: — Ta dama miała na imię Mina.

— Właśnie. Miałem to na końcu języka.

Koenig spojrzał na zegarek

— No, to na koniec wysłuchajmy Alana Parkera — oznajmił.

Parker wstał. Na swój wiek jest raczej niski, chyba że ma faktycznie trzynaście lat.

— Pozwólcie, że będę z wami szczery... — zaczął. Wszyscy jęknęli. Alan się zmieszał, ale po chwili załapał dowcip i się roześmiał. — Pozwólcie... — zaczął znowu. — Nie, przede wszystkim chcę powiedzieć, że pewne osoby z Waszyngtonu, które życzyły sobie mieć wpływ na przepływ informacji...

— Mów po angielsku, Alan — przerwał mu Stein.

— Co? Aha, no dobra. Ludzie, którzy chcą, żeby sprawa była trzymana pod korcem...

— Co za ludzie? — przycisnął go Stein.

— Co za ludzie? No... pewne osoby z administracji.

— Na przykład?

— Nie wiem, naprawdę. Ale przypuszczam, że nie FBI, tylko Narodowa Rada Bezpieczeństwa.

— Dyrektor FBI jest członkiem rady, Alan.

— Naprawdę? W każdym razie postanowiono, że czas zacząć ujawniać całą prawdę. Nie wszystko naraz, ale stopniowo, w ciągu najbliższych siedemdziesięciu dwóch godzin. Powiedzmy, codziennie jedna trzecia tego, co wiemy.

Kapitan Stein, który potrafi być kąśliwy, zapytał:

— Na przykład dzisiaj rzeczowniki, jutro czasowniki, a reszta pojutrze?

Parker parsknął wymuszonym śmiechem.

— Nie — odparł — ale przygotowałem trzyczęściowe

oświadczenie dla mediów i za chwilę każdy dostanie ode mnie pierwszą część.

— Za chwilę dostaniemy całość, Alan. Masz dziesięć minut — rzekł Stein. — Mów dalej.

— Zrozumcie, ja nie decyduję o tym, jakie fakty zostaną ujawnione, ja nie tworzę tych informacji — tłumaczył Parker. — Ja tylko robię, co mi każą. Oczywiście — dodał — media i społeczeństwo powinny być dobrze poinformowane, lecz to my powinniśmy decydować, o czym chcemy je informować, a o czym nie.

Alan nie dostrzegł w tym stwierdzeniu żadnej sprzeczności, co samo w sobie było przerażające. Zaczął coś blablać o informacji jako ważnej broni w naszym arsenale i pomyślałem, że zaraz coś powie o posłużeniu się Kate i mną jako przynętą albo o ujawnieniu, jak to pułkownik Kaddafi posuwał mamusię Khalila. Nie poruszył tych tematów. Zamiast tego zaserwował nam parę historyjek o tym, jak to przecieki doprowadzają ludzi do śmierci, ostrzegają podejrzanych, rujnują misterne operacje i wywołują cały szereg innych problemów, włącznie z otyłością, impotencją i kwaśnym oddechem.

— To prawda, że społeczeństwo ma prawo wiedzieć — zakończył — ale nieprawda, że my mamy obowiązek mu cokolwiek ujawniać.

I usiadł.

Nikt chyba do końca nie pojął wydźwięku jego wypowiedzi, toteż Koenig streścił ją jednym zdaniem:

— Nikomu nie wolno rozmawiać z dziennikarzami. Po południu — dodał jednak — odbędzie się wspólna konferencja prasowa NYPD i FBI, a potem kolejna, z udziałem gubernatora stanu Nowy Jork, burmistrza miasta Nowy Jork i komisarza policji. Któryś z tych panów w pewnym momencie, w jakiejś formie, ujawni to, co wielu ludzi już wie lub podejrzewa: że lot jeden-siedem-pięć z Paryża stał się celem zamachu terrorystycznego. Wieczorem wystąpi w telewizji prezydent oraz członkowie Narodowej Rady Bezpieczeństwa, którzy też to ogłoszą. Przez najbliższe dni media będą szalały, będziemy mieli mnóstwo telefonów od dziennikarzy, dlatego proszę kierować to wszystko do Alana, któremu płacimy za załatwianie tych spraw.

Następnie Koenig przypomniał nam o milionie dolarów nagrody za pomoc w aresztowaniu Asada Khalila i o pieniądzach z budżetu federalnego, za które możemy kupować informacje.

— Wiadomo — podsumował — że współpraca wielu agend policyjnych nie jest rzeczą łatwą. Ale jeżeli możemy się nauczyć działać wspólnie, wymieniać informacje i okazywać sobie dobrą wolę, to teraz jest znakomita ku temu okazja. A jak złapiemy faceta, zapewniam was, że każdy będzie zasługiwał na pochwałę.

Zdawało mi się, że słyszę, jak szef detektywów nowojorskiej policji Robert Moody mruczy pod nosem „A ty pierwszy".

Znów zabrał głos kapitan Stein.

— Nie chcemy przecież, żeby się okazało, że dysponowaliśmy jakimś dobrym tropem, który nam przepadł z powodów biurokratycznych, jak się to stało w sprawie World Trade Center. Pamiętajcie, wszystkie informacje muszą trafiać do ATTF. Zdjęcie Khalila było już w telewizji i w gazetach, tak że możemy liczyć na pomoc milionów obywateli. Jeżeli on jeszcze jest w kraju, naprawdę mamy szansę przyskrzynienia go.

Wyobraziłem sobie, jak szef policji Jan Burak z Koziej Wólki gdzieś w południowej Georgii dzwoni do mnie i mówi:

— Czołem, Johnny. Słyszałem, że podobnież szukacie jakiegoś Araba; Khalila czy jak mu tam. My żeśmy już go przymkli, siedzi w kiciu i czeka na was. Tylko się pospieszcie, bo chłopina wieprzowiny nie je i całkiem nam tu z głodu zdechnie.

— Coś zabawnego, detektywie? — zapytał mnie Stein.

— Nie, szefie. Błądziłem gdzieś myślami.

— Tak? I gdzież to zabłądziłem? Chętnie posłuchamy.

— Może raczej nie...

— Ależ tak, bardzo proszę.

Wobec tego, zamiast opowiadać głupią anegdotkę o szefie policji z wiejskiego posterunku, która być może śmieszyłaby tylko mnie, wymyśliłem naprędce historyjkę na temat naszego zebrania.

— A więc tak: prokurator generalny chce sprawdzić, która agenda policyjna jest najlepsza: FBI, CIA czy NYPD. Wywozi ekipę z każdej firmy za Waszyngton, wypuszcza do lasu zająca i mówi do chłopaków z FBI: „Złapcie go". — Popatrzyłem po mojej publiczności; wszyscy mieli w miarę neutralny wyraz twarzy, z wyjątkiem Mike'a O'Leary'ego, który uśmiechał się pod wąsem w oczekiwaniu zakończenia. — Ekipa z FBI idzie w las — ciągnąłem — i wraca dwie godziny później bez zająca. Ale zwołują wielką konferencję prasową i ogłaszają: „Nasi technicy przebadali cały las, co do jednego liścia. Przesłuchaliśmy dwustu świadków. W rezultacie doszliśmy do wniosku, że zając nie naruszył żadnego z praw federalnych i puściliśmy go wolno". Prokurator generalny na to: „Nie pieprzcie głupot". I wysyła do lasu chłopaków z CIA — zerknąłem na pana Harrisa — a ci też wracają bez zająca i mówią: „FBI się pomyliło. Złapaliśmy zająca i przyznał się do udziału w spisku. Wyciągnęliśmy z niego wszystko, co wie, i przeszedł na naszą stronę. Jest teraz podwójnym agentem". Prokurator generalny znów mówi: „Pieprzycie bzdury. W ogóle go nie widzieliście". Na końcu idą gliny z NYPD i po piętnastu minutach z lasu wypada niedźwiedź, który wygląda, jakby dostał niezłe manto. Trzyma łapy w górze i krzyczy: „Przyznaję się! Jestem zającem!".

O'Leary, Haytham, Moody i Wydrzynski ryknęli śmiechem. Kapitan Stein usiłował nie roześmiać się na głos. Jack Koenig i Alan Parker w ogóle się nie uśmiechali. Pana Harrisa też to chyba nie ubawiło. A Kate... Kate chyba zaczęła się do mnie przyzwyczajać.

— Dziękuję, panie Corey — rzekł w końcu Stein. — Żałuję, że pana zapytałem.

Następnie zamknął naradę krótką przemową motywacyjną.

— Jeżeli ten sukinsyn znów uderzy, w Nowym Jorku czy gdziekolwiek indziej, większość z nas może sobie zacząć obliczać emeryturę.

Rozdział 37

W poniedziałek o 6.00 zadzwonił telefon. Asad Khalil podniósł słuchawkę.

— Dzień dobry — usłyszał i już zamierzał odpowiedzieć, lecz głos mówił dalej i zdał sobie sprawę, że to nagranie.

— Zamówił pan budzenie na szóstą. Temperatura wyniesie dziś niemal dwadzieścia pięć stopni; niebo jest bezchmurne, po południu spodziewane przelotne opady. Życzę miłego dnia i dziękujemy za skorzystanie z usług hotelu Sheraton.

Khalil odłożył słuchawkę, mamrocząc niemal pod nosem *jebat' was*, przekleństwo Borisa. Zabrawszy ze sobą oba glocki, wszedł do łazienki. Podczas kąpieli i golenia rozmyślał o czekającym go dniu. Człowiek, któremu zamierzał złożyć wizytę, Paul Grey, był starym specjalistą od tchórzliwych bombardowań, a od pewnego czasu ekspertem w zabijaniu ludzi na odległość. Bogatym handlarzem śmiercią, który miał się stać tego dnia nieżywym handlarzem śmiercią.

Wróciwszy do pokoju, Khalil pokłonił się w stronę Mekki, odmówił poranne modlitwy, a na koniec dodał od siebie:

— Oby Bóg podarował mi dzisiaj życie Paula Greya, a jutro Williama Satherwaite'a. Oby prowadził mnie w tej wyprawie i pobłogosławił mój dżihad zwycięstwem.

Wstał z klęczek i nałożył kuloodporną kamizelkę, świeżą bieliznę i koszulę oraz szary garnitur. Następnie znalazł w książce telefonicznej Jacksonville dział „Samoloty — wynajem, czarter, leasing" i zanotował kilka numerów. Pod drzwiami znalazł kopertę z rachunkiem oraz karteczkę informującą, że na wycieraczce znajdzie świeżą gazetę. Wyjrzał przez wizjer, czy nikogo nie ma, i otworzył drzwi. Wziął gazetę i zamknął się z powrotem na klucz.

Z pierwszej strony gazety wpatrywały się w niego dwa kolorowe zdjęcia Asada Khalila, en face i z profilu. Podpis głosił: „Poszukiwany — Asad Khalil, Libijczyk. Wiek ok. 30 lat, wzrost metr osiemdziesiąt. Mówi po angielsku i arabsku, trochę po włosku, francusku i niemiecku. Uzbrojony i niebezpieczny".

Khalil przeszedł z gazetą do łazienki. Stanął przed lustrem, trzymając ją przy twarzy. Nałożył okulary i przyjrzał się obu wizerunkom, robiąc najróżniejsze miny i odwracając głowę to en face, to profilem. Doszedł do wniosku, że jedyną cechą szczególną, która upodobniała jego twarz do portretów z gazety, jest wąski, orli nos o wydatnych nozdrzach. Wspominał już o tym kiedyś Borisowi.

— W Ameryce można spotkać wszystkie ludzkie rasy — odpowiedział wtedy Rosjanin. — I niektórzy Amerykanie, szczególnie w wielkich miastach, potrafią odróżnić na przykład Wietnamczyka od Kambodżanina albo Filipińczyka od Meksykanina. Natomiast jeśli chodzi o rasy śródziemnomorskie, nawet bystry obserwator będzie miał trudności. Możesz uchodzić za Izraelczyka, Egipcjanina, Sycylijczyka, Greka, Maltańczyka, Hiszpana, nawet za Libijczyka. — Boris, cuchnący tego dnia mocno wódką, roześmiał się z własnego żartu i dodał: — Morze Śródziemne łączyło ludzi w starożytności, a nie dzieliło, tak jak dzisiaj. Wszyscy pieprzyli się wtedy ze wszystkimi; dopiero Jezus na spółkę z Mahometem to popsuli. — Znów ryknął śmiechem. — Niech spoczywają w pokoju.

Khalil doskonale pamiętał, że gdyby nie obeność Malika, byłby wtedy zabił Rosjanina na miejscu. Malik, stojący za plecami Borisa, wykonał dłonią gest podrzynania gardła, kręcąc równocześnie głową.

— Wiem, wiem, znów bluźnię — rzekł Boris, który tego nie widział, ale chyba się domyślał. — Niechaj Mahomet,

Allah, Jezus i Abraham mi wybaczą. Moim jedynym bogiem jest wódka. Moi święci to marki, franki i dolary. Jedyna świątynia, którą odwiedzam, to pochwa kobiety. A mój sakrament to pieprzenie. Boże, zlituj się nade mną.

Po tych słowach rozpłakał się jak dziecko i wybiegł z pokoju.

Innym razem poradził Asadowi:

— Przed wyjazdem do Ameryki staraj się przez miesiąc unikać słońca. Myj twarz i ręce mydłem wybielającym. W Ameryce im jaśniejsza skóra, tym lepiej. Poza tym na ciemnej skórze mocniej widać te twoje blizny. Skąd je właściwie masz?

— Od kobiety — odrzekł Khalil zgodnie z prawdą.

— A więc to tak, mój świątobliwy przyjacielu! — Rosjanin klepnął go ze śmiechem w plecy. — Zbliżyłeś się jednak do kobiety na tyle, że mogła cię podrapać. Czyś ją przynajmniej zerżnął?

— Tak — przyznał Khalil w rzadkim przypływie szczerości, pod nieobecność Malika.

— Czy podrapała cię przed pieprzeniem, czy po? — zapytał Boris.

— Po.

Boris opadł na krzesło, zarykując się tak, że nie mógł powiedzieć słowa.

— Zazwyczaj nie drapią po pieprzeniu — wykrztusił w końcu. — Spójrz tylko na moją twarz! Musisz spróbować jeszcze raz, może ci pójdzie lepiej.

Wciąż jeszcze się zaśmiewał, gdy Khalil podszedł do niego i szepnął mu do ucha:

— Po tym jak mnie podrapała, udusiłem ją gołymi rękami.

Rosjanin umilkł, ich oczy się spotkały.

— Wiem, że to zrobiłeś — rzekł głucho Boris. — Jesteś do tego zdolny.

Khalil przyjrzał się ponownie swemu odbiciu w lustrze. Blizny pozostawione przez Bahirę nie były wcale tak bardzo widoczne, a nos, dzięki okularom i wąsom, też nie wydawał się wydatny.

Zabrał gazetę do pokoju i na stojąco przeczytał artykuł z pierwszej strony. Mówił po angielsku o wiele lepiej, niż czytał, toteż nie wszystko zrozumiał, tym bardziej że język gazetowy wydawał mu się całkiem różny od potocznego. Zorientował się jednak, że rząd amerykański przyznał w końcu, iż był to zamach terrorystyczny, choć nie podano wszystkich szczegółów i kłopotliwych dla władz faktów. Wraz z tekstem zamieszczono listę ofiar, osobno pasażerów i załogi. Nie było na niej nazwiska Yusefa Haddada. Nazwiska ludzi, których zabił osobiście, opatrzono nagłówkiem: „Zginęli podczas pełnienia służby". Dowiedział się z tego wykazu, że jego konwojenci, których dotychczas znał tylko z imienia, nazywali się Hundry i Gorman.

Hundry z Gormanem zmieniali się na miejscu obok swego więźnia, czy też dezertera, jak go określali. Gdy usiadł przy nim ten drugi, Khalil postanowił opowiedzieć mu o swoich dokonaniach w Europie. Gorman początkowo nie chciał mu wierzyć, w końcu jednak zrobiło to na nim wrażenie.

— Albo jest pan wyjątkowym kłamcą, albo wyjątkowym bandytą. Dowiemy się tego.

— Jestem i jednym, i drugim. I nigdy się nie dowiecie, kiedy kłamię, a kiedy mówię prawdę.

— Lepiej niech się pan nie zakłada — odrzekł Gorman.

Obaj agenci poszeptali potem między sobą i znowu zamienili się miejscami. Hundry'emu jednak Khalil opowiadał wyłącznie o islamie i swoim kraju.

Uśmiechnął się na wspomnienie tej gry, która urozmaiciła mu nudę lotu.

W końcu Haddad poszedł do toalety. Był to sygnał, żeby i on poprosił o pozwolenie na to.

— Zabiłem pułkownika Hambrechta w Anglii — powiedział do Petera Gormana. — To był pierwszy etap mojej misji.

— Jakiej misji? — zapytał agent.

— Misji, której celem jest zabicie wszystkich amerykańskich pilotów, którzy uczestniczyli w nalocie na Al Azziziyah piętnastego kwietnia osiemdziesiątego szóstego roku. Zginęła wtedy cała moja rodzina.

— Przykro mi z powodu pańskiej rodziny — rzekł po długim milczeniu Gorman. — Ale zdaje mi się — dodał — że nazwiska tych lotników są objęte klauzulą ścisłej tajności?

— Oczywiście — odparł Khalil. — A to, co tajne, można odtajnić; to tylko kwestia ceny.

A potem Gorman powiedział coś, co do tej pory nie dawało Khalilowi spokoju.

— Ja też znam pewną tajemnicę, panie Khalil. Dotyczy pańskich rodziców i innych osobistych spraw.

— Co to takiego? — chwycił odruchowo przynętę Khalil, natychmiast tego żałując.

— Dowie się pan w Nowym Jorku. Jak już nam pan wyjawi to, co chcielibyśmy wiedzieć.

Haddad wyszedł z toalety i nie pozostało już ani chwili do stracenia. Khalil poprosił, by go zaprowadzono do ubikacji. W kilka minut później Peter Gorman zabrał swoją tajemnicę ze sobą do grobu.

Asad Khalil zajrzał jeszcze raz do gazety, ale nie znalazł już nic ciekawego poza wzmianką o milionowej nagrodzie. Uznał jednak, że to niewielka suma w zestawieniu z liczbą zabitych przezeń ludzi. Właściwie była to obraza — zarówno dla rodzin ofiar, jak i dla niego samego. Wyrzucił gazetę do kosza.

O wpół do ósmej podjechał pod wielki supermarket o nazwie Winn-Dixie. Zaparkował na niemal pustym parkingu i podszedł do rzędu automatów telefonicznych, wiszących na ścianie sklepu.

Wybrał pierwszy z zanotowanych numerów.

— Alpha Aviation Services — odezwał się kobiecy głos.

— Chciałbym wynająć samolot z pilotem do Daytona Beach — powiedział Khalil.

— Proszę bardzo. Kiedy zamierza pan polecieć?

— Mam tam spotkanie o dziewiątej trzydzieści.

— A gdzie pan jest w tej chwili?

— Na lotnisku w Jacksonville.

— No to musi się pan pospieszyć. Mieścimy się na Craig Municipal Airport. Wie pan, gdzie to?

— Nie, ale wezmę taksówkę.

— Aha. Ilu pasażerów?

— Tylko ja.

— Czy w obie strony, proszę pana?

— W obie, ale z krótkim postojem.

— Dobrze. Dokładnej ceny panu nie podam, ale to będzie jakieś trzysta dolarów plus osobno za oczekiwanie.

— W porządku.

— Pańska godność?

— Demitrious Poulos — przeliterował jej swoje greckie nazwisko.

— Panie Poulos, na lotnisku miejskim proszę jechać aż do ostatniego hangaru od północnej strony. Zobaczy pan dużą tablicę z nazwą. Zresztą wszyscy nas tu znają.

— Dziękuję pani. Życzę miłego dnia.

— Wzajemnie.

Khalil odwiesił słuchawkę. W Trypolisie uprzedzili go, że wynajęcie samolotu z pilotem jest w Ameryce łatwiejsze od wynajęcia samochodu. Jak jazda taksówką. Nie trzeba nawet karty kredytowej, bo przewoźnicy wolą gotówkę, którą nie zawsze księgują, dla zmniejszenia podatku.

— To, co Amerykanie nazywają „lotnictwem ogólnym" — wyjaśnił mu Boris — czyli prywatne loty, nie jest tak ściśle kontrolowane jak w moim kraju czy w Libii. Nie zażądają od ciebie żadnych dokumentów.

Khalil pokiwał głową i wybrał następny numer. Ten znał na pamięć. Tym razem głos był męski.

— Grey Simulation Software. Mówi Paul Grey.

— Dzień dobry, panie Grey. Mówi pułkownik Itzak Hurok z ambasady Izraela — rzekł Asad Khalil.

— Ach tak, oczekiwałem pańskiego telefonu.

— Czy z Waszyngtonu już dzwonili do pana?

— Tak, tak, oczywiście. Powiedzieli, że o wpół do dziesiątej. Gdzie pan teraz jest?

— W Jacksonville. Przed chwilą wylądowałem.

— Ale to jakieś dwie i pół godziny jazdy!

— Wynająłem taksówkę powietrzną. Już czeka na Craig Municipal. Słyszałem, że pan mieszka właściwie na lotnisku.

— No, można to tak określić — zaśmiał się Grey. — Mówią na nas „latające osiedle". Spruce Creek pod Daytona Beach. Słuchaj pan, pułkowniku, jak wylądujecie, niech pan do mnie przedzwoni ze stacji paliw albo z warsztatów, to podjadę po pana wózkiem golfowym. Dobrze?

— Doskonale, dziękuję — odrzekł Khalil. — Jak zapewne moi koledzy pana uprzedzili, nasze spotkanie ma charakter konfidencjonalny...

— Że co? A tak, jasne. Jestem sam.

— To świetnie.

— Mam tu panu niezłe rzeczy do pokazania — oznajmił Grey.

I ja panu także, kapitanie Grey.

— Nie mogę się już doczekać. Do zobaczenia.

— Do zobaczenia.

Khalil wsiadł do mercury'ego, zaprogramował GPS na dojazd do lotniska miejskiego i wyjechał na autostradę.

Jak powiedzieli mu w Trypolisie, przy bramie lotniska nie było straży. Pojechał drogą okrążającą wieżę kontrolną i maleńki budynek terminalu. Słońce prażyło całkiem jak w Libii. Krajobraz był płaski i monotonny, ożywiany tu i ówdzie kępą sosen. Zobaczył napis Florida Air National Guard. Krajowa straż powietrzna. Brzmiało to bardzo po wojskowemu i wprawiło go w lekki niepokój. Uznał jednak, że może źle zrozumiał treść napisu. Boris wspominał mu o tym.

— Różne napisy i tablice informacyjne w Ameryce nie zawsze są całkiem zrozumiałe, nawet dla samych Amerykanów. Jeżeli naruszysz jakiś zakaz, nie panikuj, nie próbuj uciekać i nie zabijaj nikogo od razu. Zwyczajnie przeproś i wytłumacz, że niedokładnie zrozumiałeś napis albo go nie zauważyłeś. Nawet policja przyjmie takie wyjaśnienie. Jedyne napisy, które rozumie każdy Amerykanin, to „Wyprzedaż", „Za darmo" i „Seks". Kiedyś widziałem w Arizonie tablicę „Seks za darmo. Ograniczenie prędkości do 60 km/h". Rozumiesz?

Khalil wtedy nie zrozumiał, więc Boris mu wytłumaczył.

Po kilku minutach jazdy zobaczył tablicę Alpha Aviation Services, zaparkował w pewnym oddaleniu od hangaru, wziął torbę, do której schował drugi pistolet i zapasowe magazynki, i ruszył w tamtą stronę. Po drodze rozglądał się po lotnisku, przysłaniając oczy dłonią. Z odległego pasa startował właśnie mały samolot, a kilka innych kołowało do startu. Warkot silników był wszechobecny, a w nieruchomym powietrzu wisiała gęsta woń paliwa.

Asad Khalil pchnął szklane drzwi biura wynajmu i wszedł do środka. Uderzyła go fala zimnego powietrza. Zza kontuaru podniosła się otyła kobieta w średnim wieku.

— Dzień dobry. Czym mogę panu służyć? — zapytała.

— Jestem Demitrious Poulos. Dzwoniłem...

— A, tak. Rozmawiał pan ze mną. Jak pan będzie płacił za lot?

— Gotówką.

— Dobrze. Może niech mi pan da teraz pięćsetkę, a jak pan wróci, rozliczymy to dokładnie.

— Proszę. — Khalil odliczył pięć setek i otrzymał pokwitowanie.

— Proszę sobie usiąść; zawołam pilota — powiedziała kobieta, podnosząc słuchawkę telefonu.

Khalil usiadł i spostrzegł na małym stoliku dwie gazety. Jedną był florydzki „Times Union", którego już czytał w hotelu. Druga nosiła tytuł „USA Today". W obydwu jego kolorowe zdjęcie widniało na pierwszej stronie. Wziął „USA Today" i zaczął czytać, popatrując na kobietę, której głowa wystawała ponad kontuar. Był gotów w każdej chwili zabić ją, pilota i kogokolwiek, kto zdradziłby spojrzeniem, że go zaczyna rozpoznawać. Tekst w „USA Today", choć napisany prostszymi słowami, był mniej przejrzysty od artykułu w „Timesie".

Po kilku minutach do biura weszła szczupła kobieta, mniej więcej dwudziestopięcioletnia. Ubrana była w spodnie khaki z kieszeniami na kolanach i w koszulę. Miała krótkie blond włosy i ciemne okulary na nosie, i w pierwszej chwili wziął ją za chłopaka, lecz zaraz zrozumiał pomyłkę. W rzeczy samej uznał nawet, że jest dość atrakcyjna.

— Pan Poulos? — zapytała blondynka, podchodząc do niego.

— Tak. — Złożył gazetę, żeby nie było widać zdjęcia, i przykrył nią tę drugą.

Dziewczyna zdjęła okulary i nawiązali kontakt wzrokowy. Uśmiechnęła się, ratując dzięki temu życie — własne i pracownicy biura.

— Witam — powiedziała. — Jestem Stacy Moll. Będę dziś pańskim pilotem.

Khalilowi na moment odebrało mowę, zaraz się jednak opanował i skinął głową. Zobaczył wyciągniętą dłoń dziewczyny i odwzajemnił jej uścisk, mając nadzieję, że nie dostrzegła rumieńca na jego twarzy.

— Ma pan jakiś bagaż oprócz tej torby? — zapytała.

— Nie, tylko to.

— Potrzebuje pan do kibla albo co?

— Ee... nie.

— Dobra. Palący pan?

— Nie.

— No, to muszę się sztachnąć przed lotem. — Z kieszonki na piersi wyjęła paczkę papierosów i zapaliła jednego. — Tylko chwilkę. Może pan chce batona czy jakieś chrupki? — Mówiąc, dmuchała dymem. — Aha, niech pan sobie kupi ciemne okulary. Tam są — wskazała kontuar. — W górze się przydadzą.

Khalil wybrał parę okularów z zestawu na ladzie; kosztowały 24.95. Nie rozumiał tych amerykańskich cen, każdej brakowało kilka centów do pełnego dolara. Zdjął swoje okulary i przymierzył w lusterku ciemne.

— Wezmę te — powiedział z uśmiechem.

— Niech pan da, obetnę metkę — rzekła gruba kobieta, wydając mu resztę.

Khalil zawahał się, lecz nie wiedział, jak mógłby odmówić. Zdjął okulary i podał jej. Nawet na niego nie spojrzała. Oddała mu okulary, a on nałożył je pospiesznie, nie spuszczając oka z jej twarzy.

— No, dobra, już sobie popaliłam — odezwała się kobieta pilot.

Odwrócił się i ujrzał, że trzyma jego torbę.

— Ja sam poniosę — zaprotestował.

— Nie, nie, to moja fucha. Pan jesteś klient. Gotów?

Dziewczyna przytrzymała mu drzwi i wyszli na słońce i skwar. Ciemne okulary już się przydały.

— Proszę za mną — rzuciła pilotka przez ramię. Poszli w kierunku małego samolotu stojącego niedaleko biura. — Skąd pan jest? Z Rosji? — zapytała.

— Z Grecji. Z Aten.

— Oo. Myślałam, że Demitrious to rosyjskie imię.

— Rosyjskie to Dimitri. A po grecku Demitrious.

— Przyleciał pan do Jacksonville prosto z Aten?

— Nie, przez Waszyngton.

— Jasne. Hej, nie gorąco panu w tym garniturze? Może pan zdejmie marynarkę i krawat?

— Nie, jest w porządku. Tam, skąd pochodzę, jest o wiele cieplej.

— Poważnie?

— Niech mi pani da tę torbę, ja poniosę.

— Nie, to żaden problem. — Kiedy znaleźli się przy samolocie, dziewczyna spytała: — Będzie pan potrzebował torbę, czy włożyć ją do tyłu?

— Chcę ją mieć przy sobie — odparł Khalil. — W środku są delikatne biskwity.

— Co takiego?

— Starożytne naczynia, wazy. Handluję antykami.

— Ale numer. Dobra, nie będę na niej siadać. — Śmiejąc się, postawiła torbę na ziemi. — Khalil przyjrzał się niebiesko-białemu samolotowi. — Okay, dla pańskiej informacji — powiedziała Stacy Moll — to jest piper cherokee. Najczęściej używam go na kursach pilotażu, ale czasami też na krótkich trasach. Nie boi się pan lecieć z kobietą?

— Nie. Na pewno jest pani kompetentnym pilotem.

— Więcej niż kompetentnym. Jestem świetna.

Skinął głową, lecz poczuł, że twarz nabiega mu znowu krwią. Zastanawiał się, czy mógłby zabić tę zuchwałą kobietę, nie narażając swoich dalszych planów.

— Dobrze panu w tych patrzałkach... okularach — powiedziała dziewczyna.

— Dziękuję.

— Gotów pan?

— Tak.

— Zdenerwowany?

Miał chęć jej powiedzieć, że przyleciał do Ameryki samolotem z dwoma martwymi pilotami, lecz odparł tylko:

— Ja dużo latam.

— To dobrze. — Wskoczyła na skrzydło, otworzyła drzwiczki samolotu i wyciągnęła rękę. — Daj pan tę torbę.

Podał jej torbę, a ona umieściła ja na tylnym fotelu, a potem podała mu rękę i pomogła wejść na skrzydło. Wsunęła się na fotel pilota, a Khalil na miejsce pasażera. Spojrzał na nią. Ich twarze znajdowały się centymetry od siebie. Stacy Moll uśmiechnęła się do niego.

— Wygodnie?

— Tak. — Sięgnął do tyłu i przełożył torbę na kolana. Pilotka zapięła pas i kazała mu zrobić to samo.

— Będzie pan tak trzymał tę torbę przez cały lot? — zapytała.

— Nie, tylko przy starcie.

— Chce pan tabletkę albo co?

Chcę tylko mieć w zasięgu ręki moje pistolety.

— Nie, dziękuję.

Wręczyła mu zestaw słuchawek z mikrofonem; nałożył je na głowę, ona zrobiła to samo.

— Pilot do Demitriousa — powiedziała. — Słyszysz mnie, Demitrious?

Khalil odchrząknął.

— Słyszę.

— Ja też. Tak jest lepiej niż przekrzykiwać silnik, nie? Mogę ci mówić po imieniu?

— Tak.

— Super. Ja jestem Stacy.

— Wiem.

Nałożyła ciemne okulary, uruchomiła silnik i zaczęli kołować na start. Kiedy stanęli na końcu pasa numer 14, połączyła się z wieżą.

— Wieża, piper jeden-pięć-whisky gotów do startu.

— Możesz startować, jeden-pięć-whisky.

Samolot rozpędzał się przez dwadzieścia sekund, a potem już byli w powietrzu. Stacy ustawiła maszynę na kursie i wcisnęła kilka klawiszy na pulpicie sterowniczym.

— To GPS. System nawigacji satelitarnej — poinformowała Khalila. — Wiesz, jak to działa?

— Tak. Mam to w samochodzie. W Grecji.

— To świetnie — roześmiała się. — Mianuję cię moim nawigatorem, Demitrious.

— Tak?

— Nie, tylko żartowałam. Hej, mam się zamknąć, czy wolisz towarzystwo?

— Wolę towarzystwo — usłyszał własne słowa.

— Fajnie. Ale mi powiedz, jak będę za dużo gadać, to się przymknę.

Skinął głową.

— Na lotnisku w Daytona Beach wylądujemy za jakieś czterdzieści, pięćdziesiąt minut — poinformowała go.

— Właściwie to nie zamierzam lecieć na lotnisko — powiedział Khalil.

— A dokąd dokładnie? — zerknęła na niego spod oka.

— Do miejsca zwanego Spruce Creek. Wiesz gdzie?

— Jasne. Szpanerskie latające osiedle. Przeprogramuję nawigatora.

— Przepraszam za zamieszanie.

— Nie ma sprawy. To nawet łatwiejsze niż duże lotnisko, szczególnie przy takiej pięknej pogodzie.

— To dobrze.

Stacy Moll odchyliła się na oparcie fotela i przyjrzała instrumentom.

— Sto trzydzieści cztery kilometry, czas lotu czterdzieści jeden minut, zużycie paliwa około trzydziestu ośmiu litrów. Bułka z masłem.

— Nie, dziękuję.

Spojrzała na niego i wybuchnęła śmiechem.

— Nie, nie... znaczy się, to taki slang. Bułka z masłem, czyli zero problemu.

Khalil skinął głową.

— Hej, to nie mój biznes — rzekła Stacy — ale po co lecisz do Spruce Creek?

— Mam spotkanie w interesach. W sprawie sprzedaży antyków.

— Aha. Jakąś godzinkę ci to zajmie, co?

— Może mniej.

— Wiesz, gdzie masz iść, jak wylądujemy?

— Tak. Mam wszystko zapisane.

— Byłeś już kiedyś w Spruce?

— Nie.

— Szpanerstwo. To znaczy ludzie, co mają za dużo pieniędzy. Znaczy się, nie wszyscy, ale prawie każdy zadziera nosa. Rozumiesz? Lekarze, prawnicy, biznesmeni. Wydaje im się, że się znają na lataniu. Ale też sporo pilotów tam mieszka, emeryci i tacy, co jeszcze pracują. Dziwne, umieją latać dużymi maszynami, ale czasami potrafią się rozbić w małym sportowym samolociku. O przepraszam, nie powinno się rozmawiać z klientem o wypadkach. — Znów parsknęła śmiechem. Khalil też się uśmiechnął. — Hej, a ten gość, z którym się spotykasz, nie nazywa się czasem Jim Marcus?

— Nie.

— Uu, to dobrze. Chodziłam z tym kretynem. Był w marynarce, a teraz lata w US Airways. Mój ojciec był pilotem odrzutowców w wojsku. Zawsze mi mówił: nigdy się nie zadawaj z lotnikami. I miał rację.

— Czy emerytowany pilot wojskowy w Ameryce dostaje dużo pieniędzy? — zapytał Khalil.

— Hm, to zależy. Jeżeli długo służył, miał wysoki stopień, to dostaje niezłą emeryturę. Na przykład pułkownik. Zresztą oni często prowadzą potem interesy związane z lataniem. Wiesz? Pracują w prywatnych liniach, produkują części albo broń do samolotów i tak dalej. Niektórzy wożą szefów wielkich firm prywatnymi odrzutowcami. Takie szychy to lubią mieć u siebie byłych wojskowych. *Macho con macho* się dogada i takie tam pierdoły. Potem taki pan prezes się chwali: „U mnie to lata pułkownik Smith, co bombardował Jugoli albo Saddama". Rozumiesz?

— Albo Libię — powiedział Khalil.

— Libii to chyba myśmy nie bombardowali?

— Libię też. Wiele lat temu.

— Nie wiedziałam. Powinniśmy przestać to robić. Potem wszyscy są na nas wkurzeni.

— To prawda.

Lecieli dalej na południe.

— Minęliśmy właśnie Palatkę. Popatrz na prawo, tam jest poligon bombowy marynarki. Widzisz te ugory? Nie można podlecieć bliżej, bo to zastrzeżona przestrzeń powietrzna. Ale widać sztuczne cele. O, bombardują dzisiaj! Widziałeś, jak tamten zanurkował, a potem poszedł prosto w górę? Ua! Nie widziałam tego już chyba z rok. Patrz tylko na tych kozaków. Najczęściej wchodzą na wysokość i rzucają z góry, ale czasami ćwiczą niskie podejścia, jakby się kryli przed radarem wroga. Rozumiesz, nie? O, widziałeś, następny podchodzi dołem. Widziałeś go?

Serce Asada Khalila waliło w piersi jak oszalałe. Zamknął oczy i poprzez ciemność ujrzał czerwony pióropusz ognia za nurkującym bombowcem i czarną sylwetkę maszyny na tle poświaty nad Trypolisem. Samolot był na wyciągnięcie ręki przed jego twarzą, a może tylko tak to pamiętał po tylu latach. Nagle maszyna wystrzeliła pionowo w górę, a po kilku sekundach rozległy się cztery ogłuszające eksplozje i jego świat legł w gruzach.

— Demitrious! Demitrious! Co ci jest?

Uświadomił sobie, że zakrywa twarz dłońmi i że oblewa go pot. Kobieta szarpała go za ramię.

Opuścił ręce i wziął głęboki oddech.

— Nic, nic, wszystko w porządku — powiedział.

— Na pewno? Jak ci się chce rzygać, to mam tu torebkę.

— Nie, już dobrze, dziękuję.

— Może chcesz wody?

— Nie, już nic mi nie jest.

— No, dobra.

Lecieli dalej nad polami Florydy. Kilka minut później Stacy Moll powiedziała:

— Zaraz zaczynamy schodzić. Będzie trochę rzucało.

Piper zszedł na pułap trzystu metrów, a im niżej, tym silniejsze miotały nim turbulencje.

— Jak ci tam? — zapytała.

— W porządku.

— No, to fajnie. Już bardziej nie będzie rzucać.

Włączyła radio i wybrała odpowiednią częstotliwość.

— Przestrzeń powietrzna Spruce Creek — powiedziała do mikrofonu — tu piper jeden-pięć-whisky. Jestem dwie mile na zachód, schodzę z wiatrem na pas dwa-trzy.

— Do kogo to nadawałaś? — zapytał Khalil.

— Informowałam inne samoloty, że lecimy, ale chyba akurat nikogo nie ma w powietrzu. Możemy spokojnie lądować. W Spruce Creek nie ma wieży — wyjaśniła — a do lotniska w Daytona Beach jest stąd jakieś dziewięć kilometrów. Jak podejdę nisko od zachodu, to ich radar nawet mnie nie łapie i nie muszę wtedy z nimi gadać. Rozumiesz?

— To znaczy... że... nasz lot nie będzie nigdzie zarejestrowany?

— Dokładnie. A czemu pytasz?

— Tak z ciekawości. W moim kraju to byłoby nie do pomyślenia.

— To prywatne lotnisko — odparła, kładąc samolot w powolnym skręcie. — Strzeżone osiedle, płoty, bramy i tak dalej. Jak tam wjeżdżasz, to faszyści przy bramie od razu cię biorą na osobistą rewizję. Nawet jak ktoś z mieszkańców za ciebie poręczy, to cię obmacają i przemaglują. Mój pan Wspaniały czasami zapominał ich uprzedzić, że przyjadę, to wiem, do czego te gnoje są zdolne. Co za kretyn, przecież chciał się ze mną pie... chciał mnie... no, nieważne; w każdym razie człowiek się spodziewał, że facet będzie o czymś takim pamiętał, no nie? — Khalil skinął głową. Doskonale o tym wszystkim wiedział, dlatego chciał tu przybyć drogą powietrzną. — Widzisz te tereny klubowe? — wskazała na prawo. — Pole golfowe, korty, baseny; wszystko tu mają, nawet prywatne hangary przy domach. O, popatrz na ten żółty dom, tam. Należy do słynnego aktora filmowego, gościu też lubi latać własnym odrzutowcem. Założę się, że chłopcy ze starej paczki za nim nie przepadają, ale ich żony na pewno tak. A widzisz ten biały z basenem? To z kolei gruba ryba od nieruchomości z Nowego Jorku. Ma dwusilnikowego citationa. Raz go poznałam, całkiem miły facet. Też pewnie go nie lubią, tak samo jak aktora. Czekaj, tu jeszcze gdzieś był taki dom... zapomniałam nazwisko gościa... Lata w US Airways i napisał parę książek lotniczych. Zawsze zapominam nazwiska. Kumplował się z moim panem Wspaniałym.

Khalil przyglądał się w milczeniu wielkim domom wśród palm, basenom, równo przystrzyżonym trawnikom i parkującym przed niektórymi rezydencjami samolotom.

— Dobra, teraz przez chwilę się zamknijmy — powiedziała Stacy. Piper schodził nad pas oznaczony liczbą dwadzieścia trzy, jego silnik pracował coraz ciszej, pas wydawał się podnosić ku maszynie, aż wreszcie dotknęła lekko ziemi. — Lądowanie pierwsza klasa — zaśmiała się Stacy, wciskając hamulce. — W zeszłym tygodniu był przeciwny wiatr, kiepsko wylądowałam, a klient się pyta: „Myśmy wylądowali, czy nas zestrzelili?". Cwaniaczek! — wybuchnęła śmiechem.

Zatrzymali się przy skrzyżowaniu z centralną drogą dojazdową dla samolotów i zjechali z pasa.

— Gdzie masz się spotkać z tym facetem? — zapytała Stacy.

— U niego w domu. Mieszka przy drodze dojazdowej.

— Aa, dziany gość. Wiesz, gdzie to jest?

Khalil wyciągnął z torby komputerowy wydruk, zatytułowany „Spruce Creek, Floryda. Mapa dla gości" i podał dziewczynie.

— O, mapa — zdziwiła się. — I gdzie on mieszka?

— Przy Yankee Taxiway, na samym końcu.

— To niedaleko pana Wspaniałego. Dobra, zmieniamy się w taksówkę. — Otworzyła drzwi kokpitu, w którym już zaczynało się robić duszno, i poprowadziła samolot szeroką betonową jezdnią. — Niektóre drogi mają tu tylko dla samolotów, niektóre tylko dla pojazdów, a niektóre dla jednych i drugich. Akurat bym się chciała stuknąć z wózkiem golfowym jakiegoś idioty — prychnęła. — O, jest Cessna Boulevard. Cwane nazwy, co? Demitrious, popatrz na te domy.

Khalil właśnie to robił. Mijali tyły ekskluzywnych posesji, położonych przy drogach przeznaczonych specjalnie dla samolotów, z wielkimi prywatnymi hangarami, ogrodzonymi basenami i palmami, które przypominały mu ojczyznę.

— W Jacksonville w ogóle nie widziałem palm — zdziwił się — a tutaj jest ich mnóstwo.

— Normalnie palmy tu nie rosną. Kretyni sprowadzają je specjalnie z południowej Florydy. Czujesz to? Mieszkają w północnej, ale koniecznie muszą mieć palmy naokoło domu. Dziwne, że nie trzymają flamingów na łańcuchu.

Khalil nie odpowiedział. Myślał znów o Paulu Greyu i bliskim z nim spotkaniu. Ten morderca zamieszkał w raju jeszcze przed śmiercią, podczas gdy on przez tyle lat żył w piekle. Za kilka minut to się miało zmienić. Niektóre z hangarów były otwarte i widział w środku samoloty najróżniejszych typów.

Małe jednosilnikowe awionetki, podobne do tej, którą przyleciał, dziwne maszyny z jednym skrzydłem powyżej drugiego, średniej wielkości odrzutowce.

— Czy któreś z nich są wojskowe? — zapytał.

— Nie — roześmiała się Stacy. — To zabawki chłopców. Rozumiesz, Demitrious? Ja latam, żeby zarobić na życie. A większość z tych błaznów lata tylko z nudów albo żeby się popisywać przed innymi. Wiesz, chodzę na kurs pilotażu takich odrzutowców. Kupę szmalu to kosztuje, ale płaci taki jeden gość... chce, żebym latała u niego. Oni najczęściej wolą wojskowych, ale niektórzy chcą mieć w swojej zabawce jeszcze jedną zabaweczkę. Rozumiesz?

— Nie bardzo.

— Jesteś z Grecji, no nie?

— Tak.

— No właśnie. Przecież ci greccy milionerzy... aha, jest Yankee Taxiway. Jesteśmy na miejscu.

Droga kończyła się przy betonowym placu przed sporym hangarem. Na ścianie budynku wisiała niewielka tablica z napisem: „Paul Grey".

Hangar był otwarty. W środku można było dojrzeć dwusilnikowy samolot, mercedesa kabriolet, wózek golfowy i schodki na poddasze.

— Facet ma zabawki, jakie chce — rzekła Stacy. — To beech baron model pięćdziesiąt osiem, chyba nówka. Straszną kasę kosztuje. Coś mu będziesz sprzedawał?

— Tak. Te wazy.

— Drogie są?

— Bardzo drogie.

— To dobrze. On ma sałatę. Znaczy się pieniądze. Hej, czy ten gość jest żonaty?

— Nie.

— Zapytaj go, czy nie potrzebuje drugiego pilota — parsknęła śmiechem.

Stacy zgasiła silnik awionetki. Khalil wyszedł na skrzydło i zeskoczył na ziemię. Dziewczyna podała mu torbę i zeskoczyła tuż obok niego, lecz straciła równowagę i runęła na swego pasażera. Na moment przylgnęła do niego, przytrzymując się jego ramion, żeby nie upaść. Ciemne okulary spadły

Khalilowi z nosa, a jego twarz znalazła się centymetry od twarzy Stacy Moll. Spoglądała mu prosto w oczy.

— Przepraszam — powiedziała z uśmiechem.

Khalil podniósł z ziemi okulary i nałożył je z powrotem. Dziewczyna wyjęła z kieszeni papierosy i zapaliła.

— Zaczekam w hangarze, tam jest cień. Wezmę sobie coś do picia z jego lodówki i skorzystam z toalety. Ci goście mają w hangarach kible, lodówki, kuchnie, wszystko. Czasami nawet łóżka. Jak wykopsa takiego z domu jego pani, nie musi daleko iść. Powiedz swojemu facetowi, że wzięłam sobie colę. Zostawię mu dolca na lodówce.

— Dobrze.

Khalil ruszył betonową ścieżką prowadzącą do domu.

— Powodzenia! — zawołała za nim Stacy. — Przyciśnij go porządnie. Niech pluje krwią!

— Że co proszę? — spojrzał na nią przez ramię.

— To znaczy, żeby musiał dużo zapłacić.

Ścieżką wśród krzewów dotarł do rozsuwanych drzwi krytego basenu. Były otwarte i wszedł do środka. Zobaczył ogrodowe krzesła, mały barek i coś do pływania na środku basenu. W głębi zauważył kolejne drzwi; przez ich szybki ujrzał dużą kuchnię. Spojrzał na zegarek: było dziesięć po dziewiątej.

Nacisnął dzwonek i czekał. Gdzieś niedaleko śpiewały ptaki, skrzeczało jakieś zwierzątko, a po niebie krążył mały samolot. Upłynęła cała minuta, zanim do drzwi podszedł mężczyzna w spodniach khaki i niebieskiej koszuli. Przyjrzał mu się przez szybkę.

Khalil się uśmiechnął i tamten otworzył.

— Pułkownik Hurok?

— Tak jest. Kapitan Grey?

— Zgadza się. Po prostu pan Grey, a w ogóle to może mi pan mówić Paul. Proszę do środka.

Asad Khalil wkroczył do wielkiej kuchni Paula Greya. Dom był klimatyzowany, ale nie czuło się tu nieprzyjemnego chłodu.

— Proszę mi dać torbę, postawię w przedpokoju — powiedział Grey.

— Nie, nie; wezmę ją.

— Jest pan trochę przed czasem — rzekł gospodarz, spoglądając na ścienny zegar. — Ale nie ma problemu, wszystko przygotowane.

— To świetnie.

— Jak pan tu dotarł?

— Kazałem pilotowi jechać drogami dojazdowymi.

— Oo... a skąd pan wiedział którędy?

— Panie Grey, moja firma naprawdę sporo wie o panu. Dlatego właśnie tu jestem; został pan wybrany.

— Dobra, pasuje mi to. Może piwa?

— Wystarczy trochę mineralnej.

Paul Grey wyjął z lodówki butelkę wody i karton soku pomarańczowego, po czym podszedł do kredensu po szklanki. Był niewysoki, opalony na brąz i choć włosy miał siwe jak generał Waycliff, jego twarz wyglądała młodo. Widać było, że jest w świetnej formie.

— Gdzie pański pilot? — spytał Grey.

— Schowała się przed słońcem do pańskiego hangaru. Pytała, czy może skorzystać z pańskiej toalety i czegoś się napić.

— Jasne, nie ma sprawy. Kobieta pana przywiozła?

— Tak.

— A może też by miała ochotę popatrzeć na prezentację? Wrażenie jest niesamowite.

— Nie, nie. Jak już mówiłem, musimy zachować dyskrecję.

— Oczywiście. Przepraszam.

— Powiedziałem jej, że jestem handlarzem antyków z Grecji — dodał Khalil. — Sprzedaję panu starożytne wazy — uniósł z uśmiechem torbę.

— Dobra przykrywka. Faktycznie, mógłby pan być Grekiem. — Grey podał Khalilowi szklankę z wodą.

— Nie, nie mogę pić ze szklanki — rzekł Khalil. — Przepraszam za kłopot, ale to niekoszerne.

— Nic się nie stało; rozumiem. — Grey wyjął z lodówki drugą butelkę wody i podał ją gościowi.

— Proszę mi również wybaczyć, że nie zdejmuję tych ciemnych okularów — rzekł Khalil. — Mam chore oczy.

Grey stuknął szklanką z sokiem o jego butelkę.

— Witam w mojej kwaterze wojennej, pułkowniku Hurok — powiedział z uśmiechem. — Możemy zaczynać, proszę za mną. — Przeszli do dużego wnętrza, wyglądającego jak połączenie salonu z biurem. Grey zamknął drzwi. — Tutaj nikt nam nie będzie przeszkadzał.

— Czy ktoś jest w domu?

— Tylko sprzątaczka, ale tu nie zajrzy.

Khalil rozejrzał się po pokoju. Wszystko tu wyglądało na drogie — pluszowy dywan, drewniane meble, elektroniczne urządzenia pod przeciwległą ścianą. Zobaczył cztery ekrany komputerów; przed każdym stała klawiatura i jakieś inne sterowniki.

Grey wskazał mu niski stolik do kawy, na którym leżała gazeta. Postawili na nim napoje, a Khalil postawił obok stolika torbę.

— Pozwoli pan, że obejrzę sobie pokój? — zapytał.

— Ależ proszę bardzo.

Rzekomy pułkownik Hurok podszedł do ściany obwieszonej malunkami i fotografiami najróżniejszych samolotów. Przyjrzał się dokładnie realistycznemu olejnemu obrazowi, przedstawiającemu bombowiec F-111.

— Dałem go namalować ze zdjęcia — rzekł Grey. — Latałem na F-sto jedenaście ładne parę lat.

— Wiem.

Ściana obok pokryta była dyplomami i listami pochwalnymi, a na środku wisiała przeszklona gablota z dziewięcioma medalami.

— Większość dostałem za udział w wojnie w Zatoce — wyjaśnił Grey. — Ale to pan też pewnie wie.

— Oczywiście. Mój rząd wysoko ocenia pańskie dokonania jako naszego sojusznika.

Khalil podszedł do rzędu półek z książkami i plastikowymi modelami samolotów. Paul Grey stanął obok niego i zdjął z półki jakąś książkę.

— Proszę spojrzeć, to może pana zaciekawić — rzekł. — Autorem jest generał Shaudar; wpisał mi dedykację.

Khalil wziął książkę; na okładce miała zdjęcie myśliwca i napisana była po hebrajsku.

— Niech pan spojrzy na dedykację — powiedział Grey.

Khalil otworzył książkę na ostatniej stronie, wiedział bowiem, że teksty hebrajskie, tak jak arabskie, pisane są w odwrotnej kolejności niż zachodnie. Generał wpisał się po angielsku, obok widniał jednak krótki tekst hebrajski, którego nie potrafił odczytać.

— Nareszcie ktoś mi to przetłumaczy — rzekł Grey.

Asad Khalil przyglądał się hebrajskim znakom.

— To przysłowie — powiedział w końcu — właściwie arabskie, ale popularne także wśród Izraelczyków: „Wróg mego wroga jest moim przyjacielem". — Oddał książkę Greyowi. — Bardzo à propos.

Grey skinął głową i odłożył tom na półkę.

Khalil przyglądał się przez chwilę swemu gospodarzowi. Mógł go zabić od razu po wejściu do domu lub w dowolnym momencie ich rozmowy, lecz bez delektowania się grą z ofiarą ten akt nic by dla niego nie znaczył.

Skinął ku leżącej na stole gazecie.

— Czytał pan, co ujawnili w sprawie tego boeinga na lotnisku Kennedy'ego?

— Czytałem — odparł Grey. — Powinno za to polecieć kilka głów. Jakże, u diabła, można było dopuścić, żeby te libijskie matoły zrobiły coś takiego? Bomba na pokładzie, to jeszcze rozumiem, ale gaz? A potem facet ucieka i jeszcze po drodze załatwia kilku agentów. Czuję w tym rękę Kaddafiego.

— Tak pan sądzi? Kto wie... W sumie szkoda, że nie udało się wam go zabić wtedy w Al Azziziyah, w osiemdziesiątym szóstym.

Paul Grey milczał przez dłuższą chwilę.

— Ja nie brałem udziału w tej misji, pułkowniku — rzekł w końcu cicho — a jeśli pańskie służby wywiadowcze sądzą, że tak, to są w błędzie.

Khalil pomachał dłonią w uspokajającym geście.

— Ależ nie, kapitanie; nie miałem na myśli pana osobiście, tylko wasze lotnictwo.

— A, to przepraszam.

— Niemniej — dodał Khalil — gdyby pan istotnie brał udział w tym nalocie, chętnie bym panu pogratulował i podziękował w imieniu Izraela.

Twarz Greya pozostała bez wyrazu.

— To, co, może zaczniemy prezentację? — zaproponował. Khalil również wstał i wziąwszy torbę, przeszedł z Amerykaninem na drugi koniec pokoju, gdzie zasiedli na obrotowych, obitych skórą krzesłach przed dwoma ekranami komputerów.

— Najpierw zademonstruję panu oprogramowanie za pomocą klawiatury i tego joysticka — rzekł Grey. — Potem się przeniesiemy tam i wkroczy pan w świat rzeczywistości wirtualnej. — Podszedł do dwóch głębokich foteli, przed którymi nie stały monitory. — Tutaj posługujemy się symulacją komputerową, tworząc trójwymiarowe modele rzeczywistości, pozwalające patrzącemu reagować na różne sytuacje, przy czym bierze w tym udział nie tylko wzrok, ale także inne zmysły. Czy miał pan już z czymś takim do czynienia? — Asad Khalil nie odpowiedział. — Programy wirtualnej rzeczywistości — kontynuował Grey po chwili wahania — pozwalają użytkownikowi zanurzyć się w generowanym komputerowo otoczeniu, które symuluje rzeczywiste poprzez szereg urządzeń interaktywnych, wysyłających i odbierających informacje. Są to najróżniejsze gogle, hełmy, rękawice, a nawet kombinezony na całe ciało. Iluzja przebywania w określonym miejscu... zwana teleobecnością... uzyskiwana jest dzięki sensorom zmysłowym, które odbierają poruszenia użytkownika i dostosowują do nich widok na ekranie w czasie rzeczywistym. — Grey spojrzał na swego potencjalnego klienta, lecz za ciemnymi okularami nie dostrzegał oznak zrozumienia ani też jego braku. — Jak pan widzi, odtworzyłem tu kokpit myśliwca bombardującego, włącznie z pedałami steru, przepustnicą, drążkiem sterowym, guzikami zrzutu bomb i tak dalej. Sam pan tym nie poleci, ale jak pan nałoży hełm stereoskopowy, kiedy ja będę pilotował, będzie pan miał realistyczne doświadczenie udziału w locie.

Asad Khalil przyjrzał się skomplikowanym urządzeniom.

— W naszych siłach powietrznych też dysponujemy podobnymi symulatorami.

— Wiem — odparł Grey. — Ale moje oprogramowanie najnowszej generacji wyprzedza wszystko, co pan mógł do tej pory widzieć, o całe lata. Chodźmy teraz do monitorów, a potem wróćmy do rzeczywistości wirtualnej. — Wskazał miejsce przed ekranem. — To są fotele ze starego F-sto jedenaście — wyjaśnił — z dorobionymi nóżkami na kółkach. Tak dla spotęgowania klimatu.

— Niezbyt wygodne.

— To prawda. Leciałem kiedyś... latałem czasem na dłuższych dystansach, więc wiem coś o tym. Może woli pan zdjąć marynarkę?

— Nie, dziękuję. Nie jestem przyzwyczajony do klimatyzacji.

— Ale okulary może pan zdjąć? Zaraz zaciemnię pokój.

— Tak.

Grey wziął do ręki pilota, skierował go w stronę okien i nacisnął guzik. Opadły ciężkie czarne zasłony i pokój pogrążył się w ciemności. Przez chwilę siedzieli w milczeniu, wpatrzeni w różnokolorowe światełka otaczającej ich elektroniki.

Jeden z ekranów rozjarzył się obrazem wnętrza kokpitu nowoczesnego odrzutowego myśliwca.

— To kabina pilotów F-szesnaście — objaśnił Grey — ale mamy też inne maszyny. Niektóre są także w waszym uzbrojeniu. Na początek pokażę panu symulacje nalotu bombowego. Powiem panu, że każdy szkolony lotnik, który spędzi przy tym stosunkowo niekosztownym symulatorze z dziesięć, piętnaście godzin, o tyleż czasu wyprzedza w umiejętnościach takiego, który zaczyna od normalnego treningu. To są oszczędności rzędu milionów dolarów, w wypadku jednego pilota.

— Niesamowite — powiedział Asad Khalil.

— Zaprogramowane cele są stworzone komputerowo — ciągnął Amerykanin — różne mosty, lotniska, stanowiska artylerii przeciwlotniczej, wyrzutnie rakiet. Niektóre nawet strzelają — roześmiał się. — Ale wprowadzamy też do symulatora istniejące obiekty, na podstawie rozpoznania lotniczego lub zdjęć satelitarnych.

— Oczywiście.

— No, to zbombardujemy teraz jakiś most.

Na ekranie za szybą myśliwca pojawiły się komputerowe wzgórza i doliny; środkiem płynęła rzeka. W oddali widniał szybko przybliżający się most, a na nim kolumna czołgów i ciężarówek.

— Teraz uwaga — rzucił Grey.

Horyzont opadł w dół i ekran wypełnił błękit nieba. Komputerowy myśliwiec wzbijał się coraz wyżej. Na drugim ekranie pojawił się obraz z radaru.

— W tym momencie pilot musi skupić całą uwagą na radarze — Grey podniósł teraz głos i mówił szybciej. — Widzi pan radarowy obraz mostu? Komputer całkowicie wyizolował go z reszty tła. Widzi pan krzyżyk celownika? Dokładnie na celu. Rzucam: raz, dwa, trzy, cztery...

Ekran po lewej ukazywał teraz zbliżenie symulowanego mostu i kolumny pojazdów. W głośnikach rozległy się cztery potężne eksplozje i wszystko zniknęło na chwilę w kuli ognia. Most zaczął się zawalać, kilka pojazdów spadło z niego do rzeki i w tym momencie obraz znieruchomiał.

— W moim programie nie ma krwi i flaków — powiedział Grey. — Nie chciałem przesadzać z realizmem; zaraz by mnie oskarżyli, że się lubuję w przemocy i tak dalej.

— Ale jakąś przyjemność to przecież panu sprawia?

Amerykanin nie odpowiedział. Ekrany zgasły i pokój znów pogrążył się w mroku. Obaj mężczyźni siedzieli przez jakiś czas w milczeniu. W końcu odezwał się Grey.

— Większość moich programów nie zawiera nawet takich szczegółów jak ten, pułkowniku. Najczęściej podają tylko pilotowi liczbę trafień i stopień zniszczenia celu. Ja w rzeczy samej wcale nie lubię wojny...

— Nie zamierzałem pana urazić.

W pokoju rozjaśniło się nieco i Paul Grey spojrzał na swego gościa.

— Czy mógłbym zobaczyć jakieś pańskie dokumenty, pułkowniku Hurok? — zapytał.

— Oczywiście. Ale może najpierw przenieśmy się na tamte fotele. Zbombardujemy sobie w rzeczywistości wirtualnej jakieś prawdziwe cele, z kobietami i dziećmi. A może ma pan w programie obiekty libijskie? Na przykład Al Azziziyah?

Grey wstał i wziął głęboki oddech.

— Kim pan jest, do ciężkiej cholery?

Khalil także wstał. W jednej ręce trzymał plastikową butelkę z wodą, drugą wsunął do kieszeni marynarki.

— Jestem — jak Bóg rzekł do Mojżesza — kim jestem.

Jestem, kim jestem. Cóż za imponująca odpowiedź na głupie pytanie. Któż inny miałby to być, jeśli nie Bóg? Przypuszczam jednak, że Mojżesz zapytał tak nie z głupoty, lecz ze zdenerwowania. Człowiek zdenerwowany pyta „kim jesteś?", a tak naprawdę myśli jedno z dwojga: albo „mam nadzieję, że jesteś tym, za kogo cię biorę", albo odwrotnie... „mam nadzieję, że nie jesteś tym, kim podejrzewam, że jesteś". Jak pan sądzi, kapitanie Grey, kimże ja mogę być, jeśli nie pułkownikiem Hurokiem z Izraela?

Amerykanin milczał.

— Podpowiem panu. Proszę mi się uważnie przyjrzeć bez okularów. Wyobrazić mnie sobie bez wąsów. No i co?

Grey pokręcił głową.

— Niech pan nie udaje idioty, kapitanie. Przecież pan już wie.

Paul Grey znów pokręcił głową, tym razem jednak cofnął się o krok, wpatrując się w dłoń przybysza, wsuniętą do kieszeni.

— Nasze losy już raz się zeszły — ciągnął Khalil. — Piętnastego kwietnia osiemdziesiątego szóstego roku. Był pan wtedy porucznikiem i pilotował F-sto jedenaście, który wstartował z bazy w Lakenheath. Kod wywoławczy Elton trzy--osiem. Ja byłem szesnastoletnim chłopcem, który żył sobie spokojnie z matką, dwoma braćmi i dwiema siostrami w Al Azziziyah. Tej nocy wszyscy zginęli. Oto kim jestem, kapitanie. I jak pan teraz uważa, po co się tu zjawiłem?

Grey odchrząknął.

— Jako wojskowy powinien pan znać prawidła wojny — rzekł — i rozumieć, że rozkaz jest rozkazem...

— Zamknij się. Nie jestem wojskowym, ale islamskim bojownikiem o wolność. To właśnie ty i twoi kumple mordercy uczyniliście mnie takim. A dziś przybyłem do twego pięknego domu w Ameryce, by pomścić biednych męczenników z Al Azziziyah, z całej Libii. — Khalil wyciągnął z kieszeni pistolet i wycelował go w Amerykanina. Spojrzenie Greya błądziło nerwowo po pokoju, jak gdyby szukał drogi ucieczki. — Patrz na mnie, kapitanie Paulu Greyu — warknął Khalil. — Na mnie, powiedziałem. Ja jestem rzeczywistością. Nie jakąś tam głupią wirtualną, ale prawdziwą, z krwi i kości. I strzelam

310

prawdziwymi kulami. — Wzrok Greya zatrzymał się na twarzy przybysza. — Nazywam się Asad Khalil — usłyszał — i możesz zabrać tę informację ze sobą do piekła.

— Proszę posłuchać... panie Khalil... — W oczach Greya pojawiał się powoli wyraz zrozumienia.

— Tak, jestem t e n Asad Khalil, który przyleciał t y m boeingiem z Paryża. Lot jeden-siedem-pięć. To właśnie mnie poszukuje pański rząd. Powinni szukać tutaj. Albo w domu nieboszczyka generała Waycliffa i jego nieboszczki żony.

— O mój Boże...

— Albo w mieszkaniu pana Satherwaite'a, którego odwiedzę jako następnego, albo u pana Wigginsa, albo u McCoya, albo u pułkownika Calluma. Bardzo się cieszę, że żaden z was niczego się jak dotąd nie domyślił.

— Skąd się dowiedziałeś...?

— Każdą tajemnicę można kupić. Wasi wspólnicy z Waszyngtonu sprzedali was za grube pieniądze.

— To nieprawda.

— Nieprawda? No to może sprzedał cię nieboszczyk pułkownik Hambrecht, twój kolega z eskadry?

— Nie... Czy... ty...

— Oczywiście. To ja go zabiłem. Siekierą. Ty nie będziesz tak bardzo cierpiał fizycznie jak on; odczujesz tylko psychiczny ból, stojąc tu przede mną i rozmyślając nad swymi grzesznymi uczynkami. I karą za nie. — Paul Grey nie odpowiedział. — Nogi ci się trzęsą, kapitanie. Możesz opróżnić pęcherz, jeśli czujesz potrzebę. Mnie to nie przeszkadza.

Grey wziął głęboki oddech.

Proszę posłuchać — powiedział — pan ma błędne informacje. Ja nie uczestniczyłem w tym nalocie. Ja...

— Aa, to bardzo przepraszam. Już wychodzę — odparł Khalil i z uśmiechem wylał całą wodę z butelki na podłogę.

Spojrzenie Greya skoncentrowało się na rozbryzgach wody na dywanie, a kiedy wróciło do Khalila, na twarzy kapitana pojawił się wyraz zaskoczenia. Arab trzymał glocka tuż przy ciele, z lufą wetkniętą w szyjkę plastikowej butelki. Ujrzawszy wycelowane w siebie dno butelki, Grey od razu zrozumiał, co to oznacza. Wyrzucił przed siebie ręce w obronnym geście.

— Nie!

Khalil oddał pojedynczy strzał, trafiając go w brzuch.

Grey zgiął się wpół i zrobiwszy chwiejny krok w przód, padł na kolana. Obiema rękami ściskał się za brzuch, usiłując zatamować krew. Spojrzał na Khalila, który znów się doń zbliżał.

— Przestań... nie... — wyszeptał.

— Już nie mam czasu dla ciebie — rzekł Arab, celując z glocka przez prowizoryczny tłumik. — Jesteś głupszy, niż myślałem. — Strzelił raz w czoło Greya i z tyłu czaszki brysnęły strzępki mózgu. Odwrócił się, nim ciało ofiary zdążyło paść na podłogę i podniósł obie łuski. Potem podszedł do komputera i wyjął z niego dysk CD. Zabrał także kilka innych dysków, które znalazł w otwartym sejfie pomiędzy monitorami. — Dziękuję za prezentację, kapitanie Grey — mruknął — ale wojna to nie jest gra komputerowa. Przynajmniej w moim kraju.

Na biurku Greya zauważył jego terminarz. Pod aktualną datą ujrzał notatkę: „Pułk. H. — 9.30". Zamknął notes i zostawił go na biurku. Niech się policja głowi, co to za tajemniczy pułkownik H., pomyślał. Niech im się zdaje, że przyszedł wykraść swojej ofierze jakieś wojskowe tajemnice.

Obok leżał kołonotatnik z adresami. Khalil przekartkował go i wyrwał strony z nazwiskami pozostałych członków klucza — Calluma, Satherwaite'a, McCoya i Wigginsa. Na każdej zapisano nie tylko adres i telefon, lecz także informacje o żonach i dzieciach. Wziął też stronę z adresem generałostwa Waycliffów, byłych mieszkańców Waszyngtonu, obecnie w piekle. Przy nazwisku Stevena Coxa ujrzał dopisek KIA; wiedział, że znaczy to *killed in action*, zginął podczas akcji. Przy imieniu kobiety, Lindy Cox, dopisano: „wyszła za Charlesa Dwyera" oraz nowy adres i telefon. Na stronicy Williama Hambrechta przekreślono jego adres w Anglii, zastępując go innym, w Ann Arbor w stanie Michigan. Obok notatki „Zm." widniała data — dzień, w którym Khalil go zabił. Imię kobiety Hambrechta brzmiało Rose, a obok, przy dopisku „dzieci" były jeszcze dwa imiona żeńskie i jedno męskie.

Khalil schował wszystkie kartki do kieszeni. Te informacje mogły mu się kiedyś przydać. Dobrze, że Paul Grey tak skrupulatnie wszystko zapisywał, pomyślał. Zarzucił torbę na ramię i z pistoletem w dłoni i butelką pod pachą rozsunął drzwi. Gdzieś w oddali słyszał buczenie odkurzacza. Ruszył w tamtą stronę.

Sprzątaczka była w salonie, odwrócona plecami do drzwi. Odkurzacz pracował głośno, do tego grało radio; Khalil nie przejmował się więc tłumikiem. Przystawił pistolet niemal do karku kobiety; usłyszał teraz, że podśpiewuje sobie przy pracy. Pociągnął za spust i runęła twarzą na ziemię, przewracając odkurzacz.

Khalil schował glocka do kieszeni, a butelkę do torby i postawił odkurzacz, lecz nie wyłączył go. Podniósł z podłogi łuskę i przez kuchnię wrócił do drzwi wejściowych. Znalazłszy się w hangarze, spostrzegł, że na podjeździe pilotka już nawróciła awionetką w kierunku odjazdu, ale samej dziewczyny nigdzie nie widział. Po chwili dobiegły go jakieś głosy z antresoli.

Podszedł do schodków i zdał sobie sprawę, że to gra telewizor albo radio.

— Halo, hej tam! — zawołał, ponieważ zapomniał imienia kobiety pilota.

Głosy ucichły i znad poręczy antresoli wychyliła się Stacy Moll.

— Załatwione? — zapytała, uśmiechając się na jego widok.

— Załatwione.

— Schodzę. — Po chwili była już na dole. — Toczymy się?

— Tak.

Wyszli na placyk przed hangarem.

— U tego gościa można jeść z podłogi — stwierdziła Stacy. — On chyba nawet kupy nie robi. A może to pedał? Jak myślisz, Demitrious?

— Słucham?

— Nieważne. — Podeszła do samolotu od strony pasażera, Khalil za nią. — Kupił te wazy?

— Kupił.

— Super. Hej, a ja chciałam je obejrzeć. Wszystkie kupił?

— Wszystkie.

— Oj, to szkoda. Znaczy się, dobrze dla ciebie. Zapłacił, ile trzeba?

— Zapłacił.

— Super. — Wspięła się na skrzydło i Khalil podał jej torbę. — Hej, nie wydaje się lżejsza — stwierdziła.

— Wziąłem od niego kilka butelek wody na drogę.

Wsunęła się na fotel pilota, a kiedy Khalil usiadł na swoim, uruchomiła silnik. Nałożyła słuchawki i skinęła na niego, żeby zrobił to samo. Nie miał ochoty słuchać dłużej tej kobiety, lecz zrobił, co kazała.

— Wziąłam colę i położyłam dolca na lodówce — oznajmiła. — Powiedziałeś mu?

— Tak.

Kiedy dokołowali do lądowiska, Stacy spojrzała na rękaw lotniskowy i podjechała na początek pasa numer 23. Zwolniła hamulce, dodała gazu i potoczyli się po gładkim betonie. Piper oderwał się od ziemi i kiedy wszedł na osiemset metrów, Stacy wykonała zwrot na północ, obierając kurs na Craig Municipal Airport w Jacksonville.

— A z Jacksonville dokąd jedziesz? — zapytała.

— Mam o trzynastej lot do Waszyngtonu, a stamtąd do Aten.

— Taki szmat drogi zrobiłeś tylko dla tych waz?

— Tak.

— Jezu, mam nadzieję, że się opłaciło.

— Opłaciło się.

— Może ja też bym zaczęła handlować greckimi wazami? — zaśmiała się Stacy.

— To się wiąże z pewnym ryzykiem — powiedział poważnie Khalil.

— Tak? Aha, pewnie nie wolno ich wywozić, tak?

— Najlepiej nie opowiadaj nikomu o tej rozmowie. Już i tak za dużo powiedziałem.

— Pary z gęby nie puszczę.

— Słucham?

— No, nic nie powiem.

— To bardzo dobrze. Za tydzień znów przyjadę. Chciałbym tak samo wynająć twój samolot.

— Nie ma sprawy. Jakbyś został trochę dłużej, moglibyśmy wyskoczyć na drinka.

— Będzie mi bardzo miło.

— Zadzwoń albo przefaksuj dzień lub dwa przed, by upewnić się, czy będę wolna — powiedziała dziewczyna. — Albo możesz od razu zarezerwować lot w biurze.

— Tak zrobię.

— Super. Masz tu moją wizytówkę. — Wyjęła ją z kieszonki koszuli i podała mu.

Kiedy zaczęli schodzić do lądowania, Khalil zapytał:

— Czy skontaktowałaś się ze swoim przyjacielem w Spruce Creek?

— Aa... wiesz, myślałam, żeby do niego przedzwonić i powiedzieć, że jestem niedaleko... ale doszłam do wniosku, że chrzanić go. Nie zasłużył na to. Kiedyś przelecę nad jego domem i wrzucę mu do basenu żywego krokodyla. — Parsknęła śmiechem. — Jeden mój znajomy chciał to zrobić swojej byłej panience, ale krokodyl spadł na brzeg i się zabił. Facet zmarnował takiego fajnego zwierzaka.

Khalil uśmiechnął się, wyobrażając sobie tę scenę.

Stacy spostrzegła jego uśmiech i roześmiała się głośno.

— Niezły numer, nie?

Zbliżali się do lotniska. Dziewczyna połączyła się z wieżą kontrolną i odebrała zezwolenie na lądowanie. Po kilku minutach byli już na ziemi.

Kiedy podkołowali pod biuro wynajmu i wysiedli, zapytała:

— Podobał się lot?

— Bardzo.

— Super. Ja nie zawsze tyle gadam, ale było mi przyjemnie w twoim towarzystwie.

— Dziękuję. Z tobą też jest miło przebywać. I jesteś świetnym pilotem.

— Dzięki.

— Czy mógłbym cię poprosić, żebyś nie mówiła, że polecieliśmy do Spruce Creek? — zapytał jeszcze, zanim dotarli pod drzwi biura.

— Jasne, nie ma problemu. — Spojrzała na niego. — Cena i tak jest ta sama jak do Daytona Beach.

— Dziękuję.

Weszli do biura. Gruba kobieta wstała zza swego biurka i podeszła do kontuaru.

— Jak tam lot? — zapytała.

— Doskonale — odparł Khalil.

Kobieta spojrzała na zegarek i policzyła coś na kalkulatorze.

— To będzie trzysta pięćdziesiąt — powiedziała. Odliczyła sto pięćdziesiąt dolarów i wręczyła je swemu kilentowi. — Może pan sobie zostawić ten kwit na pięćset — zmrużyła konspiracyjnie oko. — Wrzuci pan sobie w koszty.

— Podwiozę pana Poulosa na lotnisko — oznajmiła Stacy Moll. — Chyba, że coś masz dla mnie.

— Niestety, kochanie, na razie nic.

— W porządku. Chcesz zrobić rezerwację na przyszły tydzień? — zwróciła się do Khalila.

— Tak, tak. O tym samym czasie, dokładnie za tydzień od dziś. I w to samo miejsce, do Daytona Beach.

Kobieta zapisała coś na kartce.

— Ma pan załatwione.

— I poproszę, żeby ta pani była pilotem — dodał Khalil.

— Taki pan łasy na tę męczarnię? — roześmiała się urzędniczka.

— Słucham?

— Ona potrafi zagadać człowieka na śmierć. Okay, to do zobaczenia za tydzień.

Asad Khalil i Stacy Moll wyszli na słoneczny skwar. Dziewczyna podeszła do małego kabrioletu z podniesionym dachem.

— Opuścić czy zostawić? — spytała.

— Zostawić.

— Dobra; poczekaj chwilę, aż klima zacznie działać. — Wsiadła, włączyła silnik i klimatyzację i po minucie zawołała: — Wskakuj!

Khalil usiadł na miejscu obok kierowcy.

— Zapnij się, takie są przepisy.

Posłusznie zapiął pas.

— O której masz lot?

— Punkt pierwsza.

— No, to zdążymy. — Wyjechali z lotniska i Stacy przyspieszyła. — Prowadzę gorzej, niż latam — zapowiedziała z uśmiechem.

— Zwolnij trochę, proszę.

— Nie ma sprawy. — Puściła nieco pedał gazu. — Będzie ci przeszkadzało, jeżeli zapalę?

— Ani trochę.

— Wiesz, w Jacksonville jest grecka knajpa — rzekła Stacy, zapaliwszy papierosa. — Nazywa się Spiro. Moglibyśmy się wybrać za tydzień, jak przyjedziesz.

— O, to by było miłe. Postaram się zostać na noc.

— Super. Nie ma się co spieszyć, życie jest krótkie.

— Istotnie, krótkie.

— Słuchaj, jak się nazywa ta grecka potrawa z bakłażana? Zapomniałam. Mu-coś tam. Mulukka?

— Nie wiem.

— Na pewno wiesz, to słynne greckie jedzenie. Bakłażan smażony na oliwie z kozim serem. No, mu...?

— Ja jestem ateńczykiem, a u nas jest dużo dań regionalnych, których nie znam.

— No, coś ty. Ten Spiro, właściciel knajpy, też jest chyba z Aten...

— Pewnie sam tworzy różne dania pod amerykańskie gusta i wymyśla im greckie nazwy.

— Wcale bym się nie zdziwiła — parsknęła śmiechem Stacy. — We Włoszech kiedyś mi się to przydarzyło. Nikt nie słyszał o tym, co chciałam zamówić.

Droga biegła teraz wśród wiejskich krajobrazów.

— Trochę mi głupio o tym mówić — rzekł Khalil — ale zapomniałem skorzystać z toalety w waszym biurze.

— Co? Aha, chcesz się wysikać, nie ma problemu. Niedługo będzie stacja benzynowa.

— Jeżeli można, to od razu. Trochę mi pilno.

— Jasne. — Stacy zjechała w polną drogę i zatrzymała auto. — Załatwiaj sprawę. Nie będę patrzeć.

— Dziękuję. — Khalil wysiadł, podszedł do najbliższej kępy krzaków i oddał mocz. Wsunął prawą dłoń do kieszeni, wrócił do samochodu i stanął przy otwartych drzwiczkach.

— Ulżyło? — spytała dziewczyna.

Nie odpowiedział.

— To wskakuj.

W dalszym ciągu milczał.

— Hej, co ci jest? Demitrious?

Odetchnął głęboko; czuł, jak mu mocno bije serce.

Stacy wysiadła, obeszła auto i wzięła go pod ramię.

— Hej, niedobrze ci?

— Nie, nie — spojrzał na nią. — Już w porządku.

— Może chcesz wody? Masz tę wodę w torbie?

— Nie trzeba, już w porządku. — Znów wziął głęboki oddech i zmusił się do uśmiechu. — Toczymy się — powiedział.

— To dobrze — odwzajemniła jego uśmiech. — Toczymy się.

Kiedy ruszyli, długo siedział w milczeniu, zastanawiając się, dlaczego jej nie zabił. Zadowolił się wyjaśnieniem, że każde kolejne zabójstwo — jak mówił Malik — zwiększa ryzyko wpadki, a śmierć tej dziewczyny nie była konieczna. Istniał jeszcze inny powód, dla którego ją oszczędził, lecz starał się o nim nie myśleć.

Stanęli pod terminalem międzynarodowym lotniska w Jacksonville.

— Czy powinienem dać ci napiwek? — zapytał.

— Przestań. Postawisz mi obiad.

— Oczywiście. Za tydzień. — Otworzył drzwiczki i wysiadł.

— Dobrego lotu do domu — powiedziała Stacy. — Do zobaczenia w przyszłym tygodniu.

— Tak. — Wyjął z auta torbę. — Podobała mi się nasza rozmowa — powiedział, chwytając klamkę drzwiczek.

— Masz na myśli mój monolog? — roześmiała się. — No, dobra; żegnaj Gienia, świat się zmienia.

— Słucham?

— Odpowiada się: „Coraz trudniej o jelenia".

— Odpowiada się...?

— Nieważne. Pamiętaj, obiad u Spira. Musisz zamówić po grecku.

— Oczywiście. Życzę miłego dnia. — Khalil zatrzasnął drzwiczki.

Nagle Stacy opuściła okno po stronie pasażera.

— Mussaka! — zawołała.

— Słucham?

— To greckie żarcie. Nazywa się mussaka.

— Aa tak, jasne.

Pomachała mu i odjechała. Zaczekał, aż jej samochód zniknie mu z oczu, po czym podszedł do rzędu taksówek i wsiadł do pierwszej.

— Dokąd jedziemy? — zapytał kierowca.

— Craig Municipal.

— Proszę bardzo.

Kiedy dotarli na lotnisko miejskie, kazał kierowcy podjechać pod biuro wynajmu samochodów, w pobliżu którego zostawił swoje auto. Zapłacił i odczekawszy, aż taksówka się oddali, wsiadł do mercury'ego.

Wyjeżdżając na autostradę, zaprogramował GPS na trasę do Moncks Corner w Karolinie Południowej.

— Teraz złożymy zbyt długo już odkładaną wizytę u porucznika Williama Satherwaite'a — mruknął pod nosem — który spodziewa się dzisiaj mnie, lecz nie spodziewa się własnej śmierci.

Rozdział 38

W poniedziałek wczesnym popołudniem przeniosłem wszystkie graty do ICC, centrum dowodzenia sprawą. Znalazłem się tam wraz z czterdziestką innych mężczyzn i kobiet. ICC urządzono w wielkim pokoju łącznościowym, który kojarzył mi się z podobnym pomieszczeniem w Conquistador Club. Buzowało tu niczym w ulu, jakby wszyscy nafaszerowali się czymś, co daje kopa. Biurka Kate i moje stały naprzeciwko siebie w niedużym boksie o ściankach sięgających poniżej piersi. Boks był nawet przyjemny, tylko nieco niewygodny.

Urządziwszy się tam, zagłębiłem się w stosie papierzysk — notatek, raportów śledczych i innego badziewia, które nazbierałem poprzedniego dnia w DC. Gdyby to było normalne dochodzenie w sprawie zabójstwa, byłbym na ulicy albo w prosektorium, albo gnębiłbym techników i medyka sądowego; w każdym razie nie dawałbym żyć całej gromadzie ludzi, po to, żeby mnie samemu żyło się lepiej.

— Widziałeś tę notatkę o pogrzebach? — zapytała Kate, podnosząc głowę znad papierów.

— Nie.

Przeczytała mi to. Zwłoki Nicka Montiego wystawiono w domu pogrzebowym na Queensie, a we wtorek miał zostać pochowany ze wszystkimi honorami. Phila Hundry'ego i Petera Gormana zawieziono do ich rodzinnych miejscowości poza stanem. O Andym McGillu i Nancy Tate nic nie napisano i domyśliłem się, że potrzebuje ich jeszcze medyk sądowy.

Uczestniczyłem prawie w każdym czuwaniu, pogrzebie i mszy za duszę każdego, z kim zdarzyło mi się pracować, a już na pewno każdego, kto zginął na służbie. Tym razem jednak nie miałem czasu dla zmarłych.

— Chyba to sobie odpuszczę — powiedziałem do Kate.

Skinęła głową w milczeniu i wróciliśmy do naszej lektury. Odebraliśmy parę telefonów i faksów, a nawet udało mi się przeczytać moje e-maile, lecz poza czymś zatytułowanym „Dowcipy na poniedziałek" nie było tam nic ciekawego.

Każda nowa osoba wchodząca do pokoju zerkała na nas ciekawie i domyśliłem się, że robimy tu za swego rodzaju gwiazdy, jako jedyni naoczni świadkowie największego masowego morderstwa w historii Ameryki. Powinienem chyba dodać: żywi świadkowie.

W pewnej chwili pojawił się w pokoju Jack Koenig. Wszedł do naszego boksu i usiadł, chowając głowę poniżej przepierzenia.

— Właśnie dostałem ściśle tajną informację z Langley — oznajmił. — O osiemnastej trzynaście czasu niemieckiego mężczyzna o wyglądzie odpowiadającym rysopisowi Khalila zastrzelił we Frankfurcie amerykańskiego bankiera. Zabójca uciekł, lecz czterech świadków określiło jego wygląd jako „arabski". Policjanci pokazali im zdjęcie Khalila i wszyscy go rozpoznali.

Mówiąc łagodnie, osłupiałem. Właściwie byłem zdruzgotany. Cała moja kariera policyjna legła w gruzach. Popełniłem błąd w rozumowaniu, a gdy się zrobi coś takiego, człowiek powinien się zastanowić, czy pozostały mu choćby resztki tego, co miał w głowie, cokolwiek to było. Kate też wyglądała na zaszokowaną. Zdążyła już w pełni uwierzyć, że Khalil nie wyjechał z Ameryki.

Wybiegłem myślami w przyszłość: rezygnacja z pracy, a potem impreza pożegnalna, na którą mało kto przyjdzie. To kiepski koniec. Wstałem.

— To znaczy... — usiłowałem odpowiedzieć coś Koenigowi — właściwie... ja bym jeszcze... tego... — Po raz pierwszy w życiu czułem się jak autentyczny nieudacznik, totalnie niekompetentny matoł, idiota i głupek.

— Usiądź — rzekł cicho Jack.

— Nie, nie. Mnie już tu nie ma. Wybaczcie, moi drodzy.

Złapałem marynarkę i wyszedłem na korytarz. Mój umysł w ogóle nie funkcjonował i poruszałem się, jakbym opuścił własne ciało. Podobne uczucie miałem, kiedy się wykrwawiałem na śmierć w karetce. Nie pamiętam, jak dotarłem do windy, ale pamiętam, jak tam stałem, czekając na jej przyjazd. Na domiar złego przegrałem trzydzieści dolców do ludzi z CIA.

Wtem pojawili się przy mnie Jack i Kate.

— Posłuchaj — powiedział Jack. — Nie piśniesz o tym słówka absolutnie nikomu.

Nie rozumiałem, o co mu chodzi.

— Rozpoznanie przez świadków jeszcze o niczym nie przesądza — ciągnął Koenig. — Przecież wiesz. Dlatego chcę, żebyśmy dalej pracowali nad sprawą tak, jakby Khalil nie opuścił kraju. Rozumiesz? O Frankfurcie wie garstka ludzi, uznałem, że tobie też powinienem powiedzieć. Ale nawet Stein jeszcze nic nie wie. Rozumiesz, John? To jest wyłącznie do twojej wiadomości.

Skinąłem głową.

— I musisz zachowywać się tak, żeby nie wzbudzać podejrzeń. A to znaczy, że nie masz prawa składać rezygnacji.

— Mam.

— Nie wolno ci tego robić, John — wtrąciła Kate. — Musisz się na to zdobyć; musisz się zachowywać tak, jakby się nic nie wydarzyło.

— Nie dam rady; nie potrafię grać. A poza tym... po co?

— Po to — rzekł Koenig — żeby nie podkopywać morale i entuzjazmu całej ekipy. Słuchaj, przecież ten z Frankfurtu to może w ogóle nie być Khalil. Po co Dracula miałby jechać do Niemiec? — usiłował żartować.

Nie chciałem, żeby mi teraz przypominano tę głupią opowiastkę o Draculi, próbowałem się jednak pozbierać i myśleć racjonalnie.

— Może zrobili sobowtóra — stwierdziłem w końcu. — Podstawili go specjalnie.

— No właśnie — odparł Jack. — Niczego nie wiemy.

Przyjechała winda i otworzyły się drzwi, lecz nie wsiadłem. Uświadomiłem sobie zresztą, że Kate trzyma mnie pod ramię.

— Jeżeli chcecie, możecie oboje polecieć jeszcze dziś do

Frankfurtu i dołączyć do naszej ekipy na miejscu. Jest tam FBI, jest CIA, oczywiście niemiecka policja i wywiad też. Uważam, że powinniście to zrobić. Przez dzień czy dwa ja też mógłbym wam towarzyszyć.

Nic na to nie odpowiedziałem.

— Chyba powinniśmy polecieć, John — odezwała się w końcu Kate.

— No... chyba lepsze to niż... siedzenie tutaj...

Koenig spojrzał na zegarek.

— O ósmej dziesięć jest bezpośredni lot Lufthansą do Frankfurtu... z Kennedy'ego — powiedział. — Rano będziemy na miejscu. Ted po nas wyjdzie na...

— Nash? To on też tam jest? — zapytałem. — Myślałem, że siedzi w Paryżu.

— I siedział. Ale przenosi się na razie do Frankfurtu. Już jest w drodze.

Pokiwałem głową. Coś tu dziwnie zapachniało.

— Dobra, ogarnijcie tu z grubsza i spotykamy się na lotnisku. Najpóźniej o siódmej. Bilety będą zamówione. Spakujcie się na dłuższy pobyt. — Koenig odwrócił się i poszedł w stronę pokoju ICC.

— Wiesz, John — rzekła Kate po chwili milczenia — podoba mi się w tobie ten twój optymizm. Nie załamujesz się z byle powodu, trudności postrzegasz jako wyzwanie, a nie...

— Poradzę sobie bez tej przemowy motywacyjnej.

— W porządku.

Ruszyliśmy z powrotem do centrum dowodzenia.

— To ładnie ze strony Jacka, że nas posyła do Frankfurtu — stwierdziła Kate. — Byłeś tam kiedyś?

— Nie.

— Ja byłam kilka razy. Może się okazać, że będziemy musieli jeździć po całej Europie, jak się pojawią nowe ślady — dodała. — Nie będzie problemu, że tak nagle wyjechałeś?

— Nie będzie — odparłem po prostu, choć to pytanie zawierało w sobie inne ukryte pytania.

Wróciliśmy do naszych biurek. Wrzuciłem część papierów do teczki, a resztę śmiecia zgarnąłem do szuflady. Zamierzałem zadzwonić do Beth Penrose, ale uznałem, że lepiej będzie to zrobić z domu. Kate także skończyła porządkować swoje biurko.

— Jadę do domu się spakować. Wychodzisz zaraz? — spytała.

— Nie, jeszcze tu posiedzę; mogę się spakować w pięć minut. Spotkamy się na Kennedym.

— No, to do zobaczenia. — Odeszła kilka kroków, lecz zawróciła i stanęła przede mną. Nasze twarze znalazły się bardzo blisko siebie. — Jeżeli Khalil jest tutaj, miałeś rację — powiedziała. — Jeżeli jest w Europie, my też tam będziemy. Zgadza się?

Spostrzegłem, że kilka osób zaczyna się nam przyglądać.

— Dzięki — odparłem. Kate wyszła.

Usiadłem za biurkiem i zacząłem rozmyślać nad tym nagłym zwrotem akcji, usiłując rozpoznać ten dziwny zapaszek, który poczułem. Jeżeli Khalil faktycznie opuścił Stany, to po co udawałby się do Europy? Nawet ktoś taki jak on wróciłby najpierw do domu zdać relację i wysłuchać pochwał. Po tym co nawyczyniał w Stanach, załatwienie jakiegoś bankiera w ogóle nie wyglądało na akt drugi. Z drugiej strony... Naprawdę mózg mi się już lasował. Jak człowiek jest za sprytny, może łatwo przechytrzyć samego siebie. Mózg to w ogóle nadzwyczajna rzecz, jedyny organ poznawczy ludzkiego ciała poza penisem. Siedziałem więc za biurkiem i nakręcałem mózg na najwyższe obroty. Mój drugi organ poznawczy mówił: „Jedź z Kate do Europy i idź z nią do łóżka. W Nowym Jorku nie masz nic do roboty, John". Jednakże wyższe obszary mojej inteligencji ostrzegały mnie: „Ktoś próbuje się ciebie pozbyć". To nie znaczyło oczywiście, że ktoś chce mnie wysłać do Europy, żeby mnie tam załatwić. Raczej mogło chodzić o pozbycie się mnie z miejsca, gdzie dzieje się coś istotnego. Może ktoś spreparował tę historię we Frankfurcie — na przykład Libijczycy. Albo CIA. To kompletna popelina, kiedy człowiek nie może dojść, co jest prawdą, a co udawaniem. Kto jest przyjacielem, a kto wrogiem — jak w wypadku Nasha. Czasami szczerze zazdroszczę ludziom ograniczonym umysłowo, jak mój wujek Bertie, który ma sklerozę. Może sam przed sobą chować prezenty od Mikołaja. Czujecie to? Ale mnie było jeszcze do niego daleko.

Na razie wstałem, usiadłem z powrotem, znów wstałem. Wyglądało to nieco dziwnie, więc wziąłem teczkę i ruszyłem do wyjścia. Postanowiłem podjąć ostateczną decyzję w domu. Na razie skłaniałem się lekko ku Frankfurtowi.

Przy windach natknąłem się na Gabriela Haythama. Kiwnął na mnie, a gdy podszedłem, powiedział półgłosem:

— Chyba coś mam dla ciebie. Jeszcze ciepłe.

— Mianowicie?

— Mam w pokoju przesłuchań faceta, Libijczyka. Nawiązał kontakt z jednym z naszych zepołów obserwacyjnych...

— To znaczy, że sam się zgłosił?

— No. Całkiem sam. Nie miał dotąd żadnych problemów, nie był też informatorem ani nikim takim. Zwyczajny Ahmed. Nazywa się Fadi Aswad...

— Dlaczego wszystkie wasze nazwiska brzmią jak z opisu rozstawienia u Knicksów?

Gabriel parsknął śmiechem.

— To zobacz sobie tych od Azjatów. Ich nazwiska brzmią jak dzwonki w bilardzie elektronicznym. Więc ten Aswad jest taksówkarzem i ma szwagra, też Libijczyka, nazwiskiem Gamal Jabbar. Ten Jabbar też jest taksiarzem. Wiadomo, wszyscy Arabowie to taksiarze, zgadza się?

— Zgadza się.

— Więc w sobotę z rana ten Gamal Jabbar zadzwonił do szwagra i mówi, że go nie będzie przez cały dzień, bo ma specjalny kurs. Ma kogoś zabrać z lotniska Kennedy'ego i w sumie nie za bardzo jest z tego zadowolony.

— Słucham pilnie.

— Gamal powiedział mu też, że jeśli długo nie będzie wracał do domu, Fadi ma zadzwonić do jego żony, a swojej siostry, i uspokoić ją, że wszystko jest w porządku.

— No i?

— Musiałbyś zrozumieć Arabów...

— Staram się.

— Gamal właściwie powiedział szwagrowi...

— Jasne, łapię to. Że to spóźnienie może się przeciągnąć.

— Zgadza się. Że może zginąć.

— No i co z nim?

— Nie żyje, ale Fadi jeszcze tego nie wie. Właśnie gadałem z wydziałem zabójstw. Gliny z Perth Amboy dostały telefon od jakiegoś rannego ptaszka, który około szóstej trzydzieści przyjechał na parking przy pętli autobusowej i zobaczył taksówkę z nowojorską rejestracją. Wydało mu się to dziwne i po drodze do autobusu zajrzał do środka. W środku na podłodze po stronie kierowcy leżał jakiś facet. Auto było zamknięte. Gość zadzwonił z komórki na dziewięćset jedenaście.

— Chodźmy pogadać z tym Fadim — powiedziałem.

— Nie ma sprawy — odrzekł Gabe i ruszyliśmy korytarzem. — Ale już wszystko z niego wycisnąłem. Po arabsku.

— Spróbujemy po angielsku. Dlaczego przyszedłeś z tym akurat do mnie? — zapytałem.

— A dlaczego nie? Przyda ci się. Pieprzyć FBI.

Stanęliśmy pod drzwiami pokoju przesłuchań.

— Dzwonili już z laboratorium — rzekł Gabe. — Mają wstępne wyniki. Ten Gamal został zabity jednym pociskiem, wystrzelonym zza oparcia jego fotela. Kula uszkodziła rdzeń kręgowy, przebiła prawą komorę serca i utkwiła w desce rozdzielczej.

— Kaliber czterdzieści?

— Tak jest. Zdeformowana, ale na pewno czterdziestka. Facet nie żyje od soboty, gdzieś od późnego popołudnia.

— Sprawdzili jego kartę drogową?

— Sprawdzili, ale na koncie nie ma adnotacji, żeby płacił w sobotę za mosty albo za autostradę. Gamal mieszkał na Brooklynie, potem musiał pojechać na lotnisko i w końcu do New Jersey. Nie da się tego zrobić bez płacenia rogatkowego, więc musiał płacić gotówką, a jego pasażer może się schował za gazetą albo co. Nie odtworzymy jego trasy, ale kilometry na liczniku pasują do przejazdu z Kennedy'ego do tego miejsca. Identyfikacji jeszcze nie było, lecz na licencji taksiarskiej jest jego zdjęcie.

— Coś jeszcze?

— To wszystko na razie.

Weszliśmy do pokoju przesłuchań. Fadi Aswad siedział przy stole, ubrany w dżinsy, adidasy i zieloną bluzę dresową. Kopcił papierosa, przed nim stała pełna popielniczka, a pokój wypełniał dym. W naszym federalnie poprawnym budynku jest zakaz palenia, ale podejrzani i świadkowie w sprawach poważnych przestępstw mogą palić. Pilnował go policjant z ATTF, obserwując, czy gość nie daje oznak, że chce się zabić szybciej niż wskutek palenia albo czy nie zamierza po prostu wstać i pójść sobie do domu, jak się już kiedyś zdarzyło FBI.

Ujrzawszy Gabriela Haythama, Fadi wstał. Podobało mi się to. Muszę też kazać moim przesłuchiwanym wstawać, kiedy wchodzę do pokoju.

Policjant wyszedł, a Haytham przedstawił mnie mojemu koronnemu świadkowi.

— Fadi, to jest pułkownik John.

Chyba mi poszło na egzaminach na sierżanta lepiej, niż myślałem.

Usiedliśmy i położyłem na stole moją teczkę. Osobnikom z Trzeciego Świata z jakichś powodów teczka kojarzy się z władzą. Fadi zgłosił się sam i należało mu się dobre traktowanie. Nos miał cały i żadnych śladów bicia na twarzy. Żartowałem. Ale wiem, że Gabe potrafi być ostry.

Haytham wziął papierosy Fadiego i poczęstował mnie. Były to camele, co, nie wiedzieć czemu, wydało mi się śmieszne. Zapaliliśmy, ale się nie zaciągnąłem. Poważnie, nie zaciągam się.

— Opowiedz teraz pułkownikowi to, co opowiedziałeś mnie — rzekł Haytham do Fadiego i włączył stojący na stole magnetofon.

Fadi bardzo chciał nas zadowolić, ale widać było, że trzęsie się ze strachu. Rzadko się zdarza, żeby jakiś Arab sam się do nas zgłosił, chyba że chce wkopać innego albo liczy na nagrodę. W każdym razie Gamal Jabbar był martwy, więc historia Fadiego już się częściowo potwierdziła, chociaż on jeszcze tego nie wiedział.

Kiedy skończył opowiadać, odpalił papierosa od papierosa. Przez minutę siedzieliśmy w milczeniu; pozwoliłem mu się trochę spocić. Pocił się autentycznie.

— Dlaczego właściwie nam o tym powiedziałeś? — zapytałem, nachylając się blisko do niego.

Wziął głęboki oddech, wciągając do płuc połowę wiszącego w pokoju dymu.

— Martwię się o męża mojej siostry — odpowiedział.

— Czy Gamal kiedyś już tak znikał?

— Nie. To nie jest człowiek tego pokroju.

Wypytywałem go dalej, na zmianę ostro i łagodnie. Zdarza mi się być nieprzyjemnym wobec przesłuchiwanych; to oszczędza czas i nie pozwala im się pozbierać. Ale z mojego niewielkiego doświadczenia z ludźmi z Bliskiego Wschodu wiem, że są oni mistrzami mówienia na okrągło, odpowiadania pytaniem na pytanie, wdawania się w rozwlekłe rozważania teoretyczne i tak dalej. Może dlatego policja w ich krajach tak często ucieka się do rękoczynów. Bawiłem się jednak w tę grę z Fadim i odbyliśmy sympatyczną i bezproduktywną półgodzinną pogawędkę, zastanawiając się wspólnie, co też takiego mogło się przydarzyć Gamalowi Jabbarowi. Gabe chyba docenił tę moją wrażliwość na odmienność kulturową świadka, ale nawet on już lekko się niecierpliwił.

Chodziło o to, że natrafiłem rzeczywiście na przełomowy trop. Człowiek niby wie, że w końcu coś musi wyskoczyć, ale jak już wyskoczy, jest zaskoczony. Poważnie podejrzewałem, że Jabbar zabrał Khalila z Kennedy'ego, zawiózł go na parking w Perth Amboy i za fatygę oberwał kulkę w plecy. Następne pytanie brzmiało: dokąd Khalil się stamtąd udał i jak?

— Czy jesteś pewien — zwróciłem się do Fadiego — że Gamal nie wspomniał nic o tym, że będzie wiózł rodaka, Libijczyka?

— Nie, proszę pana, nic takiego nie mówił. Ale to możliwe. Mówię to, bo nie przypuszczam, żeby mój szwagier zgodził się na taki specjalny kurs dajmy na to z Palestyńczykiem albo z Irakijczykiem. Mój szwagier był libijskim patriotą, ale nie interesował się polityką innych krajów, naszych braci w wierze. Więc jeśli pan mnie pyta, czy ten specjalny pasażer mógł być nie-Libijczykiem albo czy musiał raczej być Libijczykiem, to odpowiem, że nie wiem na pewno, ale z kolei muszę zapytać siebie: „Czy Gamal zadałby sobie tyle trudu dla kogoś, kto nie był jego rodakiem?". Rozumie pan, co mam na myśli?

Szajs. W głowie mi się już kręciło. Nawet nie pamiętałem, jakie zadałem pytanie.

— I nie powiedział, dokąd ma pojechać? — zapytałem Fadiego.

— Nie, proszę pana.

Trochę mnie zbiła z tropu ta zwięzła odpowiedź.

— Nie wspomniał o lotnisku w Newark?

— Nie, proszę pana.

— Posłuchaj no — nachyliłem się ku niemu — nie skontaktowałeś się przecież z ATTF, żeby zgłosić zaginięcie szwagra. Dobrze wiesz, czym się zajmujemy. To nie sąd rodzinny, kolego. *Capisce?*

— Słucham?

— Zadam ci pytanie wprost i żądam odpowiedzi tak albo nie. Czy sądzisz, że zniknięcie twojego szwagra może mieć cokolwiek wspólnego z tym, co wydarzyło się w sobotę na lotnisku Kennedy'ego z boeingiem siedemset czterdzieści siedem linii Trans-Continental?

— Rozważałem taką ewentualność, panie pułkowniku...

— Tak czy nie?

— Tak — odparł Fadi, opuszczając wzrok.

— I przypuszczasz, że twojego szwagra, męża twojej siostry, mogło spotkać jakieś nieszczęście?

Fadi skinął głową.

— Wiesz, że on przypuszczał, że może zostać zabity?

— Tak.

— Czy coś jeszcze z tego, co mówił, mogłoby stanowić dla nas jakąś wskazówkę, jakiś... — spojrzałem na Gabe'a, który zadał moje pytanie po arabsku, a potem przetłumaczył odpowiedź Fadiego.

— Gamal poprosił Fadiego, żeby ten, jeśli coś mu się stanie, zajął się jego rodziną. Powiedział mu, że nie mógł odmówić przyjęcia tego specjalnego zlecenia i że Allah miłościwy na pewno pozwoli mu wrócić bezpiecznie do domu.

Przez pewien czas wszyscy milczeliśmy. Fadi był wyraźnie podenerwowany.

Rozważyłem to wszystko w myśli. Z jednej strony żadna z tych informacji nie nadawała się do wykorzystania natychmiast. Jeżeli pasażerem Gamala był istotnie Khalil, to dowiedzieliśmy się zaledwie, dokąd bandyta pojechał z lotniska. Oraz to, że potem zamordował taksówkarza i uciekał dalej. Ale dokąd? Na lotnisko w Newark? I jak się tam dostał? Inną taksówką, czy może czekał na niego na tym parkingu wspólnik z samochodem? Albo wynajęte auto? Tak czy inaczej, wymknął się z naszej sieci i był już poza terenem Nowego Jorku.

— Czy ktoś wie, że się z nami skontaktowałeś? — zapytałem Fadiego.

Pokręcił głową.

— Nawet żonie nie powiedziałeś?

Spojrzał na mnie jak na wariata.

— Nie rozmawiam z żoną o takich sprawach — odparł. — Po co kobiecie albo dziecku wiedzieć coś takiego?

— Słusznie. Posłuchaj, Fadi — powiedziałem, wstając — dobrze zrobiłeś, przychodząc z tym do nas. Wujek Sam cię za to kocha. A teraz wracaj do roboty i zachowuj się tak, jakby się nic nie wydarzyło. Dobra?

Pokiwał głową.

— Na koniec mam dla ciebie złą nowinę. Twój szwagier został zamordowany.

Fadi wstał i usiłował coś powiedzieć; potem spojrzał na Haythama, który przemówił doń po arabsku, wreszcie opadł na krzesło i ukrył twarz w dłoniach.

— Powiedz mu, żeby niczego nie mówił chłopakom z zbójstw — zwróciłem się do Gabe'a. — Daj mu swoją wizytówkę. Niech pokaże ją detektywom i powie, żeby zadzwonili do ATTF.

Gabe zrobił, o co prosiłem. Uzmysłowiłem sobie, że sam przecież niedawno pracowałem w wydziale zabójstw, a teraz mówię świadkowi, żeby nie rozmawiał z gliniarzami i zamiast tego zadzwonił do federalnych. Przemiana prawie się już dokonała. Straszne.

Wyszliśmy z Gabe'em z pokoju, a funkcjonariusz z ATTF wszedł z powrotem, żeby spisać zeznanie Fadiego i dać mu je do podpisu.

— Obserwujcie faceta, jego rodzinę, siostrę i tak dalej przez okrągłą dobę — powiedziałem na korytarzu.

— Załatwione.

— I żeby nikt go nie widział, jak stąd wychodzi.

— Zawsze tak robimy.

— Świetnie. Niech ktoś się kopnie na Police Plaza i sprawdzi, czy nie mają więcej zabitych taksiarzy.

— Już to sprawdzamy.

— Rewelacja. Czy obrażam może twoją inteligencję?

— Tylko troszkę.

Uśmiechnąłem się po raz pierwszy tego dnia.

— Dzięki za to — powiedziałem do Gabe'a. — Odwdzięczę się.

— Nie ma sprawy. I co o tym myślisz?

— To samo, co do tej pory. Khalil jest w Ameryce i wcale się nie ukrywa. Ma do spełnienia jakąś misję i robi to.

— Też tak sądzę. Tylko co to za misja?

— Poddaję się, Gabe. Może ty coś wykombinujesz. Jesteś też Libijczykiem?

— Nie, Libijczyków prawie u nas nie ma. To mały kraj, w Stanach jest ich w ogóle niewielu. Ja jestem Palestyńczykiem.

— I nie stresuje cię to wszystko? — zapytałem, właściwie wbrew sobie. — Nie jest dla ciebie kłopotliwe?

— Właściwie nie za bardzo — odrzekł Gabe. — Jestem Amerykaninem w drugim pokoleniu. Moja córka się maluje i chodzi w mini, pyskuje do mnie i koleguje się z Żydami.

Popatrzyłem na niego z uśmiechem.

— Nie grozili ci nigdy? — zapytałem.

— Raz czy dwa. Ale oni doskonale wiedzą, że lepiej nie ruszać gliniarza, który dodatkowo pracuje dla FBI.

Przed sobotą sam tak myślałem.

— Dobra — powiedziałem — niech ludzie z NYPD zaczną sprawdzać rejestry wszystkich agencji wynajmu samochodów i szukać arabskich nazwisk. To może im zabrać z tydzień, lecz i tak nie mamy wiele więcej do roboty. Ty powinieneś chyba osobiście porozmawiać z wdową, może pan Jabbar jednak się jej zwierzał. Trzeba też pogadać z jego rodziną i znajomymi. Na razie mamy pierwszy ślad, ale czy on nas dokąś zaprowadzi, Gabe, naprawdę nie mam pojęcia.

— Jeśli nawet to Khalil zabił Gamala Jabbara — zauważył Haytham — to nasz ślad już wystygł, świadek jest martwy, a Perth Amboy to ślepa uliczka. I co za sens umierać w New Jersey?

— Racja — roześmiałem się. — A gdzie ten taksówkarz?

— Stanowa z Jersey go bada. Na pewno znajdą dość dowodów, żeby zmontować oskarżenie, jeśli w ogóle dojdziemy tak daleko.

Skinąłem głową. Znajdą różne włókna, odciski, może dopasują balistycznie kulę do pistoletu Gormana albo Hundry'ego.

Jak uczę moich studentów, do skazania podejrzanego konieczne są fizyczne dowody przestępstwa, choć do aresztowania go — nie zawsze. W tej sprawie od początku mieliśmy wszystko: nazwisko mordercy, jego fotografie, odciski palców, próbki DNA, nawet zdjęcie, jak robi kupę. I całe tony dowodów łączących go ze zbrodnią na Kennedym. Problem polegał jednak na tym, że ten sukinsyn był szybki i śliski jak wąż. Miał jaja i głowę na karku, był bezwzględny i miał tę przewagę, że sam decydował o swoich poruszeniach.

— No, dobra, Corey; ja wracam do roboty — powiedział Haytham. — Będę cię informował. A ty zaraz przekaż te informacje odpowiednim osobom i powiedz, że niedługo podeślemy wam stenogram przesłuchania.

— W porządku. Aha, postaraj się, żeby parę dolców z tej federalnej kasy na informacje poszło do Fadiego, na papierosy i relanium.

— Postaram się. No to na razie.

W pokoju ICC, kiedy tam wróciłem, wciąż było jak w ulu, chociaż minęła osiemnasta. Zadzwoniłem do Kate do domu, ale automat poinformował mnie, że jej nie ma i mam zostawić zwięzłą wiadomość.

Zostawiwszy zwięzłą wiadomość, zadzwoniłem z kolei na komórkę Kate, ale nie odbierała. Zatelefonowałem do domu Koeniga na Long Island, lecz jego żona powiedziała, że już pojechał na lotnisko. On też nie odbierał komórki.

Następnie zadzwoniłem do Beth Penrose i nagrałem się na jej sekretarkę. „Siedzę przy tej sprawie na okrągło, Beth. Może będę musiał trochę pojeździć. Kocham tę robotę. Kocham moje szefostwo. Kocham moje nowe biurko. Dyktuję mój nowy numer telefonu". Podałem jej bezpośredni numer do ICC i dorzuciłem: „Hej, stęskniłem się. Niedługo się odezwę". Rozłączywszy się, stwierdziłem, że chciałem jej powiedzieć „Kocham cię", ale... no, nieważne. Potem zatelefonowałem do biura Steina i poprosiłem jego sekretarkę o pilne spotkanie. Poinformowała mnie jednak, że kapitan Stein ma kilka ważnych spotkań i konferencji prasowych, które nie wiadomo kiedy się skończą. Przekazałem mu za jej pośrednictwem niespójną i mętną wiadomość, której sam do końca nie zrozumiałem.

Dopatrzywszy obowiązku informowania wszystkich na bieżąco, usiadłem za biurkiem, kręcąc młynka palcami. Wszyscy naokoło wyglądali na bardzo zapracowanych, ale ja nie potrafię wyglądać na zapracowanego, kiedy nic nie robię. Ponieważ i tak nie miałem nic do roboty na mieście, postanowiłem zostać w centrum dowodzenia, na wypadek gdyby coś nagle wyskoczyło. Czułem, że posiedzę tak do drugiej, trzeciej w nocy. Mieliśmy obowiązek zostawiać numer kontaktowy, gdziekolwiek byśmy się wybierali, a gdyby mnie na przykład szukał prezydent, nie chciałem, żeby mnie znalazł u Giulia przy piwie.

Przypomniało mi się, że nie napisałem jeszcze raportu dotyczącego wypadków na lotnisku Kennedy'ego. Wkurzało mnie, że jakiś palant z biura Koeniga wciąż mi przysyłał e-maile na ten temat i nie zgadzał się, żebym po prostu podpisał stenogram narady albo tych kilkunastu zebrań w Waszyngtonie. Nie, musiało być własnymi słowami. Wszedłem do edytora tekstu i napisałem tytuł: „Zasrany raport policyjny".

W tym momencie ktoś położył mi na biurku zapieczętowaną kopertę z napisem „Pilny faks — ściśle tajne". W środku był wstępny raport ze strzelaniny we Frankfurcie. Ofiarą był niejaki Sol Leibowitz, bankier inwestycyjny z Bank of New York. Przeczytawszy, co się przydarzyło nieszczęsnemu bankierowi, doszedłem do wniosku, że pan Leibowitz po prostu znalazł się w niewłaściwym miejscu o niewłaściwym czasie. Amerykańskich bankierów, Żydów i nie-Żydów, są w Europie tysiące. Facet po prostu padł ofiarą trzeciorzędnego bandyty, przypadkiem podobnego trochę do Khalila.

Na moim biurku wylądowały jeszcze dwa ważne dokumenty — menu jedzenia na wynos od Chińczyka i od Włocha. Zadzwonił telefon. To była Kate.

— Co ty, u ciężkiej cholery, jeszcze tam robisz? — zapytała.

— Czytam menu od Włocha. Skąd dzwonisz?

— A jak ci się wydaje, John? Czekamy na ciebie na lotnisku, mamy twój bilet. Jesteś spakowany? Masz paszport?

— Nie. Posłuchaj...

— Zaczekaj chwilę.

Usłyszałem, że rozmawia z Koenigiem.

— Jack mówi, że musisz lecieć z nami — rzekła po chwili. — Nawet bez paszportu, on to załatwi. Tylko bądź na czas. To rozkaz.

— Uspokój się i posłuchaj mnie przez chwilę. Mamy pierwszy ślad. — Zrelacjonowałem jej historię Fadiego Aswada i Gamala Jabbara. Słuchała, nie przerywając.

— Zaczekaj — powiedziała, gdy skończyłem. Po chwili odezwała się znowu. — To w dalszym ciągu nie wyklucza, że Khalil mógł odlecieć z Newark i znaleźć się w Europie.

— Dajże spokój, Kate. Facet przecież był na Kennedym, pół kilometra od terminalu międzynarodowego. Do Newark jest godzina drogi, a tamtejsze gliny z PA wiedziały o sprawie dziesięć minut po ogłoszeniu alarmu na Kennedym. Asad Khalil to Lew, a nie Osioł.

— Zaczekaj. — Znów skonsultowała się z Koenigiem. — Jack mówi, że modus operandi i rysopis napastnika z Frankfurtu zgadzają się...

— Daj mi go.

Koenig wziął od niej słuchawkę i zaczął mnie opieprzać.

— Jack — przerwałem mu — modus operandi i rysopis się zgadzają, ponieważ ktoś chce nas zrobić w konia. Na Boga, człowieku, Asad Khalil popełnił właśnie zbrodnię stulecia i nie miał najmniejszego powodu, żeby lecieć do Niemiec stuknąć jakiegoś bankiera. Skoro jechał do Newark, to po co załatwił taksówkarza, nim dojechali na lotnisko? To się kupy nie trzyma, Jack. Leć do tego Frankfurtu, jeśli chcesz, ale ja zostaję. Przyślij mi widokówkę i przywieź z kilogram prawdziwych frankfurterek i tę ostrą niemiecką musztardę. Dzięki. — Rozłączyłem się, zanim zdążył mnie wylać z roboty.

Skoro i tak mieli mnie zwolnić, olałem raport i zacząłem dalej przerzucać stertę papierów dotyczących soboty — opinie biegłych, raporty Port Authority, skargę zarządu lotniska, z wytłuszczonym moim nazwiskiem, fotografie ofiar w samolocie, ekspertyzę toksykologiczną (faktycznie był to związek cyjanku) i tak dalej.

Gdzieś wśród tych ton papieru mógł się znajdować klucz do sprawy, ale na razie widziałem tylko efekt pracy ludzi mających klapki na oczach i dostęp do edytora tekstu z automatyczną korektą. To mi z kolei przypomniało, że jeśli nie sporządzę raportu, wstrzymają mi wypłatę, wróciłem więc do klawiatury i monitora. Rozpocząłem raport od dowcipu o żołnierzu Legii Cudzoziemskiej i wielbłądzicy, skasowałem go jednak i zacząłem od nowa.

Kwadrans przed 9.00 do boksu weszła Kate i usiadła przy swoim biurku, patrząc na mnie bez słowa. Ja też się nie odezwałem. Po kilku minutach tej obserwacji zacząłem robić literówki, więc przerwałem pracę.

— Jak było we Frankfurcie? — zapytałem.

Nie odpowiedziała. Widziałem po jej minie, że jest lekko wkurzona. Znałem już to spojrzenie.

— Gdzie jest Jack? — zapytałem z kolei.

— Poleciał do Niemiec.

— To fajnie. Jestem wywalony?

— Nie, ale jeszcze będziesz żałował, że nie jesteś.

— Niezbyt dobrze reaguję na groźby.

— A ty w ogóle na cokolwiek reagujesz?

— Nie za bardzo. Może na pistolet przystawiony do głowy. No, na takie rzeczy zazwyczaj zwracam uwagę.

— Opowiedz mi jeszcze raz o tym przesłuchaniu.

Zrelacjonowałem jej wszystko jak najszczegółowiej, a ona zadała mi mnóstwo pytań. Jest bardzo inteligentna, dlatego właśnie siedziała ze mną w ICC zamiast w samolocie do Frankfurtu.

— Więc twoim zdaniem Khalil odjechał samochodem z parkingu przy pętli? — zapytała.

— Tak uważam.

— A czemu nie autobusem na Manhattan na przykład?

— Myślałem o tym. Po to ludzie zostawiają auta przy pętli, czyż nie? Żeby się przesiąść na autobus do centrum. Ale to by chyba była lekka przesada, zabijać taksówkarza i czekać na autobus. Podejrzewam, że gdyby Khalil chciał jechać do miasta, Jabbar jednak by się zgodził go zawieźć.

— Nie kpij sobie ze mnie, John. Stąpasz po kruchym lodzie.

— Tak jest, psze pani.

Przeżuwała to przez chwilę, a potem stwierdziła:

— No, dobra, więc na parkingu przy pętli czeka na niego samochód. Nie zwraca tam niczyjej uwagi, miejsce jest dość bezpieczne. Jabbar przywozi Khalila, ten pakuje mu czterdziestkę w kręgosłup i zabija jednym strzałem. Potem wsiada do samochodu. Z kierowcą czy bez?

— Chyba bez. Po co mu kierowca? To typ samotnika. Jeździł w Europie, może i w Ameryce. Możliwe, że to Jabbar przekazał mu kluczyki i papiery wozu, a ponieważ wiedział już za dużo, dostał w łeb. Mógł też mieć dla niego jakąś torbę z ubraniami, forsą, fałszywymi dokumentami i tak dalej; albo była już w tym samochodzie. Dlatego nie musiał brać niczego od Phila i Petera. Może nawet był tam jakiś zestaw do charakteryzacji. Asad Khalil jest teraz kimś zupełnie innym i zniknął w wielkiej sieci amerykańskich autostrad.

— Dokąd zmierza?

— Tego nie wiem. Ale przy minimum snu po drodze może już być pod meksykańską granicą. Albo nawet na Wybrzeżu Zachodnim. Pięćdziesiąt godzin jazdy przy średniej, powiedzmy, sto na godzinę, to daje promień pięciu tysięcy kilometrów, czyli obszar o powierzchni... pi er kwadrat, tak?

— Już zrozumiałam.

— Świetnie. Zakładając więc, że morderca jeździ sobie po kraju i że jego celem nie jest zwiedzanie Disneylandu, nie mamy innego wyjścia, jak czekać na jego następny ruch. W tym momencie możemy co najwyżej mieć nadzieję, że ktoś go może jednak rozpozna.

Kate skinęła głową i wstała.

— Na dole czeka taksówka z moimi bagażami. Jadę do domu się rozpakować.

— Pomóc ci?

— Zaczekam w taksówce — odparła i wyszła.

Siedziałem tam jeszcze przez kilka minut, podczas których dzwonił telefon i ktoś znów rzucił mi na biurko kolejny plik papierów. Usiłowałem zrozumieć, dlaczego w ogóle zapytałem, czy mogę jej pomóc. Muszę się nauczyć trzymać gębę na kłódkę.

Czasami wolałbym naprawdę stanąć twarzą w twarz z uzbrojonym maniakalnym zabójcą, niż mieć w perspektywie noc z kobietą w jej mieszkaniu. Po takim zabójcy przynajmniej wiadomo, czego się spodziewać, a konwersacja z nim jest krótka i konkretna. Naprawdę potrafię wniknąć w umysł takiego maniaka i przewidzieć jego zachowanie. Natomiast kwestie związków o charakterze seksualnym to dla mnie czarna magia. Nie mam pojęcia, jak je nawiązuję, co mam robić, kiedy już w nich tkwię, ani jak się z nich wycofywać. Zazwyczaj wiem natomiast, kim jest ta druga osoba. W pamiętaniu nazwisk jestem niezły, nawet o piątej nad ranem.

Mam też niezłego nosa do kłopotów, a tu wyraźnie czymś takim zajeżdżało. Poza tym od czasu związania się z Beth Penrose byłem czysty jak łza i nie zamierzałem komplikować sobie tego związku ani w ogóle życia. Postanowiłem więc powiedzieć Kate, że jednak pojadę do domu. Wstałem, wziąłem teczkę i marynarkę, zjechałem na dół i wsiadłem do jej taksówki.

Rozdział 39

Asad Khalil wracał z Jacksonville na północ autostradą międzystanową I-95. Przejechał przez Georgię i znalazł się w Karolinie Południowej. Po drodze pozbył się dysków komputerowych zabranych z domu Paula Greya. Rozmyślał o swych porannych dokonaniach. Przed wieczorem zapewne ktoś zacznie szukać sprzątaczki albo samego Greya i odkryje ciała. Za motyw zbrodni zostanie prawdopodobnie uznana kradzież cennego oprogramowania. To było zgodne z planem. Natomiast nie bardzo zgodna z planem była kwestia pilotki. Wiadomość o morderstwach w Spruce Creek dotrze do Alpha Aviation Services najpóźniej jutro rano. Dziewczyna z pewnością przypomni sobie Greya i skontaktuje się z policją. Khalil nie przewidział, że Paul Grey wywiesi tablicę ze swoim nazwiskiem na hangarze.

Pokiwał głową w zamyśleniu. Boris powiedział mu, że decyzję co do pilota będzie musiał podjąć sam. „Jeżeli go zabijesz, będziesz musiał zlikwidować wszystkich, którzy wiedzieli o locie, czy nawet tylko widzieli twoją twarz. Martwi nie rozmawiają z policją. Ale im więcej trupów pozostawisz na swojej drodze, tym zacieklej będą cię szukali". Khalil zgadzał się z tym w duchu. Ale sprzątaczkę musiał przecież zabić, by zyskać więcej czasu na oddalenie się z miejsca zbrodni. Ktoś powinien poinformować Borisa, że Amerykanie nie lubią sami sprzątać swoich domów.

Tak czy inaczej, policja będzie szukać złodzieja, a nie Asada

Khalila. Nie dowiedzą się też o jego samochodzie, a jeśli dziewczyna złoży zeznanie, zaczną szukać Greka wracającego do Aten przez Waszyngton. Istniała oczywiście inna możliwość. Pilotka mogła skojarzyć swego pasażera z którymś ze zdjęć w gazetach albo w telewizji... Właściwie powinien był ją zabić. A jednak tego nie zrobił. Tłumaczył sobie wciąż od nowa, że oszczędził dziewczynę wyłącznie z powodu przestróg Malika i Borisa na temat zbyt wielu trupów.

Wrócił myślami do Paula Greya. Nie była to tak świetna śmierć, jak w wypadku dzielnego generała Waycliffa i jego żony. Ale kapitan Grey także nie błagał o życie. Może dla Williama Satherwaite'a trzeba będzie wymyślić jakiś nowy sposób. Wiedział, że były porucznik Satherwaite doświadczył w życiu pewnych niepowodzeń, a Boris stwierdził, że „zabicie tego człowieka będzie nawet przysługą". Lecz Khalil odparł na to: „Nikt nie chce umierać. Zabicie go będzie dla mnie przyjemnością, tak samo jak śmierć pozostałych".

Spojrzał na zegar na desce rozdzielczej. 15.05. Nawigator satelitarny pokazywał, że wkrótce trzeba będzie zjechać z autostrady na drogę ALT 17, która go zaprowadzi wprost do miejscowości Moncks Corner. Jego umysł powrócił znowu do wydarzeń poranka. Cała ta sytuacja z kobietą pilotem wprawiła go w pomieszanie; nie potrafił jednak do końca zrozumieć, co wywołało w nim takie rozterki i niepewność. Obraz dziewczyny wciąż powracał. Widział ją, jak się śmieje, jak do niego mówi, jak pomaga wsiąść do samolotu... I jak go przy tym dotyka.

O mało nie przegapił zjazdu. Po chwili znalazł się na jednopasmowej szosie, zupełnie innej od autostrady. Mijał wiejskie domy, zabudowania farm i małe stacje benzynowe, jechał wśród wiosek i sosnowych lasów. Jeden z jego ziomków zbadał specjalnie trasę miesiąc wcześniej i opisał mu ją: „To bardzo niebezpieczna droga. Kierowcy jeżdżą tam jak wariaci, a policja ma motocykle i obserwuje ruch bez przerwy". W dwóch wsiach istotnie widział policjantów, raz w samochodzie, raz na motocyklu. Do celu podróży miał jednak niedaleko, zaledwie sześćdziesiąt kilometrów. Po godzinie znalazł się w miasteczku Moncks Corner.

Bill Satherwaite siedział z nogami na zabałaganionym biurku, w budyneczku z pustaków na Lotnisku Okręgu Berkeley w Moncks Corner. Lepką od brudu słuchawkę taniego telefonu przyciskał do ucha ramieniem. Patrzył na klekoczący wiatraczek klimatyzatora. Ledwie kwiecień, a tam już ponad trzydzieści stopni, pomyślał. Przeklęta dziura.

— Miałeś ostatnio jakiś kontakt z Paulem? — zapytał Jim McCoy.

— Niee. Szkoda, że nie mogłem uczestniczyć w sobotę w tej waszej telekonferencji. Mam huk roboty.

— Rozumiem — rzekł McCoy. — Tak sobie pomyślałem, że zadzwonię i spytam, co słychać.

— Jakoś leci. — Wzrok Satherwaite'a powędrował ku zamkniętej szufladzie biurka. Leżała w niej prawie pełna butelka whisky Jack Daniels. Ścienny zegar pokazywał 16.10. Gdzieś tam na świecie było już nawet po piątej, czas na małego drinka. Niestety, na 16.00 umówił się na lot z klientem. — Mówiłem ci, że poleciałem w zeszłym miesiącu do Paula? — zapytał.

— Tak. Opowiadałeś mi...

— Musiałbyś to widzieć. Wielka chałupa, basen, hangar, w hangarze dwusilnikowy beech, wszystkie bajery. Jak zobaczyli mojego apache'a — dodał ze śmiechem — zaczęli machać, żebym nie lądował!

— No, Paul trochę się obawiał — wtrącił McCoy, korzystając z okazji.

— Tak? Wiesz co, dla mnie to on jest stara baba. Pamiętasz, jak nas wkurzało, że wszystko sprawdza po sto razy? To właśnie takie ostrożniaki powodują wypadki. Apache jest dopuszczony przez FAA do latania i nie ma o czym gadać.

— Tylko ci mówię, Bill.

— Jasne. — Satherwaite zdjął nagłym ruchem nogi z biurka, nachylił się i otworzył szufladę. — Musisz też kiedyś wpaść do Paula, zobaczyć, jak mieszka.

Jim McCoy bywał w rzeczy samej w Spruce Creek dość często, lecz oczywiście nie przyznawał się do tego koledze, którego zaproszono tylko raz, choć mieszkał pół godziny lotu stamtąd.

— Kiedyś na pewno wpadnę — powiedział.

— No, dom ma niesamowity. Ale żebyś ty widział, co on robi! Wirtualna rzeczywistość; ja cię kręcę, ależ to są jaja! Piliśmy całą noc i bombardowaliśmy, co się dało. Al Azziziyah załatwiliśmy pięć razy. Ja pierdolę, stary! Za piątym razem byliśmy tak uwaleni, że nie mogliśmy, kurna, w ogóle w nic trafić! — Satherwaite zaniósł się śmiechem.

McCoy także się roześmiał, choć z wyraźnym przymusem. Słyszał już tę historię z pięć razy, odkąd Paul Grey zaprosił Satherwaite'a do siebie na weekend, czego potem zresztą szczerze żałował. Właściwie do tego czasu nikt z nich nie zdawał sobie sprawy, jak bardzo Bill się stoczył przez te siedem lat, które upłynęły od ostatniego spotkania chłopaków z klucza. Teraz już wiedzieli. Opowiadał w kółko o swym wojennym wyczynie każdemu, kto chciał i kto nie chciał słuchać, łącznie z kolegami, którzy uczestniczyli w akcji razem z nim. I z roku na rok te opowieści stawały się coraz dramatyczniejsze, a jego rola w dwunastominutowej wojence coraz ważniejsza.

McCoya bardzo to niepokoiło. Chwalenie się udziałem w tej akcji, a już szczególnie wymienianie nazwisk innych pilotów było absolutnie zabronione. Kilkakrotnie powtarzał Satherwaite'owi, żeby trzymał język za zębami, a ten za każdym razem przekonywał go, że używa tylko ich imion lub kryptonimów.

— Nie powinieneś w ogóle się przyznawać nikomu, że miałeś cokolwiek wspólnego z tą akcją, Bill — przestrzegał go.

Odpowiedź była zawsze taka sama.

— Słuchaj, Jim, ja tam jestem dumny z tego, cośmy zrobili. Nic się nie przejmuj. Co ty, boisz się, że te głupie Araby przyjadą do Moncks Corner w Karolinie Południowej wyrównać ze mną rachunki? Dajże spokój.

Teraz Satherwaite też już rozkręcił się na dobre.

— Pieprzony Chip spał przez całą drogę! — ryknął śmiechem. — Zbudziłem go, zrzucił cztery bomby i z powrotem zasnął! — Satherwaite otworzył butelkę i pociągnął solidny łyk whisky, prawie nie przerywając swojej tyrady.

— Mówiłeś przecież, że przez całą drogę gadał — udało się wtrącić McCoyowi, który miał już tego serdecznie dość.

— No, gęba mu się nie zamykała.

— Aha. No, dobra, to ja już będę kończył — powiedział McCoy, widząc, że tamten w ogóle nie zauważa sprzeczności tych dwóch wypowiedzi. — Zdzwonimy się, stary.

— Hej, pogadajmy jeszcze. Czekam na czarter, gość już powinien tu być. Lecimy do Filadelfii, jutro powrót. A co tam u Terry'ego?

— Kazał cię pozdrowić.

— Nie chrzań.

— Naprawdę. — McCoy starał się, by zabrzmiało to szczerze. Za Billem Satherwaite'em żaden z nich nie przepadał, ani teraz, ani chyba i wtedy, jednak łączył ich wszystkich święty sakrament Chrztu Ogniowego. A etos wojownika... czy raczej to, co z niego w Ameryce zostało... wymagał podtrzymywania tej więzi, dopóki ostatni z nich nie wyda ostatniego tchu. Dlatego wszyscy się starali jakoś tolerować wybryki Billa — z wyjątkiem Waycliffa, który otrzymał na to cichą zgodę pozostałych.

— Ciągle liże dupę Pentagonowi? — zapytał Satherwaite.

— Tak, Terry pracuje jeszcze w Pentagonie — odparł McCoy. — Mamy nadzieję, że doczeka tam emerytury.

— Sram na niego.

— Powiem mu, że o niego pytałeś.

— Uwziął się na mnie od samego początku. Zawsze musiał być lepszy. Przypieprzył się o te dopalacze... Stary, przecież on napisał w raporcie, że z tą bombą to była moja wina, a nie Wigginsa...

— Natychmiast przestań, Bill. Ani słowa więcej.

Satherwaite znów pociągnął z butelki i powstrzymał beknięcie.

— Dobra... Masz rację, Jim, przepraszam.

— Nie ma sprawy. Zapomnijmy o tym. Wiesz, Bob też się z nami połączył w sobotę — McCoy zmienił temat.

Staherwaite poruszył się niespokojnie na krześle. O Bobie Callumie, który miał raka, starał się myśleć jak najrzadziej. Callum dochrapał się stopnia pułkownika i gdy ostatni raz o nim słyszał, był instruktorem naziemnym w Akademii Lotniczej w Colorado Springs.

342

— Pracuje jeszcze? — zapytał.

— Pracuje, tam gdzie przedtem. Zadzwoń do niego kiedyś.

— Jasne. Przekichane, co? Przeżyć wojnę, a potem umrzeć na byle co.

— Może jeszcze z tego wyjdzie.

— Mhm. Oj, popatrz, byłbym zapomniał o naszym mistrzu celności! Co tam u Chipa?

— Nie mam z nim kontaktu — odparł McCoy. — Pisałem do Kalifornii, ale odesłali mi list. „Adresat nieznany". Telefon nie odpowiada, zero informacji.

— Cały Wiggins. On zawsze zapominał o takich rzeczach. Co ja się z nim namęczyłem, o wszystkim trzeba mu było przypominać.

— No, Chip już się chyba nie zmieni. — McCoy ostatnio rozmawiał z Wigg22insem rok wcześniej, piętnastego kwietnia. Po odejściu z wojska Chip zaczął latać dla różnych małych firm transportowych. Wszyscy go lubili, choć nigdy nie miał głowy do takich drobiazgów, jak podesłanie kolegom nowego adresu. Poza tym Wiggins leciał przecież wtedy z Satherwaite'em i może wolał odciąć się trochę od przeszłości. — Spróbuję go jakoś namierzyć — dorzucił McCoy.

Odkąd objął posadę dyrektora Muzeum Kolebki Lotnictwa na Long Island, Jim McCoy został nieformalnym sekretarzem i koordynatorem ich grupy. Miał dostęp do darmowego telefonu, e-maila i faksu w biurze, toteż najłatwiej mu było utrzymywać kontakt ze wszystkimi. Prezesem ich nieoficjalnego klubu był wprawdzie Waycliff, lecz praca w Pentagonie bardzo go pochłaniała i McCoy dzwonił do niego tylko w naprawdę ważnych sprawach. Niedługo i tak się wszyscy zestarzeją, pomyślał, i będą mieli aż nadto czasu na kontakty.

— Mówiłeś, że czekasz na klienta? — zapytał.

— Mhm. Facet się spóźnia. — Satherwaite spojrzał na zegar, potem na drzwi i pociągnął łyk whisky.

— Bill, czy ty coś piłeś?

— Coś ty, zwariowałeś? Przed lotem? Na Boga, Jim, ja jestem zawodowcem!

— Dobra, tak tylko zapytałem.

343

McCoy uznał, że tamten kłamie na temat picia, i miał nadzieję, że kłamie także co do klienta. Myślał przez chwilę o tym, co stało się z chłopakami. Steve Cox — zginął w Zatoce; Willi Hambrecht — zamordowany w Anglii; Terry Waycliff — u kresu znakomitej kariery wojskowej; Paul Grey — sukcesy w cywilu; Bob Callum — chory na raka w Colorado; Chip Wiggins — zaginiony w akcji, ale chyba w porządku; Bill Satherwaite — cień dawnego siebie; no i na końcu on sam, Jim McCoy, dyrektor muzeum — świetna praca, kiepska płaca.

— Wiesz co, Bill? — powiedział nagle miękkim tonem. — A może byśmy wszyscy polecieli zobaczyć się z Bobem? Nie ma na co czekać. Ja to zorganizuję. Polecisz?

Satherwaite milczał przez chwilę.

— Jasne. Jasne, że polecę — odparł cicho.

— Trzymaj się, stary.

— No. Ty też. — Satherwaite odłożył słuchawkę i otarł dłonią oczy, które nagle zwilgotniały. Wypił jeszcze trochę, wstał zza biurka i schował butelkę do podróżnej torby.

Na ścianie z boku wisiała duża mapa lotnicza, a obok wyblakły i pofałdowany od wilgoci plakat. Był to portret Mu'ammara Kaddafiego, z wyrysowaną na twarzy tarczą strzelniczą. Satherwaite znalazł na zagraconym biurku strzałkę i rzucił ją. Trafiła Kaddafiego w środek czoła.

— Ha! — zawołał. — Pieprz się, gnoju!

Wrócił do biurka i spojrzał jeszcze raz na kartkę z nazwiskiem klienta. Alessandro Fanini. Jakiś brudas albo makaroniarz.

— Chyba makaroniarz — mruknął pod nosem. — Może być. Lepiej niż jakiś Pedrito zza południowej granicy.

— Dzień dobry.

Satherwaite odwrócił się i ujrzał w drzwiach wysokiego mężczyznę w przeciwsłonecznych okularach.

— Jestem Fanini — rzekł przybysz. — Przepraszam za spóźnienie.

Zastanawiał się, czy tamten go słyszał. Spojrzał na zegar.

— Pół godziny; żaden problem — odparł. Wyciągnął rękę i uścisnęli sobie dłonie.

— Moje spotkanie w Charlestonie się przeciągnęło — tłumaczył Khalil.

— Nic nie szkodzi. Ma pan jeszcze jakiś bagaż? — Satherwaite zauważył, że mężczyzna ma jedną czarną torbę podróżną. Ubrany był w szary garnitur.

— Nie. Zostawiłem resztę w hotelu w Charlestonie.

— Aha. Nie przeszkadza panu, że będę w dżinsach i koszulce?

— Oczywiście, że nie. Ale, tak jak mówiłem, zostajemy na noc.

— Jestem spakowany. — Pilot pokazał stojącą na brudnej podłodze starą lotniczą torbę. — Moja dziewczyna potem tu przyjdzie posiedzieć i zamknąć budę. — Z krzywego regału zdjął zwinięte w rolkę mapy i wziął do ręki torbę. — Gotowy? — zapytał. Spostrzegł, że jego klient wpatruje się w plakat z Kaddafim na ścianie. — Wie pan, kto to jest? — zapytał z uśmiechem.

Asad Khalil wziął głęboki oddech.

— Nie wiem — odparł.

— To pan Mu'ammar Sukinsyn Kaddafi.

— Nigdy o nim nie słyszałem.

— Na pewno pan słyszał. Prezydent Libii, główny brudas Piachlandii. Prawie go kiedyś zabiłem.

Khalil nie odpowiedział. Satherwaite wzruszył ramionami.

— Skąd pan jest? — zapytał.

— Pochodzę z Sycylii.

— Bez kitu? Pewnego razu myślałem, że tam wyląduję, bo kończyło mi się paliwo.

— Tak?

— To długa historia. Nie wolno mi o tym mówić.

— Jak pan sobie życzy.

— Dobra, możemy iść. Przytrzyma mi pan drzwi?

— Jeszcze tylko jedna sprawa, panie Satherwaite. W moich planach nastąpiła drobna zmiana, może pan też będzie musiał coś zmienić.

— To znaczy?

— Moja firma kazała mi lecieć do Nowego Jorku.

— Uu. Nie lubię latać do Nowego Jorku, panie...

— Fanini.

— Mhm. Za dużo tam ruch, straszne zawracanie dupy.

— Zapłacę dodatkowo.

— Nie chodzi o pieniądze. Nowy Jork to popelina. Na które lotnisko?

— Nazywa się MacArthur. Zna je pan?

— Jasne. Nie byłem tam, ale słyszałem. Jest w porządku. Małe lotnisko na Long Island. Dobra, może być, ale za dopłatą.

— Oczywiście.

Satherwaite postawił torbę i zaczął szukać na półce dodatkowej mapy.

— Zabawnie się składa — powiedział. — Właśnie rozmawiałem z jednym gościem stamtąd. Mówił, żebym wpadł, może mu zrobię niespodziankę. Mógłbym właściwie do niego zadzwonić...

— Niespodzianka lepsza — rzekł szybko Asad Khalil. — Albo niech pan zadzwoni już stamtąd.

— Też racja. Wezmę jego namiary. — Satherwaite przerzucił kartki kołonotatnika na biurku i wyrwał jedną.

— Czy to daleko od lotniska? — zapytał Khalil.

— Nawet nie wiem. Ale na pewno po mnie podjedzie.

— Może pan wziąć mój samochód — powiedział Khalil. — Mam wynajęty. I zarezerwowałem dwa pokoje dla nas w motelu.

— A właśnie, miałem o to zapytać. Nie lubię spać w jednym pokoju z facetami.

— Ja także — odparł Khalil z wymuszonym uśmiechem.

— No, to fajnie, wszystko wyjaśnione. Hej, a może chce pan zapłacić z góry? Z góry jest taniej.

— Ile to będzie razem?

— Niech pomyślę... Na MacArthur, plus nocleg, plus opłata za lekcję latania, która jutro mi przepada, no i paliwo... powiedzmy osiemset gotówką.

— To rozsądna cena. — Khalil wyciągnął portfel, odliczył osiemset dolarów i dołożył jeszcze sto. — To ekstra dla pana.

— Dziękuję.

Była to prawie cała gotówka, jaką Khalil miał przy sobie, wiedział jednak, że wkrótce ją odzyska.

Lotnik schował pieniądze do kieszeni.

— Muszę się jeszcze odpryskać — oznajmił i zniknął w toalecie.

Asad Khalil spojrzał znów na plakat z portretem Wielkiego Przywódcy i zauważył strzałkę w jego czole. Wyciągnął ją i mruknął do siebie:

— Z pewnością nikt nie zasłużył na śmierć bardziej niż ta amerykańska świnia.

Satherwaite wyszedł z łazienki, wziął mapy i torbę.

— Jeżeli nie ma już więcej spraw, możemy lecieć.

— Czy ma pan może coś do picia na drogę? — zapytał jego klient.

— Mam colę i piwo. W lodówce turystycznej w samolocie. Piwo może być dla pana, mnie i tak nie wolno.

Khalil czuł wyraźną woń alkoholu z ust pilota, lecz powstrzymał się od komentarza.

— A nie ma pan czasem butelkowanej wody? — zapytał.

— Nie. Po co płacić za wodę, skoro jest za darmo w kranie. Zależy panu na tej wodzie?

— Niekoniecznie. — Khalil przytrzymał drzwi i wyszli na rozgrzane powietrze.

Zbliżając się do stojącego trzydzieści metrów od biura apache'a, Satherwaite zapytał:

— Czym się pan zajmuje, panie Panini?

— Fanini. Pracuję w branży tekstylnej. Kupuję w Ameryce bawełnę.

— Tak? To dobrze pan trafił. Tu nic się nie zmieniło od czasów wojny secesyjnej. Tyle że teraz muszą płacić niewolnikom. — Satherwaite wybuchnął śmiechem. — No i niewolnikami bywają biali — dodał — albo Latynosi. Widział pan kiedyś pole bawełny? Zasrana robota. Brakuje im ludzi do pracy. Powinni sobie sprowadzić jakichś durnych Arabów na czas zbiorów. Arabowie lubią się prażyć na słoneczku, nie? Mogliby im płacić wielbłądzimi plackami, ha, ha ha!

Khalil nie odpowiedział.

— Czy nie powinien pan sporządzić planu lotu? — zapytał po chwili.

— Nie ma potrzeby. — Pilot pokazał na bezchmurne niebo. — Nad całym Wybrzeżem Wschodnim jest zajebiście wysokie ciśnienie, pogoda wymarzona. Potem się skontaktuję z kontrolą radarową w Nowym Jorku, żebyśmy polecieli z daleka od tych wielkich pasażerów, które lecą na Kennedy'ego. — Khalilowi przypomniało się jego własne lądowanie wielkim liniowcem na lotnisku Kennedy'ego. Minęły ledwie trzy dni, a miał wrażenie, że upłynęła cała wieczność. — No i muszę się zgłosić do wieży na Long Island po pozwolenie na lądowanie — dodał Satherwaite. — Nic poza tym.

Stanęli przy niebiesko-białym piper apache'u. Satherwaite już wcześniej odwiązał liny, zdjął blokadę sterów i wyciągnął klocki spod kół. Sprawdził też poziom paliwa, ale nic poza tym. W starym samolocie wymagało remontu tak wiele rzeczy, że wolał nie tracić czasu na odkrywanie coraz to nowych usterek.

— Sprawdziłem wszystko przed pana przyjściem. Chodzi jak w zegarku — powiedział.

Asad Khalil przyjrzał się starej awionetce. Ucieszył się, że ma dwa silniki.

— To bardzo prosta maszyna, panie Fanini — rzekł Satherwaite, wyczuwając niepokój pasażera. — Bez bajerów, dlatego nie ma się co w niej zepsuć. Silniki są w porządku, stery też; może pan być pewny, że dolecimy i wrócimy.

— To dobrze.

Pilot zerknął pod prawy silnik, gdzie w ciągu tygodnia, po tym jak ostatni raz używał apache'a, zebrała się spora kałuża oleju.

— Nie dalej jak wczoraj byłem nim na Key West — oświadczył. — Lata jak anioł. Gotowy?

— Tak.

— Siada pan z przodu czy z tyłu?

— Wolę z przodu.

— Dobra. — Satherwaite wskoczył na skrzydło i wślizną się do kokpitu. Czasami pomagał pasażerom wsiąść, czuł jednak, że ten wysoki, wystrojony jak laluś mężczyzna w ciemnych okularach poradzi sobie sam. W kabinie było gorąco, otworzył więc okno po swojej stronie. — Idzie pan? — zawołał.

Asad Khalil wspiął się na skrzydło, którego antypoślizgowa powierzchnia dawno wytarła się na gładko, i zajął miejsce obok pilota. Torbę położył na tylnym siedzeniu.

— Niech pan zostawi na razie drzwi otwarte. I proszę zapiąć

pas — rzekł pilot, po czym włączył starter lewego silnika. Po krótkim wahaniu śmigło zaczęło się obracać i stary tłokowy silnik zbudził się do życia. Prawy zaskoczył jeszcze sprawniej. — No, proszę, jaki piękny dźwięk — stwierdził Satherwaite.

— Strasznie głośny! — zawołał Khalil, przekrzykując hałas.

— Bo mamy otwarte okno i drzwi! — odkrzyknął pilot. — Kiedy wejdziemy na pułap, będzie pan słyszał, jak panu wąsy rosną. — Roześmiał się i zaczął kołować na pas. Mając pieniądze w kieszeni, nie przejmował się już uprzejmościami wobec tego makaroniarza. — Mówił pan, że skąd jest? — zapytał.

— Z Sycylii.

— Aa, racja. — Satherwaite przypomniał sobie raptem, że na Sycylii jest również mafia. Zerknął na swego klienta i przyszło mu do głowy, że Fanini może być przecież gangsterem. Natychmiast pożałował swego swobodnego tonu i usiłował zatrzeć złe wrażenie. — Wygodnie panu? — zapytał. — Chce pan może zapytać o coś w związku z lotem?

— Jak długo potrwa?

— Jeżeli prognoza się sprawdzi, panie Fanini, i tylny wiatr się utrzyma, powinniśmy wylądować na MacArthurze za jakieś trzy i pół godziny, czyli mniej więcej o wpół do dziewiątej. Odpowiada to panu?

— Jak najbardziej.

Satherwaite uznał, że załagodził ewentualne poirytowanie klienta i uśmiechnął się pod wąsem. Stali już na końcu pasa. Spojrzał w niebo, gdzie jego uczeń ćwiczył podchodzenie do lądowania pod wiatr, radząc sobie całkiem przyzwoicie.

— Temu chłopakowi — wskazał na zataczający krąg samolot — przydałaby się transplantacja jaj. Rozumie pan? Amerykańska młodzież to straszne mięczaki. Nie dostali porządnie w dupę od życia. Nikogo nie musieli zabijać, nie posmakowali krwi. A powinni.

— Tak pan sądzi?

— No, wie pan, ja walczyłem, więc mogę tak powiedzieć. Jak pociski wybuchają tak gęsto, że nie widać nieba, jak panu śmigają rakiety wokół kabiny, to człowiek staje się mężczyzną w trymiga.

— Przeżył pan coś takiego?

— I to nie raz. Dobra, lecimy, niech pan zamknie drzwi.

Satherwaite zwiększył moc silników. Apache toczył się coraz szybciej i w połowie długości pasa oderwał się od ziemi.

Jeszcze w trakcie wznoszenia się pilot wykonał zwrot i ustawił maszynę na kursie czterdziestu stopni. Khalil wyjrzał przez okno ku zielonym polom w dole. Uzmysłowił sobie, że tak samolot, jak i jego właściciel potrafią więcej, niż na to wyglądają.

— To gdzie pan walczył? — zapytał.

— W wielu miejscach — odrzekł Satherwaite, wkładając do ust gumę do żucia. — Najwięcej w Zatoce.

Khalil doskonale wiedział, że Amerykanin nie brał udziału w tej wojnie. W istocie wiedział o Billu Satherwaite więcej niż on sam.

— A na czym pan wtedy latał?

— Myśliwce. Myśliwce odrzutowe. Bombowce. Latałem, na czym się dało, pod koniec na F-sto jedenaście.

— Wolno panu o tym mówić? To nie jest tajemnica wojskowa?

— Nie, drogi panie — zaśmiał się pilot. — Jaka tam tajemnica. To stare pudło, dawno wycofane ze służby. Tak samo jak ja.

— Tęskni pan za tym?

— Ni cholery. Wojsko to dno. Trzeba salutować jakimś dupkom i ciągle się ktoś przypieprza. A teraz jeszcze biorą kobiety do latania, rany boskie! W pale się nie mieści. Z głupimi sukami są oczywiście same problemy, molestowanie seksualne, pierdoły za stodoły... przepraszam, poniosło mnie. A jak jest z kobietami tam u pana w kraju? Znają swoje miejsce?

— Jak najbardziej.

— To dobrze. Może się przeprowadzę na Sycylię. Potrzebują tam pilotów?

— Oczywiście.

Wspięli się już powyżej tysiąca pięciuset metrów. Późnopopołudniowe słońce świeciło dokładnie zza ich pleców, co sprawiało, że widok w dole był wyjątkowo wyrazisty i dramatyczny. Gdzieś w głębi duszy Satherwaite'a kołatała się myśl, że latanie to coś więcej niż praca. Miało w sobie coś z powołania, z przynależności do tajemnego bractwa. Niemal jak doświadczenie religijne, coś, co dewoci z Moncks Corner przeżywali może czasami w kościele. W powietrzu czuł się lepiej niż na ziemi i miał też lepsze zdanie o sobie samym.

— Brakuje mi walki — zwierzył się swojemu pasażerowi.

— Jak można tęsknić za czymś takim? — zdziwił się Fanini.

— Nie wiem... Nigdy w życiu nie czułem się tak świetnie jak wtedy, kiedy się naokoło rozrywały pociski. Może gdybym oberwał, nie byłbym już taki zachwycony. Ale te głupie sukinsyny nie trafiłyby nawet szczynami w kibel...

— Jakie głupie... jacy ludzie?

— Niech będzie, że Arabowie. Więcej nie mogę powiedzieć; tajemnica wojskowa. Sama akcja nie, tylko nazwiska.

— Dlaczego?

— Taka polityka. Nie wolno ujawniać nazwisk pilotów. Rząd myśli, że te durne pastuchy wielbłądów przyjadą do Ameryki się mścić. Pierdoły. Ja tam mam gdzieś, czy ktoś się dowie, że bombardowałem Arabów. Niech sobie przyjeżdżają, pożałują, że mnie w ogóle znaleźli.

— Ma pan... broń?

— Mamusia Satherwaite'a nie wychowała idioty. — Pilot zerknął na swego klienta.

— Słucham?

— Jestem uzbrojony i niebezpieczny, drogi panie.

Wchodzili na dwa tysiące trzysta metrów. Satherwaite rozkręcił się na dobre.

— Oczywiście potem, w czasie wojny w Zatoce, durny rząd chciał mieć dobrą prasę i zaczęli pokazywać pilotów w telewizji. Skoro się boją pieprzonych Arabów, to po kiego grzyba każą chłopakom paradować przed kamerami? Wie pan dlaczego? Szukali poparcia w kraju, więc śliczni chłopcy w mundurkach musieli się mizdrzyć do społeczeństwa i opowiadać, jak pięknie jest latać na myśliwcach i jak to uwielbiają swoją pieprzoną służbę Bogu i ojczyźnie. A na każdego faceta przypadało chyba ze sto lasek, poważnie panu mówię. Żeby pokazać, jaka to nasza zasrana armia jest poprawna politycznie. Jezu, jak się patrzyło na tę wojnę na CNN, to można było pomyśleć, że same cipki tam walczą. Irakijczycy na pewno mieli radochę jak cholera, jak zobaczyli, że dostają w dupę od stada panienek. — Satherwaite parsknął śmiechem. — Jezu, jak to dobrze, że mnie tam już nie ma.

— Podzielam pańskie uczucia co do kobiet wykonujących męskie zajęcia — rzekł Khalil.

— Fajnie. Musimy trzymać się razem — zaśmiał się znów pilot. Gość nie jest taki zły, pomyślał, chociaż cudzoziemiec i trochę drętwiak.

— Dlaczego ma pan ten plakat z Kaddafim na ścianie? — zapytał Khalil.

— Na pamiątkę. Kiedyś prawie walnąłem w niego bombą — odparł Satherwaite, bez cienia refleksji nad bezpieczeństwem swoim i innych. — Właściwie dom Kaddafiego mieli w przydziale Jim i Paul. I trafili w tę chałupę, ale sukinsyn spał na dworze w namiocie. Pieprzone Araby tak lubią, nie? Dostała jego córka; niefajnie, ale co zrobić. Wojna to wojna. Żona też oberwała i dwóch chłopaków, ale przeżyli. Nikt nie chce zabijać kobiet i dzieci, ale skoro się znaleźli tam, gdzie nie trzeba, to czyja to wina? No nie? Jak ja bym był dzieciakiem Kaddafiego, tobym się trzymał kilometr od tatusia.

Khalil wziął głęboki oddech, starając się zapanować na sobą.

— A pan co miał w przydziale? — zapytał.

— Walnąłem w centrum łączności, magazyn paliw, koszary i... coś tam jeszcze, zapomniałem. Czemu pan pyta?

— Tak sobie. To fascynująca historia.

— Tak? Lepiej niech pan od razu to wszystko zapomni. Mówiłem już, nie wolno nam o tym gadać.

— Oczywiście.

Weszli na dwa i pół tysiąca metrów i pozostali już na tym pułapie. Silniki pracowały teraz ciszej.

Asad Khalil zagłębił się w fotelu i patrzył w niebo. Gdy słońce zeszło nad horyzont, odmówił w milczeniu wieczorną modlitwę i dodał półgłosem:

— Bóg pobłogosławił mój dżihad i wprawił nieprzyjaciół w pomieszanie. Bóg oddał ich w moje ręce. Bóg jest wielki.

— Mówił pan coś? — zapytał Satherwaite.

— Podziękowałem Bogu za dobry dzień i poprosiłem go, by pobłogosławił moją podróż do Ameryki.

— Aha. Niech pan go poprosi, żeby mną też się zaopiekował.

— Już poprosiłem. Zaopiekuje się.

Rozdział 40

— Wejdziesz tym razem do środka? — zapytała Kate, kiedy taksówka ruszyła z Federal Plaza. — Czy musisz się znowu wyspać?

Zabrzmiało to jak lekka kpina albo może nawet wyzwanie dla mojej męskości. Kobitka już wyczuła, gdzie mnie nacisnąć.

— Wejdę — odparłem. — W Nowym Jorku mówi się „na górę", a nie „do środka".

— Jak zwał, tak zwał.

Siedzieliśmy w taksówce, niemal nie rozmawiając. Ruch był umiarkowany, ulice lśniły po wiosennym deszczu, a kierowca był Chorwatem. Zawsze o to pytam; prowadzę prywatne badania.

Dojechaliśmy pod dom Kate i zapłaciłem za taksówkę, łącznie z dojazdem z Kennedy'ego i postojem na Federal Plaza. Wniosłem też na górę jej walizkę. Na marginesie — nie istnieje coś takiego jak seks bez zobowiązań.

Drzwi otworzył portier. Na pewno bardzo się zdziwił, dlaczego pani Mayfield wyszła z domu z walizką, a kilka godzin później wróciła z tą samą walizką i facetem. Miałem nadzieję, że będzie go to nurtowało przez całą noc. Mieszkanie Kate na czternastym piętrze było małym zwyczajnym mieszkaniem do wynajęcia, o białych ścianach i dębowych podłogach, z minimalną ilością nowoczesnych mebli. Żadnej żywej zieleni, sztuki na ścianach, rzeźb na podłodze ani bibelotów. I dzięki

Bogu, ani śladu kota. Tylko zawalony książkami segment z telewizorem i odtwarzaczem CD. Głośniki stały na podłodze.

Pokój łączył się z obszerną wnęką kuchenną. Pani Mayfield wkroczyła tam i otworzyła kredens.

— Szkocka? — zapytała.

— Bardzo proszę.

Postawiła butelkę na ladzie śniadaniowej, oddzielającej kuchnię od części jadalnej pozbawionej stołu. Usiadłem na stołku przy ladzie, a Kate wrzuciła lód do szklaneczek i nalała.

— Z wodą?

— Nie, dzięki.

Stuknęliśmy się szklaneczkami i wypiliśmy. Nalała ponownie i znów łyknęła szkockiej.

— Jadłeś jakiś obiad? — zapytała.

— Nie, ale nie jestem głodny.

— To może chociaż chrupki? — Otworzyła kredens i wyjęła jakieś straszliwe świństwa w wielkich foliowych torbach, o dziwnych nazwach w rodzaju „Chrup-nas". Zjadła kilka pomarańczowych gąsienic czy czegoś takiego.

Nalała sobie kolejnego drinka, po czym podeszła do CD i puściła płytę. Billie Holiday.

Zrzuciła z nóg buty i zdjęła żakiet, odsłaniając ładną białą bluzkę, glocka w kaburze i całą resztę. Zaciekawiło mnie to, bo mało kto już dziś w policji nosi kaburę pod pachą. Kate rzuciła żakiet na fotel, a potem odpięła kaburę i cisnęła ją na żakiet. Czekałem na dalszy ciąg, ale nie nastąpił.

Żeby nie mieć przewagi w sile ognia, ja też zdjąłem marynarkę i odpiąłem kaburę od pasa. Kate wzięła je ode mnie i położyła na swoich rzeczach. Siedzieliśmy na stołkach, a ja jako profesjonalista mówiłem o przewadze nowego glocka kaliber .40 nad starym modelem i tak dalej.

— Kamizelki kuloodpornej to on nie przebije, ale za to zwali faceta z nóg — tłumaczyłem.

Kate wydawała się niezbyt zainteresowana tematem.

— Muszę coś zrobić z tym mieszkaniem — oznajmiła.

— Jest świetne.

— A ty co, mieszkasz w śmietniku?

— Kiedyś mieszkałem. Ale skończyłem w apartamencie małżeńskim. Jest całkiem, całkiem.

— Jak poznałeś swoją żonę?

— Z katalogu wysyłkowego.

Wybuchnęła śmiechem.

— Zamówiłem ekspres do kawy, ale chyba źle wpisałem numer i przysłali ją. .

— Jesteś niesamowity. — Spojrzała na zegarek. — Chcę obejrzeć wiadomości o jedenastej, były te konferencje prasowe.

— Racja.

— Sprawdzę, czy nie mam czegoś na sekretarce, i zadzwonię do ICC, że jestem już w domu. Mam powiedzieć, że jesteś u mnie? — Spojrzała na mnie pytająco.

— To twoja broszka.

— Powinniśmy zostawiać telefon kontaktowy, obojętnie gdzie jesteśmy.

— Wiem.

— No więc? Zostajesz?

— To też twoja broszka. Zaskocz mnie.

— W porządku. — Odwróciła się i zniknęła w swojej sypialni czy może gabinecie.

Sączyłem szkocką, deliberując nad celem i długością mojej wizyty. Wiedziałem, że jeśli dopiję whisky i wyjdę, pani Mayfield i ja przestaniemy być przyjaciółmi. Jeśli zostanę i dokonam dzieła, pani Mayfield i ja także przestaniemy być przyjaciółmi. Znalazłem się w ślepej uliczce.

— Była tylko ta wiadomość od ciebie — oznajmiła Kate po powrocie. Usiadła znów koło mnie i zamieszała palcem lód w drinku. — Dzwoniłam do ICC.

— Powiedziałaś, że jestem u ciebie? — zapytałem po chwili milczenia.

— Tak. Dyżurny włączył głośne mówienie, słyszałam, jaką tam wszyscy mieli uciechę. — Uśmiechnąłem się. Kate zrobiła sobie kolejnego drinka i zaczęła gmerać wśród foliowych torebek. — Nie powinnam w ogóle przynosić tego świństwa do domu — stwierdziła. — Umiem gotować, naprawdę. Ale mi się nie chce. A ty co jesz, jak jesteś w domu?

— To, co potrącę samochodem.

— Dobrze ci się mieszka samemu?

— Czasami.

— Ja nigdy z nikim nie mieszkałam.

356

— Dlaczego?

— Chyba przez robotę. Nietypowe godziny, telefony po nocy, ciągłe rozjazdy. Przeprowadzki. Poza tym człowiek trzyma w domu broń i tajne papiery, ale to może najmniej istotne. Starsi koledzy mówili mi, że dawniej kobieta agentka, mieszkając z facetem, mogła mieć kłopoty.

— Pewnie to prawda.

— Mężczyznom chyba też na zbyt wiele nie pozwalali — stwierdziła. — Ale FBI się zmieniło. Hej, ty przecież też jesteś starszym kolegą — dodała. — Opowiedz mi, jak to było w latach czterdziestych.

Uśmiechnąłem się, lecz to nie było śmieszne.

Panna Mayfield skonsumowała już cztery drinki, lecz wyglądała na całkiem przytomną. Słuchaliśmy „I only have eyes for you" i gawędziliśmy o byle czym.

— Piję, kiedy się denerwuję — zadziwiła mnie. — Przy seksie zawsze robię się nerwowa, mam na myśli za pierwszym razem, nie w ogóle. A ty?

— No... też bywam trochę spięty.

— Nie jesteś taki twardziel, na jakiego pozujesz.

— Ach, nie, to mój zły brat-bliźniak. James Corey.

— Kto to jest ta kobieta na Long Island?

— Mówiłem już. Glina z wydziału zabójstw.

— To na poważnie? Wiesz, nie chciałabym cię stawiać w kłopotliwej sytuacji. — Nie odpowiedziałem. — Sporo kobiet w biurze uważa, że jesteś seksy — dodała Kate.

— Naprawdę? A tak się staram zachowywać przyzwoicie.

— Nieważne, co mówisz i robisz. Chodzi o to, jak wyglądasz i jak się poruszasz.

— Zaczerwieniłem się?

— Mało. Czy jestem zbyt bezpośrednia?

Mam na to doskonałą standardową odpowiedź. Postanowiłem się nią posłużyć.

— Nie — odparłem — jesteś po prostu uczciwa i otwarta. Podoba mi się, kiedy kobieta wyraża swe zainteresowanie mężczyzną bez oglądania się na konwenanse, którymi usiłuje ją związać społeczeństwo.

— Sranie w banię.

— To prawda. Polej jeszcze szkockiej.

Kate wzięła butelkę i podeszła do kanapy.

— Obejrzyjmy dziennik — rzekła.

Zabrałem swoją szklaneczkę i usiadłem na kanapie. Kate wyłączyła muzykę, znalazła pilota i włączyła wiadomości na CBS.

Tematem dnia była sprawa lotu 175 i konferencje prasowe. „Pojawiły się nowe sensacyjne okoliczności w związku z sobotnią tragedią samolotu Trans-Continentalu na lotnisku Kennedy'ego", mówiła spikerka. „Podczas dzisiejszej konferencji prasowej przedstawicieli FBI oraz nowojorskiej policji potwierdzono krążącą od pewnego czasu pogłoskę, że ofiary tragedii zginęły w wyniku zamachu terrorystycznego, nie zaś wypadku. Głównym podejrzanym o dokonanie zamachu jest zdaniem FBI niejaki Asad Khalil, obywatel Libii". — Na ekranie pojawiło się zdjęcie Khalila, a prezenterka mówiła dalej. „Tę fotografię pokazywaliśmy już państwu wczoraj, wraz z informacją, że jest to osoba poszukiwana listem gończym w kraju i za granicą. Obecnie dowiedzieliśmy się, że to właśnie Asad Khalil podejrzany jest o zamordowanie...". Kate przełączyła na NBC, gdzie mówiono mniej więcej to samo; potem na ABC i CNN. Lubię surfować po kanałach, ale jak to robi ktoś inny, a szczególnie kobieta, to jest wkurzające.

Potem pokazano fragmenty pierwszej konferencji prasowej. Felix Mancuso, szef biura FBI w Nowym Jorku, ujawnił kilka starannie dobranych szczegółów sprawy, a po nim zrobił to samo komisarz policji. Następnie Jack Koenig, nie wymieniając z nazwy Sił Antyterrorystycznych, powiedział parę słów o wspólnych wysiłkach FBI i NYPD. Konferencję zakończyła lawina pytań, lecz wówczas wszyscy ważniacy już zniknęli, pozostawiając za stołem samotnego Alana Parkera, który wyglądał jak pochwycona w światła samochodu sarna.

W relacji z kolejnej konferencji prasowej wystąpili burmistrz Nowego Jorku i gubernator. Mówili o tym, że zrobią wszystko, co w ich mocy, tyle że nie powiedzieli, co zrobią konkretnie. W każdym razie pokazali się w telewizji. Na koniec zaprezentowano wystąpienia dyrektora FBI i jego zastępcy do zwalczania terroryzmu, którego poznałem w Waszyngtonie. Obaj wygłosili groźnie brzmiące, acz optymistyczne oświadczenia.

Po tym wszystkim w migawce z Białego Domu przemówił prezydent. Jego wystąpienie zostało zredagowane tak starannie, że równie dobrze mógł je wykorzystać podczas Krajowego Tygodnia Bibliotek.

Cały ten materiał trwał około siedmiu minut, co, jak na wiadomości w telewizji, i tak jest dużo. Mam zawsze w głowie taki śmieszny obrazek: spiker czyta monotonnym głosem z teleprompttera: „W kierunku Ziemi podąża wielki meteoryt. Według zdobytych informacji zniszczy on naszą planetę około środy". A potem odwraca się do gościa od sportu i mówi: „A teraz powiedz naszym widzom, Bill, jak tam dzisiejsze finały".

Kate wyłączyła telewizor i tym samym pilotem włączyła z powrotem płytę. Niesamowite.

— Chciałbym obejrzeć powtórkę „Z Archiwum X" — powiedziałem. — To ten odcinek, w którym Mulder i Scully odkrywają, że jego majtki to pozaziemska foma życia.

Zbyła to milczeniem.

Nadszedł Ten Moment.

Nalała sobie znów szkockiej i spostrzegłem, że rzeczywiście drży jej ręka. Przysunęła się do mnie na kanapie i objąłem ją ramieniem. Popijaliśmy whisky z jednej szklanki, słuchając, jak Billie Holiday śpiewa seksownym głosem „Solitude".

— A nie moglibyśmy zostać po prostu przyjaciółmi? — zapytałem.

— Nie moglibyśmy. Ja ciebie nawet nie lubię.

— Oo...

Zaczęliśmy się całować i w dwie sekundy mały Johnny zmienił się w dużego, złego Johna.

Nim zdążyłem się zorientować, nasze ubrania leżały już na podłodze i stoliku, a my leżeliśmy na kanapie, nadzy, twarzą w twarz. Gdyby w FBI dawano odznaczenia za świetne ciało, Kate Mayfield z pewnością otrzymałaby złotą gwiazdę z diamentami. Znajdowałem się oczywiście zbyt blisko niej, żeby móc zobaczyć całość, jednak, jak większość mężczyzn w takich sytuacjach, dysponowałem zmysłem dotyku godnym niewidomego. Przesunąłem dłońmi po jej biodrach i pośladkach, między nogami i poprzez brzuch do piersi. Skórę miała gładką i chłodną, co lubię, a muskulaturę z pewnością ukształtowaną w siłowni.

Moje własne ciało, jeśli to kogoś interesuje, można określić jako żylaste, lecz elastyczne. Kiedyś miałem brzuch jak tara do prania, ale po otrzymaniu kulki w okolicę jąder dorobiłem się odrobiny tłuszczyku — jakby na tarze leżał mokry ręcznik.

Palce Kate przebiegły po moim prawym pośladku i zatrzymały się na zgrubiałej bliźnie w jego dolnej partii.

— Co to? — zapytała.

— Rana wylotowa.

— A gdzie wlotowa?

— Dół podbrzusza.

Jej dłoń powędrowała w okolice moich jąder i odnalazła miejsce kilka centymetrów na północny wschód od słupa milowego.

— Ua... blisko było.

— Trochę bliżej i musielibyśmy zostać przyjaciółmi.

Roześmiała się i objęła mnie w uścisku tak mocnym, że wydusiła mi powietrze z płuc. Jezu, ależ ta kobieta ma siłę.

Gdzieś w głębi duszy byłem raczej pewien, że Beth Penrose by się to nie spodobało. Mam sumienie, lecz mój kolega z dołu nie ma go ani krzyny, więc dla zażegnania konfliktu postanowiłem przestać myśleć i przekazać mu dowodzenie.

Pieściliśmy się tak, całowaliśmy, obejmowaliśmy i ściskaliśmy przez jakieś dziesięć minut. Poznawanie nieznanego nagiego ciała to coś wspaniałego. Faktura skóry, krzywizny, wzgórza i doliny, smak i zapach kobiety... Uwielbiam grę wstępną, ale mój wspólnik bywa niecierpliwy, zaproponowałem więc, żebyśmy przeszli do sypialni.

— Nie — mruknęła Kate. — Zróbmy to tutaj.

Wspięła się na mnie i między jednym uderzeniem serca a drugim zmieniliśmy naturę naszych stosunków służbowych.

Leżałem na kanapie, a Kate poszła do łazienki. Nie wiedziałem, jakich używała środków antykoncepcyjnych, ale w mieszkaniu nie zauważyłem kołyski ani kojca, więc jakoś się pewnie zabezpieczała. Kiedy wróciła, zapaliła lampę koło kanapy. Usiadłem, a ona uklękła przede mną i rozsunęła moje nogi. W ręce miała mokry ręcznik i powycierała trochę moją rakietę, co niemal spowodowało jej ponowne odpalenie.

— Nieźle jak na starszego faceta — skomentowała. — Bierzesz viagrę?

— Nie. Łykam saletrę, żeby nie stał przez cały czas.

Parsknęła śmiechem, nachyliła się i wtuliła mi twarz w podołek. Pogłaskałem ją po włosach. Uniosła głowę i wzięliśmy się za ręce. Kate spostrzegła bliznę na mojej piersi, dotknęła jej, a potem odnalazła na plecach ranę wylotową.

— Kula złamała ci żebro z przodu i z tyłu — stwierdziła. Panie z FBI znają się na tych sprawach. Są bardzo fachowe. Ale lepsze to niż „Ojej, biedactwo, na pewno bardzo cię bolało!". — Teraz mogę powiedzieć Jackowi, że wiem, gdzie byłeś ranny — zaśmiała się. — Może byś coś zjadł?

— Chętnie.

— Zrobię jajecznicę.

Przeszła do kuchni, a ja wstałem i zacząłem zbierać z podłogi ubrania.

— Nie ubieraj się! — zawołała.

— Tylko na chwilkę wskoczę w majteczki i biustonosz.

Wybuchnęła śmiechem.

Przyglądałem się jej, jak się krząta całkiem naga po kuchennej wnęce, niczym kapłanka odprawiająca jakiś tajemny rytuał w świątyni. Przejrzałem płyty i znalazłem Williego Nelsona, moją ulubioną muzykę postcoitalną. Puściłem „Don't Get Around Much Anymore".

— Lubię to — oznajmiła Kate.

Obejrzałem książki na regale. Zazwyczaj można coś powiedzieć o człowieku, widząc, co czyta. Większość książek Kate to były podręczniki policyjne i kryminologiczne; rzeczy, które musi czytać każdy, kto chce trzymać rękę na pulsie w tej profesji. Było też sporo dokumentalnych książek na temat przestępstw, FBI, terroryzmu, psychologii zaburzeń i tym podobnie. Zero powieści, klasyki, poezji czy choćby albumów o sztuce. Utwierdziło mnie to w mojej wcześniejszej opinii, że panna Mayfield to oddana karierze profesjonalistka i gracz zespołowy. Osoba, która, kolorując w dzieciństwie obrazki, nigdy nie wyjeżdżała poza linię.

Ta wyrazista i prostolinijna przewodnicząca klasy miała jednak swoje drugie oblicze, również niezbyt skomplikowane: lubiła mężczyzn i lubiła seks. Dlaczego jednak ja się jej spodobałem? Być może, zadając się z policjantem, chciała zagrać na nosie kolegom z FBI. Może zmęczyła ją gra według niepisanych reguł i pisanych dyrektyw. Może zwyczajnie była napalona. Kto to wie? Faceci by powariowali, próbując dojść, czemu akurat ich wybrano na partnera do seksu.

Zadzwonił telefon. Agenci powinni mieć osobną linię do rozmów służbowych, lecz Kate nawet nie spojrzała w tamtą stronę, żeby sprawdzić, które światełko miga. Telefon dzwonił, aż zgłosiła się automatyczna sekretarka.

— Mogę coś pomóc? — zapytałem.

— Tak. Idź się przyczesać i zetrzeć tę szminkę z twarzy.

— Słusznie.

Zajrzałem do jej sypialni, łóżko było zasłane. Po co te kobiety ścielą łóżka? Pokój umeblowany był równie skąpo jak salon, niemal jak w motelu. Najwyraźniej Kate Mayfield nie zaaklimatyzowała się zupełnie na Manhattanie. Wszedłem do łazienki. W porównaniu ze schludnością innych pomieszczeń, wyglądało tu jak po rewizji. Uczesałem się grzebieniem znalezionym w zabałaganionej szufladzie toaletki, przemyłem twarz i przepłukałem usta. Przyjrzałem się sobie w lustrze. Worki pod przekrwionymi oczami, bladawa cera i biała, bezwłosa krecha blizny na owłosionej piersi. Bez wątpienia John Corey przeszedł w życiu niejedno i miał przejść jeszcze więcej. Choć jednak akumulator trochę siadał, główna wajcha wciąż funkcjonowała.

Nie chciałem przebywać zbyt długo w prywatnych apartamentach *mademoiselle* i wróciłem do salonu. Kate postawiła na stoliku dwa talerze z jajecznicą i grzankami oraz dwie szklanki soku pomarańczowego. Usiadłem na kanapie, a ona naprzeciw mnie na podłodze.

— Mieszkam już w Nowym Jorku osiem miesięcy — powiedziała, gdy zaczęliśmy jeść — a ty jesteś pierwszym mężczyzną, z którym byłam.

— Dało się wyczuć.

— A ty?

— Nie byłem z mężczyzną już od lat.

362

— Poważnie pytam.

— Cóż ja ci mogę odpowiedzieć. Spotykam się z kimś, przecież wiesz.

— Czy moglibyśmy się jej jakoś pozbyć?

Wybuchnąłem śmiechem.

— Wcale nie żartuję, John. Przez parę tygodni mogę być „tą drugą", ale na dłuższą metę czułabym się... no, wiesz.

— Rozumiem cię w pełni — odparłem, choć wcale nie byłem pewien, czy wiem.

Wpatrywaliśmy się w siebie przez jakiś czas, aż wreszcie zdałem sobie sprawę, że chyba powinienem coś powiedzieć.

— Posłuchaj, Kate — zacząłem. — Myślę, że po prostu czujesz się samotna. I zapracowana. Ja się nie nadaję dla ciebie na stałe. Najwyżej na tymczasem, więc...

— Bzdury. Nie jestem ani aż taka samotna, ani aż taka zapracowana. Mężczyźni startują do mnie przez cały czas. Twój przyjaciel Ted Nash z dziesięć razy zapraszał mnie na kolację.

— Co takiego? — Widelec wypadł mi z ręki. — Ten mały wypierdek?

— On nie jest mały.

— Ale jest wypierdkiem.

— Wcale nie.

— Wkurzyło mnie to. Spotykałaś się z nim?

— Tylko parę razy poszliśmy na kolację. Współpraca międzyzakładowa.

— A niech to szlag, naprawdę się wkurzyłem. Z czego się śmiejesz?

Nie powiedziała z czego, ale chyba sam wiedziałem. Przyglądałem się, jak chowa twarz w dłonie ze śmiechu, usiłując jednocześnie przełknąć jedzenie.

— Nie uduś się tylko, bo ja nie umiem robić sztucznego oddychania — ostrzegłem. To rozśmieszyło ją jeszcze bardziej.

Żeby zmienić temat, zapytałem, co sądzi o tych konferencjach prasowych. Coś odpowiedziała, ale nie słuchałem zbyt uważnie. Myślałem o Beth Penrose i, mówiąc szczerze, nękało mnie lekkie poczucie winy. Podczas gdy Kate Mayfield nie przeszkadzało być „tą drugą" przez kilka tygodni, ja z natury jestem monogamiczny. Wolę mieć jeden ból głowy naraz, pominąwszy ten weekend z dwiema siostrami w Atlantic City, ale to zupełnie inna historia.

Znalazłem się więc na równi pochyłej, prowadzącej w otchłań miłości i szczęścia, a wiecie, czym się to zwykle kończy. Mizerią. I co z tego. Raz kozie śmierć.

— Zadzwonię jutro do Beth — oznajmiłem — i powiem jej, że między nami koniec.

— Nie musisz — odrzekła Kate ze śmiechem. — Ja to zrobię za ciebie.

Najwyraźniej panna Mayfield była w o wiele lepszym nastroju postcoitalnym ode mnie. Czułem się autentycznie lekko rozdarty, zdezorientowany i wystraszony. Ale nazajutrz zamierzałem to wszystko wyprostować.

— Teraz pogadamy służbowo — oznajmiła Kate. — Powiedz coś więcej o tym informatorze.

Opowiedziałem jej więc ponownie o przesłuchaniu Fadiego Aswada, co zmniejszyło moje wyrzuty sumienia z powodu skrócenia dnia pracy na rzecz jedzenia i seksu.

Kate słuchała uważnie, przetrawiając w myśli moje słowa.

— A nie sądzisz, że on może być podstawiony? — zapytała, gdy skończyłem.

— Nie. Zabili jego szwagra.

— Nie szkodzi, to też może być część planu. Ci ludzie są zdolni do bezwzględności w stopniu dla nas nie do pojęcia.

— No, dobrze — odparłem po namyśle — ale jaki cel by mieli w tym, żebyśmy uwierzyli, iż Asad Khalil pojechał taksówką do Perth Amboy?

— Pomyślimy, że pojechał w Amerykę i przestaniemy go szukać w Nowym Jorku.

— Przekombinowane. Gdybyś widziała tego Fadiego Aswada, sama byś zrozumiała, że on nie kłamie. Gabe też tak uważa, a ja mam zaufanie do jego wyczucia.

— Fadi mówił prawdę o tym, co wie — nie ustępowała. — To jeszcze nie dowodzi, że Khalil był w tej taksówce. Ale jeżeli był, wobec tego morderstwo we Frankfurcie jest zmyłką, a to w New Jersey ważnym tropem.

— I właśnie o to chodzi. — Nieczęsto mi się zdarza prowadzić burzę mózgów z nagą koleżanką po fachu i wcale nie jest to aż tak przyjemne, jakby się mogło wydawać. Lecz na pewno przyjemniejsze niż kilkugodzinna narada przy stole konferencyjnym. — W każdym razie uratowałem cię przed spędzeniem kilku tygodni w Europie w towarzystwie Teda Nasha — powiedziałem.

— Moim zdaniem specjalnie zaaranżowałeś tę całą historię, żebym nie pojechała. — Uśmiechnąłem się. — Wierzysz w przeznaczenie, John? — spytała Kate po chwili milczenia.

Zastanowiłem się nad tym. Moje przypadkowe spotkanie z dwoma latynoskimi dżentelmenami na Sto Drugiej Ulicy uruchomiło przed rokiem łańcuch zdarzeń zakończonych urlopem zdrowotnym. Potem znalazłem się w siłach antyterrorystycznych, a następnie tu i teraz. Nie wierzę w predestynację, los, przypadek i szczęśliwy traf. Sądzę, że naszym przeznaczeniem zawiaduje kombinacja wolnej woli i chaosu, a świat przypomina nieco wyprzedaż damskiej bielizny u Loehmanna. Tak czy inaczej, człowiek musi być zawsze przytomny i czujny, gotów posłużyć się swoją wolną wolą pośród coraz to bardziej chaotycznego i niebezpiecznego otoczenia.

— John?

— Nie, nie wierzę. Nie sądzę, żeby było nam przeznaczone się poznać, a potem pójść do łóżka w twoim mieszkaniu. Poznaliśmy się przypadkowo, a seks to był twój pomysł. Znakomity zresztą.

— Dzięki. Teraz twoja kolej się trochę za mną pouganiać.

— Znam zasady. Zawsze na drugi dzień posyłam kwiaty.

— Kwiaty możesz odpuścić. Bądź tylko dla mnie miły przy ludziach.

Mój przyjaciel pisarz, który się doskonale zna na kobietach, powiedział mi kiedyś tak: „Mężczyźni rozmawiają z kobietami, żeby pójść z nimi do łóżka, a kobiety idą do łóżka z mężczyznami, żeby móc z nimi porozmawiać". Funkcjonuje to w ten sposób chyba u wszystkich, ale nigdy nie wiem, ile powinno być tej rozmowy po seksie. Jeśli chodzi o Kate Mayfield, odpowiedź brzmi chyba: mnóstwo.

— John?

— No... tak, ale jeżeli będę dla ciebie miły przy ludziach, zaczną gadać.

— I dobrze. A reszta tych idiotów się ode mnie odczepi.

— Których idiotów? Oprócz Nasha?

— Nieważne. — Odchyliła się do tyłu, oparła bose stopy na stole, przeciągnęła się, ziewnęła i poruszyła palcami. — Dobre to było — powiedziała.

— Starałem się.

— Mówię o jedzeniu.

— Aha. — Spojrzałem na zegar w magnetowidzie. — Powinienem już iść.

— Nie ma mowy. Nie spałam z mężczyzną przez całą noc od tak dawna, że zapomniałam już, kto kogo wiąże.

Rozśmieszyła mnie. W Kate Mayfield pociągało mnie chyba to, że publicznie wyglądała i zachowywała się tak przyzwoicie i higienicznie, a tutaj... sami widzieliście. Niektórych facetów coś takiego kręci i ja do nich należę.

— Nie mam szczoteczki do zębów — stwierdziłem.

— Mam zestaw toaletowy z samolotu, nieotwierany. Trzymałam go na taką okazję.

— Jaki? Najbardziej lubię te z British Airways.

— Chyba z Air France. Z prezerwatywą.

— Skoro już o tym mowa...

— Zaufaj mi. Ja pracuję dla rządu, panie Corey.

To było chyba najśmieszniejsze zdanie, jakie słyszałem od miesięcy.

Kate włączyła telewizor i ułożyła się na kanapie z głową na moim podołku. Zacząłem pieścić jej piersi, na skutek czego mój hydrauliczny wysięgnik się wydłużył, a ona przechyliła głowę i nadstawiając szyję, powiedziała ze śmiechem:

— Trochę wyżej, proszę.

Oglądaliśmy do drugiej powtórki wiadomości, a potem program specjalny, zatytułowany „Terror w powietrzu — historia lotu 175". Stacje telewizyjne najwyraźniej unikały wymieniania nazwy przewoźnika, jednego ze swych głównych reklamodawców, w kontekście tej nieprzyjemnej sprawy. Żeby było jeszcze dziwniej, jedna z nich nadawała akurat reklamę Trans-Continentalu, pokazującą szczęśliwych pasażerów w „wygodnych fotelach klasy turystycznej", co samo w sobie jest oksymoronem. Moim zdaniem wynajmują do tych reklamówek karłów, żeby fotele wydawały się większe. Poza tym nigdy nie pokazują pasażerów pochodzenia arabskiego.

Około trzeciej udaliśmy się na spoczynek nocny, zabierając do sypialni tylko kabury z bronią.

— Śpię nago, ale broń mam zawsze na sobie — oznajmiłem.

Kate ziewnęła i z uśmiechem włożyła na nagie ciało swoją kaburę naramienną. Jeżeli kogoś kręcą takie rzeczy, jest to seksowne.

— Dziwnie wygląda, nie? — stwierdziła, patrząc w lustro. — Cycki i pistolet.

— Bez komentarza.

— Dostałam tę kaburę od ojca — wyjaśniła. — Nie chciałam mu mówić, że naramiennych już się nie używa. Noszę ją czasami, a już szczególnie jak jadę do domu.

Skinąłem głową. Dowiedziałem się właśnie o Kate Mayfield czegoś sympatycznego. Ona tymczasem zdjęła kaburę i włączyła automatyczną sekretarkę telefonu na nocnej szafce. Rozległ się charakterystyczny głos Teda Nasha.

— Kate, mówi Ted, dzwonię z Frankfurtu. Powiedzieli mi, że ty i Corey nie przyjeżdżacie. Powinnaś się zastanowić, naprawdę tracicie wyjątkową okazję. Moim zdaniem zamordowanie tego taksówkarza to była zmyłka. W każdym razie zadzwoń do mnie... w Nowym Jorku jest teraz koło północy, myślałem, że jesteś w domu. W biurze powiedzieli, że już poszłaś. Coreya też nie ma. Dobra, dzwoń gdzieś do trzeciej, czwartej waszego czasu. Mieszkam we Frankfurter Hof. — Podyktował numer i dorzucił: — Albo będę cię łapał później w biurze. Musimy pogadać.

Żadne z nas się nie odezwało, ale głos tego faceta w sypialni Kate był dla mnie jakiś wkurzający, a ona chyba to wyczuła.

— Pogadam z nim jutro — powiedziała.

— Jest dopiero trzecia — odparłem — u nich dziewiąta. Możesz go jeszcze złapać w hotelu, jak się mizdrzy do lustra.

Uśmiechnęła się, lecz milczała.

Jak zwykle mieliśmy z Nashem odmienne teorie. Ja uważałem, że to właśnie morderstwo we Frankfurcie było zmyłką. Zresztą Ted, szczwany lis, z pewnością myślał tak samo, tylko chciał ściągnąć mnie do Niemiec. Ciekawostka. Jeżeli Ted powiada „idź do punktu B", powinienem się nie ruszać z punktu A. Proste.

Kate była już w łóżku i kiwała na mnie.

Wpełzłem więc pod kołdrę i wtuliliśmy się w siebie, splatając nogi i ramiona. Pościel była chłodna i świeża, poduszki i materac sprężyste. Kate Mayfield też. Duży mózg już zapadał w sen, ale ten mały był całkiem rozbudzony; czasem tak się dzieje. Ona weszła na mnie i zaczęła mnie bzykać. W pewnym momencie całkiem odleciałem i miałem wyjątkowo realistyczny sen, że kocham się z Kate Mayfield.

Rozdział 41

— To była najdłuższa misja bombowa w historii lotnictwa — mówił Bill Satherwaite. — A F-sto jedenaście nie należy do wygodnych samolotów. — Asad Khalil słuchał w milczeniu. — Pieprzone Francuzy nie pozwoliły nam przelecieć nad ich terytorium. Ale Włosi byli w porządku, mogliśmy w razie czego lądować na Sycylii. Tak że w mojej książce będziecie okay.

— To miło.

— Potem się okazało, że gówniane libijskie lotnictwo w ogóle nas nie ścigało. Ich piloci — dodał Satherwaite ze śmiechem — chyba siedzieli pod łóżkami i mieli pełno w gaciach.

Khalil przypomniał sobie ze wstydem i gniewem, jak sam nie zdołał ze strachu powstrzymać moczu.

— To pański samolot pierwszy nadleciał nad Al Azziziyah, prawda? — zapytał po chwili.

— Tak jest. Pierwszy... zaraz, zaraz, czy ja coś wspominałem o Al Azziziyah?

— Wspominał pan wcześniej.

— Naprawdę? — Satherwaite nie pamiętał, by użył w ogóle tego słowa, które z trudnością potrafił wymówić. — No, dobra, w każdym razie mój strzelec, Chip... nie wolno wymieniać nazwisk... rzucił wszystkie cztery i trzy trafiły prosto w cele. Czwartą spudłował, ale też w coś tam walnęła.

— Ciekawe w co? Wiedzieliście?

— Nie mam pojęcia. Na zdjęciach satelitarnych było widać jakieś domy, może koszary. W każdym razie nie ten stary włoski magazyn amunicji, bo nic nie wybuchło. Zresztą, co za różnica. W coś tam trafił. A wie pan, jak się liczy ofiary w ludziach? Satelita liczy ręce i nogi, a potem dzieli się to przez cztery! — Satherwaite wybuchnął śmiechem.

Asad Khalil czuł, że serce wali mu w piersi młotem. Kilka razy głęboko odetchnął i zamknął oczy, modląc się do Boga o zachowanie panowania nad sobą. To właśnie ten człowiek, uzmysłowił sobie, zabił jego rodzinę. Nagle przypomniał sobie Bahirę i poraziła go myśl, że siedzący obok potwór jest właściwie odpowiedzialny także za jej śmierć.

— Żałuję zawsze, że to nie ja wylosowałem Kaddafiego — ciągnął tymczasem Satherwaite. — Jest takie głupie prawo, że nie wolno zabijać szefów państw, chyba ta cipa Carter to podpisał. Pierdoły za stodoły. Cywili można rozpieprzyć w drobiazgi, ale szefa nie ruszać. Na szczęście Reagan miał więcej jaj od tego dupka i nam pozwolił. Wypadło na Paula, miał szczęście sukinkot. Rozumie pan? Jego strzelcem był właśnie ten Jim, co mieszka na Long Island. Znaleźli dom bez problemu i Jim walnął prosto w cel. Ale ten skurwiel Kaddafi spał akurat w namiocie na dworze czy gdzieś tam. Mówiłem to już? No i uratował się, zasraniec jeden.

Asad Khalil wziął głęboki oddech.

— Zginęła jednak jego córka, mówił pan?

— No tak... głupia sprawa. Ale tak właśnie funkcjonuje ten świat, zgadza się? Hitlera też na przykład próbowali załatwić bombą i co? Z kilku ludzi zrobiło marmoladę, a jemu co najwyżej osmaliło wąsy. Więc co właściwie ten Bóg kombinuje? Pan wie? — Khalil nie odpowiedział. — Druga eskadra też miała niezłe szczęście — ciągnął pilot. — Mówiłem już to? Jednym z ich celów była francuska ambasada w Trypolisie. Potem się mówiło, że to przez pomyłkę, lecz któryś z naszych spuścił im bombę prosto na podwórko. Nikogo nie zabiło, bo to było nad ranem, ale jednak. Francuzi to nasi sprzymierzeńcy, a ponieważ się na nas wypięli, więc im pokazaliśmy, co się może stać, kiedy piloci są trochę zmęczeni, bo musieli lecieć naokoło. To było niechcący, *excusez moi!* — ryknął śmiechem.

— To było tak dawno, a pan jednak doskonale wszystko pamięta — stwierdził Khalil.

— Taak. Walki się tak łatwo nie zapomina.

— W Libii z pewnością też tego nie zapomnieli.

— O, na pewno nie — zaśmiał się pilot. — Wie pan, Arabowie mają kurewsko dobrą pamięć. Dwa lata po tym, jak walnęliśmy w Libię, wysadzili w powietrze samolot Pan Am.

— Jak w żydowskich pismach: „Oko za oko, ząb za ząb".

— No. Byłem zdziwiony, że im nie oddaliśmy. Ale ten dupek Kaddafi potem wydał tych facetów, którzy podłożyli bombę. Tego nie rozumiem, w co on gra?

— Może go naciskano, żeby współpracował z Trybunałem Międzynarodowym? — odparł Khalil.

— Dobra, ale co potem? Potem musiał ratować twarz przed kolesiami terrorystami i wykręcić następny numer. Kto wie, czy ta historia z samolotem Trans-Continentalu to nie jego robota. Podobno podejrzewają jakiegoś Libijczyka, tak?

— Nie bardzo się orientuję w tej sprawie.

— Ja tak samo, mówiąc szczerze. W wiadomościach pieprzą byle co.

Satherwaite stracił na jakiś czas zainteresowanie rozmową i ziewnął kilka razy. Słońce chowało się za horyzont, a przed sobą widzieli na morzu jasny poblask.

— Co to jest? — zapytał Khalil.

— Gdzie? A... to Atlantic City się zbliża. Wino, kobiety i śpiew.

Khalil rozpoznał parafrazę cytatu z wiersza wielkiego perskiego poety Omara: „Dzban wina i chleb, i ty blisko mnie, śpiewająca wśród głuszy — to mi wystarczy za cały Raj!".

— A więc to raj? — zapytał.

— Jasne — zaśmiał się Satherwaite. — Albo piekło. Zależy, jak karta idzie. Pan grywa?

— Nie, nie uprawiam hazardu.

— Myślałem, że... Sycylijczycy to lubią?

— Zarabiamy na tym, że inni grają.

— A to dobre.

Satherwaite położył samolot w skręcie i obrał nowy kurs. W dole zrobiło się całkiem ciemno, choć nad zachodnim horyzontem wystawał jeszcze rąbek słońca. Khalil zdjął ciemne okulary i nałożył dwuogniskowe.

— Wie pan — zwrócił się do pilota — myślałem o tym, co

pan mówił o swoim koledze na Long Island. To ciekawy zbieg okoliczności, bo ja mam tam klienta, który też ma na imię Jim.

— Co pan powie? Chyba nie Jim McCoy?

— Tak, on się nazywa McCoy.

— Jim McCoy to pana klient?

— Mówimy o dyrektorze muzeum lotnictwa, tak?

— A niech mnie! Zgadza się! Skąd pan go zna?

— Jego muzeum kupuje płótno z mojej fabryki na Sycylii. To jest płótno malarskie, ale świetnie się nadaje na poszycia tych zabytkowych samolotów.

— Ale numer. Pan handluje płótnem z Jimem McCoyem!

— Z jego muzeum. Nigdy się osobiście nie spotkaliśmy, ale bardzo mu odpowiada moje płótno. Nie jest tak ciężkie jak żeglarskie, a te poszycia muszą być lekkie. — Khalil starał się przypomnieć sobie, czego jeszcze nauczyli go w Trypolisie. — Poza tym płótno do obrazów dużo lepiej wchłania farbę. Zresztą żeglarskie w ogóle jest już dziś rzadkością, ponieważ większość żagli szyje się z syntetyków.

— Poważnie?

— Tak. — Khalil milczał przez chwilę. — A może byśmy odwiedzili razem pana McCoya dziś wieczorem? — zapytał.

— Kto wie — Satherwaite zmarszczył brwi. — Właściwie czemu nie? Zadzwonię do niego, jak wylądujemy.

— Moglibyśmy się spotkać w muzeum. Nie będziemy rozmawiać o interesach, chciałbym tylko zobaczyć te samoloty z moim płótnem.

— Jasne. Jim się na pewno zgodzi. I tak chciał mnie kiedyś oprowadzić.

— To świetnie. Rano moglibyśmy nie mieć czasu. Mam zamiar podarować muzeum pewną ilość płótna dla celów reklamowych; to będzie doskonała okazja, żeby powiedzieć o tym panu McCoyowi.

— Ależ ten świat jest mały — zadziwił się Satherwaite.

— Coraz mniejszy — zgodził się Khalil z uśmiechem. Jak dotąd, pomyślał, wszystko szło zgodnie z planem. Jeszcze dzień lub dwa i amerykańskie służby wywiadowcze dojdą zapewne, co łączy ze sobą te pozornie niepowiązane zabójstwa. Jeżeli nawet tak się stanie, Asad Khalil był już teraz gotów na śmierć. Osiągnął bardzo wiele: Hambrecht, Waycliff, Grey.

Jeśli się uda dodać do tego McCoya, tym lepiej. A jeżeli już na niego czekali, tam na dole, zginie przynajmniej ta świnia siedząca obok. Zerknął z uśmiechem na pilota. *Już jesteś trupem, poruczniku Satherwaite, choć jeszcze o tym nie wiesz.*

Satherwaite spojrzał na swego pasażera.

— No to faktycznie jest pan z branży tekstylnej — stwierdził.

— Tak. A pan myślał, że z jakiej?

— Prawdę powiedziawszy — uśmiechnął się pod wąsem pilot — pomyślałem sobie, że mógłby pan być z innej sycylijskiej branży.

— To znaczy?

— Och, wie pan... z mafii.

— Czy człowiek z mafii wynajmowałby taki stary samolot? — zaśmiał się Khalil.

— Pewnie nie... Ale jednak dowiozłem pana na miejsce — uniósł się honorem Satherwaite.

— Jeszcze nie wylądowaliśmy.

— Wylądujemy. Nikogo w życiu nie zabiłem.

— A jednak zabił pan.

— Tak, ale wtedy mi płacili za zabijanie ludzi, a teraz mi płacą za bezpieczny przelot — zaśmiał się znów Amerykanin. — Zna pan to: „Pierwszy na miejscu katastrofy jest zawsze pilot". Czy ja wyglądam na martwego?

Asad Khalil uśmiechnął się, lecz nic nie odpowiedział.

Satherwaite wywołał przez radio wieżę kontrolną lotniska MacArthur.

— Wieża Long Island, apache sześć-cztery poppa, piętnaście kilometrów na południe na trzystu metrach, lądowanie — MacArthur. — Wysłuchał odpowiedzi i potwierdził przyjęcie instrukcji lądowania.

Khalil dostrzegał już po lewej budynek terminalu. Dziękował Bogu za głupotę amerykańskich biurokratów, którzy przed piętnastu laty wprowadzili przepis zakazujący prywatnym samolotom kołowania w pobliże głównych terminali na dużych lotniskach. Prywatne maszyny musiały obecnie parkować w obszarze zwanym General Aviation, strefie lotnictwa ogólnego. W konsekwencji właśnie ci, których Amerykanie obawiali się najbardziej — terroryści, handlarze narkotyków, różni bojownicy o wolność i szaleńcy — mogli swobodnie poruszać się po kraju, nieniepokojeni przez nikogo, dopóki latali prywatnymi samolotami i lądowali w wydzielonych dla nich miejscach.

Apache zszedł płynnie w dół i miękko dotknął ziemi. Khalila zadziwiła łagodność tego lądowania, w zestawieniu z ewidentnym upośledzeniem umysłowym pilota.

— Widzi pan? — powiedział Satherwaite. — Cały i zdrowy.

Khalil nie odpowiedział, lecz wyjrzał przez brudne okienko z pleksi, wypatrując jakichkolwiek oznak niebezpieczeństwa lub zastawionej nań pułapki. Był gotów w każdej chwili wyciągnąć pistolet i zmusić pilota do wystartowania na nowo, lecz wokół hangarów odbywała się tylko normalna krzątanina.

— Dobra, wyskakujemy z tej latającej trumny — powiedział ze śmiechem Satherwaite i wyłączył silniki.

Khalil otworzył drzwiczki kabiny i wydostał się na skrzydło z prawą ręką zaciśniętą na glocku w kieszeni marynarki. Gdyby tylko spostrzegł, że coś jest nie w porządku, zamierzał zastrzelić pilota na miejscu, żałując jedynie, że nie zdąży wytłumaczyć byłemu porucznikowi, dlaczego musi zginąć. Nie wypatrywał już teraz zagrożenia, lecz starał się je wyczuć. Stał w absolutnym bezruchu, węsząc w powietrzu jak lew.

— Hej, w porządku tam? — zawołał Satherwaite. — Niech pan zeskakuje, to jest niżej, niż się wydaje.

Arab zeskoczył na ziemię, a pilot za nim. Podeszli do najbliższego hangaru i Satherwaite znalazł dyspozytora.

— Jak się możemy dostać do terminalu? — zapytał.

— Ten biały busik zaraz tam jedzie — odparł mężczyzna.

— Rewelacja. Wie pan co, ja zostaję na noc, może pan zatankować moją maszynę? I odmalować kadłub — roześmiał się Satherwaite.

— To pudło potrzebuje czegoś więcej niż świeża farba, kolego. Coś mi się zdaje, że hamulec postojowy też walnięty?

— Ano tak.

— Odciągnę go na placyk cumowniczy i tam zatankuję.

— Do pełna, dzięki.

Pilot i jego pasażer wsiedli do furgonetki i kierowca ruszył. Zajęli tylne siedzenia. Na środkowych siedziała jakaś para. Światła terminalu jarzyły się kilometr przed nimi na krańcach płaskiego terenu. Kierowca jednak wyjechał z lotniska.

— Dokąd pan jedzie? — zapytał Khalil.

— Nie ma połączenia między strefą ogólną i terminalem — wyjaśnił mężczyzna. — Trzeba objeżdżać.

Dalsza jazda upłynęła im w milczeniu. Kiedy wjechali ponownie na teren portu lotniczego i zatrzymali się przed terminalem, para wysiadła i podeszła do postoju taksówek. Khalil rozluźnił uścisk dłoni, którą przez całą drogę dzierżył kolbę glocka w kieszeni.

— Przepraszam bardzo — zwrócił się do kierowcy — mam wynajęty samochód od Hertza, na złotą kartę. Może pan tam podjechać?

— Oczywiście.

Na parkingu Hertza stało pod oświetloną wiatą dwadzieścia aut. Przy każdym widniała podświetlana tabliczka z nazwiskiem lub nazwą klienta. Khalil zatrzymał się przy czarnym lincolnie, oznaczonym napisem BADR.

— To pana auto? — zapytał Satherwaite.

— Tak. „Badr” to nazwa firmy. Proszę, niech pan wsiada — rzekł Khalil, otwierając drzwiczki.

Auto nie było zmknięte, kluczyki tkwiły w stacyjce. Gdy podjechali do wyjazdu, kobieta w budce poprosiła o umowę wynajmu i prawo jazdy. Podał jej dokumenty, wyjęte ze schowka w samochodzie, i dwa prawa jazdy na nazwisko Hefniego Badra — egipskie i międzynarodowe. Kobieta oderwała kopię umowy, zerknęła na fotografie, potem na kierowcę i oddała mu papiery.

— Dziękuję.

Wyjechali na główną drogę i Khalil skręcił w prawo, tak jak mu powiedziano na szkoleniu.

— Szybko to poszło — stwierdził Satherwaite. — Tak załatwiają sprawy grube ryby, co?

— Słucham?

— Pan jest bogaty, prawda?

— To firma.

— Fajnie. Nie trzeba stać w kolejce i użerać się z jakąś upierdliwą panienką w biurze wynajmu.

— Zgadza się.

— Jak daleko mamy do motelu?

— Zadzwońmy może do pana McCoya od razu. Już jest prawie ósma.

— Jasne. — Satherwaite zauważył telefon komórkowy na konsoli między siedzeniami. — Możemy zadzwonić.

— Niech mu pan może tylko powie, że przyjechał pan z kolegą; ja się sam przedstawię już na miejscu, dobrze? — poprosił Khalil. — Niech pan wytłumaczy, że mamy mało czasu, a bardzo byśmy chcieli zobaczyć muzeum. W aucie jest nawigacja satelitarna, jak pan widzi, tak że nie trzeba nawet pytać o drogę. Niech pan przełączy na głośne mówienie.

— Nie ma sprawy.

Satherwaite spojrzał na swego kierowcę, potem na ekranik GPS, wyciągnął z kieszeni kartkę z numerem McCoya i wybrał numer domowy.

Po trzecim dzwonku odezwał się kobiecy głos.

— Halo.

— Betty, mówi Bill Satherwaite.

— O... cześć. Co u ciebie?

— Świetnie. A jak dzieciaki?

— Dobrze.

— Słuchaj, jest Jim? — Zanim zdążyła odpowiedzieć, Satherwaite, który przywykł już, że ludzi często nie ma dla niego w domu, dodał szybko: — Nie zajmę mu wiele czasu. Mam ważną sprawę.

— Ee... zobaczę, czy już skończył rozmawiać z drugiego telefonu.

— Dzięki. Mam dla niego niespodziankę, powiedz mu.

— Momencik.

Khalil zrozumiał podtekst tej wymiany zdań i miał ochotę pogratulować lotnikowi właściwego doboru słów, lecz tylko się uśmiechnął. Jechali już autostradą na zachód, w kierunku okręgu Nassau, gdzie mieściło się muzeum i gdzie mieszkał jego dyrektor, który miał wkrótce umrzeć.

— Cześć, Bill — usłyszeli w głośniczku telefonu. — Co tam słychać?

— Nie uwierzysz — rzekł z szerokim uśmiechem pilot. — Zgadnij, gdzie jestem.

— Gdzie? — zapytał McCoy po chwili milczenia.

— Wylądowałem właśnie na lotnisku MacArthur. Ten czarter do Filadelfii, pamiętasz? Klient zmienił plany i jestem tutaj.

— To fajnie...

— Jim, jutro rano wracamy, więc pomyślałem sobie, że może byśmy się spotkali na chwilę, najlepiej w muzeum.

— Wiesz, miałem właśnie...

— Słuchaj, Jim, dosłownie na pół godzinki. Już jedziemy, dzwonię z auta. Chcę tylko popatrzeć na F-sto jedenaście; wpadniemy po ciebie po drodze, co?

— A kto tam z tobą jest?

— Znajomy. Przyleciał ze mną. On też by bardzo chciał obejrzeć te stare maszyny. Mamy dla ciebie niespodziankę. Przepraszam, że tak znienacka, ale nie zabierzemy ci wiele czasu...

— No, dobra. To spotkajmy się od razu w muzeum. Wiesz, jak dojechać?

— Tak, tak. Mam w aucie GPS.

— Gdzie jesteście?

— Przed chwilą był zjazd na Veterans Memorial Highway.

— To macie jakieś pół godziny jazdy. W porządku, spotkamy się przy wejściu, od frontu jest taka wielka fontanna. Albo nie, każę strażnikowi na was czekać. Na wszelki wypadek podaj mi numer swojej komórki, a ja ci podam swoją. — Wymienili się numerami. McCoy wyraźnie się rozluźnił i dodał lżejszym tonem: — Czas spotkania około dwudziestej pierwszej zero-zero, miejsce jak w rozkazie, łączność pomiędzy jednostkami ustanowiona. Do zobaczenia, Karma pięć-siedem, odbiór.

— Przyjąłem, Elton trzy-osiem. Bez odbioru — odrzekł Satherwaite z szerokim uśmiechem. — Widział pan? — zwrócił się do Khalila, odkładając telefon. — Bez problemu.

Przez kilka minut jechali w milczeniu. Potem odezwał się znów Satherwaite.

— Wie pan co? Nie to, żeby mi się spieszyło, ale może będę później chciał gdzieś wyskoczyć i przydałoby mi się trochę ekstra gotówki...

— Ależ oczywiście. — Khalil wyjął portfel i podał go Amerykaninowi. — Niech pan weźmie pięć setek.

— Może lepiej niech pan sam przeliczy.

— Ja prowadzę. Przecież mnie pan nie oszuka.

Satherwaite wzruszył ramionami, zapalił lampkę pod sufitem i z pliku banknotów w portfelu odliczył pięćset dolarów. Może pięćset dwadzieścia, przecież przy tym kiepskim świetle mógł się trochę pomylić. Po dwudziestu minutach zjechali z autostrady i wkrótce ujrzeli przed sobą podświetloną na czerwono i niebiesko fontannę, a za nią sporą budowlę ze szkła i stali, z wielką kopułą.

Khalil objechał fontannę i zatrzymał się przed bramą muzeum. Stał tam umundurowany strażnik.

— Może pan tu zaparkować — powiedział.

Obaj mężczyźni wysiedli; Khalil wziął swoją torbę i zamknął auto.

— Witamy w Muzeum Kolebki Lotnictwa — rzekł strażnik. — Pan McCoy czeka na panów w biurze. Proszę za mną. Potrzebuje pan tę torbę? — zwrócił się do Khalila.

— Tak, tak, mam tam prezent dla pana McCoya i aparat fotograficzny.

— Rozumiem.

Satherwaite przyglądał się kompleksowi budynków muzealnych. Na prawo od nowoczesnego budynku głównego stały dwa oryginalne hangary z lat trzydziestych, odnowione i odmalowane.

— Jesteśmy na terenie dawnej bazy lotnictwa wojskowego Mitchel, która służyła jako ośrodek szkoleniowy od lat trzydziestych do połowy sześćdziesiątych — objaśniał strażnik. — Te dwa hangary pozostawiono tam, gdzie stały. Po odnowieniu będą mieściły lwią część naszych sztandarowych eksponatów... Chodźcie, panowie.

Khalil i Satherwaite podążyli za nim do wejścia. Arab zauważył, że strażnik jest nieuzbrojony.

Weszli do budynku i znaleźli się w czteropiętrowym atrium.

— Oprócz części wystawienniczej znajduje się tu sklepik muzealny i kawiarenka — mówił strażnik. — Tam stoi wirolot, eksperymentalny jednomiejscowy helikopter morski z roku tysiąc dziewięćset pięćdziesiątego dziewiątego, to jest lotnia typu Merlin, a tam widzicie szybowiec Veligdons, zbudowany tu, na Long Island, w osiemdziesiątym pierwszym.

Ich kroki na granitowej posadzce odbijały się echem w wielkiej przestrzeni. Khalil spostrzegł, że pali się większość świateł w budynku.

— Wieczorem chyba nie ma już zwiedzających, prawda? — zapytał.

— Właściwie w ogóle ich nie ma, proszę pana — wyjaśnił strażnik — ponieważ muzeum jeszcze nie zostało oficjalnie otwarte. Na razie oprowadzamy tylko potencjalnych sponsorów. Otwieramy za jakieś pół roku.

— O, czyli mamy prywatną wycieczkę — ucieszył się Satherwaite.

— Tak jest.

Pilot spojrzał na Khalila i puścił do niego oko.

Weszli za swoim przewodnikiem do korytarza na końcu sali i stanęli przed drzwiami z napisem „Dyrektor". Strażnik zapukał i wpuścił ich do środka.

W niewielkim sekretariacie siedział za biurkiem Jim McCoy, przeglądając jakieś papiery. Na ich widok wstał i z uśmiechem obszedł biurko, wyciągając dłoń na powitanie.

— Bill, jak się masz, stary byku? — powiedział.

— Świetnie, kurna, świetnie. — Satherwaite ujął dłoń kolegi i stali obaj uśmiechnięci, patrząc na siebie.

Khalil przyglądał się, jak obaj Amerykanie udają wielką radość ze spotkania. Zauważył, że McCoy jest w garniturze, co podkreślało kontrast między nim i Satherwaite'em.

— Jim — powiedział ten ostatni — pozwól, że ci przedstawię mojego pasażera. Pan...

— Fanini — rzekł Asad Khalil. — Alessandro Fanini z Sycylii. — Podali sobie ręce. — Jestem producentem tkanin płóciennych. — Khalil spojrzał McCoyowi w oczy, ale nie zauważył żadnych oznak zaniepokojenia. Zorientował się jednak, że ma przed sobą człowieka inteligentnego, ani w połowie nie tak prostackiego i naiwnego jak Satherwaite.

— Firma pana Faniniego sprzedała... — zaczął tłumaczyć ten ostatni.

— Moja firma — przerwał mu szybko Khalil — dostarcza między innymi płótno na pokrycia zabytkowych samolotów. Jestem bardzo wdzięczny, że zgodził się pan pokazać nam muzeum. Chciałbym wam podarować dwa tysiące metrów najlepszego bawełnianego płótna z mojej fabryki. Bez żadnych zobowiązań z pana strony — dodał.

— To bardzo szczodry gest — rzekł McCoy po chwili milczenia. — Oczywiście chętnie przyjmujemy wszelkie darowizny. — Khalil z uśmiechem skłonił głowę. — Nasze samoloty z minionej epoki nie są przeznaczone do latania — dodał McCoy — dlatego używamy na poszycie grubego płótna. Jest trwalsze.

— Rozumiem. W takim razie prześlę panu moją najgrubszą tkaninę.

Satherwaite pomyślał, że ta wypowiedź nie bardzo się zgadza z tym, co Fanini mówił mu przedtem, lecz postanowił się nie odzywać.

— Chodźmy obejrzeć samoloty — powiedział McCoy. — Torbę może pan zostawić tutaj — zwrócił się do Khalila.

— Mam w niej aparat fotograficzny i kamerę wideo — wyjaśnił jego gość — więc jeśli nie ma pan nic przeciwko temu...

— Ależ nie. — McCoy otworzył drzwi i poprowadził ich z powrotem przez atrium do pierwszego hangaru.

W obu połączonych ze sobą wysokim przejściem hangarach stało i wisiało około pięćdziesięciu samolotów z różnych okresów historii lotnictwa. Były tu maszyny z obu wojen światowych, z wojny koreańskiej i wietnamskiej, a także nowoczesne myśliwce odrzutowe.

— Tam wisi, jak widzicie — ton McCoya zdradzał, że nie zamierza poświęcać im wiele czasu — samolot Ryan NYP, rodzony brat sportowej maszyny Spirit of Saint Louis, dlatego też pozwoliliśmy sobie umieścić tę nazwę na kadłubie. A to — dyrektor zatrzymał się przy pomalowanym na żółto antycznym dwupłatowcu — jest oczywiście samolot Curtiss JN-cztery, nazwany Jenny. Pierwszy samolot Lindbergha.

Asad Khalil wyciągnął z torby aparat fotograficzny i pstryknął dla zachowania pozorów kilka zdjęć.

— Może pan obejrzeć sobie płótno — powiedział McCoy.

Khalil pomacał sztywne, pomalowane, płócienne poszycie samolotu.

— Rzeczywiście, teraz rozumiem, co pan miał na myśli — stwierdził. — Za ciężkie do latania. Będę o tym pamiętał, wysyłając moją darowiznę.

— Świetnie. Tutaj stoi samolot zwiadowczy Sperry Messenger, zbudowany w roku tysiąc dziewięćset dwudziestym drugim, a tam w rogu kilka myśliwców Grumman z drugiej wojny światowej — F cztery F Wildcat, F sześć F Hellcat, TBM Avenger...

— Proszę wybaczyć, panie McCoy — wszedł mu w słowo Khalil — ale mamy chyba wszyscy niewiele czasu, a wiem, że panu Satherwaite'owi bardzo zależy na obejrzeniu swojego dawnego bombowca.

McCoy spojrzał na swego gościa i skinął głową.

— Doskonały pomysł. Proszę za mną, panowie.

Przeszli do drugiego hangaru i dyrektor skierował się od razu do F-111, lśniącego srebrzyście dwusilnikowca z emblematami amerykańskich sił powietrznych. Skrzydła o zmiennej geometrii miał ustawione do tyłu, a na kadłubie po stronie pilota widniała nazwa: „The Bouncing Betty".

— Oto i on — rzekł McCoy do Satherwaite'a. — I co, kumplu, budzą się wspomnienia?

Tamten wpatrywał się w smukłą sylwetkę odrzutowca niczym w anielicę, gotową zaraz wziąć go za rękę i unieść w niebo. Oczy mu zwilgotniały.

Asad Khalil też patrzył, pogrążony we własnych wspomnieniach.

Satherwaite podszedł w końcu do samolotu i dotknął kadłuba. Obszedł bombowiec dookoła, głaszcząc jego aluminiowe poszycie i napawając się każdym szczegółem „ciała" maszyny. Skończywszy okrążenie, stanął przed McCoyem.

— Lataliśmy na nim, Jim — powiedział cicho. — Naprawdę lataliśmy.

— Faktycznie. Milion lat temu.

Asad Khalil odszedł na bok, udając, że nie chce przeszkadzać starym weteranom w przeżywaniu tej chwili, choć tak naprawdę obchodziły go tylko własne przeżycia w roli ich ofiary.

Usłyszał, że Satherwaite go woła, i odwrócił się.

— Zrobi nam pan zdjęcie w kokpicie? — Pilot przyciągnął już schodki na kółkach. Wszystko działo się dokładnie po myśli Libijczyka.

— Z przyjemnością — odpowiedział.

Jim McCoy wspiął się po schodkach pierwszy i wsunął na miejsce strzelca po prawej. Satherwaite wszedł za nim i zajął fotel pilota.

— Uuaaa! — zawył z zachwytu. — Znów w siodle! Dalej, załatwmy paru wielbłądników! Juhuu!

McCoy popatrzył nań z dezaprobatą, lecz milczał, nie chcąc psuć przyjemności dawnemu towarzyszowi broni.

Asad Khalil też wspiął się na schodki.

— Dobra, mistrzuniu, lecimy do Piachlandii! — zawołał Satherwaite, manipulując przy sterach i naśladując wycie silników. — Odpalam pierwszy, odpalam drugi. — Uśmiechnął się szeroko. — No, mistrzuniu, rąbnij no w ten namiot, Mu'ammar w środku wali wielbłądzicę! — Satherwaite ryknął śmiechem, nie przestając imitować buczenia silników.

Jim McCoy spojrzał na Alessandra Faniniego, stojącego na platformie u szczytu schodków i posłał mu słaby, wymuszony uśmiech.

Asad Khalil wycelował w obu mężczyzn obiektyw aparatu.

— Gotowi?

Satherwaite wyszczerzył się w uśmiechu. Błysnął flesz. McCoy usiłował zachować obojętną minę. Znów błysk. Satherwaite podniósł lewą dłoń w obraźliwym geście i znów ujrzeli błysk flesza.

— No, dobrze... — rzekł McCoy, lecz znów błysnęło. Satherwaite, roześmiany, przyciągnął jego głowę ku sobie. Poraził ich kolejny błysk. — Wystarczy! — McCoy podniósł głos.

Khalil wrzucił błyskawicznie aparat do torby i wyciągnął plastikową butelkę.

— Jeszcze dwa strzały, panowie! — zawołał.

McCoy zamrugał, usiłując odzyskać jasność widzenia. Zamrugał ponownie i spostrzegł w ręce Faniniego butelkę po wodzie, co jeszcze go nie zaniepokoiło. Po chwili dojrzał także dziwny wyraz twarzy swego gościa i z miejsca zrozumiał, że coś jest strasznie nie w porządku.

— I co, panowie, przyjemnie się wspomina bombardowanie? — zapytał Khalil.

— Schodzimy stąd — zignorował go McCoy. — Bill, wyłaź.

— Zostańcie na miejscach — rzucił Khalil.

McCoy spojrzał na niego i poczuł nagłą suchość w ustach. Gdzieś w zakamarku umysłu zawsze wiedział, że ten dzień nadejdzie. I nadszedł, dzisiaj.

— Niech pan przeciągnie schodki i strzeli kilka razy z drugiej strony! — wołał nieświadom niczego Satherwaite. — A potem...

— Zamknij się.

— Hę?

— Zamknij gębę.

— Hej, a kto ty, kurwa... — Satherwaite spostrzegł, że patrzy prosto w lufę pistoletu, który Fanini trzyma blisko ciała.

— O Boże, nie... — szepnął McCoy.

— Tak, tak, panie McCoy — uśmiechnął się szeroko Khalil. — Już się pan domyślił, że nie produkuję płótna, co? Ale być może produkuję materiał na żałobę?

— O Matko Boska...

Bill Satherwaite popatrywał zdezorientowany to na jednego, to na drugiego, usiłując pojąć, co wiedzą takiego, o czym on nie wie.

— Ty, co jest grane? — mruknął do McCoya.

— Bill, zamknij się. To miejsce — zwrócił się McCoy do Khalila — jest pilnowane przez uzbrojonych strażników i obserwowane przez kamery. Jeżeli pan natychmiast stąd zniknie, nie będę wzywał...

— Cicho! Ja tutaj mówię i będę mówił krótko. Mam następne spotkanie, to już nie potrwa długo.

McCoy nie odpowiedział.

Bill Satherwaite też wreszcie umilkł. Do jego umysłu dotarł pierwszy przebłysk zrozumienia.

— Piętnastego kwietnia tysiąc dziewięćset osiemdziesiątego szóstego roku — powiedział Khalil — byłem młodym chłopakiem i mieszkałem z rodziną w miejscu zwanym Al Azziziyah, które obaj znacie.

— Mieszkał pan tam? W Libii? — zawołał Satherwaite.

— Milczeć! Przylecieliście do mojego kraju, zrzuciliście na moich rodaków bomby i zabiliście moją rodzinę... matkę, dwóch braci i dwie siostry... a potem wróciliście sobie do Anglii, zapewne uczcić te morderstwa. Dzisiaj obydwaj zapłacicie za ten zbrodniczy uczynek.

Satherwaite uzmysłowił sobie w końcu, że wkrótce umrze. Spojrzał na siedzącego obok McCoya.

— Wybacz mi, stary...

— Zamknij się — powiedział Khalil. — Po pierwsze chciałem wam podziękować za zaproszenie mnie na to spotkanie po latach. Po drugie chcę, żebyście wiedzieli, że zabiłem już pułkownika Hambrechta, generała Waycliffa wraz z żoną oraz...

— Ty gnoju — rzekł cicho Jim McCoy.

— ...oraz Paula Greya. A teraz zabiję was. A potem... no cóż, jeszcze nie postanowiłem, czy warto marnować kulę na pułkownika Calluma i skrócić w ten sposób jego cierpienia. W każdym razie po nim będzie pan Wiggins, a następnie...

— Pierdol się, wielbłądniku! — krzyknął Bill Satherwaite, unosząc dłoń z wystawionym środkowym palcem. — Pierdolę ciebie, pierdolę twojego szefa, co wali wielbłądzice, pierdolę...

Khalil wsunął lufę pistoletu w szyjkę plastikowej butelki i z bliskiej odległości oddał jeden strzał w głowę Billa Satherwaite'a. Stłumione echo wystrzału poniosło się po przestronnej hali, głowa pilota odskoczyła do tyłu, bryzgając krwią i tkanką, a potem opadła na jego pierś.

Jim McCoy siedział jak skamieniały; jego usta zaczęły wypowiadać słowa modlitwy. Pochylił głowę, wykonał znak krzyża i szeptał dalej drżącymi wargami.

— ...w dolinie śmiertelnego cienia, nie będę się obawiał zła... — usłyszał Khalil.

— Mój ulubiony psalm hebrajski — oznajmił, podejmując tekst. — Albowiem tyś jest ze mną...

Recytowali teraz razem:

— Twa rózga i twój kij przynoszą mi ukojenie. Przygotowałeś dla mnie stół w obecności nieprzyjaciół moich; namaściłeś mą głowę olejkami i moja czara się wyczerpała. Dobroć i miłosierdzie niechaj towarzyszą mi przez wszystkie dni żywota i spocznę w domu Pana mojego na wieki.

— Amen — rzekł Khalil, kiedy skończyli i strzelił McCoyowi w serce. Patrzył, jak tamten umiera, i ich oczy spotkały się na moment, a potem Jim McCoy przestał widzieć cokolwiek.

Libijczyk wrzucił pistolet i butelkę do torby i sięgnął do wnętrza kokpitu. Portfel Satherwaite'a znalazł w tylnej kieszeni jego spodni, a portfel McCoya, okrawawiony, wyciągnął z wewnętrznej kieszeni marynarki. Wrzucił je do torby i wytarł palce w koszulkę Satherwaite'a. Potem obszukał go dokładnie i nie znalazłszy broni, uznał, że Amerykanin był wyjątkowym kłamcą.

— Dobranoc, panowie — rzekł, zatrzaskując przezroczystą pokrywę kokpitu. — Obyście trafili prosto do piekła, gdzie spotkacie swoich kolegów.

Zszedł na dół, odnalazł na podłodze obie łuski, po czym przestawił schodki pod inny samolot.

Trzymając dłoń na glocku w kieszeni, Asad Khalil przeszedł szybko przez hangar i atrium, nie widząc nigdzie ochrony. Znalazłszy się w części biurowej, usłyszał dobiegającą zza zamkniętych drzwi muzykę. Uchylił drzwi i ujrzał strażnika. Mężczyzna siedział przy biurku, słuchał radia i czytał czasopismo lotnicze. Za jego plecami migotało piętnaście monitorów, ukazujących różne fragmenty rozległego kompleksu muzealnego.

— I co, skończyliście, panowie? — zapytał strażnik, podnosząc głowę znad lektury.

Khalil zamknął drzwi, strzelił mu w głowę i podszedł do ściany z monitorami. Mężczyzna spadł z krzesła na podłogę. Arab nacisnął po kolei „stop" we wszystkich magnetowidach, nagrywających obraz z monitorów, wyciągnął z nich kasety i schował do torby. Potem ukłęknął przy strażniku, zabrał jego portfel, odszukał łuskę i wyszedł, zamykając za sobą drzwi.

Opuściwszy muzeum głównym wyjściem, z zadowoleniem stwierdził, że drzwi same się zamknęły od zewnątrz. Kiedy wrócił do samochodu, była 22.57. Ustawił GPS na lotnisko MacArthur i wkrótce znalazł się na autostradzie biegnącej ku północy.

Rozpamiętywał w myśli ostatnie chwile życia Satherwaite'a i McCoya. Nigdy nie da się przewidzieć, jak się człowiek zachowa w chwili śmierci, skonstatował. Ciekaw był, co sam by uczynił w podobnej sytuacji. Bezczelność Satherwaite'a w obliczu końca zadziwiła go; okazało się, że w ostatnich sekundach życia ten wrak człowieka odnalazł w sobie odwagę. A może była to tylko czysta nienawiść? Asad Khalil uzmysłowił sobie, że sam zachowałby się chyba podobnie jak jego wróg. Pomyślał o McCoyu. Ten z kolei zareagował tak, jak można było tego oczekiwać po osobie religijnej; chociaż być może przypomniał sobie o Bogu dopiero w obliczu śmierci. Któż to wie. Psalm w każdym razie wybrał odpowiedni.

Khalil wiedział, że jeszcze tej nocy pani McCoy zadzwoni

najpewniej na policję, powiadamiając o zaginięciu męża i milczeniu telefonów w muzeum. Policjanci nie przejmą się zbytnio jej opowieścią o spotkaniu dawnych kolegów z wojska; lecz potem odkryją ciała. Po pewnym czasie wpadną też na to, żeby pojechać na lotnisko i obejrzeć samolot Satherwaite'a. Jeżeli jednak McCoy nie wspomniał żonie, jakim środkiem lokomocji przybył doń przyjaciel, policja może w ogóle nie dotrzeć na lotnisko.

Tak czy inaczej, miał teraz dość czasu na dokonanie kolejnego aktu zemsty.

A jednak, siedząc w pędzącym autostradą samochodzie, Asad Khalil po raz pierwszy od początku swej misji zaczął wyczuwać niebezpieczeństwo. Czuł, że ktoś, gdzieś, już się ku niemu skrada. Skradający się prześladowca nie wiedział na razie, gdzie go szukać, ani też nie pojmował do końca jego zamiarów. A jednak Asad Khalil, Lew, wyczuwał, że polowanie na niego już się rozpoczęło.

Próbował przywołać wyobrażenie myśliwego — nie fizyczny wizerunek, lecz obraz jego duszy — nie potrafił natomiast zagłębić się w osobowość tego człowieka. Czuł tylko groźną moc, którą tamten promieniował.

Wyszedłszy z tego podobnego do transu stanu, Khalil pomyślał o tropie z martwych ciał, jaki za sobą pozostawił. Waycliffów znaleziono zapewne najpóźniej dzisiaj, w poniedziałek rano. Potem prawdopodobnie ktoś z ich rodziny będzie chciał zawiadomić kolegów generała. Dziwiło go właściwie, że przez cały dzień nikt jeszcze nie zadzwonił z wiadomością do McCoya. Paul Grey już nie mógł odebrać telefonu, Satherwaite także. Lecz niepokojąca się o męża pani McCoy jeszcze tej nocy lub jutro rano otrzyma od rodzin Waycliffa i Greya dodatkowy powód do zmartwienia — wiadomość o ich tragicznej śmierci.

Jutro telefony rozdzwonią się na dobre, choć części z nich nikt nie odbierze. A jutrzejszego wieczora jego gra będzie bliska finału.

Zobaczył znak z napisem „Parking" i zjechał na zasłonięty drzewami plac, zatrzymując się z dala od innych aut. Wziął torbę Satherwaite'a i swoją i wszedł głęboko w las za toaletami. Zabrał swoje pieniądze z portfela pilota, a także osiemdziesiąt sześć dolarów z portfela McCoya i dwadzieścia — strażnika. Resztę zawartości portfeli rozsypał wokół, a potem wyrzucił je w las. Rozrzucił też po lesie zawartość torby Satherwaite'a, a ją samą wepchnął w gęste krzaki. Na koniec cisnął w różne strony piętnaście kaset wideo, zabranych z muzeum.

Wrócił do samochodu i znalazłszy się na szosie, wyrzucił kolejno przez okno trzy łuski kalibru .40.

— Nie trać czasu na wycieranie odcisków palców i usuwanie innych śladów twojej bytności — powiedzieli mu w Trypolisie. — Zanim policja wszystko to przebada, będziesz już daleko. Ale nie daj się złapać z czymkolwiek kompromitującym przy sobie.

Pozostawały jeszcze oczywiście oba glocki, lecz Khalil nie uważał ich za materiały obciążające — były i tak ostatnią rzeczą, jaką ujrzałby przed śmiercią policjant zamierzający go obszukać.

Kiedy wychodził z wynajętego lincolna na stałym parkingu przy lotnisku, nie kłopotał się więc wycieraniem z wnętrza odcisków palców. Jeżeli gra była skończona, i tak nic to nie da. Potrzebował jeszcze doby, może mniej; a jeśli nawet policja znajdowała się dwa kroki za nim, była i tak o jeden krok za daleko.

Na pobliskim przystanku wsiadł do lotniskowego minibusa.

— Do głównego terminalu, proszę — rzekł do kierowcy.

— Jest tylko jeden terminal, szefuniu, i właśnie tam jedziemy.

Wysiadłszy pod niemal pustym o tej porze budynkiem, Khalil przeszedł na postój.

— Chciałbym się dostać tylko do strefy lotnictwa ogólnego — zwrócił się do jedynego stojącego tam taksówkarza — ale zapłacę panu za fatygę dwadzieścia dolarów.

— Wskakuj pan.

Po dziesięciu minutach byli już na odległym krańcu lotniska. Khalil kazał kierowcy podjechać do budyneczku, mieszczącego kilka biur wynajmu samolotów. Wręczył mu banknot i wysiadł. Znajdował się nie dalej niż pięćdziesiąt metrów od miejsca, w którym kilka godzin temu wylądował. Widział stąd uwiązany na linach samolot Satherwaite'a.

Wszedł do budynku i znalazł biuro Stewart Aviation. Za kontuarem siedział jeden pracownik, który wstał na jego widok.

— Czym mogę służyć? — zapytał.

— Rezerwowałem u was samolot na nazwisko Samuel Perleman — odrzekł Khalil.

— Zgadza się. Lot o północy — urzędnik spojrzał na zegarek. — Trochę się pan pospieszył, ale chyba powinni być gotowi.

— Dziękuję. — Khalil przyjrzał się twarzy mężczyzny i nie stwierdził, by tamten go rozpoznawał.

— Przepraszam bardzo, panie Perleman — rzekł jednak urzędnik — ale czymś się pan chyba ochlapał.

Khalil natychmiast zrozumiał, co się stało; brynęła nań zawartość głowy Satherwaite'a.

— Obawiam się, że bardzo brzydko jem — zażartował.

Mężczyzna skwitował to uśmiechem.

— Tam jest łazienka — pokazał drzwi na prawo. — Zawiadomię pilota.

Khalil wszedł do łazienki i spojrzał w lustro. Na koszuli widniały czerwonobrunatne plamki krwi i szarawe mózgu, a nawet mały odłamek kości. Kilka kropek było też na okularach i jedna czy dwie na twarzy.

Zdjął okulary, umył twarz i dłonie, a potem starł wilgotnym ręcznikiem, co się dało z koszuli i krawata. Nałożył okulary i wrócił do urzędnika.

— Pańska firma zapłaciła za lot z góry — powiedział mężczyzna — więc niech mi pan tylko podpisze umowę i można lecieć.

Khalil udawał przez chwilę, że czyta warunki reklamacji i złożył podpis.

— Pan z Izraela? — zapytał mężczyzna.

— Tak. Ale mieszkam w Stanach.

— Mam krewnych w Izraelu, w Gilgalu na Zachodnim Brzegu. Wie pan, gdzie to?

— Oczywiście. — Khalil przypomniał sobie słowa Borisa: „Połowa Izraela stale przesiaduje w Nowym Jorku. Nie zwrócisz niczyjej uwagi jako Żyd, ale ktoś może cię zapytać o jakieś miejsce albo znajomych. Postudiuj sobie mapy i przewodniki". — To nieduże miasto, jakieś trzydzieści kilometrów od Jerozolimy. Żyje się tam trudno, wokół Palestyńczycy. Pogratulować pańskiej rodzinie odwagi i samozaparcia.

— No, straszny tam bajzel — odparł mężczyzna. — Powinni się przeprowadzić na wybrzeże. Może kiedyś się nauczymy żyć obok Arabów.

— Niełatwo się z nimi żyje, to prawda.

Do biura wszedł mężczyzna w średnim wieku, ubrany w niebieski uniform nieokreślonego kroju.

— Cześć, Dan — powitał urzędnika.

— Bob, to jest twój pasażer, pan Perleman — rzekł tamten.

Khalil zwrócił się ku przybyszowi, który wyciągnął doń rękę. Wciąż zaskakiwał go ten powszechny w Ameryce zwyczaj. Arabowie też wymieniali uściski dłoni, ale nie tak często, a już z pewnością nie z kobietami. Boris poradził mu jednak: „Nie przejmuj się tym. Jesteś cudzoziemcem".

Uścisnął dłoń pilota, a ten się przedstawił.

— Kapitan Fiske; proszę mi mówić Bob. Lecę dziś z panem do Denver, potem dalej do San Diego. Zgadza się?

— Zgadza się.

— Samolot jest gotów — rzekł Fiske i ruszyli do wyjścia.

— *Szalom alejchem!* — zawołał za Khalilem pracownik biura, gdy ten był już w drzwiach.

W ostatniej chwili Arab złapał się na tym, że chciał już odpowiedzieć *salem alejkum*, lecz poprawił się w myśli i odparł:

— *Szalom.*

Podążył za Fiskem do hangaru, przed którym stał na rampie niewielki biały odrzutowiec. Ludzie z obsługi właśnie zabierali się do odejścia.

Khalil znów spostrzegł w oddali samolot Satherwaite'a. Zastanawiał się, ile nazajutrz upłynie czasu od planowej godziny jego startu, zanim ktokolwiek zacznie się tym interesować. Zapewne cały dzień, a wówczas on będzie już daleko.

— Nasz samolot to lear sześćdziesiąt — poinformował go pilot. — Z trzema osobami na pokładzie i lekkim bagażem daleko nam do limitu wagi startowej, więc kazałem zatankować do pełna. To znaczy, że polecimy do Denver non stop. Czas lotu planuję na trzy godziny osiemnaście minut. W Denver będzie około pięciu stopni Celsjusza. Jak rozumiem, zamierza pan tam spędzić kilka godzin. Zgadza się?

— Zgadza się.

— W porządku. Lądujemy przed drugą czasu górskiego. Czy to dla pana zrozumiałe?

— Tak. Później zawiadomię mojego przyjaciela. Moja umowa obejmuje skorzystanie z telefonu pokładowego.

— Oczywiście, zawsze mamy telefon na pokładzie, proszę pana. A potem po jakimś czasie polecimy do San Diego, zgadza się?

— Zgadza się.

— W tej chwili informują o lekkich turbulencjach nad Górami Skalistymi i mżawce w San Diego, ale to się oczywiście może zmienić. Możemy pana informować na bieżąco, jeśli pan chce.

Khalil nie odpowiedział. Irytowało go to ciągłe obsesyjne przewidywanie pogody przez Amerykanów. W Libii zawsze było upalnie i sucho. Wieczory były chłodne, a wiosną wiał *ghabli*. Pogodę stwarzył Allah, człowiek jej tylko doświadczał. I tak nie można jej było zmienić.

Pilot skinął ręką ku otwartym drzwiczkom samolotu i Khalil wszedł po dwóch schodkach do środka, a Fiske tuż za nim.

— Panie Perleman, to nasz drugi pilot Terry Sanford — przedstawił mężczyznę zajmującego prawy fotel w kokpicie.

Tamten się odwrócił.

— Witamy na pokładzie.

— Dobry wieczór.

— Może pan zająć dowolne miejsce. — Kapitan Fiske skinął ku kabinie pasażerskiej. — Ma pan do dyspozycji barek. Kawa, bułeczki, napoje, nawet coś mocniejszego się znajdzie — uśmiechnął się. — Są też gazety. Toaleta na samym końcu. Proszę się rozgościć.

— Dziękuję.

Khalil przeszedł do ostatniego fotela po prawej stronie szesnastomiejscowej kabiny i usiadł, stawiając torbę w przejściu. Spojrzał na zegarek, było kilka minut po północy. To był dobry dzień, pomyślał. Trzech martwych, a nawet pięcioro, jeżeli dodać służącą Greya i strażnika muzealnego. Ich jednak nie liczył, podobnie jak trzystu osób na pokładzie boeinga i pozostałych, które przypadkiem stanęły mu na drodze lub które musiał uciszyć. W całej Ameryce było tylko sześciu ludzi, których śmierć miała dla niego znaczenie. Czterech z nich już zginęło z jego ręki. Zostało dwóch. Tak w każdym razie będą uważać władze, jeżeli uda im się rozwikłać zagadkę. Był jednak jeszcze tamten człowiek...

— Panie Perleman? — Stał przed nim Fiske. — Będziemy kołować, proszę zapiąć pasy.

Khalil wykonał polecenie.

— Tutaj na ścianie ma pan interkom, wystarczy nacisnąć guzik i mówić. Może pan też przyjść do nas do kokpitu.

— Dziękuję.

— Tam jest wyjście awaryjne. Okna można zasłaniać roletami. Dam panu znać, kiedy będzie można odpiąć pasy i wstać.

— Dziękuję.

Pilot wrócił do kokpitu, zasuwając drzwiczki oddzielające go od części pasażerskiej. W jakiś czas po starcie, kiedy samolot wyrównał lot, w głośniku rozległ się głos Fiskego.

— Panie Perleman, można się już poruszać po pokładzie, ale jak pan będzie siedział, proszę zapinać pasy. Fotel się odchyla, może pan się przespać. Przelatujemy nad dolnym Manhattanem, może ma pan ochotę rzucić okiem.

Khalil wyjrzał przez okno. W dole ujrzał drapacze chmur na cyplu Manhattanu, z Twin Towers i World Trade Center. Gdzieś tam znajdował się budynek przy Federal Plaza 26, dokąd, jak mu powiedzieli w Trypolisie, zabrano Boutrosa i dokąd, jeżeli wszystko, co może pójść źle, pójdzie źle, zabiorą także jego.

— Stamtąd już nie ma ucieczki, przyjacielu — mówił Malik. — Jeśli tam wylądujesz, jesteś ich. Następny przystanek to będzie rządowe więzienie, niedaleko, potem rządowy sąd, też niedaleko. A potem następne więzienie, gdzieś w głębi kraju. Spędzisz tam resztę życia, sam wśród obcych na obcej ziemi. Nigdy już nie zobaczysz domu, nie usłyszysz rodzimej mowy, nie położysz się z kobietą. My nie przyznamy się nawet, że jesteś od nas, więc nie licz na wymianę za jakiegoś niewiernego. Będziesz jak lew w klatce, Asadzie, krążący między jej ścianami dzień po dniu, aż do śmierci. Możesz jednakże — dodał jego mentor — odebrać sobie życie. Dla naszej sprawy będzie to oznaczać triumf, a dla nieprzyjaciół porażkę. Czy jesteś gotów odnieść takie zwycięstwo?

— Skoro jestem gotowy poświęcić swe życie w walce —

odparł wtedy Khalil — czemu nie miałbym go sobie odebrać dla uniknięcia takich upokorzeń?

Malik pokiwał w zamyśleniu głową i wręczył mu brzytwę.

— To jeden ze sposobów — rzekł. — Ale nie przecinaj sobie żył na przegubach, bo mogą cię odratować.

Przywołał lekarza, który pokazał Khalilowi, jak zlokalizować tętnicę szyjną i udową.

— Żyły dla pewności także sobie podetnij — dodał medyk.

Potem jego miejsce zajął inny ekspert, który poinstruował go, jak wykonać pętlę z dostępnych pod ręką materiałów — prześcieradła, kabla elektrycznego czy nawet własnego ubrania.

— Każdy musi umrzeć — stwierdził po tym treningu metod samobójstwa Malik — i każdy z nas woli śmierć w świętej wojnie, z ręki wroga. Czasami jednak trzeba zadać sobie śmierć samemu. Zapewniam cię, że obie te drogi prowadzą do raju.

Khalil rzucił okiem na znikający za horyzontem Nowy Jork. Poprzysiągł sobie, że nigdy już nie ujrzy tego miejsca. Ostatnim celem jego peregrynacji po Ameryce była Kalifornia. A potem Trypolis — albo raj. Tak czy inaczej, wróci do domu.

Rozdział 42

Obudziłem się i po kilku sekundach wiedziałem już, kim jestem, gdzie się znajduję i z kim śpię.

Często zdarza nam się żałować nieumiarkowania wieczoru, zakrapianego alkoholem. Żałujemy, że nie obudziliśmy się sami, w jakimś innym miejscu. Gdzieś daleko. Lecz tego ranka nie czułem czegoś takiego. W rzeczy samej czułem się całkiem nieźle, choć może nie aż tak, żeby obwieszczać z okna: „Zbudź się, Nowy Jorku! John Corey przespał się z dziewczyną!".

Zegar na nocnej szafce pokazywał 7.14. Wstałem cicho z łóżka i poszedłem do łazienki, gdzie korzystając z zestawu Air France ogoliłem się i umyłem zęby, a potem wskoczyłem pod prysznic. Przez matowe drzwi kabiny dostrzegłem sylwetkę Kate, wchodzącej do toalety. Usłyszałem spuszczaną wodę i odgłosy mycia zębów połączone z gulgotaniem przeplatanym ziewnięciami. Seks z kobietą, którą się ledwie zna, to jedno, ale spędzenie z nią nocy to zupełnie co innego. Nie przepadam za dzieleniem się łazienką.

Drzwi prysznica się odsunęły, panna Mayfield weszła do środka i bez większych ceregieli wypchnęła mnie spod wody.

— Umyj mi plecy — poleciła.

Umyłem je szorstką, namydloną rękawicą.

— Mm, jak przyjemnie. — Odwróciła się i objęła mnie.

Zaczęliśmy się całować pod strumieniami wody.

Po seksie w mydlinach wróciliśmy oboje do sypialni, owinięci w ręczniki kąpielowe. Okno pokoju wychodziło na wschód i wpadało przez nie słońce. Dzień wyglądał na ładny, lecz wygląd bywa zwodniczy.

— Fajna była ta noc — rzekła Kate.

— Dla mnie też.

— Zobaczymy się jeszcze?

— Pracujemy razem.

— Ach prawda. Jesteś facetem, który ma biurko naprzeciwko mojego.

Człowiek nigdy nie ma pewności, czego się spodziewać nazajutrz rano ani co mówić, ale najlepiej jest traktować to na luzie i tak właśnie robiła Kate. Pięć punktów.

Rzeczy miałem gdzieś indziej — w salonie, jeśli mnie pamięć nie myliła.

— Zajmuj się swoim malarstwem, idę poszukać ubrań — rzuciłem.

— Wszystko masz wyprasowane, wisi w szafie. Wyprałam ci też skarpetki i bieliznę — odparła Kate.

— Dziękuję. — Dziesięć punktów. Wziąłem kaburę i wszedłem do salonu. Moje rzeczy leżały, tak jak je wczoraj rzuciłem. Minus dziesięć punktów.

Ubrałem się, nieco nieszczęśliwy z powodu wczorajszej bielizny. Jak na męskiego alfę mam lekką obsesję na punkcie czystości, choć oczywiście potrafię znieść niejedno.

Przeszedłem do kuchni i nalałem sobie soku pomarańczowego. Zawartość lodówki była dość uboga, ale jogurtu oczywiście nie brakowało. Ciekawe, o co to chodzi z tymi kobietami i jogurtem?

Ze ściennego telefonu zadzwoniłem do domu. Usłyszałem własny głos: „Rezydencja Johna Coreya. Pani zwiała, więc proszę nie zostawiać dla niej wiadomości". Może po półtora roku powinienem już nagrać coś innego. Wystukałem kod i głos robota oznajmił: „Masz sześć wiadomości".

Pierwsza była od mojej eks. „Zmień to głupie nagranie. Zadzwoń. Martwię się o ciebie".

Następni byli mama i tata, też zatroskani. Mieszkają na Florydzie i zaczynają powoli przypominać wysuszone na słońcu pomidory.

Potem zadzwonił mój brat, który czyta wyłącznie „Wall

Street Journal", ale chyba dowiedział się od mamy i taty, którzy kazali mu zadzwonić do Czarnej Owcy. To moja rodzinna ksywka, nie mająca wcale negatywnego wydźwięku.

Była też wiadomość od mojego byłego partnera Doma Fanellego: „Cześć, koleś! To ja cię wpakowałem w tę robotę? O kurna! A tyś się martwił o dwóch Pedrosów z pukawkami. Ten wielbłądnik załatwił cały samolot i stado federalnych, stary! Teraz pewnie poluje na ciebie. Dobrze się bawisz? Widzieli cię u Giulia, piłeś sam. Kup sobie perukę. Zadzwoń do mnie, pójdziemy na drinka. *Arivederci*".

— *Va fungole*, Dom. — Uśmiechnąłem się mimo woli.

Następna wiadomość była od pana Teddy'ego Nasha. „Tu Nash", oznajmił. „Powinien pan chyba być we Frankfurcie, Corey. Mam nadzieję, że jest pan w drodze. Jeżeli nie, to gdzie pan jest? Proszę być w kontakcie. Niech pan do mnie zadzwoni".

— Podwójne *va fungole*, ty wypierdku. — Uzmysłowiłem sobie, że zaczynam nabywać uczulenia na faceta, a nie powinienem sobie na to pozwalać, jak stwierdziła na lotnisku Kate.

Ostatni dzwonił Jack Koenig, o północy naszego czasu. „Nash próbował się z tobą skontaktować. Nie ma cię w biurze, nie zostawiłeś numeru, nie odpowiadasz na pager i rozumiem, że nie ma cię w domu. Oddzwoń jak najszybciej".

Chyba *Herr* Koenig za długo już siedział w Vaterlandzie.

„Koniec wiadomości" — oznajmił robot.

— Dzięki Bogu — odparłem. Zadowolony byłem, że nie usłyszałem głosu Beth, co znakomicie podwyższyłoby mój współczynnik poczucia winy.

Wróciłem do salonu i usiadłem na kanapie, miejscu przestępstwa z ostatniej nocy. No, jednym z miejsc. Przejrzałem sobie „Entertainment Weekly", jedyne czasopismo, jakie znalazłem. Okazało się, że Danielle Steel wydała już czwartą książkę w tym roku, chociaż mieliśmy dopiero kwiecień. Mógłbym spróbować ją namówić do napisania mojego raportu, choć pewnie by przynudzała w opisach ubiorów zwłok w pierwszej klasie. W części muzycznej zainteresował mnie artykuł o dobroczynnym koncercie Barbry Streisand na rzecz Majów Marksistów z półwyspu Jukatan, gdy nagle — *voila!* — zjawiła się Kate Mayfield. Upudrowana, uczesana i wystrojona. Niedługo jej to zajęło. Dziesięć punktów.

— Wyglądasz ślicznie — oświadczyłem, wstając.

— Dzięki. Ale nie przesłodź, dobrze? Wolę cię takiego, jak byłeś.

— Czyli?

— Niewrażliwego, opryskliwego, sarkastycznego egoistę bez ogłady.

— Zrobię, co w mojej mocy. — Dwadzieścia pięć punktów.

— Dzisiaj u ciebie — oświadczyła. — Przyniosę sobie parę rzeczy. Pasuje?

— Oczywiście. — Jeżeli tylko te parę rzeczy nie oznaczało trzech walizek i czterech kufrów. Naprawdę powinienem to wszystko przemyśleć.

— Wczoraj, jak byłeś w łazience, dzwonił twój pager — poinformowała mnie. — Sprawdziłam, dzwonili z ICC.

— Ojej, trzeba było mi powiedzieć!

— Zapomniałam. Nie przejmuj się.

Miałem niejasne poczucie, że Kate Mayfield zaczyna częściowo przejmować dowodzenie naszą misją, a kto wie, czy nie moim życiem. Rozumiecie, co mam na myśli? Minus pięć punktów.

Ruszyła do drzwi, a ja za nią.

— Na Drugiej Alei jest sympatyczna francuska kawiarenka — oznajmiła.

— Fajnie. Niech sobie będzie.

— Przestań. Ja stawiam.

— Tu niedaleko jest taka spelunowata kafejka...

— Ja byłam pierwsza.

Wzięliśmy więc teczki w dłonie i wyszliśmy, całkiem jak państwo John i Jane Jones zdążający sobie do biura. Tyle że każde miało przy sobie glocka kaliber .40.

Kate ubrała się w czarne spodnie i blezer w kolorze keczupu Heinza, a pod nim miała białą bluzkę.

— Zawołać taksówkę, pani Mayfield? — zapytał portier.

— Dziękuję, Herbercie, chcemy się przejść.

Herbert obdarzył mnie spojrzeniem sugerującym, że to on powinien był się znaleźć tej nocy w mieszkaniu 1415 zamiast mnie.

Poszliśmy w stronę Drugiej Alei i skręciliśmy w kierunku mojej kafejki, choć nie ona była celem tego marszu. Ruch samochodowy i pieszy przybierał już na sile.

— Kocham Nowy Jork — oznajmiłem, nie mając na myśli niczego poza moim aktualnym nastrojem.

— A ja go nienawidzę. — Uświadomiła sobie, że ta deklaracja może okazać się brzemienna w skutki, szczególnie gdyby ona sama okazała się brzemienna, dodała więc: — Może go kiedyś polubię.

— Nie polubisz. Nikt go nie lubi. Do Nowgo Jorku można się przyzwyczaić, można go kochać, można nienawidzić, ale z „lubieniem" nie ma to nic wspólnego.

Kate zerknęła na mnie spod oka, lecz nie skomentowała tej głębokiej sentencji. Dotarliśmy do lokalu o nazwie La-cośtam de-cośtam. W środku powitała nas ciepło francuska szefowa na prozacu. Znały się chyba z Kate, bo wymieniły parę słów po francusku. *Uciekać stąd!* Minus pięć punktów.

Usiedliśmy przy stoliku wielkości kajdanek, na krzesełkach zrobionych z drucianych wieszaków. Wnętrze wyglądało jak na wyprzedaży u Laury Ashley i pachniało rozgrzanym masłem, a od tego mnie zawsze mdli. Klientami byli tu sami transwestyci.

— Uroczo, prawda? — spytała Kate.

— Nieprawda.

Szefowa wręczyła nam mikroskopijne menu, wypisane ręcznie w sanskrycie. Zawierało trzydzieści dwa rodzaje drożdżówek i rogalików; jedzenie nie dla mężczyzny.

— Czy mogę dostać bajgla? — zapytałem *madame*.

— *Non, monsieur*.

— A jajka? Może parówki?

— *Non, monsieur*. — Obróciła się na obutej w szpilkę pięcie i odeszła. Chyba prozac przestał działać.

— Spróbuj rogalika z truskawkami — poradziła mi Kate.

— Za jakie grzechy?

W końcu zamówiłem kawę, sok pomarańczowy i sześć brioszek. Brioszki jakoś trawię. Smakują jak bułeczki mojej angielskiej babci. Kate wzięła herbatę i rogalik z wiśniami.

— Masz jeszcze jakieś informacje, którymi chciałbyś się ze mną podzielić? — zapytała, gdy zaczęliśmy jeść.

— Nie. Tylko to zabójstwo w Perth Amboy.

— Może jakieś teorie?

— Niee. Często tu przychodzisz?

— Prawie codziennie. Masz plan działania na dziś?

— Muszę odebrać garnitur z pralni. A ty?

— Chcę się ostro zabrać do tych stosów papierów na biurku.

— Zastanów się raczej nad tym, czego na tym biurku nie ma.

— Na przykład?

— Na przykład szczegółów na temat domniemanych ofiar Khalila w Europie. Może coś przegapiłem, ale nie znalazłem niczego... ani ze Scotland Yardu, ani z FBI.

— A czego szukamy?

— Powiązań i motywów.

— Powiązań chyba nie ma, poza tym że ofiary były Brytyjczykami lub Amerykanami. To zarazem jest motyw — zauważyła Kate.

— No tak, ale napad na tego amerykańskiego lotnika w Anglii był czymś wyjątkowym. Zabił go siekierą.

— Pułkownik Hambrecht...

— Właśnie. Ta kawa jest nienajgorsza.

— Dlaczego wyjątkowym?

— Bo bardzo osobistym, bez dystansu.

— Z tymi dziećmi było przecież podobnie.

— Dzieci zastrzelił, to co innego. Chodzi o tę siekierę.

— Detektywie Corey — spojrzała mi w oczy — coś bliżej na ten temat proszę.

Dłubałem w ostatniej brioszce.

— Tego rodzaju morderstwo sugeruje osobisty stosunek do ofiary.

— Zgadza się, ale my przecież nie wiemy na pewno, czy to Khalil go zabił.

— To prawda, przypuszcza tak głównie Interpol. Oni go namierzali od dawna. Przekopałem się przez te wszystkie papiery wczoraj, kiedy wy z Koenigiem podwyższaliście koszty sprawy w taksówkach na lotnisko. Ale dlaczego nie ma żadnych informacji, nawet z FBI, które przecież musiało prowadzić dochodzenie w sprawie Hambrechta i tych dzieci? Gdzie to wszystko jest?

— Może przegapiłeś.

— Złożyłem zlecenie w archiwum i wciąż czekam na odzew.

— John, nie popadaj w paranoję.

— Kate, nie popadaj w naiwniactwo.

— Nie popadam — odparła, choć nie od razu.

Uznałem, że osiągnęliśmy milczące porozumienie, iż coś tu śmierdzi, lecz agent Mayfield nie zamierza tego werbalizować.

Madame przyniosła mi rachunek, który przekazałem *mademoiselle*, która zapłaciła gotówką. Pięć punktów. *Madame* wydała resztę z torebki u pasa, całkiem jak w Europie. Milutkie?

Wyszliśmy i złapałem taksówkę.

— Federal Plaza dwadzieścia sześć — rzuciłem. Kierowca był kompletnie zielony i musiałem mu wytłumaczyć, jak jechać. — Skąd pan jest? — zapytałem.

— Z Albanii.

Za mojego dzieciństwa jeździli jeszcze na taksówkach arystokraci z carskiej Rosji, jeśli im wierzyć oczywiście. W każdym razie wiedzieli, jak trafić na miejsce.

— Może powinieneś był wpaść do domu się przebrać — zasugerowała Kate.

— Mogę, jeżeli chcesz. Mieszkam parę przecznic stąd. Właściwie jesteśmy sąsiadami.

Uśmiechnęła się i przetrawiła to w myśli.

— A, diabła tam — odparła. — Nikt nie zwróci uwagi.

— W budynku pracuje pięciuset ludzi z FBI i twierdzisz, że żaden niczego nie zauważy?

— A kto by się tym przejmował? — roześmiała się.

— Wejdziemy osobno — oznajmiłem.

Wzięła mnie za rękę, przysunęła usta do mego ucha i szepnęła:

— Pieprzyć ich.

Pocałowałem ją w policzek. Świetnie pachniała. Świetnie wyglądała. Podobał mi się jej głos

— Skąd ty właściwie jesteś? — zapytałem.

— Z różnych miejsc. Jestem dziecko FBI. Tata jest na emeryturze, pochodzi z Cincinnati. Mama z Tennessee. Często się przeprowadzaliśmy. Raz nawet wysłali go do Wenezueli; FBI ma sporo ludzi w Ameryce Południowej. Hoover starał się nie dopuszczać tam CIA. Wiedziałeś o tym?

— Chyba. Dobry, stary Edgar J.

— Ojciec uważa, że był nierozumiany.

— Znam ten ból, sam byłem matką.

Parsknęła śmiechem.

— I co, rodzice są dumni z ciebie? — zapytałem.

— Pewnie. A twoi? Żyją jeszcze oboje?

— Żyją i mają się dobrze. Na Florydzie.

— No i...? — Uśmiechnęła się. — Są dumni? Kochają cię?

— Jak najbardziej. Nazywają mnie pieszczotliwie Czarną Owcą.

Roześmiała się. Dwa punkty.

— Miałam długi romans na odległość z innym agentem — zwierzyła się Kate po chwili milczenia. — Dobrze, że my jesteśmy sąsiadami, tak jest o wiele łatwiej. Lepiej.

Pomyślałem o moim romansie na odległość z Beth Penrose i o moim małżeństwie. Nie byłem pewien, co lepsze.

— Jasne — zgodziłem się z nią jednak.

— Lubię starszych mężczyzn — zwierzała się dalej.

To chyba miało oznaczać mnie.

— Dlaczego?

— Podoba mi się to pokolenie. Na przykład mój ojciec. Wtedy mężczyźni byli mężczyznami.

— Jak Attyla, wódz Hunów?

— Wiesz, co mam na myśli.

— Ale mężczyźni z twojego pokolenia też są w porządku, Kate. Nawet ci z twojej firmy. Tylko że pracują dla rządu federalnego, a to robi z ludźmi dziwne rzeczy.

— Może i tak. Jack na przykład jest okay. Jest starszy i z reguły zachowuje się normalnie.

— To prawda.

— Wiesz, zwykle się tak nie rzucam na facetów — zmieniła temat.

— Dla mnie to nic takiego. Jestem przyzwyczajony.

— Dobra — zaśmiała się — wystarczy tej rozmówki „nazajutrz rano”.

— Nie ma sprawy.

Ponieważ nie wolno nam rozmawiać o sprawach służbowych w obecności obcych — nawet albańskich taksówkarzy, którzy udają, że nie mówią po angielsku i nie znają drogi do Federal Plaza — gawędziliśmy sobie o bzdurkach przez całą drogę, lepiej się poznając. Zaproponowałem, żebyśmy wysiedli przecznicę wcześniej i przyszli do pracy osobno, ale Kate się nie zgodziła.

— Nie zrobiliśmy nic złego, a tak będzie zabawniej — stwierdziła. — Zobaczymy, kto zauważy i kto będzie łypał na nas złowrogo.

FBI różni się oczywiście od większości prywatnych pracodawców czy choćby od NYPD. Zwraca się tam uwagę na ewentualne konflikty i powikłania na tle seksualnym. Zauważcie, że Mulder i Scully w ogóle nawet nie próbują; prawdopodobnie wcale nie pójdą do łóżka. Ale ja byłem w FBI tylko na kontrakcie, więc co tam.

Taksówka podjechała na Federal Plaza przed dziewiątą. Ja zapłaciłem. Weszliśmy do budynku razem, lecz w holu zauważyliśmy niewielu znajomych, którzy i tak nie zainteresowali się tym, że przybywamy oboje tą samą taksówką i spóźnieni.

Kupiłem sobie w kiosku „New York Timesa", „New York Post", „Daily News" i „USA Today". Chociaż dostajemy służbowe gazety pięć razy w tygodniu, wolę świeże i nie w teczce. W oczekiwaniu na windę przejrzałem czołówkę w „Timesie". Władze oczywiście przyznały, że podczas lotu 175 doszło do zamachu terrorystycznego. Rzuciło mi się w oczy znajome nazwisko i fotografia znajomej twarzy.

— O kurczę blade — powiedziałem. — Chyba zaraz zwrócę te brioszki...

— Co się stało?

Pokazałem jej gazetę.

— Och...

Żeby nie przynudzać: podali moje nazwisko i wydrukowali zdjęcie, zrobione chyba w sobotę na Kennedym, chociaż nie byłem wtedy w tym garniturze. Zdjęcie było zmontowane, podobnie jak moje wypowiedzi, których też nie wypowiedziałem, poza jedną: „Sądzę, że Khalil znajduje się na terenie metropolii nowojorskiej, a jeśli tak, to go znajdziemy". Ale nawet to powiedziałem innymi słowami i nie do publicznej wiadomości. Postanowiłem dać w nos Alanowi Parkerowi.

— A tu jest cytat z moich słów — stwierdziła Kate, która

zabrała się do „Daily News". — Podobno powiedziałam, że na Kennedym byliśmy bliscy pochwycenia Khalila, lecz miał na lotnisku wspólników, którzy pomogli mu się wymknąć.

— No, widzisz? Dlatego nie musieliśmy rozmawiać z dziennikarzami. Koenig albo Parker zrobili to za nas.

— Cóż — wzruszyła ramionami — zgodziliśmy się być... jak brzmi to słowo?

— Przynętą. Ale gdzie twoje zdjęcie?

— Może jutro je dadzą albo w popołudniówkach. Nie jestem fotogeniczna — zaśmiała się.

Przyjechała winda i ruszyliśmy do góry wraz z innymi pracownikami ATTF. Niektórzy przeglądali gazety. Jakiś facet zerknął na mnie, a potem znów do „Timesa".

— O rany, to pan jest na liście celów Khalila — stwierdził. Wszyscy się roześmiali. Dlaczego mnie to nie śmieszyło?

— Lepiej nie stójcie za blisko Coreya — rzucił ktoś inny. Znów śmiech. Im wyżej wjeżdżała winda, tym te dowcipy były głupsze. Nawet Kate się przyłączyła.

— Chcesz, to ci pożyczę moją farbę do włosów, jasny blond.

Ha, ha, ha. Gdybym nie był dżentelmenem, mógłbym w tym momencie ogłosić, że panna Mayfield jest naturalną blondynką, i to wszędzie.

— Wybacz — powiedziała, gdy wysiedliśmy na dwudziestym szóstym piętrze — ale to było śmieszne.

— Chyba przegapiłem element komiczny.

— Daj spokój, John. Tak naprawdę nic ci nie grozi.

— To niech jutro puszczą twoje zdjęcie.

— Proszę bardzo. Przecież się zgodziłam.

Weszliśmy do centrum dowodzenia, po drodze do naszych biurek witając się z kolegami. Nikt tutaj nie żartował na mój temat. Tu wszystko było bardzo profesjonalne, a te dowcipy w windzie stanowiły odchyłkę, niekontrolowane, niefederalniackie wyskoki. Kpiarze z windy pewnie już raportowali na siebie nawzajem, że pozwolili sobie na takie wygłupy. U mnie w wydziale zabójstw na ścianie już by wisiało powiększone na ksero zdjęcie z gazety, z podpisem: „Tego człowieka poszukuje Asad Khalil. Czy możesz pomóc?".

Usiadłem przy biurku i przeglądałem „Timesa", szukając

artykułu o zamordowaniu amerykańskiego bankiera we Frankfurcie. W końcu znalazłem agencyjną wzmiankę, podającą minimum informacji i bez odniesień do Khalila.

Podałem gazetę Kate.

— Wygląda, że mają wątpliwości co do tej historii — stwierdziła, przeczytawszy notatkę. — I nie chcą oddawać pola libijskiemu wywiadowi, jeśli to on zaaranżował to morderstwo.

— Masz rację.

Większość zabójstw, z którymi miałem do czynienia, popełnili idioci. Natomiast w międzynarodowej grze wywiadów uczestniczą ludzie tak cwani, że tylko udają idiotów. Tacy jak Ted Nash i jego przeciwnicy. Ich wielce inteligentne kombinacje bywają tak pokrętne, że połowa z nich musi sobie po przebudzeniu przypominać, po której są w danym tygodniu stronie i które z ich kłamstw jest prawdą udającą kłamstwo udające prawdę. Nic dziwnego, że Nash jest taki małomówny — większość energii musi poświęcać na rozwiązywanie tego rodzaju zagadek. Moja dewiza brzmi: prostota, głupku.

Kate sięgnęła do telefonu.

— Musimy zadzwonić do Jacka.

— We Frankfurcie jest sześć godzin wcześniej; on jeszcze śpi.

— Jest sześć godzin później. Będzie w biurze.

— Nieważne. Zaczekajmy, aż to on do nas zadzwoni.

Po chwili wahania odłożyła słuchawkę.

Potem czytaliśmy oboje gazety, komentując, jak to wcale nie trzeba okłamywać mediów, bo i tak potrafiły poprzekręcać wszystko, nawet gotowe materiały. Zdjęcia Khalila znów ukazały się we wszystkich, ale tym razem niektóre poprzerabiane, ukazujące go w okularach, z brodą, wąsami i w różnych uczesaniach. Chodziło oczywiście o uzmysłowienie społeczeństwu, że poszukiwany mógł zmienić wygląd. Moim zdaniem osiągnięto tylko tyle, że ludzie będą teraz spoglądać podejrzliwie na niewinnych facetów z wąsami, brodami i w okularach. Jako gliniarz wiem, że najskuteczniejsza jest niewielka zmiana w wyglądzie. Wystarczy, że gość doklei sobie wąsy i się uśmiechnie, a nawet ja mógłbym go nie rozpoznać w tłumie.

Szukałem jakiejś wzmianki o tym, że pani Khalil i pan Kaddafi mogli być więcej niż przyjaciółmi, lecz nie znalazłem. Pomimo mej dewizy o prostocie, czasami warto się posłużyć bronią psychologiczną, zasiewając za pośrednictwem mediów nasiona zwątpienia i podstępu, w nadziei, że poszukiwany to przeczyta i uwierzy, a nasi ludzie zdołają nie zapomnieć, że to zmyłka.

Tak à propos, to ciekaw byłem, czy pan Khalil czyta te informacje i ogląda telewizję. Usiłowałem go sobie wyobrazić w jakimś tanim hoteliku w arabskiej dzielnicy, jak zajada kozie mięso z puszki, czytając gazetę, ale jakoś nie mogłem. Bardziej przemawiał do mnie obraz schludnie ubranego mężczyzny w garniturze, który obraca się normalnie wśród ludzi, szykując nam znów jakiś numer.

Gdyby ta sprawa miała nazwę, powinna się nazywać „Sprawą brakującej informacji". Częściowo brakowało jej w mediach, ponieważ jej nie znały, ale niektóre rzeczy dziennikarze powinni jednak wiedzieć albo do nich dotrzeć. Najbardziej rzucał się w oczy brak wzmianki o piętnastym kwietnia 1986 roku. Przecież jakiś ostry reporter, dysponujący choćby połówką mózgownicy i pamięci albo nawet tylko modemem, powinien to jakoś skojarzyć. Dziennikarze nie byli aż tacy głupi, musiałem więc uznać, że przy tych tekstach ktoś majstruje. Prasa zgadza się czasami iść na rękę federalnym, jeśli się ją przekona, że chodzi o bezpieczeństwo narodowe. Z drugiej strony, być może zbyt wiele chciałem wyczytać między wierszami. Zapytałem o to Kate.

— Dlaczego nie piszą o rocznicy nalotu na Libię?

— Prawdopodobnie ktoś ich o to poprosił — odparła. — Niedobrze jest robić drugiej stronie reklamę, na której jej tak zależy. Islamiści przywiązują wielką wagę do tych swoich rocznic, a my to ignorujemy, żeby ich wkurzyć.

W gazetach nic nie było, więc odsłuchałem automatyczną sekretarkę. Kate też. Powinienem był wyłączyć głośne mówienie, gdyż pierwsza wiadomość była od Beth. O 7.12 powiedziała: „Hej, cześć. Dzwoniłam do ciebie wczoraj i teraz, ale nie zostawiłam wiadomości. Gdzie się ukrywasz? Jestem w domu do ósmej, potem w biurze. Tęsknię. Całuję mocno, cześć".

Kate udawała, że nie nadstawia ucha.

— Trzeba będzie oddzwonić do mamy — mruknąłem niby do siebie, ale to chyba nie przeszło.

Następny był Jack Koenig. „Wiadomość dla Coreya i Mayfield. Zadzwońcie do mnie". — Podyktował długi numer telefoniczny z mnóstwem zer i jedynek.

Podobna była wiadomość od Nasha, którą od razu wykasowałem.

Więcej wiadomości nie było.

— Kto to był? — zapytała Kate po kilku minutach, unosząc głowę znad papierów.

— Jack i Ted.

— Nie o nich pytam.

— Ach, to... Mama.

Mruknęła coś, jakby „nie zatracaj zupy", ale może się przesłyszałem. Wstała i wyszła z boksu.

Zostałem sam. Byłem niedospany, bolała mnie dziura po kuli w brzuchu, w żołądku zalegały niedopieczone brioszki, ostatni akt mojej kariery stał pod wielkim znakiem zapytania, a gdzieś tam wgapiał się w moje zdjęcie, popijając wielbłądzie mleko, szalony terrorysta. Z tym wszystkim potrafiłem sobie poradzić. Ale na dokładkę jeszcze coś takiego? Myślałem, że z Kate będę grał w otwarte karty. Zaczynałem właśnie mieć wątpliwości co do panny Mayfield, gdy wróciła, niosąc dwa kubki kawy.

— Czarna, łyżeczka cukru, tak? — postawiła jeden na moim biurku.

— Tak i bez strychniny. Dzięki.

— Może ci przynieść hot doga albo zapiekankę?

— Nie, dziękuję.

— Taki ruchliwy mężczyzna potrzebuje się porządnie najeść.

— Nigdzie się nie wybieram. Kawa wystarczy, dzięki.

Usiadła naprzeciwko, popijając kawę. Poczułem na sobie jej spojrzenie. Podniosłem wzrok, lecz te niebieskie oczy, przed chwilą jeszcze tak słodkie, zmieniły się w kostki lodu.

— Przepraszam — bąknęła w końcu i wróciła do swoich papierów.

— Załatwię to — powiedziałem.

— Oby — odparła, nie podnosząc głowy.

Po pewnym czasie wróciliśmy do łapania najbardziej poszukiwanego z terrorystów świata.

— Mam tu wstępny raport na temat wynajmu samochodów w mieście — powiedziała Kate. — To tysiące aut dziennie, ale próbują wyselekcjonować klientów o arabsko brzmiących nazwiskach. To musi potrwać.

— I to długo. Z tego, co wiemy, Khalilowi użyczył samochodu jakiś jego ziomek. Jeśli nawet to auto jest wynajęte, mógł je wynająć na nazwisko Smith i do widzenia. Zapomnij o tym.

— Ale w wypadku World Trade Center udało się rozwiązać sprawę właśnie dzięki furgonetce od Rydera.

— Zapomnij o tym pieprzonym World Trade Center, proszę.

— Dlaczego?

— Ponieważ się przekonasz, jak generał usiłujący w kolejnej bitwie powtórzyć dawne zwycięstwa, że twoi przeciwnicy usiłują nie powtórzyć dawnych porażek.

— Tego uczysz swoich studentów?

— Oczywiście. Widziałem w życiu zbyt wielu detektywów, którzy próbowali rozwiązać sprawę B tą samą metodą, którą rozwiązali sprawę A. Każda sprawa jest wyjątkowa. A ta szczególnie.

— Dziękuję, panie profesorze.

— Proszę bardzo — rzuciłem gburowato i wróciłem do swoich papierów. Nienawidzę papierów.

Była wśród nich koperta z napisem „do rąk własnych". Okazało się, że to notka od Gabe'a.

„Wczoraj przytrzymałem Fadiego i poszedłem porozmawiać z żoną Gamala Jabbara. Kobieta twierdzi, że nie ma pojęcia, co robił jej mąż ani dokąd miał jechać w sobotę. Ale powiedziała, że w piątek wieczorem miał gościa, a kiedy tamten wyszedł, Jabbar schował pod łóżko czarną torbę i zakazał jej tam zaglądać. Nie zna tego gościa i nie słyszała, o czym rozmawiali. Na drugi dzień mąż został w domu, chociaż zazwyczaj w soboty pracuje. Wyszedł z mieszkania na Brooklynie dopiero o 14.00, z torbą, i już nie wrócił. Pani Jabbar powiedziała, że mąż wyglądał na zdenerwowanego, przygnębionego i niespokojnego. Chyba się pogodziła z możliwością jego śmierci. Powiadomiłem wydział zabójstw, że już mogą ją poinformować, i zwolniłem Fadiego w tym samym celu. Potem jeszcze pogadamy".

Złożyłem notatkę i schowałem do wewnętrznej kieszeni marynarki.

— Co to było? — spytała Kate.

— Potem ci pokażę.

— Czemu nie teraz?

— Bobyś musiała to zataić w rozmowie z Jackiem.

— Jack jest naszym szefem. Ufam mu.

— Ja też. Ale w tej chwili jest trochę za blisko Teddy'ego.

— O czym ty gadasz?

— Na tym boisku są rozgrywane jednocześnie dwie gry. Jedną rozgrywa Lew, a drugą ktoś inny.

— Kto taki?

— Nie wiem. Ale czuję, że coś jest nie tak.

— Jeżeli chcesz powiedzieć, że to CIA się w coś bawi, to żadna rewelacja.

— Właśnie. Więc lepiej uważać na Teda.

— W porządku. Może bym go uwiodła, żeby mi wszystko wyznał?

— Dobry pomysł. Ale widziałem go kiedyś nago. Ma bardzo małego.

Spojrzała na mnie i zorientowała się, że nie żartuję.

— Kiedy go widziałeś nago?

— Na wieczorze kawalerskim. Tak się rozochocił widokiem striptizerek, że nie zdążyliśmy go powstrzymać i...

— Przestań. Kiedy to było?

— Na Plum Island. Po wyjściu z laboratorium biologicznego musieliśmy się wyprysznicować. Oni tak mówią, wyprysznicować.

— Naprawdę?

— Naprawdę. On się chyba nie wyprysznicował dokładnie, bo jeszcze tego samego dnia kutas mu odpadł.

Parsknęła śmiechem.

— Zapomniałam, że wyście pracowali już razem. George też był z wami, prawda?

— Mhm. Ale George ma normalnego, tak na marginesie.

— Dzięki za informację. I to podczas tej sprawy straciłeś zaufanie do Teda?

— Niczego nie straciłem. Nie ufałem mu od pierwszej chwili, gdyśmy się poznali.

— Rozumiem... I teraz trochę cię dziwi, że przypadkowo znów pracujecie razem?

— Trochę. A tak poza tym, to on mi wtedy groził.

— Jak to groził? W jakim sensie?

— W najpoważniejszym z możliwych.

— Nie wierzę.

Wzruszyłem ramionami.

— Dla twojej informacji, to pan Nash interesował się Beth Penrose — uchyliłem pannie Mayfield rąbka tajemnicy.

— Aha, *cherchez la femme*! No, teraz to się wszystko zgadza. Sprawa rozwikłana.

Może postąpiłem nierozważnie, wtajemniczając ją. Nie skomentowałem jednak tej pozbawionej logiki dedukcji.

— No to oboje mamy gotowe rozwiązanie naszych problemów — stwierdziła Kate. — Spiknijmy Teda i Beth ze sobą i już.

Zaczynałem się powoli przeistaczać z agenta sił antyterrorystycznych w bohatera opery mydlanej.

— Bardzo dobry pomysł — odparłem, żeby zakończyć tę konwersację.

— Świetnie. A teraz daj mi to, co schowałeś do kieszeni.

— Tam jest napisane „do rąk własnych".

— To mi przeczytaj.

Wyciągnąłem notatkę Gabe'a i szurnąłem na jej biurko.

— Nie ma tu niczego takiego, o czym nie powinnam wiedzieć, ani co powinnam zataić przed Jackiem — stwierdziła po przeczytaniu. — John, ty próbujesz kontrolować informację. Informacja to władza, my tu nie działamy w taki sposób. Widzę, że ty z Gabe'em i jeszcze pewnie inni z NYPD bawicie się w chowanego z FBI. To niebezpieczna zabawa, mój drogi.

Wysłuchałem krótkiego wykładu.

— Wiem oczywiście — odparłem — że FBI i CIA dzielą się ze mną i innymi policjantami w ATTF każdym okruchem informacji, jaki zdobędą. Jak to powiedział Hoover...

— Dobra, wystarczy — nie dała mi dokończyć. — Wszystko rozumiem. Ale nie tajniacz się przede mną.

Spojrzeliśmy sobie w oczy i uśmiechnęliśmy się do siebie.

Widzicie, co się wyprawia, gdy człowiek się zada z koleżanką z pracy?

— Obiecuję.

Wróciliśmy do naszych papierów.

— Słuchaj, mam tu ekspertyzę z badania taksówki Jabbara — powiedziała Kate. — Oo... włókna wełny, znalezione na tylnym siedzeniu, pasują do tych pobranych z garnituru Khalila w Paryżu.

Znalazłem szybko swój egzemplarz, a Kate czytała dalej na głos.

— Tereftalan polietylenu w siedzeniu kierowcy i w jego ciele... a cóż to znowu za cholerstwo?

— To znaczy, że zabójca użył jako tłumika plastikowej butelki.

— Naprawdę?

— Naprawdę. Na pewno jest coś na ten temat w tych twoich podręcznikach.

— Ja tego nie czytam. Co tam jeszcze... aha, pociski... czterdziestki. To chyba znaczy, że posłużył się pistoletem naszego agenta.

— Prawdopodobnie.

— Odciski w całym aucie, ale nie Khalila...

Raport nie pozwalał stwierdzić jednoznacznie, że to Khalil zabił kierowcę. Włókna wełny świadczyły tylko o tym, że na miejscu zbrodni był jego garnitur albo jakiś podobny. Pewien adwokat powiedział kiedyś coś takiego przed sądem.

— On jest w Ameryce — stwierdziła Kate po chwili zastanowienia.

— Mówiłem to jeszcze przed morderstwem w Perth Amboy — przypomniałem jej.

— A to zabójstwo we Frankfurcie to była zmyłka — dodała.

— Zgadza się. Dlatego nie poszliśmy za tym tropem. Właściwie to nie poszliśmy za żadnym tropem, bo zgubiliśmy go w Perth Amboy.

— Ale wiemy jednak, gdzie był w sobotę wieczorem, John. Co można z tego wywnioskować?

— Nic.

Wróciliśmy do kopania w papierach. Postanowiłem zacząć od początku i przeczytać, choć niewiele tego było, wszystko na temat ofiar Khalila w Europie i jego tamtejszej działalności. Gdzieś tam mógł się znajdować klucz, którego jednak jeszcze nie dostrzegałem.

Ktoś, nie ja, zamówił w archiwum sił powietrznych akta osobowe pułkownika Williama Hambrechta, zwane także „przebiegiem służby". Miałem przed sobą ich kopię w zalakowanej kopercie z napisem „Poufne". Co ciekawe, akta zamówiono zaledwie dwa dni wcześniej, nie było ich w dossier zabójcy. Khalil oddał się w nasze ręce w Paryżu w czwartek i skoro był podejrzany o zamordowanie Hambrechta, akta pułkownika powinny się były znaleźć u nas w niedzielę, najpóźniej w poniedziałek. Dzisiaj był wtorek. Może przeceniałem sprawność działania FBI, a może ktoś tu próbował kontrolować przepływ informacji. Ktoś także zastanowił się, czego brakuje na jego biurku, jak to zaleciłem Kate. Ale nie wiedziałem kto, bo na kopercie nie było nazwiska zamawiającego.

— Zobacz, czy masz tam akta pułkownika Hambrechta — poprosiłem Kate, podnosząc pierwszą kartkę. — Tak wyglądają.

— Wiem, jak wyglądają — odparła, nie patrząc. — Sama je zamówiłam w piątek po przejrzeniu dossier Khalila. Czytałam to jakieś pół godziny temu.

— Jestem pod wrażeniem. Tata cię dobrze wyszkolił.

— Ojciec mnie uczył tylko tego, jak dbać o karierę. Wściubiania nosa nauczyła mnie mama.

Uśmiechnąłem się i zacząłem przeglądać akta. Pierwsza kartka zawierała dane osobiste, a dalej wojskowym żargonem, przypominającym miejscami szyfr, przedstawiono zarys długiej i niewątpliwie udanej kariery wojskowej. Pułkownik Hambrecht zaczynał jako zwykły pilot i doszedł do stopnia dowódcy dywizjonu. Wyróżnił się podczas wojny w Zatoce, otrzymał mnóstwo nagród, wyróżnień i medali, był na placówce NATO w Brukseli, a potem przydzielono go do bazy RAF-u w Lakenheath w hrabstwie Suffolk w Anglii, jako oficera szkoleniowego. Nic nadwyczajnego, poza faktem, że stacjonował już uprzednio w Lakenheath, od stycznia 1984 do maja 1986. Kto wie, może posuwał żonę któregoś z miejscowych, przenieśli go, a kiedy wrócił, tamten facet wciąż go nienawidził? To by tłumaczyło siekierę. Może Asad Khalil nie miał z tym wszystkim nic wspólnego?

Czytałem dalej. Wojskowi uwielbiają najrozmaitsze skróty, na przykład „powrót do CONUS", co oznacza kontynentalne Stany Zjednoczone (w odróżnieniu od baz zamorskich), albo DEROS*, czyli data planowanego powrotu z placówki zagranicznej.

Nie znalazłszy niczego ciekawego, zamierzałem już zamknąć teczkę, kiedy zauważyłem notkę na ostatniej stronie: „Informacja usunięta — REF DoD, rozkaz 369215-25. Rozk. Wyk. 279651-351 — wzgl.bezp.nar. ŚCIŚLE TAJNE". Nigdy nie skracają słów „ściśle tajne" i zawsze piszą to wersalikami, żeby każdy zrozumiał.

Coś takiego nazywamy śladem w aktach. Informacje usuwa się z mnóstwa powodów, lecz w orwellowskiej otchłani pamięci nic tak naprawdę nie ginie. Nie podano, co zostało usunięte i kiedy, ale wiedziałem kto i dlaczego to zrobił. Albo Departament Obrony, albo prezydent Stanów Zjednoczonych, a powodem były względy bezpieczeństwa narodowego. Numer rozkazu mógł komuś powołanemu umożliwić dostęp do tej informacji, ale tym kimś powołanym nie byłem ja. Nie podano także, czy dotyczyła ona działań chwalebnych, czy też nagannych. Przypuszczałem, że tych pierwszych, pułkownik Hambrecht bowiem piął się po szczeblach kariery w stałym tempie, dopóki ktoś nie zabawił się z nim w drwala.

— No i co o tym myślisz? — spytała Kate.

— Czegoś tu brakuje.

— Wiem. Złożyłam już wniosek u Jacka, który przekaże go dyrektorowi, a dyrektor zwróci się do wojska o ujawnienie usuniętej informacji. To może potrwać kilka dni, chociaż napisałam „bardzo pilne". Te akta są tylko „poufne", a szły do nas cztery dni. „Ściśle tajne" idą dłużej.

Skinąłem głową.

— Poza tym — ciągnęła Kate — jeśli ktoś z góry uzna, że to nie ma związku z naszym śledztwem, nie zobaczymy tego

* CONUS — Continental United States. DEROS — Date of Estimated Return from Overseas.

411

na oczy. Albo nawet może mieć związek, ale zbyt delikatnej natury, i też nam nie pokażą. Więc nie liczę na zbyt wiele. Jaki ty masz dostęp? — zapytała.

— Tylko do poufnych. Ale staram się o tajne.

— Ja mam tajne. A Jack ma ściśle tajne i mógłby obejrzeć tę informację, gdyby to się okazało niezbędne.

— Skąd będzie wiedział, czy to niezbędne, skoro nie wie, co usunięto?

— Ktoś, kto wie, czy to niezbędne i ma autoryzację na ściśle tajne, powie mu, czy to niezbędne.

W tej sytuacji postanowiłem zadziałać trochę inaczej. Zadzwoniłem pod numer w Ann Arbor w stanie Michigan, podany w aktach Hambrechta i niezastrzeżony.

Odebrała automatyczna sekretarka, mówiąca głosem kobiety w średnim wieku, najpewniej pani Hambrecht. Po sygnale zostawiłem wiadomość.

„Pani Hambrecht, mówi John Corey z sił powietrznych. Proszę oddzwonić do mnie albo do pani Kate Mayfield; chodzi o pana pułkownika". Podałem jej numer, a Kate podyktowała mi swój.

Nasze automatyczne sekretarki odpowiadały tylko: „Corey, siły specjalne" albo „Mayfield, siły specjalne", plus uprzejma prośba o zostawienie wiadomości. Było to wystarczająco ogólnikowe i pozwalało uniknąć niepokojącego słowa „terrorystyczny".

Zapominając na razie o tym wątpliwym tropie, zabrałem się za kończenie nieco już spóźnionego raportu z soboty. Zważywszy na to, że i tak nikt go nigdy nie przeczyta, zastanawiałem się, czy nie poprzestać na czterech stronach, ponumerowanych od jeden do pięćdziesięciu, z pustymi kartkami w środku. Postanowiłem zresztą zacząć od końca i napisałem: „Reasumując...".

Zadzwonił telefon Kate. To był Jack Koenig. Po kilku sekundach usłyszałem:

— Ty też odbierz.

Podniosłem słuchawkę i przełączyłem się na jej linię.

— Corey, słucham.

Pan Koenig był w szampańskim nastroju.

— Wkurzył mnie pan — powiedział.

— Tak jest.

Kate odsunęła teatralnym gestem słuchawkę od ucha, a Koenig kontynuował.

— Nie wykonał pan polecenia przyjazdu do Frankfurtu, nie oddzwania pan i gdzieś się pan zawieruszył ostatniej nocy.

— Tak jest.

— Gdzie pan się podziewał? Ma pan przez cały czas być pod telefonem.

— Tak jest.

— No więc? Gdzie pan był?

Miałem bardzo zabawną odpowiedź na to pytanie. Używałem jej wobec moich szefów w policji. Brzmiała tak: „Moja narzeczona została aresztowana za prostytucję i siedziałem przez cały wieczór w sądzie, załatwiając jej wyjście za kaucją". Federalni mieli jednakże niezbyt wyrafinowane poczucie humoru, odpowiedziałem więc Koenigowi inaczej.

— Nie mam wytłumaczenia, szefie.

W tym momencie włączyła się Kate.

— Ja telefonowałam do oficera służbowego w ICC — oznajmiła — i zostawiłam informację, że pan Corey jest u mnie w domu i że dam znać, jak coś się zmieni. Nie dałam znać. W biurze byliśmy za piętnaście dziewiąta.

Zapadła cisza.

— Rozumiem — powiedział w końcu Koenig, a potem odchrząknął i poinformował nas: — Wracam dzisiaj do Nowego Jorku; powinienem być w biurze koło dwudziestej waszego czasu. Może też bądźcie, jeżeli wam to nie sprawi wielkiego kłopotu.

Zapewniliśmy go, że nie sprawi. Skorzystałem z okazji i zapytałem go o wniosek Kate w sprawie akt Hambrechta.

— Departament Obrony poinfomował nas — odparł po chwili milczenia — że usunięta informacja nie ma związku z morderstwem, a tym samym i ze sprawą Khalila.

— A z czym ma związek?

— Hambrecht miał dostęp do broni nuklearnej. Usuwanie tego rodzaju danych z akt osobowych to standardowa procedura operacyjna — odpowiedział Koenig. — Więc szkoda na to waszego czasu — dorzucił.

— W porządku. — W rzeczy samej wiedziałem, że to

prawda, bo prowadziłem już kiedyś sprawę, w którą był zamieszany oficer lotnictwa.

Jack przeszedł do innych tematów. Między innymi zapytał, co było w gazetach, i poinformowałem go, że moja fotografia.

— Adres podali prawidłowo? — roześmiał się. Kate też się roześmiała.

— Coś mi się od pana należy za ten numer — oświadczyłem.

— Mianowicie?

— Mianowicie nie mam w przydziale obowiązków służenia jako tarcza strzelnicza. Więc jest mi pan winien przysługę, gdybym czegoś potrzebował.

— Miał pan tyle punktów na minusie, Corey, że teraz jest co najwyżej remis — odparł Koenig.

Właściwie to nie uważałem, żebym się stał tarczą strzelniczą, lecz on najwyraźniej się z tym zgadzał, co też mówiło cokolwiek o umysłach ludzi z FBI. Grałem więc dalej na tej strunie.

— W moim odbiorze to nie jest remis — stwierdziłem.

— Wy to umiecie liczyć, co? — „Wy” oznaczało oczywiście policjantów. — No, dobra, więc co by to miało być?

— Na przykład prawda.

— Pracuję nad tym.

W ten sposób przyznał właściwie, że są rzeczy, o których nie wiemy.

— Pamięta pan dewizę naszych przyjaciół z CIA? — zapytałem. — „I poznasz prawdę, a prawda cię wyzwoli".

— Albo cię zabije — rzekł Koenig. — Bardzo jesteś sprytny, Corey, ale obrałeś niebezpieczny kurs.

— *Auf Wiedersehen* — odparłem. Rozłączyłem się i wróciłem do mojego raportu. „Reasumując...".

Kate rozmawiała jeszcze jakiś czas z Koenigiem. Przeczytała mu wzmiankę o zabójstwie pana Leibowitza we Frankfurcie. Kiedy skończyli, zwróciła się do mnie:

— Robi się cokolwiek straszno.

Podniosłem wzrok znad klawiatury.

— Pamiętasz taki odcinek „Z archiwum X", jak złota rybka chciała porwać Scully? — zapytałem.

Panna Mayfield uznała chyba, że naigrawam się z FBI, i zachowała powagę.

„Reasumując...".

— Idę pogadać z Gabe'em — oznajmiłem po pewnym czasie. — Zostaniesz tu, żebyśmy nie przegapili telefonu od pani Hambrecht?

— Jasne. A o co chcesz ją właściwie zapytać?

— Jeszcze do końca nie wiem. Po prostu wpraw ją w dobry nastrój i przyślij kogoś po mnie.

— Dobra.

Znalazłem Gabe'a na korytarzu piętro niżej, rozmawiał z detektywami z NYPD/ATTF.

Kiedy mnie zobaczył, zostawił ich i podszedł. Obok nas sunął do i od wind strumień funkcjonariuszy; wielu z nich wyglądało na Arabów.

— Dostałeś moją notatkę? — zapytał Haytham.

— Dostałem, dzięki.

— Słuchaj, widziałem twoje zdjęcie w gazecie.

— Macie tu tylu Arabów — zignorowałem dowcip — że należą się wam chyba służbowe dywaniki i strzałki na ścianach w kierunku Mekki.

— Wystąpimy o to do szefostwa.

— Masz coś nowego?

— W sumie tak. Dzwoniłem do Waszyngtonu, ale do komendy miejskiej, nie do federalnych. Przyszło mi do głowy, że pan Khalil przecież nie wiedział, czy go zawiozą do Nowego Jorku, czy od razu do Waszyngtonu. Więc zapytałem ich, czy nie mieli ostatnio jakichś zaginięć taksówkarzy arabskiego pochodzenia.

— I co?

— Mieli jednego. Gościa nazwiskiem Dawud Faisal. Libijczyk, zaginął w sobotę.

— Może poszedł zmienić sobie nazwisko?

Gabe już się nauczył nie zwracać uwagi na moje odzywki, mówił więc dalej:

— Gadałem z jego żoną; okazało się, że miał kurs na lotnisko Dullesa i już nie wrócił do domu. Coś ci to przypomina?

Przemyślałem to. Jak sugerował Gabe, taksówkarz mógł zostać wynajęty do przewiezienia Khalila, gdyby ten wylądował jednak w Waszyngtonie. W którymś momencie wywiad libijski, lub inna grupa terrorystyczna, zorientował się, że ich chłopca zabierają jednak do Nowego Jorku, ale Dawud Faisal wiedział już za dużo i dostał w łeb. Albo go gdzieś trzymają — oby — do końca akcji.

— Dobrze to wykombinowałeś — pochwaliłem Gabe'a. — I co z tym dalej zrobimy?

— Nic. To kolejna ślepa uliczka, chociaż świadczy o skomplikowanej i dobrze zaplanowanej operacji. Libia nie ma u nas ambasady, ale w ambasadzie syryjskiej pracują Libijczycy, to ludzie Kaddafiego. Każdy Arab wygląda tak samo, nie? Oczywiście FBI i CIA wiedzą o tym układzie, ale się na niego godzą, żeby mieć jakichś Libijczyków do inwigilowania. Widocznie w piątek wieczorem nie inwigilowali, bo ktoś odwiedził tego Faisala i zostawił u niego czarną torbę. Tak powiedziała żona. Czyli wszystko się zgadza, tylko co z tego.

— Słuchaj, Gabe, ty też jesteś Arabem; czy mógłbyś spróbować się wczuć w takiego gościa? Co ten gnojek może właściwie kombinować?

Gabe przemyślał to politycznie niepoprawne pytanie, wypływające ze stereotypów rasowych i ksenofobii.

— Zwróć uwagę na to, czego on nie zrobił — odpowiedział. — Nie wśliznął się do kraju ukradkiem. Przyjechał na nasz koszt, nie tylko w sensie finansowym.

— Zgadza się. Dalej.

— Cisnął nam w twarz wielbłądzim łajnem. To mu sprawia przyjemność, ale nie tylko. Jak by to ująć... on prowadzi grę, ale właściwie gra na swoją niekorzyść, jak się tak dobrze zastanowić.

— Już o tym myślałem. Ale dlaczego?

— To właśnie jest ten akcent arabski — uśmiechnął się Gabe. — Częściowo to poczucie wyższości nad Zachodem. Ekstremiści podkładają bomby w samolotach i tak dalej, ale wiedzą, że to jest mało odważne, więc raz na jakiś czas starają się pokazać niewiernym, jaki dzielny potrafi być prawdziwy mudżahedin.

— Mudża... co?

— Islamski bojownik o wolność. Istnieje tradycja samotnego jeźdźca, zupełnie jak na amerykańskim Dzikim Zachodzie — żylastego sukinsyna, który sam gotów jest walczyć z całą armią. Jest taki słynny poemat: „Straszliwy, sam ruszył w drogę. Z jemeńskiej stali miecz dzierżył, co za jedyną ozdobę miał tylko na klindze szczerby" — zadeklamował Gabe. — Łapiesz?

— Łapię. Więc co on kombinuje?

— Tego nie wiem. Mówię ci tylko, za kogo się uważa.

— No to powiedz, co taki typ chce załatwić najczęściej.

— Ten załatwił trzystu dwudziestu i jeszcze nie skończył.

— Świetna robota, Gabe. A jak tam Fadi?

— Ma teraz na imię Maria i jest sprzątaczką u świętego Patryka — uśmiechnął się Haytham.

— To do zobaczenia. — Odwróciłem się, żeby pójść do siebie.

— Khalil szykuje coś dużego — rzucił za mną Gabe. Obróciłem się na pięcie. — Nie zdziwiłbym się, gdyby się pojawił jako kelner na przyjęciu charytatywnym u prezydenta albo coś w tym rodzaju. On strasznie nienawidzi kogoś, kto w jego przekonaniu wydymał jego samego albo islam, albo Libię. Dąży do konfrontacji.

— Mów dalej.

Haytham namyślał się chwilę.

— Tytuł tego poematu brzmi „Śmiertelna waśń".

— A ja myślałem, że to jest o miłości.

— O nienawiści, przyjacielu. O krwawej zemście.

— Aha.

— Arab potrafi się zdobyć na akty wielkiej odwagi dla swego Boga, ewentualnie dla kraju, lecz rzadko w imię czegoś abstrakcyjnego, jak jakaś idea polityczna, a tym bardziej przywódca polityczny. Oni często nie ufają swoim przywódcom.

— To ja chyba jestem Arabem.

— Ale istnieje jeszcze jeden rodzaj motywacji kierującej Arabem. Osobista zemsta, wendeta. Jak na Sycylii, rozumiesz?

— Rozumiem.

— Wiesz... zabiłeś mi syna albo ojca albo zerżnąłeś córkę czy żonę i będę cię teraz ścigał aż na koniec świata, aż do końca życia, i pozabijam wszystkich twoich bliskich, aż wreszcie dopadnę ciebie.

— Ja kiedyś podejrzewałem, że szef mojej żony ją posuwa. Posłałem mu skrzynkę szampana.

— Arab tak nie rozumuje. Czy ty mnie słuchasz?

— Jasne. Krwawa zemsta. Wendeta.

— Właśnie. To może być to. Poza tym Khalilowi jest wszystko jedno, czy przeżyje, czy zginie; istotne jest, że stara się pomścić śmiertelną zniewagę. Jeżeli zginie, i tak pójdzie do raju.

— Chętnie mu pomogę się tam dostać.

— Jeżeli się spotkacie, to do raju pójdzie ten, który się jako drugi zorientuje, kogo ma przed sobą — zaśmiał się Gabe.

Poszedłem sobie. Dlaczego wszyscy uważali, że moje zdjęcie w gazetach jest czymś zabawnym? Wróciłem do centrum dowodzenia i zamówiłem sobie w bufecie kawę. Zacząłem przetrawiać to, czego dowiedziałem się od Gabe'a. W trakcie przetrawiania zjawiła się w bufecie Kate z wiadomością, że dzwoni pani Hambrecht.

— Powiedziałam jej prawdę, kim jesteśmy — poinformowała mnie.

Odstawiłem kubek i pobiegłem do biurka.

— Pani Hambrecht, mówi John Corey z sił specjalnych FBI — przedstawiłem się.

— W jakiej sprawie pan do mnie telefonuje? — zapytał kulturalny głos.

Kate usiadła przy swoim biurku i podniosła słuchawkę.

— Przede wszystkim chciałbym pani złożyć wyrazy współczucia — powiedziałem.

— Dziękuję panu.

— Przydzielono mnie do zespołu zajmującego się sprawą śmierci pani małżonka.

— Morderstwa.

— Tak, oczywiście. Na pewno jest już pani zmęczona odpowiadaniem na pytania, ale...

— Będę odpowiadać na pytania, dopóki morderca nie zostanie złapany.

— Dziękuję pani. — Zdziwilibyście się, jak wielu małżonków ma głęboko gdzieś, czy morderca ich słoneczka został wykryty, czy nie. Nie mówiąc już o tym, że niektórzy z chęcią podziękowaliby sprawcy osobiście. Pani H. jednak sprawiała wrażenie zrozpaczonej wdowy, więc warto było spróbować.

— Z moich informacji wynika — powiedziałem — że rozmawiało już z panią FBI, prokuratura wojskowa i Scotland Yard. Czy to się zgadza?

— Tak jest. I jeszcze wywiad sił powietrznych, brytyjskie MI-pięć i MI-sześć i nasze CIA.

Spojrzeliśmy z Kate po sobie.

— To wydawałoby się sugerować, że niektórzy doszukują się politycznego motywu tej zbrodni — stwierdziłem.

— To ja tak uważam. Oni mi nie mówią, co myślą.

— Ale pani mąż nie zajmował się przecież polityką ani sprawami wywiadu. Tak wynika z akt.

— Zgadza się. Zawsze był tylko pilotem, ostatnio oficerem sztabowym.

Chciałem dotrzeć do tej usuniętej informacji, nie płosząc rozmówczyni.

— Zaczynamy skłaniać się ku tezie — wymyśliłem na poczekaniu — że to było przypadkowe zabójstwo. Że pani mąż stał się celem jakiegoś ugrupowania ekstremistów tylko dlatego, że nosił amerykański mundur.

— Bzdura.

Też tak uważałem.

— Czy przychodzi pani do głowy cokolwiek w przeszłości męża, co mogłoby ściągnąć na niego uwagę ekstremistów?

— No, wie pan... sugerowano, że mógł się stać celem islamistów z powodu udziału w wojnie w Zatoce...

— Czy to możliwe?

— Możliwe, ale... przecież w tej wojnie uczestniczyło tysiące lotników. Bill był wtedy zaledwie majorem. Naprawdę trudno mi zrozumieć, dlaczego akurat jego mieliby wybrać.

— Ktoś panią jednak przekonywał, że tak właśnie się stało.

— Tak. Ktoś mnie przekonywał.

— A pani nie jest przekonana.

— Nie. — Umilkła na chwilę. Pozwoliłem jej się zastanowić, do czego jest przekonana. — Jak oni po śmierci Waycliffów mogą jeszcze uważać, że to było przypadkowe zabójstwo albo zemsta za wojnę w Zatoce? — powiedziała w końcu pani Hambrecht. — Przecież Terry nie był na wojnie.

Spojrzałem na Kate, która wzruszyła ramionami.

— Więc sądzi pani, że śmierć Waycliffów może mieć

związek ze śmiercią pani męża? — zapytałem, usiłując nie dać po sobie poznać, że nie mam pojęcia, o co chodzi.

— Może tak być.

Skoro ona tak uważała, to ja też. Lecz ona sądziła również, że jestem poinformowany, a nie byłem.

— Czy chciałaby pani dodać coś jeszcze do tego, co wiemy o śmierci Waycliffów? — zapytałem.

— Nie ma co dodawać, w gazetach wszystko napisali.

— A gdzie pani o tym czytała?

— Gdzie? W „Air Force Times", oczywiście. W „Washington Post" też pisali. Czemu pan pyta?

Spojrzałem na Kate, która już waliła w klawisze komputera.

— W niektórych artykułach znalazło się sporo nieścisłości — odparłem. — A jak konkretnie się pani dowiedziała o ich śmierci?

— Sue... ich córka, do mnie wczoraj zadzwoniła. Musieli ich zabić w niedzielę.

Wyprostowałem się na krześle. Zabić? Czyli zamordować? Drukarka Kate już coś wypluwała.

— Czy ktoś z FBI albo z lotnictwa z panią o tym rozmawiał?

— Nie. Pan jest pierwszy.

Kate czytała wydruk, zakreślając jakieś miejsca. Ponagliłem ją gestem, żeby mi to podała, lecz pokręciła głową.

— Czy córka państwa Waycliffów sugerowała pani, że w śmierci jej rodziców może być coś podejrzanego?

— Była roztrzęsiona. Powiedziała, że wygląda to na napad rabunkowy, ale tak jakby nie była do końca pewna. Zamordowali też gosposię.

Brakowało mi już pytań. Wreszcie Kate podała mi wydruk.

— Proszę się nie rozłączać — powiedziałem do pani Hambrecht i przełączyłem ją na oczekiwanie.

— Chyba coś mamy — rzuciła Kate.

Przeczytałem szybko internetową wersję artykułu z „Washington Post". Generał lotnictwa Terrance Waycliff pracował w Pentagonie. Sprawę opisano jako zwyczajne zabójstwo. Generała, jego żonę i gosposię zastrzelono w ich domu na Capitol Hill; znalazł ich w poniedziałek po południu adiutant generała, zaniepokojony tym, że szef nie pojawił się w pracy i nie reaguje na telefony. Wyrwany łańcuch w drzwiach wskazywał na to, że sprawca wszedł do domu siłą. Motywem zbrodni prawdopodobnie był rabunek — zginęły pieniądze i kosztowności. Generał miał na sobie mundur i najpewniej wrócił właśnie z kościoła, co określało czas zabójstwa na niedzielę rano. Policja prowadzi śledztwo.

— Co może wiązać pułkownika Hambrechta z generałem Waycliffem? — zapytałem Kate.

— Nie wiem. Dowiedz się.

— Racja. — Wróciłem do rozmowy z panią Hambrecht. — Bardzo przepraszam, miałem telefon z Pentagonu — wytłumaczyłem się. Postanowiłem pójść na całość i powiedzieć jej prawdę. Zobaczymy, co będzie. Raz kozie śmierć, panie Corey. — Pani Hambrecht, będę z panią szczery. Mam przed sobą akta osobowe pana pułkownika. Usunięto z nich pewną informację i mam trudności w dotarciu do niej. Muszę wiedzieć, co to było. Naprawdę zależy mi na wykryciu, kto zabił pani męża i dlaczego. Czy może mi pani pomóc? — Nastąpiła długa cisza. Wiedziałem, że się sama nie skończy. — Proszę — dodałem więc. Kate pokiwała aprobująco głową.

— Mój mąż uczestniczył razem z generałem Waycliffem w pewnej operacji wojskowej — przerwała wreszcie milczenie pani Rose Hambrecht. — To był nalot bombowy... Ale dlaczego pan tego nie wie?

Nagle już wiedziałem. Wciąż jeszcze miałem w głowie słowa Gabe'a i kiedy usłyszałem „nalot bombowy", wszystkie zapadki wskoczyły na miejsce i sejf się otworzył.

— Piętnasty kwietnia osiemdziesiątego szóstego — powiedziałem.

— Tak. Rozumie pan teraz?

— Tak, już rozumiem. — Spojrzałem na Kate, która wgapiała się w przestrzeń, intensywnie myśląc.

— To może mieć nawet jakiś związek z tą tragedią na lotnisku Kennedy'ego — mówiła dalej pani Hambrecht. — Ta rocznica i to, co się stało z Waycliffami.

— Proszę mi powiedzieć, czy słyszała pani może o jakichś innych uczestnikach tej misji, którym przytrafiło się nieszczęście?

— To były dziesiątki ludzi, proszę pana, trudno mi coś powiedzieć.

Zastanawiałem się nad tym przez chwilę.

— A w jednostce pani męża?

— Jeżeli ma pan na myśli eskadrę, to jest piętnaście czy szesnaście samolotów.

— Aha. I czy któregoś z tych lotników spotkało może coś, co można by uznać za podejrzane?

— Nie sądzę. Steven Cox zginął w Pustynnej Burzy, a co do reszty nic nie słyszałam. Piloci z klucza mojego męża utrzymywali ze sobą kontakt, ale innych nawet nie znałam.

Usiłowałem przypomnieć sobie terminologię lotnictwa wojskowego, wszystkie te dywizjony, eskadry, klucze, ale gdzieś się to rozpływało w powietrzu, że tak powiem.

— Proszę wybaczyć ignorancję — zwróciłem się do pani pułkownikowej — ile samolotów i ludzi liczy sobie eskadra, a ile klucz?

— Różnie, to zależy od misji. W kluczu są z reguły cztery, pięć samolotów, a w eskadrze dwanaście do osiemnastu.

— Rozumiem... a ile maszyn liczył klucz pani męża podczas tamtej misji?

— Cztery.

— Czyli ośmiu lotników, prawda?

— Tak jest.

— I ci ludzie... — Dałem wzrokiem znak Kate, żeby włączyła się do rozmowy.

— Pani Hambrecht, tu znowu Kate Mayfield. Ja też się zastanawiam nad tymi powiązaniami. Może po prostu powiedziałaby nam pani, co o tym wszystkim sądzi i przeszlibyśmy do sedna sprawy?

— Sądzę, że powiedziałam już dość — odrzekła Rose Hambrecht.

Ja tak nie sądziłem i Kate również.

— Proszę pani — rzekła spokojnie — staramy się znaleźć zabójcę pani męża. Wiem, że jako żona wojskowego jest pani szczególnie wyczulona na sprawy bezpieczeństwa, ale my także. Zapewniam panią, że z nami może pani rozmawiać swobodnie. Może wolałaby pani, żebyśmy przyjechali do Ann Arbor i porozmawiali osobiście?

Po kolejnym długim milczeniu Rose Hambrecht odparła:

— Nie. — Znów milczała jakiś czas i wreszcie zaczęła

mówić. — No dobrze... Klucz mojego męża miał za zadanie zbombardowanie bazy wojskowej pod Trypolisem. Jej nazwa brzmi Al Azziziyah. Jedna z bomb trafiła w dom Mu'ammara Kaddafiego, było o tym głośno w mediach. Kaddafiemu nic się nie stało, ale zginęła jego przybrana córka, a żona i dwóch synów zostali ranni. Ja mówię tylko o tym, co podano oficjalnie. Wnioski już należą do was.

Kate znowu bębniła w klawiaturę, popatrując na ekran. Miałem nadzieję, że wie, jak się pisze Al Azziziyah, Mu'ammar Kaddafi i inne kluczowe słowa.

— Zapewne ma pani także własny pogląd na tę sprawę, prawda? — zwróciłem się do pani Hambrecht.

— Kiedy zamordowano mego męża, przyszło mi do głowy, że może to mieć coś wspólnego z tamtą misją, lecz zapewniono mnie, że nazwiska wszystkich jej uczestników zostały utajnione raz na zawsze. Przyjęłam to do wiadomości, chociaż któryś z lotników mógł coś nieopatrznie wygadać, prawda? No, nie wiem... W każdym razie starałam się o tym nie myśleć aż do wczoraj, do śmierci Waycliffów. To oczywiście może być zbieg okoliczności...

Mógł być, ale nie był.

— Czyli z tych ośmiu pilotów, którzy bombardowali... jak to się nazywało?

— Al Azziziyah. Jeden zginął w Zatoce, a dwóch zostało zamordowanych.

Zerknąłem na Kate, już coś drukowała.

— A pozostali, pani Hambrecht? Kto to był? — zapytałem, bez większej nadziei na odpowiedź.

— Nie wolno mi tego powiedzieć i nie powiem. Nigdy.

Nie było sensu jej dalej naciskać, postanowiłem jednak jeszcze spróbować.

— Czy może mi pani przynajmniej powiedzieć, czy oni żyją?

— Telefonowali do siebie piętnastego. Nie wszyscy, ale Terry potem dzwonił do mnie i powiedział, że mają się dobrze. Przekazał pozdrowienia... Jeden jest bardzo chory, to wiem.

— Pani Hambrecht — włączyła się Kate — czy może mi pani podać telefon do kogoś z rodziny Waycliffów?

— Proszę zadzwonić do Pentagonu, do biura Terry'ego. Tam na pewno ktoś odpowie na państwa pytania.

— Wolałabym porozmawiać z kimś z rodziny.

— Musi to pani załatwić przez Pentagon.

Rose Hambrecht najwyraźniej przywiązywała wielką wagę do procedur i chyba już zaczynała żałować tej rozmowy. Wyczułem, że wycisnęliśmy z niej wszystko, co było można.

— Dziękujemy bardzo za współpracę, pani Hambrecht — powiedziałem. — Chcę panią zapewnić, że zrobimy wszystko, co w naszej mocy, żeby postawić zabójcę pułkownika Hambrechta przed obliczem sprawiedliwości.

— Już mnie o tym zapewniano — odparła. — Minęły trzy miesiące...

Czasami bywam mięczakiem i wtedy zdarza mi się wychylić.

— Myślę, że jesteśmy bliscy rozwikłania tej sprawy — powiedziałem i spojrzałem na Kate. Posłała mi krzepiący uśmiech.

Usłyszałem, jak pani Hambrecht bierze głęboki oddech i pomyślałem, że za chwilę może wybuchnąć płaczem. Ale odparła tylko cichym głosem:

— Modlę się, żeby to była prawda. Ja... brakuje mi go. Bardzo...

Nie skomentowałem tego, ale zadałem sobie w duchu pytanie, komu będzie mnie brakowało, jak odejdę z tego świata.

— Będziemy panią informować — zakończyłem.

— Dziękuję.

Rozłączyliśmy się i siedzieliśmy przez jakiś czas w milczeniu.

— Biedna kobieta — stwierdziła w końcu Kate.

Nie wspominając już o nieszczęsnym, zarąbanym siekierą Williamie Hambrechcie. Ale kobiety mają inne podejście do tych spraw. Odetchnąłem głęboko i po chwili byłem już znowu twardzielem.

— No, to chyba już wiemy, co usunęli z tych akt — stwierdziłem. — I nie były to tajemnice nuklearne, jak poinformowano twojego szacownego szefa.

Pozwoliłem, by sama doszła do konkluzji, że być może Jack Koenig nie mówi nam wszystkiego, co wie. Kate jednak nie podjęła tego wątku.

— Świetną robotę wykonałeś — oświadczyła.

— Ty też. I co tam znalazłaś w Internecie?

Podała mi wydruki, w większości artykułów z „New York Timesa" i „Washington Post" na temat nalotu z osiemdziesiątego szóstego roku.

— Zaczyna się zazębiać, co? — zapytałem.

— Zazębiało się od początku — pokiwała głową. — Nie jesteśmy niestety tak bystrzy, jak nam się wydaje.

— Nikt tutaj nie jest. Ale rozwiązania zawsze wydają się łatwe, jak się je już pozna. Poza tym nie tylko Libijczycy podsuwają nam błędne tropy.

— Gdzieś tam jest pięciu ludzi, których życie wisi na włosku. — Nie skomentowała mojej spiskowej teorii.

— Dziś mamy wtorek — odparłem. — Wątpię, żeby było ich w dalszym ciągu pięciu.

Rozdział 43

Asad Khalil obudził się z krótkiego snu i wyjrzał przez iluminator. Na ziemi panowała ciemność, lecz dostrzegł w niej małe skupiska świateł i miał wrażenie, że samolot obniża lot. Na jego zegarku była 3.16 czasu nowojorskiego, za dwadzieścia minut powinni lądować w Denver. Lecz Khalil nie wybierał się do Denver. Za pomocą swojej karty kredytowej uruchomił pokładowy telefon i wybrał numer z pamięci. Po trzech sygnałach odezwał się głos kobiety, wyrwanej z głębokiego snu, w jakim o tej porze istotnie powinna być pogrążona.

— Halo?... Halo?

Khalil się rozłączył. Skoro żona pułkownika Roberta Calluma spała głęboko w ich domu w Colorado Springs, mógł przyjąć, że nie czeka tam na niego policyjna pułapka.

Wcisnął guzik interkomu. Odezwał się drugi pilot.

— Tak, panie Perleman?

— Dzwoniłem przed chwilą do moich kontrahentów, nastąpiła pewna zmiana planów. Muszę lecieć do Colorado Springs.

— Nie ma problemu, proszę pana. To jest sto dwadzieścia kilometrów na południe od Denver, jakieś dziesięć minut lotu. Rozumiem, że chciałby pan wylądować na głównym lotnisku pasażerskim?

— Tak.

— Połączę się teraz z wieżą w Colorado i wszystko uzgodnię.

— Dziękuję.

Khalil wstał, wziął swoją torbę i poszedł do toalety. Skorzystał z ubikacji, a potem ogolił się i umył zęby, pomny rad Borisa na temat amerykańskiej obsesji na tle higieny. Następnie umył ręce i twarz i próbował ponownie usunąć plamki z koszuli i krawata. Jednak pan Satherwaite — czy też jego fragmenty — zamierzał mu widocznie towarzyszyć do końca tego lotu. Khalil roześmiał się w duchu i zmienił krawat.

Wyjął też oba glocki, przeładował je, wprowadził do komór po naboju i odbezpieczywszy, schował pistolety z powrotem.

Wrócił do kabiny i skierował się do barku. W małej lodówce znalazł sok pomarańczowy i okrągłe chlebki, z pewnością owe bajgle, o których wspomniał kapitan. Boris zresztą był na tyle przewidujący, że i o nich mu opowiedział. „To jest żydowski wynalazek, ale jedzą to wszyscy Amerykanie. Żeby udawać Żyda, musisz wiedzieć coś o bajglach. Wyglądają jak obwarzanki; oni je kroją i smarują masłem albo serkiem. Są koszerne, nie zawierają wieprzowego tłuszczu, więc możesz je jeść". Boris swoim zwyczajem musiał dorzucić obraźliwą uwagę: „Szczerze mówiąc, świnie są czyściejsze niż niejeden z twoich krajanów, których widuję na bazarze".

Khalil szczerze żałował, że Malik nie pozwolił mu osobiście zabić Borisa przed rozpoczęciem dżihadu. „Będzie nam jeszcze potrzebny do końca twojej misji", wyjaśnił opiekun. „Ale nie zostawimy go tobie. Zostanie zlikwidowany, gdy tylko opuścisz bezpiecznie Amerykę. I nie poruszaj już więcej tego tematu".

Zjadł bajgla, smakującego jak niedopieczona pizza, i popił sokiem, który smakował puszką. Jego nieliczne doświadczenia z amerykańskim jedzeniem przekonały go, że ci ludzie albo mają niedorozwinięty zmysł smaku, albo bardzo rozwiniętą tolerancję dla rzeczy niesmacznych.

Samolot wyraźnie obniżał lot i kładł się na lewe skrzydło.

— Panie Perleman — rozległ się z interkomu głos drugiego pilota — zaczynamy schodzić do lądowania na lotnisku miejskim w Colorado Springs. Proszę usiąść i zapiąć pas. Proszę potwierdzić.

— Zrozumiałem — rzekł Khalil do słuchawki i zapiął pas.

Maszyna leciała teraz bardzo nisko, równolegle do ziemi i po kilku minutach dotknęła kołami asfaltu.

— Witamy w Colorado Springs — powiedział drugi pilot.

Khalil poczuł irracjonalną chęć, żeby kazać mu się zamknąć. Wcale nie pragnął się znajdować w Colorado Springs; wolałby teraz być w Trypolisie. Nie chciał być uprzejmie witany gdziekolwiek w tym bezbożnym kraju; chciał tylko zabić tych, których miał zabić, i wrócić do domu.

Samolot zjechał na drogę dojazdową. Odsunęły się drzwi kokpitu i do kabiny zajrzał drugi pilot.

— Pokołujemy na parking, panie Perleman — oznajmił. — Będzie pan mógł wysiąść przed tankowaniem. Czy orientuje się pan, jak wiele czasu zajmie panu załatwienie swoich spraw?

— Niestety nie. Możliwe, że nawet mniej niż dwie godziny, ale z drugiej strony, jeżeli dojdzie do podpisania kontraktu, pewnie będzie potem wspólne śniadanie. Tak czy inaczej, powinienem być z powrotem około dziewiątej, nie później.

— Świetnie.

Learjet podjechał do rzędu hangarów. Khalil odpiął pas i wyciągnąwszy z torby pistolety, wsunął je za pasek, ukrywając pod marynarką. Wziął torbę, podszedł do drzwi kokpitu i pochylił się, żeby móc wyglądać przez okna.

— Może byłoby panu wygodniej na fotelu — powiedział kapitan.

— Wolę zostać tutaj.

— Jak pan sobie życzy.

Khalil przyjrzał się otoczeniu hangarów. Podobnie jak na Long Island, nie zobaczył niczego niepokojącego.

Samolot zwolnił i podkołował do rampy. Z hangaru wyszli mężczyzna i kobieta w kombinezonach roboczych, lecz oni także nie wzbudzili w nim podejrzeń. Zresztą nawet gdyby na niego czekali, to zanim sam znalazłby się w raju, posłałby najpierw kilku do piekła.

Pewnego dnia Malik przyprowadził do ośrodka szkoleniowego *mursida*, przewodnika duchowego. Od niego też otrzymał pouczenia. „Jeśli nawet doprowadzisz do końca tylko małą część swego dżihadu, miejsce w raju będziesz miał zapewnione. Bóg nie sądzi tak, jak sądzą ludzie, lecz osądza to, co zobaczy w twoim sercu, gdzie człowiek nie ma dostępu. Bóg nie liczy, ilu nieprzyjaciół zabiłeś dla niego, lecz liczy tych, których poprzysiągłeś zabić".

Kiedy święty mąż wyszedł, Malik wytłumaczył jego naukę własnymi słowami: „Bóg jest zadowolony wtedy, gdy dobre intencje zmieniają się w sukces. Postaraj się zabić wszystkich i nie daj się zabić samemu".

Wyglądając przez okno kabiny pilotów, Khalil pomyślał, że może mu się to powieść. Był bliski zwycięstwa w światowym sensie tego słowa, w sensie duchowym zaś już czuł się spełniony.

— Może pan opuścić samolot, panie Perleman — powiedział kapitan, wyłączywszy oba silniki.

Drugi pilot podszedł do drzwi i otworzył je. Wysunęły się schodki, a mężczyzna wyszedł z samolotu i wyciągnął ku Khalilowi rękę.

Zignorował ten gest i stojąc u wyjścia, rozejrzał się ponownie. Teren hangarów oświetlony był latarniami. O tej porze, przed 2.00 czasu miejscowego, kręciło się to niewielu pracowników. Kapitan pozostał w swoim fotelu i Khalil wiedział, że w razie konieczności ma jeszcze możliwość ucieczki.

Podczas szkolenia zapewniono go, że Amerykanie stosują w takich wypadkach standardową procedurę i nie posłużyliby się snajperem — chyba żeby się zabarykadował i ostrzeliwał, a nawet wtedy pod warunkiem, że nie wziąłby zakładników. Gdyby go jednak otoczyli, mieliby wszyscy kuloodporne kamizelki i musiałby celować w głowy.

Ćwiczył ten wariant w obozie pod Trypolisem, z ludźmi w przebraniach policjantów, w garniturach i strojach paramilitarnych. Wszyscy umieli kilka słów po angielsku i otaczali go z okrzykami: „Stać! Stać! Ręce do góry! Na ziemię! Kładź się!". On miał udawać przerażonego i zdezorientowanego. Zamiast się położyć, miał tylko uklęknąć, podczas gdy podchodzili coraz bliżej, nie przestając krzyczeć. Taką mieli metodę. Gdy się dostatecznie zbliżyli, miał wyciągnąć zza pasa oba pistolety i zacząć strzelać. Glock kaliber .40 nie jest w stanie przebić kamizelki, lecz w przeciwieństwie do dawnego, dziewięciomilimetrowego, mógł ogłuszyć człowieka i powalić go na ziemię.

Zademonstrowali mu to na więźniu skazanym na śmierć. Strzelali kilkakrotnie w pierś ubranego w kamizelkę kuloodporną mężczyzny, a ten ogłuszony padał, lecz za każdym razem w końcu się podnosił. Nie podniósł się już, kiedy pokaz zakończono strzałem w głowę.

— Nie masz nawet co marzyć o pokonaniu Amerykanów w takiej strzelaninie — powiedział potem Boris. — Oni się szczycą swoją biegłością w strzelaniu; broń to część ich kultury. Posiadanie broni jest nawet wpisane do ich konstytucji.

Khalilowi trudno było w to uwierzyć. Boris czasami opowiadał różne niestworzone rzeczy o Amerykanach, żeby sobie z niego zakpić.

— Z okrążenia można się mimo wszystko wyrwać — mówił Rosjanin. — Takie rzeczy już się zdarzały. Jeżeli tylko nie będziesz poważnie ranny, po prostu biegnij, przyjacielu, szybko jak lew, szybciej od nich. Oni w takich sytuacjach nie strzelają, gdyż boją się trafić kogoś postronnego albo siebie nawzajem.

— A jeśli będą mieli strzelca wyborowego? — zapytał wówczas Khalil.

— Prawdopodobnie strzeli ci w nogi — odparł Boris. — Szczycą się tym, że potrafią zatrzymać ściganego, nie zabijając go. W takim wypadku powinieneś zostawić jedną kulę dla siebie. Z tej odległości chyba nie chybisz, strzelając sobie w głowę. — Rosjanin parsknął śmiechem, lecz dodał łagodniejszym głosem: — Ja tam na twoim miejscu bym się nie zabijał. Pieprz tego Malika.

Khalil ocknął się z zamyślenia i ujrzał, że kapitan samolotu wstał z fotela i czeka cierpliwie w przejściu, aż jego klient wysiądzie. Wziął więc torbę do lewej ręki, żeby móc prawą szybko wyciągnąć broń, i zszedł na asfalt. Stanął tuż przy drugim pilocie.

Kapitan Fiske wysiadł za nim i poszedł od razu do hangaru. Po chwili pojawił się z mężczyzną w kurtce z napisem „Agent obsługi rampy".

— Ten pan zawiezie pana do głównego terminalu własnym samochodem — oznajmił. — Dobrze by było coś mu za to dać, panie Perleman — dodał ciszej.

— Ile?

— Dziesiątka powinna wystarczyć.

Khalil pochwalił się w myśli za to, że zapytał. W Libii za dziesięć amerykańskich dolarów człowiek mógł przeżyć dwa dni. Tutaj mógł za tę kwotę liczyć na drobną usługę.

Podszedł do agenta i przedstawiwszy się sobie, udali się do samochodu. Khalil usiadł obok kierowcy.

— Pierwszy raz w Colorado Springs, panie...? — zapytał tamten, kiedy ruszyli.

— Perleman. Tak.

— Skąd pan przyjechał?

— Z Izraela.

— O, poważnie? Byłem kiedyś w Izraelu. Pan tam mieszka?

— Tak.

— Moja żona jest bardzo religijna, zaciągnęła mnie kiedyś do Jerozolimy. To piękne miasto, jasna sprawa. Obejrzeliśmy wszystkie święte miejsca. Przepraszam, pan jest Żydem, tak?

— Oczywiście.

— Byliśmy na tej górze, wie pan, gdzie jest ta święta skała. Teraz tam stoi meczet, ale nam powiedzieli, że kiedyś tam była żydowska świątynia. Na pewno pan to wie, Jezus tam był i w ogóle. Ja uważam, że Żydzi powinni to odzyskać. Oni tam byli pierwsi. Potem Arabowie im to odebrali i zbudowali sobie meczet. Z jakiej racji właściwie?

— Dlatego, że z tej skały Mahomet wstąpił do nieba. Chwała mu.

— Słucham?

— Tak mówią muzułmanie.

— No tak. Przewodnik też nam to mówił. A zresztą, po co w ogóle gadać o religii.

Khalil nie odpowiedział. Kiedy stanęli przed budynkiem terminalu, wysiadł i rzucił na siedzenie banknot dziesięcio-dolarowy.

— Dziękuję za podwiezienie.

— Nie ma za co. To ja dziękuję — odparł agent.

Khalil wszedł do budynku, świadom, że o tej porze pojedyn-czy człowiek zwraca na siebie uwagę. W środku jednak nie było prawie nikogo, a mężczyzna zamiatający posadzkę nawet na niego nie spojrzał. Przeszedł więc szybko do centrum biznesowego po drugiej stronie sali. Rozkład terminalu znał z fotografii i planów. Odnalazł drzwi z napisem „Pokój kon-ferencyjny 2" i tabliczką „Zarezerwowane" na klamce. Wy-stukał kod na klawiaturze przy drzwiach i wszedł do środka.

Pokój wyposażony był w stół konferencyjny z ośmioma

krzesłami, telefon, faks i komputer. We wnęce stał ekspres do kawy. Na ekranie monitora widniała wiadomość: „Witamy w naszym centrum biznesu, panie Perleman. Życzymy udanego spotkania. Pańscy przyjaciele z Neeley Conference Center Associates".

Nie przypominał sobie takich przyjaciół.

Postawił torbę na podłodze i usiadł przed komputerem. Uruchomił program pocztowy, wpisał hasło i otworzyła się skrzynka wiadomości otrzymanych. Była jedna, po angielsku, wysłana z Jerozolimy i zaadresowana do pana Perlemana.

„Dotarły do nas informacje, że interesy idą dobrze — przeczytał. — Podróż Sola do Frankfurtu została odwołana. Zainteresowała się tym nasza konkurencja z Ameryki. Z tego, co nam wiadomo, ich firma nie wie o celu twojej podróży. Sprawy w Colorado Springs możesz nie załatwiać. Zdecyduj sam. Ważniejsza jest Kalifornia. Ustalenia w sprawie powrotu do Izraela bez zmian. Życzymy sukcesów i do zobaczenia. Przyślij potwierdzenie. Mordechaj".

Khalil wystukał powoli odpowiedź. „Jestem w Kolorado. Interesy idą dobrze. Wkrótce transakcja w Kalifornii". W Trypolisie kazali mu wysłać dowolną wiadomość ze słowem „interesy". Oznaczało to, że wszystko w porządku i że nie pisze pod kontrolą Amerykanów. Podpisał „Perleman" i wysłał e-maila. Wyłączając komputer, spojrzał na zegar monitora. Była 2.17 czasu miejscowego.

Dom pułkownika Roberta Calluma znajdował się u podnóża pasma górskiego, około pół godziny jazdy samochodem od lotniska. W agencji wynajmu, dziesięć minut jazdy taksówką, czekało nań auto zarezerwowane dla Samuela Perlemana. Khalil wstał i zaczął się przechadzać po pokoju. „Sprawy w Colorado Springs możesz nie załatwiać. Ważniejsza jest Kalifornia". Gdyby zechciał, mógł załatwić jedno i drugie.

Po raz pierwszy jednak od chwili kiedy przekroczył próg ambasady amerykańskiej w Paryżu, Asad Khalil poczuł... nie, nie niebezpieczeństwo, uświadomił sobie, lecz presję czasu. Krążył dalej po pokoju, rozważając wszystkie argumenty za zabiciem i przeciw zabiciu pułkownika Calluma oraz oczywiście jego żony i każdego, kogo by zastał w ich domu. Krążył niczym lew, taki jak te, pomyślał, trzymane przez Rzymian przy arenie Leptis Magna, której ruiny widział niedaleko Trypolisu. Lew wiedział, że na arenie czeka na niego człowiek, a był bardzo głodny. Głodzono go celowo. Wiedział także z doświadczeń przeszłości, że zawsze zabija człowieka. Skoro żył, nie mógł mieć innych doświadczeń. Poza tym pamiętał też, że oczekują go dwa rodzaje ludzi — uzbrojeni i nieuzbrojeni. Ci uzbrojeni walczyli o życie; nieuzbrojeni tylko się modlili. Ale smakowali wszyscy tak samo.

Khalil stanął i przykucnął na piętach, jak berberyjscy wojownicy na pustyni. Uniósł głowę i przymknął oczy, lecz się nie modlił. Przeniósł się w wyobraźni na nocną pustynię, pod miriadami jasnych gwiazd na czarnym niebie. Ujrzał księżyc w pełni, wiszący ponad Kufrą, swoją rodzinną oazą, i palmy kołyszące się w chłodnym pustynnym wietrze. Pustynia, jak zawsze, trwała w ciszy. Pozostał na niej bardzo długo, utrzymując cały obraz w niezmienionej postaci i czekając na wizję, która wyłoni się ponad piaskami.

Na ziemi mijały minuty, lecz tutaj, na pustyni, czas stanął w miejscu. Wreszcie pojawił się Zwiastun. Wyszedł z oazy w czarno-białej szacie, skąpany w księżycowym świetle. Stanął przed nim w milczeniu, a Asad Khalil nie miał odwagi go o nic zapytać. Nie widział jego twarzy, lecz w końcu usłyszał głos: „Tam, gdzie teraz jesteś, Bóg wykona twoją pracę za ciebie. Przenieś się do innego miejsca, za górami. Piasek czasu przesypuje się szybko. Szatan się budzi".

Khalil wymamrotał słowa dziękczynnej modlitwy, otworzył oczy i wstał. Na ściennym zegarze minęły dwie godziny, choć wydawało się, że kilka minut. Wyszedł z pokoju i przemierzył szybkim krokiem opustoszałą salę terminalu.

Przed budynkiem stała pojedyncza taksówka. Kierowca spał. Khalil wsiadł do tyłu i głośno zatrzasnął drzwiczki. Taksówkarz, wytrącony ze snu, wymamrotał jakieś przeprosiny.

— Do strefy usług prywatnych proszę — powiedział Khalil i rzucił na siedzenie obok kierowcy banknot dwudziestodolarowy. — Szybko, jestem już spóźniony.

Taksówka wyraźnie przyspieszyła i po niecałych dziesięciu minutach stanęli pod budynkiem obsługi. Khalil wysiadł i pra-

433

wie wbiegł do środka. Odnalazł pokój pilotów; obaj spali na kanapach, przykryci kocami. Potrząsnął za ramię kapitana Fiskego.

— Już wróciłem, musimy zaraz lecieć.

Fiske natychmiast wstał. Drugi pilot też się obudził i przeciągał się, ziewając.

— Kiedy będziemy mogli wystartować? — zapytał Khalil, spoglądając niecierpliwie na zegarek.

— O tej porze nie ma wielkiego ruchu — odrzekł kapitan — więc mogę trochę skrócić standardową procedurę. Załatwiłem już wstępne formalności z wieżą, na wypadek gdybyśmy musieli szybko odlecieć. Przy odrobinie szczęścia powinniśmy kołować na pas za jakieś piętnaście minut.

— Niech się pan postara.

— Tak jest, panie Perleman. — Fiske podszedł do telefonu i wybrał krótki numer.

— Dokąd pan dzwoni?

— Muszę zawiadomić wieżę, żeby nam przygotowali zezwolenie na start.

Khalil słuchał uważnie rozmowy pilota z wieżą, lecz nie wybiegała ona poza techniczne ustalenia.

— Dobra, dzięki — zakończył Fiske i odłożył słuchawkę. — Obiecali załatwić procedurę odlotu w ciągu piętnastu minut — zwrócił się do swego klienta. — Już koordynują trasę z radarem w Denver.

— Sądziłem, że prywatne samoloty mogą w waszym kraju startować i lądować bez takich ustaleń — zdziwił się Khalil.

— To nie dotyczy prywatnych odrzutowców, panie Perleman — wyjaśnił Fiske — ze względu na wysokość, na której latamy. Powyżej trzech tysięcy metrów wszystkich obowiązuje ta sama procedura.

— Rozumiem. Czy możemy już iść do samolotu?

— Oczywiście.

Kołowanie i start zabrały im w sumie około dwudziestu minut. Kiedy samolot wzbijał się ostro w powietrze, pozostawiając za sobą światła Colorado Springs, Khalil obserwował pilotów przez niezamknięte drzwi kokpitu. Po kilku minutach wyjrzał przez okno, na odległe góry, wciąż majaczące w świetle księżyca.

434

Gdzieś tam w dole leżał w swoim łóżku pułkownik Robert Callum, zżerany przez straszliwą chorobę. Khalil nie czuł się oszukany, podobnie jak wówczas, gdy się dowiedział, że Steven Cox zginął na wojnie przeciwko Irakowi. Widocznie Bóg też pragnął mieć swój udział w wojennych trofeach.

Rozdział 44

Resztę przedpołudnia spędziliśmy z Kate na dzwonieniu na trwogę, że się tak wyrażę.

Nasze centrum dowodzenia zmieniło się z mrowiska w ul, jeżeli wolno użyć owadziej metafory. Oboje odebraliśmy kilkanaście telefonów od szefostwa, z gratulacjami i tak dalej. Każdy chciał, żebyśmy mu zdali relację osobiście, ale udawało nam się od tego wykręcać. Tak naprawdę nie chodziło im o informacje — chcieli tylko pokazać, że są częścią rozwiązania, gdy tymczasem stawali się oczywiście częścią problemu. W końcu musiałem się jednak zgodzić na naradę naszych połączonych sił, taką samą jak poprzedniego ranka. Udało mi się ją jednak przesunąć aż na 17.00, bo skłamałem, że czekam na ważne telefony od światowej sieci moich informatorów. Szefowie ATTF przypominali w pewnym stopniu ważniaków z NYPD. Jedni i drudzy zachowywali się tak samo, gdy ważna sprawa robiła się głośna. Niedługo czekały nas zapewne wspólne zdjęcia z nimi. Tak czy inaczej, kiedy Jack Koenig powróci z misji gromadzenia kilometrów do premii stałego klienta linii lotniczych, będzie już po naradzie, a on się bardzo wkurzy. Trudno. Mówiłem mu, żeby nie wyjeżdżał.

W pół godziny po naszej rozmowie z panią Hambrecht agenci FBI przeglądali już bilingi rozmów telefonicznych z piętnastego kwietnia — jej, a także oczywiście Waycliffów. Jednocześnie dobrzy ludzie z Budynku Hoovera w Waszyngtonie wzmogli naciski na odtajnienie informacji usuniętej z akt pułkownika, co było już zupełnie zbędne. Zarazem jednak starali się ustalić nazwiska pozostałych przy życiu lotników, którzy bombardowali Al Azziziyah, co było absolutnie niezbędne.

FBI oczywiście ostrzegło natychmiast dowództwo sił powietrznych, że uczestnicy ataku na Al Azziziyah znaleźli się w wielkim niebezpieczeństwie i że taki sam stopień zagrożenia dotyczy wszystkich lotników z akcji libijskiej.

Nie miałem pojęcia, czy CIA jest informowane na bieżąco, ale miałem nadzieję, że nie. Ciągle nie mogłem się pozbyć tego dziwnego poczucia, że oni wiedzieli o wielu sprawach już wcześniej. Dobrze wiem, że łatwo jest popaść w paranoję na temat tych ludzi, którzy nie są ani w połowie tak sprytni i przebiegli, jak się przypuszcza. Jednakże, jak to bywa w wypadku każdej tajnej organizacji, to oni sami posiali ziarna braku zaufania i podstępu. Nie powinni się wobec tego dziwić, że wszyscy podejrzewają ich o ukrywanie prawdy. Najczęściej zresztą ukrywali tylko taką prawdę, że niezbyt wiele wiedzą. Ponieważ sam tak czasami robię, nie miałem prawa się skarżyć.

Natomiast nie sądziłem nigdy, żeby FBI — które jest sercem Połączonych Sił Antyterrorystycznych — wiedziało więcej, niż nam ujawniono. Byłem jednak pewien, że zdają sobie sprawę, jak to sformułowała Kate, iż CIA załatwia własne interesy. I zgadzali się na to, ponieważ jesteśmy przecież jedną drużyną, gramy po stronie aniołów i każdemu leżą na sercu żywotne interesy kraju. Jedyny problem to definicja owych „żywotnych interesów". W każdym razie najlepsze w tym wszystkim było to, że Koenig i Nash znajdowali się na razie za granicą.

Podczas chwilowej ciszy w ulu postanowiłem przejrzeć wydruki artykułów prasowych, ściąganych przez Kate z cyberprzestrzeni.

Pierwszy był tekst agencyjny Associated Press z 16 kwietnia 1996, zatytułowany: „Libia żąda osądzenia sprawców nalotu z roku 1986". Przeczytałem go na głos.

„Władze Libii zażądały w poniedziałek od USA wydania pilotów i dowódców, odpowiedzialnych za zbombardowanie dziesięć lat temu libijskich miast. Przywódca Libii Mu'ammar Kaddafi nalega na zajęcie się sprawą przez ONZ".

— Coś mi się zdaje, że nikogo nie wydaliśmy i dlatego pan Kaddafi się zdenerwował — powiedziałem do Kate.

— Czytaj dalej.

„»Nie zapomnimy tego, co się wówczas wydarzyło« — powiedział Kaddafi w rocznicę amerykańskiego ataku, w którym zdaniem strony libijskiej rannych zostało ponad sto osób, a zabitych trzydzieści siedem, w tym adoptowana córka Kaddafiego. »Czy te dzieci były zwierzętami, a tylko Amerykanie są istotami ludzkimi?« — pytał Kaddafi w wywiadzie dla CNN, stojąc w ruinach swego zbombardowanego domu, które pozostawiono jako pamiątkę nalotu".

Spojrzałem na Kate.

— Wydaje mi się — powiedziała — że Asad Khalil mieszkał w tym kompleksie wojskowym razem z rodziną Kaddafiego. Pamiętasz, w jego aktach napisali, że tam były jakieś powiązania rodzinne.

— To prawda. Miał wtedy jakieś piętnaście, szesnaście lat. Jego ojciec już nie żył, ale rodzina mogła w dalszym ciągu mieszkać w bazie.

— I teraz chce pomścić swoich bliskich — pokiwała głową Kate.

— Brzmi to logicznie. — Przypomniałem sobie wcześniejsze słowa Gabe'a. — Teraz wiemy, jaki facet ma motyw. I muszę ci powiedzieć, że oczywiście nie sympatyzuję z sukinsynem, ale go rozumiem.

Skinęła głową. Doczytałem tekst do końca.

„Kaddafi przemawiał podczas ceremonii upamiętniającej amerykański nalot na stolicę kraju Trypolis i na Bengazi. Nalot był odwetem za podłożenie bomby w dyskotece La Belle w Berlinie, piątego kwietnia 1986 roku. Zginął wówczas amerykański żołnierz. Obecne żądania Libii stanowią odpowiedź na naciski USA, by kraj ten wydał sądom amerykańskim lub brytyjskim dwóch sprawców zamachu na samolot Pan Am, który eksplodował w roku 1988 nad Lockerbie w Szkocji; zginęło wówczas dwieście siedemdziesiąt osób".

— I tak się kręci ta karuzela, i nie wiadomo, kiedy się zatrzyma — powiedziałem, odkładając wydruk.

— Faktycznie. Wojna bez końca. Teraz mamy kolejną

bitwę, spowodowaną poprzednią bitwą, a ta z kolei doprowadzi do następnej.

— Nie dostałaś niczego o pozostałych członkach klucza Hambrechta? — zapytałem.

— Na razie nie. Ale wcale nie jest pewne, że nam cokolwiek przekażą. Być może FBI już ich pilnuje.

— Powinni nas zawiadomić. W policji detektyw prowadzący sprawę wie o wszystkim i za wszystko jest odpowiedzialny.

— Nie chcę być zwiastunem złych wieści, John, ale to nie jest policja. Będziesz miał szczęście, jeśli cię poinformują, że Khalil został już aresztowany.

To był zupełny syf. Wytężałem mózg w poszukiwaniu jakiegoś sposobu włączenia się do akcji, lecz przychodziło mi do głowy tylko to, że Jack Koenig jest mi winien przysługę, choć co do tego oczywistego i prostego faktu wcale nie byliśmy zgodni. Koeniga jednak nie było, a żadnych innych wpływów tu nie miałem.

— Spałaś może z jakimiś szefami, którzy mogliby nam teraz pomóc? — zapytałem Kate.

— Nie w Nowym Jorku.

— W Waszyngtonie?

Wyglądało, że się nad tym zastanawia. Liczyła coś na palcach, mrucząc pod nosem i zatrzymała się na siedmiu.

— Chyba już wszyscy mi zapłacili! — Roześmiała się, żeby mnie upewnić, że żartuje.

Przejrzałem więc jeszcze kilka innych artykułów, które przybyły do nas z innego wymiaru. Nie do końca rozumiem, jak funkcjonuje Internet, ale wiem, że robi, co mu się każe, i odpowiada na zadane pytania, czego nie można powiedzieć o większości znanych mi ludzi.

Trafiłem na artykuł z „Boston Globe", w którym znalazło się trochę ciekawych informacji, między innymi kalendarz wydarzeń, jakie doprowadziły do nalotu. Pod pierwszą datą, 7 stycznia, zanotowano:

„Prezydent Reagan oskarża Libię o zbrojną agresję przeciwko Stanom Zjednoczonym, ogłasza sankcje ekonomiczne wobec tego kraju i poleca wyjechać stamtąd wszystkim Amerykanom. Sprzymierzeńcy zachodni odmawiają przyłączenia się do bojkotu. USA obwiniają Libię o współudział w ataku palestyńskich terrorystów na lotniska w Rzymie i Wiedniu, 27 grudnia 1985 roku, kiedy to zginęło dwadzieścia siedem osób".

Czytałem dalej.

„11 stycznia. Jeden z wyższych rangą doradców pułkownika Kaddafiego oświadcza, że Libia podejmie próbę zabicia prezydenta Reagana, jeżeli zostanie zaatakowana przez USA. Kaddafi zaprasza Reagana do odwiedzenia Libii, stwierdzając, że takie spotkanie mogłoby zmienić postawę amerykańskiego prezydenta".

Nie postawiłbym na to złamanego grosza. Przejrzałem kalendarium do końca; wyłaniał się z niego wyraźny schemat: dwóch upartych *macho*, urządzających sobie zawody w sikaniu na odległość.

„13 stycznia: Dwa libijskie myśliwce zbliżają się do amerykańskiego samolotu zwiadowczego. 5 lutego: Libia oskarża USA o pomoc Izraelowi w namierzeniu i zestrzeleniu swojego samolotu, zapowiadając rewanż. 24 marca: Samoloty bojowe USA atakują libijską wyrzutnię rakiet. 25 marca: Amerykanie ostrzeliwują cztery libijskie łodzie patrolowe. 28 marca: Kaddafi ostrzega, że bazy amerykańskie we Włoszech, Hiszpanii i innych krajach, wspomagających 6. Flotę USA, zostają uznane za cele odwetu. 2 kwietnia: Eksplozja na pokładzie samolotu TWA z Rzymu do Aten, cztery ofiary śmiertelne. Palestyńczycy oświadczają, że był to odwet za amerykańskie ataki na Libię. 5 kwietnia: Wybucha bomba w dyskotece w Berlinie Zachodnim, ginie dwóch żołnierzy amerykańskich. 7 kwietnia: Ambasador USA w RFN oznajmia, że Amerykanie mają niezbite dowody libijskiego udziału w zamachu".

Wszystkie te wypadki prowadziły wprost do 15 kwietnia 1986 roku. Nikt nie mógł powiedzieć, że został zaskoczony nalotem, wziąwszy pod uwagę osobowości przeciwników, a także — jak się to mówi dzisiaj, w łagodniejszej już Ameryce — nieporozumienia wypływające z hołdowania niefortunnym stereotypom kulturowym i politycznym. Być może odpowiedzi należało szukać w nasilającej się imigracji. Przy obecnym jej tempie za pięć lat cały Bliski Wschód będzie mieszkał na Brooklynie.

Wziąłem do ręki ostatni cybertekst, też z Associated Press.

— Hej, to jest ciekawe — rzuciłem do Kate. — Czytałaś

ten wywiad z panią Kaddafi z dziewiętnastego kwietnia osiemdziesiątego szóstego?

— Chyba nie.

— „Żona libijskiego przywódcy Mu'ammara Kaddafiego powiedziała dziennikarzom, że podczas nalotu została zabita jej półtoraroczna adoptowana córeczka, Hana. Pani Kaddafi rozmawiała z prasą po raz pierwszy od dnia ataku. Siedząc przed swym zburzonym przez bombę domem w kompleksie wojskowym pod Trypolisem, wsparta na kuli, Safia Kaddafi wypowiadała się tonem ostrym i wyzywającym. Oświadczyła między innymi, że będzie uważała Stany Zjednoczone za swego wroga do końca życia, »chyba że skażą Reagana na śmierć«".

— Rzadko się zdarza, żeby kobieta w fundamentalistycznie islamskim kraju w ogóle występowała na forum publicznym — skomentowała tekst Kate.

— Skoro jej zbombardowali dom, to musiała zostać na dworze — odparłem.

— No, popatrz, nie pomyślałam o tym. Jaki ty jesteś mądry.

— Dzięki. — Czytałem dalej na głos: „»Jeżeli kiedykolwiek spotkam pilota amerykańskiego, który zrzucił bombę na mój dom, zabiję go własnymi rękami« — oświadczyła pani Kaddafi".

— Czarno na białym — stwierdziłem. — Oni wcale niczego nie ukrywają. Problem tylko w tym, że my to traktujemy jako pustą retorykę, a oni dosłownie, jak się właśnie przekonali pułkownik Hambrecht i generał Waycliff.

Kate skinęła głową.

— Wprost trudno uwierzyć, że mądrale z Waszyngtonu nie przewidzieli możliwości takiego przebiegu wypadków, szczególnie że tak się już zdarzyło.

Nie odpowiedziała.

— „Jeżeli zaś chodzi o jej męża, to nie może on być terrorystą — wyjaśniła Safia Kaddafi, ponieważ gdyby nim był, »Nie chciałabym mieć z nim dzieci«".

— To bardzo seksistowska wypowiedź — skomentowałem. — Przecież nawet terrorysta może być dobrym ojcem.

— Czy mógłbyś, kurwa, przeczytać wreszcie ten artykuł bez głupich komentarzy? — zapytała Kate.

— Tak jest, szanowna pani. „Przedstawiciele Libii oświadczyli, że podczas bombardowania rannych zostało dwóch synów Kaddafiego; jeden z nich wciąż przebywa w szpitalu. Safia Kaddafi powiedziała: »Dwoje moich dzieci jest rannych, inne są przerażone. Możliwe, że doznały urazów psychicznych«".

— Może i inne dzieci też doznały urazów psychicznych — rzekła Kate.

— Żadne „może". Po prostu teraz już wiemy, dlaczego małemu Asadowi Khalilowi popieprzyło się w główce.

— Chyba tak.

Siedzieliśmy przy biurkach, przetrawiając przedwczorajsze informacje. Oczywiście, dobrze jest wiedzieć „dlaczego" — i teraz już to wiedzieliśmy. Wiedzieliśmy też kto, co, gdzie i kiedy: Asad Khalil, seria morderstw, w Ameryce, teraz. Nie mieliśmy jednak pojęcia, gdzie on się znajduje ani też gdzie uderzy kolejny raz. Mimo wszystko byliśmy blisko i po raz pierwszy poczułem coś na kształt pewności, że złapiemy skurwysyna.

— Jeżeli jeszcze nie uciekł z kraju, będzie nasz — podzieliłem się tym przeczuciem z Kate. Nie skomentowała mojej optymistycznej wypowiedzi, a ja sam, znając historię Khalila, żywiłem pewne wątpliwości.

Wróciłem myślami do związków pomiędzy Kaddafimi i Khalilami, być może bliższych, niż sądziła pani Kaddafi. Myślałem o przypuszczeniach, że to pułkownik Kaddafi zlecił zabójstwo kapitana Khalila w Paryżu, a Asad Khalil najwyraźniej nic o tym nie wiedział. Zastanawiałem się, czy mały Asad mógł wiedzieć, że wujek Mu'ammar wykradał się nocami ze swego namiotu i pomykał na palcach po piasku do namiotu jego mamusi. Jeden z moich profesorów w college'u powiedział kiedyś, że większość najważniejszych wydarzeń w historii miała u swego podłoża seks, czy to małżeński, czy nieprawy. Było to prawdą w odniesieniu do historii mojego życia, więc czemu nie do historii świata?

— Jak sądzisz, czy ktoś z rodziny Khalila mógł też zginąć podczas nalotu? — zapytałem Kate.

— Jeżeli nasze informacje na temat związków Khalilów z Kaddafimi są prawdziwe, to można chyba założyć, że ci pierwsi też mieszkali w tym Al Azziziyah. Khalil zabił już dwóch ludzi, którzy bombardowali bazę. Może chce pomścić rodzinę Kaddafiego, ale przypuszczam, że i on sam mógł stracić kogoś bliskiego.

— Tak właśnie myślałem. Potem przez całe życie fantazjował o wyjeździe do Ameryki, a myśmy tego nie wiedzieli, choć powinniśmy. I nie przybył tutaj po to, żeby rozpocząć nowe życie, zostać taksówkarzem albo uciec od biedy czy prześladowań. To nie o takich jak on pisała Emma Lazarus.

— Ano nie.

Trwaliśmy więc na posterunku, jak nam kazano, lecz ja nie jestem zbyt dobry w siedzeniu, czytaniu i odpowiadaniu na głupie telefony. Zadzwoniłbym do Beth, ale że sytuacja po drugiej stronie mojego biurka się zmieniła, napisałem do niej e-maila: „Nie mam kiedy zadzwonić. Wielki przełom w sprawie. Może wyjadę po południu. Dzięki za całusa".

Wahałem się, jak zakończyć. „Reasumując...". Nie, to nie pasowało. W końcu napisałem: „Musimy porozmawiać. Zadzwonię". Wysłałem to. „Musimy porozmawiać" mówiło oczywiście wszystko. Taka stenografia kochanków. Moja żona też to stosowała. John, musimy porozmawiać. Czyli: spierdalaj.

— Do kogo wysyłasz e-maila? — zapytała Kate.

— Do Beth Penrose.

Po chwili milczenia.

— Chyba nie zamierzasz tego załatwić e-mailem...?

— No... nie.

— To by było strasznie zimne.

— A faksem?

— Przestań. Musisz jej to powiedzieć osobiście.

— Osobiście! Ja nawet z samym sobą nie mam czasu porozmawiać.

— Wystarczy chyba przez telefon. Ja wyjdę.

— Nie, nie. Załatwię to później.

— Chyba że nie chcesz. Zrozumiem to.

Nadciągał potężny ból głowy.

— Naprawdę. Potrafię zrozumieć, jeżeli się rozmyślisz.

Ciekawe czemu w to w ogóle nie wierzyłem?

— To, co się wydarzyło w nocy — mówiła dalej Kate — do niczego cię nie zobowiązuje. Jesteśmy dorosłymi ludźmi,

John. Może spróbujmy trochę wyhamować, dać sobie czas na zastanowienie. Nie tak na łapu-capu...

— Znasz więcej takich tekstów?

— Idź do diabła. — Wstała i wyszła z boksu.

Może bym i pobiegł za nią, ale i tak już przyciągaliśmy zanadto uwagę niektórych naszych współpracowników, więc tylko uśmiechnąłem się pod wąsem i zanuciłem „God bless America". Członkowie Ligi Antyseksualnej w łonie ATTF już pewnie słali e-maile do Wielkiego Brata o przestępstwie w toku.

Wróciłem więc do najbardziej poszukiwanego terrorysty Ameryki. W mojej poczcie elektronicznej pojawiła się wiadomość z sekcji antyterrorystycznej FBI w Waszyngtonie, oznaczona „Pilne" i przeznaczona wyłącznie dla pracowników centrum dochodzeniowego.

„Siły powietrzne informują nas, że ustalenie tożsamości pilotów z misji nad Al Azziziyah może się okazać trudne. Istniejące zapisy dotyczą eskadr i większych jednostek, mniejsze wymagają bardziej szczegółowych poszukiwań" — przeczytałem z ekranu.

Zastanowiłem się nad tym. Brzmiało logicznie, ale popadłem już w taką paranoję, że nie uwierzyłbym strzałce z napisem „Wyjście". Czytałem dalej.

„Przekazaliśmy władzom lotnictwa podstawowe informacje z rozmowy agentów ATTF w Nowym Jorku z Rose Hambrecht, tj.: cztery samoloty F-111, cel — baza Al Azziziyah, ośmiu pilotów, zabójstwo gen. Waycliffa, itd. — zob. poprz. komun. Personel sił pow. i ich archiwum próbują ustalić nazwiska wg pow. danych. Nawiązano kontakt z p. Hambrecht, lecz nie zgodziła się wyjawić nazwisk telefonicznie. Wydelegowany został oficer w randze generała, z bazy lotn. Wright-Patterson w Dayton (Ohio), celem spotkania się z p. Hambrecht w jej domu w Ann Arbor. Zgodziła się ujawnić mu nazwiska w osobistej rozmowie, pod warukiem otrzymania pisemnego zwolnienia od odpowiedzialności. Będziemy informować na bieżąco".

Wydrukowałem tę wiadomość, zakreśliłem „Pilne" na czerwono i położyłem na biurku Kate.

Cóż za ironia losu. Względy bezpieczeństwa, jakie zdecydowały o utajnieniu nazwisk lotników w obawie przed odwetem, teraz nie pozwalały nam zrozumieć, co się dzieje, i właśnie ich przed tym odwetem uchronić. Było jasne, że tajemnicę już w którymś punkcie złamano. Dlatego Asad Khalil dysponował listą nazwisk, a my nie. Ale które z tych nazwisk mógł mieć? Tylko tych ośmiu znad Al Azziziyah? Prawdopodobnie. To ich zamierzał wymordować. Czy wiedział o wszystkich? Chyba tak.

Policzyłem to sobie. Jeden zginął w Zatoce, drugi zamordowany w Anglii, trzeci razem z żoną i gosposią w Waszyngtonie, nie gdzie indziej, tylko na samym Wzgórzu Kapitolińskim. Czwarty był ciężko chory, jak powiedziała pani Hambrecht. Zostały więc cztery potencjalne ofiary Khalila. Czułem jednak, jak już wspomniałem, że niektóre z nich lub nawet wszystkie także już nie żyją.

Trochę to denerwujące, kiedy własny kraj staje się nagle terenem wojny. Mało kiedy się modlę, a za siebie nigdy, lecz teraz pomodliłem się za tych ludzi i ich rodziny. A potem wpadł mi do głowy znakomity pomysł, więc odszukałem w notesie pewien numer telefonu i zadzwoniłem pod niego.

Rozdział 45

Samolot wciąż nabierał wysokości, wzlatując ponad góry ku północy. Asad Khalil siedział w ostatnim fotelu przy lewej burcie. W oddali widział Denver, w postaci rozległej świetlnej plamy.

Zastanawiał się, czy piloci przypadkiem nie zostali zaalarmowani przez radio i pod pozorem awarii nie zamierzają wylądować na jakimś leżącym na uboczu lotnisku, gdzie czeka już nań pułapka. Mógł to sprawdzić w bardzo prosty sposób.

Wstał i podszedł do wciąż otwartych drzwi kokpitu.

— Czy mamy jakieś problemy? — zapytał.

— Nie, panie Perleman, wszystko w najlepszym porządku — odparł kapitan Fiske, obejrzawszy się przez ramię.

Khalil przyglądał się bacznie obu pilotom. Zawsze potrafił stwierdzić, czy ktoś go okłamuje albo coś ukrywa. W zachowaniu obu mężczyzn nie zauważył oznak kłopotów, chociaż wolałby jeszcze dla pewności spojrzeć im w oczy.

— Zaczynamy zwrot na zachód, panie Perleman — rzekł kapitan. — Będziemy lecieć nad górami, może trochę rzucać. Może woli pan wrócić na miejsce?

Khalil wrócił na swój fotel i spostrzegł, że świeci się napis „Zapiąć pasy", którego kapitan przedtem nie używał. Lear pochylił się na lewo, a po kilku minutach wznoszącym się samolotem zaczęły targać turbulencje.

— Dostaliśmy właśnie potwierdzenie z San Diego — rozległ się w interkomie głos pilota. — Powinniśmy lądować za godzinę pięćdziesiąt minut, czyli około szóstej piętnaście czasu kalifornijskiego. To o godzinę wcześniej, niż według czasu górskiego, panie Perleman.

— Dziękuję. Już się lepiej orientuję w tych strefach czasowych — odparł Khalil. Wiedział, że przy kolejnej zmianie czasu przekroczy międzynarodową linię zmiany daty, biegnącą w poprzek Pacyfiku. „Kapitan na pewno o tym ogłosi", tłumaczył mu Malik. „Przy modlitwie pamiętaj, że Mekka będzie od tego momentu na zachodzie, a nie na wschodzie".

Khalil rozsiadł się wygodniej w fotelu i przypomniał mu się znowu Boris, o którym myślał ostatnio o wiele częściej niż o swoim mentorze. Pewnie właśnie dlatego, że to Rosjanin uczył go Ameryki i jej zwyczajów.

— Nie powinieneś lekceważyć Amerykanów — powiedział mu kiedyś Boris. — Nie doceniali ich Brytyjczycy, Francuzi, nie docenił ich Adolf Hitler i Japonia, a także były rząd mojego kraju. Imperia Francji i Anglii dawno nie istnieją; Hitler i Japończycy zostali pobici, potęga Sowietów też upadła. A Amerykanie wciąż mają się znakomicie.

— Następne stulecie będzie należeć do islamu — odpowiedział mu wtedy.

— Mówicie to od tysiąca lat — zakpił Boris. — A ja ci powiem, kto was wykończy... kobiety. W końcu przestaną się godzić na te wasze idiotyzmy. Niewolnicy powstaną przeciwko swoim ciemiężycielom. To samo było w moim kraju. Pewnego dnia kobiety po prostu będą miały dość noszenia zasłon na twarzach, dość bicia i zabijania za pieprzenie się z mężczyzną, dość siedzenia w domu i marnowania własnego życia. Kiedy ten dzień nadejdzie, niech lepiej podobni tobie i twoim zakichanym mułłom będą dobrze przygotowani do negocjacji.

— Gdybyś był muzułmaninem, toby było bluźnierstwo i zabiłbym cię na miejscu — odparł Asad.

— *Jebat' was* — rzekł na to Boris i wpakował mu pięść w splot słoneczny, pozostawiając go zgiętego wpół i walczącego o oddech.

Nigdy potem nie rozmawiali o tym incydencie, obaj bowiem wiedzieli, że Rosjanin i tak jest już martwy i niczego nie muszą kończyć. Można to było porównać do sytuacji, w której skazaniec pod gilotyną splunął w twarz katu.

Boris, pomimo swego alkoholizmu, bluźnierstw i arogancji, okazał się jednak świetnym instruktorem. Naprawdę znał Amerykę i Amerykanów, a jego wiedza, jak się kiedyś wygadał po pijanemu, nie pochodziła wyłącznie z pobytu w tym kraju. Okazało się, że spędził on jakiś czas w obozie szkoleniowym KGB, zwanym Szkołą Wdzięku Iwanowej. Rosyjscy agenci uczyli się tam grać rolę Amerykanów.

Boris wyjawił mu, że była to jedna z ostatnich tajemnic KGB, nieujawnionych po upadku Związku Sowieckiego. Zresztą również Amerykanie woleli tego nie rozgłaszać. Istotne było to, że podczas tego szkolenia Boris nauczył się rozumieć psychikę i duszę przeciętnego Amerykanina w stopniu przewyższającym wszystko, czego mógł się dowiedzieć, mieszkając w Stanach.

— Czasami nawet mi się wydaje, że j e s t e m Amerykaninem — powiedział. — Pamiętam, jak raz poszedłem na mecz baseballu w Baltimore i kiedy zagrali hymn, łzy stanęły mi w oczach. Oczywiście jak grają „Międzynarodówkę", też się tak czuję. Chyba się dorobiłem podwójnej osobowości — dodał z uśmiechem.

— Dobrze by było dla twojego zdrowia, żebyś przypadkiem nie dorobił się podwójnej lojalności — przestrzegł go wtedy.

Otrząsnął się ze wspomnień, spojrzał na zegarek i wcisnął guzik interkomu.

— Proszę mnie powiadomić, kiedy będziemy przelatywali nad Wielkim Kanionem — poprosił pilotów.

— Oczywiście, panie Perleman — odparł kapitan Fiske. — Za jakieś czterdzieści minut znajdziemy się około osiemdziesięciu kilometrów na południe od Południowej Krawędzi. Ale obawiam się, że z tej wysokości niewiele pan zobaczy.

Khalilowi zupełnie nie zależało na ujrzeniu kanionu; chodziło mu tylko o to, żeby go ktoś obudził o odpowiedniej porze, jeśli zaśnie.

— Dziękuję.

Oparł się wygodnie, zamknął oczy i pomyślał o swym następnym celu, o wizycie u porucznika Wigginsa. Chip Wiggins, poinstruowali go w Trypolisie, był człowiekiem nieprzewidywalnym, niepodobnym do ludzi o ustalonych zwyczajach i zachowaniach, jak ci, których już uśmiercił. Dlatego, a także ze względu na to, że była to ostatnia pozycja na liście, w Kalifornii miał dostać kogoś do pomocy. Nie pragnął tego zupełnie, lecz ta część jego misji była najniebezpieczniejsza, a także — świat miał się o tym niedługo przekonać — najważniejsza.

Zapadł w drzemkę i znowu mu się przyśnił ten człowiek, który podążał za nim skrycie. Tym razem obaj lecieli w powietrzu ponad pustynią; on przodem, a tamten za nim, choć niewidoczny. Wysoko nad nimi unosił się Zwiastun, ów anioł śmierci, którego spotkał w oazie Kufra. Anioł namyślał się, którego z dwóch ludzi ma dotknąć i strącić na ziemię.

Zatrzeszczał interkom i Khalil obudził się, rozedrgany i spocony.

— Wielki Kanion po prawej, panie Perleman — powiedział pilot.

— Dziękuję — odparł ochryple.

Wstał i udał się do toalety. Przemył twarz i ręce zimną wodą i wróciwszy na miejsce, zadzwonił do Kalifornii z telefonu pokładowego.

— Halo — odezwał się męski głos.

— Mówi Perleman. Przepraszam, że pana obudziłem.

— Tu Tannenbaum. Nic nie szkodzi, śpię sam.

— To dobrze. Dzwonię, żeby się dowiedzieć, co z naszym interesem.

— Klimat do interesów jest tu bardzo dobry.

— A jak tam konkurencja?

— Na razie się nie pokazała.

— No to do bliskiego spotkania.

— Tak jak ustaliliśmy.

Rozłączywszy się, Khalil odetchnął głęboko i ponownie włączył interkom.

— Tak, słucham? — odezwał się Fiske.

— Dzwoniłem przed chwilą w interesach i znowu nastąpiła zmiana planów — oznajmił rzeczowym tonem. Boris tłumaczył mu: „Pan Perleman nie powinien przepraszać za zmianę trasy lotu. Jest bogatym Żydem, dobrze płaci i wymaga odpowiedniej jakości usług. Najważniejsze dla niego są interesy i nie obchodzi go, że komuś może to być nie na rękę". — Muszę polecieć do Santa Monica — rzekł. — Rozumiem, że nie stanowi to dla panów problemu.

— Oczywiście, że nie, panie Perleman. Czasowo to wyjdzie mniej więcej na to samo. Za jakieś czterdzieści minut powinniśmy się znaleźć w zasięgu lotniska miejskiego. Musimy tylko tak wycyrklować, żeby już było po szóstej, bo wcześniej nie wolno lądować ze względu na ciszę nocną.

— Rozumiem.

Dwadzieścia minut później learjet rozpoczął schodzenie i w miękkiej poświacie jutrzenki ukazały się przed nimi góry.

— Proszę zapiąć pas, panie Perleman — usłyszał głos pilota. — Za dziesięć minut powinniśmy być na ziemi.

Khalil nie odpowiedział; przestawił tylko zegarek na czas kalifornijski. Była 5.55.

Cały lot został dokładnie zaplanowany w Trypolisie, tak żeby zmiana celu podróży, której miał zażądać nad Wielkim Kanionem, pozwoliła mu się znaleźć w Santa Monica mniej więcej w tym samym czasie, o którym lądowałby w San Diego. Kiedy amerykańskie władze odkryją, że poleciał do Santa Monica, zostanie im zaledwie czterdzieści minut na zastawienie tam nowej pułapki. Gdyby chcieli zyskać na czasie, pilot zapewne poinformowałby go o jakimś wyimaginowanym problemie technicznym, a wówczas Asad Khalil poprosiłby go o następną zmianę kursu, tym razem przystawiając pistolet do głowy. Jako alternatywny punkt docelowy wybrano małe zapuszczone lotnisko w Górach San Bernardino, kilka minut lotu od ich obecnej pozycji. Czekał tam na niego samochód z kluczykami przylepionymi taśmą do podwozia.

Wiedział oczywiście, że wszystkie te zmiany w trakcie lotu nie dawały mu pewności co do bezpieczeństwa na ziemi. Ponieważ jednak można było dokonywać takich zmian niemal bez ograniczeń, postanowiono to wykorzystać, choćby tylko po to, żeby utrudnić życie Amerykanom — jeśli faktycznie szykowali zasadzkę. Malik tłumaczył mu to, znów posługując się przykładem lwa. „Lew, kiedy poluje, koncentruje się na swej ofierze. Jeżeli to na niego polują, wykorzystuje własną wiedzę i intuicję myśliwego dla zmylenia prześladowców. Czasami będziesz musiał zmienić kierunek ucieczki, żeby się wymknąć pościgowi, z drugiej strony jednak niepotrzebna zmiana kierunku może umożliwić ucieczkę twojej ofierze. Najgorzej jest zaś wtedy, gdy zmieniając kierunek biegu, wpadasz prosto w pułapkę. Powinieneś też wiedzieć, kiedy się trzeba zatrzymać i ukryć w gąszczu. Gazela, która umknęła lwu, szybko powraca do bezmyślnego przeżuwania trawy, szczęśliwa, że już nie musi się wysilać i może znów napełniać sobie brzuch. Lew jednak wcale nie rezygnuje z jej pożarcia i czeka cierpliwie, aż się napasie i zrobi ociężała".

Learjet przemknął nad progiem pasa i po chwili dotknął kołami betonu. Po kilku minutach kołowali ku opustoszałej rampie w strefie lotnictwa ogólnego.

Khalil patrzył uważnie przez okno kabiny, a potem wstał, wziął czarną torbę i przeszedł na przód samolotu. Przyklęknął pomiędzy pilotami i zlustrował teren naokoło. Przed nimi pracownik lotniska, trzymający w rękach świetlne wskaźniki, kierował maszynę na miejsce postoju, dokładnie na wprost budynku obsługi.

Kiedy się zatrzymali, kapitan Fiske wyłączył silniki i zwrócił się do swego pasażera:

— Jesteśmy na miejscu, panie Perleman. Czy trzeba pana gdzieś podwieźć?

— Nie, nie, ktoś po mnie przyjedzie.

Choć tak naprawdę nie wiem kto.

Wyglądał przez okno kokpitu.

Drugi pilot, Sanford, wstał z fotela i prześliznąwszy się obok niego, otworzył drzwi samolotu. Do wnętrza wpadł podmuch ciepłego wiatru. Sanford wyszedł na zewnątrz, a Khalil podążył za nim, gotów powiedzieć do widzenia lub strzelić mu w głowę, zależnie od rozwoju sytuacji w ciągu najbliższych sekund.

Kapitan Fiske także wysiadł i stali we trzech w chłodnym powietrzu świtu.

— Mam się spotkać z moim znajomym w kafeterii — powiedział Khalil.

— Kafeteria mieściła się w tym piętrowym budynku, jak tu ostatnio lądowałem — rzekł Fiske. — Powinno być otwarte.

Wzrok Khalila błądził wokół hangarów i budynków lotniska, wciąż pogrążonych w porannym półmroku.

— Tam, panie Perleman — pokazał ręką kapitan. — Ten budynek, co ma tak dużo okien.

— Tak, tak, widzę. — Khalil spojrzał na zegarek. — Mam jechać do Burbank, czy to daleko? — zapytał.

Odpowiedział mu Sanford.

— Lotnisko w Burbank jest niecałe dwadzieścia kilometrów stąd na północ; o tej porze samochodem to będzie jakieś piętnaście minut.

— To może powinienem był polecieć od razu tam? — zapytał Khalil na wypadek, gdyby pilotów to zastanowiło.

— Ale tam cisza nocna jest do siódmej — odparł Sanford. — Dobrze pan zrobił.

— To pewnie dlatego mój kolega chciał, żebym przyleciał tutaj.

— Pewnie tak, panie Perleman.

— Dziękuję panom za pomoc i cierpliwość. — Khalil uścisnął im dłonie.

Obaj zapewnili go, jaką wielką przyjemnością było gościć go na pokładzie, i chociaż wątpił w szczerość tych deklaracji, wręczył każdemu po banknocie studolarowym.

— Do widzenia panom.

Piloci podziękowali, dotknęli dłonią daszków czapek i odmaszerowali ku otwartym wrotom hangaru.

Asad Khalil został sam na otwartej rampie, całkowicie odsłonięty, oczekując w każdej chwili, że cisza eksploduje krzykami biegnących ku niemu ludzi. Nic się jednak nie wydarzyło, co nie było dlań zaskoczeniem. Nie wyczuwał niebezpieczeństwa. Za to w promieniach wschodzącego słońca czuł obecność Boga.

Znalazł barek kawowy, gdzie przy stoliku siedział samotnie mężczyzna w dżinsach i niebieskiej koszulce, czytając „Los Angeles Times". Miał semickie rysy, podobnie jak on, i był mniej więcej w tym samym wieku.

— Pan Tannenbaum? — zapytał Khalil, podchodząc do stolika.

Mężczyzna wstał.

— Tak. Pan Perleman?

Wymienili uścisk dłoni, tamten zapłacił za kawę i wyszli z budynku, kierując się na parking.

— Czy miał pan dobrą podróż? — zapytał Tannenbaum, pozostając przy angielskim.

— Gdybym nie miał, toby mnie tu nie było.

Tannenbaum zamilkł. Wyczuł, że przybysz nie tęskni za towarzystwem ani pogawędką.

— Na pewno nikt pana nie śledził? — zapytał Khalil.

— Na pewno. Nigdy się nie zajmowałem niczym, co mogłoby wywołać zainteresowanie władz moją osobą.

Khalil przeszedł na arabski.

— Również i teraz nie zajmujesz się niczym takim — upomniał swego pomocnika. — Niech ci to nawet w głowie nie postanie, przyjacielu.

— Oczywiście, proszę wybaczyć.

Stanęli przy niebieskiej furgonetce. Na jej burcie widniał napis: „Usługi przewozowe — Cały stan — Doręczenie w ciągu 24 godzin" i numer telefonu. Kiedy wsiedli, Khalil obejrzał się do tyłu. Leżało tam na podłodze kilkanaście paczek.

Pojechali autostradą międzystanową na północ, mijając po drodze zjazdy na Century City, Twentieth Century Fox Studios, West Hollywood, Beverly Hills i coś o nazwie UCLA*. Khalil wiedział, że w Hollywood Amerykanie produkują filmy, lecz nie interesował go ten temat.

— Mam z tyłu paczki zaadresowane do pana Perlemana — przerwał milczenie kierowca. Khalil nie odpowiedział. — Nie wiem, co tam w nich jest, ale mam nadzieję, że wszystko, czego panu potrzeba — dodał Tannenbaum.

Khalil w dalszym ciągu milczał. Mężczyzna również ucichł i znać było po nim lekkie podenerwowanie. Khalil postanowił go uspokoić i zwrócił się doń prawdziwym imieniem.

— Jesteś z Bengazi, prawda, Azim?

— Tak.

— Tęsknisz za krajem?

— Oczywiście.

— I za rodziną, co? Twój ojciec, zdaje się, wciąż mieszka w Libii?

— Tak — odparł Azim po chwili wahania.

— Niedługo będziesz mógł odwiedzić rodzinne strony — rzekł Khalil. — Zasypiesz całą rodzinę prezentami.

— Tak.

Jechali dalej w milczeniu, popatrując często w boczne lusterka.

Gdy dojeżdżali do skrzyżowania z Ventura Freeway, gdzie

* University of California in Los Angeles.

należało wybrać, czy zjechać na wschód na Burbank, czy na zachód na Venturę, Azim zwrócił się do swego pasażera.

— Powiedzieli mi, że pan ma adres miejsca spotkania.

— Mnie powiedzieli, że ty go masz — odparł Khalil.

Tamten z wrażenia niemal zjechał na pobocze.

— Nie, nie... — zaczął bełkotać urywanym głosem. — Ja nic nie wiem... naprawdę! Oni mówili...

Khalil wybuchnął śmiechem i położył mu uspokajająco dłoń na ramieniu.

— W porządku. Zapomniałem, to ja go mam. Zjedź na Venturę.

Azim zmusił się do uśmiechu, zwolnił i zrobił, jak mu kazano. Khalil wyjrzał przez okno na rozległą, zabudowaną gęsto dolinę i wysokie wzgórza w oddali. Rosnące tu palmy przypominały mu o domu. Odegnał to skojarzenie i zwrócił się myślami ku swej następnej ofierze. Elwood Wiggins był zdobyczą trudniej uchwytną od pozostałych, lecz w końcu zlokalizowano go w Burbank, skąd później przeprowadził się do Ventury, dalej na północ wzdłuż wybrzeża. Był to w istocie ruch niemal proroczy, kierował bowiem Khalila bliżej miejsca, w którym zamierzał zakończyć swą peregrynację po Ameryce. Nie wątpił, że to ręka Allaha kieruje poczynaniami ostatnich uczestników tej gry.

Jeśli porucznik Wiggins był w domu, mógł skończyć z nim jeszcze tego dnia i zająć się załatwieniem ostatniej sprawy. Jeżeli go nie będzie, to kiedy wróci, zastanie w swoim mieszkaniu głodnego lwa, gotowego zatopić kły w gardle swej ofiary.

Roześmiał się cicho. Azim spojrzał nań z uśmiechem, lecz spoważniał natychmiast, gdy ujrzał wyraz twarzy Khalila. Poczuł, jak jeżą mu się włoski na karku i nie mógł się oprzeć wrażeniu, że zamiast człowieka ma teraz obok siebie groźną bestię.

Rozdział 46

Wybrałem waszyngtoński numer i po chwili w słuchawce odezwał się męski głos.

— Wydział zabójstw, detektyw Kellum, słucham.

— Mówi John Corey z wydziału zabójstw NYPD. Chciałbym rozmawiać z detektywem Calvinem Childersem.

— Ma na dzisiaj alibi.

Sami dowcipnisie.

— Jest czarny, uzbrojony i muszę go dopaść — podjąłem zabawę.

— Proszę poczekać — odrzekł Kellum ze śmiechem.

Po minucie zgłosił się Childers.

— Cześć, John. Jak tam sprawy w Wielkim Jabłku?

— Sam miód, Cal. Stara bida — zakończyłem tę wymianę uprzejmości i powiedziałem poważniejszym tonem: — Pracuję przy sprawie tego samolotu z trzystu trupami na pokładzie.

— O rany boskie. Kto cię tak wrobił?

— To długa historia. W dodatku jestem teraz właściwie w FBI.

— Wiedziałem, że z ciebie nic dobrego nie wyrośnie. — Roześmialiśmy się obaj. Poznałem Cala na seminarium w kwaterze głównej FBI parę lat temu i polubiliśmy się, głównie z tego powodu, że obaj mamy problemy z nieuznawaniem autorytetów i z federalniakami. To on mi sprzedał ten głupi kawał o prokuratorze generalnym i zającu. — I jak ci się pracuje u tych cieniarzy? — zapytał Cal.

— Jestem tylko na krótkim kontrakcie. I na jeszcze krótszej smyczy.

— Aha. W czym ci mogę pomóc?

— Hmm... mam mówić wprost, czy wciskać ci kit, żebyś wiedział jak najmniej?

— A słyszą nas?

— Prawdopodobnie.

— Masz komórkę?

— No pewnie.

— To dzwoń z komórki. — Podał mi numer i rozłączył się, a ja zwróciłem się do Kate, która właśnie wróciła nie wiadomo skąd.

— Przepraszam, czy mogłabyś mi pożyczyć swoją komórkę?

Robiła coś na komputerze i bez słowa czy spojrzenia sięgnęła do kieszeni i podała mi telefon.

— Dziękuję. — Zadzwoniłem i kiedy Cal odebrał, spytałem od razu: — Pracujesz może przy sprawie Waycliffa, tego generała?

— Nie, ale znam chłopaków, którzy się tym zajmują.

— Super. Mają już coś?

— Nic. A ty?

— Znam nazwisko mordercy.

— Naprawdę? Siedzi?

— Jeszcze nie, dlatego proszę o pomoc ciebie.

— Nie ma sprawy. Podaj mi to nazwisko.

— Nie ma sprawy. Udziel mi tej pomocy.

Cal parsknął śmiechem.

— No, dobra, czego ci potrzeba?

— Układ jest taki: muszę się dowiedzieć nazwisk pilotów, którzy uczestniczyli z nieboszczykiem generałem w nalocie bombowym. Powiem ci od razu, że te nazwiska są ściśle tajne, a ci z lotnictwa stoją okoniem albo udają głupków, albo ich nie znają.

— To skąd ja mam je wziąć?

— Możesz na przykład przy okazji popytać rodzinę albo rozejrzeć się w mieszkaniu ofiary, może miał jakiś notes albo inne papiery. Może zdjęcie na ścianie. Podobno jesteś detektywem?

— Detektywem, a nie pieprzonym jasnowidzem. Powiedz coś więcej.

— Proszę bardzo. Oni bombardowali miejsce, które się nazywa... poczekaj — zerknąłem na artykuł na biurku — Al Azziziyah.

— Mam siostrzeńca, który się tak nazywa.

Czy wspominałem już, że mamy obaj chore poczucie humoru?

— To jest miejscowość, Cal. W Libii, koło Trypolisu.

— A, to trzeba było od razu tak mówić. Teraz rozumiem.

— Chodzi o to, że jestem prawie pewien, że generała zabił ten Asad Khalil...

— Ten gość, który załatwił cały samolot?

— Dokładnie.

— A co on robił w Waszyngtonie?

— Mordował ludzi. On jest cały czas w ruchu; według mnie zamierza załatwić wszystkich pilotów, którzy uczestniczyli w tej misji.

— Ale jaja. Dlaczego?

— Chce się zemścić. Prawdopodobnie mieszkał w tym Al Azziziyah i być może stracił kogoś bliskiego podczas bombardowania.

— Rozumiem.

— Ten nalot był piętnastego kwietnia w osiemdziesiątym szóstym. Na Al Azziziyah leciały cztery samoloty F-sto jedenaście z dwuosobową załogą. Czyli mamy ośmiu pilotów. Jeden, pułkownik William Hambrecht, został zabity siekierą pod bazą Lakenheath w Anglii, w styczniu. Teraz zamordowano generała Waycliffa. Jeden, nie znam nazwiska, zginął w Zatoce. Więc masz już dwa nazwiska, Hambrecht i Waycliff. Może natkniesz się na jakieś ich wspólne zdjęcie albo co.

— Jasna sprawa. Ale dlaczego ten facet tak długo czekał, żeby się z nimi porachować?

— Wtedy był jeszcze chłopcem. Teraz dorósł. — Opowiedziałem mu krótko o Khalilu, o tym jak się oddał w nasze ręce w Paryżu i o innych sprawach, o których nie było w prasie.

— Słuchaj, skoro tak, to musicie mieć jego odciski i w ogóle? — zapytał Cal.

— Słusznie. Poproś laboratorium FBI, żeby ci to przysłali.

Mają nawet włókna z garnituru, w którym być może występował u was, mają jego DNA i tak dalej.

— Nasi nie znaleźli za wiele na miejscu zbrodni, ale teraz przynajmniej będą wiedzieli, czego szukać.

— No właśnie. Czy ofiary zabito z czterdziestki?

— Nie, z czterdziestkipiątki. Generał miał wojskowy automat, który zniknął. Tak powiedziała jego córka.

— Podobno nie pracujesz przy sprawie i znasz tyle szczegółów?

— Nie pracuję bezpośrednio, ale to duża sprawa. Zabito białych ważniaków, rozumiesz.

— Jasne. Podobno masz alibi?

Cal się roześmiał.

— Daj mi kilka godzin...

— Góra godzinę, Cal. Musimy dotrzeć do tych pilotów. Do niektórych pewnie i tak już nie zdążymy.

— W porządku. Muszę złapać chłopaków, a potem pojadę do mieszkania ofiary i stamtąd do ciebie zadzwonię. Zgoda?

— Bardzo ci dziękuję. — Podałem mu numer komórki Kate, dodając: — Z nikim o tym nie gadaj.

— Jasne. Jesteś teraz moim dłużnikiem, John.

— O nie, już ci zapłaciłem. Masz nazwisko mordercy. Asad Khalil.

— Oby to była prawda. Żebym nie oberwał po dupie przez to wszystko.

— Będę cię krył w razie czego.

— Mhm, federalni zawsze kryją gliniarzy.

— Ja jestem gliną, Cal.

— Mam nadzieję.

Rozłączyliśmy się.

— Słyszałam wszystko — powiedziała Kate, podnosząc wzrok znad klawiatury.

— Oficjalnie nie słyszałaś niczego.

— Nic takiego nie zrobiłeś. To się mieści w granicach śledztwa.

— Poważnie?

— Nie wpadaj w paranoję, John. Masz prawo badać w sposób legalny wszystkie nitki dochodzenia.

— Nawet ściśle tajne?

— Nie. Ale najwyraźniej sprawca przestępstwa już ma tę informację, więc i tak nie jest tajna.

— Jesteś pewna?

— Zaufaj mi. Jestem prawnikiem.

Uśmiechnęliśmy się oboje. Chyba byliśmy znów kumplami.

— Jeżeli nam się uda zdobyć te nazwiska i może adresy — powiedziała Kate — zanim pani Hambrecht zdecyduje się je podać albo zanim znajdzie je lotnictwo, będziemy mieli mocniejszą podstawę, żeby w dalszym ciągu pracować nad sprawą. W przeciwieństwie do sekcji antyterrorystycznej w Waszyngtonie.

Spojrzałem na nią uważnie. Wyglądało na to, że panna Mayfield, zwolenniczka gier drużynowych, zaczynała inaczej widzieć tę rozgrywkę.

— Właśnie — odparłem. — Nie podoba mi się, jak ktoś chce mi zabrać coś, co należy do mnie.

— Jesteś bardzo przemyślny, John — uśmiechnęła się. — Ja bym nigdy nie wpadła na to, żeby zadzwonić do wydziału zabójstw w stolicy.

— Ja sam jestem z wydziału zabójstw — odparłem. — My takie rzeczy robimy przez cały czas, wiesz, jak gliniarz z gliniarzem. Gabe też to zrobił. Ale — dodałem, żeby ją pocieszyć — to ty zażądałaś akt Hambrechta. Widzisz, jak dobrze się nam współpracuje? FBI, NYPD, pełna kooperacja. Jak to świetnie funkcjonuje; jakiż znakomity pomysł. Dlaczego mnie wcześniej tu nie przydzielili? Jak sobie pomyślę, że zmarnowałem dziesięć lat w wydziale zabójstw...

— John, zbastuj.

— Tak jest, proszę pani.

— Zamawiam lunch. Co ci wziąć?

— Proszę trufle w sosie *bérnaise* z żytnim chlebkiem i pikle.

— A może chciałbyś moją pięścią w dziób?

Rany boskie. Wstałem i przeciągnąłem się.

— Chodźmy gdzieś. Ja stawiam.

— No, nie wiem...

— Chodź, chodź. Muszę stąd wyjść. Mamy przecież te brzęczyki. — Schowałem jej komórkę do kieszeni marynarki.

— Dobrze. — Kate podeszła do biurka oficera dyżurnego i powiedziała urzędującej pani, że wychodzimy, ale niedaleko.

Kilka minut później szliśmy już Broadwayem. Nie zamierzałem zbytnio się oddalać od Ministerstwa Prawdy, poszliśmy więc dwie przecznice dalej, na Chambers Street w okolice ratusza.

— Przepraszam, że byłam przedtem taka... zdenerwowana — tłumaczyła się Kate. — To do mnie niepodobne.

— Nie ma sprawy. Pierwsze dni bywają trudne.

— Właśnie.

Zaprowadziłem ją do lokalu o nazwie Ecco. To przytulna restauracyjka z odrobiną atmosfery starego Nowego Jorku, z wyjątkiem cen. Chadzałem tu z moją eks, bo oboje pracowaliśmy w okolicy, lecz pannie Mayfield o tym nie wspomniałem.

Przywitał mnie po nazwisku szef sali, który zawsze robi wrażenie na współbiesiadnikach stałych bywalców. Posadził nas przy dwuosobowym stoliku pod oknem. Lokal był pełen *politicos* z ratusza i innych miejskich instytucji. To miejsce stworzone dla ważniaków z władz miasta z dużym funduszem reprezentacyjnym. Budżetowe pieniądze wracają tędy błyskawicznie do sektora prywatnego, a potem w postaci podatków wędrują znów do kasy miejskiej. Funkcjonuje to znakomicie.

Zamówiłem po lampce wina za osiem dolarów, białe dla pani, czerwone dla pana. Obsługiwał nas sam właściciel imieniem Enrico.

— Nie musisz mi stawiać takiego drogiego lunchu — powiedziała Kate.

Oczywiście, że musiałem. Odparłem jednak:

— Jestem ci to winien po takim śniadaniu.

Roześmiała się. Kiedy Enrico wrócił z winem, poprosiłem go o numer faksu do lokalu. Zapisał go na serwetce i odszedł. Stuknęliśmy się kieliszkami.

— *Slainté* — rzuciłem.

— Co to znaczy?

— Na zdrowie. To po gaelicku. Jestem w połowie Irlandczykiem.

— W której połowie?

— W lewej.

— Od strony ojca czy matki, John?

— Matki. Tata jest właściwie Anglikiem. Ależ z nich para, mówię ci. Posyłają sobie bomby w listach.

Roześmiała się i zaczęliśmy, jak się to mówi, studiować menu. Ja prawą stronę, Kate lewą. Ceny po prawej nieco wzrosły od ostatniego razu, lecz uratował mnie dzwonek telefonu. To był Calvin Childers.

— Słuchaj, jestem w mieszkaniu nieboszczyka — powiedział. — Na ścianie w jego gabinecie wisi zdjęcie ośmiu facetów przy samolocie, ktoś mi tu mówi, że to F-sto jedenaście. Ale data pod zdjęciem jest trzynastego kwietnia osiemdziesiąt siedem. Co ty na to?

— Wiesz, to była tajna misja, więc pewnie...

— Jasne, też tak pomyślałem. Na zdjęciu nie ma jednak nazwisk tych gości.

— Cholera.

— Spoko, koleżko. Childers czuwa. Znalazłem jeszcze drugie zdjęcie. Duże, czarno-białe, z podpisem: Czterdziesty ósmy dywizjon myśliwców taktycznych, Baza RAF w Lakenheath. Z pięćdziesięciu ludzi jest na tym zdjęciu, wszyscy ładnie podpisani, pierwszy rząd od lewej, drugi rząd i tak dalej. Wziąłem lupę i udało mi się dopasować tych ośmiu z F-sto jedenaście, twarze do nazwisk. Właściwie siedmiu, bo Waycliffa już widziałem. Potem przejrzałem notes generała i znalazłem ich adresy i telefony.

Wypuściłem głośno powietrze.

— Znakomicie, Cal. Przefaksujesz mi to wszystko?

— A co będę z tego miał?

— Obiad w Białym Domu. Order. Co chcesz.

— Aha. Najpewniej pięć lat kryminału. No, dobra, on ma tutaj faks. Podaj mi numer.

Podyktowałem mu numer faksu w Ecco.

— Dzięki, stary. Świetna robota.

— Gdzie ten Khalil może teraz być?

— Składa wizyty tym pilotom. Czy jeszcze jakiś mieszka w Waszyngtonie?

— Nie. Floryda, Karolina Południowa, Nowy Jork...

— Gdzie w Nowym Jorku?

— Zaraz... gość się nazywa Jim McCoy... mieszka w jakimś Woodbury. Pracuje w Muzeum Kolebki Lotnictwa na Long Island.

— Dobra. Przefaksuj mi też to zdjęcie ich ośmiu, tylko

zaznacz, który jest który. A dobrą kopię z oryginału podeślij mi jak najszybciej samolotem. Zadzwoń, jaki numer lotu, to poślę kogoś, żeby to odebrał.

— Istna udręka z tobą, Corey. Słuchaj, zmywam się stąd, zanim zaczną pytać, co tu robię. Wiesz co, ten Khalil to bardzo brzydki pan. Dołączę ci parę zdjęć z miejsca zbrodni.

— A ja ci podeślę fotki z samolotu pełnego trupów.

— Tylko nie daj się tam.

— Nigdy się nie daję. Do zobaczenia w Białym Domu. — Rozłączyliśmy się. Kate spojrzała na mnie pytająco. — Mamy wszystkie nazwiska i adresy — oznajmiłem.

— Mam nadzieję, że nie za późno.

— Raczej na pewno za późno.

Przywołałem kelnera.

— Proszę rachunek i proszę mi przynieść z waszego faksu wiadomość dla Johna Coreya.

Dokończyłem wino i wstaliśmy od stolika.

— Jestem ci winien lunch — powiedziałem do Kate.

Podeszliśmy do wyjścia, kelner wrócił, dałem mu dwu-dziestkę, a on wręczył mi dwie kartki ręcznie pisanego faksu i zdjęcie, niezbyt wyraźne.

Po drodze na Federal Plaza przeczytałem wszystko na głos.

— Bob Callum, Colorado Springs, Akademia Lotnicza. Steve Cox, z dopiskiem: „zginął podczas akcji, Zatoka Per-ska, styczeń dziewięćdziesiąt jeden". Paul Grey, Daytona Beach/Spruce Creek, Floryda. Willie Hambrecht, o nim już wiemy. Jim McCoy, Woodbury... to ten z Long Island. Bill Satherwaite, Moncks Corner, Karolina Południowa. A cóż to za dziura? I ostatni, Chip Wiggins, Burbank, Kalifornia. Ale Cal dopisał, że jego adres i telefon w notesie Waycliffa są przekreślone.

— Próbuję sobie poukładać po kolei ruchy Khalila — rzekła Kate. — Z Kennedy'ego odjechał prawdopodobnie taksówką Jabbara około siedemnastej trzydzieści. Czy mógł od razu pojechać do McCoya?

— Nie wiem. Dowiemy się, jak do niego zadzwonimy. — Wystukałem numer domowy McCoya na komórce. Odezwała się automatyczna sekretarka. Nie chciałem wzniecać paniki, więc powiedziałem tylko: „Panie McCoy, mówi John Corey z FBI. Mamy powody przypuszczać, że... — Że co? Że najgorszy skurwiel pod słońcem chce panu odstrzelić głowę? — ...że może pan być celem człowieka, który pragnie się zemścić za pański udział w nalocie na Libię w osiemdziesiątym szóstym. Proszę zawiadomić miejscową policję i skontaktować się z biurem FBI na Long Island. Podaję mój numer na Manhattanie". — Podyktowałem numer i dodałem: — „Proszę zachować najwyższą ostrożność. Doradzałbym, żeby się pan na razie gdzieś przeniósł razem z rodziną". — Rozłączyłem się.

— On może pomyśleć, że to głupi dowcip, ale być może słowo Libia go przekona. Zapisz, o której dzwoniłem — zwróciłem się do Kate.

— Może się okazać, że w ogóle nie odbierze tej wiadomości. — Już miała notatnik w ręce i robiła zapiski.

— Nie myślmy w ten sposób. Myślmy pozytywnie. — Przystanąłem przy stoisku z jedzeniem. — Dwie knysze z musztardą i kiszonym ogórkiem — poprosiłem.

Zadzwoniłem teraz do domu Billa Satherwaite'a w Karolinie Południowej.

— Dzwonię najpierw do potencjalnych ofiar — wyjaśniłem Kate. — Jeślibym zaczął od miejscowej policji, to do wieczora bym nie skończył im tłumaczyć.

— To prawda.

— Następnie obskoczę kolejno ich biura.

Głos w słuchawce powiedział: „Bill Satherwaite. Zostaw wiadomość". Nagrałem podobną wiadomość jak do McCoya, też radząc mu wynieść się z miasta.

Sprzedawca usłyszał, co mówię, i popatrzył na mnie podejrzliwie, wręczając nam po knyszy w woskowanym papierze. Dałem mu dziesiątkę.

— Co to jest? — spytała Kate.

— Jedzenie. Coś w rodzaju żydowskiego purée z ziemniaków, smażone. Bardzo dobre. — Wybrałem numer domowy Paula Greya na Florydzie. Zauważyłem, że pracuje pod tym samym adresem, co mieszka.

Kolejna gadająca maszyna kazała mi zostawić wiadomość, a sprzedawca, wręczając mi resztę, zrobił wielkie oczy.

Poszliśmy dalej. Spróbowałem do biura Greya i usłyszałem: „Grey Simulation Software. Nie możemy podejść do telefonu..." i tak dalej. Nie podobało mi się, że nikogo nie ma ani w domu, ani w biurze Greya. Zostawiłem kolejną wiadomość, a Kate zapisała czas.

Następna była praca Satherwaite'a, firma wynajmu samolotów i nauki pilotażu. Sekretarka automatyczna wyrecytowała mi ofertę usług i znów nagrałem moją powściągliwą wiadomość, która robiła się coraz mniej powściągliwa. Najchętniej krzyknąłbym do słuchawki: „Uciekaj, bo cię zabiją, człowieku!".

— Gdzie oni wszyscy się podziali? — zapytałem Kate.

Nie odpowiedziała.

Byliśmy już niedaleko Federal Plaza. Przyglądając się faksowi, pochłaniałem moją knyszę w rekordowym tempie.

Kate ugryzła kawałek, skrzywiła się i wrzuciła wszystko do kosza na śmieci, nawet nie pytając, czy nie miałbym ochoty zjeść. Moja eks też miała zwyczaj oddawać kelnerowi talerz z połową obiadu, nie proponując go mnie. Nie był to dobry znak.

Postanowiłem teraz zadzwonić do Muzeum Lotnictwa na Long Island, licząc, że tam przynajmniej usłyszę głos człowieka. Odebrała kobieta.

— Muzeum, słucham.

— Dzień dobry, moje nazwisko John Corey, dzwonię z FBI. Chciałbym rozmawiać z dyrektorem McCoyem. Pilna sprawa.

Po tamtej stronie zapadła cisza. Wiedziałem, co ona oznacza.

— Pan McCoy... — usłyszałem ciche pochlipywanie — pan McCoy... nie żyje.

Spojrzałem na Kate i pokręciłem głową. Rzuciłem resztę knyszy do rynsztoka.

— Co się wydarzyło, proszę pani? — zapytałem, przyspieszając jednocześnie kroku.

— Zamordowali go.

— Kiedy?

— W poniedziałek wieczorem. W muzeum jest pełno policji... nikogo nie wpuszczają.

— Czy mogę wiedzieć, z kim rozmawiam? I gdzie pani się teraz znajduje?

— Dali mi pokój w Muzeum Dziecka, to budynek obok. Przełączyli tu linię pana dyrektora. Jestem jego sekretarką.

— Rozumiem. Jak to się stało?

— Ktoś go zastrzelił... w samolocie... razem ze znajomym... Może pan porozmawia z policjantami?

— Później. Czy zna pani tego drugiego mężczyznę?

— Nie. Pani McCoy mówiła, że to jakiś kolega, ale nie zapamiętałam nazwiska.

— Grey?

— Nie.

— Satherwaite?

— Tak, właśnie. Satherwaite. Połączę pana z policjantami.

— Za chwilkę. Powiedziała pani, że go zastrzelono w samolocie?

— Tak... oni siedzieli w kabinie F-sto jedenaście, na wystawie... I pan Bauer, nasz strażnik, też nie żyje...

— Dziękuję pani. Jeszcze zadzwonię.

Rozłączyłem się i wprowadziłem Kate w sytuację. Weszliśmy do budynku i czekając na windę, wybrałem numer do domu Boba Calluma w Colorado Springs.

— Rezydencja Callumów. — Odebrała starsza kobieta.

— Czy rozmawiam z panią Callum?

— Tak. A kto mówi?

— Czy pan Callum jest w domu?

— Pan pułkownik Callum. Kto mówi?

— Nazywam się John Corey, jestem agentem FBI. Muszę porozmawiać z pani mężem; to bardzo pilne.

— Mąż bardzo źle się czuje. Teraz śpi. A o co chodzi? — Przyjechała winda, ale w środku mógł zaniknąć sygnał, więc nie wsiedliśmy. — Pani Callum, oddam teraz słuchawkę pani Mayfield, pracujemy razem. Ona pani wszystko wyjaśni. — Zakryłem mikrofon. — Kobieta z kobietą, rozumiesz — powiedziałem do Kate i oddałem jej telefon. — Ja idę na górę.

Wsiadłem do następnej windy, zostawiając sprawę w kompetentnych rękach. Znalazłszy się przy swoim biurku, zadzwoniłem natychmiast do Chipa Wigginsa do Burbank. Miałem nadzieję, że automat poda mi jego nowy numer, lecz usłyszałem tylko, że „abonent został wyłączony" i nic poza tym.

Wiedziałem, że w wiejskich rejonach Florydy zabójstwa podlegają często miejscowemu szeryfowi, zacząłem więc szukać w komputerze i dowiedziałem się, że Spruce Creek na

Florydzie leży w okręgu Volusia. Znalazłem numer do biura szeryfa okręgowego i zadzwoniłem tam. Czekając na połączenie z jakimś wieśniakiem, pomyślałem sobie, że powinienem właściwie zaalarmować najpierw sekcję antyterrorystyczną w budynku Hoovera, ale taki telefon mógł mnie kosztować godzinę plus obowiązkowe pisanie raportu. Instynkt mi podpowiadał, żeby najpierw dzwonić do potencjalnych ofiar. Właściwie to już nie instynkt, lecz moja prywatna standardowa procedura operacyjna. Gdyby to mnie ktoś chciał załatwić, też chciałbym o tym wiedzieć zawczasu.

— Biuro szeryfa. Zastępca Foley. — Facet miał akcent, jakby gdzieś z mojej wioski.

— Szeryfie, mówi John Corey z FBI w Nowym Jorku. Dzwonię z ostrzeżeniem, że jednemu z mieszkańców Spruce Creek może grozić śmierć. Naywa się Paul Grey...

— Za późno.

— Aha. Kiedy i gdzie?

— Muszę potwierdzić pana tożsamość.

— Niech pan zadzwoni przez centralę. — Podałem mu numer i rozłączyłem się.

Telefon odezwał się po piętnastu sekundach.

— Mój komputer mówi, że to jest numer do sił antyterrorystycznych — rzekł szeryf Foley.

— Zgadza się.

— Jaki to ma związek ze sprawą?

— Nie mogę powiedzieć, póki nie dowiem się szczegółów od pana. Bezpieczeństwo narodowe, rozumie pan...

— Nie bardzo. Znam tę gadkę.

Gość był zdecydowanie z Nowego Jorku. Postanowiłem zagrać tą kartą.

— Pan chyba stąd, co? — zapytałem.

— Zgadza się. Skąd pan wiedział?

— Strzelałem. Właściwie jestem z NYPD, z zabójstw. Tutaj tylko dorabiam.

— Ja byłem patrolowym na Queensie, posterunek jeden--zero-sześć. Dużo naszych jest tutaj, niektórzy już na emeryturze, inni pracują tak jak ja. Wsiowy szeryf, niezłe, co?

— Może ja też bym się tam do was przeniósł?

— A żeby pan wiedział. Oni tu uwielbiają gliniarzy z Nowego Jorku. Uważają, że my się znamy na robocie — roześmiał się Foley.

Zadzierzgnąwszy więź, zapytałem go wprost:

— Niech mi pan opowie o tym morderstwie.

— Dobra. Grey został zabity w domu, właściwie w biurze w domu. Koroner ustalił czas zgonu. Około południa, ale klimatyzacja chodziła, więc może trochę wcześniej. Znaleźliśmy go o dwudziestej piętnaście, po telefonie od niejakiej Stacy Moll. Ona lata na awionetkach w prywatnej firmie przewozowej i miała klienta z Jacksonville do domu ofiary. Grey mieszkał w takim osiedlu lotniczym, mają tam pasy startowe przed domami i tak dalej. Ten jej klient powiedział, że załatwia jakiś interes z nieboszczykiem.

— Faktycznie, załatwił.

— Właśnie. Gość się przedstawił jako Demitrious Poulos, handlarz antyków z Grecji, ale dziewczyna zobaczyła później zdjęcie w gazecie i twierdzi, że to był ten terrorysta... Asad Khalil.

— I ma rację.

— Jezu Chryste. Myśleliśmy z początku, że bredzi, ale jak znaleźliśmy Greya... dlaczego ten Khalil miałby go zabić?

— Ma jakiegoś hyzia w związku z samolotami, nie wiem dokładnie. Coś jeszcze?

— Dwa strzały, w głowę i w brzuch. Zabił też gosposię, strzał w tył głowy.

— Macie pociski albo łuski?

— Tylko pociski. Czterdziestki.

— Mhm. Dał pan może znać FBI?

— Tak. Właściwie nie uwierzyliśmy w tę historię z Khalilem, ale Grey miał coś wspólnego z obronnością kraju i być może zginęły jakieś dyski komputerowe; tak mówi jego dziewczyna.

— Ale czy pan powiedział FBI, że sprawa może mieć związek z Khalilem?

— Oczywiście. Dzwoniłem do biura w Jacksonville. Powiedzieli, że kilka razy na godzinę ktoś im zgłasza, że go widział. Mimo wszystko mieli przysłać agenta, ale jakoś się nie pojawia.

— Aha. I dokąd potem zawiozła swojego klienta ta pani pilot?

— Z powrotem na miejskie lotnisko w Jacksonville, a stamtąd własnym samochodem na międzynarodowe. Powiedział, że wraca do Grecji.

— Kontaktował się pan z policją w Jacksonville?

— Jeszcze nie zapomniałem wszystkiego, co umiem. Sprawdzili lotnisko, listy pasażerów, rezerwacje biletów, ale żadnego Poulosa nie znaleźli. Aha, ta Stacy Moll powiedziała, że on zarezerwował u niej lot na przyszły tydzień.

— Nie liczyłbym na to.

— Umówił się z nią na kolację.

— Niech pan jej powie, że ma szczęście, że żyje.

— Rzeczywiście.

— Dzięki. — Rozłączyłem się i zanotowałem przy nazwisku Paula Greya „zamordowany", z datą i czasem. Z całej ósemki pozostał już tylko Chip Wiggins, chyba że się przeprowadził na Wschód i Khalil złożył mu wizytę już wcześniej. No i jeszcze Bob Callum w Kolorado. Zastanawiałem się, czy Khalil zostawił go w spokoju, gdyż i tak umierał, jak wynikało ze słów pani Hambrecht, czy po prostu jeszcze do niego nie dotarł. Gdzie mógł się podziewać ten Wiggins? Gdybyśmy uratowali chociaż jego, byłoby to przynajmniej małe zwycięstwo w tej grze, której wynik brzmiał: Lew pięć, gospodarze zero.

Do boksu weszła Kate i usiadła przy swoim biurku.

— Trzymałam panią Callum na linii — powiedziała — aż zawiadomiła policję i żandarmerię wojskową z drugiego telefonu. Ona ma pistolet i mówi, że umie strzelać.

— To dobrze.

— Ten jej mąż jest bardzo chory. Rak.

Skinąłem głową.

— Myślisz, że Khalil o tym wie?

— Próbuję dojść, czego on ewentualnie może nie wiedzieć — odparłem. — Rozmawiałem z policją w Daytona Beach. Paul Grey został zamordowany w poniedziałek koło południa.

— O Boże...

Powtórzyłem jej, co mi powiedział szeryf Foley i podsumowałem prawdopodobny przebieg wydarzeń.

— Tak jak ja to widzę, to Khalil wsiadł do taksówki Jabbara, ale nie pojechał do muzeum, tylko sprytnie jak najdalej od lotniska, od razu do Perth Amboy. Załatwił Jabbara, wziął inny samochód, pojechał do Waszyngtonu, gdzieś przenocował, rano udał się do domu Waycliffa, załatwił swoje, potem jakoś przedostał się do Jacksonville, wynajął samolot do Spruce Creek, załatwił Paula Greya i sprzątaczkę, wrócił do Jacksonville i... chyba następne musiało być Moncks Corner. Satherwaite ma tam firmę samolotową, więc wynajął Satherwaite'a i polecieli na Long Island, na spotkanie kolegów z wojska. To musiał być ciekawy lot. W muzeum bach, bach, zastrzelił obu w kabinie F-sto jedenaście, a jakże, a potem strażnika. Kurwa, niesamowite.

— A co dalej? Jak się wydostał z Long Island? — zapytała Kate.

— Mógł odlecieć z lotniska MacArthur. Nie jest międzynarodowe, więc i nie ma takiej ścisłej kontroli. Ale coś mi się zdaje, że on preferuje prywatne samoloty.

— Bardzo możliwe. Mógł coś wynająć i polecieć do Colorado Springs albo do Kalifornii. Musiałby chyba lecieć odrzutowcem.

— Albo to, albo wolał zakończyć sprawę, póki jeszcze nas wyprzedza i jest w tej chwili w drodze do Piachlandii.

— Na razie nie daliśmy mu powodu do przypuszczenia, że nie da rady zgarnąć całej puli.

— To prawda. — Podałem jej faks Childersa. — Poza Callumem, który już ma ochronę, został tylko Wiggins, który być może jeszcze żyje i na pewno nie ma ochrony. Jego stary telefon jest odłączony. Spróbujmy znaleźć nowy przez informację w Burbank.

— Jak on ma naprawdę na imię? — zapytała Kate, już wystukując coś na klawiaturze.

— Nie wiem. Zrób, co się da.

— A ty zadzwoń w tym czasie do Waszyngtonu i do naszego biura w Los Angeles. A potem powiadom wszystkich, tu w ICC, e-mailem albo jak tam uważasz, że będzie najszybciej.

Szczerze powiedziawszy, zupełnie nie widziałem potrzeby powiadamiania o wszystkim kolegów w centrum ani alarmowania Waszyngtonu. Ustaliłem już, że czterech pilotów nie żyje. Callum był obstawiony, więc pozostawało tylko znaleźć Wigginsa, do czego nasza dwójka miała dość kompetencji.

— Zadzwonię na razie do Los Angeles — powiedziałem. — A może ty byś wolała?

— Wolałabym, gdybyś się lepiej umiał posługiwać komputerem — odparła Kate. — Poproś do telefonu Douga Sturgisa, to szef agentów. Powołaj się na mnie.

Zadzwoniłem więc, przedstawiłem się jako agent ATTF, co zazwyczaj robi na ludziach pewne wrażenie, zapytałem o Sturgisa i połączono mnie z nim.

— W czym mogę pomóc? — spytał.

Nie chciałem go zasypywać faktami, żeby nie zaczął kombinować z Waszyngtonem, ale musiałem jakoś zachęcić go do pomocy.

— Panie Sturgis, szukamy białego mężczyzny nazwiskiem Wiggins — powiedziałem — imię i drugie imię nieznane, przydomek „Chip". Około pięćdziesiątki, ostatnie znane miejsce zamieszkania Burbank. Jest potencjalnym świadkiem w dużej sprawie, być może związanej z międzynarodowym terroryzmem.

— A co to za sprawa?

Dlaczego wszyscy są tacy wścibscy?

— Sprawa jest delikatna i na razie trzymamy ją pod korcem, nie wolno mi ujawniać szczegółów — odparłem. — Ale ten Wiggins być może wie coś, co może nam pomóc. Proszę tylko, żebyście go odszukali, schowali w bezpiecznym miejscu i powiadomili nas natychmiast.

— Ktoś mu grozi? — zapytał Sturgis po chwili milczenia. — Kto? Jakaś grupa?

— Powiedzmy, że pewni ludzie z Bliskiego Wschodu. Musimy go znaleźć przed nimi. Jak będę miał coś więcej, to jeszcze zadzwonię. — Sturgis nie wydawał się przekonany, że powinien mi pomóc, dodałem więc: — Pracuję nad tą sprawą razem z Kate Mayfield.

— Oo.

— Kate powiedziała, żebym się zwrócił do pana.

— Dobrze. Zrobimy, co się da. — Powtórzył dane Wigg[i]nsa i dorzucił: — Niech pan pozdrowi Kate ode mnie.

— Oczywiście. — Podałem mu nasze numery telefonów. — Dzięki.

Zadzwoniłem następnie do biura osób zaginionych w komendzie policji Los Angeles. Zgłosił się szef, porucznik Miles. Wyrecytowałem swoją nieco ogólnikową historyjkę, dodając:

— Wy na pewno lepiej sobie z tym poradzicie od nas.

— Czy to możliwe, żebym rozmawiał z FBI? — rzekł Miles.

Zachichotałem konfidencjonalnie.

— Właściwie jestem z NYPD — poinformowałem go. — Tylko ich tutaj podszkalam w technikach dochodzeniowych.

— Aha — zaśmiał się porucznik. — Dobra, jak go znajdziemy, powiem, żeby się skontaktował z wami. To wszystko, co mogę zrobić, jeżeli nie jest o nic podejrzany.

— Byłbym wdzięczny, gdybyście go mogli zabrać do siebie — powiedziałem. — Może mu grozić niebezpieczeństwo.

— Jakie niebezpieczeństwo? Teraz pan to mówi?

— Sprawa ma związek z bezpieczeństwem narodowym i staram się mówić jak najmniej.

— No, teraz to rozmawiam z FBI — stwierdził z przekąsem Miles.

— Cały czas jestem gliną, poruczniku. Potrzebuję pomocy, ale nie mogę powiedzieć dlaczego.

— W porządku. Ma pan jakieś jego zdjęcie? Damy je na kartony z mlekiem*.

— Mamy, ale bardzo kiepskie, zresztą nie chcę robić za dużo szumu, szczególnie pod jego starym adresem. Chcemy złapać tego kogoś, kto poluje na Wigginsa, a nie go spłoszyć. Rozumiemy się? Aha, dzwoniłem też do biura FBI w Los Angeles, do agenta Sturgisa; oni także go szukają. Kto pierwszy znajdzie, dostanie medal.

— Ojoj, to trzeba było od razu tak mówić. Już pędzimy do akcji.

Gliniarze potrafią być upierdliwi.

— Poruczniku, sprawa jest naprawdę poważna — powiedziałem.

— Jasne. Zadzwonię, jak coś znajdziemy.

— Dzięki.

— Jak tam pogoda w Nowym Jorku?

---

* W USA zdjęcia osób zaginionych umieszcza się często na opakowaniach żywności.

— Mróz i śnieg.

— Tak myślałem. — Miles się rozłączył.

— Nie musisz się tak tajniaczyć przed naszymi ludźmi — rzekła Kate, odrywając wzrok od ekranu. — Przed policją zresztą też.

— Nie tajniaczyłem się.

— Oczywiście, że tak.

— Nie muszą wiedzieć, dlaczego go mają szukać; ważne, żeby znaleźli.

— Jak człowiek wie, dlaczego coś robi, to go bardziej mobilizuje.

Miała oczywiście rację, ale próbowałem myśleć jak glina, a działać jak agent federalny i te bzdury o bezpieczeństwie narodowym już się do mnie przykleiły.

— Nic nie znalazłam w spisie telefonów ani w Burbank, ani w ogóle w LA — oznajmiła, spoglądając na ekran.

— Wytłumacz komputerowi, dlaczego tego szukasz.

— Odpierdol się, John — odparła. — Jestem twoją szefową, masz mi o wszystkim mówić, masz mnie słuchać i tyle.

Uua! Zrobiłem urażoną minę.

— Jeżeli nie podoba ci się mój sposób prowadzenia sprawy i nie jesteś zadowolona z dotychczasowych rezultatów...

— Dobrze już, dobrze. Przepraszam. Jestem zmęczona i trochę spięta. Nie spałam przez całą noc. — Uśmiechnęła się i puściła do mnie oko.

Odwzajemniłem jej uśmiech półgębkiem. Panna Mayfield potrafiła być ostra i dobrze było o tym pamiętać.

— Masz pozdrowienia od Sturgisa — oznajmiłem.

Nie skomentowała tego.

— Facet mógł się wyprowadzić choćby na Alaskę... — stwierdziła, nie przestając bębnić w klawiaturę. — Gdybyśmy chociaż mieli jego numer ubezpieczenia... Sprawdź może, czy nam nie przekazali pocztą elektroniczną jakichś danych z sił powietrznych.

— Tak jest, szefowo. — Otworzyłem skrzynkę, lecz były w niej tylko wewnętrzne komunikaty. — A może, skoro już mamy nazwisko, poprosilibyśmy lotnictwo konkretnie o akta Wigginsa? — wpadłem na pomysł.

— Słusznie. Zaraz to zrobię. — Zaczęła wydzwaniać i przebijać się przez różne szczeble biurokracji.

— Możemy mieć tylko nadzieję, że Khalil ma takie same problemy z odszukaniem Wigginsa — mruknąłem nie wiedzieć do kogo.

Kate odłożyła słuchawkę.

— To jednak trochę potrwa — oznajmiła. — Ten „Chip" im się nie podoba. Pytali o jego numer służbowy albo numer ubezpieczenia. Czyli o to, czego właśnie szukamy.

— Dziadostwo. — Próbowałem coś wydusić z mojego komputera, ale wyskoczył mi tylko przepis na domowe chipsy. Wolę jednak telefon.

Kate męczyła mnie, żeby zawiadomić sekcję antyterrorystyczną w centrali, a ja wciąż się wzbraniałem, ponieważ wiedziałem, że najpierw będą mnie wypytywać przez godzinę, a potem każą jeszcze, nie daj Boże, przylecieć do Waszyngtonu. A dla mnie najważniejsze było teraz znalezienie Wigginsa... zanim znajdzie go Khalil. W mojej karierze zdarzało mi się już odnaleźć człowieka bez adresu w ciągu godziny, ale zdarzało się i po dwóch dniach.

Zadzwoniłem do stanowego wydziału komunikacji w Kalifornii i bardzo uprzejma urzędniczka znalazła mi nieoczekiwanie Elwooda Wigginsa w Burbank. Adres i data urodzenia się zgadzały. *Voilà!*

— On ma na imię Elwood — poinformowałem Kate. — Tak jest w prawie jazdy. Data urodzenia pasuje, tysiąc dziewięćset sześćdziesiąty. Nie ojciec, nie syn.

— Super. — Znowu zaczęła walić w klawisze, przepatrując spisy telefonów.

Połączyłem się z biurem koronera okręgu Los Angeles, żeby sprawdzić, czy pan Elwood „Chip" Wiggins nie wyświadczył nam przysługi, umierając śmiercią naturalną. Okazało się, że w ciągu roku zmarło nawet kilku Wigginsów, ale Elwood nie.

— W biurze koronera nic nie mają — powiedziałem do Kate.

— Może się wyprowadził poza stan albo w ogóle z kraju. Spróbuj w zarządzie ubezpieczeń społecznych.

— Oni niczego nie znajdą bez numeru ubezpieczenia. Wolałbym go już szukać na piechotę.

— To może w Związku Weteranów?

— Dobra, zadzwoń tam, jak chcesz. Ale on mi wygląda na człowieka, który ma wstręt do formalności. Najpierw przekaż imię i datę urodzenia tym z lotnictwa; może to coś pomoże ich komputerowi.

Przez następne pół godziny wydzwanialiśmy do różnych instytucji, podając i uzupełniając dane Wigginsa. Zaczęło mi brakować numerów telefonicznych. W końcu postanowiłem jeszcze raz porozmawiać z panią Hambrecht.

— Przekazałam wszystkie informacje generałowi Andersonowi z bazy Wright-Patterson — oświadczyła wdowa, gdy się jej przedstawiłem po raz drugi.

— Rozumiem, proszę pani, ale do nas one jeszcze nie dotarły. Mam natomiast inne informacje, o których potwierdzenie chciałbym panią prosić.

— To wy tam wszyscy ze sobą nie współpracujecie?

Nie.

— Współpracujemy oczywiście, ale to trochę trwa, a mnie zależy na czasie...

— O co panu chodzi?

— Skoncentrowałem się na jednym z tych pilotów, Chipie Wigginsie.

— Ach, Chip. Niezły z niego numer.

— Właśnie. Czy znała pani jego imię, Elwood?

— Nie, zawsze mówili o nim Chip.

— Mam jego adres w Burbank — przeczytałem jej z faksu. — Czy pani ma taki sam?

— Musiałabym sprawdzić w notesie.

— Bardzo proszę. — Podczas gdy pani Hambrecht szukała notesu, spytałem Kate: — Jak idzie?

— Nijak. Słuchaj, John, naprawdę powinniśmy wciągnąć do akcji ICC. Już i tak za długo zwlekaliśmy.

— A po co mi pięćdziesięciu agentów, którzy zaczną wydzwaniać w te same miejsca, które już sprawdziliśmy? Jeżeli potrzebujesz pomocy, to proszę bardzo, poślij im e-maile czy jak tam trąbisz do boju. Ale ja wiem, jak się szuka człowieka, do kurwy nędzy.

— Słucham? — to była pani Hambrecht. — Co pan powiedział?

— Nic, nic, odchrząknąłem tylko. — Odchrząknąłem.

— Mam ten sam adres, który podał pan — oznajmiła.

— A może wie pani, gdzie się urodził?

— Nie wiem. Słabo go znałam. Pamiętam go tylko z pierwszego pobytu w Lakenheath w latach osiemdziesiątych. Był bardzo nieodpowiedzialny jak na oficera.

— Rozumiem. Ale pan pułkownik utrzymywał z nim kontakt, prawda?

— Od czasu do czasu. Ostatnio rozmawiali piętnastego, w rocznicę...

— Al Azziziyah.

— Tak.

Ludzie często nie mają pojęcia, że coś wiedzą i można to z nich wyciągnąć, zadając odpowiednie pytania. Ale tym razem nie wiedziałem jakie.

Kate słuchała nas w swoim telefonie i zorientowała się, że zabrakło mi już nawet głupich pytań. Zakryła dłonią słuchawkę.

— Zapytaj ją, czy jest żonaty — podpowiedziała mi.

Ciekawe po co. Lecz zapytałem.

— Czy Wiggins był żonaty, pani Hambrecht?

— Nie sądzę. Ja naprawdę nic więcej o nim nie wiem, panie Corey.

— No, cóż...

— Czym on się zajmuje, gdzie pracuje — rzuciła Kate.

Powtórzyłem jej pytanie.

— Nie mam... nie, zaraz, chyba mój mąż coś wspominał, że Chip zrobił licencję pilota i...

— Jak to? Po nalocie? Czy to nie trochę za późno?

— Panie Corey, Wiggins nie był pilotem — poinformowała mnie sucho pani Hambrecht. — Był nawigatorem i strzelcem. Zrzucał bomby.

— Rozumiem. I dlatego...

— Ukończył kurs i został pilotem, chyba w jakiejś firmie transportowej. Tyle pamiętam.

— Jeszcze raz bardzo dziękuję, pani Hambrecht. Ogromnie nam pani pomogła. Jeżeli jeszcze coś by się pani przypomniało, bardzo proszę do nas zadzwonić.

— Co się właściwie dzieje, proszę pana?

— A jak pani uważa?

— Chyba ktoś zabija pilotów, którzy uczestniczyli w tej misji. Zaczął od mojego męża...

— Tak, proszę pani.

— O mój Boże... — dobiegło mnie ciche pochlipywanie. — To nie w porządku... tak nie powinno być... biedny William...

— Proszę, niech pani też uważa na siebie. Niech pani porozmawia z najbliższym komisariatem, tak na wszelki wypadek.

Nie odpowiedziała, lecz słyszałem jej płacz. Nie wiedziałem, co jeszcze powiedzieć więc się rozłączyłem.

Kate już gdzieś telefonowała.

— Dzwonię do FAA — wyjaśniła. — Muszą mieć jego licencję pilota.

— Bardzo dobrze. Mam nadzieję, że chociaż tam uaktualnił dane.

— Powinien, jeżeli nie chce stracić licencji.

Byłem zadowolony, że urzędy w Ameryce jeszcze o tej porze pracują, bo inaczej moglibyśmy sobie co najwyżej w coś pograć na komputerze.

— Tak, tak, czekam — mówiła Kate do słuchawki. Wzięła długopis, co oznaczało nadzieję, i coś zapisywała. — Od kiedy? Rozumiem. Bardzo dziękuję, do widzenia. — Spojrzała na mnie. — Ventura — oznajmiła. — To na północ od Burbank. Powiadomił ich o zmianie adresu cztery tygodnie temu, ale nie podał telefonu. W spisie internetowym go nie ma — dodała, wystukawszy coś na klawiaturze. — Spróbuję w normalnej informacji. — Zadzwoniła, podała nazwisko Elwood Wiggins i po chwili odłożyła słuchawkę. — Zastrzeżony numer. Załatwię z naszym biurem w LA, żeby się dowiedzieli.

Spojrzałem na zegarek. Zabrało nam to godzinę i piętnaście minut. Gdybym zadzwonił do Waszyngtonu, jeszcze bym z nimi gadał.

— Gdzie tam jest najbliższe biuro FBI? — zapytałem Kate.

— W samej Venturze jest mała terenowa placówka. — Podniosła słuchawkę. — Mam nadzieję, że nie jest za późno i że będą mogli zastawić pułapkę na Khalila.

— Ja też — wstałem. — Wracam za piętnaście minut.

— Dokąd idziesz?

— Do Steina.

— Znowu glina z gliną?

— No cóż, Koenig fruwa sobie nad Atlantykiem, więc szefem jest w tej chwili Stein. Zaraz wrócę.

Gabinet kapitana Steina mieścił się na dwudziestym ósmym piętrze, w południowo-zachodnim narożniku budynku. Byłem pewien, że ma dokładnie tę samą powierzchnię, co gabinet Koeniga w narożniku południowo-wschodnim.

Przebiłem się, że tak powiem, przez dwie sekretarki i znalazłem się na środku pokoju Steina, który siedział za swoim wielkim biurkiem, rozmawiając przez telefon. Ujrzawszy mnie, zakończył rozmowę i rzucił:

— Jeżeli to nie jest naprawdę ważne, Corey, to będziesz nosił tyłek na temblaku. — Pokazał mi, bym usiadł na krześle naprzeciwko niego.

Popatrzyliśmy sobie w oczy i wyjaśniło się bez słów, że to j e s t coś ważnego. Stein otworzył szufladę biurka i wyciągnąwszy z niej butelkę po mineralnej, nalał nam po dużej wódce do plastikowych kubków. Podał mi jeden i wypiłem połowę. Gdzieś w oddali zapłakał federalny anioł stróż. Stein też łyknął.

— Co masz? — zapytał.

— Mam wszystko, panie kapitanie, no może prawie. Tylko że jakieś trzy doby za późno.

— Opowiadaj.

Opowiedziałem mu więc, szybko i bez szacunku dla gramatyki i interpunkcji, jak glina glinie, jeśli chcecie, z nowojorską swadą.

Stein słuchał, kiwał głową, coś notował, a gdy skończyłem, siedział przez jakiś czas w milczeniu, rozmyślając.

— Zabił już czterech, tak? — zapytał w końcu.

— Pięciu, wliczając Hambrechta. Czternastu, wliczając innych. O pasażerach Trans-Continentalu już nie wspominam.

— To skurwiel.

— Tak jest, panie kapitanie.

— Złapiemy tego skurwiela.

— Tak jest, panie kapitanie.

— I nie dzwoniłeś jeszcze do Waszyngtonu? — zapytał Stein po namyśle.

— Nie, panie kapitanie. Pomyślałem, że lepiej będzie, jeżeli pan to zrobi.

— Mhm. — Zastanawiał się jeszcze przez chwilę, po czym rzekł: — Wygląda na to, że mamy szansę przyskrzynić tego typa, zakładając, że jeszcze nie dotarł do Wigginsa albo do Calluma, jeżeli spróbuje się do niego dobrać.

— To prawda.

— Ale możliwe też, że już zrobił swoje lub uznał, że robi się gorąco, i wyniósł się z kraju.

— Możliwe.

— Cholera. Czyli biuro w Venturze zapewne się zabiera do obstawiania domu Wigginsa, tak?

— Kate jest w trakcie załatwiania tego.

— A pułkownik Callum na pewno już ma ochronę?

— Tak, panie kapitanie.

— Czy federalni zastawili tam pułapkę na Khalila?

— Wydaje mi się, że tylko chronią dom Callumów. Zastanawiałem się właśnie, czy Khalil, jeżeli wie, że facet umiera, mimo wszystko mógłby go chcieć załatwić.

— Chyba tak, skoro ten umierający człowiek zrzucił na jego dom bombę. Zadzwonię do FBI w Denver i jednak będę się upierał, żeby zastawili pułapkę. — Stein dopił wódkę, a ja dopiłem swoją. Ciekaw byłem, czy naleje na drugą nogę.

— Czy zrobiliśmy wszystko, co się dało? — zapytał.

— My tak, panie kapitanie. Nie wiem jak inni.

— Dobra robota, Corey — odparł, nie komentując tego. — Podoba ci się tutaj?

— Nie.

— A kiedy by ci się podobało?

— Gdybym wrócił tam, skąd przyszedłem.

— To niemożliwe, chłopie.

— Możliwe.

— Dobra, zobaczę, co się da zrobić. Na razie masz tyle pisania, że starczy ci zajęcia na cały weekend. Potem pogadamy. — Wstał i ja też. — Przekaż pani Mayfield moje gratulacje, jeżeli przyjmie coś takiego od gliny.

— Na pewno przyjmie.

— No, dobra, mam kupę telefonów do załatwienia. Zmywaj się.

Nie zmyłem się, lecz oznajmiłem:

— Chcę polecieć do Kalifornii.

— Po co?

— Żeby wziąć udział w ostatnim akcie.

— Tak? Tam już jest cała armia ludzi, nie jesteś im potrzebny.

— Ale mnie jest to potrzebne.

— A czemu nie do Colorado Springs? To po drodze do Kalifornii, tyle zapamiętałem z geografii.

— Zmęczyło mnie już ściganie tego gnojka. Chcę go wyprzedzić.

— A jeżeli ty będziesz w Kalifornii, a w tym czasie FBI złapie go w Kolorado?

— Jakoś przeżyję.

— Wątpię. Zgoda, jedź, gdzie chcesz. I tak lepiej, żeby cię tu nie było, jak Koenig wróci. Podpiszę ci zgodę. Nie daj się zabić, bo masz raporty do napisania. Spływaj już, bo się rozmyślę.

— Zabieram mojego partnera.

— Zabieraj, kogo chcesz. Na razie robisz za gwiazdę. Corey, oglądasz „Z Archiwum X"?

— Jasne.

— Dlaczego on jej nie posuwa?

— Nie kumam tego.

— Ja też. — Stein wyciągnął rękę i wymieniliśmy uścisk dłoni. Gdy byłem już przy drzwiach, zawołał za mną: — Jestem z ciebie dumny, John. Jesteś świetnym policjantem.

W budynku przy Federal Plaza 26 gabinet kapitana Steina był niczym łyk świeżego powietrza.

Zbiegłem szybko na dół, do ICC, świadom, że może mnie w każdej chwili zatrzymać jakiś telefon albo szef z FBI. Stanąłem przed biurkiem Kate, wziąłem ją pod ramię i powiedziałem:

— Wyjeżdżamy.

— Dokąd?

— Do Kalifornii.

— Naprawdę? Kiedy?

— Natychmiast.

Kate wstała.

— Czy mam zabrać...

— Tak, odznakę i broń.

— Plakietkę. My mówimy plakietka.

— A ja mówię pospiesz się.

— Kto podpisał? — zapytała, gdy szliśmy szybkim krokiem do windy.

— Stein.

— W porządku. A może lepiej by było do Colorado Springs? — dodała po namyśle.

Może i tak, ale nie zamierzałem dyskutować z moją szefową.

— Stein podpisał tylko na Kalifornię — odparłem.

— Dlaczego?

— Nie wiem. Pewnie chce, żebym się zmył jak najdalej stąd.

Zjechaliśmy do holu i wyszliśmy na Broadway. Złapałem taksówkę i rzuciłem do kierowcy:

— Lotnisko Kennedy'ego.

Włączyliśmy się w gęsty strumień śródmiejskiego ruchu.

— I co tam w Venturze? — zwróciłem się do Kate.

— Zdobyli numer Wigginsa i zadzwonili przy mnie, ale go nie ma. Nagrali się na sekretarkę, ale powiedzieli mu tylko, żeby do nich natychmiast zadzwonił. Posłali tam paru agentów, podobno ten dom jest gdzieś przy plaży. Wezwali też posiłki z Los Angeles, bo biuro w Venturze jest naprawdę małe.

— Mam nadzieję, że nie znajdą go w domu martwego. I co zamierzają zrobić? Otoczyć dom czołgami?

— My naprawdę nie jesteśmy tacy głupi, jak ci się wydaje, John.

— Dobrze to wiedzieć.

— Sprawdzą dom, popytają sąsiadów, a potem oczywiście zastawią pułapkę na Khalila.

Wyobraziłem sobie stado facetów w niebieskich garniturach, buszujących po nadmorskim osiedlu, pukających do wszystkich drzwi i wymachujących plakietkami FBI. A potem stado nielegalnych imigrantów, pędzące w popłochu na południe. Jeżeli Asad Khalil gdzieś tam się czaił w okolicy, mógł nabrać niejakich podejrzeń. Choć, szczerze powiedziawszy, sam nie byłem pewien, jak bym to przeprowadził.

— Zadzwoń do nich jeszcze raz — poprosiłem Kate. Taksówka dojeżdżała do mostu Brooklyńskiego. Na moim zegarku była 15.00, w Kalifornii południe. A może odwrotnie? Wiem tylko, że czas się zmienia gdzieś na zachód od Jedenastej Alei.

— Mówi Mayfield — rzuciła Kate do komórki. — Jest coś nowego? — Słuchała przez dłuższą chwilę, po czym powiedziała: — W porządku, ja zaraz lecę do Los Angeles, potem wam podam numer lotu. Przyślijcie auto, niech mnie zawiezie na policyjne lądowisko i w Venturze też niech czeka samochód... tam, gdzie wylądujemy. Tak, tak. Ja podpiszę zgodę. Nie przejmujcie się, chyba że tego nie zrobicie. Wtedy będziecie się mieli czym przejmować. — Rozłączyła się i spojrzała na mnie. — Widzisz, ja też potrafię być takim aroganckim dupkiem jak ty.

Skwitowałem to uśmiechem.

— I co ci powiedzieli?

— Do domu Wigginsa poszło trzech agentów. Włamali się, sprawdzili, czy nie leży tam zabity, ale nie leży, więc zostali w środku. Dzwonią do jego znajomych, ze spisu telefonów, może ktoś będzie wiedział, gdzie go szukać.

— Możliwe, że poleciał gdzieś dalej.

— Możliwe. W końcu z tego żyje. A może ma wolne i poszedł na plażę.

Zjechaliśmy na BQE czyli Brooklyn-Queens Expressway, którą może kiedyś się jeździło ekspresowo, ale obecnie już nie, chyba że o trzeciej nad ranem. Pokazałem taksiarzowi legitymację FBI.

— Przygazuj pan — rzuciłem. Zawsze to mówię, nawet kiedy nie jestem spóźniony. Nawet kiedy nie wiem, dokąd chcę jechać. Zapytałem go, skąd jest, i okazało się, że z Jordanii. Coś nowego. Na razie na pierwszym miejscu był Pakistan, ale doganiała go Macedonia.

— Masz gratulacje od Steina — powiedziałem do Kate. Milczała. — Jest pewna szansa na to, że będę mógł wrócić do roboty — poinformowałem ją. — Do policji. — Milczała w dalszym ciągu, więc zmieniłem temat. — Jak sądzisz, gdzie jest teraz Khalil?

— W Kalifornii, w Kolorado albo w drodze.

— Możliwe. Ale przecież mógł się ograniczyć tylko do

Wybrzeża Wschodniego, gdzie miał wielką przewagę nad nami, a potem wybyć z Ameryki, na przykład z pomocą jakiejś arabskiej ambasady. Kalifornia i Kolorado to kawał drogi stąd.

— John, sam mówiłeś, że facet nie przejechał połowy świata tylko po to, żeby... — zerknęła na kierowcę — ...żeby zrezygnować z deseru. Tak czy nie?

— To prawda. Ale z drugiej strony wiodło mu się do tej pory dobrze dzięki szybkości działania. Jak kieszonkowcowi. Nie jest przecież idiotą i wie, że w ciągu trzech, czterech dni, my też musimy wejść do gry.

— Optymistycznie licząc.

— Rozszyfrowaliśmy go w mniej więcej cztery dni.

— I co dalej?

— Nie wiem. Wiggins albo nie żyje, albo gdzieś wybył. A może miał akurat lot na Wybrzeże Wschodnie i Khalil o tym wiedział i załatwił go tutaj?

— Pewnie, wszystko jest możliwe. Masz jeszcze jakieś pomysły? A może chcesz zostać w Nowym Jorku? Poszedłbyś sobie na naradę o piątej, posłuchał, jak wszyscy cię wychwalają...

— Słabe.

— A o ósmej mieliśmy mieć spotkanie z Jackiem, jak wróci z Niemiec...

Zbyłem to milczeniem.

— Więc co właściwie chcesz zrobić, John?

— Nie jestem pewien. Nie mogę rozgryźć tego gnojka. Próbuję się jakoś dostać do jego mózgownicy, ale...

— Interesuje cię moje zdanie?

— No pewnie.

— Jedźmy do Kalifornii.

— Przedtem chciałaś do Frankfurtu.

— Niczego takiego nie mówiłam. No więc jak?

— Zadzwoń jeszcze do Ventury.

— Mają moją komórkę; sami zadzwonią, jeżeli coś wyskoczy.

— To zadzwoń do Denver.

— A może byś sobie kupił własną komórkę? — Połączyła się z biurem FBI w Denver i zapytała, co nowego. Słuchała w milczeniu przez pół minuty, po czym podziękowała i pożeg-

482

nała się. — Przenieśli Callumów do mieszkania w akademii lotniczej — poinformowała mnie. — Agenci obserwują ich dom i są też w środku; tak jak w Venturze.

— Zadzwoń jeszcze do biura w LA, niech obserwują konsulaty krajów, które ewentualnie mogłyby pomóc Khalilowi w ucieczce. I sprawdź, czy mają kogoś w okolicy starego mieszkania Wigginsa w Burbank, na wypadek gdyby Khalil też miał nieaktualny adres.

— Już to zrobiłam, jak byłeś u Steina. Powiedzieli mi, że sami na to wpadli. Naprawdę, John, miejże trochę szacunku dla FBI. Nie jesteś jedynym geniuszem w siłach prawa i porządku tego kraju.

Myślałem, że jestem, ale chyba byłem w tym myśleniu osamotniony. A jednak wciąż coś mi nie pasowało w sposobie prowadzenia całej tej gry. Czegoś mi brakowało. Wiedziałem, że wiem, co to jest, ale nie mogłem się jakoś do tego dogrzebać.

Zbliżaliśmy się do lotniska. Kate dowiadywała się za pośrednictwem sekretarki z Federal Plaza o loty do Denver albo Los Angeles. Spojrzała na zegarek.

— Poczekaj, Doris — rzuciła do słuchawki. — To dokąd chcesz lecieć, John?

— Tam, gdzie jest Khalil.

— A gdzie jest Khalil?

— W Los Angeles.

— Doris, lecimy American Airlines. Nie, nie mam numeru zezwolenia. Zapłacimy z własnych pieniędzy i wystąpimy o zwrot. — Spojrzała na mnie znacząco. Wyciągnąłem z portfela moją kartę kredytową, a Kate podyktowała Doris numer. — Weź pierwszą klasę. I zadzwoń do biura w LA, żeby nas odebrali. Dzięki. — Oddała mi kartę. — Dla ciebie, John, zgodzą się nawet na pierwszą klasę — oznajmiła.

— W tej chwili może tak, ale jutro mogą nam nie zwrócić nawet za tę taksówkę.

— Coś ty, rząd cię kocha.

— Znów coś schrzaniłem?

Kazałem kierowcy podjechać pod terminal American Airlines. Odebraliśmy dwa bilety pierwszej klasy i wypełniliśmy formularze SS-113, wpisując jako bagaż podręczny pistolety automatyczne glock kaliber .40.

Mieliśmy jeszcze piętnaście minut do odlotu, więc zaproponowałem szybkiego drinka, lecz Kate się nie zgodziła.

— Już wpuszczają na pokład, John. Napijemy się w samolocie.

— Przecież mamy broń.

— Zaufaj mi. Już to robiłam.

Ujrzałem kolejną nieznaną mi twarz Perfekcyjnej Agentki. Okazaliśmy przy bramce nasze legitymacje i zezwolenia i wsiedliśmy do samolotu przed czasem.

Stewardesa w pierwszej klasie miała chyba z siedemdziesiątkę. Założywszy swoją sztuczną szczękę, powitała nas na pokładzie.

— To osobowy czy pospieszny? — zapytałem ją.

Wyglądała na zdezorientowaną, a ja nie znałem więcej dowcipów samolotowych, więc wręczyliśmy jej nasze zezwolenia na lot z bronią. Spojrzała na mnie, jakby się zastanawiała, jakim cudem ktoś mi je wydał, a Kate posłała jej uspokajający uśmiech. A może mi się tylko zdawało.

Stewardesa sprawdziła, czy jesteśmy na liście pasażerów, i udała się z naszymi zezwoleniami do kabiny pilotów, żeby poinformować kapitana, że ma na pokładzie dwoje uzbrojonych przedstawicieli prawa, kobietę i świra. Po starcie pojawiła się inna stewardesa, roznosząca gazety. Poprosiłem ją o „Newsday", dziennik z Long Island. Znalazłem artykuł o morderstwie w kolebce lotnictwa i przeczytałem go z ciekawością. Nie wspomnieli słowem o Khalilu, a jako motyw zbrodni podali rabunek. Faktycznie, klasyczny rabunek w muzeum, z bronią w ręku. Ciekaw byłem, czy Khalil po przeczytaniu tego uwierzyłby, że jeszcze nie jesteśmy na jego tropie.

Pokazałem artykuł Kate.

— Khalil zostawił nam w tym muzeum bardzo klarowne przesłanie — stwierdziła po przeczytaniu. — Albo znaczy ono, że skończył sprawę i wraca do domu, albo że okazuje nam w ten sposób wyjątkową arogancję i pogardę i mówi coś takiego: „Nie rozwikłacie tego, dopóki nie będzie za późno. Spróbujcie mnie złapać". Mam nadzieję, że to drugie i że on jedzie tam, gdzie my.

— Jeżeli nawet, to pewnie już tam jest — odparłem. — I możemy co najwyżej liczyć na to, że zaczeka, aż się ściemni.

Skinęła głową.

Wciąż miałem ochotę na małego drinka albo na dwa, więc poprosiłem ją, żeby pogadała w tej sprawie z babcią stewardesą.

— Nie poda nam alkoholu — odparła Kate. — Mamy broń.

— Jak to? Przecież powiedziałaś...

— Kłamałam. Jestem prawnikiem. Powiedziałam „zaufaj mi", a to znaczyło, że kłamię. Ale z ciebie głupek! — Parsknęła śmiechem. Byłem w szoku. — Może dostaniesz piwo imbirowe — dodała.

— Może dostanę zawału.

Kate wzięła mnie za rękę.

Uspokoiłem się i zamówiłem bezkrwawą Mary.

Kiedy zasnąłem, wciąż trzymając Kate za rękę, przyśniło mi się to, do czego nie mogłem dojść na jawie. Po prostu wszystko przyszło do mnie we śnie... co zamierza Khalil, dokąd się teraz udał i co powinniśmy zrobić, żeby go schwytać.

Niestety gdy się obudziłem, natychmiast wszystko zapomniałem, łącznie z genialnymi wnioskami, do których doszedłem we śnie. To trochę tak, jakby mieć świetny sen erotyczny i po przebudzeniu stwierdzić, że wciąż się ma sztywnego.

Ale to tylko dygresja. Wylądowaliśmy w Los Angeles o 19.30. Znaleźliśmy się w Kalifornii. Na dobre czy na złe? Wkrótce mieliśmy się o tym przekonać.

KSIĘGA PIĄTA

Kalifornia
Teraźniejszość

Idź więc i zabij człowieka, którego ci wskażę. Kiedy powrócisz, moje anioły uniosą cię do raju. A jeśli zginiesz, uniosą cię do raju pomimo wszystko.
Stary Człowiek z Gór, trzynastowieczny prorok
i założyciel sekty Assasinów

Rozdział 47

Wysiedliśmy jako pierwsi. Samochód z biura FBI w Los Angeles zawiózł nas na lądowisko, skąd helikopterem FBI odlecieliśmy do Ventury.

W dole wszystko wyglądało podobnie jak na Queensie, z wyjątkiem palm i gór. Jakiś czas lecieliśmy nad oceanem, chyba, bo słońce zachodziło nad nim, zamiast wschodzić, tak jak to robi nad naszym. Dziwne to było. Po dwudziestu dwóch minutach wylądowaliśmy na terenie szpitala miejskiego we wschodniej Venturze. Stamtąd powiózł nas błękitny crown victoria, z facetem imieniem Chuck za kierownicą. Chuck był ubrany w spodnie khaki, sportową kurtkę i adidasy. Utrzymywał, że jest agentem FBI, ale wyglądał jak parkingowy. Oto FBI w wersji kalifornijskiej. Sposób myślenia mają jednak wszędzie taki sam, gdyż wszyscy ukończyli tę samą akademię w Quantico.

Biuro mieściło się w nowoczesnym budynku, otoczonym palmami i parkingami. Gdy wysiedliśmy z auta, poczułem w powietrzu zapach kwiatów. Temperatura i wilgotność powietrza były idealne. Słońce prawie zaszło, i niebo pokrywała pomarańczowa poświata.

— Czym się tutaj zajmuje FBI? — zapytałem Kate. — Uprawą awokado?

— Masz się zachowywać, pamiętaj.

— Oczywiście.

Weszliśmy do budynku, wjechaliśmy windą i znaleźliśmy

drzwi z napisem Federalne Biuro Śledcze. Pod spodem było logo z informacją: Departament Sprawiedliwości, i z wizerunkiem Temidy z wagą, nieprzechyloną, i mottem „Fidelity, Bravery, Integrity"; wierność, dzielność, prawość. Trudno było z tym polemizować.

— Powinni dopisać „polityczna poprawność" — mruknąłem do Kate.

Nabrała nagle zwyczaju ignorowania mnie i nacisnęła dzwonek.

Otworzyły się drzwi i zostaliśmy powitani przez sympatyczną agentkę nazwiskiem Cindy Lopez.

— Nic nowego — oznajmiła na wstępie. — W domu Wigginsa siedzi trzech naszych agentów i trzech z LA. W okolicy mamy ponad dwudziestkę ludzi, zaalarmowaliśmy też miejscową policję. Wszyscy są w kontakcie radiowym albo przez komórki. Usiłujemy zlokalizować Wigginsa. Z papierów znalezionych u niego dowiedzieliśmy się, że lata dla Pacific Cargo Services, ale okazało się, że ma wolne do piątku. Powiedzieli zresztą, że w piątki zdarza mu się telefonować, powiadamiając, że jest chory. Posłaliśmy dwóch agentów do Cargo Pacific i na lotnisko okręgowe w Venturze. Inni sprawdzają miejsca, w których często bywa. W sumie Wiggins wygląda na człowieka mało przewidywalnego, taki wolny duch.

— Podoba mi się ten facet — stwierdziłem.

Agentka Lopez uśmiechnęła się półgębkiem.

— Nie ma też jego dziewczyny — mówiła dalej. — Oboje lubią wyjeżdżać w plener i może po prostu gdzieś sobie biwakują.

— Co to jest biwakowanie? — zapytałem. Pani Lopez spojrzała na panią Mayfield. Pani Mayfield spojrzała na mnie. — Ach, rozumiem, namioty w lesie i te sprawy, tak?

— Tak, panie Corey.

— Macie może numery komórek Wigginsa i dziewczyny?

— Mamy. Ale nie odpowiadają.

Po namyśle uznałem, że biwakowanie jest jednak dużo lepsze niż śmierć.

— Świetną robotę wykonaliście — pochwaliłem panią Lopez.

— Oczywiście — odparła, wręczając Kate jakąś karteczkę. — Jack Koenig telefonował z Nowego Jorku, macie do niego zadzwonić. Będzie w biurze do północy, potem w domu.

— Zadzwonimy z domu Wigginsa — powiedziałem do Kate. — Jak będziemy mieli mu coś do powiedzenia.

— Zadzwonimy teraz.

— Naprawdę wolisz rozmawiać z Jackiem, w czasie kiedy Khalil może pojawić się u Wigginsa?

Pokręciła z wahaniem głową.

— W porządku, jedźmy od razu do Wigginsa — powiedziała do Cindy Lopez.

— Staramy się nie robić tam za wiele zamieszania — odparła agentka.

— Będziemy siedzieć cicho na kanapie — zapewniłem ją.

— Bylibyśmy wdzięczni, gdybyście już tam zostali przynajmniej do rana — rzekła Lopez, dodając z naciskiem: — Nie urządzamy w tym domu imprezy, tylko zastawiamy pułapkę.

Miałem ochotę jej przypomnieć, że sytuacja, w której się znaleźliśmy, zaistniała właśnie dzięki mnie, ale po co było mówić oczywistości. To tylko przykład, jak szybko twoja sprawa może przestać być twoją sprawą.

— Nie zamierzamy wam wchodzić w drogę, w końcu to wasz teren — zapewniła Kate agentkę Lopez, jak rasowa dyplomatka.

— Pani Mayfield i ja pracujemy przy tej sprawie od pierwszych chwil, od tragedii na lotnisku Kennedy'ego — wtrąciłem — i chcielibyśmy być przy niej do końca. Jak już się znajdziemy w domu Wigginsa, na pewno nie będziemy wam przeszkadzać.

Watpię, żeby mi uwierzyła.

— Wolałabym, żebyście nałożyli kamizelki — powiedziała. — Mam tu jakieś zapasowe.

Korciło mnie, żeby się obnażyć i pokazać pani Lopez, że kule przechodzą przeze mnie, nie wyrządzając szkody.

— Dziękujemy bardzo, ale... — zacząłem.

— Dzięki — przerwała mi Kate — oczywiście, że nałożymy kamizelki. Nie ma sensu prosić faceta, żeby włożył kamizelkę kuloodporną — wyjaśniła jak kobieta kobiecie — tak samo jak nie ma sensu prosić, żeby nosił szalik. Trzeba go po prostu zmusić.

491

Pani Lopez uśmiechnęła się ze zrozumieniem.

Poczułem się zupełnie wyjątkowo, otoczony troskliwymi, przewidującymi kobietami, które doskonale wiedziały, co jest najlepsze dla Johnny'ego. Lecz kiedy pomyślałem o Asadzie Khalilu, zacząłem jednak liczyć na to, że mają kamizelkę w moim rozmiarze.

Lopez zaprowadziła nas do magazynku broni i otworzyła stalowe drzwi. Było tam wszystko, co trzeba — karabiny, granaty ogłuszające, stosy kajdanek i tak dalej.

— Możecie się przebrać w toalecie — oznajmiła i wyszła.

Zdjąłem krawat, marynarkę i koszulę i powiedziałem do Kate:

— Nie bój się, nie będę podglądał.

Zrzuciła z siebie żakiet w kolorze keczupu, a potem bluzkę, a ja podglądałem. Znaleźliśmy swoje rozmiary i zaczęliśmy zapinać kamizelki.

— Całkiem jak scena z „Archiwum X" — stwierdziłem.

— Przestań już pieprzyć o tym „Archiwum X"!

— No właśnie, czy ciebie to nie dziwi, że oni się nie pieprzą?

— Ona się w nim nie kocha. Szanują się nawzajem i nie chcą zepsuć relacji opartej na zaufaniu.

— Możesz powtórzyć?

— Prywatnie uważam, że powinni się już zacząć pieprzyć.

Po wyjściu ze zbrojowni podziękowaliśmy agentce Lopez i Chuck zabrał nas do domu pana Elwooda „Chipa" Wigginsa. Słońce już prawie zaszło i paliły się latarnie uliczne. Chuck powiadomił przez radio agentów wokół domu, że tam jedziemy, żeby któryś za bardzo się nie zdenerwował i nie zaczął bawić bronią. Potem przez komórkę poinformował o tym samym tych w środku.

— Powiedz im, żeby zrobili kawę — poprosiłem.

Nie przekazał im tego, lecz z jego odpowiedzi wywnioskowałem, że nie są zachwyceni niespodziewanymi gośćmi. A, pieprzyć ich. To wciąż była moja sprawa.

Wszystkie domy po drodze stały na wąskich działkach, wszystkie były białymi piętrowymi pudełkami o czerwonych dachach, z co najmniej jedną palmą od frontu. Na szczęście nie dostrzegłem nigdzie agentów na czatach i, co jeszcze lepsze, nie było widać kręcących się dzieci.

— To tamten dom po prawej — powiedział Chuck — drugi od skrzyżowania.

— Taki biały z czerwonym dachem i z palmą?

— Mhm... no, one wszystkie... po prostu drugi od końca ulicy.

Kate, która siedziała z tyłu, kopnęła w tył mojego fotela, chyba dając mi w ten sposób jakiś sygnał.

— Zatrzymam się — rzekł Chuck — wy wysiądziecie i od razu odjeżdżam. Drzwi wejściowe są otwarte.

Samochód stanął, wysiedliśmy i starając się nie biec, popędziliśmy betonową ścieżką. Duże panoramiczne okno na prawo od wejścia miało zaciągniętą roletę. W mojej dawnej dzielnicy zbiegłaby się już cała przecznica, żeby zobaczyć, co dziwnego się dzieje, lecz tutaj okolica wyglądała jak w kiepskim filmie z lat pięćdziesiątych, o mieście wymarłym od skażenia radioaktywnego. A może po prostu federalni ewakuowali mieszkańców.

Otworzyłem drzwi i weszliśmy. Nie było przedpokoju i od razu znaleźliśmy się w salonie-jadalni o kształcie „L". Na środku pokoju stali kobieta i mężczyzna w niebieskich spodniach i koszulach oraz nylonowych wiatrówkach FBI, z przypiętymi identyfikatorami. Oboje wyciągali do nas dłonie na powitanie, a na ich twarzach malowały się szerokie uśmiechy. Żartowałem.

— Jestem Roger Fleming, a to Kim Rhee — powiedział mężczyzna.

Pani Rhee była rasy żółtej — teraz się mówi „pochodziła z Azji Wschodniej" — i chyba należała do koreańskiej grupy etnicznej. Roger był biały jak pszenny chlebek z majonezem.

— Sądzę, że nasze nazwiska państwo znają — powiedziałem. — Kate Mayfield to jestem ja.

Agent Fleming się nie uśmiechnął, agentka Rhee również. Niektórzy stają się strasznie poważni, mając w perspektywie strzelaninę. Gliniarze zwykle zachowują się tak, jakby to olewali, pewnie maskując w ten sposób zdenerwowanie. Federalni natomiast są poważni w każdej sytuacji, łącznie, jestem pewien, z leżeniem na plaży.

— Jak długo tu zostaniecie? — zapytała agentka Rhee.

— Jak długo będzie trzeba — odparłem.

— Nie zamierzamy — dodała Kate — brać bezpośrednio

udziału w zatrzymaniu podejrzanego, chyba że będziecie nas potrzebować. Jesteśmy tu głównie po to, żeby pomóc go zidentyfikować i wstępnie przesłuchać, jeżeli zostanie ujęty. Potem mamy go eskortować do Nowego Jorku albo Waszyngtonu, gdzie zostanie postawiony w stan oskarżenia.

Nie całkiem to miałem na myśli, ale dobrze, że tamci się przekonali, iż chociaż jedno z nas jest normalne.

— Uznaliśmy — rzekła pani Rhee — że ze względów bezpieczeństwa i logistycznych optymalna liczba agentów w tym domu może wynosić sześcioro. Więc jeśli podejrzany się pojawi, poprosimy was o przeniesienie się do pokoju z tyłu domu, który wam wskażemy.

— Słuchajcie państwo — powiedziałem — mamy tu spędzić razem dłuższy czas, będziemy używać tej samej toalety i kuchni, więc może byśmy dali sobie spokój z tymi bzdurami i spróbowali jakoś się dogadać, co?

Zero odpowiedzi.

Kate, trzeba jej oddać sprawiedliwość, zmieniła nieco ton i powiedziała:

— Pracujemy nad tą sprawą, odkąd Khalil wylądował w Nowym Jorku. Widzieliśmy trzysta trupów w samolocie, którym przyleciał. Zabił naszego kolegę z zespołu, zabił naszą sekretarkę i oficera dyżurnego. Spróbujcie nas zrozumieć.

I tak dalej. Wyłożyła im to, jak na mój gust, zbyt łagodnie, lecz chyba coś do nich dotarło, bo kiedy skończyła, pokiwali głowami. Agentka Rhee zaproponowała, że przedstawi nas kolegom, i poszliśmy za nią do kuchni. Pan Fleming zajął stanowisko obserwacyjne za roletą. Wysoka technika. Oczywiście wiedziałem, że z zewnątrz daliby nam znać, gdyby się ktoś zbliżał do domu.

W kuchni świeciła się tylko mała lampka pod jedną z szafek. Znajdowała się tutaj kolejna para agentów w uniformach miejskich komandosów: niebieskie spodnie, koszula, kurtka. Ich niebieskie czapeczki baseballowe leżały na blacie. Mężczyzna siedział za stołem, czytając przy latarce plik raportów; kobieta wyglądała przez szybkę w drzwiach kuchennych. Pani Rhee przedstawiła nas dżentelmenowi, który miał na imię, tak jak ja, Juan. Dama była czarnoskóra i miała na imię Edie. Pomachała nam ręką i dalej obserwowała podwórze.

Przeszliśmy z powrotem przez salon do małego przedpokoju z trojgiem drzwi, do dwóch pokoi i łazienki. W większym, sypialni, siedział przed domowym komputerem Wigginsa mężczyzna w garniturze, obsługujący radio i dwie komórki. Story były zaciągnięte i jedyne źródło światła w pokoju stanowił ekran monitora.

— Do państwa wiadomości, jestem z biura w Los Angeles i kieruję tą sprawą — oznajmił mężczyzna, gdy zostaliśmy przedstawieni. Nazywał się Tom Stockwell, z pochodzenia etnicznie blady.

Chyba zostałem wyautowany. Postanowiłem jednak być miły.

— Pani Mayfield i ja chcemy wam pomóc, do niczego się nie będziemy wtrącać — powiedziałem do Toma.

Ładnie, nie?

— Jak długo chcecie tu zostać? — zapytał Tom.

— Jak długo będzie trzeba.

— Podejrzany, jak zapewne wam wiadomo, może być w kamizelce kuloodpornej i jest w posiadaniu dwóch glocków, czterdziestek, zabranych naszym agentom w samolocie — poinformowała Kate. Wprowadziła go we wszystkie szczegóły, a on słuchał z uwagą. — Ten człowiek jest wyjątkowo niebezpieczny — zakończyła swoją przemowę — i nie liczymy raczej na to, że uda się go ująć bez walki. Ale oczywiście chcemy go mieć żywego.

— Dysponujemy różnymi urządzeniami obezwładniającymi — odparł Tom. — Mamy pistolet klejowy, wyrzutnik sieci i oczywiście gaz, a także...

— Przepraszam bardzo — wtrąciłem się. — Co to jest pistolet klejowy?

— To ręczne urządzenie strzelające substancją, która natychmiast twardnieje, unieruchamiając człowieka.

— To jakiś kalifornijski wynalazek?

— Nie, panie Corey. Używają tego w całym kraju. Możemy też posłużyć się wyrzutnikiem sieci, która opłącze podejrzanego.

— Niesamowite. A macie też normalną broń?

Tom zignorował mnie i dalej wykładał swoje. Przerwałem mu ponownie.

— Czy sąsiedzi zostali ewakuowani?

— Sporo nad tym debatowaliśmy, ale Waszyngton jednak uważa, że ewakuacja całej okolicy narobiłaby zbytniego szumu. Ewakuowaliśmy tylko mieszkańców najbliższych domów i umieściliśmy tam agentów.

Podtekst tego był taki, że lepiej narazić podatników na postrzelenie zabłąkaną kulą, niż nie złapać Asada Khalila. Uczciwie przyznam, że trudno mi się było z tym nie zgodzić. Oczyma wyobraźni ujrzałem jednak dzieciaka, wyjeżdżającego na rowerku na ulicę w najgorszym możliwym momencie. A to się zdarza. Oj, zdarza się. Zmęczyła mnie już ta pogawędka o tym, jak wszystko jest pod kontrolą, więc zapytałem:

— A gdzie jest wasz szósty człowiek?

— W garażu — odparł Tom. — Jest bardzo zagracony i Wiggins na pewno nie wstawi tam samochodu, ale drzwi otwierają się automatycznie, więc chyba tamtędy wejdzie do domu, przez kuchnię, bo będzie miał najbliżej z podjazdu.

Tom zapewnił nas także, że wciąż starają się zlokalizować Elwooda Wigginsa, zanim wróci do domu.

— Z tego, co wiemy, Khalil może próbować go dopaść w drodze — powiedział. — Wiggins jeździ czerwonym dżipem grand cherokee, którego tu nie ma, więc szukamy tego pojazdu.

— A jego dziewczyna czym jeździ? — zapytałem.

— Białym fordem windstarem, który stoi pod jej domem, znajdującym się również pod obserwacją.

Cóż było mówić? Ci ludzie rzeczywiście znali się na swojej robocie. Ale prywatnie i tak uważałem ich za palantów.

— Na pewno wiecie o odwiedzinach Khalila u kolegów Wigginsa z eskadry — dodałem dla porządku. — To oznacza, że Khalil może wiedzieć o nim o wiele więcej od nas, bo też i szukał go o wiele dłużej. Bardzo możliwe, że panowie Khalil i Wiggins już się spotkali.

Wszyscy przyjęli to w milczeniu.

— To niczego nam tutaj nie zmienia — stwierdził Tom po chwili. — Będziemy czekać i zobaczymy, czy ktoś się pojawi. Cała policja też jest w pogotowiu, więc może się nawet okazać, że jakiś glina zadzwoni do nas z radosną wieścią, że znaleźli obu i Wiggins jest żywy, a Khalil w kajdankach.

Nie chciałem być zwiastunem złej karmy, lecz jakoś nie mogłem sobie wyobrazić Asada Khalila w kajdankach.

Tom zasiadł z powrotem przed pecetem Wigginsa.

— Próbuję czegoś się dowiedzieć z jego komputera — wyjaśnił. — Przypuszczamy, że być może pojechał gdzieś na biwak, więc sprawdziłem jego e-maile, żeby zobaczyć, czy nie rezerwował na przykład miejsca na kempingu w jakimś parku narodowym. Biwak — zwrócił się do mnie — to jest coś takiego, że jedzie się do lasu z namiotem albo przyczepą.

Zorientowałem się, że chyba rozmawiał już z agentką Lopez.

— A czy oglądaliście może bieliznę Wigginsa? — zapytałem.

— Co takiego? — Spojrzał na mnie zdumiony.

— Pożyczyłbym sobie od niego bokserki, jeżeli nosi mój rozmiar.

— Wszyscy tu mamy jakąś bieliznę na zmianę, panie Corey — odrzekł Tom po namyśle. — Może ktoś, to znaczy któryś z mężczyzn, będzie mógł panu pożyczyć bokserki. Ale nie wolno panu ruszać rzeczy Wigginsa.

— Dobrze, to zapytam go, jak przyjedzie.

— Bardzo słusznie.

Kate, co trzeba jej przyznać, udawała po prostu, że mnie nie zna.

— Obejrzyjmy garaż i resztę domu — zwróciła się do Kim Rhee.

Przeszliśmy do drugiego pokoju, którego okna wychodziły na podwórze. Służył on najwyraźniej rozrywce, stał tu bowiem wielki telewizor, sprzęt grający i tyle głośników, że mogłyby wywołać kolejne trzęsienie ziemi. Na podłodze zauważyłem sześć toreb podróżnych.

— Możecie potem się tu rozgościć — powiedziała pani Rhee. — Kanapa się rozkłada. Jeśli to potrwa całą noc, będziemy spać na zmianę.

Myślałem zawsze, że najgorszym koszmarem mojego życia jest wigilijna kolacja z rodziną, ale bycie zamkniętym w małym domu z agentami FBI biło to na głowę. Następnie pani Rhee pokazała nam łazienkę. Zacząłem się zastanawiać, czy przedtem nie była agentką handlu nieruchomościami. Skonstatowałem też, że w domu Wigginsa nie ma żadnych pamiątek wojskowych, co by świadczyło, że właściciel nie chciał pamiętać swej służby w armii. Albo że wszystko zgubił, co pasowałoby do jego profilu psychologicznego. Albo że byliśmy nie w tym domu, co trzeba. Federalnym już się zdarzało pomylić adresy.

Wróciliśmy do kuchni i pani Rhee otworzyła drzwi, przez które zajrzeliśmy do zagraconego garażu. Za stosem kartonów siedział tu na ogrodowym krześle młody opalony blondyn, najpewniej młodszy agent, i czytał gazetę przy świetle neonówki. Wstał na nasz widok, a Rhee kazała mu gestem usiąść, na wypadek gdyby nagle uniosły się wrota.

— To jest Scott, który pilnuje na ochotnika garażu — powiedziała i uśmiechnęła się.

Scott, który wyglądał, jakby właśnie zszedł z deski surfingowej, błysnął uzębieniem i kiwnął nam ręką.

— Hej stary, siemanko, ale total w tym garażu, nie? — powiedziałem do niego, to znaczy nie powiedziałem, ale miałem wielką ochotę. Był moich rozmiarów, chyba jednak nie nosił bokserek.

Pani Rhee zamknęła drzwi i zostaliśmy w kuchni z Edie i Juanem.

— Mamy zapasy żywności w lodówce, więc nikt nie musi nigdzie wychodzić — oznajmiła Rhee. — Jedzenia jest na sześć dni dla sześciu osób — dodała.

Nagle ujrzałem oczami wyobraźni agentów FBI, zmieniających się w kanibali, kiedy jedzenie się skończy, ale nie opowiedziałem im o tym. I tak już stąpałem po kruchym lodzie czy też jego kalifornijskim odpowiedniku.

— Skoro mamy dwie gęby więcej do wykarmienia — odezwał się Juan — musimy zamówić pizzę. Ja chcę pizzę!

Juan jest w porządku, stwierdziłem w myśli. Niestety był tęższy ode mnie i pewnie też nie nosił bokserek.

— Ja umiem zrobić w mikrofalówce ohydny makaron z serem — rzekła Edie.

Wszyscy się roześmialiśmy.

Kate oznajmiła, że idzie zadzwonić do Koeniga, i zaprosiła mnie, bym jej towarzyszył do pokoju na tyłach. Nie skorzystałem z zaproszenia i wyszła, a ja zostałem w kuchni, gawędząc z Edie i Juanem.

Wróciła po kwadransie.

— Jack cię pozdrawia — poinformowała mnie — i przekazuje gratulacje za dobrą detektywistyczną robotę. I życzy nam szczęścia.

— To miło. Zapytałaś go, jak było we Frankfurcie?

— Nie rozmawialiśmy o Frankfurcie.

— A gdzie jest Ted Nash?

— A kogo to obchodzi?

— Mnie.

Kate spojrzała na naszych kolegów z Los Angeles i odparła cicho:

— Nie zajmuj się nieistotnymi drobiazgami.

— Chciałem mu tylko dać fangę w nos, nic wielkiego.

Zignorowała to i żeby nie dostarczać już rozrywki naszym kolegom, zakończyliśmy konwersację.

Edie zaproponowała nam kawę i usiedliśmy z nią i z Kim Rhee przy stole, podczas gdy Juan pilnował tylnych drzwi. Bardzo byli zainteresowani wszystkim, co wydarzyło się w tej sprawie od niedzieli, i wypytywali nas o rzeczy, których nie było w prasie i oficjalnych raportach. Byli ciekawi atmosfery, panującej na Federal Plaza 26, tego co mówią szefowie w Waszyngtonie i tak dalej. Ludzie z sił prawa i porządku są tacy sami wszędzie, stwierdziłem. Pomimo że ci tutaj początkowo okazali nam wrogość, skrywaną pod maską uprzejmości, powoli nawiązywała się między nami więź i w ogóle. Chciałem zaproponować, żebyśmy odśpiewali wspólnie „Ventura Highway" albo „California, here I come", ale uznałem, że może bym trochę przedobrzył.

Minęła godzina. Piątka agentów zmieniała się na stanowiskach obserwacyjnych, lecz kiedy zaproponowaliśmy z Kate, że możemy kogoś zastąpić, woleli, żebyśmy zostali w kuchni.

Scott też trafił w końcu do naszego stołu i wypytywał o Nowy Jork. Próbowałem go przekonać, że na East River można normalnie surfować, i wszystkich to ubawiło. Korciło mnie, żeby opowiedzieć kawał o prokuratorze generalnym i zającu, ale chybabym zepsuł atmosferę. Tuż przed dwudziestą pierwszą zadzwonił gdzieś telefon i wszystkie rozmowy umilkły. Po chwili zjawił się w kuchni Tom.

— W okolicy krąży niebieska furgonetka dostawcza —

oznajmił — prowadzona przez mężczyznę. Nasi agenci z noktowizorami twierdzą, że odpowiada rysopisowi poszukiwanego. Wszyscy na stanowiska. A wy idźcie do pokoju telewizyjnego — zwrócił się do Kate i do mnie.

Kim Rhee poszła do garażu, gdzie czuwał teraz Roger Fleming. Zostawiła drzwi otwarte i widziałem przez nie Rogera, klęczącego za stosem pudeł, z pistoletem w dłoni. Kim też wyciągnęła broń i stanęła przy podświetlonym elektrycznym zamku obok wrót garażu. Juan stał z bronią gotową do strzału przy kuchennym wyjściu.

Przeszliśmy z Kate do salonu, gdzie po obu stronach drzwi wejściowych czatowali Tom z Edie. Scott zajął pozycję przed samymi drzwiami i wyglądał przez wizjer. Trudno mi było nie zauważyć, że był rozebrany do kąpielówek, za które zatknął z tyłu glocka. Tak chyba wyglądało przebranie tajniaka w wersji kalifornijskiej. Ale przynajmniej zdjął kamizelkę kuloodporną.

Tom spostrzegł nas i znów zasugerował stanowczo, żebyśmy udali się do pokoju na tyłach. Szybko się jednak przekonał, że nie przelecieliśmy trzech tysięcy kilometrów po to, żeby oglądać telewizję, podczas gdy tu się szykuje akcja.

— Schowajcie się — powiedział w końcu.

Kate stanęła za Tomem, po lewej stronie wejścia, i wyciągnęła pistolet. Ja schowałem się obok Edie, po prawej stronie pod ścianą. Drzwi otwierały się do środka. Pistoletów w pokoju było już dość, więc nie wyjąłem swojego. Spotkaliśmy się z Kate wzrokiem; puściła do mnie oko i uśmiechnęła się. Serce mi waliło, lecz chyba nie z jej powodu... obawiam się.

Tom trzymał przy uchu komórkę i słuchał z uwagą.

— Furgonetka zwalnia, jest kilka domów od nas — powiedział.

— Aha, widzę ją — rzucił od drzwi Scott. — Stanęła przed domem.

Było tak cicho, że słyszeliśmy własne oddechy. Pomimo całej nowoczesnej techniki, kamizelek kuloodpornych i przewagi w ludziach, chwila gdy człowiek ma się zaraz znaleźć twarzą w twarz z uzbrojonym mordercą, zawsze jest wyjątkowa.

Scott informował nas całkiem spokojnie, jak sądzę:

— Facet wysiada... od strony ulicy, nie widzę go. Przeszedł

na tył... otwiera drzwi... wyjął paczkę. Idzie do nas... rysopis się zgadza, wysoki, typ bliskowschodni... jest w dżinsach i ciemnej koszuli... paczkę niesie w jednej ręce... rozgląda się...

— Pamiętajcie, że to może być niewinny człowiek — szepnął Tom. — Powalcie go i skujcie, ale nie za ostro.

Ciekaw byłem, gdzie się podział pistolet klejowy. Po twarzy spływał mi pot.

Zadzwonił dzwonek u drzwi. Scott odczekał pięć sekund, złapał za klamkę i otworzył. Nim zasłoniły mi go drzwi, zobaczyłem, jak się uśmiecha.

— Coś do mnie? — zapytał sympatycznym tonem.

— Czy pan Wiggins? — spytał mężczyzna z obcym akcentem.

— Nie, nie — odparł Scott. — Ja tylko pilnuję domu. Mam coś podpisać?

— Kiedy wróci pan Wiggins?

— W czwartek albo w piątek. Mogę za niego podpisać, nie ma problemu.

— Dobrze. Tutaj proszę.

— Coś ten długopis nie pisze — rzekł po sekundzie Scott. — Proszę, niech pan wejdzie.

Scott cofnął się. Przemknęło mi przez głowę, że gdyby rzeczywiście tylko pilnował mieszkania, wkrótce byłby trupem, rozkładającym się w pokoju na tyłach, podczas gdy Khalil czekałby sobie spokojnie na powrót Wigginsa.

Do salonu wszedł wysoki, czarniawy dżentelmen. Ledwie minął drzwi, Edie zamknęła je kopniakiem i zanim zdążylibyście powiedzieć abrakadabra, nasz gość leżał już twarzą do ziemi. Ja siedziałem mu na nogach, Edie stanęła jedną nogą na karku, a Tom ze Scottem zakładali kajdanki.

Kate otworzyła drzwi, uniesionym kciukiem dała znać obserwującym dom, że wszystko w porządku, i pobiegła do furgonetki, a ja za nią.

W aucie nie było nikogo, lecz na podłodze leżało kilka paczek, a na przednim siedzeniu Kate znalazła komórkę, którą zabrała. Nagle, nie wiadomo skąd, zaczęły podjeżdżać pod dom samochody, hamując z piskiem. Wyskakiwali z nich agenci. Zupełnie jak na filmach, chociaż ten pisk mogli sobie darować.

— Już jest skuty! — zawołała do nich Kate.

Otworzyły się drzwi garażu i na trawnik wyszli Roger z Kim. Nie było widać gapiów. Pomyślałem sobie brzydko, że gdyby faktycznie kręcono film, już zbiegłby się tłum sąsiadów, chcących się załapać na statystowanie.

W każdym razie ludzie z FBI, zgodnie z podręcznikiem, wsiedli z powrotem do samochodów i odjechali, by nie wypłoszyć ewentualnych wspólników zatrzymanego, nie wspominając już o panu Wigginsie.

Kate i ja wróciliśmy biegiem do domu. Nasz więzień leżał teraz na plecach, Tom stał nad nim, a Edie ze Scottem dokładnie go przeszukiwali.

Przyjrzałem się jego twarzy i nawet szczególnie mnie nie zdziwiło odkrycie, że nie jest to Asad Khalil.

Rozdział 48

Spojrzałem na Kate i na pozostałych agentów. Nie wyglądali na szczęśliwych.

— Jest czysty — powiedziała Edie.

Mężczyzna bełkotał coś płaczliwie, po twarzy płynęły mu łzy. Jeżeli ktoś miał watpliwości, czy to jednak nie Khalil, bełkotanie przesądzało sprawę.

Scott przeglądał jego portfel.

— Jak się nazywasz? — zapytał.

Tamten usiłował coś powiedzieć, lecz wydobyła się z niego jedynie mieszanina flegmy ze smarkami.

— Powiedz, jak się nazywasz — powtórzył Scott, zerkając na jego zdjęcie w prawie jazdy.

— Azim Rahman.

— Gdzie mieszkasz?

Mężczyzna podał adres w Los Angeles.

— Data urodzenia?

I tak dalej. Facet recytował poprawnie wszystkie dane z prawa jazdy, co chyba zrodziło w nim nadzieję, że zaraz zostanie puszczony wolno. Błąd.

Tom zaczął mu zadawać pytania niezwiązane z prawem jazdy.

— Po co tu przyjechałeś?

— Przywiozłem paczkę. Ja nic nie zrobiłem, proszę pana.

Roger oglądał niewielki pakunek, lecz oczywiście nie otwierał go, bo w środku mogła być bomba.

— Co jest w tej paczce? — zapytał.

— Nie wiem, proszę pana, naprawdę.

— Nie ma adresu nadawcy — poinformował Roger zebranych. — Zaniosę to na podwórze i wezwę ekipę techniczną. — Wyszedł, a wszystkim odrobinę poprawił się humor.

— Masz obywatelstwo? — zapytał Tom Rahmana.

Widziałem, że jest nieco zatroskany. Poturbowanie obywatela, czy to rodzonego Amerykanina, czy tylko naturalizowanego, nie było zbyt korzystne dla wizerunku FBI. Nawet poturbowanie nielegalnego imigranta mogło w dzisiejszych czasach narobić człowiekowi niezłego bigosu. W końcu wszyscy jesteśmy obywatelami świata. Prawda?

— Tak, proszę pana. Złożyłem przysięgę.

Tom zadał mu parę pytań związanych z prawami i obowiązkami obywatela, na które Rahman odpowiedział całkiem nieźle. Wiedział nawet, kto jest gubernatorem Kalifornii, co wzbudziło we mnie podejrzenie, że może jest szpiegiem. Nie znał jednak nazwiska swego przedstawiciela w Kongresie, i to mnie przekonało, że jest zwyczajnym obywatelem.

Spojrzałem na Kate. Pokręciła powoli głową. Czułem się podle i wszyscy inni chyba też. Dlaczego nic nie szło tak, jak powinno? Po czyjej stronie był w końcu Bóg?

Edie zadzwoniła pod numer domowy, który podał jej Rahman, i automatyczna sekretarka faktycznie odpowiedziała: „Mieszkanie Rahmana...", głosem leżącego obecnie na podłodze mężczyzny, jeśli pominąć jego odmienny stan emocjonalny. Następnie sprawdziła numer firmy przewozowej, wypisany na furgonetce, i okazało się, że „Nie ma takiego numeru". Ja dorzuciłem, że lakier na samochodzie wygląda na nowiutki. Wszyscy spojrzeliśmy na Azima Rahmana.

Zrozumiał, że znów jest na widelcu i zaczął się tłumaczyć:

— Zrozumcie państwo, ja dopiero co zacząłem tę pracę, jeszcze się we wszystkim nie orientuję...

— I dlatego — powiedziała Edie — myślałeś, że jak namalujesz sobie na samochodzie byle jaki numer telefonu, to firma telefoniczna ci go potem przydzieli? Czy my wyglądamy na idiotów?

Pan Rahman zaczął powoli odzyskiwać rezon.

— Proszę pozwolić mi zadzwonić do mojego adwokata — oświadczył.

Ohoho. Czarodziejskie słowa. To już aksjomat, że jeśli podejrzany nie zacznie mówić w ciągu pięciu, góra dziesięciu pierwszych minut, gdy, że tak powiem, jest w szoku, może już w ogóle niczego nie powiedzieć. Moim kolegom z FBI skończył się chyba czas.

— Wszyscy tutaj są prawnikami oprócz mnie — zwróciłem się do Rahmana. — Możesz porozmawiać z nimi.

— Ale ja chciałbym zadzwonić do mojego prawnika.

— Skąd jesteś? — zapytałem, ignorując jego prośbę.

— Z zachodniego Hollywood.

— Przestań ze mną pogrywać w chujki, Azim — odparłem z uśmiechem. — Mów, skąd jesteś.

— Z Libii.

Nikt się nie odezwał, lecz wszyscy popatrzyliśmy po sobie, a Rahman zauważył, że zainteresowanie jego osobą ponownie wzrosło.

— Skąd masz tę paczkę, którą miałeś dostarczyć? — zapytałem z kolei.

Podejrzany skorzystał z prawa do milczenia.

Wrócił Juan, który poszedł chwilę wcześniej do furgonetki.

— Te paczki to jakaś kpina — powiedział — wszystkie równe, zapakowane w taki sam papier, oklejone tą samą taśmą, nawet adresy wypisane tym samym pismem. Co ty za kit nam tu wciskasz? — zwrócił się do Rahmana.

— Słucham?

Wszyscy znów zaczęli gnębić podejrzanego, grożąc mu dożywotnim więzieniem, deportacją i tak dalej. Juan nawet zaproponował mu kopa w jaja, lecz Rahman nie przyjął propozycji. Ponieważ udzielał sprzecznych odpowiedzi, mieliśmy już wystarczający powód do formalnego aresztowania. Zorientowałem się, że Tom się ku temu skłania. Aresztowanie oznaczało odczytanie praw, zaangażowanie adwokatów i tak dalej, i powinniśmy to byli właściwie zrobić już dobrą chwilę wcześniej.

John Corey jednakże, nie bardzo się przejmujący swoją karierą zawodową i wytycznymi rządu federalnego, mógł sobie pozwolić na pewne dowolności w tej kwestii. Chodziło przede wszystkim o to, że jeśli facet był związany z Asadem Khalilem, powinniśmy to z niego wydobyć. I to zaraz.

Pomogłem więc panu Rahmanowi powrócić z pozycji siedzącej do leżącej i siadłem na nim okrakiem, żeby mieć pewność, że skupi na mnie uwagę. Odwrócił głowę.

— Patrz mi w oczy — rzuciłem ostrym tonem.

Nasze spojrzenia się spotkały.

— Kto cię przysłał? — zapytałem.

Nie odpowiedział.

— Jeśli nam powiesz, kto cię przysłał i gdzie on teraz jest, puścimy cię wolno. Jeżeli nam tego nie powiesz, i to szybko, obleję cię całego benzyną i podpalę. — Oczywiście nie była to fizyczna groźba, lecz tylko wyrażenie idiomatyczne, którego nie należało brać dosłownie. — Kto cię przysłał?

Pan Rahman zachował milczenie, więc powtórzyłem pytanie w formie bardziej sugestywnej.

— Chyba jednak będziesz musiał nam powiedzieć — stwierdziłem, przy czym należałoby wspomnieć, że trzymałem teraz w ręce pistolet, którego lufa, nie wiedzieć czemu, znalazła się w ustach pana Rahmana.

Był już zdrowo przerażony.

Na tym etapie przesłuchania zgromadzeni w pokoju agenci federalni, łącznie z Kate, odsunęli się nieco od nas i w dosłownym tego słowa znaczeniu odwrócili wzrok.

— Jak nie odpowiesz na moje pytanie, to ci, kurwa, odstrzelę mózg — poinformowałem Rahmana.

Wytrzeszczył oczy i zaczął chyba pojmować, że między mną a pozostałymi jest pewna różnica. Nie rozumiał jeszcze do końca, na czym ona polegała, więc żeby mu w tym pomóc, kopnąłem go kolanem w jaja. W takim momencie powinno się już naprawdę mieć pewność, że osobnik, którego prawa właśnie naruszamy, istotnie zna odpowiedzi na nasze pytania. W przeciwnym bowiem wypadku, na kontrakcie czy nie, mogłem wylecieć z roboty na zbity pysk. Ponieważ nie ma to jak sukces, zachęciłem Rahmana dodatkowym kopniakiem do podzielenia się ze mną informacjami.

Kilku kolegów opuściło pokój. Zostali tylko: Edie, Tom i Kate, by w razie czego poświadczyć, że dobrowolna współpraca świadka z nami nie została w żaden sposób na nim wymuszona i tak dalej.

— Słuchaj, gnojku — zwróciłem się do Rahmana — możesz wylądować w więzieniu do końca życia. A może nawet w komorze gazowej za współudział w morderstwie. Rozumiesz to, czy nie?

Nie ssał już mego pistoletu, lecz mimo to nie odpowiadał.

Nie lubię uszkadzać ciała, wepchnąłem więc panu Rahmanowi chusteczkę do ust, a drugą ręką zatkałem mu nos. Nie umiał za bardzo oddychać uszami, toteż zaczął się wykręcać, usiłując zrzucić z siebie moje sto kilo żywej wagi.

Usłyszałem chrząknięcie Toma.

Pozwoliłem Rahmanowi nieco posinieć na twarzy, po czym puściłem jego nos. Wciągnął łapczywie powietrze, a ja ponownie ścisnąłem mu nozdrza. Nie wchodząc w dalsze szczegóły, pan Azim Rahman zrozumiał w końcu korzyści płynące ze współpracy i dał mi znak, że jest do niej gotowy. Wyjąłem mu chusteczkę z ust i posadziłem szarpnięciem.

— Kto cię tu przysłał? — zapytałem kolejny raz.

Łkał jeszcze trochę i widać było po nim wewnętrzne zmagania.

— Możemy ci pomóc — przypomniałem mu. — Możemy ci ocalić życie. Opowiedz mi wszystko albo cię zaraz wsadzę z powrotem do twojej zasranej furgonetki i pojedziesz się tłumaczyć swojemu przyjacielowi. Wolisz tak? Chcesz do niego jechać? Zaraz cię puścimy.

Chyba wcale tego nie pragnął, odetchnął bowiem głęboko, odchrząknął i ledwie słyszalnym głosem zaczął mówić.

— Nie wiem, jak on się naprawdę nazywa... powiedział... znam go jako pana Perlemana, ale...

— Perlemana? Jak jakiś Żyd?

— Tak, tak... ale nie jest Żydem. Mówił w moim języku.

Kate trzymała już w dłoni fotografię i podetknęła mu ją pod nos. Rahman wpatrywał się w zdjęcie przez dłuższą chwilę i w końcu skinął głową.

Voilà! Uratowałem się od pierdla!

— Czy on teraz tak wygląda? — zapytałem.

— Ma okulary — pokręcił głową Rahman — wąsy... i włosy takie... siwe.

— Gdzie on jest?
— Nie wiem. Naprawdę.
— W porządku, Azim; kiedy i gdzie ostatni raz go widziałeś?
— Przyjechałem po niego na lotnisko i potem...
— Które lotnisko?
— W Santa Monica.
— Przyleciał samolotem?
— Nie wiem...
— O której się spotkaliście?
— Punkt szósta rano.

Teraz, kiedy nie było już tak brutalnie i świadek w pełni z nami współpracował, cała szóstka z FBI wróciła do pokoju. Stali za Rahmanem, żeby go nie denerwować. Ponieważ to ja przekonałem świadka do współpracy i zdobyłem jego zaufanie, byłem obecnie odpowiednią osobą do zadawania pytań.

— Dokąd zawiozłeś tego człowieka?
— Do... on sam chciał prowadzić i pojechaliśmy...
— Ale dokąd?
— Drogą, nad morzem...
— Dokąd pojechaliście, Azim?
— Po prostu... donikąd. Jechaliśmy około godziny, a potem wróciliśmy i znaleźliśmy centrum handlowe...
— Które? Jak się nazywało?

Pan Rahman oznajmił, że nie pamięta, bo nie jest stąd, ale Kim, która mieszkała w Venturze, domyśliła się tego z jego opisu i pobiegła zmobilizować ludzi. Wątpiłem jednak, by Khalil kręcił się tam aż do tej pory.

— Przyjechałeś po niego na lotnisko tą furgonetką, tak? — wróciłem do tematu.
— Tak.
— Na główny terminal?
— Nie... z drugiego końca. Czekałem w barze...

Dalsze wypytywanie pozwoliło ustalić, że Rahman spotkał Khalila w strefie lotnictwa ogólnego lotniska w Santa Monica, co oznaczałoby, że ten przyleciał wynajętym samolotem. Wszystko się zgadzało. Potem musieli jakoś zabić czas do wieczora, więc pojechali na przejażdżkę malowniczym wybrzeżem, a gdy wrócili, pan Khalil zapragnął zrobić zakupy, może coś przekąsić, kupić pamiątki z Ameryki...

— Jak był ubrany? — zapytałem Rahmana.

— W garnitur i krawat.

— Kolor?

— Szary, ciemnoszary.

— Miał bagaż?

— Tylko jedną torbę, proszę pana. Wyrzucił ją po drodze, jak jechaliśmy nad kanionem.

— Trafisz do tego kanionu jeszcze raz?

— Nie wiem... może za dnia... postaram się.

— Dobrze by było. Czy coś mu dawałeś? Miałeś dla niego jakąś paczkę czy cokolwiek?

— Miałem, proszę pana, dwie paczki. Ale nie wiem, co w nich było.

— Opisz mi te paczki; wagę, wielkość, kształt. — Chyba wszyscy obecni zaliczyli kurs dla detektywów z przedmiotu zwanego pakunkoznawstwem, więc pytanie było na miejscu.

Pan Rahman opisał nam zwyczajną paczkę rozmiarów kuchenki mikrofalowej, lecz dość lekką, co kazało nam przyjąć, że pewnie zawierała zmianę ubrania i być może jakieś dokumenty.

Drugi pakunek był o wiele ciekawszy i budził większą grozę. Był przede wszystkim długi. I wąski. I ciężki. Na pewno nie zawierał krawata.

Spojrzeliśmy po sobie. Nawet Azim Rahman doskonale wiedział, co było w tej paczce.

— Czy Perleman ma te paczki przy sobie? — zapytałem go.

— Tak.

Zastanowiłem się nad tym i doszedłem do wniosku, że Khalil przebrał się najpewniej w nowe ciuchy, ma nowe fałszywe papiery i ma przy sobie karabin snajperski, być może złożony i schowany w jakiejś niewinnie wyglądającej torbie albo plecaku.

— Ten człowiek przysłał cię tutaj, żebyś sprawdził, czy pan Wiggins jest w domu, tak?

— Tak.

— Zdajesz sobie sprawę, że to jest Asad Khalil, który zabił wszystkich pasażerów samolotu lecącego do Nowego Jorku?

Świadek stwierdził, że nie skojarzył tych faktów, więc skojarzyłem je za niego.

509

— Jeżeli pomagasz temu człowiekowi — wytłumaczyłem mu — zostaniesz rozstrzelany albo powieszony, albo usmażony na krześle elektrycznym, albo dostaniesz śmiertelny zastrzyk, albo umrzesz w komorze gazowej. A może nawet utniemy ci głowę. Rozumiesz to? — Wyglądał, jakby miał zaraz zemdleć. — Ale jeżeli pomożesz nam schwytać Asada Khalila — ciągnąłem — dostaniesz milion dolarów nagrody. — Było to raczej mało prawdopodobne. — Na pewno słyszałeś o tym w telewizji, prawda?

Pokiwał ochoczo głową, zdradzając tym samym, że od początku wiedział, kim jest jego pasażer.

— No to przestań zawracać dupę i zacznij wreszcie ze mną współpracować.

— Współpracuję, proszę pana.

— To dobrze. Kto ci kazał się spotkać z Khalilem na lotnisku?

Popłynęła pokrętna opowieść o tym, jak to jakieś dwa tygodnie temu na stacji benzynowej w Hollywood, gdzie Rahman naprawdę pracował, pojawił się tajemniczy mężczyzna. Zwrócił się do niego o pomoc dla nieznanego rodaka, proponując za tę przysługę dziesięć tysięcy dolarów — dziesięć procent od razu, resztę po wykonaniu zadania. I tak dalej.

— Ci ludzie, Azim, zabiliby cię zmiast zapłacić, bo za dużo wiesz. Czy to rozumiesz? — Rozumiał. — Wybrali akurat ciebie spośród innych Libijczyków, bo przypominasz z wyglądu Khalila i przysłali cię tutaj, żeby wybadać, czy nie zastawiliśmy na niego pułapki, a nie tylko po to, żebyś sprawdził, czy Wiggins jest w domu. Pojmujesz to, Azim? — Pokiwał głową. — To dobrze. A teraz zadam ci naprawdę ważne pytanie, od którego może zależeć twoje życie. Kiedy, gdzie i jak masz się znów spotkać z Asadem Khalilem?

Rahman wziął długi, głęboki oddech.

— Mam do niego zadzwonić — odparł.

— Dobra, to dzwonimy. Jaki numer?

Wyrecytował numer z pamięci.

— To na komórkę — powiedział Roger.

— Tak, tak — potwierdził świadek. — Dałem mu telefon komórkowy. Kazali mi kupić dwa; drugi jest w samochodzie.

Ten drugi miała teraz Kate.

— Co to za operator? — zapytałem Azima.

— Nextel, kazali mi kupić Nextela.

Spojrzałem na Toma, który pokręcił głową na znak, że nie są w stanie namierzyć telefonów Nextela. W rzeczy samej namierzenie jakiejkolwiek komórki było bardzo trudne, choć na Federal Plaza mieliśmy zmyślne urządzenia, nazywające się Trigger Fish oraz Swamp Box, które potrafiły określić przynajmniej przybliżoną lokalizację telefonów Atlantic Bell i AT&T.

Nadszedł czas, żeby pan Rahman poczuł się nieco wygodniej, toteż Tom go rozkuł. Nasz świadek roztarł sobie nadgarstki i pomogliśmy mu wstać. Miał niejakie trudności z utrzymaniem się prosto i skarżył się na nieokreślone bóle w nieokreślonej okolicy. Posadziliśmy więc pana Rahmana na wygodnym krześle, a Kim poszła do kuchni zrobić mu kawy. Wszyscy zaczęli być nieco lepszej myśli, chociaż szansa na wmówienie Asadowi Khalilowi przez Azima Rahmana, że w domu Wigginsa wszystko jest w porządku, była raczej nikła. Z drugiej strony, nigdy nic nie wiadomo. Nawet takiego spryciarza jak Khalil można było czasami wywieść w pole, jeżeli obsesyjnie dążył do celu, czyli zamordowania kogoś.

Kim wróciła z kawą i Rahman siorbnął sobie łyczek. Koniec przerwy.

— Spójrz na mnie, Azim — zwróciłem się do naszego rządowego świadka. — Czy ustaliliście jakieś słowo, którego masz użyć na wypadek niebezpieczeństwa?

Popatrzył na mnie, jakbym odkrył tajemnicę istnienia.

— Tak. Jeżeli będzie ze mną... tak jak teraz... to mam powiedzieć słowo Ventura. — Podał nam zgrabny przykład, zupełnie jakbyśmy układali zdania w szkole: — „Panie Perleman, dostarczyłem przesyłkę do Ventury".

— Dobra, w takim razie nie mów „Ventura", bo będę musiał cię zabić.

Pokiwał z wigorem głową.

Edie przyniosła z kuchni bezprzewodowy telefon Wigginsa i wszyscy wyłączyli komórki. Spojrzałem na zegarek. Rahman znajdował się z nami od około dwudziestu minut, więc Khalil jeszcze nie powinien być bardzo zdenerwowany.

— Czy miałeś zadzwonić o jakiejś konkretnej godzinie? — zapytałem.

— Tak, proszę pana. Miałem oddać paczkę o dziewiątej, a potem jechać przez dziesięć minut i wtedy zadzwonić z samochodu.

— Dobra, powiedz mu, że zgubiłeś drogę. Odetchnij sobie głęboko, rozluźnij się i myśl o czymś przyjemnym.

Pan Rahman przełączył się na tryb medytacyjny, połączony z głębokim oddychaniem.

— Oglądasz „Z Archiwum X"? — zapytałem go.

Zdawało mi się, że Kate jęknęła.

— Tak, widziałem ten film — odrzekł Rahman z uśmiechem.

— To dobrze. Scully i Mulder pracują dla FBI, prawda? Tak samo jak my. Lubisz Scully i Muldera?

— Tak.

— Oni są dobrzy, prawda, Azim? My też jesteśmy dobrzy. — Był na tyle uprzejmy, że nie poruszył w tym momencie sprawy kopnięcia go w jaja. — Załatwimy, żebyś się mógł przeprowadzić, dokąd będziesz chciał — zapewniłem go. — Jesteś żonaty?

— Tak.

— Dzieci?

— Pięcioro.

Dobrze, że zrobił te dzieci, zanim spotkał mnie.

— Słyszałeś kiedyś o programie ochrony świadków?

— Tak.

— I wiesz, że dostaniesz też pieniądze?

— Tak.

— W porządku. Czy masz się spotkać z tym człowiekiem po waszej rozmowie telefonicznej?

— Tak.

— Świetnie. A gdzie?

— Tam, gdzie on powie.

— Rozumiem. Postaraj się, żeby twój telefon doprowadził do tego spotkania, dobrze? — Pan Rahman nie wykazał entuzjazmu, więc zapytałem go: — Skoro chodziło mu tylko o to, żebyś sprawdził, czy Wiggins jest w domu i czy nie ma tu policji, to dlaczego chce się z tobą spotkać ponownie, Azim? — Nie miał pojęcia, więc mu to uświadomiłem. — Ponieważ chce cię zabić. Rozumiesz teraz?

Rahman przełknął ślinę i skinął głową. Odszedłem na stronę z Ronem.

— Czy ktoś z was zna arabski?

Ron pokręcił głową.

— Juan mówi po hiszpańsku — odparł.

— No, to prawie to samo. — Wróciłem do Rahmana. — Dobra, dzwoń. Tylko rozmawiaj po angielsku. Jeżeli nie będziesz mógł, to mój kolega Juan, o ten, zna arabski, więc nie próbuj żadnych numerów. No, dzwoń.

— Muszę zapalić papierosa — oznajmił Rahman.

Kilka osób jęknęło.

— Ma ktoś papierosa? — zapytałem.

— Pan mi zabrał moje — rzekł Rahman.

— Swoich nie możesz palić, kolego.

— Dlaczego?

— Mogą być zatrute. Mówiłeś, że oglądasz „Z Archiwum X"?

— Moje papierosy nie są zatrute.

— Oczywiście, że są. Nie będziesz ich palił.

— Ale ja muszę zapalić, proszę.

Znam to uczucie, więc powiedziałem do Rona:

— Ja zapalę jednego i sprawdzę.

Tom wyciągnął papierosy Azima — o dziwo, nie camele — i w akcie niespotykanej odwagi włożył sobie jednego do ust i zapalił.

— Jeżeli jest zatruty — zwrócił się do Azima — i coś mi się stanie, moi przyjaciele...

— Pokroimy cię nożami na kawałki i nakarmimy tobą psy — pomogłem mu.

— Ja tylko chcę zapalić, proszę — jęknął Rahman.

Tom zaciągnął się, kaszlnął, nie umarł i wręczył papierosa Arabowi, który pociągnął kilka razy i też nie padł martwy.

— No, kolego — ponagliłem go — teraz już dzwoń. Tylko pamiętaj, po angielsku.

— Nie wiem, czy będę mógł. — Azim zaczął wybierać numer, hołubiąc swego papierosa i strząsając popiół do filiżanki po kawie. — Postaram się.

— Staraj się bardzo. I dobrze zapamiętaj, gdzie się macie spotkać.

Po kilku sygnałach, które wszyscy słyszeliśmy, Rahman powiedział:

— Tak, mówi Tannenbaum.

Tannenbaum?

— Przepraszam, zgubiłem się — rzekł Rahman po chwili.

Znów słuchał przez kilkanaście sekund i nagle wyraz jego twarzy się zmienił. Popatrzył na nas i powiedział coś do telefonu. Nie wiedzieliśmy co, ponieważ przeszedł na arabski. Kontynuował rozmowę po arabsku, spoglądając na nas i wzruszając bezradnie ramionami. Juan trzymał fason; udawał, że słucha, kiwał głową, nawet zaczął mi coś szeptać do ucha.

— Co on gada, do kurwy nędzy? — szepnął.

Rahman rozmawiał dalej i stało się dla nas oczywiste, pomimo nieznajomości arabskiego, że Khalil ma go na widelcu. Zaczął się nawet pocić. W końcu przycisnął telefon do piersi i oznajmił po prostu:

— On chce rozmawiać z moimi nowymi przyjaciółmi.

Nikt się nie odezwał. Rahman miał obłęd w oczach.

— Przepraszam, naprawdę próbowałem — powiedział. — Ten człowiek jest bardzo sprytny. Kazał mi zatrąbić klaksonem. Nic mu nie powiedziałem, sam się domyślił. Błagam, panowie, ja już nie chcę z nim rozmawiać!

Wziąłem więc od niego komórkę i oto nagle byłem połączony z Asadem Khalilem!

— Halo, czy pan Khalil? — zapytałem uprzejmie.

— Tak jest. Z kim rozmawiam? — odparł głęboki głos.

— Jestem przyjacielem pana Wigginsa — odpowiedziałem, ponieważ podawanie terroryście własnego nazwiska nie jest zbyt dobrym pomysłem.

— Doprawdy? A gdzie jest pan Wiggins?

— W sobie wiadomym miejscu. A pan gdzie się znajduje?

Khalil się roześmiał. Ha, ha, ha.

— Ja też jestem w sobie wiadomym miejscu, proszę pana.

Podkręciłem głośność i trzymałem telefon tak, żeby inni też mogli słyszeć. Chodziło nie tylko o to, co Khalil mówił, ale o ewentualne rozpoznanie odgłosów w tle.

— A może przyjechałby pan do domu pana Wigginsa i tutaj na niego zaczekał? — zaproponowałem.

— Może jednak zaczekam na niego gdzieś indziej.

Facet był niezły. Nie chciałem, żeby przerwał rozmowę, więc oparłem się pokusie nazwania go śmierdzącym wielbłądojebcą i mordercą. Serce waliło mi młotem. Wziąłem głęboki oddech.

— Halo? Jest pan tam? — usłyszałem.

— Tak, tak, jestem. Czy chciałby mi pan o czymś powiedzieć?

— Być może. Ale nie wiem, z kim mam do czynienia.

— Ma pan do czynienia z Federalnym Biurem Śledczym.

Na chwilę zapadła cisza.

— A czy pan się jakoś nazywa?

— John. Więc co ma mi pan do powiedzenia?

— A co byś chciał wiedzieć, John?

— Chyba wiem mniej więcej wszystko, co powinienem. Dlatego tu jestem, czyż nie?

Roześmiał się. Nienawidzę, kiedy takie gnoje to robią.

— Powiem ci parę rzeczy, których być może nie wiesz, John.

— Zamieniam się w słuch.

— Mam na imię, jak ci wiadomo, Asad. Na nazwisko Khalil. Miałem kiedyś matkę, ojca, dwóch braci i dwie siostry. — Wyrecytował mi kolejno ich imiona i podał parę innych szczegółów na temat swojej rodziny, po czym oznajmił: — Oni wszyscy nie żyją. — Mówił dalej, opowiadając o nocy 15 kwietnia 1986 roku, jak gdyby to wspomnienie wciąż było w nim bardzo żywe. I chyba było. — Całą moją rodzinę zabili Amerykanie — zakończył swoją opowieść.

Spojrzałem na Kate i pokiwaliśmy oboje głowami. Co do tej części mieliśmy rację, choć teraz nie miało to już znaczenia.

— Bardzo ci współczuję, ale... — zacząłem.

— Nie potrzebuję twojego współczucia — przerwał mi. — Żyłem dotąd tylko po to, żeby móc pomścić moją rodzinę i mój kraj.

Ponieważ tak niewiele nas łączyło, rozmowa zapowiadała się na niełatwą, chcąc jednak utrzymać go na linii, posłużyłem się techniką, której mnie uczono na kursie negocjacji z porywaczami.

— Doskonale to rozumiem — powiedziałem. — Może teraz pora, żeby opowiedział pan swoją historię światu.

— Jeszcze nie. Ta historia jeszcze trwa.

— Rozumiem. Ale jak już się skończy, na pewno będzie pan chciał zapoznać nas z jej szczegółami, a my postaramy się to panu umożliwić.

— Nie potrzebuję waszej pomocy. Sam sobie wszystko umożliwiam.

Standardowe procedury najwyraźniej w tym wypadku nie działały, a jednak nie zamierzałem się poddać.

— Proszę posłuchać, panie Khalil. Może byśmy się jakoś spotkali. Sam na sam.

— O, bardzo chętnie bym się z panem spotkał sam na sam. I kiedyś się spotkamy.

— A jakby tak dzisiaj?

— Nie, kiedy indziej. Może odwiedzę pana w domu, tak jak generała Waycliffa i pana Greya.

— Niech pan przedtem zadzwoni, żebym gdzieś nie wyszedł.

Roześmiał się. Sukinsyn bawił się ze mną, lecz to mi nie przeszkadzało. Taka praca. Skoro chciał dalej gadać, w porządku.

— Ciekawe, jak pan zamierza po tym wszystkim wydostać się z Ameryki, panie Khalil? — zapytałem.

— Nie wiem. Ma pan jakiś pomysł?

Sukinsyn.

— A jakbyśmy tak pana odwieźli do Libii i wymienili na kogoś innego?

— A kogóż to chcielibyście wsadzić do więzienia bardziej niż mnie?

Trafiłeś, sukinsynu.

— Jeżeli złapiemy pana sami, nie zaproponujemy już panu tak korzystnego układu.

— Proszę nie obrażać mojej inteligencji. Dobranoc.

— Moment. Wie pan co, panie Khalil? Pracuję już w tym interesie ponad dwadzieścia lat i jest pan... — *największym skurwielem* — najsprytniejszym człowiekiem, z jakim miałem do tej pory do czynienia.

— Przy panu chyba każdy wydaje się sprytny.

Byłem już bliski wybuchu, ale odetchnąłem głęboko i opanowałem się.

— To zabójstwo we Frankfurcie było bardzo pomysłowe — powiedziałem. — Omal uwierzyłem, że to pan.

— Istotnie, to było niezłe, lecz nie do końca. I gratuluję wam utrzymywania w niewiedzy mediów, chyba że to wy sami niczego nie wiedzieliście.

— Po trosze jedno i drugie. A tak dla ciekawości, panie Khalil, czy... usunął pan kogoś, o kim jeszcze nie wiemy?

— W rzeczy samej... tak. Recepcjonistę w motelu pod Waszyngtonem i pracownika stacji benzynowej w Karolinie Południowej.

— Dlaczego pan to zrobił?

— Widzieli moją twarz.

— Rozumiem. No, tak, to jest jakieś... hm, ale ta pilotka w Jacksonville też pana widziała, prawda?

Khalil odpowiedział dopiero po dłuższej przerwie.

— Widzę, że jednak wiecie to i owo.

— Oczywiście. Gamal Jabbar. Yusef Haddad w samolocie. A może by mi pan opowiedział coś więcej o swoich podróżach i o ludziach, których pan spotykał po drodze?

Khalil bez większych zahamowań zdał mi relację ze swych podróży samochodem i samolotami, opowiedział o spotkanych przez siebie i zabitych osobach, gdzie spał, co widział i co robił, wszystko. Przemknęło mi przez głowę, że gdybyśmy się dowiedzieli, pod jakimi nazwiskami występował, może byśmy go jakoś dopadli, ale on szybko przekłuł mój balonik.

— Mam teraz zupełnie nową tożsamość, John, i zapewniam cię, że opuszczę twój kraj bez najmniejszego trudu.

— A kiedy?

— Kiedy będę chciał. Żałuję tylko — dodał — że nie udało mi się zobaczyć z panem Wigginsem. Pułkownik Callum niech sobie sam skona w męczarniach.

Rany boskie, co za kutas. Trochę mnie wkurzył.

— Możesz mi podziękować za uratowanie życia Wigginsowi, Khalil — oznajmiłem.

— Naprawdę? A kto ty jesteś?

— Już ci mówiłem. John.

Znów umilkł na chwilę.

— Dobranoc — powiedział w końcu.

— Zaraz, zaraz. Świetnie się bawimy. Hej, a mówiłem ci,

że byłem jednym z pierwszych, którzy weszli do tego samolotu?

— Naprawdę?

— Wiesz, nad czym się zastanawiam? Nad tym, czy mogliśmy się wtedy widzieć? Jak sądzisz?

— Chyba tak.

— Ty chyba byłeś ubrany w taki niebieski kombinezon bagażowego, tak?

— Zgadza się.

— A ja byłem tym facetem w brązowym garniturze; była ze mną taka ładna blondynka — puściłem oko do Kate. — Pamiętasz nas?

— Pamiętam — odpowiedział, choć nie od razu. — Stałem na kręconych schodkach, a ty mi kazałeś wyjść z samolotu. — Parsknął śmiechem. — Dziękuję, John.

— O cholera, to byłeś ty? Jaki ten świat mały!

Khalil podjął piłkę.

— Ja przecież widziałem twoje zdjęcie w gazetach — oznajmił. — Tej kobiety też. Wasze nazwiska wymieniono w notatce pana Webera, którą znalazłem w tym waszym Conquistadorze. Pan John Corey i panna Kate Mayfield. No jasne!

— To niesłychana historia, co?

Ty kutasie.

— Pan mi się chyba nawet przyśnił, panie Corey. Właściwie to było prawie poczucie... obecności.

— Poważnie? I co, fajnie było?

— Chciał mnie pan złapać, ale byłem szybszy i sprytniejszy.

— A mnie się śniło odwrotnie. Może byśmy się jednak spotkali, co? Wygląda pan na rozrywkowego gościa; postawiłbym panu drinka...

— Ja nie piję.

— Nie pijesz alkoholu. Ale pijesz krew.

— Jakbyś zgadł — zaśmiał się. — Polizałem krew generała Waycliffa.

— Jesteś umysłowo chorym wielbłądojebcą, wiesz o tym?

— A może rzeczywiście — odparł po chwili namysłu — spotkamy się, zanim wyjadę? Właściwie byłoby miło. Jak można się z tobą skontaktować?

Podałem mu mój numer w ATTF.

— Dzwoń, kiedy chcesz. Jeżeli mnie nie będzie, zostaw wiadomość, to oddzwonię.

— A numer domowy?

— Nie potrzeba. Jestem przez cały czas w pracy.

— Aha, i proszę przekazać panu Rahmanowi, że ktoś się do niego odezwie. Panu Wigginsowi też.

— Zapomnij o tym, kolego. A tak przy okazji, to jak cię złapię, urwę ci jaja i wepchnę do gęby, a potem ukręcę łeb i nasram do środka.

— Zobaczymy, kto kogo złapie, panie Corey. Pozdrowienia dla pani Mayfield. Miłego dnia życzę.

— Twoja matka pieprzyła się z Kaddafim. Dlatego kazał zabić twojego ojca w Paryżu, ty durny... — z tamtej strony zapadła głucha cisza, Khalil się rozłączył. Stałem chwilę bez ruchu, próbując się pozbierać. W pokoju panowała cisza. Wreszcie przemówił Tom.

— Świetna robota, John.

— Mhm.

Wyszedłem z salonu do pokoju telewizyjnego, gdzie widziałem barek. Nalałem sobie sporą porcję whisky, wziąłem głęboki oddech i wypiłem wszystko. Do pokoju weszła Kate.

— W porządku? — spytała łagodnie.

— Zaraz będzie. Chcesz drinka?

— Tak, ale nie, dziękuję.

Nalałem sobie ponownie i zapatrzyłem się w przestrzeń.

— Chyba możemy już stąd pójść — powiedziała.

— Dokąd?

— Znajdziemy jakiś motel i zostaniemy w Venturze, a jutro wpadniemy do biura w LA. Mam tam paru znajomych, chcę cię z nimi poznać. — Nie odpowiedziałem. — Potem pokażę ci miasto, jeżeli będziesz chciał, a potem wrócimy do Nowego Jorku.

— On tu jest, rozumiesz? Gdzieś bardzo blisko.

— Wiem. Możemy zostać kilka dni i zobaczymy, co się wydarzy.

— Trzeba sprawdzić wszystkie agencje wynajmu samochodów, trzeba przetrząsnąć mniejszość libijską do góry nogami, obstawić wszystkie możliwe porty i dworce, na meksykańskiej granicy wzmóc...

— John, wszyscy to wiedzą. To już jest robione, tak samo jak w Nowym Jorku.

Usiadłem i pociągnąłem łyk szkockiej.

— Niech to szlag.

— Słuchaj, uratowaliśmy życie Wigginsowi.

Wstałem.

— Przycisnę jeszcze tego Rahmana.

— On już nic więcej nie wie, przecież wiesz.

Usiadłem z powrotem i dokończyłem szkocką.

— No tak... to już chyba nie mam więcej pomysłów. A ty?

— Po prostu dajmy tym ludziom spokojnie popracować. Chodźmy stąd.

— A może by nam pozwolili się pobawić pistoletem klejowym, jak sądzisz? — Roześmiała się, choć było to raczej westchnienie ulgi, jakie się człowiekowi wyrywa, kiedy komuś przez nas lubianemu zaczyna odbijać, a potem wraca do normy. — Dobra, spadamy — powiedziałem.

Wróciliśmy do salonu, pozbierać zabawki i pożegnać się. Rahman gdzieś zniknął, a wszyscy wyglądali na lekko zdołowanych.

— Dzwoniłem do Chucka, podwiezie was do jakiegoś motelu — powiedział Tom.

W tym momencie zadzwoniła jego komórka i wszyscy umilkli. Tom odebrał.

— Rozumiem — powiedział po chwili — nie, w porządku, nie zatrzymujcie go... nie, poradzimy sobie. — Rozłączył się i oznajmił: — Wiggins jedzie do domu. Jest z kobietą. Słuchajcie, wszyscy zostają w salonie, niech pan Wiggins ze swoją przyjaciółką wejdą sobie spokojnie do domu, czy to przez garaż, czy frontowymi drzwiami. Jak nas zobaczy...

— Zawołamy „A kuku!" — zaproponowałem.

Tom nawet się uśmiechnął.

— Nie, to zły pomysł. Ja go uspokoję i wyjaśnię mu sytuację.

Po kilku minutach usłyszeliśmy, jak na podjeździe zatrzymuje się samochód. Drzwi garażu zostały otwarte, potem zamknięte, następnie otworzyły się drzwi do kuchni i zapalono tam światło.

Słyszeliśmy, jak pan Wiggins krząta się po kuchni, zagląda do lodówki i wreszcie mówi do swojej przyjaciółki:

— Słuchaj, skąd tu się wzięło tyle jedzenia? — I po chwili: — A te czapeczki to czyje? Hej, Sue, na nich jest napis „FBI"!

— Chip, tutaj chyba ktoś był.

Jak na to wpadłaś, kochanie?

— Mhm — zgodził się Chip. Może się zastanawiał, czy nie pomylił domów.

Czekaliśmy cierpliwie, aż się pojawi w salonie.

— Zostań tutaj — powiedział. — Sprawdzę dom.

Wszedł do salonu i stanął jak wryty.

— Proszę się nie denerwować — rzekł Tom, trzymając w górze odznakę — jesteśmy z FBI.

Chip Wiggins spojrzał na czwórkę mężczyzn i cztery kobiety, stojących w jego własnym mieszkaniu.

— Co się... — Był ubrany w dżinsy, koszulkę i górskie buty. Opalony i wysportowany, nie wyglądał na swój wiek. W Kalifornii wszyscy wyglądają na opalonych i młodszych niż są, oprócz takich jak ja, którzy są tu tylko przejazdem.

— Panie Wiggins — powiedział Tom — chcielibyśmy z panem chwilę porozmawiać.

— Ale o co chodzi?

— Chip, co się dzieje? — Zza drzwi kuchennych wyjrzała jego pani. Chip wytłumaczył jej, skąd się wzięły czapeczki z napisem FBI.

Minutę później siedział już na kanapie, jego pani przeszła do pokoju telewizyjnego z Edie, a on wyglądał na rozluźnionego, choć mocno zaintrygowanego. Pani, na marginesie, była świetną laską.

— Panie Wiggins — zaczął Tom — ta sprawa ma związek z nalotem, w którym brał pan udział piętnastego kwietnia osiemdziesiątego szóstego roku.

— Cholerne gówno.

— Pozwoliliśmy sobie wkroczyć do pańskiego domu w związku z informacją, że pewien libijski terrorysta...

— Cholerne gówno.

— ...szuka pana i chce panu zaszkodzić.

— Cholerne gówno.

— Sytuacja już została opanowana, obawiam się jednak, że musimy pana poprosić o wzięcie sobie małego urlopu i wyjechanie gdzieś.

— Co takiego?

— Ten człowiek jest wciąż na wolności.

— Cholera.

Tom wprowadził trochę Wigginsa w szczegóły sprawy, a na koniec dodał:

— Obawiam się, że mamy dla pana złe wieści. Zamordowano pańskich kolegów z eskadry.

— Jak to?

— Zabił ich właśnie ten człowiek, Asad Khalil. — Tom wręczył mu zdjęcie Khalila. — Może je pan zatrzymać.

— Kogo zabił? — zapytał Chip, przyjrzawszy się fotografii.

— Generała Waycliffa i jego żonę...

— O Boże... Terry nie żyje? I Gail...?

— Niestety, bardzo mi przykro. Również Paul Grey, William Satherwaite i James McCoy.

— O mój Boże... O kurwa mać! Jak to...

— Zapewne pan wie, że w styczniu zamordowano w Anglii pułkownika Hambrechta.

Wiggins wziął się w garść, choć jednocześnie powoli docierało doń, jak blisko był spotkania w cztery oczy z Kostuchą.

— Jasna dupa... — Wstał i rozejrzał się, jak gdyby się spodziewał zobaczyć terrorystę. — Gdzie on jest? — zapytał.

— Staramy się go zlokalizować — zapewnił go Tom. — Możemy tu z panem zostać przez noc, chociaż nie sądzę, żeby Khalil się jeszcze tu pokazał. Albo zaczekamy, aż pan się spakuje i zapewnimy panu eskortę...

— Wynoszę się stąd.

— Świetnie.

Chip Wiggins stał przez dłuższy czas bez ruchu, pogrążony w myślach. Pewnie już od dawna tak wiele nie rozmyślał.

— Wiecie co — odezwał się w końcu — ja zawsze jakoś wiedziałem... mówiłem to zresztą Billowi, jak już rzuciliśmy i lecieliśmy z powrotem... Powiedziałem mu, że te gnojki tak łatwo nam tego nie odpuszczą... A niech to cholera... Bill też nie żyje, tak?

— Tak jest — odparł Tom.

— A Bob? Bob Callum?

— Jest pod naszą ochroną.

— A może by pan pojechał go odwiedzić? — wtrąciłem.

— Aha, dobry pomysł. Jest w Akademii Lotniczej?

— Tak. Moglibyśmy tam pilnować was obu jednocześnie.

Byłoby taniej, pomyślałem.

Wyszliśmy z Kate na zewnątrz i czekaliśmy na Chucka, wdychając balsamiczne powietrze Kalifornii.

— Chip Wiggins to bardzo szczęśliwy człowiek — zauważyła Kate.

— Jasne. Widziałaś tę laseczkę?

— Po co ja się w ogóle do ciebie odzywam?

— Oj, przepraszam. Słuchaj, do czego mu ten karabin?

— Komu? Ach, mówisz o Khalilu?

— Tak. Do czego mu karabin?

— Nie wiemy, czy to był karabin.

— Załóżmy, że był. Ale po co? Przecież nie do zabicia Wigginsa w jego domu.

— To prawda. Ale może chciał go zabić gdzieś indziej, w jakimś lesie albo co.

— Nie, nie, on lubi bliski, osobisty kontakt. Jestem przekonany, że musi sobie pogadać z ofiarą, zanim ją zabije. Więc po co mu ten karabin? Do zabicia kogoś, do kogo nie będzie mógł się zbliżyć i z kim nie musi rozmawiać.

— Chyba masz rację.

Przyjechał Chuck i wsiedliśmy do auta, ja z przodu, Kate z tyłu. Chuck za kierownicą.

— Ciężko zapracowana przerwa, co? Zawieźć was do dobrego motelu?

— Jasne. Z lustrami na suficie.

Ktoś z tyłu walnął mnie w głowę.

Pojechaliśmy w stronę wybrzeża, gdzie Chuck znał kilka niezłych moteli z widokiem na ocean.

— Czy jest gdzieś tutaj w okolicy całodobowy przydrożny sklep z bielizną? — zapytałem go.

— Co takiego?

— No, wiesz, wy tutaj w Kalifornii macie pełno całodobowych przydrożnych sklepów ze wszystkim, więc może...

— Zamknij się, John — rzuciła Kate. — Chuck, nie zwracaj na niego uwagi.

Po drodze Kate z Chuckiem omawiali taktykę i strategię na dzień następny. Ja rozmyślałem o mojej rozmowie z Asadem Khalilem. Usiłowałem przeniknąć do jego pomieszanego umysłu; odkryć, co bym teraz zrobił, gdybym był nim. Byłem pewien tylko jednego: Asad Khalil nie szykował się do powrotu. Wiedziałem, że niedługo znów się ujawni. Bardzo niedługo.

Rozdział 49

Chuck zadzwonił z komórki i zarezerwował dla nas dwa pokoje w motelu Ventura Inn, nad samym morzem. Podał numer mojej karty kredytowej, otrzymał zniżkę dla urzędników rządowych i zapewnił mnie, że firma mi to zwróci. Następnie wręczył Kate małą papierową torbę.

— Kupiłem ci po drodze pastę do zębów i szczoteczkę. Jakbyś jeszcze czegoś potrzebowała, to możemy się zatrzymać.

— Nie, dzięki.

— A co dla mnie kupiłeś? — zapytałem.

Chuck wyciągnął spod siedzenia drugą torbę i podał mi ją.

— Żyletki do żucia, proszę bardzo.

Ha, ha, ha.

Otworzyłem torbę i znalazłem pastę, szczoteczkę, jednorazówkę do golenia i małą tubkę z pianką.

— Dzięki.

— Na koszt firmy.

— Jestem wzruszony.

— I bardzo dobrze.

Po dziesięciu minutach stanęliśmy pod wysokim budynkiem. Napis na markizie głosił, że jest to Ośrodek Plażowy Ventura Inn.

— W naszym biurze ktoś będzie przez całą noc — rzekł Chuck. — Jakbyście czegoś potrzebowali, dzwońcie.

— A wy nie zapomnijcie zadzwonić, jeżeli wyskoczy coś nowego — odparłem. — Bo będę bardzo, bardzo zły.

— Ty rządzisz, John. Twoje metody przekonywania świadków do dobrowolnej współpracy zrobiły na Tomie duże wrażenie.

— Podejście psychologiczne zawsze się sprawdza.

— Powiem ci szczerze, że trochę tu mamy za dużo roślinożernych dinozaurów. Fajnie jest zobaczyć czasem mięsożernego.

— To jest komplement?

— Tak jakby. O której po was podjechać rano?

— O wpół do ósmej — powiedziała Kate.

Chuck pomachał nam i odjechał.

— Czyś ty oszalała? — rzuciłem się na nią. — Przecież to wpół do piątej czasu nowojorskiego!

— Wpół do jedenastej, mój drogi.

— Jesteś pewna?

Zignorowała mnie i weszła do środka.

Hol był bardzo przyjemny, a z baru dobiegały dźwięki pianina. Recepcjonista powitał nas sympatycznie i oznajmił, że ma dla nas komfortowe pokoje na dwunastym piętrze, z widokiem na ocean. Obrońcy zachodniej cywilizacji zasługują na takie luksusy.

— Jaki ocean? — zapytałem go.

— Pacyfik, proszę pana.

— A nie macie czegoś z widokiem na Atlantyk?

Uśmiechnął się i podał nam formularze meldunkowe, a ja wręczyłem mu moją kartę American Express. Zdawało mi się, że jęknęła, kiedy przepuszczał ją przez czytnik.

Kate wyjęła z torby zdjęcie i pokazała je recepcjoniście.

— Widział pan może tego mężczyznę?

— Nie, proszę pani. — Rozradowana mina, którą facet prezentował przy meldowaniu nas, gdzieś zniknęła.

— Proszę je zatrzymać — rzekła Kate. — I wezwać nas, gdyby pan go zobaczył. Jest poszukiwany za morderstwo — dodała.

Mężczyzna skinął głową i położył zdjęcie za kontuarem. Wręczył nam karty kodowe, a ja zaproponowałem Kate drinka w barze.

— Jestem wykończona, idę spać — odparła.

— Dopiero dziesiąta.

— W Nowym Jorku pierwsza. Naprawdę jestem zmęczona.
Nagle tknęła mnie niemiła myśl, że będę musiał pić sam
i spać samotnie. Wsiedliśmy do windy i wjeżdżaliśmy na górę
w milczeniu. Około dziesiątego piętra Kate zapytała:
— Jesteś ponury?
— Tak.
Winda stanęła na samej górze i wysiedliśmy.
— Nie chcę, żebyś był ponury — rzekła. — Chodź na
drinka do mojego pokoju.
Weszliśmy do jej pokoju, zrobiliśmy sobie dwie szkockie
z wodą w minibarku i zasiedliśmy na balkonie.
— Zapomnijmy już na dzisiaj o sprawie — powiedziała
Kate.
— Dobrze.
Siedzieliśmy przy okrągłym stoliku, kontemplując oświetlony księżycem ocean. Przypomniał mi się czas mojej rekonwalescencji, kiedy mieszkałem u wuja na Long Island, w jego
domu nad morzem. I ta noc, kiedy siedzieliśmy z Emmą,
popijając koniak, po kąpieli na golasa w zatoce.
Popadałem powoli w kiepski nastrój, ale usiłowałem się mu
nie poddawać.
— O czym myślisz? — zapytała Kate.
— O życiu.
— To niedobrze. Czy przyszło ci kiedyś do głowy, że tkwisz
w tym biznesie i pracujesz tak ciężko tyle godzin, żeby nie
mieć czasu na myślenie o swoim życiu?
— Daj spokój.
— Nie, posłuchaj. Naprawdę mnie obchodzisz i czuję, że
czegoś ci brak.
— Czystych gaci.
— Możesz sobie przecież wyprać te pieprzone gacie.
— O tym nie pomyślałem.
— Posłuchaj, John. Ja mam trzydzieści jeden lat i jeszcze
nigdy nie myślałam o zamążpójściu.
— Nie rozumiem dlaczego.
— Do twojej informacji, nie z braku propozycji.
— Domyślam się.
— A ty myślałeś, żeby się jeszcze kiedyś ożenić?
— Długo się leci z balkonu na dwunastym piętrze?

Spodziewałem się, że ją wkurzy moja nonszalancja, lecz Kate się roześmiała.

— Świetną robotę dzisiaj wykonałeś, John — stwierdziła. — Naprawdę byłam pod wrażeniem. I czegoś się nauczyłam.

— To dobrze. Pamiętaj, że jeśli w tej pozycji kopiesz faceta w jaja, możesz mu je naprawdę wbić do brzucha. Trzeba mieć wyczucie.

Kate to inteligentna kobieta.

— Wiem, że nie jesteś sadystą — odparła. — Po prostu robisz to, co musisz, wtedy, kiedy musisz. I nie sądzę, żeby cię to cieszyło. To bardzo ważne.

No i widzicie? Jej zdaniem nie byłem zdolny do czynienia zła. Miała w kieszeni żakietu jeszcze dwie miniaturki whisky i wlała je do szklaneczek.

Wypiliśmy, wpatrując się jak zahipnotyzowani w sunące ku plaży spienione fale. Słychać było, jak uderzają cicho o brzeg. Piękny widok. Powiał lekki wietrzyk, poczułem zapach morza.

— Podoba ci się tutaj? — zapytałem.

— Kalifornia jest fajna. Ludzie są tu przyjaźnie nastawieni.

Pomyleni, to niekoniecznie znaczy przyjaźni, ale wielu osobom się to myli. Nie chciałem jednak psuć jej wspomnień.

— Miałaś tu faceta?

— W pewnym sensie. Chcesz usłyszeć historię mojego życia seksualnego?

— Ile to zajmie czasu?

— Niecałą godzinę.

Uśmiechnąłem się.

— Czy twój rozwód był przykry? — zapytała.

— Ani trochę. Małżeństwo było przykre.

— To czemu się z nią ożeniłeś?

— Poprosiła mnie.

— A ty nie umiesz odmawiać?

— No, nie... myślałem, że jestem zakochany. Ona była wtedy zastępcą prokuratora okręgowego i oboje staliśmy po stronie aniołów. Potem złapała świetną fuchę jako obrońca w sprawach kryminalnych. I się zmieniła.

— Nie zmieniła się, John. Zmieniła pracę. A ty mógłbyś być obrońcą kryminalistów? Albo kryminalistą?

— Rozumiem, do czego zmierzasz, ale...

— I w dodatku zarabiała więcej, broniąc przestępców, niż ty, aresztując ich, prawda?

— Pieniądze nie miały tu nic...

— Nie mówię, że jej praca to coś złego. Chcę powiedzieć, że... jak ona ma na imię?

— Robin.

— Robin nie była dla ciebie właściwą osobą od samego początku.

— Trafiłaś mnie. Czy mam już skoczyć, czy jeszcze chcesz mi coś uświadomić?

— Jeszcze chcę, poczekaj. Więc potem poznałeś Beth Penrose, która jest po tej samej stronie prawa co ty. Z drugim gliniarzem było ci dobrze. Może czułeś się mniej winny. W komisariacie na pewno nie było ci lekko jako mężowi adwokatki.

— Wystarczy już.

— Nie wystarczy. Potem zjawiam się ja. Trofeum doskonałe: FBI, prawniczka, twoja szefowa.

— Przestań! Chciałem ci przypomnieć, że to ty... a, zresztą.

— Zły jesteś?

— Zły to mało. — Wstałem. — Na mnie czas.

— W porządku — ona też wstała. — Idź. Ale kiedyś będziesz musiał spojrzeć prawdzie w oczy, John. Nie możesz się ukrywać za tą maską twardziela i kpiarza w nieskończoność. Pewnego dnia, może już niedługo, odejdziesz ze służby i będziesz musiał żyć z prawdziwym Johnem Coreyem. Bez spluwy. Bez plakietki...

— Odznaki.

— Bez bandytów do łapania. Nie będziesz miał już kogo bronić i chronić. Będziesz po prostu sobą, a ty nawet nie wiesz, kim jesteś.

— Ani ty. Mówisz kalifornijskim psychobełkotem, a jesteś tu zaledwie od rana. Dobranoc.

Poszedłem do swojego pokoju, zrzuciłem buty, rozebrałem się do pasa i zrobiłem sobie drinka. Czułem się jak wyżęta szmata. Oczywiście wiedziałem, co Kate robi, i wiedziałem, że nie robi tego ze złej woli, ale nie miałem ochoty oglądać potwora w lustrze. Jeszcze parę minut, a panna Mayfield roztoczyłaby przede mną piękną wizję wspólnego pokonywania trudów życia. Kobietom się wydaje, że wystarczy mieć doskonałego męża, żeby mieć doskonałe życie. Mylą się. Po pierwsze nie ma doskonałych mężów. Nawet dobrych jest niewielu. Po drugie Kate miała rację co do mnie, ale na pewno nie stałbym się lepszy dzięki wspólnemu życiu z nią. Postanowiłem wyprać sobie gatki, pójść spać i nigdy już nie zobaczyć Kate Mayfield na oczy, jak tylko sprawa się skończy.

Rozległo się pukanie do drzwi. Wyjrzałem przez wizjer i otworzyłem.

Weszła do środka i spojrzeliśmy na siebie. Ja potrafię być w takich sytuacjach bardzo trudny. Żadnych ustępstw ani pocałunków na przeprosiny. Nawet na seks nie miałem ochoty. Ona jednakże miała na sobie biały frotowy szlafrok hotelowy. Rozchyliła go i opadł na podłogę, odsłaniając jej perfekcyjne, nagie ciało. Moja stanowczość miękła w tym samym tempie, w którym twardniał interes.

— Przepraszam, że cię nachodzę — oznajmiła — ale u mnie prysznic nie działa. Mogę wziąć u ciebie?

— Proszę bardzo.

Udała się do łazienki, odkręciła wodę i weszła pod prysznic.

No i cóż było robić w tej sytuacji? Rozebrałem się do końca i wszedłem za nią.

Dla przyzwoitości, na wypadek gdyby w środku nocy zadzwonili z FBI, Kate o pierwszej w nocy wróciła do swojego pokoju.

Nie spałem zbyt dobrze i obudziłem się kwadrans po 5.00, czyli kwadrans po 8.00 według mojego zegarka. Kiedy wszedłem do łazienki, ujrzałem moje bokserki, wiszące na lince nad wanną. Były wyprane, jeszcze wilgotne i miały w strategicznym punkcie odciśnięty ślad szminki.

Umyłem się, ogoliłem i wyszedłem na balkon. Stałem nagi w powiewach bryzy, wpatrując się w ciemny ocean. Księżyc zaszedł i niebo było rozgwieżdżone. Dużo lepiej być nie może, skonstatowałem w myśli. Stałem tak długi czas, bo było mi z tym dobrze.

Usłyszałem, że otwierają się szklane rozsuwane drzwi po drugiej stronie betonowego przepierzenia balkonu.

— Dzień dobry — zawołałem.

— Dzień dobry — odpowiedziała.

Przegroda wystawała poza balkon, więc nie mogłem za nią zajrzeć.

— Jesteś naga? — zapytałem.

— Tak. A ty?

— Mhm. Wspaniałe uczucie.

— Spotkajmy się na śniadaniu za pół godziny.

— Dobrze. Hej, dziękuję za wypranie spodenek.

— Nie myśl sobie, że tak będzie zawsze.

Rozmawialiśmy dość głośno i wydawało mi się, że inni goście hotelowi nas słuchają. Jej chyba też to przyszło do głowy, bo zapytała:

— Słuchaj, przepraszam, ale zapomniałam, jak masz na imię.

— John.

— Aha. Dobry jesteś w łóżku, John.

— Dzięki. Ty też.

— Jesteś żonaty? — zawołała Kate.

— Nie. A ty?

— Ja też nie.

Jak teraz powinna brzmieć moja kwestia? Przyszły mi do głowy dwie myśli jednocześnie. Pierwsza, że jestem manipulowany przez profesjonalistkę. Druga, że to uwielbiam. Świadom, że ta chwila, w tym otoczeniu, zostanie zapamiętana do końca życia, wziąłem głęboki oddech i zapytałem:

— Czy chcesz zostać moją żoną?

Po tamtej stronie zapadła długa cisza.

W końcu gdzieś z wyższych pięter rozległ się kobiecy głos.

— Odpowiedz mu!

— Tak, chcę — odpowiedziała Kate.

Dwie osoby zaklaskały. Ależ to było idiotyczne. Właściwie czułem się zakłopotany, co chyba miało zamaskować narastającą we mnie panikę. Co ja takiego narobiłem?

Drzwi Kate się zasunęły i już nie mogłem zweryfikować mojej propozycji. Wróciłem do pokoju, ubrałem się i zszedłem do sali jadalnej, gdzie dostałem kawę i „New York Timesa" prosto z drukarni, jeszcze ciepłego.

W dalszym ciągu pisano o tragedii samolotu Trans-Continentalu, lecz były to raczej podsumowania wcześniejszych materiałów, wzbogacone paroma wypowiedziami przedstawicieli władz federalnych, stanowych i lokalnych.

Przyszła Kate. Wstałem i cmoknęliśmy się na powitanie. Usiedliśmy i wzięliśmy się do studiowania menu. Już myślałem, że zapomniała o tym głupawym incydencie na balkonie, lecz ona odłożyła kartę i zapytała:

— To co... w czerwcu?

— Dobrze.

Przyszła kelnerka i oboje zamówiliśmy naleśniki.

Miałem wielką ochotę poczytać sobie „Timesa", lecz czułem, że czytanie gazety przy śniadaniu należy już do przeszłości. Pogawędziliśmy trochę o naszych planach na ten dzień, o sprawie, o ludziach poznanych w domu Wigginsa i o tych, którym Kate zamierzała mnie później przedstawić.

Przyniesiono naleśniki i zaczęliśmy jeść.

— Polubisz mojego ojca — oznajmiła.

— Na pewno.

— Jest mniej więcej w twoim wieku, trochę starszy.

— To fajnie. — Przypomniała mi się kwestia z jakiegoś filmu i dodałem: — Jego córka wyrosła na świetną kobietę.

— Tak. Moja siostra.

Zaśmiałem się.

— Moją mamę też polubisz — stwierdziła Kate.

— Jesteś do niej podobna?

— Nie. Ona jest sympatyczna.

Znów się zaśmiałem.

— Zgodzisz się, żebyśmy wzięli ślub w Minnesocie? Mam dużą rodzinę.

— Minnesota, super. To stan czy miasto?

— Jestem metodystką, a ty?

— Odpowiadają mi wszystkie metody zapobiegania ciąży.

— To religia. Metodyzm.

— Aha... moja mama jest katoliczką. Ojciec... chyba jakimś protestantem. Nigdy nie...

— No to możemy wychowywać dzieci w wierze protestanckiej.

— Masz jakieś dzieci?

— To istotna sprawa, John. Skup się.

— Skupiam się. Usiłuję... no wiesz... przełączyć bieg.

Kate przestała jeść i spojrzała na mnie.

— Czy wpadłeś w totalną panikę?

— Nie, oczywiście, że nie.

— Wyglądasz, jakbyś wpadł.

— To tylko lekka nadkwasota. Pojawia się z wiekiem.

— Wszystko będzie dobrze, zobaczysz. Będziemy żyli długo i szczęśliwie.

— To świetnie. Ale wiesz, my właściwie bardzo krótko się znamy...

— Do czerwca poznamy się lepiej.

— Słusznie, punkt dla ciebie.

— Czy ty mnie kochasz?

— Właściwie tak, ale miłość...

— Co by było, gdybym nagle wstała i sobie stąd poszła? Co byś poczuł? Ulgę?

— Nie; poczułbym się okropnie.

— No widzisz. Dlaczego walczysz z uczuciami?

— Czy znów będziemy się bawić w psychoanalizę?

— Nie, ja ci tylko mówię, jak jest. Jestem w tobie strasznie zakochana. Chcę za ciebie wyjść, chcę mieć z tobą dzieci. Co jeszcze chciałbyś usłyszeć?

— Powiedz „Kocham Nowy Jork w czerwcu".

— Nienawidzę Nowego Jorku. Ale dla ciebie zgadzam się mieszkać gdziekolwiek.

— Nawet w New Jersey?

— Nie przeginaj.

Nadszedł czas na odsłonięcie się do końca.

— Posłuchaj, Kate — powiedziałem — powinnaś wiedzieć, że jestem szowinistyczną męską świnią, antyfeministą i opowiadam seksistowskie kawały.

— Do czego zmierzasz?

Uznałem, że z taką argumentacją zmierzam raczej donikąd, i zacząłem z innej beczki.

— Mam też lekceważący stosunek do autorytetów i władzy, często jestem bliski wyrzucenia z roboty, nie mam pieniędzy i nie umiem nimi gospodarować.

— Dlatego potrzebny ci dobry prawnik i księgowa. To właśnie ja.

— A nie mógłbym cię po prostu zatrudnić?

— Nie, musisz się ze mną ożenić. Świadczę profesjonalne usługi w pełnym zakresie. I chronię przed impotencją.

Nie było sensu spierać się z fachowcem. Pogaduszki się skończyły. Przez chwilę patrzyliśmy sobie w milczeniu w oczy.

— Skąd wiesz, że to ja jestem tym właściwym? — zapytałem.

— Nie wiem, jak ci to wytłumaczyć. Serce mi bije szybciej, kiedy cię widzę. Kocham twój widok, zapach, smak, głos i dotyk. I jesteś dobry w łóżku.

— Dziękuję, ty też. W porządku, nie będę już mówił o pracy, o twoich przenosinach, o mieszkaniu w Nowym Jorku, o mojej lichej rencie inwalidzkiej, o dziesięciu latach różnicy wieku między nami...

— Czternastu.

— Racja. Nie będę z tym wszystkim walczył. Jestem zakochany, po same uszy. Jeżeli to spieprzę, do końca życia będę zdołowany.

— Oj, będziesz. Ślub ze mną to dla ciebie najlepsze rozwiązanie. Zaufaj mi. Poważnie mówię, nie śmiej się. Spójrz tu. Spójrz mi w oczy.

Spojrzałem i nagle panika odeszła, i ogarnęło mnie to dziwne uczucie ukojenia, zupełnie jak wtedy, kiedy wykrwawiałem się na śmierć na Zachodniej Sto Drugiej Ulicy. Jak tylko człowiek przestanie z tym walczyć — czy to ze śmiercią, czy z ożenkiem — kiedy odpuści i się podda, pojawia się promieniste światło i anielskie chóry, unoszące go w przestworza. I słychać głos: „Chodź ze mną w pokoju ducha albo każę cię zakuć w kajdanki".

Żartowałem, tak naprawdę ten głos oznajmia: „Walka skończona, nadszedł kres cierpienia, zacznie się teraz nowe życie. I może będzie mniej do dupy od poprzedniego".

Ujałem dłoń Kate i spojrzeliśmy sobie w oczy.

— Kocham cię — powiedziałem. I to była prawda.

Rozdział 50

Chuck podjechał pod Ventura Inn dokładnie o 7.30.

— Nic nowego — poinformował nas, gdy wsiedliśmy. Co nie było do końca prawdą. Byłem teraz zaręczony. — Wymeldowaliście się? — zapytał po drodze.

— Tak — odparła Kate. — Chcemy spędzić parę dni w Los Angeles, o ile ktoś nie wymyślił czegoś innego.

— Z tego, co słyszałem, szefowie chcą was widzieć jutro po południu na konferencji prasowej w Waszyngtonie. Macie przylecieć najpóźniej jutro rano.

— Co to za konferencja? — zapytałem.

— Bardzo ważna. Wiecie, kiedy się już ujawnia wszystko. O locie jeden siedem pięć, o Khalilu, o nalocie na Libię w osiemdziesiątym szóstym, o tym, że Khalil polował na pilotów z tej misji, no i o tym, co się działo wczoraj w domu Wigginsa. Cała kawa na ławę. Apel o współpracę do społeczeństwa, itede.

— Ale do czego — zastanawiałem się na głos — my tam jesteśmy potrzebni?

— Przyda im się taka para bohaterów. On i ona. On piękny, ona mądra. Jedno z was jest bardzo fotogeniczne — parsknął śmiechem.

Ha, ha, ha.

Dzień nie rozpoczął się zbyt dobrze, chociaż na dworze było dwadzieścia pięć stopni i bezchmurne niebo. Zajechaliśmy na parking przed biurem w Venturze i wysiedliśmy, taszcząc kamizelki kuloodporne.

— Co za syf — powiedziałem do Kate, gdy szliśmy w stronę budynku. — Nie mam ochoty być wystawiony na pokaz w jakimś medialnym cyrku.

— Na konferencji prasowej.

— Mhm. Mam robotę do zrobienia.

— Może wykorzystamy tę konferencję, żeby ogłosić o naszych zaręczynach.

Sami dowcipnisie. To chyba mój wpływ, ale ja sam nie byłem tego ranka w nastroju do żartów.

Na górze otworzyła nam znów Cindy Lopez.

— Macie zadzwonić do Koeniga — poinformowała nas na powitanie.

Byłem bardzo bliski zrobienia czegoś, żeby już nigdy więcej nie usłyszeć tych słów.

— Ty zadzwoń — poprosiłem Kate.

— On chce rozmawiać z tobą — poinformowała mnie Cindy. — Tam masz pusty pokój.

Oddaliśmy wypożyczone kamizelki i zadzwoniłem do Koeniga. W LA była dopiero ósma i już pamiętałem, że to oznacza jedenastą w Nowym Jorku.

— Dzień dobry — usłyszałem, gdy sekretarka połączyła mnie z Jackiem. Wyczułem w jego głosie nutkę zadowolenia, co było dość niepokojące.

— Dzień dobry. — Włączyłem głośne mówienie. — Kate też tu jest.

— Witaj, Kate.

— Witaj, Jack.

— Przede wszystkim — rzekł Koenig — chciałbym wam pogratulować znakomitej detektywistycznej roboty, a także, jak mnie słuchy doszły, John, bardzo skutecznej techniki przesłuchiwania pana Azima Rahmana.

— Kopnąłem go w jaja i trochę przydusiłem. Stara sztuczka.

— Cóż — odparł Jack po krókim milczeniu — rozmawiałem już z tym panem osobiście i bardzo go cieszy perspektywa zostania świadkiem koronnym. — Ziewnąłem. — Rozmawiałem też z Chipem Wigginsem i mam trochę informacji z pierwszej ręki o tym nalocie. Powiedział, że jedna z jego bomb zboczyła z kursu i że nie zdziwiłoby go, gdyby to właśnie ona trafiła w dom Khalila. Ironia losu, co?

— Mhm.

— Wiesz, że na tę bazę Al Azziziyah mówi się Uniwersytet Dżihadu? I tak jest naprawdę. To miejsce to ośrodek szkoleniowy terrorystów... do dziś dnia.

— Czy ty mnie szkolisz przed tą idiotyczną konferencją prasową, Jack?

— Nie szkolę. Wprowadzam w temat.

— Ale wiesz co? Mnie gówno obchodzi, co się wydarzyło w osiemdziesiątym szóstym roku w Libii. Mam gdzieś, czy rodzina Khalila zginęła przez pomyłkę, czy nie. Mam złapać bandziora, a on jest tutaj, a nie w Waszyngtonie.

— Nie wiemy, gdzie znajduje się podejrzany. Może być w Libii, mógł wrócić na Wschodnie Wybrzeże, może nawet jest w tej chwili w Waszyngtonie. Tego nikt nie wie. Natomiast ja wiem, że dyrektor FBI i szef sekcji antyterroryzmu, nie wspominając już o dyrektorze naczelnym naszego pięknego kraju, chcą cię jutro widzieć w Waszyngtonie. Więc nawet nie próbuj niczego kombinować, żeby zniknąć.

— Tak jest.

— To dobrze. Jeżeli się nie pojawisz, ja oberwę po tyłku.

— Już powiedziałem.

Jack postanowił odpuścić, dopóki miał przewagę, i zwrócił się do Kate.

— Jak się masz, Kate?

— Świetnie.

Gwarzyli przez chwilę, Jack wypytywał ją, jak się nam współpracuje i tak dalej. Kate spojrzała na mnie, z jej oczu tryskało pragnienie obwieszczenia dobrej nowiny. Cóż było robić, skinąłem głową.

— Mamy z Johnem dla ciebie wspaniałą wiadomość — oznajmiła słuchawce. — Zaręczyliśmy się.

Zdawało mi się, że słyszę, jak po drugiej stronie telefon spada na ziemię. Nastąpiła cisza trwająca co najmniej o dwie sekundy dłużej, niż powinna. Dla Jacka Koeniga wspaniała byłaby wiadomość, że Kate Mayfield wniosła przeciwko mnie oskarżenie o molestowanie seksualne. Ale to zręczny gracz i szybko się pozbierał.

— Ojej, to... rzeczywiście wspaniała wiadomość. Moje gratulacje. John, dla ciebie też. No, to naprawdę... niespo-. dzianka.

Wiedziałem, że powinienem coś teraz powiedzieć, więc odezwałem się moim najlepszym głosem prawdziwego *macho*.

— No, cóż, trzeba się w końcu ustatkować, szefie. Kawalerskie czasy się skończyły. Wreszcie znalazłem odpowiednią dziewczynę. To znaczy kobietę. Lepiej nie mogłem trafić.

I tak dalej.

Mając to z głowy, Jack wrócił do spraw bieżących.

— Nasi ludzie sprawdzają już w FAA plany lotów firm przewozowych i prywatnych samolotów, szczególnie odrzutowców. Dotarliśmy do pilotów, którzy przewieźli go na drugi koniec kraju. Przesłuchaliśmy ich. Startowali z Islip na Long Island, czyli pewnie zaraz po tym, jak zamordował McCoya i Satherwaite'a w muzeum. Mieli międzylądowanie w Colorado Springs. Khalil tam wysiadał, ale, jak już wiemy, nie zabił pułkownika Calluma.

Jack mówił dalej o pilotach i locie do Santa Monica. Według niego obaj doznali szoku, kiedy się dowiedzieli, kim był ich pasażer. To było ciekawe, chociaż nie za bardzo. Świadczyło jednak o tym, że Khalil jest bardzo skuteczny i ma zabezpieczenie finansowe. I że potrafi się dobrze zharmonizować z otoczeniem.

— Czy szukacie jeszcze innych ewentualnych lotów Khalila? — zapytałem.

— Oczywiście. Ale codziennie takich lotów są setki. Koncentrujemy się na rezerwacjach indywidualnych osób, a jeśli firm, to zagranicznych; na lotach opłaconych w nietypowy sposób i raczej przez jednorazowych klientów, a nie stałych. Szukamy takich o cudzoziemskim wyglądzie i tak dalej. To jest naprawdę dłubanina, John. Ale trzeba próbować na wszystkie sposoby.

— Jasne. A jak twoim zdaniem sukinsyn będzie się chciał wydostać z kraju?

— Dobre pytanie. Kanadyjczycy potrafią uszczelnić granicę i są chętni do współpracy, lecz o naszych południowych sąsiadach nie da się tego niestety powiedzieć.

— Wiem. Pięćdziesiąt tysięcy nielegalnych miesięcznie

i tony meksykańskich prochów przerzucanych przez granicę mówią same za siebie. Daliście znać DEA*, celnikom i urzędowi imigracyjnemu, prawda?

— Oczywiście. Uruchomili rezerwowy personel i my też. Dla dealerów i nielegalnych to będzie ciężki czas. Zawiadomiliśmy też Straż Przybrzeżną. Z południowej Kalifornii do plaż Meksyku łodzią to rzut beretem. Podjęliśmy wielostronną współpracę z władzami lokalnymi i filiami agend federalnych, jak również z naszymi meksykańskimi partnerami, żeby uniemożliwić podejrzanemu ucieczkę przez południową granicę kraju.

— Czy ty jesteś w telewizji, Jack?

— Nie, dlaczego?

— Mówisz, jakbyś występował w telewizji.

— Taki mam sposób wypowiadania się. I ty też masz jutro tak mówić. Słowa na „k” i „ch” proszę ograniczyć do minimum.

Udało mu się mnie rozbawić.

Rozmawialiśmy jeszcze przez chwilę o polowaniu na Khalila. W końcu Jack podsumował:

— Wszystko jest pod kontrolą, John. I już poza twoim zasięgiem.

— Nie całkiem. Słuchaj, ja zaraz po tej konferencji chcę tutaj wrócić, rozumiesz?

— To rozsądne rozwiązanie. Zobaczymy, jak się sprawisz przed kamerami.

— Jedno nie ma nic wspólnego z drugim.

— Od teraz ma.

— Dobra, kapuję.

— Świetnie. Opowiedz mi jeszcze o swojej rozmowie z Khalilem.

— Wspólnego języka raczej nie znaleźliśmy. Nikt ci tego jeszcze nie zrelacjonował?

— Tak, ale chciałbym usłyszeć od ciebie, jak odebrałeś jego nastawienie, jego stan umysłu. Czy dało się może wyczuć, czy wraca, czy będzie się jeszcze tu kręcił. Te sprawy.

— Dobra. Więc przede wszystkim czułem, że rozmawiam

* DEA — Drug Enfocement Agency, Agencja Zwalczania Narkotyków.

z człowiekiem doskonale panującym nad własnymi emocjami. Co gorsza, zachowywał się tak, jakby wciąż panował nad sytuacją, mimo że jego misterny plan rozpieprzył się w drobiazgi. Przepraszam, chciałem powiedzieć, „mimo że pokrzyżowaliśmy jego zamiary".

— No, powoli się uczysz. Mów dalej.

— Gdybym się miał zakładać, postawiłbym na to, że on tu zostanie.

— Dlaczego?

— Nie wiem. Po prostu takie mam przeczucie. A skoro już mowa o zakładaniu się, to chcę moje dziesięć dolarów od Nasha i dwie dychy od jego kumpla Harrisa.

— Ale ty przecież powiedziałeś, że Khalil jest na terenie Nowego Jorku.

— No i był. Potem wyjechał, ale wrócił na Long Island. Liczy się to, że nie wrócił do Piachlandu. — Spojrzałem na Kate, szukając u niej poparcia. To był ważny moment.

— John ma rację — powiedziała. — On wygrał.

— W porządku, akceptuję tę całkowicie bezstronną opinię — odparł Jack. *Ha, ha, ha.* — Czyli co, John — dodał już poważnie — teraz z kolei masz przeczucie, że on jest gdzieś w pobliżu ciebie, tak?

— Tak.

— Ale tylko przeczucie?

— Jeżeli pytasz, czy coś ukrywam, to nie ukrywam, Jack. Nawet ja wiem, kiedy trzeba grać czysto. Ale... jak by ci to wyjaśnić... Khalil mi powiedział, że jakoś wyczuwał moją obecność, zanim się... nie, to idiotyczne. Arabskie mistycyzmy. Ale szczerze powiedziawszy, ja też coś podobnego czuję. Rozumiesz?

Zapadła cisza, Jack Koenig szukał zapewne numeru telefonu do zakładowej poradni psychiatrycznej.

— No, cóż, nauczyliśmy się już, że lepiej się z tobą nie zakładać — rzekł w końcu łagodnie. — W każdym razie zarezerwujcie sobie zaraz bilety. Przylećcie na lotnisko Dullesa, ale najpóźniej bladym świtem.

Kate zapewniła go, że będziemy o świcie na lotnisku Dullesa. Jack już miał zamiar się pożegnać, lecz teraz przyszedł czas na mój numer w stylu porucznika Columbo.

— Jeszcze jedna sprawa — powiedziałem.

— Tak?

— Ten karabin.

— Jaki karabin?

— Ten w tej długiej paczce.

— Aa... ten. Ludzie z LA przesłuchali Rahmana w tej kwestii. Kazali mu narysować i dokładnie opisać paczkę, potem sprokurowali podobną i wkładali do niej metalowe ciężarki, dopóki nie powiedział, że tamta ważyła mniej więcej tyle samo. Pamięć mięśniowa; nie wiem, czy przerabiałeś...

— Tak. I co dalej?

— No, eksperyment był bardzo ciekawy, ale o niczym nie przesądził. Broń nylonowa i plastikowa jest lekka, stare strzelby są ciężkie. Myśliwskie są długie, a te do polowań na ludzi krótkie. Nie da się stwierdzić z całą pewnością, że w tej paczce był karabin.

— Jasna sprawa. Czy to był długi i ciężki karabin?

— Jeżeli to istotnie karabin, to długi i ciężki.

— Jak broń myśliwska z lunetą, na przykład?

— Na przykład — zgodził się Jack.

— No to załóżmy najgorszy scenariusz, że to długi, precyzyjny karabin myśliwski z lunetą. Do czego byłby mu potrzebny?

— Możliwe, że jako rezerwowa broń, na wypadek gdyby Wigginsa nie było w domu. Innymi słowy, Khalil był gotów w razie czego załatwić go w lesie.

— Naprawdę?

— To tylko teoria. Masz lepszą?

— Na razie nie. Ale nie widzę powodu, dla którego Khalil nie mógłby się przebrać za turystę i po prostu zaznajomić z Wigginsem i jego lalą na kempingu. Zaprosiliby go na kawę przy ognisku, a on w pewnym momencie zakomunikowałby Wigginsowi, że właśnie przyszedł go zabić, przyłożył mu czterdziestkę do głowy i po krzyku. *Capisce?*

— Wiggins, z tego, co wiemy — rzekł Koenig po namyśle — biwakował z kilkunastoma znajomymi, więc nie bardzo widzę, jak Khalil...

— Jakkolwiek, Jack. On zrobiłby wszystko, żeby tylko móc spojrzeć Wigginsowi w oczy, zanim go zastrzeli.

— Niech będzie. To może inna teoria, bardziej sensowna. Może ta strzelba miała pomóc Khalilowi przy ucieczce. Na przykład gdyby musiał unieszkodliwić strażnika na granicy meksykańskiej albo gdyby go gonił kuter straży przybrzeżnej. Coś w tym rodzaju. Skoro i tak musiał skorzystać z pomocy Rahmana, to kazał mu też dostarczyć karabin. Taką broń łatwo jest kupić.

— I trudno ukryć.

— Można ją rozłożyć. Nie odrzucamy tej ewentualności, że Khalil ma karabin snajperski i zamierza zabić kogoś, kogo trudno by mu było dosięgnąć z pistoletu. Ale to, jak sam stwierdziłeś, nie pasuje do charakteru jego misji i jego modus operandi. Czyli z bliska i twarzą w twarz.

— Oczywiście. Właściwie to myślę, że w tej paczce są meble ogrodowe. Widziałeś, jak oni pakują tę taniochę w sklepach z przeceną? Dziesięć mebelków w jedno pudełko. Sześć krzeseł, stół, parasol i dwa rozkładane leżaki, made in Tajwan. Wsunąć bolec A do otworu B. Cześć, do zobaczenia w DC.

— Do zobaczenia. Wiecie co, my wam załatwimy te bilety. Przefaksuję do biura w LA numer i godzinę lotu. Konferencja jest o siedemnastej w budynku Hoovera. Pamiętam, że Johnowi ostatnio się tam podobało. Jeszcze raz gratuluję. Ustaliliście datę?

— Czerwiec — odpowiedziała Kate.

— Mam nadzieję, że będę zaproszony.

— Oczywiście — zapewniła go.

Nacisnąłem widełki i rozłączyłem się. Przez minutę siedzieliśmy w milczeniu.

— Martwi mnie ten karabin — odezwała się Kate.

— I bardzo słusznie.

— To znaczy... nie należę do panikarzy, ale on może polować na nas.

— Możliwe. Chcesz znów pożyczyć włoski podkoszulek?

— Co takiego?

— Kamizelkę kuloodporną.

— Ty to masz gadkę — roześmiała się.

Wróciliśmy do głównego pokoju i odbyliśmy małą naradę przy kawie z sześcioma pracownikami biura, między innymi Juanem, Edie i Kim.

— Za pół godziny zabieramy Rahmana z biura w LA. Chcemy poszukać z nim tego kanionu, gdzie Khalil wyrzucił torbę — poinformowała nas Edie.

Skinąłem głową. W tym też coś mi nie pasowało. Rozumiałem, że Khalil musiał poprzedniego dnia rano zabić jakoś czas, zanim otworzyli sklepy, ale dlaczego nie kazał się po prostu zawieźć Rahmanowi do motelu, tylko jechał godzinę na północ wzdłuż wybrzeża, żeby wywalić tę torbę?

Nie poprosiliśmy Cindy o kuloodporne kamizelki; mieliśmy przecież tylko się przejechać po Los Angeles i okolicy. Z drugiej strony był to wystarczający powód, żeby kamizelkę włożyć. Nowojorski dowcip. Cindy wręczyła nam natomiast po małej torbie podróżnej z wielkim logo FBI. Na pamiątkę naszej wizyty, a może też na znak, że nie chcą nas więcej widzieć na oczy.

Helikoptera tym razem nie było, co czasami oznacza, że twoje akcje spadają. Był za to samochód bez kierowcy. Cindy dała nam kluczyki, a Kate zapewniła ją, że zna drogę. Kalifornijczycy to naprawdę mili ludzie.

Wymieniliśmy więc z wszystkimi uściski dłoni, obiecaliśmy być w kontakcie i zostaliśmy zaproszeni, żeby jeszcze przyjechać.

— Przyjedziemy pojutrze — oznajmiłem, co miało taki sam efekt, jakbym puścił bąka.

Kate aż uszy powiewały z ekscytacji, że znów przejedzie się po Kalifornii. Kiedy usiadła za kierownicą niebieskiego forda crown victorii, poinformowała mnie, że pojedziemy malowniczą drogą nad morzem do Santa Monica, przez Santa Santa i Los Santos Santos i jeszcze jakieś Santa. Zwisało mi to wielkim kalafiorem, lecz skoro ją radowało, to mnie też. Tak czy nie?

Rozdział 51

Jechaliśmy tą nadmorską szosą przez Santa Oxnard, na południe do Miasta Aniołów. Woda była po prawej, góry po lewej. Niebo było błękitne, woda, samochód i oczy Kate też. Super. Powiedziała mi, że do biura FBI jest jakaś godzina jazdy. Znajdowało się przy Wilshire Boulevard, koło kampusu uniwersyteckiego w zachodnim Hollywood, niedaleko Beverly Hills.

— Dlaczego nie w śródmieściu? — zapytałem. — Czy tu jest w ogóle śródmieście?

— Jest, ale FBI woli niektóre dzielnice od innych.

— Na przykład ekskluzywne, białe, z dala od getta?

— Czasami. Dlatego nie lubię dolnego Manhattanu; jest niesamowicie zatłoczony.

— Jest niesamowicie kipiący życiem i ciekawy. Muszę cię zabrać do Fraunces Tavern. Wiesz, tam gdzie Waszyngton żegnał się ze swoimi oficerami. Dostał pierwszą grupę inwalidzką.

— I wyprowadził się do Wirginii, bo nie mógł znieść tego tłoku.

Przez jakiś czas przekomarzaliśmy się, co lepsze, Kalifornia czy Nowy Jork.

— Jesteś szczęśliwy? — spytała nagle Kate.

— Więcej niż szczęśliwy.

— To fajnie. Wyglądasz na mniej spanikowanego.

— Poddałem się światłości z nieba — wyjaśniłem. — Opowiedz mi o biurze w LA. Czym się tam zajmowałaś?

— To był ciekawy przydział. Biuro w Los Angeles jest trzecią co do wielkości placówką FBI w kraju. Około sześciuset agentów. To miasto stanowi stolicę napadów na bank. Mieliśmy jakieś trzy tysiące napadów rocznie i...

— Trzy t y s i ą c e?

— Tak. Najczęściej ćpuny. Tu jest bardzo dużo małych banków i wszędzie autostrady; bandytom łatwiej jest uciekać. Sama byłam kiedyś w banku podczas napadu.

— Dostałaś swoją dolę?

— Nie — zaśmiała się — ale bandzior dostał dziesięć lat.

— Ty go przyskrzyniłaś?

— Ja.

— Opowiedz.

— To nic wielkiego. Facet stał przede mną w kolejce, podał kasjerce karteczkę, a ona zrobiła się nerwowa, więc się domyśliłam, co jest grane. Załadowała mu pieniądze do torby. Facet odwrócił się do wyjścia i zobaczył przed nosem mój pistolet. Te skoki w większości były bez sensu. Małe pieniądze, wysokie kary, a do spółki z policją mieliśmy siedemdziesiąt pięć procent wykrywalności.

Gawędziliśmy dalej o dwuletnim pobycie Kate w Los Angeles.

— To jest jedyne biuro w kraju — opowiadała — które ma na etacie dwóch rzeczników prasowych. Mieliśmy sporo spraw, którymi interesowały się media. Nachodzenie gwiazd filmowych przez maniaków i tym podobne. Poznałam kilku aktorów, a kiedyś nawet mieszkałam u jednego w domu i jeździłam z nim wszędzie, bo ktoś mu groził śmiercią. Wyglądało to dość poważnie. Byli też Azjaci — syndykaty, zorganizowana przestępczość. W strzelaninie uczestniczyłam tylko raz, właśnie z koreańskimi przemytnikami. Ci goście to naprawdę twarde sztuki. Lecz naszym agentom koreańskiego pochodzenia udało się spenetrować ich organizację. Czy ja cię nudzę?

— Wręcz przeciwnie. To jest lepsze niż „Z Archiwum X". A ten aktor... to kto?

— Jesteś zazdrosny?

— Ani trochę.

No, może odrobinę.

— To był starszy gość, już pod pięćdziesiątkę — zaśmiała się.

Dlaczego mnie to nie bawiło? W każdym razie okazało się, że Kate Mayfield nie jest wcale taką wieśniaczką, za jaką ją miałem. Poznała ciemną stronę życia, może nie w takim stopniu jak ja w ciągu dwudziestu lat służby w Nowym Jorku, ale na pewno w większym niż przeciętna Szparka Sekretarka z pipidówki. Sporo się jeszcze musieliśmy dowiedzieć o sobie nawzajem. Na razie byłem zadowolony, że mnie nie pyta o historię mojego życia seksualnego, bo zanimbym skończył, zajechalibyśmy do Rio de Janeiro. Żartuję.

Biuro FBI w Los Angeles zajmowało całe piętro w dwudziestopiętrowym budynku przy Wilshire Boulevard, oczywiście z obowiązkowymi palmami i kwietnikami przed frontem. Żeby nie nudzić. Córka marnotrawna wróciła, było mnóstwo całowania i przytulania, a przy okazji spostrzegłem, że kobiety cieszą się z tego spotkania nie mniej niż mężczyźni. To podobno dobry znak, zdaniem mojej byłej, która mi kiedyś tłumaczyła takie rzeczy. Szkoda, że jej wtedy niezbyt pilnie słuchałem.

Ponieważ zawsze muszę mieć zakichane szczęście, facet, z którym rozmawiałem poprzedniego dnia przez telefon, szef agentów sekcji jakiejśtam nazwiskiem Sturgis, chciał się koniecznie ze mną zobaczyć. Zaprowadzono nas do jego gabinetu.

Sturgis wyszedł zza biurka i podał mi rękę. Miał na imię Doug i chciał, żebym tak mu mówił. A jak inaczej miałbym mu mówić? Claude? Był przystojnym gościem mniej więcej w moim wieku, opalonym i w dobrej formie, świetnie ubranym. Spojrzał na Kate i uścisnęli sobie dłonie.

— Dobrze cię znów widzieć — powiedział.

— Dobrze znowu tu być — odparła.

Bingo! To musiał być on. Poznałem po tym, jak na siebie przez moment patrzyli. Tak mi się zdaje.

Na świecie jest wiele odmian piekła. Jedną z najbardziej wyszukanych jest ta, kiedy się człowiek znajdzie w miejscu, gdzie żona albo ukochana zna wszystkich, a on nie zna nikogo. Przyjęcia w firmie, zjazdy absolwentów i temu podobne sprawy. Oczywiście starasz się wtedy zorientować, kto mógł być w łóżku z bliską ci osobą, chociażby po to, żeby stwierdzić, czy ma dobry gust i czy nie dała się posuwać klasowemu idiocie.

Sturgis wskazał nam fotele i usiedliśmy, choć wolałbym wyjść.

— Jest pan dokładnie taki, jak sobie wyobrażałem podczas naszej rozmowy — stwierdził.

— Pan też.

Przeszliśmy do rzeczy. Sturgis przeskakiwał trochę z tematu na temat i spostrzegłem, że ma łupież i małe dłonie. Faceci o małych dłoniach mają małe kutasy. To jest fakt. Starał się być sympatyczny, ale ja nie. W końcu wyczuł mój nastrój i wstał. My też.

— Jeszcze raz dziękuję za dobrą robotę i podzielenie się z nami doświadczeniem — oznajmił. — Nie powiem, żebyśmy mieli pewność, iż złapiemy tego osobnika, ale przynajmniej zmusiliśmy go do ucieczki i nie powinien już być groźny.

— Nie zakładałbym się o to.

— No, wie pan, panie Corey, uciekający człowiek jest oczywiście zdolny do różnych desperackich posunięć, ale ten Khalil to nie jest zwykły przestępca. To profesjonalista. W tej chwili zależy mu tylko na tym, żeby się nam wymknąć i nie zwracać na siebie uwagi.

— Khalil jest przestępcą, panie Sturgis, zwykłym czy niezwykłym, to bez znaczenia. Przestępcy popełniają przestępstwa.

— Słuszna uwaga — odparł, żeby już skończyć z tematem. — Będziemy o tym pamiętać.

Miałem ochotę mu powiedzieć, żeby się pocałował w dupę, ale i tak już wiedział, co o nim myślę.

— Jeślibyś chciała kiedyś wrócić — rzekł do Kate — złóż tylko wniosek, a ja zrobię, co będę mógł, żeby go przepchnąć.

— To bardzo miło z twojej strony, Doug.

Bleee.

Kate wręczyła mu wizytówkę.

— Tu jest numer mojej komórki. Zadzwoń, proszę, jeżeli coś wyskoczy. Idziemy trochę pozwiedzać, John jeszcze nie był w LA. W nocy lecimy do Waszyngtonu.

— Zadzwonię, jak tylko będzie coś nowego. Mogę telefonować w ciągu dnia, żebyś była na bieżąco.

— Będę wdzięczna.

Bleee.

Uścisnęli sobie dłonie i pożegnali się.

Zapomniałem podać rękę Sturgisowi i Kate przyczepiła się o to, kiedy wyszliśmy na korytarz.

— Byłeś dla niego bardzo niemiły.

— Nieprawda.

— Prawda. Dla wszystkich byłeś czarujący, a jak poszliśmy do szefa, nagle zrobiłeś się wredny. Nie rozumiem takiego zachowania.

— Nie byłem wredny. Poza tym nie lubię szefów. Zresztą wkurzył mnie wczoraj przez telefon — dodałem. Uzmysłowiłem sobie, że bycie zakochanym ma jednak swoje minusy.

Kate wstąpiła do pokoju łączności po faks z informacją o naszym locie.

— Mamy rezerwację w United Airlines, lot dwa-zero-cztery, start z LAX o dwudziestej trzeciej pięćdziesiąt dziewięć, na lotnisko Dullesa o siódmej czterdzieści osiem rano — poinformowała mnie. — Wyjadą po nas.

— I co potem?

— To znaczy?

— Może starczy czasu, żebym się mógł poskarżyć mojemu kongresmanowi?

— Na co?

— Na to, że muszę przerywać robotę z powodu głupiej konferencji prasowej.

— Kongresmani chyba się nie zajmują takimi sprawami. A jeśli chodzi o konferencję, to przysłali nam tu parę wytycznych.

Wziąłem od niej faks. Dwie strony, jak zwykle niepodpisane. Nigdy nie podpisują tych swoich wytycznych i oczywiście ten, kto odpowiada na pytanie prasy, ma „brzmieć spontanicznie".

Zjechaliśmy windą i wyszliśmy na parking.

— Nie było tak źle, co? — zapytała Kate.

— Nie, wcale. Z chęcią bym wrócił i zrobił to jeszcze raz.

— Czy ty masz dzisiaj jakiś problem?

— Skądże.

Wsiedliśmy do auta i Kate wyjechała na Wilshire Boulevard.

— Co byś chciał najpierw zobaczyć?

— Nowy Jork.

— Może któreś studio filmowe?

— A może twoje stare mieszkanie? Chętnie bym zobaczył, gdzie mieszkałaś.

— Fajny pomysł. Wynajmowałam dom niedaleko stąd.

Pojechaliśmy przez zachodni Hollywood, który był w porządku, tyle że wszystko było tu zbudowane z betonu i w pastelowych kolorach, jak jakieś graniaste pisanki wielkanocne. Dawny dom Kate okazał się niewielką willą w stylu hiszpańskim, stojącą w przyjemnej podmiejskiej dzielnicy.

— Bardzo ładny — stwierdziłem.

Pojechaliśmy dalej, przez Beverly Hills, gdzie domy były coraz okazalsze. Na Rodeo Drive doleciał mnie z firmowego sklepu zapach perfum Giorgio. Ten zapach potrafiłby zabić nawet smród trupa. Zaparkowaliśmy i Kate zaprowadziła mnie na lunch do sympatycznej restauracji z ogródkiem. Siedzieliśmy tam sobie, zapominając, jak to powiadają, o terminach, sprawach do załatwienia i wszelkich problemach. No, może z wyjątkiem kilku.

— Zaczynam rozumieć, dlaczego ty lubisz Kalifornię — powiedziałem.

— Ma swój urok.

— To prawda. Czy tu w ogóle pada śnieg?

— Tylko w górach. Ale w ciągu kilku godzin można zaliczyć plażę, góry i jeszcze pustynię.

— Nie wiedziałbym, jak się ubrać.

Kalifornijskie białe chardonnay było bardzo dobre. Wysuszyliśmy całą butelkę, co na pewien czas wyeliminowało możliwość dalszej jazdy. Zapłaciłem więc rachunek, nie bardzo straszny, i poszliśmy się przejść po centrum Beverly Hills, które jest całkiem przyjemne. Jedynymi przechodniami były tu hordy japońskich turystów, strzelających zdjęcia na prawo i lewo.

Zwróciłem Kate uwagę, że jej blezer w kolorze keczupu i spodnie są nieco wygniecione, i zaproponowałem, że kupię jej coś do ubrania.

— Świetny pomysł — odparła. — Tyle że na Rodeo Drive bez dwóch tysięcy dolców nie masz co wchodzić do sklepu.

Odchrząknąłem.

— No to kupię ci żelazko.

Parsknęła śmiechem.

Na razie, żeby trzymać fason, kupiłem torebkę czekoladek, które pojadaliśmy, idąc. Ponieważ przechodniów było tu jak na lekarstwo, nie zdziwiło mnie wcale, że Japończycy zaczęli robić zdjęcia nam.

— Myślą, że jesteś gwiazdą filmową.

— Słodki jesteś. To ty jesteś gwiazdą, John. Moją gwiazdą.

Normalnie powinienem zakrztusić się czekoladką. Ale byłem zakochany i spacerowałem z głową w chmurach, nucąc w myśli piosenki o miłości.

— Wiesz co, już się naoglądałem Los Angeles — stwierdziłem po pewnym czasie. — Chodźmy do jakiegoś hoteliku.

— To nie jest Los Angeles, tylko Beverly Hills. Jeszcze mnóstwo miejsc chciałabym ci pokazać.

— Jeszcze mnóstwo miejsc chciałbym zobaczyć, ale są zakryte twoim ubraniem.

Czyż to nie romantyczne?

Kate wyglądała na chętną, mimo że już byliśmy zaręczeni. Wróciliśmy więc do auta i przejechaliśmy się do miejsca zwanego Marina del Rey, gdzieś niedaleko lotniska. Znaleźliśmy przyjemny motelik nad morzem. Z okna był widok na marinę z mnóstwem łodzi, co znów mi przypomniało pobyt na Long Island. Nauczyłem się wtedy co najmniej jednej rzeczy: żeby się nigdy nie przywiązywać do nikogo ani do niczego. Tyle że to, czego się uczymy, i to, co robimy, ma często niewiele ze sobą wspólnego.

Zobaczyłem, że Kate mi się przygląda.

— Dziękuję za piękny dzień. — Uśmiechnąłem się do niej.

Niedługo potem znaleźliśmy się w łóżku i oczywiście zadzwoniła jej komórka. Trzeba było odebrać, czyli musiałem przestać robić to, co robiłem. Stoczyłem się na bok, przeklinając w myśli wynalazcę telefonu komórkowego.

— Mayfield. — Kate usiadła i słuchała przez chwilę, zakrywając dłonią mikrofon, podczas gdy uspokajała oddech. — Mhm, rozumiem... tak, byliśmy. ...Nie, siedzimy sobie nad wodą w Marina del Rey. Dobrze... mhm... parking policji... dobra, zostawimy. Dzięki za telefon. Nawzajem, pa.

— Nienawidzę czegoś takiego — powiedziała, rozłączywszy się.

Milczałem.

— To był Doug — oznajmiła po chwili. — Nic nowego. Ale ktoś do nas zadzwoni przed samym odlotem, jeżeli wyskoczy coś poważniejszego. Rozmawiał też z Waszyngtonem. Potwierdzili, że mamy przylecieć, chyba żeby Khalil został złapany tutaj. W takim wypadku mamy zostać i konferencja prasowa odbędzie się na miejscu. — Zerknęła na mnie spod oka. — Jesteśmy w tej chwili głównymi bohaterami tej historii, John, i musimy być tam, gdzie kamery. Waszyngton czy Hollywood to w tym wypadku bez różnicy. — Uśmiechnęła się. — Na czym to skończyliśmy? — Usiadła na mnie i spojrzawszy mi głęboko w oczy, szepnęła: — Po prostu pieprz mnie, John. Jesteśmy tylko my dwoje. Nie ma świata, nie ma przeszłości ani przyszłości. Tylko my i tylko teraz.

Telefon wyrwał nas z głębokiego snu. Nie komórka, lecz hotelowy.
— Zamawiał pan budzenie na dwudziestą drugą piętnaście — powiedziała recepcjonistka. — Życzę miłego wieczoru.
— Budzenie — mruknąłem do Kate.
Opuściliśmy hotel przed 23.00, czyli 2.00 w Nowym Jorku. Mój zegar biologiczny całkiem się rozregulował. Na lotnisko było stąd kilka kilometrów. Widziałem startujące samoloty, nabierające wysokości nad oceanem.
— Zadzwonić jeszcze do biura? — zapytała Kate.
— Nie ma potrzeby.
— Dobra. Wiesz, czego się najbardziej boję? Że złapią Khalila, jak będziemy w powietrzu. Naprawdę chciałabym przy tym być, ty na pewno też. Hej, śpisz? Obudź się.
— Myślę.
— To nie myśl. Porozmawiaj ze mną.
Porozmawialiśmy więc.
Na lotnisku zostawiliśmy samochód na parkingu przy budynku policji, a sympatyczny sierżant poinformował nas, że zostaniemy podwiezieni do terminalu krajowego. Już mnie trochę zmęczyli ci sympatyczni Kalifornijczycy. Kierowca, młody glina, odnosił się do nas jak do gwiazd filmowych. Kate zaspokajała jego ciekawość na temat sprawy Khalila, a ja odstawiałem nowojorskiego policjanta, odmrukując coś półgębkiem.
Odebraliśmy bilety, a agent poinformował nas, że zaczną wpuszczać do samolotu za dwadzieścia minut.

— Możecie sobie państwo posiedzieć w naszym Red Carpet Club — oznajmił i wręczył nam dwie wejściówki. Oczekiwałem, jak to nowojorczycy, że zaraz się wydarzy coś okropnego, ale czy może być coś okropniejszego niż to, że wszyscy się do człowieka uśmiechają i chcą, żeby mu było dobrze?

W Red Carpet Club kruczowłosa bogini wzięła od nas wejściówki i zaprosiła do sali, gdzie podawano drinki na koszt firmy. Uznałem, że umarłem i jestem w kalifornijskim niebie. Nie miałem jednak nastroju do picia, więc usiedliśmy na wysokich stołkach przy barze. Zamówiłem colę, a Kate mineralną. Zagryzałem orzeszkami i przeglądałem gazetę.

Kate przyglądała mi się w lustrze nad barem; pochwyciłem jej spojrzenie. W barowych lustrach kobiety zawsze wydają mi się świetne, lecz ona wyglądała naprawdę znakomicie. Uśmiechnąłem się do niej w lustrze, a ona do mnie.

— Nie chcę pierścionka zaręczynowego — oświadczyła ni stąd, ni zowąd. — To strata pieniędzy.

— Możesz mi to przetłumaczyć z angielskiego na nasze?

— Powiedziałam to, co myślę, John. Nie odgrywaj cwaniaka.

— Mówiłaś, że mam się nie zmieniać.

— No, nie tak do końca.

— Aha.

Zadzwoniła komórka.

— Mayfield. — Słuchała przez chwilę. — Dobrze, dziękuję. Do zobaczenia za kilka dni. — Schowała telefon do kieszeni. — Dyżurny z biura. Nic nowego. Nie wybawił nas dzwonek na przerwę.

— Sami powinniśmy się wybawić od tego lotu.

— Jeżeli nie polecimy, to możemy się pożegnać z robotą. Bohaterowie czy nie bohaterowie.

— Wiem. — Usiłowałem popędzić swój mózg do galopu. — Ten karabin to klucz do wszystkiego — stwierdziłem.

— To znaczy?

— Poczekaj... coś mi gdzieś dzwoni...

— Co takiego?

Patrzyłem na leżącą na barze gazetę i coś zaczęło mi się sączyć do głowy. Jeszcze nie wiedziałem co. Nie miało to związku z treścią artykułu, to była strona sportowa. *Gazeta...*

Coś mi świtało i znów się wymykało. *No, Corey, łap to*. Zupełnie jakbym zmuszał mózg do wzwodu, a on był ciągle oklapnięty.

— John, co z tobą?

— Myślę.

— Zaczęli już wpuszczać.

— Ja myślę, Kate. Pomóż mi.

— Jak mam ci pomóc? Nic nie mówisz.

— Co ten gnój kombinuje?

— John, trzeba już wsiadać.

— Ty leć. Ja zostaję.

— Czyś ty oszalał?

— Nie. To Khalil oszalał, ja jestem normalny. Idź do samolotu.

— Nie polecę bez ciebie.

— Polecisz. Posłuchaj, ty jesteś etatowym oficerem z perspektywami awansu. Ja jestem tylko na kontrakcie, emeryturę i tak dostanę z NYPD. Mnie się krzywda nie stanie; tobie może. Nie łam serca ojcu. No, idź już.

— Nie bez ciebie. Koniec i kropka.

— Teraz naprawdę czuję się pod presją.

— Żeby co?

— Spróbujmy razem, Kate. Po co Khalilowi karabin?

— Żeby zabić kogoś z daleka.

— Zgoda. Kogo?

— Ciebie.

— Nie. Kojarz z gazetą.

— Gazeta... ktoś ważny i dobrze strzeżony.

— Dobrze. Ciągle mi się przypomina, co mówił Gabe.

— A co mówił?

— Różne rzeczy. Na przykład, że Khalil szykuje się do czegoś naprawdę dużego. „Straszliwy jechał samotnie... na klindze rysy...".

— Co?

— Powiedział, że chodzi o krwawą zemstę rodową.

— To wiemy. Khalil chciał pomścić swoją rodzinę.

— I pomścił?

— No, tak. Z wyjątkiem Wigginsa i Calluma, który i tak umiera. Wigginsa już nie dosięgnie, ale w zamian chce ciebie.

— Może chcieć mnie, ale ja mu nie zastąpię tego, czego pragnie naprawdę. Tak samo jak nie zastąpili mu tego ci ludzie w samolocie ani zabici w Conquistador Club. Na jego liście musi być jeszcze ktoś... coś tu przegapiamy.

— Spróbuj kojarzyć słowa.

— Dobra... gazeta, Gabe, karabin, Khalil, bomby, nalot, Khalil, zemsta...

— Spróbuj się cofnąć do momentu, kiedy ci się to pojawiło po raz pierwszy. Ja bym tak zrobiła. Przypomniałabym sobie, co robiłam, kiedy pierwszy raz...

— Mam! Przeglądałem wycinki o nalocie i wtedy mi to przyszło do głowy, a potem w samolocie miałem ten dziwny sen... coś związanego z filmem... ze starym westernem...

Z głośnika w Red Carpet Club popłynęła zapowiedź.

„Pasażerów odlatujących do Waszyngtonu o godzinie dwudziestej trzeciej pięćdziesiąt dziewięć, lot dwa-zero-cztery United Airlines, po raz ostatni prosimy o wejście na pokład i zajęcie miejsc".

— Chyba to było... żona Kaddafiego. Pamiętasz, co ona powiedziała w tym wywiadzie?

— Że będzie uważać Stany Zjednoczone za swego osobistego wroga do końca życia, chyba że... — przypominała sobie głośno Kate. — O Boże, nie! Niemożliwe! John, myślisz, że to może być to?

Popatrzyliśmy po sobie i wszystko stało się jasne. Przejrzyste jak szyba, dlatego nie dostrzegaliśmy niczego przez tyle dni.

— Gdzie on mieszka? Ma gdzieś tutaj dom, prawda?

— W Bel Air.

Zeskoczyłem ze stołka i ruszyłem do wyjścia, nie myśląc nawet o zabraniu torby. Kate dotrzymała mi kroku.

— Gdzie jest to Bel Air? — zapytałem.

— Ze dwadzieścia parę kilometrów stąd na północ. Zaraz za Beverly Hills.

Kierowaliśmy się przez terminal w stronę postoju taksówek.

— Zadzwoń z komórki do biura — poleciłem. Zawahała się, ale nie miałem jej tego za złe. — Strzeżonego Pan Bóg strzeże — dodałem. — Tak czy nie? Tylko odpowiednio połącz zaniepokojenie z natarczywością.

Byliśmy już na dworze. Kate wybrała numer, lecz nie do biura.

— Doug? — powiedziała. — Przepraszam, że o tej porze, ale... nie, nie, z nami wszystko w porządku... Tak, nie polecieliśmy. Słuchaj...

— Daj no mi, kurwa, ten telefon. — Niemal wyrwałem jej komórkę z ręki. — Tu Corey — rzuciłem. — Proszę posłuchać. Wie pan, co znaczy po arabsku *fatwa*? To coś w rodzaju wyroku, na przykład jakiś muła może kazać kogoś zabić. Tak jest. Więc jestem głęboko przekonany, na podstawie czegoś, co właśnie sobie skojarzyłem... zresztą po pięciu dniach noszenia się z tym gównem w głowie... jestem prawie pewien, że Asad Khalil zamierza zabić Ronalda Reagana.

Rozdział 52

Podjechaliśmy taksówką do lotniskowego komisariatu. Nasz samochód jeszcze tam stał. Jak na początek nieźle. Ruszyliśmy na północ, w kierunku domu Wielkiego Szatana. Ja zresztą wcale nie uważam go za szatana, a jeśli mam w ogóle jakieś poglądy polityczne, to raczej jestem anarchistą. Sądzę, że władza i polityka to syf, niezależnie od opcji. Poza tym Ronald Reagan był bardzo starym i chorym człowiekiem, więc któż by tam chciał go zabijać. Ale Asad Khalil mógł chcieć, bo to Reagan wydał rozkaz zbombardowania Libii, w którym zginęła cała jego rodzina. Państwo Kaddafi także przez Reagana stracili córkę, nie mówiąc o długich miesiącach bezsenności z powodu dzwonienia w uszach.

Kate prowadziła. Mknęliśmy autostradą Santa Cośtam.

— Myślisz, że Khalil naprawdę mógłby...? — zastanawiała się jeszcze. — Przecież Reagan jest już całkiem...

— Ronald Reagan może już tego nie pamiętać, ale zapewniam cię, że Khalil nie zapomniał.

— No, tak, ja to rozumiem, ale co będzie, jeżeli się mylimy?

— A co będzie, jeśli nie?

Nie odpowiedziała.

— Posłuchaj, wszystko tu pasuje. Jeżeli nawet nie mamy racji, nasze wnioskowanie jest słuszne.

— Jak może być słuszne, skoro może być błędne?

— Ty tylko prowadź auto. Jeśli okaże się błędne, żadnej straty nikt nie poniesie.

— Nie? Właśnie straciliśmy pracę, do kurwy nędzy.

— Otworzymy mały hotelik.

— Jak to się stało, że ja się z tobą zadałam, cholera?

— Jedź, jedź.

Toczyliśmy się w niezłym tempie, ale pan Douglas Kutasiński zdążył na pewno podnieść alarm i pod domem Reagana musieli się już zjawić ludzie z LA. Nie mieliśmy szans wystąpić w roli regimentu kawalerii, przybywającego z odsieczą.

— Ilu on tam może mieć tajniaków? — zapytałem Kate.

— Niewielu.

— Jak to?

— Z tego, co pamiętam z moich nielicznych kontaktów z Secret Service*, uważają oni, że ryzyko zamachu na państwa Reaganów maleje z każdym rokiem; chodzi też o sprawy finansowe i kadrowe. Ale parę lat temu jakiś stuknięty osobnik dostał się na teren ich posiadłości i wszedł do domu, kiedy oni tam byli.

— Niesamowite.

— Nie można jednak powiedzieć, że mają zbyt słabą ochronę. Dysponują sekretnym funduszem, z którego opłacają prywatnych ochroniarzy. Na rezydencję mają oko lokalne gliny; nasze biuro w LA też zawsze było do ich dyspozycji. Tak jak dziś.

— No i my przybywamy.

— Właśnie. Trudno chyba sobie wyobrazić lepszą ochronę.

— To zależy od tego, kto na ciebie poluje.

— Nie musieliśmy rezygnować z lotu, John — zmieniła temat Kate. — Wystarczyłby telefon do biura.

— Wezmę winę na siebie.

— Nie wyświadczaj mi już żadnych przysług, bardzo cię proszę. To przede wszystkim twoje ego tutaj działa.

— Staram się tylko robić to, co uważam za właściwe. A to jest właściwe.

— Nie jest. Właściwe jest wykonywanie rozkazów.

— Pomyśl tylko, o ile więcej będziemy mieli do opowiedzenia mediom, jeśli przyskrzynimy dziś Khalila.

* Agenda Departamentu Skarbu USA, zajmująca się tropieniem fałszerstw pieniędzy oraz ochroną prezydenta.

— Beznadziejny jesteś. Chyba zdajesz sobie sprawę, że jeśli on obserwuje dom Reagana i zobaczy, że coś się tu dzieje, to zniknie już na dobre i nigdy się nie dowiemy, czy twoje przypuszczenia były słuszne. Dla nas sprawa jest przegrana tak czy tak.

— Wiem. Ale jest szansa na to, że będzie chciał odczekać jeszcze dzień i dziś nie obserwuje tego miejsca. Gdyby tak było, to mam nadzieję, że Secret Service zrobi tutaj to samo, co FBI zrobiło u Wigginsa.

— Secret Service zajmuje się ochroną, a nie zastawianiem pułapek. A już na pewno nie z byłym prezydentem jako przynętą.

— Przecież mogą przetransportować Reagana w bezpieczne miejsce i FBI zastawiłoby pułapkę bez przynęty. Mam rację?

— Jak sobie ten nasz rząd radził przez te wszystkie lata bez ciebie?

Wyczułem w tej wypowiedzi pewien sarkazm. Nie spodziewałem się tego, skoro byliśmy już zaręczeni.

— Wiesz, gdzie dokładnie jest ten dom?

— Nie, ale zapytam, jak zjedziemy z autostrady.

— Dlaczego tutaj się mówi na autostradę „freeway", wolna droga?

— Bo jest wolna. A dlaczego w Nowym Jorku mówi się na autostradę „parkway"? Prowadzi przez park, czy co?

— Ma parkingi. Nie wiem. Co to jest za dom? Rezydencja czy domek?

— Bel Air ma charakter podmiejski. Jedno-, dwuakrowe posiadłości, dużo drzew. Z tego, co wiem, teren jest ogrodzony murem i z drogi nie widać domu.

Zjechaliśmy z autostrady i Kate zadzwoniła do biura FBI. Powtarzała głośno, jak mamy jechać, a ja zapisywałem to na rachunku hotelowym z Marina del Rey. Podała też oficerowi dyżurnemu wygląd i numery naszego auta.

Teren w Bel Air był pagórkowaty, ulice dość kręte, a roślinności tyle, że mogłaby się w niej ukryć armia snajperów. Po kwadransie znaleźliśmy się na mocno zadrzewionej St. Cloud Road. Stały tu duże domy, w większości skryte za murami i wysokimi żywopłotami. Spodziewałem się ujrzeć przed posiadłością Reaganów samochody i ludzi, lecz panowała tu cisa i ciemność. Może faktycznie miejscowe FBI znało się na swojej robocie. Nagle z krzaków wyskoczyło dwóch facetów i kazało nam się zatrzymać. Po chwili siedzieli już na tylnym siedzeniu i wskazywali drogę do bramy w kamiennym murze.

Metalowe wrota otworzyły się automatycznie. Kate wjechała do środka i skierowano ją na parking przy sporym budynku ochrony. Wysiedliśmy i rozejrzałem się po terenie. Dom Reagana, w stylu ranczerskim, majaczył w oddali. W kilku oknach paliło się światło. Ludzi nie widziałem, lecz byłem przekonany, że roi się tu teraz od agentów Secret Service, poprzebieranych za drzewa, głazy i tak dalej.

Noc była księżycowa. Kiedyś, zanim wynaleziono lunety na podczerwień, nazywano to „księżycem myśliwych". O tej porze prezydent prawdopodobnie już nie przebywał na dworze, więc należało przyjąć, że Khalil dysponuje także lunetą dzienną i zaczeka do porannej przechadzki Reagana. Balsamiczny wietrzyk przyniósł woń kwitnących krzewów, w gałęziach drzew świergotały nocne ptaki. Chociaż kto wie, czy to nie byli agenci Secret Service, poperfumowani i ćwierkający do siebie.

Poproszono nas uprzejmie, żebyśmy zostali przy samochodzie, co też uczyniliśmy. Po chwili z domku ochrony wyłonił się niespodziewanie Douglas Palanciński i podszedł do nas.

— Proszę mi jeszcze raz wytłumaczyć, dlaczego tu jesteśmy — zwrócił się do mnie.

Nie podobał mi się jego ton.

— Proszę mi raczej wytłumaczyć — odparłem — dlaczego pana tutaj nie było już wczoraj. Czy ja zawsze muszę myśleć za was?

— Słuchaj pan, co za dużo to niezdrowo.

— Sram na zdrowie.

— Dość już tej niesubordynacji!

— Dopiero się rozgrzewam.

W końcu wkroczyła Kate.

— Dosyć już, uspokójcie się obydwaj. Doug, chodź porozmawiamy chwilę.

Odprowadziła swego przyjaciela na bok, a ja zostałem, maksymalnie wkurzony nie wiadomo na co. Po prostu męskie ego musiało się popisać przed samicą. Co za prymityw. Potrafiłem przecież być ponad to. Kiedyś muszę spróbować.

Podeszła do mnie kobieta, ubrana zwyczajnie, po cywilnemu, około czterdziestki, atrakcyjna i przyjaźnie nastawiona. Przedstawiła się jako Lisa i oznajmiła, że jest tu kimś w rodzaju szefowej. Zaczęliśmy rozmawiać. Lisę bardzo ciekawiło, jak doszedłem do konkluzji, że byłemu prezydentowi może grozić śmierć.

Wyjaśniłem jej, że piłem w barze i nagle taka myśl przyszła mi do głowy. Nie bardzo jej się to spodobało, dodałem więc, że piłem colę, że w zasadzie prowadzę sprawę Asada Khalila i tak dalej. Oczywiście chodziło jej nie tylko o wypytanie mnie, lecz także o to, żebym się nie plątał po terenie.

— Ile z tych drzew to agenci Secret Service? — chciałem wiedzieć. Chyba uznała to za dobry żart.

— Wszystkie — odparła.

Gawędziliśmy sobie dalej, podczas gdy Kate złatwiała sprawę ze swoim byłym kochankiem, tłumacząc mu zapewne, że nie jestem takim dupkiem, na jakiego wyglądam. Byłem już tym zmęczony psychicznie i fizycznie, a cała ta scena miała w sobie coś nierealnego.

— Rezydencja Reaganów miała kiedyś numer sześćset sześćdziesiąt sześć — wyjawiła mi w pewnym momencie Lisa. — Kiedy się wprowadzili, kazali go zmienić na sześćset sześćdziesiąt osiem.

— Ze względów bezpieczeństwa?

— Nie. Trzy szóstki to według Apokalipsy symbol szatana, nie wiedziałeś?

— Aha...

— Pewnie dlatego Nancy kazała to zmienić.

— Rozumiem. Ja chyba mam na karcie kredytowej trzy szóstki... ojej, muszę to sprawdzić!

Roześmiała się.

Czułem, że Lisa może nam być pomocna, więc zmobilizowałem cały swój urok osobisty. Szło nam całkiem dobrze, aż w środku tego czarowania wróciła Kate, sama. Przedstawiłem jej moją nową przyjaciółkę, lecz nie wyglądała na zbytnio zainteresowaną. Wzięła mnie pod ramię i odciągnęła na stronę.

— Polecimy z samego rana, pierwszym samolotem — oznajmiła. — Jeszcze możemy zdążyć na tę konferencję.

— Wiem. Tam jest trzy godziny wcześniej.

— John, zamknij się i słuchaj. Dyrektor chce z tobą mówić. Możesz mieć kłopoty.

— Już nie jestem bohaterem?

— Mamy pokój w hotelu na lotnisku — zignorowała moje pytanie — i rezerwację na pierwszy poranny lot do Waszyngtonu. Chodź, idziemy.

— Czy zdążę przed odjazdem kopnąć Douga w jaja?

— Wziąwszy pod uwagę twoją sytuację, to chyba nie byłby dobry ruch. Idziemy.

— No, dobrze.

Podszedłem do Lisy i poinformowałem ją, że musimy wyjechać, a ona odparła, że każe otworzyć bramę, i podeszła z nami do samochodu. Naprawdę, bardzo nie miałem ochoty odjeżdżać.

— Trochę się czuję winny — powiedziałem Lisie — że tak wyrwałem wszystkich z łóżek o tej porze. Myślę, że powinienem zostać z wami przynajmniej do rana. Chętnie bym to zrobił.

— Nie przejmuj się.

— Wsiadaj do samochodu — rzuciła Kate.

Lisa, która była moją dobrą kumpelą, uznała, że jest mi winna wyjaśnienie za tak lakoniczną odpowiedź.

— Naprawdę mamy dokładny plan działania na wypadek takich sytuacji, już od osiemdziesiątego ósmego roku. Obawiam się, że waszych osób on nie uwzględnia.

— To nie jest osiemdziesiąty ósmy rok, a poza tym w tej chwili chodzi nie tylko o ochronę. Usiłujemy pochwycić świetnie wyszkolonego zabójcę.

— Wszystko to wiemy. Dlatego tu jesteśmy. Naprawdę proszę się nie martwić.

— John, musimy jechać — wtrąciła Kate.

Zignorowałem ją.

— Może moglibyśmy siedzieć w tym domku, żeby wam nie przeszkadzać? — zaproponowałem Lisie.

— Nie ma szans.

— To może chociaż szybki drink z Nancy i Ronem?

Parsknęła śmiechem.

— John, jedziemy.

— I tak ich nie ma w domu — oznajmiła nagle agentka Secret Service.

— Że co proszę?

— Nie ma ich w domu — powtórzyła.

— A gdzie są?

— Nie mogę powiedzieć.

— Rozumiem. Wywieźliście ich stąd i umieściliście pod ścisłą ochroną w jakimś bezpiecznym miejscu, jak na przykład Fort Knox, tak?

Lisa rozejrzała się dokoła.

— Właściwie to żadna tajemnica, pisali o tym w gazetach, ale pana przyjaciel, ten na którego pan tak krzyczał, kazał panu nic nie mówić.

— Nie mówić czego?

— Reaganowie wyjechali stąd już wczoraj, mają zamiar spędzić kilka dni na swoim Rancho del Cielo.

— Del co?

— Rancho del Cielo, niebiańskie ranczo.

— Oni umarli?

— Nie — roześmiała się Lisa. — To stare ranczo Reagana, w górach Santa Inez. Nazywano je Zachodnim Białym Domem.

— I oni sobie tam siedzą, tak?

— Tak jest. Ten wyjazd ma być czymś w rodzaju... ostatniej rundki. On jest już bardzo chory...

— Wiem.

— Ona uważała, że to mu dobrze zrobi. To jego ukochane miejsce.

— Teraz sobie przypominam. I było o tym w prasie?

— Był komunikat dla mediów, tyle że nie wszystkie go wykorzystały. Ale na piątek, w ostatni dzień przed wyjazdem Reaganów, dziennikarze są zaproszeni na ranczo. Zdjęcia, wspominki i tak dalej. Stary człowiek odjeżdża w zachodzące słońce. Smutne to w sumie. Ale ja o niczym panu nie mówiłam — dodała.

— Jasne. Oczywiście są tam już wasi ludzie?

— Oczywiście. Facet ma Alzheimera — mruknęła jakby do siebie. — Kto by go chciał zabijać?

— On może mieć Alzheimera, ale ci, którzy chcą go zabić, mają doskonałą pamięć.

— Wiem, wiem. Wszystko jest pod kontrolą.

— Duże jest to ranczo?

— Spore; jakieś siedemset akrów.

— Ilu waszych go tam pilnowało, kiedy był jeszcze prezydentem?

— Około setki.

— A teraz?

— Nie wiem dokładnie. Dzisiaj chyba sześciu. Ma dojechać jeszcze dwunastu. Nasz oddział w Los Anegeles nie jest zbyt liczny, jak zresztą wszędzie. Jeżeli potrzebujemy wzmocnienia, zwracamy się do miejscowej policji albo Waszyngtonu.

Kate nagle straciła zainteresowanie natychmiastowym wyjazdem.

— Dlaczego nie do FBI? — zapytała.

— FBI z Ventury też tam jedzie — odparła Lisa. — Obsadzą pozycje wokół Santa Barbara. To najbliższa miejscowość. Na samym ranczu nie może być ludzi, którzy nie są obeznani z naszym modus operandi. Nie chcemy, żeby komuś stała się krzywda.

— Ale skoro macie za mało ludzi — zauważyła Kate — to krzywda może się stać temu, kogo chronicie.

Lisa to przemilczała.

— A nie możecie go stamtąd zabrać gdzieś w bezpieczne miejsce? — zapytałem.

— Nie uznaliśmy w tym wypadku groźby zamachu za wystarczająco prawdopodobną. Ale... żeby uśmierzyć pański niepokój... do rancza prowadzi tylko jedna, wąska górska droga, wymarzone miejsce na zasadzkę. Oświetlone lądowisko dla helikoptera już zlikwidowano, a nawet gdyby nie, to w górach o tej porze roku jest prawie bez przerwy mgła.

— O Jezu. Kto to w ogóle wymyślił?

— Żeby go zawieźć na Rancho del Cielo? Nie wiem. Pewnie ktoś uznał to za dobry pomysł. Proszę zrozumieć — dodała — ten człowiek, niezależnie od tego, kim był, jest teraz ciężko chorym starcem. Opinia publiczna nie interesuje się nim od dziesięciu lat. Naprawdę, dostajemy więcej pogróżek pod adresem zwierzaków z Białego Domu niż wobec byłego prezydenta. W dodatku w tej chwili mamy w Los Angeles wizyty trzech szefów państw, w tym dwóch znienawidzonych przez połowę świata, i zaczynamy trochę robić bokami. Nie jestem zimna i bez serca, ale spójrzmy prawdzie w oczy, panie Corey; Ronald Reagan nie jest w tej chwili najważniejszy.

— Dla Nancy chyba jest. I dla ich dzieci. Słuchaj, Lisa, z psychologicznego punktu widzenia to nie jest za dobrze, kiedy ktoś załatwia prezydenta, nawet byłego. To byłoby szkodliwe dla morale społeczeństwa, rozumiesz? Nie wspominając o twojej firmie. Więc staraj się przekonać swoich szefów, żeby potraktowali tę sprawę poważnie.

— Traktujemy ją poważnie. Robimy wszystko, co w naszej mocy.

— Poza tym jest to szansa pochwycenia najgroźniejszego w tej chwili terrorysty w Ameryce.

— Wszystko to wiemy. Ale musi pan też zrozumieć, że cała ta pańska teoria nie wywołuje wielkiego entuzjazmu.

— Rozumiem. Tylko niech nikt potem nie mówi, że go nie ostrzegałem.

— Nie będzie. Jesteśmy panu wdzięczni.

Otworzyłem drzwiczki samochodu. Kate siedziała już za kierownicą.

— Jedziecie tam? — spytała Lisa.

— Nie ma sensu. W góry, w taką ciemnicę. Zresztą musimy być jutro w DC. Dzięki za wszystko — odpowiedziałem.

— Jeśli to ma jakieś znaczenie, jestem po pańskiej stronie — rzekła Lisa.

— Do zobaczenia na przesłuchaniu w Senacie.

Wsiadłem do auta i wyjechaliśmy na St. Cloud Road.

— Dokąd? — spytała Kate.

— Niebiańskie ranczo.

— Wiedziałam.

Rozdział 53

Udaliśmy się w drogę do Rancho del Cielo. Najpierw trzeba się było wydostać z Santa Bel Air. Dojazd do autostrady trochę potrwał.

— Wiem, co odpowiesz — odezwała się Kate — ale odpowiedz. Dlaczego tam jedziemy?

— Bo dziewięćdziesiąt procent tego, co robimy w życiu, polega na popisywaniu się.

— Jaśniej proszę.

— Lot mamy za sześć godzin. Musimy jakoś zabić czas, więc spróbujmy w tym czasie zabić Khalila.

Odetchnęła głęboko; chyba wdychając woń kwiecia.

— I uważasz, że Khalil wie, iż Reagan tam jest, i zamierza go tam zamordować, tak?

— Uważam, że chciał go zamordować w Bel Air, ale po przyjeździe do Kalifornii dostał nowe informacje. Kazał się zawieźć Rahmanowi z Santa Monica na północ, żeby się zapoznać z terenem w okolicy rancza Reagana, a przy okazji wyrzucić do kanionu torbę, pewnie z glockami i fałszywymi papierami w środku. Wszystko pasuje i trzyma się kupy. Jeżeli się mylę, to nie nadają się do tej roboty.

— W porządku — odparła Kate po chwili namysłu. — Jestem po twojej stronie, na dobre czy na złe. W końcu o to chodzi w związkach partnerskich.

— Jak najbardziej.

— Ale partnerstwo musi być obopólne.

— Zasłoniłbym cię przed kulą własną piersią.

Spojrzała na mnie, nasze oczy spotkały się w ciemnym wnętrzu samochodu. Zrozumiała, że mówię poważnie. Żadne z nas nie powiedziało głośno rzeczy oczywistej, że wkrótce możemy się o tym przekonać naprawdę.

— Ja też — dodała tylko Kate.

Wyjechaliśmy wreszcie na autostradę San Diego, kierując się na północ.

— Jak to daleko? — zapytałem.

— Do Santa Barbara ze dwie godziny, zależy, czy będzie mgła. Drogi do samego rancza nie znam, ale dowiemy się na miejscu.

— Chcesz, żebym trochę poprowadził?

— Dam sobie radę. Ty się prześpij.

— Nie zasnę, jest tak fajnie. A może chcesz wstąpić do biura w Venturze po kamizelki?

— Nie spodziewam się tam strzelaniny. Zresztą jeśli znajdziemy to ranczo, ludzie z Secret Service i tak grzecznie nas stamtąd wyproszą, tak jak w Bel Air. Oni bardzo pilnie strzegą swego terytorium, szczególnie wobec FBI.

— To chociaż zadzwoń później do biura i zapytaj, gdzie znaleźć federalnych w Santa Barbara.

— Dobrze.

Jechaliśmy już jakiś czas, zrobiło się kwadrans po pierwszej. To był długi dzień.

Na rozjeździe skierowaliśmy się na zachód Ventura Freeway i pojechaliśmy doliną San Fernando. Jak oni odróżniali te wszystkie San i Santa? Czułem się bardzo zmęczony. Ziewnąłem.

— Prześpij się.

— Nie. Chcę ci dotrzymywać towarzystwa, słuchać twojego głosu.

— No to posłuchaj. Dlaczego byłeś taki wredny dla Douga?

— Kto to jest Doug? Ach, ten gość. Chodzi ci o LA czy o Bel Air?

— I to, i to.

— No, w Bel Air wkurzyłem się na niego, bo nam nie powiedział, że Reagan wyjechał i dokąd.

— Przestań, John. Byłeś wredny, zanim to odkryłeś.

566

— Nie kruszmy kopii o nieistotną kolejność zdarzeń.

Kate milczała przez kilka minut.

— Nie spałam z nim — odezwała się końcu. — Czasem gdzieś razem wychodziliśmy. Doug jest żonaty, i to szczęśliwie. Ma dwóch synów na studiach.

Nie czułem, żebym musiał to komentować.

— Trochę zazdrości jest w porządku — cisnęła Kate — ale naprawdę, to co ty...

— Zaraz, zaraz. A to co ty zrobiłaś w Nowym Jorku?

— To zupełnie co innego.

— Wytłumacz mi, bo nie rozumiem.

— Ty jeszcze właściwie jesteś z Beth. LA to prehistoria.

— Dobra, zgoda. Dajmy już spokój z tym tematem, co?

— Zgoda — wzięła mnie za rękę i ścisnęła lekko.

Byłem zaręczony od dwudziestu czterech godzin. I już nie wiedziałem, jak dotrwam do czerwca.

— Masz jakiś plan, co zrobimy w Santa Barbara? — zapytała Kate.

— Nie za bardzo. Coś się wymyśli.

— Na przykład?

— Nie wiem. Zawsze coś wyskakuje. Najważniejsze dostać się na ranczo.

— Nie ma szans, jak mawia twoja przyjaciółka Lisa.

— Jaka Lisa? Ach, ta facetka z Secret Service...

— W Kalifornii jest mnóstwo pięknych kobiet, John.

— W Kalifornii jest tylko jedna piękna kobieta. Ty.

I tak dalej w ten deseń.

Zadzwoniła komórka. To mógł być tylko Douglas Kutasiński, który się zorientował, że nie ma nas w hotelu na lotnisku.

— Nie odbieraj — rzuciłem.

— Muszę. — I odebrała, i był to w rzeczy samej *Señor Sin Cojones**. — Nie — powiedziała, posłuchawszy go chwilę — jesteśmy na Ventura Freeway... No... na północ. ...Zgadza się. Dowiedzieliśmy się, że Reagan... — Najwyraźniej jej przerwał, znów zaczęła słuchać.

— Daj no mi ten telefon — zażądałem.

Pokręciła głową i słuchała dalej. Kilka razy usiłowała coś

* Hiszp. — Pan Bez Jaj.

powiedzieć, ale Doggy Dupek nie dawał jej dojść do słowa. W końcu jakoś przerwała jego tyradę.

— Posłuchaj, Doug — jej ton stał się ostrzejszy — trudno jest mi docenić przede wszytkim to, że ukrywałeś przed nami informacje i namawiałeś do tego samego Secret Service. Więc teraz ja cię poinformuję, że zostaliśmy tutaj przysłani przez szefów ATTF w Nowym Jorku jako oficjalni przedstawiciele tej instytucji. Biuro w Los Angeles zostało poproszone o udzielenie nam wszelkiej możliwej pomocy. Kontakt ze mną jest możliwy całą dobę przez telefon komórkowy i pager. A ciebie ma prawo interesować tylko tyle, czy odlecieliśmy rano do Waszyngtonu, chyba że nasi szefowie zmienią zdanie. Natomiast gdzie ja śpię i z kim, to nie twój zakichany interes.

Rozłączyła się.

Miałem ochotę zawołać „Brawo!", ale sensowniej było milczeć.

Jechaliśmy więc w milczeniu, a po jakimś czasie komórka znowu się odezwała. Wiedziałem, że tym razem to nie Douglas Mały Interes, ponieważ on nie miał dość jaj, żeby zadzwonić jeszcze raz. Sądziłem raczej, że poskarżył na nas w Waszyngtonie i teraz Waszyngton każe nam się wycofać z akcji na ranczu Reagana. Byłem już gotów się poddać, toteż przyjemnie mnie zaskoczyło, gdy Kate podała mi telefon ze słowami:

— To Paula Donelly z ICC. Ma tam na linii pewnego dżentelmena, który chce rozmawiać wyłącznie z tobą. Asad Khalil — dodała, zupełnie niepotrzebnie.

— Witaj, Paula, mówi Corey. Możesz mnie z nim połączyć?

— Mogłabym, ale on nie chce. Chce numer bezpośrednio do ciebie. Podać mu? On swojego mi nie poda.

— Nie szkodzi. Podaj mu ten numer. Dzięki, Paula.

Rozłączyłem się i czekaliśmy w milczeniu. Zdawało mi się, że upłynęło mnóstwo czasu, gdy wreszcie komórka zadzwoniła.

— Corey.

— Dobry wieczór, panie Corey. Czy może raczej dzień dobry?

— Jak tam sobie chcesz.

— Czy obudziłem pana?

568

— Nic nie szkodzi. I tak musiałem wstać, żeby odebrać telefon.

Zapadła cisza. Khalil usiłował zrozumieć dowcip. Nie wiedziałem, po co do mnie dzwoni, ale jeżeli ktoś niczego ci nie może zaoferować, to jest pewne, że będzie chciał czegoś od ciebie.

— Co porabiałeś od naszej ostatniej rozmowy, Asad? — zapytałem.

— Jeździłem tu i ówdzie. A pan?

— Ja też. Co za zbieg okoliczności, właśnie o tobie rozmawiałem.

— Niedługo będzie pan rozmawiał jeszcze więcej.

Sukinsyn.

— Co mogę dla ciebie zrobić?

— Gdzie pan jest, panie Corey?

— W Nowym Jorku.

— Tak? Przecież dzwonię na komórkę.

— W rzeczy samej. Komórka jest w Nowym Jorku, a ja razem z nią. A ty gdzie jesteś?

— W Libii.

— Poważnie? Słychać cię, jakbyś był bardzo blisko.

— Może jestem. Na przykład w Nowym Jorku.

— Może. Wyjrzyj przez okno i spróbuj się zorientować. Co widzisz, wielbłądy czy żółte taksówki?

— Panie Corey, nie podobają mi się pańskie dowcipy. Poza tym to nie ma znaczenia, skoro obaj kłamiemy.

— Dokładnie. Więc w jakim celu dzwonisz? Czego ci potrzeba?

— Myśli pan, że czegoś od pana potrzebuję? Chciałem tylko usłyszeć pana głos.

— Jak to miło. Czy znowu ci się śniłem? — Spojrzałem na Kate, która wlepiała wzrok w ciemną drogę. Nad ziemią snuła się lekka mgiełka i było dość upiornie. Kate puściła do mnie oko.

— Tak, rzeczywiście mi się pan śnił — odparł Khalil po dłuższej chwili.

— I co, fajnie było?

— W tym śnie spotkaliśmy się w ciemnym miejscu, a potem ja wyszedłem w światło sam, mokry od pańskiej krwi.

— Naprawdę? I co to może oznaczać?

— Pan wie, co to oznacza.

— A śnią ci się czasami kobiety? No, wiesz, tak że się budzisz ze sztywną pytą?

Kate kuksnęła mnie w bok. Khalil nie odpowiedział na pytanie, lecz zmienił temat.

— W zasadzie mógłby pan coś dla mnie zrobić — przyznał w końcu.

— Aa, wiedziałem.

— Po pierwsze proszę przekazać panu Wigginsowi, że go zabiję, nawet gdyby to miało się stać za kolejne piętnaście lat.

— Dajże spokój, Asad. Czy nie czas już wybaczyć i dać sobie...

— Zamknij się.

Coś podobnego.

— Po drugie, panie Corey, to samo odnosi się do pana i pani Mayfield. — Zerknąłem na Kate, lecz ona oczywiście nie słyszała, co mówi Khalil.

— Wiesz co, Asad — zwróciłem się do mego porąbanego rozmówcy — nie rozwiążesz wszystkich swoich problemów przemocą.

— Oczywiście, że tak.

— Kto mieczem wojuje, od miecza zginie.

— Kto ma najszybszy miecz, przeżyje. W moim języku jest taki poemat o samotnym jeźdźcu; spróbuję go panu przetłumaczyć...

— Słuchaj, ja to chyba znam! — Odchrząknąłem i zadeklamowałem: — „Straszliwy, sam ruszył w drogę; z jemeńskiej stali miecz dzierżył. Co za jedyną ozdobę miał tylko na klindze szczerby". Tak to szło?

Khalil długo milczał.

— Skąd to znasz? — wyszeptał w końcu.

— Niech się zastanowię... Chyba od pewnego mojego przyjaciela, Araba — powiedziałem, żeby go wkurzyć. — Mam wielu przyjaciół Arabów. Wszyscy ciężko pracują, żeby cię złapać.

— Wszyscy znajdą się w piekle — poinformował mnie pan Khalil.

— A ty gdzie się znajdziesz, koleżko?

— W raju.

— Przecież już jesteś w Kalifornii.

— Jestem w Libii. Mój dżihad się skończył.

— Skoro jesteś w Libii, to nie interesuje mnie ta rozmowa, poza tym nabijasz sobie licznik...

— To ja powiem, kiedy skończymy.

— No to do rzeczy proszę. — Właściwie wiedziałem, czego on chce. A co ciekawsze, w chwili ciszy usłyszałem w słuchawce świergot ptaka, co mnie przywiodło do założenia, że Khalil jest gdzieś w plenerze. Chyba że kupił sobie kanarka.

— Chodzi mi o to, co pan powiedział podczas naszej poprzedniej rozmowy — odrzekł Asad, wyjawiając prawdziwy cel swego telefonu.

— Chyba nazwałem cię wielbłądojebcą. Ale chcę to odwołać, ponieważ jest to rasistowska obelga, a ja jako urzędnik rządowy i prawy Amerykanin...

— O mojej matce i ojcu.

— Ach, to. No cóż, po prostu FBI, a właściwie CIA, jest w posiadaniu dość wiarygodnej informacji, że twoja mama... Jak by ci to powiedzieć, Asad... Bardzo się przyjaźniła z panem Kaddafim. Słuchaj, my mężczyźni rozumiemy te sprawy, prawda? Twoja mama czuła się może samotna, tata dużo wyjeżdżał... Hej, jesteś tam?

— Mów.

— Dobra. Więc CIA dowiedziała się, że twój ojciec... On miał na imię Karim, prawda? No więc w Paryżu to już wiesz, co się wydarzyło. Ale może nie wiesz, że to nie Izraelczycy go załatwili... hm, to znaczy, zamordowali. Zrobili to... Słuchaj, to stare dzieje, po co się w tym grzebać? Każdy czasami wdepnie w gówno, mam rację? Asad, ty tak bardzo wszystko bierzesz do siebie, znowu będziesz miał pełne ręce roboty, po co ci to. Daj sobie spokój.

— Mów.

— Jesteś pewien? Ja wiem, jacy są ludzie. Najpierw mówią „powiedz, nie będę się na ciebie wściekał". A potem, jak już powiesz, zaczynają cię nienawidzić za złe wieści. Nie chcę, żebyś mnie nienawidził.

— Ja pana nie nienawidzę.

— Ale chcesz mnie zabić.

— Tak, ale nie z nienawiści. Nic mi pan nie zrobił.

— Jak to? Pokrzyżowałem twój plan załatwienia Wigginsa. Chociaż ty mnie doceń. *Et tu, Brute?*

— Słucham?

— To po łacinie. Dobra, możesz mnie sobie nienawidzić, ale co ja z tego będę miał? To znaczy z tego, że ci powiem?

Khalil przemyślał to i odrzekł:

— Jeżeli mi pan powie wszystko, co panu wiadomo, dam słowo, że zostawię pana i panią Mayfield w spokoju.

— I Wigginsa.

— Tego nie obiecam. On już jest żywym trupem.

— Lepszy wróbel w garści... Na czym to skończyłem? Aha, Paryż. Podstawowe pytanie dochodzeniowca w wypadku morderstwa: kto na tym zyskał? Kto mógł zyskać na śmierci twojego ojca?

— Izraelczycy, oczywiście.

— Daj spokój, Asad. Stać cię na więcej. Jak często oni zabijają w Paryżu na ulicy oficerów armii libijskiej? Naprawdę musieliby mieć powód. Czy twój ojciec coś im zrobił? No, zastanów się.

Po namyśle Khalil odchrząknął i powiedział:

— Był antysyjonistą.

— A który Libijczyk nie jest? Dajże spokój, naprawdę. Smutna rzeczywistość jest inna. Moi przyjaciele z CIA są pewni, że to morderstwo nie ma nic wspólnego z Izraelczykami. Zlecił je osobiście pan Mu'ammar Kaddafi. Przykro mi.

Khalil milczał.

— Słyszysz mnie, Asad?

— Jesteś ohydnym kłamcą, Corey. Z najwyższą przyjemnością poderżnę ci gardło, a przedtem jeszcze obetnę język.

— No i co? Mówiłem, że się wściekniesz. Zrób mi tę przysługę i... Halo? Asad?

Odłożyłem telefon między siedzenia i odetchnąłem głęboko.

Jakiś czas jechaliśmy w milczeniu, a potem zrelacjonowałem Kate, co mówił Khalil; nawet to, że chce ją zabić.

— Chyba nas nie lubi — podsumowałem.

— Nas? To ciebie nie lubi. Chce ci uciąć język i poderżnąć gardło.

— Phi, nawet niektórzy moi kumple chętnie by to zrobili.

Wybuchnęliśmy śmiechem, próbując się trochę rozluźnić.

— W każdym razie dobrze go potraktowałeś — rzekła Kate. — Przecież nie było sensu rozmawiać poważnie i profesjonalnie, prawda?

— Zasada jest taka, że jeśli podejrzany ma coś, czego ty chcesz, traktujesz go z pełną rewerencją. Ale jeżeli to on chce czegoś, co ty masz, drzyj z niego łacha, ile wlezie.

— Nie przypominam sobie takich wskazówek w podręczniku.

— Opracowuję nowy.

— Właśnie widzę. Jeżeli Khalilowi uda się wrócić do Libii — dodała — będzie chciał poznać odpowiedź na kilka pytań, mam rację?

— Jeżeli zada w Libii te pytania, to już jest martwy.

Jechaliśmy dalej. Na szosie nie było żywego ducha. Tylko idiota mógł gdzieś jechać w taką noc o tej porze.

— W dalszym ciągu myślisz, że on jest jeszcze w Kalifornii? — spytała Kate.

— Wiem, że tu jest. W górach Santa cośtam, w pobliżu rancza Reagana.

Kate spojrzała na czarne, spowite mgłą góry.

— Mam nadzieję, że go tam nie ma.

— A ja mam nadzieję, że jest.

Rozdział 54

Szosa doprowadziła nas w końcu do Ventury, gdzie przestała biec wzgórzami, stając się drogą nadmorską. Mgła zgęstniała tak bardzo, że widoczność zmniejszyła się do pięćdziesięciu metrów. Minęliśmy drogowskaz: Santa Barbara — 45.

Kate włączyła radio. Złapaliśmy końcówkę informacji o sprawie Khalila. Spiker odczytywał niewiarygodnie długie i pokręcone zdania, a na koniec oznajmił: „Rzecznik FBI potwierdził dzisiaj, że może istnieć związek pomiędzy kilkoma z ostatnich ofiar Khalila. Na jutrzejsze popołudnie zwołano w Waszyngtonie konferencję prasową na temat tego tragicznego splotu wypadków. Nasz reporter będzie na miejscu, by przekazać państwu najświeższe informacje".

Przełączyłem na muzykę.

— Nie dosłyszałam, czy on faktycznie nie wspomniał nic o Wigginsie? — zapytała Kate.

— Nie wspomniał. Pewnie szefostwo zostawiło to sobie na jutro.

— Właściwie to już na dzisiaj. I nie zdążymy na ten poranny lot, John.

Zegar na desce rozdzielczej pokazywał 2.50. Ziewnąłem. Kate sięgnęła po telefon.

— Dzwonię do biura w Venturze.

Odebrała Cindy Lopez.

— Były jakieś wieści z rancza? — Kate słuchała przez chwilę. — To dobrze. — Nie było natomiast dobre to, że pan

Douglas Gnojek najwyraźniej już zdążył na nas donieść, bo Kate powiedziała: — Nie obchodzi mnie, co powiedział Doug. Prosimy tylko o to, żeby agenci z Ventury, którzy są w Santa Barbara, spotkali się z nami i zadzwonili na rancho, żeby uprzedzić Secret Service, że tam jedziemy. ...John właśnie rozmawiał z Asadem Khalilem. Tak, dobrze słyszałaś. Nawiązał z nim swego rodzaju więź, co może się bardzo przydać, jeżeli coś się zacznie dziać. Dobra, poczekam. — Zakryła mikrofon dłonią. — Cindy sama dzwoni na rancho — wyjaśniła mi.

— Dobre zagranie, Mayfield.

— Dziękuję.

— Tylko nie zgadzajmy się na żadne konferowanie przez telefon — przestrzegłem ją. — Nie podejmujemy dyskusji z Secret Service. Interesuje nas wyłącznie spotkanie w Santa Barbara, z nimi albo z FBI, efektem którego będzie zaproszenie na rancho.

— Ty musisz uszczknąć z tego choć kawałek, nawet gdyby cię to miało zabić, co?

— Zasłużyłem na ten kawałek, i to spory. Khalil nie tylko zamordował mnóstwo ludzi, ale groził także śmiercią mnie i tobie. Nie Koenigowi, nie Sturgisowi, tylko nam. I to nie ja wymyśliłem, żeby zamieścić moje zdjęcie z nazwiskiem w gazetach. Ktoś mi jest coś winien i pora spłacić ten dług.

Skinęła głową, lecz nic nie powiedziała. Zgłosiła się Cindy Lopez.

— Nie ma mowy — odrzekła Kate na jej pytanie. — Nie będziemy o tym dyskutować przez telefon. Po prostu mi powiedz, gdzie mamy się z nimi spotkać. Dobrze, dzięki. Tak, tak, będziemy. — Rozłączyła się. — Cindy kazała cię pozdrowić i pytała, kiedy wracasz do Nowego Jorku.

Sami dowcipnisie.

— Powiedziała może coś jeszcze?

— Grupa FBI jest w motelu Sea Scape na północ od Santa Barbara, niedaleko drogi do rancza. Trójka z Ventury... Kim, Scott i Edie... i facet z Secret Service jako łącznik. Mamy tam pojechać i opowiedzieć im o twojej rozmowie z Khalilem. Ale na rancho nie możemy jechać. Możemy natomiast zaczekać w motelu do rana i gdyby w tym czasie coś się zdarzyło, ewentualnie mógłbyś znowu pogawędzić z Khalilem. Jeśli zadzwoni, to przez telefon, a jeśli go złapią, to osobiście, w kajdankach. On w kajdankach, nie ty.

— Rozumiem. Wiesz, że pojedziemy na to ranczo?

— Dyskutuj o tym z tym tajniakiem w motelu.

Po jakimś czasie zobaczyliśmy tablicę „Witamy w Santa Barbara". Okrążyliśmy miasteczko od południa, a po trzydziestu kilometrach szosa wróciła do wybrzeża.

— Przegapiliśmy ten motel? — zapytałem.

— Nie sądzę. Zadzwonię tam.

— Wiesz co, szkoda czasu. Najlepiej jedźmy od razu na ranczo.

— Ty chyba nie zrozumiałeś polecenia, John.

— Jak moglibyśmy znaleźć tę drogę na ranczo?

— Nie mam pojęcia.

Jechaliśmy powoli wśród mgły i wyczuwałem ocean po lewej, choć go nie widziałem. Wreszcie pomiędzy szosą i morzem zobaczyliśmy kawałek płaskiego terenu, nad którym poprzez mgłę przeświecał neon: Sea Scape Motel.

— Pokój sto szesnaście i sto siedemnaście — rzekła Kate, stając na parkingu.

— Podjedź najpierw pod recepcję.

— Po co?

— Załatwię dla nas pokoje i zobaczę, czy da się zdobyć coś do jedzenia i kawę.

Podjechała i wysiadłem. Recepcjonista zobaczył mnie przez szklane drzwi i rozległ się brzęczyk. Widocznie budziłem zaufanie w garniturze, nawet wymiętym i nieświeżym. Pokazałem mu legitymację.

— Zdaje się, że są tu nasi koledzy. Pokój sto szesnaście i sto siedemnaście.

— Tak, proszę pana. Czy mam kogoś zawołać?

— Nie, nie, zostawię tylko wiadomość dla nich.

Dał mi kartkę i długopis. „Kim, Scott, Edie — naskrobałem. — Przykro mi, ale nie mogłem was odwiedzić. Zobaczymy się rano. J.C.".

— Niech im pan to przekaże o ósmej, dobrze? — poprosiłem recepcjonistę. Wręczyłem mu dziesiątaka i zapytałem od niechcenia: — Jak znaleźć drogę do rancza Reagana?

— To bardzo proste — odparł. — Niech pan jedzie na
północ, za niecały kilometr po lewej będzie tablica „Refugio
State Park", a po prawej odchodzi droga w góry, Refugio
Road. Drogowskazu pan nie zobaczy w taką noc. Ja bym
zaczekał do rana.

— Dlaczego?

— Mało co widać w taką mgłę. Na górze droga jest bardzo
kręta, łatwo zrobić „zyg" zamiast „zak" i skończyć w jarze.

— Nie szkodzi. Samochód jest służbowy.

Roześmiał się.

— To stary jest w domu, tak? — zapytał.

— Przyjechał na kilka dni. Trudno znaleźć to ranczo?

— Nie. To właściwie na końcu drogi. Na rozwidleniu trzeba
pojechać na lewo i będzie taka żelazna brama. Na prawo jest
inne ranczo. Wie pan co, za trzy godziny zacznie się robić
jasno, po wschodzie słońca mgła trochę się podniesie.

— Dzięki za radę, ale mam trzy kilo gumisiów w bagażniku
i muszę je dostarczyć przed śniadaniem. Do widzenia.

Wróciłem do auta i otworzyłem drzwiczki po stronie kierowcy.

— Rozprostuj trochę kości — powiedziałem. — Zostaw
silnik na chodzie.

Kate wysiadła i przeciągnęła się.

— Oo, jak fajnie. Masz pokoje?

— Nie ma wolnych miejsc. — Wśliznąłem się za kierow-
nicę, zamknąłem drzwiczki i opuściłem szybę. — Jadę na
ranczo. Jedziesz ze mną, czy zostajesz?

Chciała coś powiedzieć, lecz tylko westchnęła nerwowo,
obeszła samochód i wsiadła.

— Znasz drogę?

— Jasne. Za jakiś kilometr ma być park stanowy po lewej,
a droga po prawej. Nazywa się Refugio Road. Rozglądaj się.

Nie odpowiedziała; chyba była zła.

Zobaczyliśmy tablicę parku, a potem w ostatniej chwili
zjazd na drogę. Ruszyliśmy pod górę. Było wąsko.

— Po prostu każą nam wracać i tyle — odezwała się
w końcu Kate.

— Być może. Ale musiałem to zrobić.

— Wiem.

— Choćby dla „Gippera".

— Boże, co za idiota — parsknęła śmiechem. — Jesteś jak Don Kichot walczący z wiatrakami. Mam nadzieję, że się nie popisujesz przede mną.

— Nawet nie chciałem, żebyś jechała.

— Akurat.

Droga biegła coraz stromiej i robiła się coraz węższa i bardziej wyboista.

— Ciekawe jak Ron i Nancy tam wjeżdżają. Chyba helikopterem.

— Na pewno. Ta droga jest niebezpieczna.

— Nie, droga jest w porządku. To te przepaście po bokach są niebezpieczne. Myślisz, że każą nam zawrócić?

— Tu się nie da zawrócić. Ledwie samochód się mieści. John, stój! — wykrzyknęła nagle.

Wcisnąłem hamulec i auto z szarpnięciem stanęło w miejscu.

— Co jest?

— Przepaść po prawej.

— Naprawdę? Nic nie widziałem.

Kate wysiadła i poszła przed samochód, zbadać drogę. Zniknęła we mgle niczym widmo, a potem wyłoniła się znowu.

— Na razie trzymaj się lewej; dalej będzie ostro w prawo.

— Dzięki. — Po prawej mignął mi skraj czarnej nawierzchni, przechodzący bezpośrednio w przepaść. — Ależ ty masz wzrok.

Mgła nieco zelżała, co było dobre, ponieważ droga robiła się coraz gorsza. Zaczęły się ostre nawroty, ale widziałem na jakieś trzy metry przed maską i jadąc powoli, miałem czas reagować. Zyg... zak, zyg... zak. Co za syf.

— Są tu jakieś dzikie zwierzęta? — zapytałem.

— Poza tobą?

— Mhm, poza mną.

— Nie wiem. Może niedźwiedzie. W górach mogą też być kuguary.

— Uua. Okropnie tu jest. Dlaczego przywódca wolnego świata chciał zamieszkać akurat w takim miejscu? Może dlatego, że to lepsze niż Waszyngton — odpowiedziałem sam sobie na pytanie.

— Skoncentruj się na drodze, proszę.

— Jakiej drodze?

— Tej pod kołami. Nie zjeżdżaj z niej.

— Usiłuję.

Po kwadransie Kate przemówiła znowu.

— Wiesz, myślę, że nas jednak nie zawrócą. Bo nigdy tam nie dojedziemy.

— Dokładnie.

Zadzwoniła komórka.

— Mayfield. ...On nie może rozmawiać, Tom. Ma obie ręce na kierownicy, a nos w szybie. ...Zgadza się, jedziemy tam. Dobra. Uważamy, Tom. Widzimy się rano. Dzięki.

Rozłączyła się.

— Tom powiedział, że jesteś szurnięty.

— To już wiemy. Co jeszcze?

— No więc, twój szczególny związek z panem Khalilem otworzył nam wszystkie drzwi. Secret Service wpuści nas na ranczo. Zakładali, że wyruszymy dopiero po wschodzie słońca, ale Tom zaraz tam zadzwoni, że już jedziemy.

— A widzisz? Postawić ich tylko przed *fait accompli*, a od razu znajdują sposób, żeby ci dać pozwolenie na coś, co i tak już zrobiłeś. Ale gdy ich zapytasz przed faktem, natychmiast wynajdą sto powodów, żeby powiedzieć nie.

— To też z twojego nowego podręcznika dochodzeniowca?

— Oczywiście.

Po dziesięciu minutach Kate odezwała się ponownie.

— A co byś zrobił, gdyby nas nie wpuścili? Jak wygląda plan B?

— Plan B przewidywał zejście z koni i dotarcie do rancza na piechotę.

— Tak myślałam. A potem oberwanie kulką od tajniaków.

— Przecież nic nie widać. W taką mgłę nawet noktowizor nie pomoże. Ja mam doskonałą orientację w terenie. Po prostu idziemy pod górę, mech rośnie na pniach od północy, strumyki popłyną w dół. Bylibyśmy tam w trymiga. Przez płot, do jakiejś stodoły i po krzyku.

— Ale po co? Co ty właściwie chcesz osiągnąć?

— Po prostu muszę tam być. Właśnie w tym miejscu, właśnie teraz. To bardzo proste.

— Mhm. Jak na Kennedym, co?

— Dokładnie.

— Któregoś dnia znajdziesz się w niewłaściwym miejscu o niewłaściwym czasie.

— Któregoś dnia może tak. Ale nie dzisiaj.

Kate nie odpowiedziała, lecz wyjrzała przez okno na wznoszące się nad nami zbocza.

— Teraz rozumiem to, co mówiła Lisa o wymarzonym miejscu na zasadzkę. Na tej drodze nikt by nie miał szansy.

— Na tej drodze nikt nie ma szansy nawet i bez zasadzki.

Potarła twarz dłońmi i ziewnęła.

— I tak to właśnie będzie wyglądało? — zapytała.

— Co?

— Życie z tobą.

— Nie. Będą też i trudne chwile.

Roześmiała się, a może zapłakała, nie wiem. Zastanawiałem się, czy nie odebrać jej pistoletu. Kilka minut później zrobiło się mniej stromo i zobaczyłem rozwidlenie. Nim dojechałem do niego, z mgły wyszedł człowiek i uniósł rękę, żeby nas zatrzymać. Stanąłem i położyłem dłoń na moim glocku. Kate zrobiła to samo.

Mężczyzna ruszył ku nam i dostrzegłem, że ma ciemną wiatrówkę z przypiętym identyfikatorem i czapeczkę z napisem Secret Service. Opuściłem okno.

— Proszę wysiąść i trzymać ręce tak, żebym je widział — polecił agent.

Zwykle to była moja kwestia. Wiedziałem, jak się zachować. Wysiedliśmy.

— Wiem, kim jesteście — rzekł tamten — ale muszę się upewnić. Proszę pokazać dokumenty. Powoli.

Sprawdziwszy nasze papiery, zadowolony, że pasujemy do opisu mężczyzny i kobiety o takich samych nazwiskach jak para zmierzająca tutaj w niebieskim fordzie najbardziej popieprzoną drogą po tej stronie Himalajów, mężczyzna się przedstawił.

— Dobry wieczór. Fred Potter z Secret Service.

Kate odpowiedziała w mig, zanim zdążyłem wymyślić coś sarkastycznego.

— Dobry wieczór. Widzę, że się nas spodziewaliście.

— Tak. Mam rozkaz eskortować was na ranczo.

— To znaczy, że ta droga jeszcze się nie skończyła? — zapytałem.

— Już prawie. Mam poprowadzić?

— Nie. To samochód służbowy wyłącznie dla personelu FBI.

— Usiądę z przodu.

Wsiedliśmy.

— Daj pan na lewo — powiedział Fred.

— Komu?

— Proszę jechać w lewo — poprawił się. — O, tam. Można jechać pięćdziesiątką. Pennsylvania Avenue jest prosta, a do bramy mamy jeszcze kilkaset metrów.

— Pennsylvania Avenue? Zabłądziliśmy!

Fred się nie roześmiał.

— Tę część Refugio Road nazwano Pennsylvania Avenue — wyjaśnił. — W osiemdziesiątym pierwszym.

— To miło. Jak tam Ron i Nancy?

— Nie rozmawiamy na ten temat.

Po minucie dojechaliśmy pod metalową bramę, nie wyższą od człowieka, osadzoną między kamiennymi filarami. Od filarów biegł niski płot z drutu kolczastego. Stało tu dwóch mężczyzn ubranych tak jak Fred, który wysiadł i dołączył do nich.

Jeden ze strażników podszedł do auta i usiadł na miejscu Freda.

— Proszę jechać — rzucił.

Ruszyłem więc dalej Pennsylvania Avenue. Mężczyzna nic nie mówił, co mi pasowało. Uważałem ludzi FBI za sztywniaków, ale przy tych gościach federalni mogli uchodzić za klownów. Z drugiej strony ta robota należała do najbardziej stresujących na świecie. Nie chciałbym jej wykonywać.

Mgła zalegała między drzewami po obu stronach drogi niczym śnieżne zaspy.

— Proszę zwolnić, skręcamy w lewo — polecił agent.

Ujrzałem ogrodzenie ze sztachet i bramę z dwóch drewnianych słupów, połączonych poprzeczną deską z napisem: „Rancho del Cielo".

— Tutaj.

Skręciłem i wjechaliśmy do środka. Przed nami zamajaczył

dom w stylu adobe z jednym oświetlonym oknem. Byłem pewien, że to właśnie jest dom Reaganów, i miałem wielką ochotę się z nimi zobaczyć, wiedząc, że specjalnie nie śpią, żeby mi podziękować za opiekę i ochronę. Mój pasażer jednak kazał mi skręcić na lewo.

— Powoli.

Pomiędzy drzewami widziałem tu i ówdzie różne inne budynki, majaczące we mgle.

— Proszę stanąć — rzekł po minucie mój pilot.

Stanąłem.

— Proszę ze mną.

Zgasiłem silnik i światła. Wysiedliśmy i ruszyliśmy za nim ścieżką biegnącą pod górę pośród drzew. Panował przenikliwy ziąb, nie wspominając o wilgoci. Bolały mnie zrosty po ranach postrzałowych, ledwie mogłem pozbierać myśli, byłem głodny, spragniony, zmęczony i zmarznięty i chciało mi się sikać. Poza tym czułem się świetnie.

Było kwadrans po 5.00, czyli po 8.00 w Waszyngtonie, gdzie nas oczekiwano.

Doszliśmy do dużego budyneczku o badziewiatym wyglądzie. Miał ściany obite sklejką i wołał z daleka: „obiekt rządowy". Nie dosłownie, ale widziałem dość takich miejsc, żeby wiedzieć, co to znaczy, że przetarg wygrywa firma oferująca najniższe koszty.

W środku też było badziewiato i zalatywało stęchlizną. Nasz przewodnik z „Archiwum X" wskazał nam coś w rodzaju pokoju socjalnego ze starymi meblami, lodówką, blatem kuchennym, telewizorem i całą resztą.

— Usiądźcie sobie — powiedział i zniknął.

Nie usiadłem, lecz rozejrzałem się za męską toaletą.

— No, to jesteśmy — rzekła Kate.

— Tak, jesteśmy. Tylko gdzie.

— Przypuszczam, że to dawny posterunek Secret Service z czasów, kiedy Reagan był prezydentem.

— Strasznie ponurzy są ci faceci.

— Nie zajmują się duperelami. Lepiej ich nie drażnij.

— Nawet mi przez myśl nie przeszło. Pamiętasz ten odcinek, jak...

— Jeżeli powiesz „Z Archiwum X", to, jak mi Bóg miły, wyciągnę broń.

— Chyba dostajesz lekkiego hysia.

— Hysia? Padam z nóg z niewyspania, wypatrzyłam oczy na tej piekielnej drodze, mam dość twoich...

Do pokoju wszedł mężczyzna. Był w dżinsach i szarej bluzie, niebieskiej wiatrówce i adidasach. Po pięćdziesiątce, o czerstwej twarzy i siwych włosach. I uśmiechał się.

— Witam na Rancho del Cielo — powiedział. — Jestem Gene Barlet, szef tutejszej służby ochrony. — Wymieniliśmy uściski dłoni. — Cóż was do nas sprowadza w taką noc?

Wydawał się ludzki, więc postanowiłem odpowiedzieć normalnie.

— Ścigamy od soboty Asada Khalila i uważamy, że on tu jest.

Pokiwał głową. Instynkt tropiciela nie był mu obcy.

— Powiadomiono mnie o tym osobniku i o karabinie. W sumie chyba się z wami zgadzam. Poczęstujcie się kawą.

Poinformowaliśmy go, że najpierw musimy skorzystać z toalety. W toalecie przemyłem sobie twarz zimną wodą, przepłukałem usta, poklepałem się parę razy po policzkach i poprawiłem krawat. Wróciwszy do pokoju, usiedliśmy przy kawie wokół kuchennego stołu. Zauważyłem, że Kate użyła błyszczyku do ust i próbowała zamaskować makijażem ciemne kręgi pod oczami.

— Słyszałem, że nawiązał pan bliższy kontakt z tym Khalilem — rzekł Barlet.

— No, kumplami jeszcze nie jesteśmy, ale prowadziłem z nim pewien dialog. — W formie zapłaty za gościnę wprowadziłem pokrótce Barleta w sprawę. Słuchał z uwagą. — A gdzie są wszyscy? — spytałem na koniec.

— Są w strategicznych punktach — odparł po chwili namysłu.

— Innymi słowy, brakuje panu ludzi?

— Dom jest chroniony, droga też.

— Ale można się bez problemu dostać na teren rancza na piechotę — zauważyła Kate.

— Być może.

— Macie tu jakąś elektronikę? Wykrywacze ruchu, urządzenia nasłuchowe?

Gene nie odpowiedział, lecz powiódł spojrzeniem wokół pokoju.

— Prezydent przychodził tu do nas w niedzielę, pooglądać mecz z chłopakami — oznajmił. Powspominał jeszcze chwilę i dodał: — Raz już go postrzelili. To o jeden raz za dużo.

— Zam to uczucie.

— Pan też oberwał?

— Trzy razy. Ale jednego dnia, więc nie było tak źle. Gene się uśmiechnął.

— Macie elektronikę czy nie? — naciskała Kate.

Wstał.

— Chodźcie ze mną.

Zaprowadził nas do ostatniego pokoju, zajmującego całą szerokość budynku. Trzy zewnętrzne ściany stanowiły niemal w całości panoramiczne okna z widokiem w dół zbocza, wprost na dom w stylu adobe. Za domem był ładny stawek, duża stodoła i chyba budyneczek dla gości.

— To był kiedyś centralny nerw całego układu — wyjaśnił Gene. — Tu monitorowaliśmy wszystkie urządzenia, kamery i tak dalej, stąd śledziliśmy poczynania Kowboja... to prezydent... kiedy jeździł na koniu; mieliśmy stąd łączność z całym światem. Guzik atomowy też był tu przechowywany.

Rozejrzałem się po opuszczonym pomieszczeniu. Na ścianach wisiały jeszcze mapy terenu, spisy kodów wywoławczych i kryptonimów i jakieś inne wyblakłe kartki.

— Żadnej elektroniki już nie ma — powiedział Gene. — Właściwie ranczo jest teraz własnością organizacji Young America's Foundation. Kupili je od Reaganów i chcą tu urządzić muzeum z ośrodkiem szkoleniowym i tak dalej. Nawet w czasach Zachodniego Białego Domu był to prawdziwy koszmar ochroniarza. Ale stary uwielbiał tu przyjeżdżać.

— Wtedy mieliście z setkę ludzi — zauważyłem.

— Zgadza się. Elektronikę, helikoptery, najnowocześniejszy sprzęt. Chociaż z kolei te cholerne wykrywacze wyłapywały każdy szmerek, wystarczyło, że królik przebiegł i już mieliśmy fałszywy alarm. Dzień w dzień — zaśmiał się. — Pamiętam, którejś nocy była taka mgła jak dziś, a rano, jak się rozeszła, zobaczyliśmy namiocik, rozstawiony ze sto metrów od domu na łące. Okazało się, że to zwyczajny turysta. Obudziliśmy go i odprowadziliśmy do szlaku. Dowiedział się od nas tylko tyle, że jest na terenie prywatnym; nie miał pojęcia, gdzie się naprawdę znalazł. — Gene się uśmiechnął i ja też, lecz morał tej historii był całkiem poważny. — Czy możemy im zagwarantować stuprocentową ochronę? — dodał. — Oczywiście, że nie; ani teraz, ani wtedy. Ale przynajmniej możemy ograniczyć poruszenia Kowboja i Tęczy... to pani Reagan.

Tęcza?

— Innymi słowy, będą siedzieli w domu, dopóki ich stąd nie zabierzecie — domyśliła się Kate.

— Zgadza się. Cegłówka... to znaczy dom... ma grube mury z adobe, żaluzje są opuszczone, w środku jest trzech ludzi, na zewnątrz dwóch. Jutro prawdopodobnie wydostaniemy ich stąd Dyliżansem... to limuzyna pancerna. Do tego Holownik i Pchacz, czyli samochód z przodu i z tyłu. Nie możemy posłużyć się Śmigłem, helikopterem — wskazał na otaczające nas wzgórza. — Dobry snajper z lunetką zdjąłby go bez problemu.

— Wygląda, że warto by się za was pomodlić — zwróciłem się do Barleta.

— Mały paciorek przed snem nie zawadzi — zaśmiał się. — Rano przybędą posiłki. Helikoptery, ekipy antysnajperskie z wykrywaczami ciepłoty ciała i innym sprzętem. Jest spora szansa na to, że złapiemy tego Khalila, jeżeli tu faktycznie jest.

— Mam nadzieję — rzekła Kate. — Zabił już dość ludzi.

— Ale musicie rozumieć, że naszym głównym zadaniem jest ochrona państwa Reaganów i przetransportowanie ich w bezpieczne miejsce.

— Rozumiemy — odparłem. — Jeżeli zabijecie albo złapiecie Khalila, każde miejsce będzie bezpieczne. Chętnie bym się rozejrzał po terenie — dodałem. — Nie musi pan przypadkiem sprawdzić posterunków albo co?

— Mogę przez radio.

— Ee, nie ma to jak osobiście. Ludzie lubią, jak szef jest z nimi.

— To prawda. Jasne, chodźmy. Macie kamizelki?

— Oddałem do pralni — odparłem. — Nie macie zapasowych?

— Nie mamy. A mojej panu nie pożyczę.

Phi, komu tam potrzebna kamizelka.

Wyszliśmy na dwór. Stał tu nowy dżip wrangler z otwartym dachem. Miał tabliczkę rejestracyjną z napisem „Biblioteka Ronalda Reagana" i zdjęciem Kowboja. Chciałbym mieć taką na pamiątkę.

Gene siadł za kółkiem, Kate obok, a ja z tyłu.

— Znam to ranczo jak własną kieszeń — oznajmił. — Mamy tu chyba ze sto kilometrów tras jeździeckich. Prezydent jeździł po całym terenie. W strategicznych punktach jeszcze stoją kamienne znaczniki z wyrytymi numerami, żeby ich nikt dla jaj nie pozamieniał. Ochrona jechała za prezydentem, podawała przez radio kolejne namiary do centrali i nanosiliśmy je na mapę. Kowboj nie chciał nosić kamizelki, to był istny koszmar. Za każdym razem oddychaliśmy z ulgą, kiedy wrócił cały.

Jechaliśmy końskim szlakiem wśród dzikich zarośli. Przy włączonych żółtych światłach przeciwmgielnych widzialność nie była taka zła. Śpiewały nocne ptaki.

— Tam w futerale jest M-czternaście — rzekł Gene. — Może chce go pan wyjąć?

— Dobra myśl.

Futerał leżał za siedzeniem kierowcy. Wyciągnąłem z niego ciężki karabin M-14 z lunetą noktowizyjną.

— Umie się pan tym posługiwać? — zapytał Gene.

— Jasne, nie rozstaję się z nim od dziecka. — Nie mogłem jednak znaleźć przełącznika noktowizora i musiał mnie poinstruować.

Wkrótce patrzyłem już przez cwaną lunetkę, w której wszystko jest zielone. Niesamowite, jak ta zabawka powiększała i rozjaśniała obraz. Dostroiłem ostrość i klęcząc na siedzeniu, przepatrzyłem teren trzysta sześćdziesiąt stopni wokół. Widok był niesamowity: zielonkawa mgła, gdzieniegdzie przerzedzona i dziwne skałki jak na Marsie.

— Nigdzie nie widać pańskich ludzi — zauważyłem.

Barlet nie odpowiedział.

— Ale tu musi być pięknie w słońcu — stwierdziła Kate.

— Jest jak w raju — odparł Gene. — Znajdujemy się na ośmiuset metrach; z niektórych miejsc jest z jednej strony widok na Pacyfik, a z drugiej na dolinę Santa Inez.

Uzmysłowiłem sobie, że skoro ja w przerwach wśród mgły

widzę teren, to Khalil też zapewne widzi dżipa z włączonymi światłami. Jeżeli miał karabin z tłumikiem, a na pewno miał, to mógł mi wpakować kulkę w głowę i wypadłbym z auta, a Kate i Gene, zajęci pogawędką, mogli nawet tego nie zauważyć.

Zarośla nagle się skończyły i znaleźliśmy się na otwartej, usianej skałkami przestrzeni. Spostrzegłem, że zbliżamy się do skraju przepaści. Gene, który znał teren jak własną kieszeń, zatrzymał auto.

— Tam jest zachód — oznajmił — i gdyby była widoczność, zobaczylibyście ocean.

Widziałem tylko mgłę. Aż mi się samemu wierzyć nie chciało, że dojechałem tu po nocy.

Pojechaliśmy w lewo, zbyt blisko przepaści. Po kilku długich minutach dżip znów stanął. Z mgły wyłonił się mężczyzna w czerni, z poczernioną twarzą i karabinem snajperskim w ręce.

— To jest Herkules Jeden — wyjaśnił Gene — czyli posterunek antysnajperski. Pan Corey przyjechał tu, żeby ściągnąć na siebie ogień snajpera — wytłumaczył tamtemu.

— Świetnie — rzekł człowiek o kryptonimie Herkules. — Na to właśnie czekam.

Uznałem, że powinienem to sprostować.

— Właściwie to nie jest prawda. Chciałem tylko zapoznać się z terenem.

Tamci rozmawiali jeszcze przez chwilę i pojechaliśmy dalej.

— Posterunki wydają się dość rzadko rozrzucone — zauważyłem.

Gene nie odpowiedział. Zatrzeszczało jego radio i przyłożył je do ucha. Słuchał, lecz ja nic nie słyszałem.

— W porządku, zawiozę ich — powiedział w końcu.

Kogo, dokąd?

— Ktoś chce się z wami spotkać — zwrócił się Gene do Kate i do mnie.

— Kto?

— Nie wiem.

— Nie znasz nawet jego kryptonimu?

— Nie. Ale wymyśliłem dla ciebie. Świr.

Kate parsknęła śmiechem.

— Nie spotkam się z kimś, kto nie ma kryptonimu — oznajmiłem.

— Obawiam się, że nie masz zbyt wielkiego wyboru, John. To polecenie z wysokiego szczebla.

— Od kogo?

— Nie wiem.

Spojrzeliśmy z Kate po sobie i wzruszyliśmy ramionami. Jechaliśmy jeszcze około dziesięciu minut poprzez usłany głazami i dzikim kwieciem, smagany wiatrem płaskowyż. Znajdowaliśmy się chyba w najwyższej partii terenu rancza. Poprzez kłębiący się opar dostrzegłem przed nami coś białego. Podniosłem do oka lunetę. Białe pozieleniało i okazało się betonową budowlą wielkości domku jednorodzinnego. Umiejscowione było przed wysoką sztuczną skarpą, usypaną z ziemi i kamieni. Za budowlą, na szczycie skarpy, stała dziwna konstrukcja w kształcie odwróconego lejka.

Kiedy podjechaliśmy na kilkadziesiąt metrów do tej spowitej mgłą konstrukcji o kosmicznym wyglądzie, Kate odwróciła się do mnie i powiedziała:

— No, dobra, to rzeczywiście jest jak „Z Archiwum X".

— To stacja VORTAC — rzekł ze śmiechem Gene.

— To wszystko wyjaśnia — stwierdziłem.

— Nie znacie tego? To radiolatarnia wielokierunkowa o promieniowaniu okrężnym, do nawigacji samolotowej.

— A z jakiej planety te samoloty?

— Z dowolnej. Ona wysyła sygnały w promieniu trzystu sześćdziesięciu stopni, umożliwiające nawigację samolotom cywilnym i wojskowym. Niedługo na pewno zastąpi ją GPS, ale na razie jeszcze działa. Nawet rosyjskie łodzie podwodne z niej korzystają — dodał Gene. — I to za darmo.

Dżip toczył się dalej ku stacji, więc domyśliłem się, że to cel naszej jazdy.

— Pieska służba w takim miejscu — stwierdziłem.

— Tam nie ma ludzi. Wszystko automatyczne, monitorowane przez kontrolę lotów z Los Angeles. Ma własny generator.

— To tutaj mamy to spotkanie?

— Mhm.

— Z kim?

— Nie wiem. — Gene dalej bawił się w przewodnika. — Dokładnie pod nami było kiedyś Podwórko Trzy, lądowisko dla prezydenckiego helikoptera. Głupio zrobili, że je zlikwidowali. — Zatrzymaliśmy się kilka metrów przed stacją. — No, to do zobaczenia.

— Co? Mamy wysiąść?

— Jeśli można prosić.

— Ale tutaj nikogo nie ma, Gene.

— Miałem was tu zawieźć, więc ktoś pewnie jest.

Widziałem, że nic już z niego nie wycisnę.

— To co, trzeba będzie zagrać w tę grę — zwróciłem się do Kate. Wyskoczyliśmy z dżipa. — Ty odjeżdżasz? — zapytałem Gene'a.

— Mhm.

— Mogę pożyczyć ten karabin?

— Mmm.

— Dobra, dzięki za przejażdżkę, stary. Jak kiedyś będziesz w Nowym Jorku, zabiorę cię nocą do Central Parku.

— Do zobaczenia.

— Jasne.

Barlet wrzucił bieg i odjechał w mgłę.

Staliśmy z Kate na otwartym płaskowyżu wśród kłębiącego się oparu. Nie było widać żadnych świateł poza jednym w tej stojącej samotnie pozaziemskiej konstrukcji. Oczekiwałem, że lada chwila wystrzeli z niej śmiercionośny promień i zamieni nas w protoplazmę.

Ciekawość jednak przeważyła, choć nie wiedziałem nawet, czy ten ktoś, kogo mamy spotkać, pochodzi z naszej planety. Podeszliśmy do betonowej budowli i zajrzałem przez małe okno do środka. Pomieszczenie pełne było elektroniki z migającymi lampkami i innych dziwnych urządzeń. Zastukałem w okienko.

— Halo! Przybywamy w pokoju! Zaprowadźcie nas do waszego przywódcy!

— John, przestań się wydurniać! To nie jest zabawne.

Miała rację.

Zaczęliśmy obchodzić ponaddziesięciometrową kupę ziemi i kamulców, na której szczycie sterczał biały lejek, wysoki na dwadzieścia pięć metrów. Skręciliśmy za róg i zobaczyłem mężczyznę w czerni, siedzącego na dużym płaskim głazie u stóp obwałowania. Był jakieś dziesięć metrów od nas i mimo mroku i mgły spostrzegłem, że obserwuje okolicę przez nok-towizyjną lornetkę.

Kate też go zobaczyła i sięgnęliśmy oboje po pistolety.

Musiał nas usłyszeć albo wyczuć, bo opuścił lornetkę i od-wrócił się w naszą stronę. Spostrzegłem, że na kolanach ma jakiś długi wąski przedmiot. To nie była wędka.

Wpatrywaliśmy się w siebie nawzajem przez kilka długich sekund.

— Wasza podróż dobiegła końca — powiedział mężczyzna.

Kate szepnęła ledwie słyszalnie:

— Ted...

Rozdział 55

A niech mnie kule biją. To był Ted Nash. Dlaczego nie czułem się kompletnie zaskoczony?

Nie pofatygował się, żeby wstać na powitanie, więc podeszliśmy do marsjańskiej skałki, na której siedział, zwiesiwszy nogi.

Kiwnął nam ręką, jakby to było zebranko w biurze.

— Cieszę się, że dotarliście aż tutaj — oznajmił.

Pieprz się, Ted. Do końca będziesz zgrywał równiachę? Nie podjąłem jego durnowatej gry i milczałem.

Kate się jednak odezwała.

— Mogłeś nas uprzedzić, że to z tobą mamy się spotkać. Wcale nie jesteś fajny, Ted.

To upuściło z niego trochę powietrza; wyglądał na poirytowanego.

— Mogliśmy cię zabić — dodała. — Przez pomyłkę.

Nash najwyraźniej przećwiczył sobie ten występ, lecz Kate nie grała według jego scenariusza. Twarz miał wysmarowaną czymś czarnym, czarną bandanę na głowie, czarne bojówki, czarną koszulę, czarne adidasy i grubą lotniczą kurtkę.

— Wybierasz się na bal przebierańców, Ted? — zapytałem go. Nie odezwał się, lecz przesunął trzymany na podołku karabin. Był to M-14 z nocnym celownikiem, taki jakiego nie chciał mi pożyczyć Gene. — No, powiedzże coś, Teddy. Co jest grane?

Nie odpowiedział, chyba lekko obrażony za „Teddy'ego". Sięgnął za siebie i wyciągnął termos.

— Kawy?

Miałem już pana Rambo kompletnie dość.

— Słuchaj, Ted, ja wiem, że to dla ciebie ważne, żeby odstawiać uprzejmiaczka, ale jestem zwyczajnym gliną z Nowego Jorku i mam dość tych pierdół. Gadaj, co masz do powiedzenia i wynośmy się stąd. Wezwij jakieś auto.

— W porządku — rzekł. — Pozwólcie, że najpierw pogratuluję wam dotarcia do prawdy.

— Którą ty znałeś od samego początku, zgadza się?

— Część tak, ale nie wszystko.

— Może. A przy okazji, jesteś mi krewny dziesięć dolców.

— Wrzucę to w koszty sprawy — popatrzył na nas. — Mieliśmy przez was mnóstwo problemów.

— My, czyli kto?

Nie odpowiedział, lecz podniósł do oczu lornetkę i zaczął obserwować odległy skraj lasu.

— Jestem pewien, że Khalil gdzieś tam jest. Zgadzacie się?

— Ja się zgadzam — odparłem. — Wstań i mu pomachaj.

— Ty z nim rozmawiałeś, John.

— Rozmawiałem. Podałem mu twój adres domowy.

Roześmiał się i ku mojemu zaskoczeniu oświadczył:

— Może mi nie uwierzysz, ale ja cię autentycznie lubię.

— Ja też cię lubię, Ted. Ale nie lubię, jak ukrywasz fakty.

— Wiedziałeś, co się szykuje — włączyła się Kate — i nic nie powiedziałeś. Dlaczego? Zginęło tylu ludzi.

Opuścił lornetkę i spojrzał na Kate.

— A więc posłuchajcie. Jest pewien facet, Boris, były agent KGB, który pracuje dla wywiadu libijskiego. Na szczęście kocha pieniądze, więc pracuje również dla nas. — Ted namyślał się chwilę. — Właściwie to on nas nawet lubi. A ich nie. W każdym razie parę lat temu skontaktował się z nami i poinformował o młodym człowieku nazwiskiem Asad Khalil, którego rodzina zginęła w nalocie...

— No, no, no — przerwałem mu. — Wiedzieliście o Khalilu już kilka lat temu?

— Tak jest. I pilnie śledziliśmy jego postępy. Było oczywiste, że to wyjątkowo operatywny agent — odważny, bystry, oddany sprawie i o głębokiej motywacji. Naturalnie wiecie, co go motywowało.

Nie odpowiedzieliśmy.

— Mam mówić dalej? — zapytał Ted. — Może wcale nie chcecie wiedzieć wszystkiego?

— Oj chcemy, chcemy — zapewniłem go. — Tylko co będziesz chciał w zamian?

— Niczego nie chcę. Poza tym żebyście zatrzymali to dla siebie.

— Akurat ci wierzę.

— No, dobra. Jeżeli Khalil zostanie złapany, zajmie się nim FBI, a tego nie chcemy. Chcielibyśmy go mieć dla siebie. Będę was prosił, żebyście mi w tym pomogli w każdy możliwy sposób, włączając w to zaniki pamięci podczas oficjalnych przesłuchań.

— Może cię to zdziwi, Ted, ale moje wpływy w rządzie i FBI są jednak cokolwiek ograniczone.

— Może to ciebie zdziwi, John, ale FBI i rząd działają w sposób bardzo legalistyczny. Widziałeś, co się działo podczas sprawy World Trade Center. Oskarżenie było o morderstwo, spisek i nielegalne posiadanie broni. Nie o terroryzm. Teraz też, jak w każdym procesie, niezbędni będą wiarygodni świadkowie.

— Przecież rząd ma takich świadków dziesiątki. I do tego parę ton dowodów rzeczowych.

— Zgadza się. Lecz wierzę, że w interesie bezpieczeństwa narodowego możemy wypracować taki układ, żeby Asad Khalil został odesłany do Libii dzięki odpowiednim zabiegom dyplomatycznym. A was proszę tylko o jedno: żebyście nie mieszali się do tego ze swymi wysokimi standardami moralnymi.

— Moje standardy moralne są na poziomie gruntu, Ted — zapewniłem go — ale Asad Khalil zamordował mnóstwo ludzi.

— No i co? Co to da, że go wsadzimy na dożywocie do więzienia? Tym ludziom życia nie zwrócimy. Czy nie lepiej byłoby go wykorzystać do czegoś o większej doniosłości? Czegoś, co spowoduje prawdziwą wyrwę w międzynarodowym terroryzmie?

Wiedziałem, dokąd to zmierza, ale nie zamierzałem tam się znaleźć. Ted jednak chciał nas uświadomić do końca.

— Nie chcecie wiedzieć, dlaczego wolelibyśmy odesłać Khalila do Libii?

— Niech pomyślę... — podparłem podbródek dłonią — ...żeby zabił Mu'ammara Kaddafiego, za to że ten sypiał z jego matką i kazał zlikwidować ojca.

— Zgadza się. Czyż to nie znakomity pomysł?

— Słuchaj, ja jestem tylko zwykłym gliną i czegoś tu nie rozumiem. Przecież najpierw musielibyśmy go złapać.

— Zgadza się. Wiemy od Borisa, jak Khalil zamierza się wydostać z kraju, i z pewnością go pochwycimy. Nie mówię o CIA, my nie mamy prawa dokonywać aresztowań. Ale złapie go FBI albo miejscowa policja, dzięki informacji otrzymanej od CIA, a wtedy my wkroczymy do akcji i wypracujemy ten układ.

Kate wpatrywała się w Teda szeroko otwartymi oczami. Wiedziałem, co zaraz powie, i powiedziała to.

— Czyś ty oszalał? Czy ci, kurwa, całkiem odbiło? Facet zamordował ponad trzysta osób! Jak go wypuścisz, zamorduje jeszcze więcej i wcale niekoniecznie to będą te, które byś chciał. Ten człowiek jest wyjątkowo niebezpieczny. Jest wcielonym złem. Jak w ogóle możesz myśleć o wypuszczeniu go? To nie do wiary!

Ted nie odpowiadał bardzo długo. Jakby się zmagał z konfliktem sumienia, chociaż w wypadku ludzi z CIA przypomina to zmagania w profesjonalnym wrestlingu: w większości jest pozorowane.

Na horyzoncie pojawił się pas jasności, a ptaki wyśpiewywały z głębi swych małych serduszek radość, że noc się kończy. Miałem ochotę się do nich przyłączyć.

— Musicie mi uwierzyć, że nie wiedziałem o locie jeden--siedem-pięć — rzekł w końcu Ted. — Boris też o tym nie wiedział albo nie miał jak nam przekazać informacji.

— Zwolnić Borisa — zaproponowałem.

— Kto wie, czy on w ogóle jeszcze żyje. Mieliśmy go wydostać z Libii, ale coś mogło pójść nie tak.

— Będę pamiętał, żeby ci nigdy nie dać do składania mojego spadochronu.

Ted zignorował przytyk i wrócił do patrzenia przez lornetkę.

— Mam nadzieję, że go nie zabiją — powiedział. — To znaczy Khalila. Jak się stąd wydostanie, spotka się w umówionym miejscu z rodakami, którzy mają mu pomóc w ucieczce. Ale do tego nie dojdzie.

— A gdzie jest to umówione miejsce? — spytałem, nie oczekując odpowiedzi.

— Nie wiem. Informacje w tej całej sprawie są podzielone na segmenty. Znam tylko to, co mnie dotyczy.

— A po co ci ten karabin, skoro nie polujesz na Khalila?

— Człowiek nigdy nie wie, co mu się może przydać i kiedy. — Ted opuścił lornetkę. — Macie kamizelki kuloodporne?

Zadanie tego pytania przez kolegę było czymś całkowicie normalnym, ale w tym momencie nie byłem do końca pewny Teda Nasha. Nie odpowiedziałem i, co ciekawe, Kate także. Nie przypuszczałem oczywiście, żeby nasz Ted chciał nas załatwić, ale gość bez wątpienia był w stresie, choć tego nie okazywał. To, co zamierzał uczynić razem ze swoją firmą, było dla nich skrajnie ryzykowne. Plan likwidacji Kaddafiego bez pozostawienia przy tym śladów prowadzących do CIA, uruchomiony na kilka godzin przed wylądowaniem samolotu Trans-Continentalu, mógł się w dodatku okazać w świetle amerykańskiego prawa nielegalny. Facet miał prawo być zestresowany. Ale czy byłby zdolny skierować na nas broń i zlikwidować, jeżeli uzna, że stanowimy problem?

— Hej, Ted, a jak tam było we Frankfurcie? — zapytałem.

— Świetnie. Załatwiłem małą sprawę. Gdybyś też pojechał, tak jak ci kazano, byłbyś teraz w zupełnie innej sytuacji.

Nie byłem pewien, w jakiej sytuacji jestem, lecz w tym stwierdzeniu pobrzmiewała zakamuflowana groźba. Wolałem więc nie zadawać więcej kłopotliwych pytań. Ale musiałem.

— Dlaczego pozwoliliście, żeby Khalil zabił tych lotników?

Widziałem, że oczekiwał tego pytania, choć nie uszczęśliwiło go.

— Plan przewidywał tylko, że przymkniemy go na Kennedym, zawieziemy na Federal Plaza, pokażemy przekonywające dowody, włączając w to nagrane zeznania Libijczyków, którzy przeszli na naszą stronę, świadczące o cudzołóstwie jego matki i wskazujące sprawców zabójstwa ojca, a następnie zwrócimy go przeciwko jego mocodawcom.

— To rozumiemy — rzekła Kate. — Ale nie rozumiemy, dlaczego pozwoliliście, żeby po ucieczce z lotniska wypełnił swoją misję do końca?

— Tak naprawdę to nie mieliśmy pojęcia, na czym ta misja polegała.

— Przepraszam bardzo — wtrąciłem się — ale nie pieprz nam tu głupot, Ted. Wiedzieliście, że Khalil znajdzie się na ranczu Reagana, i wiedzieliście, co zrobi po drodze.

— Wierz sobie, w co chcesz, John. My byliśmy przekonani, że wysłano go w celu zabicia Ronalda Reagana. Nie mieliśmy pojęcia, że zna nazwiska tych pilotów, przecież były ściśle tajne. Zresztą to i tak było bez znaczenia, bo miał zostać przymknięty na Kennedym. Gdyby tak się stało, cała reszta w ogóle by się nie wydarzyła.

— Mama zawsze mi powtarzała, że jak się bawisz ogniem, możesz się poparzyć.

— No, cóż, poszło to nie całkiem po naszej myśli — rzekł Ted — ale nie wszystko jeszcze stracone. Istotne jest, żebyśmy złapali Khalila, powiedzieli mu, co wiemy o jego matce i ojcu, a potem puścili do Libii. A tak przy okazji, to ojca załatwił przyjaciel rodziny, niejaki Habib Nadir, kolega starego Khalila z armii. Zrobił to na osobiste polecenie Mu'ammara Kaddafiego.

Co za świat, co za ludzie.

— Oczywiście — dodał Ted, który nie był głupi — zawsze istnieje możliwość, że Khalil jednak nam zwieje i przedostanie się do Libii, zanim zdążymy go poinformować. Dlatego zastanawiałem się też, czy przypadkiem któreś z was nie wpadło na to, żeby mu uświadomić, co Kaddafi zrobił jego rodzinie.

— Niech sobie przypomnę... — odparłem. — Rozmawialiśmy o jego pretensjach wobec Ameryki... o tym, że chce mnie zabić... O czym to jeszcze...?

— Wiem od twoich kolegów z akcji u Wigginsa, że poruszyłeś ten temat na końcu waszej konwersacji telefonicznej.

— Faktycznie... Tak, to było zaraz po tym, jak go nazwałem wielbłądojebcą.

— I ty się dziwisz, że on chce cię zabić? — zaśmiał się Ted. — Czy rozwinąłeś może te kwestie podczas waszej następnej rozmowy?

— Sporo wiesz na temat tego, co się dzieje w FBI.

— Gramy w jednej drużynie, John.

— Mam nadzieję, że nie.

— Oj, nie bądź już taki świętoszkowaty. Aureola ci nie pasuje.

Puściłem to mimo uszu.

— Gotowa? — zwróciłem się do Kate. — Musimy już iść, Ted. Do zobaczenia na przesłuchaniach w Senacie.

— Jeszcze chwilka. Odpowiedz na moje pytanie, proszę. Czy powiedziałeś Khalilowi o zdradzie Kaddafiego?

— A jak sądzisz?

— Sądzę, że powiedziałeś. Po części dlatego, że ten temat cię zainteresował jeszcze podczas naszych narad w Waszyngtonie. Po części zaś dlatego, że jesteś inteligentny i potrafisz znakomicie wkurzać ludzi. — Ted się uśmiechnął.

Ja też się uśmiechnąłem. Był całkiem w porządku, tylko nieco zboczony.

— Tak — odparłem. — Dałem mu do myślenia. Żebyś ty słyszał, co on wygadywał, kiedy mu powiedziałem, że jego matka była dziwką, a ojciec rogaczem i w dodatku załatwił go Wielki Przywódca. Ależ facet się wkurwił. Powiedział, że mi obetnie język i poderżnie gardło. Nie rozumiem, o co mu chodzi, przecież to nie ja przeleciałem jego mamusię i zamordowałem tatusia.

Tedowi chyba spodobał się mój luz i ucieszył się, że odwaliłem robotę za niego.

— Czy odniosłeś wrażenie, że ci uwierzył? — chciał się upewnić.

— Tego nie wiem. Powiedział, że mnie zabije; o Kaddafim nic nie wspomniał.

— Dla Araba to kwestia honoru. Osobistego i rodzinnego, który nazywają *ird*. Taka zniewaga musi zostać zmyta krwią.

— Prawdopodobnie jest to skuteczniejsze niż sądy rodzinne.

— Uważam, że Khalil zabije Kaddafiego — powiedział Ted. — A kiedy się dowie o Nadirze, jego też załatwi. I może paru innych krajanów na dokładkę. A wówczas nasz plan, który was tak zdegustował, mimo wszystko się obroni.

— Nic nie może usprawiedliwić sprowokowania człowieka do tego, żeby zabił innego człowieka — wtrąciła się Kate, która ma prostszy kręgosłup moralny ode mnie. — Nie musimy się zmieniać w potwory, żeby móc z nimi walczyć. To jest po prostu złe.

— Wierz mi, Kate, że wielokrotnie zmagaliśmy się z tym problemem na posiedzeniach komisji etyki — oznajmił Ted.

— Ty jesteś jej członkiem? — Omal nie parsknąłem śmiechem. — A może mi powiesz, co to za etyka, Ted, włączać się do działań ATTF tylko po to, żeby przeprowadzić własny plan? I jak, u diabła ciężkiego, to się stało, że muszę z tobą współpracować?

— Wystąpiłem o to do naszych szefów. Podziwiam twoje umiejętności i wytrwałość w dążeniu do celu. W rzeczy samej prawie ci się udało zatrzymać Khalila, wtedy na Kennedym. Mówiłem ci już, John, jeślibyś chciał dla nas pracować, miejsce czeka. Dla ciebie też, Kate.

— Musimy się poradzić naszych doradców duchowych — stwierdziłem. — Na nas już czas. Dzięki za spotkanie, Ted.

— Jeszcze tylko jeden drobiazg.

— No to strzelaj. — Niezbyt fortunny był to dobór słów.

— Chciałem wam tylko przypomnieć, że ta rozmowa nigdy się nie odbyła. — Spojrzał na Kate. — Naprawdę jest ważne, żeby Asad Khalil wrócił do Libii.

— Nie, nie jest — odparła. — Ważne jest, żeby stanął przed amerykańskim sądem z oskarżenia o morderstwo.

— Ty chyba mnie rozumiesz — zwrócił się Nash do mnie.

— Nie będę się spierał z facetem, który trzyma w rękach karabin snajperski.

— Przecież ja wam nie grożę. Nie róbcie komedii.

— Przepraszam, wszystko przez to „Z Archiwum X", telewizja namąciła mi w głowie. Wolałem „Mission: Impossible". No to cześć.

— Na waszym miejscu nie wracałbym teraz na piechotę. Khalil gdzieś tam jest, powystrzela was jak kaczki.

— Skoro inaczej musiałbym zostać tu z tobą, zgadnij, co wybiorę?

— Nie mówcie tylko potem, że was nie ostrzegałem.

Nie odpowiedziałem, lecz odwróciłem się i ruszyłem przed siebie. Kate też.

— Gratulacje z okazji zaręczyn! — zawołał za nami Ted. — Zaproście mnie na ślub.

Pomachałem mu, odwrócony plecami. Zabawne, mógłbym

go rzeczywiście zaprosić na ten ślub. Facet był wyjątkowym kutasem, ale był naszym kutasem — naprawdę chciał jak najlepiej służyć krajowi. Straszne. A jednak rozumiałem to, co także było straszne.

Oddaliliśmy się w dół zbocza od stacji VORTAC. Nie wiedziałem, czy zarobię za chwilę kulkę w plecy od Teda, czy w pierś od Khalila, skrytego w lesie u stóp wzgórza.

Czułem, że Kate jest bardzo spięta.

— Wszystko będzie dobrze — pocieszyłem ją. — Podśpiewuj sobie coś.

— W ustach mi zaschło.

— To mruczando.

— Przestań z tymi żartami, John. To wszystko jest... rzygać się chce. Czy ty rozumiesz, co on zrobił?

— Kate, oni prowadzą niebezpieczną i trudną grę. Nie sądź, abyś nie była sądzona.

— Zginęło tylu ludzi!

— Nie rozmawiajmy o tym w tej chwili, dobrze?

Skinęła głową.

Znaleźliśmy jeździecki trakt, dróżkę biegnącą wśród czerwonawych skałek i gęstych krzewów. Miałem nadzieję napotkać zmotoryzowany patrol albo stanowisko ochrony, ale agentów Secret Service nigdy nie ma w pobliżu, jak są potrzebni. Niebo już znacznie pojaśniało, a lekki wiatr od morza rozwiewał mgłę. Niedobrze.

Zdawało nam się, że zmierzamy w kierunku zabudowań rancza i domku ochrony, lecz dróżka okazała się bardzo kręta i trudno się było zorientować w terenie.

— Chyba zabłądziliśmy — stwierdziła Kate. — Stopy mi wysiadają, jestem zmęczona i chce mi się pić.

— Usiądźmy na chwilę.

Przysiedliśmy na płaskim głazie. Zarośla były tu gęste, lecz niezbyt wysokie, nie zasłaniały nas dostatecznie podczas marszu. Przyszło mi do głowy, że może lepiej by było nie ruszać się z miejsca.

— Słuchaj — powiedziałem — jeżeli Khalil tu rzeczywiście jest, prawdopodobnie schował się nie dalej niż dwieście metrów od domu. Może lepiej by było za blisko nie podchodzić.

— Świetny pomysł. Zostańmy tutaj, żeby mógł nas zabić, nie alarmując nikogo.

— Próbuję go tylko przechytrzyć.

— A może on wcale nie chce nas zabić? Może strzeli ci w nogi, a potem podejdzie, żeby ci obciąć język i poderżnąć gardło?

— Widzę, że też rozpatrywałaś różne możliwości. Dzięki za pomoc.

— Przepraszam. — Kate ziewnęła. — Tak czy inaczej, mam pistolet i nie pozwolę mu wziąć cię żywcem. — Roześmiała się, lecz był to śmiech płynący z wyczerpania, fizycznego i emocjonalnego.

— Odpocznij, Kate.

Jakieś dziesięć minut później usłyszałem w oddali znajomy odgłos, warkot śmigła bijącego powietrze. Stanąłem na głazie, przeskoczyłem na jeszcze wyższy, ponadmetrowej wysokości, i spojrzałem w tamtą stronę.

— Przybywa kawaleria — obwieściłem. — Kawaleria powietrzna Stanów Zjednoczonych. Patrzcie, ludzie.

Kate wstała, lecz przytrzymałem ją w dole.

— Siedź tam. Wszystko ci opowiem.

— Daj mi zobaczyć. — Wdrapała się na skałkę obok mnie.

W powietrzu krążyło sześć hueyów, kilkaset metrów od nas, najpewniej nad ranczem, więc byliśmy już blisko i wiedzieliśmy, w którą stronę trzeba pójść. Znad horyzontu wyłonił się wielki, dwusilnikowy chinook, z zawieszonym pod brzuchem samochodem, długim czarnym lincolnem.

— To ta limuzyna pancerna — stwierdziła Kate.

— Dyliżans — przypomniałem jej. — Sześć śmigieł z Herculesami na pokładzie lata nad Cegłówką, dopóki Kowboj z Tęczą nie wsiądą do Dyliżansu. Holownik i Pchacz już czekają.

Westchnęła z ulgą, a może z irytacją.

Chociaż nie widzieliśmy, co się dzieje na ziemi, było oczywiste, że Kowboj i Tęcza suną już teraz po Pennsylvania Avenue w pancernym samochodzie, eskortowani przez inne pojazdy i helikoptery. Koniec akcji.

Asad Khalil zapewne też to widział i jeśli nosił jeszcze sztuczne wąsy, kręcił ich koniec w palcach, szepcząc: „Do kroćset! Znowu spaliło na panewce!".

Wszystko dobre, co się dobrze kończy. Prawda?

Nie do końca. Pomyślałem sobie, że Khalil, chybiwszy większego celu, może teraz poszukać jakiegoś mniejszego. I, w rzeczy samej, nie zdążyłem jeszcze przełożyć tej myśli na działanie, na przykład zeskakując z głazu i kryjąc się w krzakach, gdy już go sobie znalazł.

Rozdział 56

Wszystko wydarzyło się jak na zwolnionym filmie, jakby między dwoma uderzeniami serca.

Kazałem Kate zeskoczyć z głazu i sam skoczyłem, a ona pół sekundy po mnie. Nie usłyszałem trzasku karabinu z tłumikiem, wiedziałem jednak, że strzał padł od strony niedalekiego skraju lasu, gdyż dobiegł mnie wizg kuli, przelatującej tam, gdzie przed sekundą znajdowała się moja głowa.

Kate potknęła się, zeskakując, i krzyknęła z bólu, jakby skręciła sobie kostkę. Ześliznęła się ze skałki i padła na ziemię. Rzuciłem się ku niej, nakryłem własnym ciałem i trzymając ją mocno w ramionach, potoczyłem się w dół niezbyt stromego zbocza, w niezbyt gęste krzaki. W głaz nad nami znów uderzyła kula, obsypując mnie odłamkami skały. Potoczyłem się trochę głębiej w krzaki, lecz dalej już się nie dało.

— Nie ruszaj się — powiedziałem, nie wypuszczając Kate z objęć.

Leżeliśmy spleceni, ja plecami do linii strzałów. Uniosłem głowę, chcąc się przekonać, co Khalil może widzieć z lasu, oddalonego o niecałe sto metrów. Oddzielały nas od niego jakieś krzaki i nieduże skałki, zależnie jednak od miejsca, w którym się znajdował, mógł wciąż widzieć cel.

Nasze ubrania, szczególnie czerwony żakiet Kate, nie wtapiały się zbyt dobrze w tło. Ponieważ jednak następne strzały nie padły, zakładałem, że Khalil na razie nas nie widzi. Chyba że delektował się chwilą przed kolejnym strzałem.

Spojrzałem w oczy Kate. Mrużyła je z bólu i zaczęła się wiercić w moim uścisku.

— Nie ruszaj się. Mów do mnie.

Oddychała ciężko. Nie wiedziałem, gdzie i jak poważnie jest raniona, lecz czułem, jak moja koszula nasiąka ciepłą krwią.

Cholera, nie!

— Kate, mów coś do mnie. Mów.

— Au... dostałam...

— Spokojnie. Leż nieruchomo. Zbadam to. — Wsunąłem prawą rękę między nas, szukając wlotu kuli. Nie mogłem go znaleźć, choć krew była wszędzie.

O Boże, nie...

Odchyliłem głowę i spojrzałem na twarz Kate. Z ust ani nosa nie ciekła krew, co napawało otuchą. Spojrzenie miała przejrzyste, niezamglone.

— Ojej... John... do diabła... ależ to boli...

W końcu znalazłem ranę wlotową, tuż pod żebrami po lewej stronie. Szybko sięgnąłem za jej plecy i wymacałem wylot, nad pośladkiem. Wyglądało na to, że kula przebiła tylko tkankę mięśniową, lecz chociaż krew nie tryskała, niepokoiła mnie możliwość wewnętrznego krwawienia.

— Wszystko będzie dobrze, wyjdziesz z tego — powiedziałem, tak jak się to mówi do rannych.

— Jesteś pewny?

— W stu procentach.

Wzięła głęboki oddech i sama namacała wlot i wylot kuli. Wyciągnąłem z kieszeni chusteczkę i wcisnąłem w jej dłoń.

— Przytrzymaj ją tam.

Leżeliśmy znów nieruchomo, wyczekując.

Pocisk był przeznaczony dla mnie, to pewne. A jednak przeznaczenie, zasady balistyki, tor lotu i moment strzału składają się na całość, która decyduje o tym, czy śladem po kuli będziesz się później przechwalać, czy go zalepią dopiero w zakładzie pogrzebowym.

— Będzie dobrze — powtórzyłem. — To tylko draśnięcie. Leż spokojnie, on nas teraz nie widzi.

Ledwie to powiedziałem, ziemia i kamienie wokół nas zaczęły fruwać i rozległ się trzask łamanych gałązek. Khalil musiał się mniej więcej orientować, gdzie jesteśmy.

Kiedy wystrzelił ostatni chyba nabój z czternastostrzałowego magazynka, poczułem nagle ostry ból w biodrze i chwyciłem się automatycznie za to miejsce. Wyczułem powierzchowną ranę na wysokości miednicy, kula mogła nawet naruszyć kość.

— Niech to szlag!

— John, co ci jest?

— Nic, nic.

— Musimy się stąd wydostać.

— Dobra, policzę do trzech i biegniemy głębiej w krzaki. Przez trzy sekundy, potem padamy i toczymy się. Gotowa?

— Gotowa.

— Raz, dwa...

— Czekaj! A może lepiej pod ten głaz, na którym staliśmy?

Przyjrzałem się głazowi. Miał może z metr dwadzieścia wysokości i jeszcze mniej szerokości. Te obok, na których siedzieliśmy, były właściwie dużymi kamieniami. Ale za głazem bylibyśmy w sumie osłonięci przed ogniem od strony lasu.

— Dobrze, chociaż trochę tam ciasno — zgodziłem się.

— Biegnijmy, zanim zacznie znów strzelać. Raz, dwa, trzy...

Skoczyliśmy przed siebie pochyleni i popędziliśmy w stronę skałek, czyli w stronę Khalila.

W połowie dystansu usłyszałem znajomy wizg nad głową, lecz Khalil siedział chyba za nisko, żeby nas trafić ponad głazem. Dopadliśmy schronienia i przywarliśmy plecami do skały, podciągając kolana do piersi. Kate przyciskała do boku zakrwawioną chusteczkę. Gdy złapaliśmy oddech, wyciągnęłem glocka i na ułamek sekundy wystawiłem głowę zza głazu, sprawdzając, czy ten sukinsyn czasem do nas nie idzie. Zdążyłem się schować w momencie, w którym dobrze mierzony strzał odłupał kawał skały na wysokości mojej skroni.

— Ten to potrafi strzelać — stwierdziłem.

— Co ty, kurwa, wyprawiasz? Siedź na dupie!

— Gdzieś ty się nauczyła tak przeklinać?

— Siedź i nie gadaj.

— Dobra, dobra.

Siedzieliśmy więc, brocząc krwią, lecz nie na tyle, żeby przyciągnąć rekiny. Asad Khalil też dziwnie ucichł i trochę się niepokoiłem, co teraz kombinuje. Gnojek mógł się do nas podkradać pod osłoną krzaków.

— Strzelę kilka razy w powietrze — powiedziałem. — Może ktoś nas usłyszy, a Khalila to trochę odstraszy.

— Nie strzelaj. Jeżeli ściągniesz tu agentów, on ich zabije. Nie chcę mieć nikogo na sumieniu. Na razie nic nam nie grozi, siedźmy spokojnie.

Nie byłem pewien, czy nic nam nie grozi, ale reszta miała sens. Więc John Corey, człowiek czynu, siedział spokojnie. Po minucie przyszedł mi do głowy nowy pomysł.

— Może bym przyciągnął jakoś uwagę Teda, mogliby sobie z Khalilem urządzić pojedynek strzelecki.

— Siedź cicho i nasłuchuj, czy coś nie szeleści. — Kate ściągnęła żakiet, który był niemal tej samej barwy, co wsiąkająca weń krew. Zawiązała go sobie w pasie jako zaimprowizowaną opaskę uciskową i sięgnęła do kieszeni. — Zadzwonię do Sea Scape Motel. Powiem im, co się dzieje i poproszę, żeby dali znać Secret Service na ranczo, by... — Grzebała jeszcze chwilę po kieszeniach, po czym oznajmiła: — Nie mogę znaleźć telefonu.

Zaczęliśmy obmacywać teren wokół siebie. Kate sięgnęła zbyt daleko w lewo i tuż obok jej dłoni wykwitł rozbryzg ziemi. Cofnęła rękę, jakby dotknęła gorącego pieca, i przyjrzała się jej.

— Kurczę, poczułam, jak ta kula musnęła mi dłoń... ale... nie ma śladu. To musiało być gorąco albo co.

— On naprawdę potrafi strzelać. Ale gdzie jest komórka?

— Musiała wypaść z kieszeni, jak się toczyliśmy. Niech to szlag.

Siedzieliśmy więc dalej, nasłuchując, czy się ktoś do nas nie skrada. Nagle poczułem się mniej bezpieczny za głazem, gdyż uświadomiłem sobie, że Khalil mógł zatoczyć koło i siedzieć teraz w krzakach poniżej. Miałem dość tego dziadostwa. Ściągnąłem marynarkę i zanim Kate zdążyła mnie powstrzymać, błyskawicznie wstałem i pomachałem marynarką z boku, niczym drażniący byka matador. W przeciwieństwie do matadora jednak natychmiast rzuciłem marynarkę i skryłem się za głazem. W tej samej chwili usłyszałem świst kuli, która przedziurawiła materiał i obłamała kilka gałązek w pobliżu.

— Wciąż siedzi w lesie — stwierdziłem, zanim Kate zdążyła na mnie wrzasnąć.

Pan Stalowy Zabójca się zdenerwował i znów zaczął strzelać. Sukinsyn zabawiał się teraz, odłupując kawałki skały; spadał na nas deszcz kamiennych okruchów. Khalil wystrzelał cały magazynek, przeładował i zaczął strzelać po bokach głazu. Kule świstały centymetry od naszych podkurczonych nóg. Patrzyłem zafascynowany na eksplodujące małe kratery kamienistej gleby.

— Co za skurwysyn — powiedziałem.

Kate milczała, wpatrując się we fruwającą wokół ziemię.

Khalil przeniósł cel na sam głaz i zaczął precyzyjnie odłupywać jego kawałki tuż nad naszymi ramionami. Skałka powoli się zmniejszała.

— Gdzie on się nauczył tak strzelać?

— Gdybym miała karabin, już ja bym mu pokazała, jak się strzela — odparła Kate. — A gdybym miała kamizelkę, nie byłabym ranna.

— Trzeba o tym pamiętać następnym razem. — Ścisnąłem jej dłoń. — Jak się czujesz?

— W porządku... boli jak diabli.

— Trzymaj się. Ta zabawa zaraz mu się znudzi.

— A ty jak się czujesz? — spytała Kate.

— Mam nową ranę do chwalenia się dziewczynom.

— A może chcesz mieć jeszcze jedną?

Ścisnąłem ponownie jej dłoń.

— On był ranny, ona zraniona... — powiedziałem trochę bez sensu.

— W ogóle nie śmieszne. To gówno mnie rwie.

Odwiązałem jej żakiet i delikatnie pomacałem ranę wylotową. Kate pisnęła z bólu.

— Zaczyna się zasklepiać. Staraj się nie ruszać. Z przodu trzymaj chusteczkę. — Zawiązałem żakiet z powrotem.

Khalil wpadł na nowy pomysł i zaczął strzelać w mniejsze

skałki wokół nas, powodując rykoszety, niczym gracz w bilard, starający się ominąć ósmą bilę. Na szczęście był tu głównie piaskowiec i większość kamieni się rozpryskiwała, ale co któryś strzał mu wychodziło. Jedna z kul odbiła się od skały nad moją głową.

— Schyl głowę i zasłoń rękami — poleciłem Kate. — Ależ uparty sukinsyn, co?

— On cię naprawdę nie lubi. — Odparła nieco niewyraźnie, z twarzą do ziemi, oplótłszy ramionami głowę. — Wyzwalasz w nim nowe poziomy kreatywności.

— Tak właśnie działam na ludzi.

Nagle poczułem ostry ból w prawym udzie. Trafił mnie rykoszetem.

— Niech to diabli!

— Co się stało?

Dotknąłem rozdartego materiału spodni i draśniętego ciała. Pomacałem ziemię i znalazłem ciepły jeszcze pocisk. Przyjrzałem mu się.

— Kaliber siedem i sześćdziesiąt dwie setne milimetra, w stalowym płaszczu. Nabój wojskowy, prawdopodobnie wystrzelony z M-czternaście z wymienną lunetą nocną i dzienną, plus tłumik i tłumik płomienia. Taki jak miał Gene.

— A kogo to obchodzi?

— Tak tylko mówię, dla podtrzymania konwersacji. I taki jak miał Ted. — Przez jakiś czas siedzieliśmy w milczeniu, pozbywając się głupich myśli z głowy. — Oczywiście — dodałem — M-czternaście to dość popularna broń z nadwyżek wojskowych i niczego nie sugerowałem, mówiąc, że Ted miał taką samą.

— Mógł nas zabić przy tej stacji przekaźnikowej.

— Nie zrobiłby tego tak blisko miejsca, w którym Barlet nas zostawił — stwierdziłem dla podtrzymania paranoi.

Nie sądziłem oczywiście, żeby to Ted nas próbował załatwić. Nie zrobiłby czegoś takiego; chciał przecież przyjść na nasz ślub. Prawda? Jednak schowałem nabój do kieszeni.

W oddali krążył helikopter. Miałem nadzieję, że w końcu któryś z nich nas dostrzeże. Poza tym od pięciu minut panowała cisza i pomimo bólu w miednicy zacząłem przysypiać. Byłem totalnie wyczerpany i odwodniony, toteż gdy usłyszałem dzwonek telefonu, uznałem w pierwszej chwili, że to halucynacja.

— Co to, do ciężkiej...?

Spojrzeliśmy oboje w dół zbocza, skąd dobiegał dźwięk. Nie widziałem jeszcze komórki, lecz mniej więcej wiedziałem, gdzie może leżeć. Nie dalej niż sześć metrów od nas, i to na wprost. Gdybym po nią skoczył, głaz zasłaniałby mnie przed ogniem. Prawdopodobnie.

Zanim zdecydowałem, czy podjąć to ryzyko, komórka zamilkła.

— Jeżeli zdobędziemy ten telefon, będziemy mogli wezwać pomoc — powiedziałem.

— Jeżeli po niego pójdziemy — odparła Kate — nie będziemy już potrzebować pomocy, bo zginiemy.

— Racja.

Komórka znów zaczęła dzwonić.

Snajper nie może patrzeć przez lunetę bez przerwy, ponieważ męczą mu się oczy i ręka. Musi więc robić krótkie odpoczynki. Może Khalil akurat miał przerwę? A może to on dzwonił? Nie mógł rozmawiać i strzelać jednocześnie. Prawda?

Nie namyślając się dłużej, skoczyłem przed siebie, pochylony do ziemi, w dwie sekundy pokonałem sześć metrów, zobaczyłem dzwoniącą komórkę, złapałem ją, odwróciłem się i popędziłem z powrotem pod głaz. Jeszcze po drodze rzuciłem telefon do Kate, która go złapała.

Usiadłem pod głazem, zdziwiony, że jeszcze żyję. Wziąłem kilka głębokich oddechów. Kate już trzymała telefon przy uchu.

— Pierdol się, skurwysynu — powiedziała. — Nie będziesz mnie pouczał, co powinna kobieta. Pierdol się.

Domyśliłem się, że nie rozmawia z Jackiem Koenigiem.

— Ty jesteś bardzo odważny, czy bardzo głupi? — zapytała mnie, przyciskając telefon do piersi. — Jak mogłeś zrobić coś takiego bez konsultacji ze mną? Lepiej martwy niż żonaty, tak?

— Przepraszam bardzo, ale kto to dzwoni?

Podała mi komórkę.

— Khalil chce się pożegnać.

Spojrzeliśmy sobie w oczy, lekko chyba zawstydzeni tym cieniem podejrzenia, że to Ted Nash, nasz rodak, mógł nas próbować zabić. Pora się chyba wycofać z tej roboty.

— Corey — powiedziałem do telefonu.

— Miałeś dużo szczęścia — odezwał się Asad Khalil.

— Bóg nade mną czuwa.

— Chyba tak. Ja bardzo rzadko chybiam.

— Każdy ma czasem zły dzień, Asad. Wracaj do domu i poćwicz.

— Podziwiam twój dobry humor i odwagę w obliczu śmierci.

— Dziękuję bardzo. Słuchaj, a może byś tak zlazł z tego drzewa, odłożył karabin i podszedł tutaj z rękami do góry? Dopilnuję, żebyś został przyzwoicie potraktowany przez władze.

— Nie siedzę na drzewie — roześmiał się. — Jestem w drodze do domu. Chciałem się tylko pożegnać i przypomnieć ci, że wrócę.

— No, to do następnej rozgrywki, Asad.

— Pierdol się.

— Nie, to ty sam się pierdol i pierdol swojego wielbłąda.

— Zabiję ciebie i tę twoją kurwę, choćby mi to miało zabrać całe życie.

Najwyraźniej znowu go rozgniewałem. Spróbowałem nakierować jego gniew na bardziej konstruktywny cel.

— Nie zapomnij załatwić sprawy z wujkiem Mu'ammarem, Asad. Aha, a ten facet, który zabił w Paryżu twojego ojca, nazywa się Habib Nadir. Zrobił to na rozkaz Kaddafiego. Znasz gościa?

Odpowiedzi nie było. Telefon ogłuchł, więc oddałem go Kate.

— Polubiliby się z Tedem — stwierdziłem.

Nie ruszaliśmy się z miejsca, nie całkiem dowierzając Khalilowi, że zmyka teraz przez góry, szczególnie po naszej rozmowie. Może powinienem pójść na kurs pozytywnego myślenia.

Słońce przygrzewało, rozpędzając resztki mgły. Trzymaliśmy się za ręce, czekając, aż w końcu zauważy nas jakiś helikopter albo napatoczy się patrol.

— To był przedsmak tego, co nas jeszcze może czekać — rzekła Kate, jakby do siebie.

Miała rację. Asad Khalil albo ktoś inny mu podobny wróci,

załatwić znowu jakieś porachunki, potem my w odwecie spuścimy bombę na czyjś dom i tak się to będzie kręcić w nieskończoność.

— Chcesz się wycofać z tej roboty? — zapytałem Kate.

— Nie. A ty?

— Tylko razem z tobą.

— Ja to lubię — odparła.

— A ja lubię to, co ty lubisz.

— Lubię Kalifornię.

— A ja Nowy Jork.

— A Minnesotę?

— To miasto czy stan?

Po jakimś czasie dostrzegli nas wreszcie z helikoptera i upewniwszy się, że nie jesteśmy stukniętymi arabskimi terrorystami, wylądowali i zabrali nas na pokład.

Rozdział 57

Polecieliśmy prosto do szpitala okręgowego w Santa Barbara, gdzie umieścili nas w sąsiadujących ze sobą pokojach z niezbyt atrakcyjnym widokiem z okna.

Odwiedziło nas mnóstwo przyjaciół z biura FBI w Venturze: Cindy, Chuck, Kim, Tom, Scott, Edie, Roger i Juan. Każdy powtarzał, jak świetnie wyglądamy. Jakbym się dawał postrzelić co roku, to do pięćdziesiątki wyglądałbym rewelacyjnie. Telefon dzwonił bez przewy. Jack Koenig, kapitan Stein, mój były partner Dom Fanelli, była żona Robin, rodzina, przyjaciele.

Człowiekowi leżącemu w szpitalu pozwala się na wiele, jak pamiętałem z poprzedniego razu. Więc w zależności od tego, kto dzwonił, miałem pięć wersji odpowiedzi na pytanie, jak się czuję: jestem na środkach przeciwbólowych i nie mogę się skoncentrować; za chwilę mam być myty gąbką przez pielęgniarkę; telefon jest na podsłuchu; mam termometr w tyłku; mój psycholog powiedział, żebym tego nie rozpamiętywał.

Dnia Drugiego zadzwoniła Beth Penrose. Tym razem nie zastosowałem żadnej ze standardowych wersji i odbyliśmy Rozmowę. I po sprawie. Życzyła mi wszystkiego dobrego, szczerze. I ja jej życzyłem... też szczerze.

Zajrzało także parę osób z biura w Los Angeles, włącznie z Douglasem Kutasińskim, który kopnął moją kroplówkę. Żartowałem.

Kolejnym gościem był Gene Barlet z Secret Service. Zaprosił nas znów na ranczo Reagana, żebyśmy sobie mogli obejrzeć miejsce, gdzie do nas strzelano, porobić zdjęcia i wziąć kawałek skały na pamiątkę.

Od różnych osób usłyszałem, że Asad Khalil prawdopodobnie zniknął na dobre, co mnie nie zdziwiło. Zastanawiałem się tylko, czy wrócił do Trypolisu, czy też jest w rękach CIA, usiłującej przekonać Lwa, że niektórzy Libijczycy smakują lepiej niż Amerykanie.

Ted Nash nas nie odwiedził, lecz domyśliłem się, że ma pełne ręce roboty, żonglując kłamstwami i odgrywając idiotę w labiryntach Langley.

Dnia Trzeciego przybyło z Waszyngtonu czterech dżentelmenów, którzy się przedstawili jako pracownicy Federalnego Biura Śledczego, choć od jednego zalatywało ostro CIA. Spotkaliśmy się z nimi w pokoju dla gości. Spisali nasze relacje, ponieważ uwielbiają to robić, choć sami o sobie wolą nie mówić. Powiedzieli nam, że Asad Khalil nie znalazł się jeszcze w areszcie FBI, co w sensie technicznym mogło być prawdą. Przypomniałem tym panom, że Khalil groził Kate i mnie śmiercią, a oni polecili nam nie rozmawiać z obcymi i wracać do domu przed zmrokiem... czy coś w tym rodzaju.

Panowie przypomnieli z kolei nam, że podpisaliśmy różne zobowiązania, zaprzysiężenia i inne podobne rzeczy, ograniczające nasze prawa do wypowiedzi i zobowiązujące do strzeżenia informacji związanych z bezpieczeństwem narodowym. Innymi słowy, nie rozmawiać z prasą albo dobierzemy się wam do tyłków tak, że wasze ślady po kulach będą przy tym wyglądały jak zadrapania. Nie była to oczywiście groźba, ponieważ rząd nie grozi swoim obywatelom, lecz tylko uczciwe ostrzeżenie. Przypomniałem wobec tego naszym kolegom, że jesteśmy z Kate bohaterami, ale oni chyba niczego na ten temat nie słyszeli. Oznajmiłem więc, że nadszedł czas na moją lewatywę, i poszli sobie.

Co do mediów, to wiadomość o planowanym zamachu na Reagana trafiła wprawdzie do wszystkich wydań wiadomości, potraktowano ją jednak jako drugorzędną. Waszyngton oświadczył oficjalnie, że „życie byłego prezydenta ani przez chwilę nie było zagrożone". O Asadzie Khalilu ani słowa.

Dnia Czwartego pojawił się w szpitalu okręgowym pan Edward Harris, kolega Teda Nasha z CIA. Przyjęliśmy go w pokoju dla gości. Także i on nas upomniał, byśmy nie rozmawiali z mediami, i zasugerował, że przeżyliśmy szok, utratę krwi i tak dalej, na skutek czego nie możemy ufać własnej pamięci.

Omówiliśmy to już wcześniej z Kate, zapewniliśmy więc pana Harrisa, że nie pamiętamy nawet, co było dzisiaj na śniadanie.

— Ja w ogóle nie wiem, jak się znalazłem w szpitalu — dorzuciłem. — Ostatnią rzeczą, jaką zapamiętałem, była jazda na lotnisko Kennedy'ego po dezertera z Libii.

Edward nie wyglądał na przekonanego.

— Niech pan z tym nie przedobrzy — poradził mi.

— Należy mi się od pana dwadzieścia dolarów, wygrałem zakład — przypomniałem mu. — I dziesięć od Teda.

Spojrzał na mnie jakoś dziwnie. Nie rozumiałem, z jakiego powodu.

W tym momencie muszę powiedzieć, że prawie każdy z odwiedzających zachowywał się tak, jakby miał jakąś informację, której my nie znamy, ale którą moglibyśmy poznać, gdybyśmy zapytali. Zapytałem więc.

— Gdzie jest Ted Nash?

Harris, nim odpowiedział, odczekał dobrą chwilę.

— Ted nie żyje — rzekł w końcu.

Tak całkiem mnie to nie zaskoczyło, lecz szok był spory.

— Jak to się stało? — spytała Kate, jeszcze bardziej zaszokowana.

— Znaleziono go już po zabraniu was z rancza Reagana, z przestrzelonym czołem. Zginął na miejscu. Badanie balistyczne wykazało, że strzał padł z tej samej broni, z której Khalil strzelał do was.

Czułem się podle, lecz gdyby Ted był z nami, powiedziałbym mu rzecz oczywistą. Jeżeli igrasz z ogniem, możesz się poparzyć. Jeżeli bawisz się z lwem, możesz zostać zjedzony.

Złożyliśmy kondolencje, a Edward zasugerował, jak przedtem Ted, że mogłaby nas uszczęśliwić praca dla CIA.

— Płace są lepsze — dodał. — Moglibyście sobie wybrać

dowolną placówkę zagraniczną, z gwarancją na pięć lat służby. Razem. Paryż, Londyn, Rzym, co chcecie.

Pachniało to nieco przekupstwem, co jest o wiele lepsze od groźby. Chodziło jednak o to, że wiedzieliśmy za dużo, a oni wiedzieli, że my wiemy.

— Zastanowimy się — przyrzekłem Edwardowi. — Ja zawsze marzyłem, żeby zamieszkać na Litwie.

Edward nie przywykł, żeby drzeć z niego łacha, więc atmosfera się ochłodziła i szybko się z nami pożegnał.

— Nie powinieneś robić sobie jaj z takich ludzi — powiedziała Kate, gdy wyszedł.

— Tak rzadko mam okazję, że muszę.

— Biedny Ted — stwierdziła po chwili milczenia.

Zastanawiałem się, czy on rzeczywiście nie żyje, nie potrafiłem więc się włączyć w proces żałoby z pełnym zaangażowaniem.

— Mimo wszystko zaproś go na ten ślub — zasugerowałem. — Nigdy nic nie wiadomo.

Dnia Piątego naszego pobytu w szpitalu uznałem, że jeśli zostanę choćby dzień dłużej, nigdy nie wydobrzeję, ani fizycznie, ani psychicznie. Wypisałem się więc, co z pewnością ucieszyło moją rządową ubezpieczalnię.

— Spotkamy się w hotelu Ventura Beach — poinformowałem Kate. — Czekam tam na ciebie. — I wyszedłem, z fiolką antybiotyków i zestawem znakomitych środków przeciwbólowych.

Szpitalna furgonetka zawiozła mnie do Ventury, a kilka dni później dołączyła tam do mnie Kate. Zafundowaliśmy sobie mały urlop zdrowotny. Ja pracowałem nad opalenizną i uczyłem się jeść awokado. Kate jednakże miała miniaturowe bikini i przekonała się wkrótce, że blizn opalenizna nie łapie. Dla faceta taki ślad po kuli to odznaka honorowa, lecz dla kobiety nie. Obcałowywałem więc co noc te jej małe ałki i w końcu przestała się przejmować. Nawet zaczęła się przechwalać ranami, wlotową i wylotową, plażowym osiłkom, którzy uznali ślady po kuli za odlotowe.

W przerwach między wojennymi wspominkami próbowała też nauczyć mnie surfować, ale do tego trzeba chyba mieć nakładki na zębach i tlenione włosy. Podczas tego próbnego dwutygodniowego miesiąca miodowego w Venturze poznaliśmy się dość dobrze i doszliśmy milcząco do porozumienia, że jesteśmy dla siebie stworzeni.

To co dobre szybko się kończy, toteż w połowie maja wróciliśmy do Nowego Jorku i na Federal Plaza 26, do naszej pracy.

Wziąwszy wszystko pod uwagę, wolałbym raczej wrócić do wydziału zabójstw, ale pisane mi było co innego. Kapitan Stein i Jack Koenig roztoczyli przede mną wizję świetlanej przyszłości w siłach antyterrorystycznych, i to mimo lawiny formalnych skarg na moją osobę, słanych od różnych ludzi i z rozmaitych instytucji.

Kilka dni po powrocie odbyliśmy obowiązkową wycieczkę do budynku Hoovera, gdzie spędziliśmy sympatyczne trzy dni z miłymi osobnikami z sekcji antyterroryzmu. Wysłuchali naszych relacji, a następnie powtórzyli je nam w nieco zmienionej formie. Sprostowaliśmy to i owo, po czym podpisaliśmy oświadczenia, stenogramy, zaprzysiężenia i różne takie i wszyscy byli bardzo szczęśliwi.

Czwartego dnia zawieziono nas do centrali CIA w Langley, gdzie spotkaliśmy się z Edwardem Harrisem i innymi przedstawicielami. Byliśmy tam w towarzystwie czterech ludzi z FBI, którzy najczęściej odpowiadali na pytania za nas. Nie przydarzyło się nam tam nic ciekawego poza spotkaniem z pewnym niezwykłym człowiekiem, byłym funkcjonariuszem KGB imieniem Boris. Tym samym, o którym wspominał Ted. Podobno prosił o nie Boris. Podczas godzinnej z nim rozmowy doszedłem do przekonania, że facet widział i zrobił w życiu więcej, niż my wszyscy razem wzięci. Był to wielgachny chłop, który palił jednego marlboro za drugim i zanadto się umizgiwał do mojej narzeczonej. Boris wspomniał, że przed wyjazdem Khalila do Ameryki udzielił mu kilku praktycznych wskazówek. Był ciekaw, jak pracowaliśmy nad sprawą.

Nie mam w zwyczaju przekazywać informacji oficerom obcego wywiadu, ale Rosjanin grał z nami w „coś za coś" i gdybyśmy mogli odpowiadać na jego pytania, on odpowiedziałby na nasze. Chętnie bym sobie z nim pogadał, lecz nasi towarzysze co chwila nie pozwalali nam udzielić odpowiedzi albo kazali zmienić temat. Co się stało z wolnością słowa w tym kraju? W końcu jeden z chłopaków z CIA oznajmił, że na nich czas, i wszyscy wstaliśmy.

— Dobrze by było jeszcze kiedyś się spotkać — zwróciłem się do Borisa.

Wzruszył ramionami i wskazał głową na swych przyjaciół z agencji. Uścisnęliśmy sobie dłonie.

— Ten człowiek to perfekcyjna maszyna do zabijania — rzekł na koniec Rosjanin. — Czego nie uda mu się upolować dziś, upoluje jutro.

— Ale to jednak tylko człowiek — odparłem.

— Czasami mam wątpliwości. W każdym razie gratuluję wam obojgu pozostania przy życiu. Nie marnujcie z niego ani dnia.

Wróciliśmy do Nowego Jorku. Mijały tygodnie i wciąż nie było słychu o Asadzie Khalilu ani też radosnych wieści z Libii o nagłym zgonie Mu'ammara Kaddafiego.

Dobra nowina pojawiła się tylko jedna. Stein z Koenigiem zlecili nam utworzenie specjalnego zespołu, składającego się ze mnie, Kate, Gabe'a, George'a Fostera i kilku innych ludzi. Jedynym celem tej grupy miało być wytropienie i schwytanie Asada Khalila. Zawnioskowałem o dołączenie do nas Doma Fanellego, mojego byłego partnera z NYPD. Nie chciał się kiedyś przenieść do ATTF, ale ja teraz jestem ważną personą i prędzej czy później znajdzie się w moich szponach. W końcu to on mnie w to wszystko wrobił. W zespole nie ma nikogo z CIA, co znacznie zwiększa ogólne prawdopodobieństwo sukcesu.

Właściwie trzyma mnie w tej pochrzanionej robocie tylko ta nasza grupa specjalna. Traktuję groźby Khalila bardzo poważnie. Sprawa jest prosta: zabijesz albo zostaniesz zabity. Nikt z nas zresztą nie zamierza się wysilać, żeby wziąć Khalila żywcem. Ponieważ on zapewne nie zamierza dać się tak pochwycić, wszystko się dobrze składa.

Zadzwoniłem też do Robin z wiadomością o moim ślubie. Życzyła mi wszystkiego najlepszego na nowej drodze życia.

— Wreszcie będziesz musiał zmienić tę kretyńską odzywkę na sekretarce automatycznej — dodała.

— Dobry pomysł.

— Jeżeli kiedyś złapiecie tego Khalila — powiedziała Robin — zlećcie mi obronę z urzędu.

Już raz to przerabiałem, kiedy tak samo przejęła się losem bandziorów, którzy mnie postrzelili na Sto Drugiej Ulicy.

— Dobrze — odparłem — ale dziesięć procent honorarium dla mnie.

— Zgoda. A ja przegram sprawę i gość dostanie dożywocie.

— Układ stoi.

Rozesłałem e-maile, kartki i faksy do swoich byłych przyjaciółek, informując je, że będę miał stałą współlokatorkę. Otrzymałem niewiele odpowiedzi, w większości wyrazy współczucia dla przyszłej panny młodej. Nie pokazałem ich Kate.

Zbliżał się Wielki Dzień, lecz wcale się nie denerwowałem. W końcu byłem już raz żonaty i kilkakrotnie groziła mi śmierć. Żarty żartami, ale naprawdę byłem szczęśliwy, kontent i zakochany jak nigdy dotąd. Kate Mayfield to świetna kobieta i wiem, że będziemy żyli długo i szczęśliwie. Najbardziej lubię w niej to, że akceptuje mnie takiego, jakim jestem. Co nie może być zresztą takie trudne, zważywszy na to, że jestem bliski ideału.

Poza tym przeszliśmy wspólnie doniosłe doświadczenia, dzięki którym mogliśmy się wzajemnie sprawdzić. Kate Mayfield okazała się odważna, lojalna i zaradna, a także, w przeciwieństwie do mnie, nie zdążyła jeszcze zgorzknieć, scyniczeć i zmęczyć się życiem. W rzeczy samej jest patriotką, czego nie mógłbym powiedzieć o sobie. Kiedyś może kochałem swój kraj, lecz od tego czasu zbyt wiele się przydarzyło — i krajowi, i mnie. Niemniej wykonuję swoją robotę najlepiej, jak potrafię.

Najbardziej w związku z tą całą historią żałowałem — pomijając oczywisty żal z powodu tylu śmierci — że nikt się chyba z niej niczego nie nauczył.

Ten kraj, podobnie jak ja sam, miał dotąd szczęście i udawało mu się zawsze jakoś uchylić przed fatalną kulą. Jednakże szczęście — jak nauczyłem się na ulicy, przy stołach do gry i w miłości — w końcu się wyczerpuje. I jeśli jeszcze nie jest za późno, warto przyjąć do wiadomości fakty, a potem skonstruować taki plan przetrwania, który nie przewiduje szczęśliwych zbiegów okoliczności.

A skoro już o tym mowa, to w dzień naszego ślubu padał deszcz, co, jak mi powiedziano, oznacza szczęście w małżeństwie. A ja myślałem, że to oznacza przemoczone buty.

Prawie całej mojej rodzinie i przyjaciołom udało się odbyć wyprawę do małego miasteczka w Minnesocie. Większość z nich zachowywała się lepiej niż na moim pierwszym weselu, chociaż kilku chłopaków z NYPD trochę zbyt ostro się przystawiało do miejscowych sekretarek o dużych niebieskich oczach.

Rodzina Kate to klasyczni anglosaksońscy protestanci, a ksiądz był metodystą i urodzonym komikiem. Kazał mi przysięgać, że będę ją kochał, szanował i że nigdy już nie wspomnę o „Z Archiwum X". Ceremonia wymagała wymiany obrączek. Jedną wsunęła na palec Kate, drugą umocowano w moim nosie. Starczy tych weselnych dowcipów (tak mi powiedzieli).

Pojechaliśmy potem na tydzień do Atlantic City, a drugi spędziliśmy, zwiedzając wybrzeże Kalifornii. Gene Barlet zaprosił nas przecież na Rancho del Cielo.

Droga w góry była tym razem o wiele przyjemniejsza i samo ranczo też, skąpane w słońcu i bez snajpera. Obejrzeliśmy sobie nasz głaz, który wydał mi się o wiele mniejszy niż wtedy. Gene zrobił nam zdjęcia, włącznie z nieprzyzwoitym ujęciem blizn Kate, i zmusił nas, żebyśmy zabrali po kamyku na pamiątkę.

— Znaleźliśmy tam na ziemi pięćdziesiąt dwie łuski — powiedział, wskazując skraj lasu. — Nigdy nie słyszałem, żeby jakiś snajper wystrzelił tyle razy do dwójki ludzi. Facet wyraźnie się uparł, że was dorwie.

Zabrzmiało to jak sugestia, że gra się jeszcze nie skończyła.

W pobliżu tego lasu czułem się jednak trochę nieswojo, więc poszliśmy dalej. Gene pokazał nam miejsce, w którym znaleziono Teda Nasha z dziurą w głowie: na jeździeckiej ścieżce, ze sto metrów od stacji VORTAC. Nie miałem pojęcia, dokąd mógł iść i co w ogóle tam robił, i nigdy już się tego nie dowiemy. Ponieważ był to nasz miodowy miesiąc, uznałem, że dość tych wspominków, i wróciliśmy do budynku ochrony napić się czegoś zimnego. Potem ruszyliśmy dalej na północ Kalifornii.

Telefon komórkowy Kate, o niezmienionym wciąż numerze, zostawiliśmy w Nowym Jorku, żeby nie zakłócały nam podróży poślubnej telefony od znajomych albo od morderców. Ale zabraliśmy ze sobą pistolety.

Tak na wszelki wypadek.

KONIEC

Ze względu na charakter materiału zawartego w tej książce, część z osób, którym chciałbym podziękować, pragnęła pozostać anonimowa. Uszanowałem to życzenie i przyjmuję ich wkład z wdzięcznością.

Przede wszystkim dziękuję Thomasowi Blockowi, mojemu przyjacielowi z dzieciństwa, kapitanowi US Airways, redaktorowi czasopisma „Flying", współautorowi książki „Mayday" i twórcy sześciu innych książek, za jego nieocenione podpowiedzi w kwestiach związanych z samolotami i w innych także. Tom, jak zawsze, przybywał z pomocą, gdy znalazłem się w powietrzu bez śmigła.

Dziękuję również Sharon Block, byłej stewardesie Braniff International i US Airways, za przeczytanie maszynopisu i za stawanie po mojej stronie w redakcyjnych dyskusjach z jej mężem.

Szczególne podziękowania składam dobrym przyjaciołom, detektywom nowojorskiej policji i członkom Joint Terrorist Task Force — Kenny'emu Hiebowi i Johnowi Gallagherowi (na emeryturze), a także detektywowi Tomowi Pistone, za jego koneksje.

Bardzo specjalne podziękowania należą się Frankowi Madonnie, dobremu przyjacielowi, byłemu policjantowi z Port Authority i człowiekowi z Guns and Hoses, za jego fachową wiedzę i za cierpliwość. Dziękuję także innym ludziom z Guns and Hoses —

detektywowi Donaldowi McMahonowi, policjantowi Bobby'emu Yarzabowi i wszystkim pozostałym z lotniska Kennedy'ego, którzy poświęcili czas na oprowadzanie mnie i odpowiadanie na głupie pytania.

Fragmenty dotyczące amerykańskiego nalotu na Libię nie mogłyby zostać napisane bez pomocy Norma Gandii, emerytowanego kapitana United States Navy. Norm, weteran wojny wietnamskiej i były Blue Angel, jest dobrym kumplem i pije umiarkowanie. Dziękuję także Alowi Krishowi, pułkownikowi United States Air Force, za to, że mogłem się zapoznać z kokpitem F-111.

Wdzięczny jestem personelowi Young America's Foundation za poświęcenie mi czasu i pokazanie rancza Ronalda Reagana. Szczególnie dziękuję Marcowi Shortowi, prezesowi fundacji i dyrektorowi rancza, oraz Kristen Short, dyrektorowi do spraw rozwoju. Bardzo dziękuję również Johnowi Barletcie, byłemu szefowi ochrony prezydenta z Secret Service. Profesjonalizm i oddanie Johna są w dzisiejszym świecie rzadkością.

Kolejny raz składam wyrazy wdzięczności bibliotekarzom Laurze Flanagan i Martinowi Bowe za ich wspaniałe poszukiwania i pomoc w dopracowaniu uprzykrzonych detali, do których jedynie bibliotekarz, ze swą cierpliwością i wiedzą, potrafi się dogrzebać.

Dziękuję również Danielowi Starerowi z Research for Writers. To już piąta książka, przy której mi pomagał, i wie lepiej niż ja sam, czego mi potrzeba.

Książka ta naprawdę nie zostałaby nigdy napisana bez pomocy, zaangażowania i cierpliwości moich asystentek, Dianne Francis i Georgii Leon. Praca z pisarzem na co dzień nie jest rzeczą łatwą, lecz Dianne i Georgia ułatwiają mi życie, jak mogą. Dzięki.

Jeśli pracować z pisarzem jest niełatwo, to jeszcze trudniej jest z nim żyć, gdy pisze. Tę pracę wykonuje moja żona Ginny, cierpliwa jak święta. Ze swymi redaktorskimi umiejętnościami mogłaby nawet redagować tekst kogoś, kto ma problemy z ortografią, interpunkcją i prawidłową konstrukcją zdania. Jak zawsze, wielkie dzięki i kocham cię.

Podobnie jak przy okazji „Plum Island", tysiąckrotne podziękowania należą się porucznikowi Johnowi Kennedy'emu z policji okręgu Nassau. Dzięki Johnowi, który jest policjantem i prawnikiem, moi powieściowi gliniarze są prawdziwi, a autor pozostaje uczciwym człowiekiem. Gdy JK prowadzi sprawę, prawda zwycięża.

Cradle of Aviation Museum na Long Island stanowi obiekt nowoczesny i światowej klasy. Muzeum to upamiętnia ludzi, dzięki którym Ameryka przoduje w lataniu, a także na polu nauk aeronautycznych i kosmicznych. Chciałbym podziękować Edwardowi J. Smitsowi (koordynatorowi planowania), Gary'emu Montiemu (jego zastępcy), Jushui Stoffowi (kuratorowi) i Geraldowi S. Kesslerowi (prezesowi Friends for Long Island Heritage), za czas poświęcony na oprowadzanie mnie i podzielenie się ze mną swą wizją.

Mogło się czasem zdarzyć, że przeinaczyłem, zapomniałem lub pominąłem jakiś fakt, szczegół czy podpowiedź, przekazane mi przez innych. Wszystkie pomyłki i niedopatrzenia obciążają wyłącznie mnie.

Chciałbym również skorzystać ze sposobności i wyrazić uznanie ludziom z Warner Books i Time Warner AudioBooks za ich ciężką pracę, zaangażowanie i przyjaźń. Są to: Dan Ambrosio, Chris Barba, Emi Battaglia, Carolyn Clarke, Ana Crespo, Maureen Mahon Egen, Letty Ferrando, Sarah Ford, Jimmy Franco, David Goldstein, Jan Kardys, Sharon Krassney, Diane Luger, Tom Maciag, Peter Mauceri, Judy McGuinn, Jackie Merri Myer, Martha Otis, Jennifer Romanello, Judy Rosenblatt, Carol Ross, Bill Sarnoff, Ann Schwartz, Maja Thomas, Karen Torres, Nancy Wiese oraz na koniec i przede wszystkim Harvey-Jane Kowal, najsurowsza adiustatorka na świecie.

Dziękuję też Fredowi Chase, ostatecznemu autorytetowi w dziedzinie myślników, przecinków, nazw różnych miejsc, faktów i tak dalej.

Dobry redaktor to dla pisarza błogosławieństwo, a ja zostałem pobłogosławiony podwójnie. Larry Kirshbaum i Jamie Raab mają aż nadto umiejętności do pracy, którą wykonują.

Współpracuję z Warner Books od piętnastu lat; wydaliśmy

razem siedem książek. Były to czasy raz szczęśliwe i ciekawe, a kiedy indziej wypełnione sporami i napięciem, czasy sukcesów i dobrej zabawy, a nigdy nudy. Wszyscy jesteście najlepsi.

Na koniec mój agent i przyjaciel od dwudziestu lat z kawałkiem — Nick Ellison. Opis naszej znajomości zająłby osobny tom, więc w trzech słowach: kocham cię, stary.

Debra Del Vecchio i Stacy Moll przekazały szczodre dotacje na rzecz instytucji charytatywnych na Long Island, dlatego że pod ich nazwiskami wystąpiły postacie z tej książki. Mam nadzieję, że podobały im się ich fikcyjne *alter ego* i że w dalszym ciągu wykonują swą dobrą pracę na rzecz spraw tego wartych.